# हिन्दू प्रतिरोध गाथा

# हिन्दू प्रतिरोध गाथा

## मध्ययुग के छुपाए गए इतिहास का ऐतिहासिक सिंहावलोकन

सुरेश पटवा

Sarvatra
An imprint of Manjul Publishing House

Sarvatra
An imprint of Manjul Publishing House

◆ द्वितीय तल, उषा प्रीत कॉम्प्लेक्स,
42 मालवीय नगर, भोपाल-462 003
◆ सी-16, सेक्टर 3, नोएडा, उत्तर प्रदेश, 201301
वेबसाइट : www.manjulindia.com

यह संस्करण 2023 में पहली बार प्रकाशित
द्वितीय आवृत्ति 2026

*हिन्दू प्रतिरोध गाथा*


**ISBN 978-93-5543-306-0**

सुरेश पटवा इस पुस्तक के
लेखक होने की नैतिक ज़िम्मेदारी वहन करते हैं

मुद्रण व जिल्दसाज़ी : रेप्रो इंडिया लिमिटेड

# अनुक्रम

# प्रस्तावना

## हिंदू चेतना के अविरल प्रवाह का इतिहास

परम श्रद्धेय सुरेश पटवा जी की हिंदू चेतना के अविरल संघर्ष पर केंद्रित पुस्तक का लेखन संपन्न हो गया है। इन दिनों यह बात मन को सुख देती है कि अब तक जिन विषयों पर साहित्य जगत बात करने से कतरा रहा था उन अछूते विषयों को साहित्यकारों ने न केवल चर्चा करना शुरू किया है अपितु पटवा जी जैसे शोधवृत्ति के वरिष्ठ रचनाकारों ने इन विषयों पर लिखना भी प्रारंभ कर दिया है। अंग्रेजी के एक विद्वान ने इतिहास और साहित्य के सह संबंधों की चर्चा करते हुए कहा है कि "इतिहास इतना महत्वपूर्ण विषय है कि समाज द्वारा इसे इतिहासकारों के भरोसे नहीं छोड़ा जा सकता। साहित्य जगत को इतिहास लेखन प्रारंभ करना ही चाहिए।" दुनिया के महानतम उपन्यासकार और इतिहासकार एच.जी. वेल्स ने तीन कालजयी ऐतिहासिक रचनाऐं, टाइम मशीन, द इनविजिएवल मैन और वर्ल्ड हिस्ट्री दुनिया को प्रदान कीं थी। एक पुस्तक वर्ल्ड हिस्ट्री का अनुवाद "विश्व इतिहास की रूपरेखा" भारत में संवाद प्रकाशन से प्रकाशित हुआ था।

इस कथन के संदर्भ में श्री सुरेश पटवा जी की यह पुस्तक सचमुच अद्वितीय और अप्रतिम बन पड़ी है। संविधान ने ग़लत भाष्यकारों ने धर्म का विपरीतार्थक को धर्महीनता बता दिया और यहीं से भ्रम का शिकार संपूर्ण समाज धर्मनिरपेक्षता के बहाने धर्महीनता को मंडित करता चला गया। कोई भी समाज या देश धर्महीन नहीं हो सकता है। इतिहास सिद्ध करता है कि धर्म और राजनीति अन्योन्याश्रित रहे हैं। आज की लोकतांत्रिक शासन व्यवस्था में मानवीय मूल्य प्रमुख मार्गदर्शी सिद्धांत हैं। मानव कल्याण प्रमुख उद्देश्य है। हिंदू धर्म उन्हीं मानवीय मूल्यों पर आधारित है। इसलिए हिंदू धर्म लोकतांत्रिक व्यवस्था के अधिक अनुकूल है। भारतीय वांग्मय में धर्म आचरण योग्य जीवन मूल्यों का निरूपण है। "धारयति इति धर्म" के सिद्धांत के अनुसार हम व्यक्ति, समाज, राष्ट्र और संपूर्ण सृष्टि के प्रति जो भी सकारात्मक सोचते और करते हैं वह सब कुछ धर्म ही है।

भ्रांति के शिकार समाज को तब भी बुद्धि नहीं आई जब सुप्रीम कोर्ट ने भी यह स्पष्ट कर दिया कि हिंदुत्व या हिंदूवाद कोई पूजा पद्धति नहीं अपितु जीवन जीने की शैली का नाम है। दुर्भाग्य से विश्व के पंथ और मजहब इस विराट संकल्पना को हजम नहीं कर पा रहे थे। उन्होंने इसे नष्ट करके अपने एकांगी विचार थोपने का उपक्रम हजारों वर्ष से करना प्रारंभ किया किंतु इतिहास साक्षी है कि

*ईरान मिश्र रोमां सब मिट गए जहां से,*
*कुछ बात है कि हस्ती मिटती नहीं हमारी।*

यह "कुछ बात" क्या है इसकी तलाश सुरेश पटवा जी जैसे साहित्यकार करते हैं। मुझे इस बात की अत्यधिक प्रसन्नता है कि जब पटवा जी के समकालीन साहित्यकार इश्क मोहब्बत की शेरो-शायरी रचने में लगे हैं उस समय पटवा जी अपने देश, धर्म और संस्कृति के प्रति अपने दायित्व का निर्वाह करते हुए इस सुंदर ग्रंथ के रचनाकर्म में प्रवृत्त हुए। हिंदू, हिंदुत्व या हिंदूवाद जैसा कि आजकल कहा जाने लगा है, वास्तव में समाज के अन्योन्याश्रित संबंधों की समझ विकसित करने और एक दूसरे को समभाव से जोड़ने का दूसरा नाम है। इस शब्द में इतनी व्यापकता है कि इसमें हमारी सामाजिक प्रवृत्तियों के महत्वपूर्ण अंग समर्पण, सेवा, त्याग, साहस आदि अंतर्निहित दिखाई देते हैं। भारत की ज्ञान परंपरा में हमारे सभी सात्विक चिंतन को हिंदू शब्द परिभाषित करने में समर्थ है। भारत में जिन लोगों ने भारत एक खोज के दर्शन को सत्य मान लिया वे कभी अपने पुरातन चिंतन से नहीं जुड़ पाए।

एक मृत्युंजय राष्ट्र को "निर्मित होता देश" या "देश की खोज करना" जैसे मुहावरों से समझना एक मृत्युंजय राष्ट्र की संकल्पना को झुठलाने जैसा है। श्री पटवा जी ने इस चिंतन धारा के संघर्ष को ऐतिहासिक परिप्रेक्ष्य में हम सब के समक्ष प्रस्तुत किया है। उन्होने आजादी के अमृत महोत्सव के वर्ष में मध्ययुग के इतिहास के उन तथ्यों का सिंहावलोकन किया है जो अब तक योजनाबद्ध तरीके से छुपाए गए। इस सांस्कृतिक षडयंत्र को अनावृत करते हुए पटवा जी ने इस ग्रंथ में हिंदू सांस्कृतिक राष्ट्रवाद और हिंदू शाही प्रतिरोध पर गंभीर चिंतन किया है। साथ ही श्री पटवा जी ने मध्ययुगीन और आधुनिक युगीन संघर्षों को भी इस पुस्तक में बहुत सुंदर ढंग से उल्लेखित किया है।

अंत में उनका भारतीय राष्ट्रवाद पर विस्तृत अध्याय एक प्रकार से पूरे ग्रंथ का सत्व है। इस निष्कर्ष अध्याय में भावी भारत के विराट स्वरूप को कैनवास पर उतारने का काम वह करते हैं। विशेषकर स्वामी विवेकानंद और अरविंद घोष के राष्ट्रवादी चिंतन पर पटवा जी ने अद्भुत अध्याय रचे हैं। श्री पटवा जी यह स्थापित करते हैं है कि विवेकानंद ने जहाँ एक ओर हिंदू गौरव अनुभूति जगाने का अभियान

छेड़ा वहीं दूसरी तरफ़ अरविंद घोष ने आज़ादी के लिए सशस्त्र संघर्ष की नींव रखी। जिसने राष्ट्रवादी संघर्ष को बल प्रदान किया। मैं उनके इस श्रम साध्य और सार्थक लेखन के लिए हृदय से साधुवाद देता हूं। अंत में ढेर सारी शुभकामनाएं और बधाई।

श्री सुरेश पटवा जी की स्वाध्याय वृत्ति और सांस्कृतिक निष्ठा के प्रति संपूर्ण साहित्य जगत की ओर से कृतज्ञता ज्ञापित करता हूँ।

**—डॉ. विकास दवे**<br>
निदेशक,<br>
साहित्य अकादमी,<br>
मध्यप्रदेश शासन, भोपाल

# आमुख

आधुनिक युग में मानवतावाद की अवधारणा सभ्य समाज का प्रतीक है। जो मनुष्य-मनुष्य के खून में, हवा-पानी-आकाश-पृथ्वी में भेद नहीं करती। इन्हें मानव की साझा विरासत मानती है। पृथ्वी पर मानवतावादी दृष्टिकोण अचानक पैदा नहीं हुआ। जिसकी शुरुआत यूरोप में पुनर्जागरण-काल से मानी जाती है। मानवतावादियों ने एक बहुत लंबा संघर्ष किया है। त्याग और बलिदान की बहुत लंबी दास्तान है। वह हमारे विचार का बिंदु नहीं है।

इस पुस्तक का विचारणीय बिंदु सभ्य समाज में विराजमान वे मध्य युगीन प्रणालियाँ हैं, जो अभी भी अंतरधाराओं के रूप में विद्यमान हैं। जिन्हें अब उग्र राष्ट्रवाद का नाम दिया जाता है। वे अन्तरधाराएँ हिंदू-मुस्लिम-ईसाई-यहूदी हैं। विचार के स्तर पर यहूदी-मुस्लिम, हिंदू-मुस्लिम वैचारिक संघर्ष प्रमुख धारा है। मानव अभी भी इन अंतश्चेतना से मुक्त नहीं हुआ है। राजनीतिज्ञ इन अन्तरधाराओं का उपयोग कुशलता से करके सत्ता पाने और बनाए रखने में करते हैं। जैसे-जैसे मानव अधिक बौद्धिक होता जाएगा। वह भावनाओं में बहकर निर्णय करने के स्थान पर तार्किक निर्णय करने लगेगा। भावना से तर्क तक की यात्रा इतिहास को भुला कर नहीं की जा सकती है। इसलिए इतिहास में दबाई गई अन्तरधाराओं का प्रकटीकरण अनिवार्यता है।

मुस्लिम-ईसाई-यहूदी एकेश्वरवादी धर्म हैं। जो एक ईश्वर की प्रधानता पर जोर देकर बाक़ियों को भी उनके जैसा बनाना चाहते थे, कुछ मायनों में अभी भी चाहते हैं। हिंदू विचार सभी में ईश्वर का अस्तित्व देखता है। मनुष्य तो मनुष्य, पेड़-पौधों और जीव-जंतुओं में भी ईश तत्व को मानता है।

आज़ादी के बाद भारतियों ने अपने देश का नाम "भारत" रखा "हिंदुस्तान" नहीं। जबकि 1206 से 1858 तक के मध्ययुग क़ालीन इतिहास में इसे हिंदुस्तान कहा जाता था। 01 जनवरी 1859 को ब्रिटेन की महारानी विक्टोरिया (1837-1901) ने इसे ग्रीक राजा सिकंदर के इतिहासकार मेगस्थनीज के इंडिका से ग्रहित इंडिया नाम दिया। हमारे देश का असल नाम भारत है। क्या "भारतीयता" और "हिंदुस्तान" अलग-अलग हैं। हाँ, भारतीयता में हिंदू सम्मिलित है परंतु सिर्फ़ हिंदू ही भारतीय नहीं

हैं। भारतीयता में और भी बहुत कुछ शामिल है। यह एक बहुत लम्बी दास्तान है।

"भारत" हमारे पितरों की पुण्य भूमि के निवासियों का स्वमेव उपार्जित नाम है जो यहाँ की मातृभूमि की संस्कृति और भूगोल की मिलीजुली देन है। "हिंदू" नाम हमें दूसरों ने दिया है। हिंदुत्व सेवा में रत सरसंघ चालक भागवत जी भारत के हितार्थ अखिल भारतीय इमाम प्रमुख अहमद इलियासी से मिलने 22 सितम्बर 2022 को मस्जिद में गये, और इमाम ने उन्हें राष्ट्रपिता कहा। यहाँ हिंदुत्व धीरे-धीरे हिंदुवाद की तरफ़ खिसकता नज़र आ रहा है। कट्टर मुस्लिम परस्त यहाँ भी मौक़ा देखते हैं। उन्होंने अहमद इलियासी को धमकियाँ देना शुरू कर दी तो इमाम साहब को वायी-प्लस सरकारी सुरक्षा प्रदान की गई। यही हिंदुवादी और हिंदुत्व का भेद है। हमें कट्टर मुस्लिम और मुस्लिम में भी भेद करना सीखना होगा। भारत का हर मुस्लिम कट्टर नहीं है। हिंदुवादी गांधी जब कलकत्ता में दंगा ग्रस्त क्षेत्र में मुसलमान के घर रुके, तो सुरक्षित थे। दिल्ली के बिड़ला हाऊस में हिंदुत्व के सिपाही ने भजन संध्या को जाते समय गांधी जी के सीने में पिस्तौल ख़ाली कर दिया था। विश्वास का संकट बड़ी चीज है। हिंदुत्व को गांधी जी पर भरोसा नहीं था। कट्टर मुसलमानों को भागवत जी पर भरोसा नहीं है। हिंदुवादी गांधी जी को दंगाग्रस्त इलाक़े के मुसलमानों पर भरोसा था। भारतीयता का रहस्य इन्ही घटनाओं में छुपा है। हिंदू संस्कृति के बग़ैर भारतीयता समाप्त हो जाएगी।

कुछ लोगों को गांधी जी के नाम के साथ हिंदुवादी शब्द जोड़ना नागवार गुजर सकता है। दक्षिण अफ़्रीका से लौटने के पश्चात गांधी जी ने चार हिंदू दार्शनिक सिद्धांतों सत्य, अहिंसा, ब्रह्मचर्य, अपरिग्रह पर अपना जीवन न सिर्फ़ जीना आरम्भ किया बल्कि सत्य, अहिंसा और अपरिग्रह को सार्वजनिक जीवन में पूरी तरफ़ लागू भी किया था। उनके हिंदुवादी व्यवहार की मुस्लिम बुद्धिजीवियों ख़ास तौर से मुहम्मद अली जिन्ना और मनुवाद के प्रखर आलोचक बाबा साहेब अम्बेडकर ने खरी आलोचना भी की थी। हिंदुत्व के हिमायती ख़िलाफ़त आंदोलन की रहनुमाई के कारण उन्हें मुसलमानों की तरफ़ झुकाव वाला मानते थे और मुसलमान बुद्धिजीवी उन्हें रामराज्य की बात कहने पर हिंदुवादी मानते थे। जब देश आज़ादी की देहरी पर पहुँचने लगा तब गांधी जी के एक नए भारतीयता स्वरूप के दर्शन होते हैं। गांधी जी व्यक्ति के रूप में शुद्ध हिंदुवादी थे, परंतु राष्ट्रीय परिवेश में सभी धर्मों को समाहित करके भारतीयता के पक्ष में खड़े नज़र आते हैं। इसलिए पुस्तक का नाम हिंदू प्रतिरोध गाथा उपयुक्त है।

जब मुस्लिम लीग ने अलग मुस्लिम देश की माँग करना शुरू की तब देश के समानान्तर विभाजन की सम्भावना प्रबल हो गई क्योंकि भारत के सभी राज्यों में मिलीजुली हिंदू-मुस्लिम आबादी थी। जिसका अर्थ हरेक राज्य का समानान्तर विभाजन। जिन्ना और भोपाल के नवाब साहब पूर्वी पाकिस्तान से पश्चिमी पाकिस्तान

के बीच भारत की छाती चीरकर दो सौ किलोमीटर कोरिडोर की माँग करने लगे थे ताकि बीच के राज्यों के मुसलमान वहाँ बस कर पाकिस्तान का हिस्सा हो सकें। तब गांधी जी ने समानान्तर विभाजन रोकने हेतु आज़ाद भारत को भावी आधुनिक धर्म निरपेक्ष राष्ट्र घोषित किया।

पिछले दो हज़ार सालों में, जो कुछ इस ज़मीन पर घटित हुआ है, उसे समाहित करके भारत खड़ा हुआ है। यह पुस्तक भारतीयता की रक्षार्थ हिंदू प्रतिरोध की गाथा है। आज के युग में प्रतिरोध नहीं परस्पर भरोसा चाहिए। इसीलिए वर्तमान सरकार ने उपद्रवी बीन बजाने की जगह विकास की बाँसुरी पर मनभावन धुन बजाना शुरू कर दी है। पृथ्वी को अगर धर्म के आधार पर बाँटा जाए तो मस्तिष्क में मुख्यतः चार सांस्कृतिक चेतनाएँ उभरती हैं।

- हिंदू सांस्कृतिक चेतना - भारत, नेपाल
- मुस्लिम सांस्कृतिक चेतना - मध्यपूर्व एशियाई देश,
- मसीही सांस्कृतिक चेतना - यूरोप, उत्तरी अमेरिका, आस्ट्रेलिया, न्यूजीलैंड, अफ्रीकन देश
- बुद्ध प्रणीत चेतना - चीन, जापान, प्रशांत महासागरीय देश।

हिंदू चेतना का आधार प्रकृति है। जब तक प्रकृति के तत्व मौजूद है तब तक हिंदू सांस्कृतिक चेतना का अस्तित्व विद्यमान रहेगा। बुद्ध चेतना तो सनातन चेतना का ही विस्तार है। बाक़ी एकेश्वरवादी धार्मिक चेतना का सृजन संस्थागत है। संस्थागत सृजन कृत्रिम होता है। पिछले एक हज़ार सालों के इतिहास में मुस्लिम और मसीही चेतना ने कई स्वाभाविक विकसित चेतनाओं को समाप्त कर दिया है जैसे - नील नदी घाटी की मिश्र सभ्यता, दजला-फ़रात घाटियों की बेबीलोन-मेसोपोटामिया सभ्यता, अमेरिका की मय सभ्यता इत्यादि। रुस और चीन की संस्कृतियों को कम्यूनिज़्म निगल गया। इस्लाम, मसीही और कम्यूनिज़्म जैसी आक्रामक विचारधाराओं का सामना सिर्फ़ हिंदू चेतना ही कर सकी। भारत पर हुए 712 के पहले मुस्लिम आक्रमण से औरंगज़ेब की कट्टर हिंदू विरोधी नीतियों का सामना हिंदू चेतना ने किया। उसके बाद मसीही चेतना से पौने दो सौ साल टक्कर लेकर 15 अगस्त 1947 को भारतीय चेतना हिंदू चेतना सहित कई अन्य अंतर्धाराओं को समेटे एक संप्रभु राष्ट्र के रूप में साकार हुई। यह पुस्तक उसी हिंदू चेतना से प्रेरित अमर सेनानियों की दास्तान है।

सामान्यतः इतिहास लेखन की सामग्री राजाओं के बीच लड़ाइयों में उनके उद्भव, जय-पराजय, शासन व्यवस्था और पराभव की कहानियाँ रही हैं। इतिहास लेखन कार्य राजा-महाराजाओं के दरबारी इतिहास लेखकों या भाट चारणों द्वारा किया जाता था। जो राजाओं की सफलताओं का अतिशयोक्तिपूर्ण विवरण प्रस्तुत करते थे। राजाओं

के लिखे या लिखवाए गए इतिहास में विजेताओं का इतिहास विजित राजाओं को दरकिनार कर देता था। कालांतर में विजेता के नज़रिए से घटनाओं का वर्णन ही मुख्य इतिहास मान लिए जाने की प्रवृत्ति विकसित होने लगी और विजित की महत्ता दरकिनार होते चली गई।

भारत में सल्तनत काल में अधिकांश विजेता मुसलमान थे। उनके दरबारी इतिहास लेखक भी मुसलमान थे। एक भी सल्तनत क़ालीन हिंदू लेखक का नाम खुर्दबीन लेकर देखने से भी नहीं मिलता। परंतु भारत की कुल आबादी में औसतन अस्सी प्रतिशत के आसपास हिंदू जनता थी। जब मुहम्मद बिन क़ासिम ने हिंदुस्तान के सिंध पर आक्रमण किया, उस समय तो शत-प्रतिशत आबादी हिंदू थी। यह बात कितनों को पता है कि सिंध का राजा दाहिर एक कश्मीरी ब्राह्मण था, और यह कि उसका पिता चच नामक एक व्यक्ति था, जिसके नाम पर अरबों ने चचनामा ग्रंथ लिखा था, ताकि वे बता सकें कि किस तरह इस्लाम की फ़ौजों ने काफ़िरों का सफ़ाया कर पुण्य कमाया था। यही पद्धति समूचे सल्तनत काल के इतिहास के बारे में जारी रही। भारतियों ख़ास तौर से हिंदुओं के प्रतिरोध का इतिहास ओझल होता गया। भारत में राजनीतिक मजबूरियों के चलते इतिहास चार तरह से लिखा या लिखवाया गया है।

- विजेता नज़रिया का इतिहास
- साम्यवादी नज़रिया का इतिहास
- राष्ट्रवादी अतिरंजित इतिहास
- स्वतंत्र प्रामाणिक इतिहास

लोगों को अपने देश के सच्चे स्वतंत्र प्रामाणिक इतिहास को अवश्य पढ़ना चाहिए ताकि उसे वर्तमान से जोड़कर एक स्वस्थ नज़रिया विकसित करने में सहूलियत हो सके। अन्यथा निहित स्वार्थों से अभिप्रेरित इतिहास उन्हें सही आकलन तक पहुँचने ही नहीं देता है। लोगों को यही नहीं पता चलता कि स्वतंत्र इतिहास क्या है? वे राजनीतिक प्रेरणा से प्रायोजित इतिहास की भूलभूलैया में भटक कर अनुचित अवधारणा विकसित कर लेते हैं। जिससे इतिहास के सबक़ भी गड़बड़ाने लगते हैं। कहावत है कि जो राष्ट्र इतिहास से सबक़ नहीं लेते वे इतिहास की ग़लतियों को दुहराने को अभिशप्त होते हैं, जिस तरह 712 ईस्वी में मुहम्मद बिन क़ासिम के हाथों हिंदूशाही राजा दाहिर की पराजय की पुनरावृत्ति 1192 तक मुहम्मद गोरी के हाथों तक लगातार होती रही। एक तो इस्लामिक हमलावर के पीछे ख़लीफ़ा सहित पूरा इस्लामिक साम्राज्य खड़ा होता था, वहीं हिंदूशाही के पीछे किसी राष्ट्रीय ताक़त या जनता का खड़ा होना बहुत दूर की बात थी। एक बेचारा राजा अकेला लड़ता रहता था। इसके उलट पड़ौसी राजा मुस्लिम हमलावरों से मिल जाते थे। इस तरह के कई सबक़ याद ही नहीं रखे गये।

इसलिए मुस्लिम शासकों का लिखा इतिहास ही भारतीय इतिहास हो गया। हम कोशिश कर रहे हैं वह तत्व सामने लाया जाए जिसके चलते 712 ईस्वी से 1947 तक भारत की बहुसंख्यक हिंदू जनता में हिंदू चेतना से ओतप्रोत राष्ट्रीय भावना का विकास किस प्रकार हुआ है। इसमें समकालीन स्वतंत्र स्रोतों के आधार पर लिखे गए इतिहास से सामग्री प्राप्त की गई है। यह राज्य/राज्यों से राष्ट्र बनने की कहानी कहने का प्रयास है कि भारतीयता का विकास किस तरह किन तत्वों से हुआ है।

भारतीयता के मुख्य तत्व हिंदू सभ्यता से जन्मे हैं। दुनिया में भारतीयता की पहचान क्या है? अधिकांश लोगों ने शायद सोचा ही नहीं कि यदि हिंदू सभ्यता समाप्त हो गई होती तो भारत से सहिष्णुता और स्वतंत्र विचार विमर्श पद्धति भी ख़त्म हो गयी होती, जो भारतीय सभ्यता का सर्वाधिक महत्वपूर्ण मूल्य रहा है। इन्ही तत्वों से भारत में लोकतंत्र सफल है। भारतीय सभ्यता वैदिक युग, उपनिषद काल, महाकाव्य और पौराणिक शास्त्रों में निहित सिद्धांतों से अस्तित्व में आई है। वे सिद्धांत हैं-

- सहिष्णुता (Tolerance),
- अभिव्यक्ति की स्वतंत्रता (Liberty of Expression),
- बहुसंख्यक वाद (Pluralism) और
- स्वतंत्र विधि सम्मत न्याय व्यवस्था (Independent Judiciary)

सबसे चौंकाने वाली बात यह है कि ये चारों सिद्धांत आधुनिक लोकतांत्रिक शासन व्यवस्था के आधारभूत स्तम्भ हैं। भारतीय मेधा ने सदियों पूर्व जान लिया था कि मानव समाज द्वारा इन चारों सिद्धांतों पर चलने से "विश्व-बंधुत्व" का एक और परम सिद्धांत लक्षित होगा। यही "विश्व-बंधुत्व" भावना पृथ्वी पर एकमात्र आशा है। इसका अर्थ यह हुआ कि भारतीय तात्त्विक चिंतन लोकतांत्रिक व्यवस्था के अनुकूल है। इसीलिए भारत में लोकतांत्रिक व्यवस्था सफल हो रही है। कभी पाकिस्तान और बंगला देश भी भारतीय दार्शनिक परम्परा के हिस्से थे। उन्होंने भारतीय चिंतन को अलविदा कहा तो वहाँ लोकतंत्र लड़खड़ाता दिखता है। भारतीय चिंतन में हिंदू सनातन बहुसंख्यक आबादी दर्शन है। जो भारतीय परम्परा निर्धारित करता है। जिसे बदलने की कोशिश एक हज़ार साल तक होती रही। वही संघर्ष भारतीय राष्ट्रीयता को बचाने का प्रयास रहा है। भारतीय प्रभुसत्ता और अस्मिता को बचाने की कोशिश रही है। वह विस्मृत इतिहास इस पुस्तक की विषय वस्तु है।

इस पुस्तक में हिंदूशाही राजा दाहिर के बलिदान की दास्तान है, न कि मुहम्मद बिन क़ासिम की अतिरंजित खूनी होली, राजा जयपाल की बहादुरी का क़िस्सा है न कि मुहम्मद गजनवी की लूट और मूर्तियों की तोड़ने के कारनामे और पृथ्वीराज चौहान की वीरता के क़िस्से हैं न कि मुहम्मद गोरी की कुटिल नीति के हिस्से।

यह भारतीयता का इतिहास है। केवल राजनीतिक जीत-हार का विवरण नहीं है। पुस्तक क़िस्सा गोई अन्दाज़ में क्रमवार लिखी गई है, जिससे रोचकता बनी रहे और इतिहास का बोझिलपन पाठक को उबाऊ न लगे। यह किताब सनातन दर्शन से उपजे कालजयी जीवन मूल्यों की इतिहास गाथा है।

यह चौंकाने वाला तथ्य है कि सल्तनत काल में हिंदुओं को धर्म परिवर्तन हेतु प्रताड़ित किया जा रहा था, उसी काल में आदि शंकराचार्य, वल्लभाचार्य, रामानुज, निम्बार्क हिंदू दार्शनिक सिद्धांतों की विवेचना कर रहे थे। इसी तरह मुग़ल काल में हिंदी भाषा में भक्तिकाल चल रहा था। उसी काल के रचे ग्रंथ जैसे - रामचरितमानस आज हिंदुओं के प्रधान ग्रंथ हैं। हिंदू चेतना का भी सतत विकास हो रहा था। सगुण-निर्गुण भक्ति की धाराएँ बहना आरम्भ हो रही थीं। भारतीय संस्कृति नई ज़मीन खोज रही थी। सनातन धर्म पंगु नहीं हुआ था। उल्टा अंतरधाराएँ अधिक तेज और व्यवस्थित थीं। राजनीतिक प्रताड़ना हिंदू चेतना को धार दे रही थी। हिंदू बाहरी प्रलोभनों से विमुख हो भक्ति की शरण में जाकर ब्रह्म-परब्रह्म से सगुण भक्ति की तरफ़ मुड़ रहे थे।

चालीस सालों से इतिहास का शौक़िया अध्ययन करने वाले प्रिय मित्र श्रीकृष्ण श्रीवास्तव से सैंकड़ों घंटों सनातन और एकेश्वरवादी धार्मिक सैद्धांतिक विषयों पर गहन विचार-विमर्श हुआ। उनके परामर्श से भारत के स्वतंत्र इतिहास की प्राचीन काल से आधुनिक काल तक के अध्ययन हेतु चार किताबें चुनी, जो कि गम्भीर मुद्दों पर स्वस्थ नज़रिया विकसित करने हेतु ऐतिहासिक गम्भीर संदर्भ ग्रंथ भी हैं।

- प्रसिद्ध इतिहासकार रमेश चंद्र मजूमदार द्वारा रचित प्राचीन भारत,
- आशीर्वादी लाल श्रीवास्तव द्वारा कलमबद्ध की गई "दिल्ली सल्तनत" एवं "मुग़लकालीन भारत" और,
- रमेश चंद्र मजूमदार कृत "भारतीय स्वतंत्रता संग्राम का इतिहास"।

प्रत्येक भारतीय को इन्हें अवश्य पढ़ना चाहिए। इस पुस्तक के लेखन में इन पुस्तकों के अध्ययन की सामग्री का उपयोग किया गया है। पुस्तकों के लेखकों और प्रकाशन संस्थाओं को हृदय से धन्यवाद। यह पुस्तक मित्र श्रीकृष्ण श्रीवास्तव को स्नेहिल अर्पण है। आशा है, पुस्तक पाठकों को पसंद आएगी। यह पुस्तक प्रतियोगी परीक्षा के प्रतिभागियों के लिए भी उपयोगी सिद्ध होगी।

**—सुरेश पटवा,**
**भोपाल**

# 1

# हिंदू सांस्कृतिक राष्ट्रवाद

राष्ट्रवाद (Nationalism) लोगों के किसी समूह की उस आस्था का नाम है जिसके तहत वे खुद को साझा इतिहास, परम्परा, भाषा, जातीयता और संस्कृति के आधार पर एकजुट मानते हैं। इन्हीं सम्बंधों के कारण वे इस निष्कर्ष पर पहुँचते हैं कि उन्हें आत्मनिर्णय के आधार पर अपने सम्प्रभु राजनीतिक समुदाय अर्थात् 'राष्ट्र' की स्थापना करने का अधिकार है। हालाँकि दुनिया में ऐसा कोई राष्ट्र नहीं है जो इन सभी कसौटियों पर पूरी तरह खरा उतरता हो, इसके बावजूद भी अगर विश्व का एटलस उठा कर देखा जाए तो धरती की एक-एक इंच ज़मीन राष्ट्रीय सीमाओं में बँटी मिलेगी। इस पुस्तक के छपने जाने के समय तक इस तरह के 193 राष्ट्र संयुक्त राष्ट्र संघ के सदस्य हैं।

राष्ट्रवाद के आधार पर राष्ट्र उस समय तक लोगों की कल्पनाओं में ही रहता है जब तक उसे एक राष्ट्र का रूप नहीं दे दिया जाता। भारत वैदिक काल से एक राजनीतिक इकाई न होकर शास्त्रों में सांस्कृतिक और भौगोलिक राष्ट्रीय पहचान रहा। जो 1947 में एक राष्ट्र के रूप में खुद के पैरों पर उठ खड़ा हुआ। यह भारतीय राष्ट्र (Nation) से भारतीय राष्ट्रवाद (Nationalism) की संघर्षों से भरी 2,000 सालों की लम्बी यात्रा है। इस पुस्तक में पिछले 1,000 सालों में हिंदू चेतना की यात्रा का वृतांत है।

राष्ट्रवाद की परिभाषा और अर्थ को लेकर व्यापक चर्चाएँ होती रही हैं। राष्ट्रवाद की सुस्पष्ट और सर्वमान्य परिभाषा करना आसान नहीं है। एक अमेरिकी इतिहासकार टिमोथी डेविड स्नाइडर तो मानते हैं कि राष्ट्रवाद को परिभाषित करना अत्यन्त कठिन कार्य है। लेकिन फिर भी इस विषय में उन्होनें जो परिभाषा दी है वह राष्ट्रवाद को समझने में उपयोगी है। उनके मतानुसार, *"इतिहास के एक विशेष चरण में राजनीतिक, आर्थिक, सामाजिक व बौद्धिक कारणों का एक अस्तित्व अर्थात*

*राष्ट्रवाद एक सु-परिभाषित भौगोलिक क्षेत्र में निवास करने वाले ऐसे व्यक्तियों के समूह की एक मनःस्थिति, अनुभव या भावना है जो समान भाषा बोलते हैं, जिनके पास एक ऐसा साहित्य है जिसमें राष्ट्र की अभिलाषाएँ अभिव्यक्त हो चुकी हैं, जो समान परम्पराओं व समान रीति रिवाजों से सम्बद्ध है, जो अपने वीरपुरूषों की पूजा करते हैं और कुछ स्थितियों में समान धर्म वाले हैं।"*

प्राचीन एकल संप्रभु अधिनायकवादी राज्य और लोक कल्याणकारी राज्य के बाद राष्ट्रवाद एक संरचनात्मक आधुनिक कड़ी है। यूरोप में सोलहवीं और सत्रहवीं शताब्दी के आसपास प्राचीन अधिनायकवादी राज्य से आधुनिक राज्य का उदय हुआ। जिसने राष्ट्रवाद के उदय में सबसे महत्वपूर्ण भूमिका निभाई। राज्य का यह स्वरूप पहले के स्वरूपों से भिन्न था। इसकी शक्ति केंद्रीकृत संप्रभु और अविभाजित थी। इसके विपरीत मध्ययुगीन यूरोप में राजशाही एकल संप्रभु शासक थी। परवर्ती राज्य ने सत्ता के इस केंद्रीयकरण को समाप्त कर दिया, सत्ता के सह दावेदार पनपे। जिसके आधार पर राष्ट्रवाद का विचार पनप सका। सत्ता के केंद्रीकरण के स्थान पर सत्ता का विकेंद्रीकरण राष्ट्रवाद की पहचान बन गया। राष्ट्रवाद को समझने के लिए उन घटनाओं को समझना आवश्यक है जिनके कारण आधुनिक राष्ट्र के सिद्धांत का जन्म हुआ।

मध्य युग में राजा महाराजा और राजवंश मौजूद थे, लेकिन उन्हें राजनीतिक सत्ता को धर्मसत्ता (चर्च) के साथ क्षैतिज रूप से और सामंतों के साथ कई स्तर पर साझा करनी पड़ती थी। सामान्यतः ईसाई चर्च शासकों की तरह शक्तिशाली और कभी-कभी उनसे भी अधिक शक्तिशाली हुआ करता था। चौथी शताब्दी में रोमन सम्राट कॉन्सटेंटाइन द्वारा ईसाई धर्म अपनाने के बाद से चर्च की शक्ति में लगातार वृद्धि होती चली गई। राजकीय धर्म होने के कारण ईसाई धर्म न केवल यूरोप के कोने-कोने में फैला, बल्कि पूर्व में तुर्की और रूस तक फैल गया। छठी शताब्दी तक यूरोप में जगह-जगह कैथोलिक चर्च और शासकों के बीच आपसी अधिकार की संरचनाएँ विकसित हो चुकी थीं। राजाओं ने दावा किया कि वे दैवीय आदेश से शासन करते हैं, दूसरी ओर चर्च ने गैर-धार्मिक अर्थों में कुछ हद तक राजनीतिक बागडोर संभाली। चर्च को कर लगाने का अधिकार था। चर्च और राजा के बीच इस असहज संबंध ने एक सर्व-शक्तिशाली प्रकार के राजतंत्र के उदय में बाधा उत्पन्न की।

एक तरफ़ धर्म से सत्ता की लड़ाई चल रही थी। दूसरी ओर सम्राट को पदानुक्रम के आधार पर संचालित एक प्रणाली के आधार पर शक्तिशाली कुलीनों और सामंतों के साथ सत्ता साझा करनी पड़ती थी। राजनीतिक और आर्थिक स्तरों पर काम करने वाली इस जटिल व्यवस्था ने जनता को मालिकों, जागीरदारों और जमींदारों में विभाजित कर दिया। स्थानीय स्तर पर स्वामी अपने जागीरदार पर और जागीरदार अपने अधीनस्थ जमींदार पर शासन करते थे। ज़मींदार जनता का शोषण

करते थे। दरअसल, यूरोप की तत्कालीन परिस्थितियाँ कई कारणों से एक निश्चित भू-क्षेत्र और आबादी के दायरे में केंद्रीकृत राजनीतिक समुदाय बनने से रोकती थीं। परिवहन और संचार के नेटवर्कों का अभाव भी एक वजह थी जिसके कारण सत्ता में हिस्सेदारी करना एक मजबूरी थी।

लगातार युद्धों, जीत-हार और अलग राज्य बना लेने की प्रवृत्तियों के कारण हुकूमतों की सीमाएँ बनती-बिगड़ती रहती थीं। शाही ख़ानदानों के बीच होने वाली शादियों में पूरे-पूरे के भू-क्षेत्र दहेज़ और तोहफ़ों के तौर पर दे दिये जाते थे जिससे एक इलाके की आबादी रातों-रात दूसरे राज्य की प्रजा बन जाती थी। बतौर उदाहरण, बॉम्बे द्वीप समूह पुर्तगालियों ने गुजरात के बहादुर शाह से 1534 में हथिया लिए थे, वही बॉम्बे द्वीप समूह इंग्लैंड के चार्ल्स द्वितीय का पुर्तगाल राजकुमारी कैथरीन डे बर्गैन्ज़ा के विवाह में 27 मार्च 1668 को दहेज स्वरूप दे दिये गये। ब्रिटिश साम्राज्य ने ब्रिटिश ईस्ट इंडिया कंपनी को मात्र दस पाउण्ड प्रति वर्ष की दर पर पट्टे पर दे दिये। बॉम्बे द्वीप समूह के लोग बहादुर शाह की रियाया थी। वह पुर्तगाल की जनता हुई, फिर ब्रिटेन की पब्लिक हो गई। लेकिन इस राजनीतिक परिवर्तन से जनता के रोज़मर्रा के जीवन पर कोई ख़ास फ़र्क नहीं पड़ता था। लोगों की एक इलाके से दूसरे में आवाजाही पर कोई पाबंदी नहीं थी। कोई कहीं भी जा कर काम शुरू कर सकता था, कहीं भी विवाह कर सकता था। राजनीति, प्रशासन, कानून और संस्कृति इसी तरह से विकेंद्रीकृत ढंग से चलते रहते थे। पूरा यूरोप बोलचाल, रीति-रिवाज और आचार-व्यवहार में बेहद विविधतापूर्ण था। संस्कृति में कोई समरूपता नहीं थी।

इस विकेंद्रीकृत स्थिति में परिवर्तन की शुरुआत इंग्लैण्ड में ट्यूडर और फ्रांस में बर्बन राजवंशों के सुदृढ़ीकरण से हुई। उसी समय कारोबारी सक्रियता बढ़ने से तिजारती पूँजीपतियों का एक नया वर्ग उभरा। इन दोनों वंशों ने तिजारती पूँजीपतियों की मदद से अपनी सत्ता मज़बूत की। ये राजवंश व्यापार से कमायी धन-दौलत के बदौलत आमदनी के लिए अब अपने जागीरदारों पर उतने निर्भर नहीं रह गये। धीरे-धीरे सामंती गवर्नरों से उनकी सत्ता छिनने लगी। सामंतों की जगह तिजारती पूँजीपति आ गये। दूसरी तरफ़ पंद्रहवीं सदी के दौरान चर्च में हुए धार्मिक सुधारवादी आंदोलनों ने कैथॅलिक चर्च की ताकत को काफ़ी हद तक कम कर दिया। इन दोनों परिवर्तनों ने सम्राटों को पूरे क्षेत्र पर सम्पूर्ण और प्रत्यक्ष शासन करने का मौका प्रदान किया। भू-क्षेत्रीय सीमाओं का अनुपालन होने लगा। धर्म, शिक्षा और भाषा के मामले में जनसाधारण को मानकीकरण के दौर से गुज़रना पड़ा। नागरिकों के आवास और यात्रा पर भी नियम-कानून आरोपित किये जाने लगे। स्थायी शाही सेनाओं की भर्ती और रख-रखाव पर विशेष ध्यान दिया जाने लगा। परिवहन, संचार और शासन की प्रौद्योगिकियों का विकास हुआ जिनके कारण नरेशों और सम्राटों को अपने राजनीतिक लक्ष्य प्रभावी ढंग से साधने में आसानी होने लगी।

इस घटनाक्रम के दूरगामी प्रभाव पड़े। एक सर्वसत्तावादी राज्य का उदय हुआ जो सम्प्रभुता, केंद्रीकृत शासन और स्थिर भू-क्षेत्रीय सीमाओं के लक्षणों से सम्पन्न था। आज के आधुनिक राज्य में भी यही ख़ूबियाँ हैं। फ़र्क यह है कि तत्कालीन राज्य पर ऐसे राजा का शासन था जो अहंकार पूर्वक कहता था कि "मैं ही राज्य हूँ।" लेकिन, इसी सर्वसत्तावादी चरित्र के भीतर सांस्कृतिक, भाषाई और जातीय समरूपता वाले 'राष्ट्र' की स्थापना की परिस्थितियाँ मौजूद थीं। सामंती वर्ग को प्रतिस्थापित करने वाला वणिक वर्ग राजाओं का अहम राजनीतिक सहयोगी बन चुका था।

एक आत्मगत अनुभूति के तौर पर राष्ट्रवाद का दर्शन इसी वर्ग के अभिजनों के बीच पनपना शुरू हुआ। ये अभिजन जल्दी ही अधिक राजनीतिक अधिकारों और प्रतिनिधित्व के लिए बेचैन होने लगे। पूरे पश्चिमी यूरोप में विधानसभाओं और संसदों में इनका बोलबाला स्थापित होने लगा। इसका नतीजा यूरोपीय आधुनिकता की शुरुआत में राजशाही और संसद के बीच टकराव की घटनाओं के रूप में सामने आया। इसका सबसे बड़ा प्रमाण 1688 में इंग्लैण्ड में हुई गौरवमयी क्रांति (Glorious Revolution) है। इस द्वंद्व में पूँजीपति वर्ग के लिए लैटिन भाषा का शब्द 'नेशियो' (Natio) महत्त्वपूर्ण बन गया। अंग्रेजी शब्द नेशन लैटिन 'नेशियो' से आया है, जिसका अर्थ "टू बर्थ" है। फ्रेंच में नेटम और लैटिन में 'नेशियो' का अर्थ एक ही मूल के मानव समूह में हुए जन्म के बच्चों से होता है। सिसरो द्वारा "लोगों" के लिए 'नेशियो' का प्रयोग किया गया है। पुराना फ्रांसीसी शब्द नैसियन - जिसका अर्थ है "जन्म" (नाइसेंस), "उत्पत्ति का स्थान" - जो बदले में लैटिन शब्द नाटियो (नेशियो') से निकला है जिसका शाब्दिक अर्थ है "जन्म"। पूँजीपति वर्ग अपने जन्म अर्थात् उत्पत्ति से सत्ताधारी बन कर राज्य की देखभाल करता था। इसी से राज्य 'नेशन' (Nation) पुकारा जाने लगा।

## यूरोपीय राष्ट्रीयता

हम यूरोप में राष्ट्रवाद के क्रमिक विकास को समझते चलें। पाँचवी-छठवीं सदी में रोमन साम्राज्य बिखरने के बाद ब्रिटेनी, स्पैनी, फ्रांसीसी, जर्मन, इटालवी, रोमानी, स्लाव लोगों ने अपनी सघन बसाहट के इलाक़ों पर क़ब्ज़ा करके अपना शासन स्थापित कर लिया। उनकी अपनी ज़मीन उनके अपने राष्ट्र के लिए चिन्हित हो गई। उसी अवधि में रोमन कैथोलिक धर्म की सत्ता रोम की पोप नामक संस्था से उन देशों पर स्थापित हुई थी। इस तरह राष्ट्र की एक धर्म की शर्त भी पूरी हुई। अमेरिका और इंग्लैंड में अंग्रेज़ी, फ्रान्स में फ्रेंच, स्पैन में स्पैनिश, जर्मनी में जर्मन भाषा बोली जाती थी। इस प्रकार उनकी राष्ट्र की अवधारणा की तीन बातें एक ज़मीन, एक धर्म और एक भाषा पूरी होतीं थी अतः उन्होंने तदानुसार राष्ट्र और राष्ट्रीयता की

परिभाषा गढ़ ली। उन्होंने एक भाषा बोलने वाले एक धर्म मानने वाले एक ज़मीन पर अपने राष्ट्र का निर्माण कर लिया। उसके बाद अपने राष्ट्र का क्षेत्र बढ़ाने के लिए आपसी लड़ाइयाँ शुरू हुईं। उन लड़ाईयों के दौरान उनकी जनता में राष्ट्रीयता की भावना का उदय हुआ। इस प्रकार राष्ट्र और राष्ट्रीयता के सिद्धांत पश्चिमी राजनैतिक अवधारणा में आए।

आधुनिक राष्ट्र और राष्ट्रीयता की अवधारणा का प्रतिपादन यूरोपीय देशों ख़ासकर इंग्लैंड, फ्रान्स, जर्मनी और अमेरिका के विद्वानों ने किया था। जिनके मतानुसार "एक ज़मीन के टुकड़े पर एक भाषा बोलने वाले और एक धार्मिक संस्कृति का पालन करने वाले एक राष्ट्र का निर्माण करते हैं।" उनकी इस परिभाषा का आधार जानने की कोशिश में राष्ट्र और राष्ट्रीयता की सही अवधारणा समझने में सहायता होगी।

अट्ठारहवीं सदी के यूरोप में सामंतवाद चारों तरफ़ पतनोन्मुख था और औद्योगिक क्रांति के दौर से गुज़र रहा था, पूँजीपति वर्ग के विभिन्न हिस्से राष्ट्रवाद की विचारधारा के तले एकताबद्ध होने लगे। उन्होंने ख़ुद को एक समरूप और घनिष्ठ एकता में बँधे राजनीतिक समुदाय के प्रतिनिधियों के तौर पर देखा। राज्य की इस भावना पर प्राचीनता आरोपित करने का कार्यभार जर्मन राष्ट्रवाद के हाथों पूरा हुआ। ख़ुद को नेशन कह कर यह वर्ग आधुनिक राज्य से राजनीतिक सौदेबाज़ी करने पर उतारू था। दूसरी तरफ़ राजशाही और पूँजीपति वर्गों से त्रस्त साधारण जनता ने राष्ट्रवाद के विचार का इस्तेमाल राजसत्ता के आततायी चरित्र के ख़िलाफ़ ख़ुद को एकजुट करने में किया। जनता को ऐसा इसलिए करना पड़ा कि पूँजीपति वर्ग के समर्थन से सत्ता से वंचित होती जा रही राजशाहियाँ अधिकाधिक निरंकुश और अत्याचारी होने लगी थीं। जनता बार-बार मजबूरन सड़कों पर उतरने को मजबूर हुई, जिसका नतीजा 1789 की फ्रांसीसी हिंसक क्रांति जैसी युगप्रवर्तक घटनाओं में सामने आया। कहना न होगा कि हुक्मरानों के ख़िलाफ़ जन-विद्रोहों का इतिहास बहुत पुराना था, पर अट्ठारहवीं और उन्नीसवीं सदी के यूरोप में यह गोलबंदी राष्ट्रवाद के झण्डे तले हो रही थी। इनका नेतृत्व बौद्धिक अभिजनों के हाथ में रहता था और लोकप्रिय तत्त्व घटनाक्रम में ज्वार-भाटे का काम करते थे। किसी भी स्थानीय विद्रोह का लाभ उठा कर पूँजीपति वर्ग राजशाही के ख़िलाफ़ सम्पूर्ण राष्ट्रवादी आंदोलन की शुरुआत कर देता था।

दुनिया में अठारहवीं सदी (1701-1800) के पूर्वार्ध तक राष्ट्र या राष्ट्रीयता की अवधारणा विकसित नहीं हुई थी। मध्ययुगीन राज्य और साम्राज्य राजनैतिक सत्ता के रूप में प्रचलित थे। जिसका आधार राजा या सम्राट की स्वेच्छाचारिता थी। उनके शब्द और आदेश क़ानून हुआ करते थे। क़ानून का उद्देश्य अपनी और अपने परिवार

की सत्ता को हमेशा क़ायम रखने के प्रयास स्वरूप हुआ करता था। इसके बावजूद भी सत्ता के केंद्र तीन-चार पीढ़ी में बदल जाते थे। राज्यों में स्थिरता-अस्थिरता के चक्र चला करते थे। जनता उन चक्रों में पिसती रहती थी। सत्ताधीशों और जनता में कोई सीधा संवाद नहीं होता था। शासन-सेना-न्याय-वित्त व्यवस्था का उद्देश्य राजा की सत्ता को मज़बूत करना होता था।

अट्ठारहवीं सदी के उत्तरार्ध अर्थात 1775-1783 के दौरान अमेरिका में चले आज़ादी के संग्राम के उपरांत जॉर्ज वॉशिंगटन के नेतृत्व में अमेरिका की तेरह कॉलोनी ने स्वतंत्रता की घोषणा करके अपने आप को इंग्लैंड से अलग एक स्वतंत्र राष्ट्र घोषित कर दिया। उसके बाद 1789 में फ्रान्स की राज्य क्रांति में जनता ने लुई सोलहवें को उसके ही द्वारा आविष्कृत गुलेटिंन से गर्दन काट कर सत्ता अपने हाथ में लेकर रिपब्लिक की घोषणा कर दी। वोल्टेयर, रूसो, मोंटेस्क्यू, जॉन लॉक जैसे विचारकों और दार्शनिकों ने फ्रांसीसी क्रांति में महत्वपूर्ण भूमिका निभाई। उन्होंने अपने लेखन के माध्यम से लोगों में जागरूकता पैदा की। उन्होंने सम्राट की निरंकुश शक्तियों की आलोचना की। उन्होंने लोगों को स्वतंत्रता और समान अधिकारों के वास्ते लड़ने के लिए प्रोत्साहित किया।

इन दो घटनाओं के आसपास राजा की अवधारणा से अलग एक नई शासन प्रणाली के विकास पर रूसो, दिदरो, मोंटेस्कु, जॉन लॉक जैसे राजनीतिक विचारकों में विचार मंथन हो रहा था। अमेरिका के शासन अध्यक्ष उन क्रांतिकारी विचारों को जानने समझने पेरिस आया करते थे। अपने विद्वानों को भी वहाँ भेजते थे। उस वैचारिक मंथन में राज्य से अलग एक नई संरचना राष्ट्र की अवधारणा का विकास हो रहा था। राज्य में सत्ता एक राजा में केंद्रित हुआ करती थी। राष्ट्र की अवधारणा में सत्ता का विकेंद्रीकरण चार विभागों में होने की प्रक्रिया घटित हो रही थी।

इतिहास बताता है कि कैसे केंद्रीयकृत यूरोपीय राज्य विकेन्द्रीकृत सत्तावादी राज्य में बदल गया। फिर राज्य धीरे-धीरे राष्ट्रवादी आंदोलनों के दबाव में एक सीमित प्रकार के संवैधानिक राज्य के रूप में विकसित हुआ। पूंजीवादी वर्ग के साथ-साथ जनता के राजनीतिक अधिकारों के लिए लामबंदी में राष्ट्रवाद उन्नीसवीं सदी के अंत तक एक प्रमुख कारक बन गया था। यह मान लेना गलत होगा कि राष्ट्रवाद का विचार इसी तरह पूरे यूरोप में फैल गया। फ्रांस में इसे हिंसक सार्वजनिक भागीदारी के माध्यम से व्यक्त किया गया, जबकि इंग्लैंड में यह अपेक्षाकृत शांतिपूर्ण संसदीय तरीके से व्यक्त किया गया था। जो साम्राज्य बहुजातीय और बहुभाषी थे, पहले बहुराष्ट्रीय राज्य बने और बाद में कई भागों में बंट गए। लेकिन, दूसरी ओर, राष्ट्रवाद ने कुछ बहुभाषी और बहु-जातीय राज्यों को एकजुट रखने का तर्क भी दिया। जैसे ही राष्ट्रवादी विचार यूरोपीय धरती से परे एशिया, अफ्रीका और लैटिन अमेरिका में

फैला, इसने यूरोप से भिन्न उपनिवेशवादी किस्मों को विकसित करना शुरू कर दिया। यह प्रखर राष्ट्रवाद का विस्तार था, ब्रिटिश एम्पायर, फ्रेंच एम्पायर, पुर्तगाल एम्पायर, इत्यादि। इन क्षेत्रों में उपनिवेशवाद विरोधी मुक्ति संघर्षों को राष्ट्रवादी भावनाओं की जीत के लिए प्रेरित किया गया था। परिणाम भारत जैसे देशों में उपनिवेशवाद और राष्ट्रवाद का एक अनूठा संयोजन था।

केंद्रीय सत्ता क़ानून बनाने वाली संस्था-संसद या सीनेट, क़ानून लागू करने वाली संस्था-सरकार, न्याय करने वाली संस्था-न्यायपालिका और विचारों की स्वतंत्र अभिव्यक्ति-प्रेस मीडिया में विभाजित हो रही थी। सर्वोच्च सत्ता जनता में निहित है वह लोकतांत्रिक प्रणाली द्वारा मतदान से संसद का गठन करती है। बहुमत के आधार पर सरकार का गठन होता है। न्यायपालिका और प्रेस पूरी तरह आज़ाद रहने चाहिए। शासन एक संविधान में निहित शक्तियों, अधिकारों और कर्तव्यों से संचालित होता है।

प्रेस राजनैतिक, सामाजिक, सांस्कृतिक और प्रशासनिक क्रियाओं व प्रतिक्रियाओं पर नज़र रखकर जनता को जागृत करता है। दीवानी, फ़ौजदारी और विधिक मामलों और मतभेदों को सुलझाने का काम न्यायपालिका करती है। इन चार अंगों में सत्ता का विभाजन, संचालन, नियंत्रण और संतुलन आधुनिक राष्ट्र की अवधारणा का मूल मंत्र है।

राष्ट्रवाद एक आधुनिक संकल्पना है जिसका विकास पुनर्जागरण के बाद यूरोप में राष्ट्र राज्यों (Nation States) के रूप में हुआ। राष्ट्रवाद का उदय अट्ठारहवीं और उन्नीसवीं सदी के युरोप में हुआ था, लेकिन अपने केवल दो-ढाई सौ साल पुराने ज्ञात इतिहास के बाद भी यह विचार बेहद शक्तिशाली और टिकाऊ सिद्ध हुआ है। राष्ट्रवाद के प्रतिपादक जॉन गॉटफ्रेड हर्डर थे, जिन्होंने 18वीं सदी में पहली बार इस शब्द का प्रयोग करके जर्मन राष्ट्रवाद की नींव डाली। उस समय यह सिद्धान्त दिया गया कि *"राष्ट्र केवल समान भाषा, नस्ल, धर्म या क्षेत्र से बनता है।"* किन्तु, जब भी इस आधार पर समरूपता स्थापित करने की कोशिश की गई तो तनाव एवं उग्रता को बल मिला। जब राष्ट्रवाद की सांस्कृतिक अवधारणा को ज़ोर-ज़बरदस्ती से लागू करवाया जाता है तो यह 'अतिराष्ट्रवाद' या 'अन्धराष्ट्रवाद' कहलाता है। इसका अर्थ हुआ कि राष्ट्रवाद जब चरम मूल्य बन जाता है तो सांस्कृतिक विविधता के नष्ट होने का संकट उठ खड़ा होता है। विभाजन के दौर में भारतीय राष्ट्रवाद दो फाड़ होकर हिंदू राष्ट्रवाद और मुस्लिम राष्ट्रवाद में बँट गया, जिसकी परिणति भारत-पाकिस्तान विभाजन के रूप में सामने आई। यह प्रखर राष्ट्रवाद का नमूना है। भारत फिर एक बार अभी भारतीय (हिंदू) राष्ट्रवाद के दौर से गुज़र रहा है। इस राष्ट्रवाद की अवधारणा अचानक रातों रात पैदा नहीं हुई अपितु सदियों से प्रताड़ित हिंदू जनता

की स्मृति में विकसित हुई है। आज भारतीय राष्ट्रवाद असमान धर्म और असमान भाषा से लड़ रहा है। छद्म धर्म-निरपेक्षता और सच्ची धर्म-निरपेक्षता के दोराहे पर खड़ा है। एक पार्टी "धर्म निरपेक्षता" को झुठला कर उसे छद्म धर्म-निरपेक्षता कहकर किनारा कर लेती है और दूसरी पार्टी "धर्म निरपेक्षता" को छूने से डर रही है।

राष्ट्रवाद का अध्ययन करना इसलिए भी जरूरी है कि यह वैश्विक मामलों में बहुत ही महत्त्वपूर्ण भूमिका निभाता है। पिछली दो शताब्दियों के दौरान राष्ट्रवाद एक ऐसे सम्मोहक राजनीतिक सिद्धान्त के रूप में उभरा है जिसने इतिहास की दिशा बदलने में योगदान दिया है। इसने उत्कट निष्ठाओं के साथ-साथ गहरे विद्वेषों को भी प्रेरित किया है। इसने जनता को जोड़ा है तो विभाजित भी किया है। इसने अत्याचारी शासन से मुक्ति दिलाने में मदद की है तो यह कटुता और युद्धों का कारण भी रहा है। साम्राज्यों और राष्ट्रों के ध्वस्त होने का यह भी एक कारण रहा है। राष्ट्रवादी संघर्षों ने राष्ट्रों और साम्राज्यों की सीमाओं के निर्धारण-पुनर्निर्धारण में योगदान किया है। आज भी दुनिया का एक बड़ा भाग विभिन्न राष्ट्र-राज्यों (Nation-states) में बंटा हुआ है। हालाँकि राष्ट्रों की सीमाओं के पुनर्संयोजन की प्रक्रिया अभी खत्म नहीं हुई है और मौजूदा राष्टों के अन्दर भी अलगाववादी संघर्ष आम बात है।

जब भारतीय राष्ट्रवादी संस्कृति की बात आती है, तब कई पश्चिम के विद्वान इस व्याख्या को दरकिनार कर यह सिद्ध लगते हैं कि ब्रिटिश लोगों के कारण ही भारत में राष्ट्रवाद की भावना ने जन्म लिया; और यह कि राष्ट्रीयता की चेतना ब्रिटिश शासन की देन है और उससे पहले भारतीय इस चेतना से अनभिज्ञ थे।

आधुनिक कालीन भारत में अंग्रेजों के शासनकाल मे राष्ट्रीयता की भावना का विशेषरूप से विकास हुआ। भारत में अंग्रेजी शिक्षा के प्रसार से एक ऐसे विशिष्ट वर्ग का निर्माण हुआ जो स्वतन्त्रता को मूल अधिकार समझने लगा और जिसमें अपने देश को अन्य पाश्चात्य देशों के समकक्ष लाने की प्रेरणा थी। पाश्चात्य देशों का इतिहास पढ़कर उसमें राष्ट्रवादी भावना का विकास हुआ। इसका तात्पर्य यह नहीं है कि उन्हें भारत के प्राचीन इतिहास से नई पीढ़ी को राष्ट्रवादी प्रेरणा नहीं मिली है।

## भारतीय राष्ट्रीयता

कुछ पश्चिमी विद्वान भारतीय राष्ट्रवाद को एक आधुनिक विकसित तत्त्व मानते हैं। इस राष्ट्रवाद का अध्ययन अनेक दृष्टिकोणों से महत्त्वपूर्ण है। राष्ट्रवाद के उदय की प्रक्रिया अत्यन्त जटिल और बहुमुखी रही है। भारत मे अंग्रेजों के आने से पहले देश में ऐसी सामाजिक संरचना थी जो कि संसार के किसी भी अन्य देश मे शायद ही कहीं पाई जाती हो। वह मध्यकालीन यूरोपीय समाजों से कई दृष्टि से भिन्न थी। भारत विविध भाषा-भाषी और अनेक धर्मों के अनुयायियों वाले विशाल जनसंख्या

का देश है। सामाजिक दृष्टि से हिन्दू समाज जो कि देश की जनसंख्या का सबसे बड़ा भाग है, विभिन्न जातियों और उपजातियों में विभाजित रहा है। स्वयं हिन्दू धर्म में किसी विशिष्ट पूजा पद्धति का विधान नहीं है। बल्कि उसमें कितने ही प्रकार के दर्शन और पूजा पद्धतियाँ सम्मिलित है। इस प्रकार हिन्दू समाज अनेक सामाजिक और धार्मिक विभागों में बँटा हुआ है। भारत की सामाजिक, आर्थिक तथा राजनीतिक संरचना तथा विशालता के कारण यहाँ पर राष्ट्रीयता का उदय अन्य देशों की तुलना मे अधिक कठिनाई से हुआ है। शायद ही विश्व के किसी अन्य देश में इस प्रकार की प्रकट भूमि में राष्ट्रवाद का उदय हुआ हो। सर जॉन स्ट्रेची ने भारत के विभिन्नताओं के विषय मे कहा है कि-

> *"भारतवर्ष के विषय में सर्वप्रथम महत्त्वपूर्ण जानने योग्य बात यह है कि भारतवर्ष न कभी राष्ट्र था, और न है, और न उसमें यूरोपीय विचारों के अनुसार किसी प्रकार की भौगोलिक, राजनैतिक, सामाजिक अथवा धार्मिक एकता थी, न कोई भारतीय राष्ट्र और न कोई भारतीय ही था जिसके विषय में हम बहुत अधिक सुनते हैं।"*

इसी सम्बन्ध मे सर जॉन शिले का कहना है कि-

> *"यह विचार कि भारतवर्ष एक राष्ट्र है, उस मूल पर आधारित है जिसको यूरोपीय राजनीति शास्त्र स्वीकार नहीं करता और दूर करने का प्रयत्न करता है। भारतवर्ष एक राजनीतिक इकाई नही हैं वरन् एक भौगोलिक नाम है जिस प्रकार यूरोप या अफ्रीका।"*

यह भारत को ठीक से नहीं जानने वालों की प्रायोजित या विकसित धारणाएँ हैं। हम भारत को एक भौगोलिक, सांस्कृतिक राष्ट्र के रूप में समझने की कोशिश करते हैं। भारत अपनी चेतना में भौगोलिक, सांस्कृतिक और अनेकों अवसरों पर राजनीतिक रूप से एक परिभाषित और अस्तित्वमान राष्ट्र रहा है। उदाहरण के तौर पर अशोक, गुप्तकाल, हर्षवर्धन, अकबर के बाद सम्पूर्ण मुग़ल काल में भारत एक राजनीतिक राष्ट्र के रूप में खड़ा हुआ है।

इतिहास रूप से भारतीय राष्ट्र की अवधारणा को विकसित करने का श्रेय जयचंद विद्यालंकार को जाता है। जयचन्द विद्यालंकार भारत के महान इतिहासकार एवं लेखक थे। वे स्वामी श्रद्धानन्द सरस्वती, गौरीशंकर हीराचन्द ओझा और काशीप्रसाद जायसवाल के शिष्य थे। उन्होने 'भारतीय इतिहास परिषद' नामक संस्था खड़ी की थी। उनका उद्देश्य भारतीय दृष्टि से समस्त अध्ययन को आयोजित करना और भारत की सभी भाषाओं में ऊंचे साहित्य का विकास करना था। जयचन्द विद्यालंकार ही

भगत सिंह के राजनीतिक गुरु थे। उन्हें अपनी धारणाएं हिन्दी में ही सामने रखने की जिद थी। जयचन्द्र विद्यालंकार भारत में इतिहास की ऐसी प्रतिभा माने जाते हैं कि लोगों ने इतिहास की उनकी मूल धारणाओं तक पहुँचने के लिये विधिवत हिन्दी का अध्ययन किया। नेशनल कॉलेज में अध्यापन के दौरान ही जयचंद्रजी ने पंजाब प्रांत में हिंदी-नागरी के प्रचार-प्रसार का काम जोरों से किया। वे हिंदी साहित्य सम्मेलन से जुड़े रहे। वे सम्मेलन द्वारा तीस के दशक में आयोजित की गई इतिहास परिषदों के कई बार सभापति रहे। आज़ादी के बाद सन 1950 में कोटा में हुई हिंदी साहित्य सम्मेलन के वार्षिक अधिवेशन के सभापति भी रहे।

उनकी शिक्षा गुरुकुल कांगड़ी, हरिद्वार में हुई। 'विद्यालंकार' की उपाधि प्राप्त करने के बाद वे कुछ समय तक गुरुकुल कांगड़ी, गुजरात विद्यापीठ तथा कौमी महाविद्यालय लाहौर में अध्यापक रहे। इतिहास में शोध के प्रति आरम्भ से ही उनकी रूचि थी। 1937 में उन्होने भारतीय इतिहास परिषद की स्थापना की जिसमें डॉ राजेन्द्र प्रसाद का भी सहयोग था। जयचन्द विदेशियों द्वारा लिखे गये भारतीय इतिहास की एकांगी दृष्टि को परिमार्जित करने के लिए कटिबद्ध थे। इसके लिए व्यापक शोध के आधार पर उन्होने प्राचीन भारत के इतिहास पर विशेष रूप से ग्रन्थों की रचना की। उनके ग्रन्थों में उनके ज्ञान, मौलिक विचारधारा एवं आलोचनात्मक दृष्टि के दर्शन होते हैं। उन्हें हिन्दी के तत्कालीन मंगलाप्रसाद पारितोषिक से सम्मानित किया गया था। उन्होंने भारतीय राष्ट्रवाद को शास्त्रीय आधार प्रदान करने के प्रयास किए थे। उन्होंने भारत के भौगोलिक राष्ट्र को सिद्ध करने हेतु बृहस्पति आगम का एक श्लोक उद्धृत किया।

*"हिमालयात् समारभ्य यावत् इन्दु सरोवरम्।*
*तं देवनिर्मितं देशं हिन्दुस्थान प्रचक्षते।।"*

अर्थात : हिमालय से प्रारंभ होकर इन्दु सरोवर (हिन्द महासागर) तक यह देव निर्मित देश हिन्दुस्थान कहलाता है।

'हिमालय' संस्कृत के 'हिम' तथा 'आलय' दो शब्दों से मिलकर बना है जिसका शाब्दिक अर्थ 'बर्फ का घर' होता है। हिमालय को भारत का ताज कहा जाता है। पहले हम जान लेते हैं कि हिमालय कितना विशाल है। भारत के राज्य जम्मू और कश्मीर, सियाचिन, उत्तराखंड, हिमाचल, सिक्किम, असम, अरुणाचल तक हिमालय का विस्तार है। ये सभी राज्य हिमालय की गोद में ही हैं। इसके अलावा उत्तरी पाकिस्तान, उत्तरी अफगानिस्तान, तिब्बत, नेपाल और भूटान देश हिमालय के ही हिस्से हैं।

भारतीय हिमालय के 4 भाग हैं। जम्मू-कश्मीर हिमालय (सिन्धु नदी से सतलुज नदी के बीच का भाग), गढ़वाल-कुमाऊं हिमालय (सतलुज से काली नदी (सरयू)

के बीच का भाग), नेपाल हिमालय (सरयू नदी से तीस्ता नदी के बीच का भाग), असम-अरुणाचल हिमालय (तीस्ता नदी से ब्रह्मपुत्र नदी के मोड़ तक का भाग)।

वस्तुतः भारत की राष्ट्रीय चेतना वेदकाल से अस्तित्वमान है। अथर्ववेद के पृथ्वी सूक्त में भारतीय धरती माता का यशोगान किया गया हैं।

*माता भूमिः पुत्रोऽहं पृथिव्याः*
*(भूमि माता है और मैं पृथ्वी का पुत्र हूँ)।*

विष्णुपुराण में तो राष्ट्र के प्रति श्रद्धाभाव अपने चरमोत्कर्ष पर दिखाई देता है। इसमें भारत का यशोगान 'पृथ्वी पर स्वर्ग' के रूप में किया गया है।

*अत्रापि भारतं श्रेष्ठं जम्बूद्वीपे महागने।*
*यतोहि कर्म भूरेषा ह्यतोऽन्या भोग भूमयः।।*
*गायन्ति देवाः किल गीतकानि धन्यास्तु ते भारत-भूमि भागे।*
*स्वर्गापस्वर्गास्पदमार्गे भूते भवन्ति भूयः पुरुषाः सुरत्वात् ।।*

इसी प्रकार वायुपुराण में भारत को अद्वितीय कर्मभूमि बताया है। भागवतपुराण में तो भारतभूमि को सम्पूर्ण विश्व में 'सबसे पवित्र भूमि' कहा है। इस पवित्र भारतभूमि पर तो देवता भी जन्म धारण करने की अभिलाषा रखते हैं, ताकि सत्कर्म करके वैकुण्ठधाम प्राप्त कर सकें।

*कदा वयं हि लप्स्यामो जन्म भारत-भूतले।*
*कदा पुण्येन महता प्राप्यस्यामः परमं पदम्।*

महाभारत के भीष्मपर्व में भारतवर्ष की महिमा का गान इस प्रकार किया गया है-

*अत्र ते कीर्तिष्यामि वर्ष भारत भारतम्*
*प्रियमिन्द्रस्य देवस्य मनोवैवस्वतस्य।*
*अन्येषां च महाराजक्षत्रियारणां बलीयसाम्।*
*सर्वेषामेव राजेन्द्र प्रियं भारत भारताम्।।*

गरुड पुराण में राष्ट्रीय स्वतन्त्रता की अभिलाषा कुछ इस प्रकार व्यक्त हुई है-

*स्वाधीन वृत्तः साफल्यं न पराधीनवृत्तिता।*
*ये पराधीनकर्माणो जीवन्तोऽपि ते मृताः।।*

*यदा यदा हि धर्मस्य ग्लानिर्भवति भारत।*
*अभ्युत्थानमधर्मस्य तदात्मानं सृजाम्यहम्।।*

भावार्थ : हे भारत! जब-जब धर्म की हानि और अधर्म की वृद्धि होती है, तब-तब ही मैं अपने रूप को रचता हूँ अर्थात साकार रूप से लोगों के सम्मुख प्रकट होता हूँ।।

श्रीमद् भगवत गीता का यह श्लोक भारत की बात कर रहा है। जो कि उपनिषद से ही आया है। और उपनिषद वेदों से आए हैं। अर्थात जितने पुराने वेद हैं उतनी ही पुरानी भारत की अवधारणा है।

उपरोक्त विचारों से स्पष्ट हो जाता है कि भारत में राष्ट्रीय भावना का उदय और विकास उन परिस्थितियों में हुआ जो पश्चिमी विद्वानों द्वारा परिभाषित राष्ट्रवाद के मार्ग में सहायता प्रदान करने के स्थान पर बाधाएँ पैदा करती है। वास्तविकता यह है कि भारतीय समाज की विभिन्नताओं में मौलिक एकता सदैव विद्यमान रही है और समय-समय पर राजनीतिक एकता की भावना भी उदय होती रही है। व्ही.ए. स्मिथ के शब्दों में-

*"वास्तव मे भारतवर्ष की एकता उसकी विभिन्नताओं में ही निहित है।"*

ब्रिटिश शासन की स्थापना से भारतीय समाज में नये विचारों तथा नई व्यवस्थाओं को जन्म मिला है, परिणामस्वरूप इन विचारों तथा व्यवस्थाओं के बीच हुई क्रियाओं और प्रतिक्रियाओं ने भारत में आधुनिक राष्ट्रीय विचारों को जन्म दिया। इसका मतलब यह नहीं कि परम्परागत भारतीय राष्ट्रीयता ध्वस्त हो गई। इसके उलट स्वामी दयानंद और राजाराम मोहन रॉय ने क्रमशः आर्य और ब्रह्म को ही राष्ट्रवाद का आधार बनाया।

वस्तुतः भारतीय राष्ट्रवाद को समझने के लिए उसकी सामाजिक पृष्ठभूमि को समझना आवश्यक है। एक तो भारत विशाल भूभाग वाला देश था। दूसरा भारत में अंग्रेजो के आने से पहले भारतीय ग्राम आत्मनिर्भर समुदाय थे। वे छोटे-छोटे गणराज्यों के समान थे जो प्रत्येक बात में आत्मनिर्भर थे। ब्रिटिश पूर्व भारत में ग्रामीण अर्थव्यवस्था कृषि और कुटीर उद्योगों पर आधारित थी और सदियों से ज्यों-की-त्यों चली आ रही थी। कृषि और उद्योग में तकनीकी स्तर मशीनीकृत से भिन्न अत्यन्त मानवीकृत था। समाजिक क्षेत्र में परिवार, गुरुकुल, जाति पंचायत और ग्रामीण पंचायत सामाजिक नियन्त्रण का कार्य करती थीं। नगरीय क्षेत्र में कुछ नगर राजनैतिक, कुछ धार्मिक तथा कुछ व्यापार की दृष्टि से महत्त्वपूर्ण थे। अधिकतर राज्यों की राजधानी किसी न किसी नगर में थी। नगरों में अधिकतर लघु कुटीर उद्योग कार्यरत थे। इन उद्योगों को राजकीय सहायता प्राप्त होती थी।

अधिकतर गाँवों और नगरों में पररपर सांस्कृतिक आदान-प्रदान बहुत कम होता था, क्योंकि यातायात और संवहन के साधन बहुत कम विकसित थे। इस प्रकार राजनैतिक परिवर्तनों से ग्राम की सामाजिक स्थिति पर बहुत कम प्रभाव पड़ता था। विभिन्न ग्रामों और नगरों के एक दूसरे से अलग-अलग रहने के कारण देश में कभी अखिल भारतीय राष्ट्र की वैसी भावना उत्पन्न नहीं हो सकी, जैसी पश्चिमी विद्वान परिभाषित करते हैं। भारत में जो भी राष्ट्रीयता की भावना थी, वह अधिकतर धार्मिक और आदर्शवादी एकता की भावना थी, वह राजनैतिक व आर्थिक एकता की भावना नहीं थी। लोग तीर्थयात्रा करने के लिए पूर्व से पश्चिम और उत्तर से दक्षिण भारत का दौरा अवश्य करते थे और इससे देश की धार्मिक एकता की भावना बनी हुई थी, किन्तु सम्पूर्ण देश परस्पर संघर्षरत छोटे-छोटे राज्यों में बँटा हुआ था, जिनमे आपसी युद्ध होते रहते थे। दूसरी ओर ग्रामीण समाज इन राजनैतिक परिवर्तनों से लगभग अछूते रहते थे। वास्तव में, भारतीय संस्कृति मुख्यरूप से धार्मिक रही है। इसमें राजनैतिक तथा आर्थिक मूल्यों को कभी इतना महत्त्व नहीं दिया गया, जितना कि आधुनिक यूरोपीय संस्कृति में दिया जाता है। भारतीय संस्कृति की एकता भी धार्मिक आदर्शवादी एकता है। उसमें राष्ट्रीय भावना का अभाव दिखलाई नहीं देता है। भारत में धार्मिक और राजनैतिक एकता घुली मिली रहीं उनमें कभी द्वन्द नहीं रहा। हाँ उसे उस समय राष्ट्रवाद नहीं कहा गया क्योंकि उस समय तक पश्चिम में राष्ट्रवाद के सिद्धांत जैसी कोई चीज सोचने तक में नहीं थी। पश्चिम में राष्ट्रवाद की अवधारणा फ्रांस की राज्यक्रांति (1789) के बाद पनपना आरम्भ हुई। भारतीय राष्ट्रवाद को मुस्लिम साम्राज्यवाद और मसीही उपनिवेशवाद ने कुतरना आरम्भ किया। जो कि भारत में आधुनिक राष्ट्रवाद की भावना (1875-1925) के उदय होने तक चलता रहा।

भारतीयता दुनिया में पुरातन काल से एक समृद्ध पहचान रही है। जब सोने की चिड़िया के पंख झिलमिलाते थे, तब दुनिया की आँखें चौंधिया जाती थीं। दुनिया के नामचीन साहसिक नाविक कश्तियों पर सवार हो जान जोखिम में डाल भारत की खोज में तूफ़ानी अथाह समंदर में उतर जाते थे। जब दुनिया में राज्य क़ायम हो रहे थे, तब भारतीय वांग्मय में भारतीय राष्ट्रवाद का विचार परिपक्व होकर हिमालय से हिंद महासागर तक परिभाषित हो चुका था। विदेशी आक्रमणकारियों ने जब-जब भारतीयता को नष्ट करना चाहा। तब-तब भारतीय राष्ट्रवाद के प्रणेता शस्त्र उठाकर खड़े होते गए। राणा प्रताप, वीरांगना दुर्गावती, सिक्ख गुरु, वीर शिवाजी से लेकर भारतीयता में रची झाँसी की रानी और बुजुर्ग बहादुरशाह ज़फ़र भारतीय राष्ट्रवाद के पक्ष में खड़े नज़र आते हैं। वही भारतीय राष्ट्रवाद यूरोपीय शर्तों पर उन्नीस सौ सेंतालिस में एक स्वाधीन भारतीय राष्ट्र बनकर खड़ा होता है।

भारत मूलतः आज़ाद विचारों की भूमि है। यहाँ के दर्शन में आस्तिक और नास्तिक विचारधाराओं का समानांतर विकास हुआ है। यहाँ का धर्म किसी एक किताब

या एक ईश्वर या अवतार का गुलाम कभी नहीं रहा। सोचने और अभिव्यक्त करने की आज़ादी भारतीय संस्कृति का आधारभूत मूल्य रहा है। यही कारण है कि यहाँ लोकतंत्र की जड़ें मज़बूती से जम सकीं, नहीं तो अग़ल-बग़ल देख लीजिए तानाशाही बूट लोकतंत्र को किस तरह रौंदते रहे हैं।

सिकंदर जब ईरान तक जीतता आया। वह अधीनस्थ राज्यों में अपने प्रतिनिधि छोड़कर भारत की तरफ़ बढ़ा तो पीछे छोड़े किसी भी राज्य में आज़ाद होने की कोशिश न दिखाई दी। लेकिन जब वह भारत की सीमा में दाख़िल होकर आगे बढ़ा तो पीछे छोड़े गए भारतीय राज्य कुछ ही दिनों में बग़ावत करके आज़ाद हो जाते थे। उसने सलाहकारों से इसका कारण पूछा। उसे बताया गया कि -

> *"यहाँ के दार्शनिक विचारक आज़ाद ख़याल की विचारधारा का ऐसा समां बाँधते हैं कि लोग गुलामी में रहने के स्थान पर लड़कर जान देना पसंद करते हैं। यहाँ की मिट्टी, पानी और हवा में आज़ाद ख़याली है।"*

वह आज़ाद ख़याली एक हज़ार साल की लादी गई आंशिक और पूर्ण गुलामी से भी ख़त्म नहीं की जा सकी है। यही है सच्चा भारत। लेकिन इतनी लम्बी गुलामी से चापलूसी, भ्रष्टाचार, हीनता के जो अवगुण इस समाज में आ गए हैं उनका निदान हरेक भारतीय की ज़िम्मेदारी है।

भारतीय राष्ट्रवाद के विकास में धर्म का स्वरुप मध्य युग में इस्लामिक शासकों के आगमन के कारण तेज़ी से बदलता गया है। विदेशी मुसलमान शासकों के आने के पूर्व जो भी विदेशी शक हूण मालव छुद्रक आए वे भारतीय संस्कृति में ऐसे रच बस गए कि उनकी अलग पहचान भारतीय रंग ढंग में समाहित हो गई। उन्होंने भारतियों को बदलने की कोशिश नहीं की लेकिन मुस्लिम शासकों ने भारतियों को तुर्की, अरबी, ईरानी, अफ़ग़ानी तौर तरीक़ों से मुसलमानी धर्म और सभ्यता में बदलना शुरू किया तभी से भारतीय राष्ट्रवाद दो फाड़ होने लगा, हिंदू राष्ट्रवाद और मुस्लिम राष्ट्रवाद। राष्ट्रवाद धारणा के इसी विभाजन ने आज़ादी की सुबह दो राष्ट्र बनाए।

पुराणों के अनुसार नाभिराज के पुत्र भगवान ऋषभदेव के पुत्र भरत चक्रवर्ती के नाम पर इस देश का नाम भारतवर्ष पड़ा। हिन्दू ग्रन्थ, स्कन्द पुराण (अध्याय 37) के अनुसार "ऋषभदेव" नाभिराज के पुत्र थे, ऋषभ के पुत्र भरत थे। भारतवर्ष नाम ऋषभदेव के पुत्र भरत के नाम पर पड़ा है। भरत के नाम पर "भारत" कहा गया और क्षेत्र को "वर्ष" भी कहते हैं। इस प्रकार हमारे देश का नाम "भारत वर्ष" पड़ा था।

ग्रीक लोग सिंधु नदी को "इंडस" पुकारते थे। उन्होंने पहले indie कहा फिर बाद में इंडिया हो गया। अंग्रेजों ने इंडिया पुकारा। इसी तरह फ़ारसी लोग सिंधु को हिंदू कहते थे। इसलिए यह हिंदुस्तान हो गया। हिंदू और इंडिया नाम हमें दूसरों ने

दिए हैं। हमारे देश का नाम मौलिक रूप से भारत है। भारतीय राष्ट्रवाद का विचार अत्यंत प्राचीन है। इसका क्षेत्र निर्धारित होने से भारत वर्ष हो गया था।

यदि एक ज़मीन, एक धर्म और एक भाषा को राष्ट्रवाद का आधार माना जाए तो भारत वैदिक-उपनिषद युग ने हिमालय से इंदू सागर तक ज़मीन का एक परिभाषित टुकड़ा था, भारतीय लोगों का धर्म सनातन था और भाषा संस्कृत थी। इस हिसाब से भारत वैदिक युग से ही राष्ट्रवाद की भावना से ओतप्रोत था। यहाँ मुसलमान और ईसाई तो बहुत बाद में बनाए गए। बहुसंख्यक लोगों की संस्कृति ही राष्ट्रवाद की वाहक होती है। भारतीय शरीर में एक भारतीय आत्मा जब उत्तर-दक्षिण-पूर्व-पश्चिम के चार धामों की यात्रा करती है, तब वह भारतीय राष्ट्रवाद को हृदय में संजोए हिमालय से हिंद महासागर तक और अरब सागर से बंगाल की खाड़ी तक एक भूमि पर निवासित भारतीय धर्म की अर्चना कर रही होती है। यही भारतीय राष्ट्रवाद है। जो सदियों से भारतीय जीवन का अभिन्न अंग रहा है। भारतीय राष्ट्रवाद को भारतियों ने खुद अपने आचरण से परिभाषित किया है।

अतः भारतीय राष्ट्रवाद एक प्राचीन अवधारणा रही है। उसी भारतीयता को बचाए रखने हेतु आत्म बलिदान की प्रबल भावना अमर सेनानियों में कूट-कूट कर भरी थी। वे पराधीन के पर के विरुद्ध स्वाधीन के स्व की लड़ाई लड़ रहे थे। पराधीनता पर स्वाधीनता हेतु संघर्ष उनकी प्रेरणा का सम्बल था।

भारतीय राष्ट्रवाद दुनिया में एक अनोखी चीज़ है। जिसे सबसे पहले सर विलियम जोंस, मेक्स मूलर ने समझ कर आगे बढ़ाया परंतु राष्ट्रीय मजबूरियों के कारण झुठलाना शुरू कर दिया। उसके बाद नेहरु जी ने कम्युनिस्ट इतिहासकारों के फेर में झुठलाया, फिर इंदिरा जी ने राजनीतिक मजबूरियों के चलते इतिहास लेखन को कम्युनिस्ट मुस्लिम इतिहास कारों के हवाले करके इंतिहा कर दी। अब समय आ गया है कि जनता को भारत के सच्चे वीरों की सच्ची कहानियों से परिचित कराया जाय।

पृथ्वी राज चौहान की 1192 में मुहम्मद गौरी के हाथों पराभव के बाद से 1947 तक के इतिहास को विस्मृत नहीं किया जा सकता। लेकिन अंतराल के 655 सालों में भारतीय राष्ट्रवाद की इंद्रधनुषी चूनर हिमालय से लेकर हिंद महा सागर तक आकाश में लहराती रही, उसे भी विस्मृत नहीं किया जा सकता। जिसे सर्वप्रथम महाराणा प्रताप ने थामा। वह चूनर रानी दुर्गावती, शिवाजी, बाज़ीराव, सिक्ख गुरुओं, बंदा बहादुर, महाराजा रणजीत सिंह, मंगल पांडे, रानी लक्ष्मी बाई के खून से रंगती हुई अंत में बहादुर शाह ज़फ़र के बूढ़े हाथों में रंगून पहुँच गई। उन्हीं बहादुर सेनानियों की दास्तान इस पुस्तक में स्वतंत्र नज़रिए से पेश की गई है।

राष्ट्रवाद की केसरिया चूनर को मुस्लिम आक्रांताओं से बचाते-बचाते हिंदूशाही दाहिर, राजा जयपाल ने परिवार सहित बलिदान दिया। महाराणा प्रताप ने चेतक

की पीठ पर सवार होकर भारत के आसमान पर हिंद चूनर लहराई थी। वही चूनर विदेशी हमलावरों से स्वतंत्रता के संघर्ष और देशी स्वाभिमान की प्रतीक बन गई। उसी चूनर को तलवार और भालों पर लपेट कर शिवा जी, गुरु अर्जुन देव, बंदा बहादुर, रानी दुर्गावती, रानी लक्ष्मी बाई विदेशी अत्याचार अनाचार और ज़बरिया धर्मांतरण के विरुद्ध संघर्ष करते रहे। ऐसे ही भारतीय राष्ट्रवादियों के संघर्ष की सच्ची घटनाओं का लेखाजोखा इस पुस्तक में पाएँगे। ये सभी सेनानी भारतीय अस्मिता के लिए लड़ रहे थे। स्वाभिमान अर्थात स्व याने खुद के होने का अभिमान, खुद का स्वदेशी तंत्र, खुद की संस्कृति, खुद की परम्पराएँ। जिन्हें अरब, तुर्क और अफ़ग़ान अपनी संस्कृति लाद कर भारतीय संस्कृति को नष्ट करना चाहते थे। ये संघर्ष भारतियों के जुझारू पन के प्रतीक रहे हैं। इतिहास की किताबों में विजेता के नज़रिए से छितरा ब्योरा मिलता है। यहाँ पाठकों को इसका सिलसिलेवार विवरण मिलेगा।

## मुस्लिम साम्राज्यवाद

विश्व के इतिहास में जितने भी राज्य या राष्ट्र बने बिगड़े, नष्ट हुए वे राजनीति और धर्म के जोड़ से अस्तित्व में आए और मिटते चले गए। कभी राजनीति धर्म पर हावी होती थी और कभी धर्म राजनीति को क़ाबू में रखता था। लेकिन दुनिया में पहली बार ऐसा हुआ कि राजनीति और धर्म ने मिलकर सत्ता पर क़ब्ज़ा किया, वह राज्य कहलाया इस्लामिक-स्टेट। मुहम्मद पैग़म्बर ने मक्का से मदीना पलायन करके पहली इस्लामिक-स्टेट मदीना में स्थापित की थी। दुनिया में सिर्फ़ अल्लाह एकमात्र ईश्वर है, अल्लाह का आख़िरी पैग़म्बर मुहम्मद है जो कि मनुष्य के रूप में एक मुकम्मिल कृति है इसलिए अल्लाह द्वारा मुहम्मद के माध्यम से उतारी गई क़ुरान, मुहम्मद के द्वारा बोले गए शब्द और उनके निर्णय व व्यवहार याने शरीयत इस्लामिक-स्टेट के अटलनीय व अपरिहार्य नियम हैं। इस्लामिक-स्टेट के तानेबाने में राजनीतिक सत्ता और धार्मिक सत्ता घुलमिल गई है, जिसमें से राजनीति और धर्म को पृथक नहीं किया जा सकता है।

मुस्लिम मान्यता के अनुसार सातवीं सदी में स्थापित मानव व्यवहार हमेशा के लिए अजर-अमर है, अटलनीय है। कलमा, रोज़ा, नमाज़, ज़कात और हज हरेक मुसलमान पर क़ाबिज़ ईमान है, यदि वह इनका पालन नहीं करता है तो वह शिर्क है, इसलिए वह काफ़िर हुआ। पूरी ज़मीन के बाशिंदों को दो भागों में बाँटा है, मोमिन और काफ़िर, जो इस्लाम के उपरोक्त नियमों का पालन करे वह मोमिन और जो पालन न करे वह काफ़िर हुआ। सिवाय मुसलमान हो जाने के काफ़िर के कोई अधिकार या विकल्प नहीं है। इस प्रकार जहाँ मोमिन इस्लामिक क़ानून के मुताबिक़ बसते हैं वह दारुल-ए-इस्लाम हुआ और जहाँ काफ़िर रहते हैं वह दारुल-ए-हरब

कहलाया। इस्लामिक-स्टेट में इस्लाम के ईमान पर क़ायम रहने वाले मुसलमान का यह परम कर्तव्य है कि वह काफ़िरों को हर सम्भव कोशिश से मोमिन बनाए और यदि वे न माने तो उन्हें क़त्ल कर दे। इस मिशन में काफ़िरों की सम्पत्ति लूटे, औरतों और बच्चों को गुलाम बनाए। इस लूट को माल-ए-ग़नीमत कहा गया जिसका पाँचवाँ हिस्सा ख़लीफ़ा को देकर चार हिस्सा ख़ुद रखे। मुसलमान का यह कर्तव्य जिहाद कहलाता है। जिहाद उस समय तक जारी रहे जब तक कि पूरी पृथ्वी पर इस्लामिक-स्टेट क़ायम न हो जाए। इस जिहाद में यदि वह हलाक हो गया तो वह सीधा जन्नत में हूरों के साथ मज़े का हक़दार होगा। हम यहाँ देखते हैं कि हज़रत मूसा ओ मुहम्मद को दिए गए आदेशों का पालन मोमिनों की जमात के लिए पाबंद है बाक़ी मानवता के कोई इंसानी हक़ नहीं हैं।

मुहम्मद जब मदीना आए थे तो उन्होंने वहाँ के अधिकांश बाशिंदों को यहूदी एवं ईसाई पाया। इस्लाम के सिद्धांत के अनुसार उन सबको या तो मुसलमान बनाया जाय या क़त्ल कर दिया जाए। लेकिन यदि वैसा किया जाता तो किसानी और कारोबारी कामों से कमाई कौन करता और फिर मुहम्मद ख़ुद को यहूदी एवं ईसाई की पैग़म्बर परम्परा में रखते थे। बस यह कहते थे कि यहूदियों और ईसाइयों ने इब्राहिम के संदेश और परिपाटी को भ्रष्ट कर दिया है इसलिए अल्लाह ने उनको बतौर अंतिम पैग़म्बर भेजकर किताब (क़ुरान) का उतारा किया है। मुहम्मद ने "इस्लामिक स्टेट" की रियाया के दो भाग किए, अल्लाह को एकमात्र ईश्वर और मुहम्मद को अंतिम पैग़म्बर मानने वाले मोमिन, उन्हें न मानने वाले काफ़िर हुए। यहूदी एवं ईसाई से उपजी समस्या को सुलझाने के लिए काफ़िरों के पुनः दो भाग किए, अहले-किताब याने ज़िम्मी और बिना-किताब याने काफ़िर। यहूदियों और ईसाइयों के पास क्रमशः पुराना नियम बाइबिल और नया नियम बाइबिल है; अतः वे किताब वाले ज़िम्मी हुए, वे जज़िया के रूप में प्रतिमाह एक निश्चित रक़म देकर "इस्लामिक स्टेट" में रह सकते थे। जज़िया शब्द जज से बना है जिसका मतलब "अच्छाई (इस्लाम) न अपनाने और शैतान के वश में रहने की क्षतिपूर्ति रक़म का दंड। इस प्रकार ज़िम्मी को इस्लामिक स्टेट में मोमिन से निचले स्तर का नागरिक याने द्वितीयक सदस्य मान्य किया गया। यहूदियों और ईसाइयों के अलावा समस्त मूर्तिपूजक याने हिंदू मुशरिक काफ़िर हुए जिन्हें जीने का हक़ नहीं था, उनका सर क़लम कर दिया जाना चाहिए। इस बाबत क़ुरान में दो आयत हैं। उन्हें मुसलमान बनने तक जज़िया चुका कर जीने का हक़ दिया जा सकता है। जज़िया के बारे में एक आयत है-

> *"तुम्हारा यह काम है कि तुम उन लोगों से लड़ो जो अल्लाह में और / या क़यामत के दिन पर आस्था नहीं रखते, और जो अल्लाह और उनके नबी व अनुयायियों से उस अनास्था पर ख़ौफ़ नहीं खाते हैं, जो*

*कुरान में लिखीं शिक्षाओं व सीखों को अमल में नहीं लाते, जब तक कि वे स्वेच्छा से जज़िया नहीं देते और तुम से दब कर नहीं रहते।"*

सूरा 2 आयत 29.(जज़िया)

एक आयत कबले-ए-गर्दन ज़दनी याने गला काट कर सज़ा देने के बारे में है।

*"यदि वे अल्लाह के प्रति ईमान पर क़ायम होते हैं तो उनका अतीत भुला दिया जाना चाहिए, परंतु इसके बावजूद भी यदि वे अपनी पुरानी आस्था को नहीं छोड़ते हैं तुम उनसे तब तक लड़ो जब तक उनकी सारी तकलीफ़ों का अंत नहीं कर दिया जाता, यही तुम्हारी अल्लाह की खितमतगारी है।"*

सूरा 8 आयत 38, 39 (जिहाद)

इस प्रकार कुरान ज़िम्मी से जज़िया लेने और जिहाद से उन्हें अनंत समय तक मुसलमान में बदलते रहने का स्पष्ट संदेश देती है।

भारतीय राष्ट्रवाद को नष्ट करने के सबसे पहले प्रयास मुस्लिम साम्राज्यवाद द्वारा हुए। अरबों का सिंध विजय का विस्तृत वृतांत *चचनामा* नामक ग्रन्थ में मिलता है। यह अरबी भाषा में लिखित है। बाद में अबुबकर कूफी ने नासिरुद्दीन कुबाचा के समय में उसका फारसी में अनुवाद किया। भारतीय राष्ट्रवाद को झुठलाने वाली एक दूसरी ताक़त मसीही साम्राज्यवाद भी रही है। इसका ज़िक्र आगे उपयुक्त जगह पर किया गया है।

## 2

# हिंदूशाही प्रतिरोध – सल्तनत काल

पश्चिम दिशा से भारत में प्रवेश के चार मार्ग थे। एक जल मार्ग फ़ारस जी खाड़ी से समुद्री तट के साथ-साथ था। तीन स्थल मार्ग एक हैबर की घाटी से, दूसरा बोरान की घाटी से तथा तीसरा मकरान से आता था। सर्वप्रथम खलीफा उमर के समय में 636 ई. में जल मार्ग से वर्तमान बम्बई स्थित थाना की विजय के लिए एक अभियान भेजा गया किन्तु वह असफल रहा। इसी अभियान के दौरान सर्वप्रथम भारत के लोग आक्रामक इस्लाम के संपर्क में आये, फिर दूसरा अभियान 644 में खलीफा उस्मान के समय में अब्दुल्ला बिन उमर के नेतृत्व में स्थल मार्ग से भेजा गया वह भी असफल रहा इसी प्रकार 659 में अल हरीस ने तीसरा अभियान शुरू किया, किन्तु वह शुरुआत में ही मारा गया।

708 ईसवी में दमिश्क के खलीफा वालिद और उसके ईराकी गवर्नर मंसूर हजाज़ के लिए भेंट लेकर सिंहल के राजा के यहाँ से एक अरब जहाज ईराक जा रहा था। इस जहाज में मुस्लिम युवतियाँ थी। सिंध के देवल बंदरगाह (करांची) के पास समुद्री लुटेरो ने जहाज को लूट लिया। उस समय सिंध का राजा दाहिर था। हजाज़ ने लुटेरो को दण्डित करने के लिए दाहिर को सन्देश भेजा। दाहिर ने उत्तर दिया कि लुटेरे उसके बस में नहीं है, और ना ही उन पर उसका कोई नियंत्रण है। इस घटना के बाद हजाज़ ने सिंध पर आक्रमण करने का निश्चय किया। 711 ईसवी में उसने उबेदुल्लाह के नेतृत्व में एक चौथा अभियान भेजा परन्तु उबेदुल्लाह पराजित हुआ और मारा गया। पाँचवा अभियान समुद्री मार्ग से बुदैल के नेतृत्व में भेजा गया। परन्तु बुदैल भी पराजित हुआ और मारा गया। इसके बाद छठवाँ अभियान 712 ईसवी में मुहम्मद बिन क़ासिम के नेतृत्व में भेजा अभियान सफल सिद्ध हुआ। वह सिंध का सूबेदार रहा। 714 में ख़लीफ़ों के राजनीतिक कुटिलता के कारण उसकी 21 वर्ष की अल्पायु में मृत्यु हो गई। अरबी आक्रामकता एक छोटे से भारतीय हिंदूशाही

राज्य सिंध पर ही चुक गई। उनकी हिम्मत आगे बढ़ने की नहीं हुई। इस्लामिक दुनिया में अरबों से एक नया तुर्क तत्व आ मिला। तुर्कों ने मंगोलों के सहयोग से घुड़सवार तीरंदाज़ तैयार किए थे, जो घोड़ों को तेज़ी से दौड़ाते हुए सटीक निशाना लगाते थे। महमूद गजनवी ऐसी फ़ौज लेकर 287 सालों बाद भारत आया।

उसके बाद महमूद गजनवी ने सत्रह हमले (1001 से 1027) कर हिंदुस्तान को खूब लूटा। फिर मुहम्मद गौरी (1090-1092) आया। उसने अपने गुलाम कुतुबुद्दीन ऐबक को दिल्ली पर क़ाबिज़ कर दिया। गुलाम वंश मध्यकालीन भारत में सल्तनत काल का एक राजवंश था। इस वंश का पहला शासक कुतुबुद्दीन ऐबक था। इस वंश ने दिल्ली की सत्ता पर 1206-1290 ईस्वी तक राज किया।

शम्सुद्दीन इल्तुतमिश दिल्ली सल्तनत में शम्सी वंश का एक प्रमुख शासक था। तुर्की-राज्य संस्थापक कुतुब-उद-दीन ऐबक के बाद वो उन शासकों में से था जिसने दिल्ली सल्तनत की नींव मजबूत की। वह ऐबक का दामाद भी था। उसने 1211 इस्वी से 1236 इस्वी तक शासन किया।

इतिहासकारों के मतानुसार 1206 से 1526 तक 320 साल भारत पर शासन करने वाले पाँच वंशों के सुल्तानों के शासनकाल को दिल्ली सल्तनत या सल्तनत-ए-हिन्द/ सल्तनत-ए-दिल्ली कहा जाता है। वे पाँच वंश निम्नानुसार थे-

- गुलाम वंश - 84 साल (1206 - 1290)
- ख़िलजी वंश - 30 साल (1290 - 1320)
- तुग़लक़ वंश - 94 साल (1320 - 1414)
- सैयद वंश - 37 साल (1414 - 1451)
- लोदी वंश - 75 साल (1451 - 1526)

इनमें से पहले चार वंश मूल रूप से तुर्क थे और आख़िरी वंश अफगान था।

बहलोल लोदी मलिक काला का पुत्र और मलिक बहराम का पौत्र था। उसने सरकारी सेवा सरहिंद के शासक के रूप में शुरू की और पंजाब का सूबेदार बन गया। 1451 ई. तक वह मुल्तान, लाहौर, दीपालपुर, समाना, सरहिंद, सुंनाम, हिसार फिरोज़ा और कतिपय अन्य परगनों का स्वामी बन चुका था। प्रथम अफ़गान शाह के रूप में वह 19 अप्रैल 1451 को अबू मुज़फ्फर बहलोल शाह के नाम से दिल्ली की गद्दी पर बैठा। गद्दी पर बैठने के बाद बहलोल लोदी को अनेक समस्याओं का सामना करना पड़ा। उसके सबसे बड़े प्रतिद्वंद्वी थे जौनपुर के शर्की सुल्तान किंतु वह विजित प्रदेशों में अपनी स्थिति दृढ़ करने और अपने साम्राज्य का विस्तार करने में सफल हुआ।

बहलोल लोदी की मृत्यु 1479 ई. में हुई। उसकी मृत्यु के समय तक लोदी साम्राज्य आज के पूर्वी और पश्चिमी पंजाब, उत्तर प्रदेश और राजस्थान के एक भाग तक फैल चुका था। सुल्तान के रूप में बहलाल लोदी ने जो काम किए वे सिद्ध करते हैं कि वह बहुत बुद्धिमान तथा व्यवहारकुशल शासक था। जीवन की संध्या में वह लड़ाकू प्रवृत्ति का या युद्धप्रिय नहीं रह गया था। वह सहृदय था और शांति तथा व्यवस्था स्थापित करके, न्याय की प्रतिष्ठा द्वारा तथा अपनी प्रजा पर कर का भारी बोझ लादने से विरत रहकर जनकल्याण का संवर्धन करना चाहता था।

वहलोल लोदी का पुत्र निजाम खाँ, जो उसकी हिंदू पत्नी हेमा के गर्भ से उत्पन्न हुआ था, 17 जुलाई 1489 को सुल्तान सिकंदर शाह की उपाधि धारण करके दिल्ली के सिंहासन पर बैठा। अपने पिता से प्राप्त राज्य में सिकंदर लोदी ने वियाना, बिहार, तिरहुत, धोलपुर, मंदरैल, अर्वतगढ़, शिवपुर, नारवार, चंदेरी और नागर के क्षेत्र भी मिलाए। शर्की शासकों की शक्ति उसने एकदम नष्ट कर दी, ग्वालियर राज्य को बहुत कमजोर बना दिया और मालवा का राज्य तोड़ दिया। किंतु नीतिकुशल, रणकुशल कूटनीतिज्ञ और जननायक के रूप में सिकंदर लोदी अपने पिता बहलोल लोदी की तुलना में नहीं टिक पाया।

सिकंदर लोदी 21 नवम्बर 1517 को मरा। गद्दी के लिए उसके दोनों पुत्रों, इब्राहीम और जलाल में झगड़ा हुआ। अतः साम्राज्य दो भागों में बँट गया। किंतु इब्राहीम ने बँटा हुआ दूसरा भाग भी छीन लिया और लोदी साम्राज्य का एकाधिकारी बन गया। जलाल 1518 में मौत के घाट उतार दिया गया।

लोदी वंश का आखिरी शासक इब्राहीम लोदी उत्तर भारत के एकीकरण का काम और भी आगे बढ़ाने के लिए व्यग्र था। ग्वालियर को अपने अधीन करने में वह सफल हो गया और कुछ काल के लिए उसने राणा साँगा का आगे बढ़ना रोक दिया। किंतु अफगान सरकार की अंतर्निहित निर्बलताओं ने सुल्तान की निपुणताहीन कठोरता का संयोग पाकर, आंतरिक विद्रोह तथा बाहरी आक्रमण के लिए दरवाजा खोल दिया। जहीरुद्दीन मुहम्मद बाबर ने 21 अप्रैल 1526 ई. को पानीपत की लड़ाई में इब्राहीम को हराया और मौत के घाट उतारकर भारत में मुगल साम्राज्य की स्थापना की।

दिल्ली के लोदी सुल्तानों ने एक नए वंश की स्थापना ही नहीं की; उन्होंने सुल्तानशारी की परंपराओं में कुछ परिवर्तन भी किए; हालाँकि उनकी सरकार का आम ढाँचा भी मुख्यतः वैसा ही था जैसा भारत में पिछले ढाई सौ वर्षों के तुर्क शासन में निर्मित हुआ था। हिंदुओं के साथ व्यवहार में वे अपने पूर्ववर्तियों से कहीं अधिक उदार थे और उन्होंने अपने आचरण का आधार धर्म के बजाय राजनीति को बनाया। फलस्वरूप उनके शासन का मूल बहुत गहराई तक जा चुका था। लोदियों ने हिंदू-मुस्लिम-सद्भाव का जो बीजारोपण किया वह अकबरी मुगल शासन में खूब फलदायी हुआ।

## हिंदूशाही राजा दाहिर

पंजाब की पाँच नदियों में हिमालय के हिमाचल प्रदेश से सतलज नदी उतरती है, जो आगे बढ़कर व्यास नदी में मिलती है। दोनों मिलकर आज के पाकिस्तान में बहुत लम्बी बहावलपुर तक बहती हैं। हिमालयी कश्मीर से रावी, चिनाब और झेलम उतरती हैं। वे मुल्तान के नज़दीक एक होकर सतलज में मिल जाती हैं। भारतीय कश्मीर और पाकिस्तानी कश्मीर के बीच से सिंधु नदी उतरती है जिसमें अफ़ग़ानिस्तान से आती काबुल नदी कई पहाड़ी नदियों का पानी लेकर मिल जाती है। महान सिंध आगे बढ़ती है जिसमें व्यास, सतलज, रावी, चिनाब और झेलम नदियों का पानी मिलकर सिंध महानद का निर्माण करता है। सिंध आगे बढ़कर अरबसागर में मिल जाती है। यह पूरा क्षेत्र अत्यंत उर्वरा रहा है। सिंध के देवल से मुल्तान होते हुए एक रास्ता चीन से आते रेशम मार्ग से जुड़ता है। खेती और व्यापार के फलने-फूलने से यह इलाक़ा अत्यंत धनाढ्या रहा आया है। अरबों के ईरान फ़तह के बाद उनकी नज़र इसी सोना उगलते क्षेत्र पर पड़ी।

प्रसिद्ध भारतीय इतिहासकार आशीर्वादी लाल श्रीवास्तव द्वारा लिखित सल्तनत क़ालीन प्राचीन भारतीय इतिहास में उल्लेख मिलता है कि सिंध का राज्य काबुल और पश्चिम पंजाब के हिंदुशाही राज्य के दक्षिण पश्चिम में स्थित था। उस पर प्रतापी राजा हर्षवर्धन के पिता प्रभाकर वर्धन ने आक्रमण कर अधीन कर लिया। वहाँ का राय वंश अधीनस्थ राज्य के रूप में शासक था। प्रभाकर वर्धन के पुत्र हर्षवर्धन के अधीन 647 ईस्वी तक रहा। हर्ष वर्धन की मृत्यु होते ही खुद मुख़्तार स्वतंत्र हो गया।

सिंध का राजा दाहिर चच वंश से सम्बंध रखता था। जिसका कश्मीरी ब्राम्हण पिता चच सातवीं शताब्दी के मध्य में सिंध पर राज करने वाला राजा था। उस समय सिंध राज्य पूरब में कन्नौज, दक्षिण में अरब सागर तक विस्तृत फैला था। उत्तर में कश्मीर, उत्तरी-पश्चिमी सीमा पर वर्तमान बलोचिस्तान व मकरान शामिल था। उसकी पश्चिमी सीमाएँ ईरान से सटी थीं। उसकी राजधानी अलोर (वर्तमान रोहेरा-पाकिस्तान) में थी।

राय वंश (489 ई - 632 ई) सिन्ध का एक हिन्दू वंश था जिसने भारतीय उपमहाद्वीप के उत्तरी-पश्चिमी भाग पर शासन किया। इस साम्राज्य की शिखर अवस्था में इनका प्रभाव पूरब में कश्मीर से लेकर, पश्चिम में मकरान और देबल बन्दरगाह (आधुनिक कराची) तक, दक्षिण में सूरत बन्दरगाह तक और उत्तर में कान्धार, सुलैमान, फरदान और किकानान पहाड़ियों तक था। इनका शासन लगभग साढे पन्द्रह लाख वर्ग किलोमीतर में फैला हुआ था। इस वंश का शासन लगभग 143 वर्ष रहा।

चच के पहले सातवी सदी में सिंध का राजा राय राजवंश का शेरियाज था। सातवीं सदी के आरम्भ में ईरान के राजा निमरोज़ ने सिंध पर हमला किया। जिसमें शेरियाज मारा गया। शेरियाज के बाद उसका लड़का सहसी राय गद्दी पर बैठा। चच नामक एक कश्मीरी ब्राह्मण उसका मंत्री था। चच राय राजवंश के कार्यकाल में प्रभावी पदों तक पहुंचा था। सिंध की सेना भी उसके नियंत्रण में थी।

सहसी राय की पत्नी सुहानदी का स्वास्थ्य ठीक नहीं होने से चच उनका इलाज करने राजमहल के शयन कक्ष में जाता था। रानी सुहानदी और चच के बीच प्रेम सम्बंध स्थापित हो गए। दोनों ने मिलकर साजिश रच राजा सहसी राय की हत्या करवा कर उनके भाइयों को जेल में डाल दिया। चच का विवाह रानी सुहानदी के साथ हो गया। वह राय वंश के शासन को 679 ई. में समाप्त करके सिंध का शासक बन गया। उसने अपने साम्राज्य को सिंध तक फैलाया। आसपास के छोटे राज्यों, कबीलों और सिंधु घाटी के अन्य स्वतन्त्र गुटों को अपने साम्राज्य में मिलाने के साहसिक व सफल प्रयासों की दास्तान चचनामा में लिखी हुई है।

चचनामा 'अली अहमद' द्वारा अरबी भाषा में लिखित महत्त्वपूर्ण ग्रंथ है। चचनामा (सिन्धीः चचनामो) सिन्ध के इतिहास से सम्बन्धित एक महत्वपूर्ण पुस्तक है। इसमें चच राजवंश के इतिहास तथा अरबों द्वारा सिंध विजय का वर्णन किया गया है। इस पुस्तक को 'फतहनामा सिन्ध' और 'तारीख़ अल-हिन्द वस-सिन्द' भी कहते हैं।

644 ईसवी में सासानिद साम्राज्य पर इस्लामी विजय के बाद राशिदुन की सेना ने मकरान पर आक्रमण कर दिया और रसील के युद्ध में सिंध की सेना को हरा कर मकरान और बलूचिस्तान पर कब्जा कर लिया जो कि उस वक्त राय राजवंश के अधीनस्थ फ़ारसी क्षेत्र थे।

चच के इस तरह से राजा बनने का राजा सहसी राय के भाई और चित्तौण के समकालीन राणा महारथ ने विरोध किया और सिंध के साम्राज्य पर अपना दावा किया। चच ने उन्हें युद्ध में चालाकी से परास्त कर दिया।

चचनामा के अनुसार राणा महारथ ने जब यह पाया कि उनकी सेना चच की सेना के सामने ज्यादा कुछ नहीं कर पा रही है तब उसने चच को एक द्वंद युद्ध के लिये ललकारा। महारथ अपने क्षत्रिय होने, युद्धकला में निपुण होने व चच के एक सामान्य ब्राह्मण मंत्री होने का फायदा उठाना चाहते थे। वह जानते थे की चच एक ब्राह्मण होने के नाते युद्धकला में निपुण नहीं होगा और उनसे हार जायेगा। चच इस प्रस्ताव के पीछे की मंशा को समझ चुका था लेकिन वह इस प्रस्ताव को ठुकरा भी नहीं सकता था। ऐसा करने पर उसे कमजोर समझ लिया जाता और शासन करने की उसकी क्षमता पर भी सवाल खडे होते। उसने राणा के प्रस्ताव को स्वीकार कर लिया। चच जानता था कि यह द्वंद युद्ध जीतने के लिये उसे सभी तरह के

कूटनीतिक व मानसिक शक्तियों का प्रयोग करना होगा। शारीरिक क्षमता व युद्धकला के बल पर वह राणा को नहीं हरा सकता था। इसलिये उसने एक चालाकी भरा दाँव खेलते हुए राणा का प्रस्ताव स्वीकर कर यह शर्त रखी की एक ब्राह्मण होने ने नाते वह घोडे पर बैठकर युद्ध नहीं कर सकता है और वह पैदल ही युद्ध करेगा। राणा ने यह प्रस्ताव तुरंत स्वीकार कर लिया। उन्हे लगा कि अनुभवी व अधिक बलवान होने की वजह से आमने सामने के पैदल युद्ध (द्वंद युद्ध/कुश्ती) में वह उसे तुरंत परास्त कर देंगे। दोनों घोडों पर से उतर गये लेकिन चच ने अपने सहायक सैनिकों को घोडे के साथ अपने पीछे आने को कहा। नजदीक आते ही चच घोडे पर सवार हो गया और स्तंभित खडे राणा पर तेजी से आक्रमण कर दिया। उसने राणा का सिर अपनी तलवार से एक झटके में काट दिया और राणा की मृत्यु के बाद उसकी सेना भी हार गई।

चच ने अपने भाई चंदर को अपने साम्राज्य के शासन में मदद करने के लिये अधिकृत किया। उसने अपने पक्ष के सरदारों को अच्छी जागीरें दीं, विरोधियों को कैद में डाल दिया और राज्य को सुसंगठित कर दिग्विजय के लिये प्रयाण किया। चित्तौड़ के राजा को पराजित कर उत्तर की ओर उसने बीस नदी के तट पर बसे अपने विरोधियों इस्कन्दाह और सिक्का को हराया। जिसकी स्थिति संभवः सिंध और चिनाब के संगम के निकट थी। उसने सिक्का को जीतने के बाद लगभग 5,000 लोगों को मौत के घाट उतार दिया और बाकियों को बंदी बना लिया। इसके बाद मुल्तान और करूर की बारी आई। पश्चिमी प्रयाण में उसने मकरान और सिविस्तान को जीता। हालाँकि सिविस्तान के राजा भुट्टा को अपनी अधीनता में वहाँ का शासक बने रहने की अनुमति दी।

चच और उसके वंशजों को बौद्धों का समर्थन हासिल नहीं था। बौद्ध और ब्राह्मणों में सत्ता संघर्ष चल रहा था। अधिकांश जनता बौद्ध होने से ब्राह्मण वंश अत्याचार की सीमा तक उतर आते थे। इसके बाद उसने सिंधु नदी के दक्षिण में बौद्धों के क्षेत्र तक अपनी सत्ता का विस्तार किया। वहाँ के शासक अगम लोहाना ने उसका एक साल तक सामना किया। लेकिन ब्राह्मणाबाद के युद्ध में अगम की मृत्यु के बाद उसके पुत्र सरहंद ने चच की अधीनता स्वीकार कर ली। सरहंद का विवाह चच की भतीजी से हुआ और चच ने अगम की विधवा से विवाह कर लिया। उसने स्थानीय निवासियों व जातीय समूहों को अपने आधिपत्य में करने और उनका विश्वास जीतने के लिये ढेरों अन्य कूटनीतिक नुस्खे अपनाए।

उसने जाटों और लोहानों को तलवार न रखने की आज्ञा दी। उन्हें काले और लाल रंग के उत्तरीय पहनने पड़ते थे, रेशमी कपड़े उनके लिये वर्जित थे। उन्हें घोड़े पर बिना जीन के चढ़ना और नंगे सिर, नंगे पैर घूमना पड़ता था। सिंध की वीर

जातियों से चच का यह व्यवहार भारत के लिये अंततः घातक सिद्ध हुआ। ब्राह्मणाबाद से उसने तुरन व कांधार होते हुए अर्मनबेला नगर की सीमाओं पर स्थित सासानिद साम्राज्य पर हमला किया। सिंधु नदी के किनारे बने ढेरों महलों को चच का नाम दिया गया। चचपुर, चाचर, चचरो, चचगाँव, चची इनमें प्रमुख हैं।

चच ने चालीस वर्ष राज किया, किंतु जहाँ उसने राज्य का विस्तार कर उसे सशक्त बनाया वहीं अपने कुछ कार्यों ने उसे निर्बल भी बनाया। उसकी मृत्यु के बाद उसके भाई चंदर ने 08 वर्षों तक शासन किया जिसके बाद चच के ज्येष्ठ पुत्र राजा दाहिर ने शासन संभाला।

• • •

राजा दाहिर (663-712) का जन्म 663 में हुआ था और सन 679 में वे सिंध के राजा बने। कुछ इतिहासकारों के अनुसार उनका शासनकालः 695-712 ई के बीच रहा। अब राजा दाहिर का सामना उस समय के सबसे शक्तिशाली दुर्दांत दुश्मन से होना था। उस समय वह सामरिक शक्ति आज के अमेरिका जैसी स्थिति रखती थी। पूरी दुनिया को अल्लाह के अधीन लाने के मिशन पर चलने के लिए कटिबद्ध तब भी थी और अब भी है। इस शक्ति का नाम था इस्लाम की आँधी, जिसने पैदा होने के मात्र बारह सालों में सम्पूर्ण अरब, मिश्र, सीरिया, तुर्की, ईराक़ और ईरान सहित दक्षिण यूरोप पर अधिकार कर लिया था। अब उसके निशाने पर हिंद था। हिंद के दरवाज़े पर दाहिर बैठा था। अरबों के क़ब्ज़े वाले ईरान से दाहिर का दरवाज़ा दूर नहीं था। आगे बढ़ने के पूर्व आरम्भिक मुस्लिम इतिहास को समझना आवश्यक है। मुहम्मद पैग़म्बर साहब के इंतक़ाल के बाद जो चार ख़लीफ़ा बने वे राशिदुन ख़लीफ़ा (Rightly Guided Khalifa) कहलाते हैं। जिसका अर्थ था कि उन्हें अल्लाह से सीधे आदेश मिलते थे। अर्थात् वे हुए हिदायत पाये खलीफ़ा।

इस तरह पैगम्बर मुहम्मद की मृत्यु के बाद, सन् 632 से लकर सन् 661 के मध्य मुसलमानों के खलीफ़ा (प्रधानों) को राशिदून या अल खलीफ़ उर्र-राशिदुन (सही दिशा में चलते हुए) कहते हैं। कार्यकाल के अनुसार ये चार खलीफ़ा हैं। खलीफ़ा, इस्लाम का राजनैतिक तथा धार्मिक प्रधान होता था जिसकी नियुक्ति एक समिति द्वारा या उसके पूर्व के खलीफ़ा द्वारा होती थी।

अबुबक्र सिद्दीकी (632-634)

उमर बिन अल ख़त्ताब (634-644)

उस्मान बिन अफ़्फ़ान (644-656)

अली बिन अबुतालिब (656-661)

हसन को सन् 661 में खलीफ़ा बनाया गया था और उसी साल उनकी मृत्यु हो गई थी। कुछ सुन्नी मुसलमान उन्हें भी राशिदुन खलीफ़ा मानते हैं।

मक्का में निवासित हसन इब्न अली इब्न अबी तालिब, जो मुहम्मद की बेटी फ़ातिमा के सबसे बड़े बेटे थें, 661 ईस्वी में खलीफा के रूप में अपने पिता अली के क्रम में आए और राशिदुन के हिस्से के रूप में कई इतिहासकारों द्वारा मान्यता प्राप्त है। इस समय मुआविया सीरिया के दमिश्क में सूबेदार था। उसने अपने आपको ख़लीफ़ा घोषित कर दिया। उसके पास सशक्त फ़ौज थी। मुआविया प्रथम (602-680) राशिदुन ख़िलाफत में तीसरे ख़लीफा उस्मान बिन अफ्फान का भतीजा लगता था। वह ख़िलाफते राशिदा में ख़लीफा हज़रत उमर रज़ी से हज़रत उस्मान रज़ी तक सीरिया का गवर्नर बना रहा। बाद में खलीफा हज़रत इमाम अली इब्ने अबुतालिब ने इसे बर्खास्त कर दिया जिसके विरोध में मुआविया इनसे उलझ गया और बार-बार जंग करता रहा! इसी ने उमय्यद वंश या उमय्यद खिलाफत की स्थापना की थी। इसी के पुत्र यज़ीद ने कर्बला में अपना समर्थन ना करने के कारण इमाम हुसैन का वध करवाया था, जिसके पश्चात उठी क्रांति से स्वयं उसका पतन हो गया। शिया मुसलमानों में, हसन दूसरे इमाम के रूप में पूजनीय हैं। हसन की मृत्यु के बाद हुसैन ने खुद को ख़लीफ़ा घोषित कर दिया।

इमाम हुसैन को उस वक्त के मुस्लिम शासक यजीद के सैनिकों ने इराक के कर्बला में घेरकर शहीद कर दिया था। लिहाजा, 10 मोहर्रम को पैगंबर-ए-इस्लाम के नवासे (नाती) हजरत इमाम हुसैन की शहादत की याद ताजा हो जाती है। किसी शायर ने खूब कहा है-

*कत्ले हुसैन असल में मरग-ए-यजीद है,*
*इस्लाम जिंदा होता है हर कर्बला के बाद।*

यज़ीद इब्न मुयाविया इब्नाबी सुफ़्यां (23 जुलाई 647 - 14 नवम्बर 683) जिसे मुख्यतः यज़ीद प्रथम के नाम से जाना जाता है। उमय्यद खिलाफत का तीसरा खलीफा था जिन्होने अपने पिता यज़ीद प्रथम की मृत्यु के बाद शासन किया जो उमय्यद वंश का एक सफल खलीफा माना जाता है इनका शासनकाल 683-684 ईस्वी तक रहा था। अल-वालिद इब्न अल-मालिक एक उमय्यद, खलीफा थे जिन्होने 705 से 715 अपनी मृत्यु तक शासन किया इनके शासनकाल में सफल सैन्य अभियानो के रूप में इस्लाम का सबसे बड़ा विस्तार देखा गया। सेंट्रल एशिया, सिंध, पश्चिमी यूरोप

में हिस्पैनिया और बिजान्टिन साम्राज्य के विरूद्ध ट्रोसऑक्सियाना में अभियान किए गये थे। सुलेमान इब्न अब्द अल मालिक; (674 - 22 सितम्बर 717), एक उमय्यद खलीफा थे जिन्होने 715 से 717 ईस्वी तक शासन किया इनके पिता अब्द अल मालिक इब्न मरवान थे और अपने पुर्वधिकारी अल-वालिद के छोटे भाई थे। मुहम्मद की मृत्यु के बाद 632 से 715 ईस्वी तक मुस्लिम ख़लीफ़ा तख़्त पर अधिकार के लिए यह सब खून खराबा चल रहा था। इसी अवधि में हिंद के काफिरों को मुसलमान बनाने का मिशन भी पूरे ज़ोर शोर से चल रहा था।

अरब के सौदागर पहले से ही भारत के पश्चिमी तट पर आते रहते थे। किंतु इस्लाम के अभ्युदय के बाद अरबों के हृदय में विजय और इस्लाम के प्रचार की उमंगें उठने लगीं। अबु बक्र को ख़लीफ़ा बनने के बाद अधिक समय नहीं मिला। उमर बिन अल ख़त्ताब (634-644) ने अरब से चारों दिशाओं में इस्लाम की पताका फहराना शुरू किया। उसकी निगाह भारत की तरफ़ भी गई। उसके तैनात किए गए सिपाहसालार ने सबसे पहले 636 बम्बई के थाना नामक स्थान पर हमला किया, परंतु वह खदेड़ दिया गया। उसके बाद भडोंच, देवल और बलोचिस्तान पर हमले हुए, परंतु सफलता नहीं मिली। उन्होंने बोलन दर्रे से आकर किकान नामक पहाड़ी क्षेत्र पर हमले किये। वहाँ बहादुर जाटों ने उन्हें टिकने नहीं दिया। 659 में उमर के सेनापति अल-हेरिस को थोड़ी सफलता मिली। किंतु 662 में वह पराजित होकर मारा गया। उसके बाद 664 में अल-मुहल्लब नामक सेनापति ने आक्रमण किया, लेकिन व्यर्थ सिद्ध हुआ। फिर अब्दुल्ला आया और मारा गया। सिनान बिन सलामह को कुछ कामयाबी मिली किंतु उसके बाद रशीद बिन अमीर को प्राणों से हाथ धोना पड़ा। अल-मुधीर का भी वही हाल हुआ। सिंध पर होते इन लगातार हमलों में मिलती हार से अरब हतोत्साहित हुए लेकिन निराश होकर नहीं बैठे। उन्होंने इब्न अल अलीहल के सेनापतित्व में एक भयानक हमला किया और मकरान (बलोचिस्तान) उनके हाथ लग गया। उन्हें हिंद में पैर जमाने को जगह मिल गई। उस समय तक बग़दाद में अल हज्जाज सूबेदार था। इस सफलता से उसे ख़लीफ़ा वालिद का समर्थन मिल गया। उसने सेना का पुनर्गठन कर दाहिर पर दो बड़े हमले किए। जिसमें उसके दो सेनापति ऊबैदुल्ला और बुदैल मारे गये। मकरान भी हाथ से निकल गया।

हज्जाज इस तरह मुँह की खाकर क्रोध से भर गया। उसने अपने चचेरे भाई व दामाद इमाउद्दीन मुहम्मद बिन क़ासिम को एक विशाल सेना लेकर सिंध पर आक्रमण करने भेजा। मुहम्मद बिन कासिम इस्लाम के शुरुआती काल में उमय्यद खिलाफत का एक अरब सिपहसालार था। उसे 17 साल की उम्र में ही भारतीय उपमहाद्वीप पर हमला करने के लिए भेज दिया गया था। कासिम का जन्म सउदी अरब में स्थित ताइफ शहर में हुआ था। वह अल-सकीफ कबीले का सदस्य था। पाकिस्तान में आज का कराची बंदरगाह उस समय देवल बंदरगाह कहलाता था। देवल देव से बना है। धर्मेंद्र

का लड़का सनी देवल (देओल) नाम लिखता है। इससे पता चलता है कि वह इलाक़ा उस समय जाटों का निवास स्थल था। मुहम्मद बिन क़ासिम ने इसे निशाने पर लिया।

मुहम्मद इब्न अल-कासिम को भेजे गए एक पत्र में अल-हज्जाज द्वारा सैन्य रणनीति की रूपरेखा तैयार की गई थीः अल हज्जाज का हुक्म नामा...

"मेरा हुक्म दिया गया हैः अहल-ए-हर्ब (लड़ाकों) से संबंधित किसी को भी मार डालो; उनके बेटे-बेटियों को बंधकों के रूप में गिरफ्तार करें और उन्हें जेल में डाल दें। जो कोई हमारे खिलाफ नहीं लड़ता है... उन्हें अमन (शांति और सुरक्षा) प्रदान करें और उनकी श्रद्धांजलि अमवाल को धिम्मा (संरक्षित व्यक्ति) के रूप में व्यवस्थित करें..."

सिंध में अरब इतिहास की पहली किताब 'चचनामा' या 'फ़तेहनामा' के अनुवादक अली कोफ़ी लिखते हैं कि श्रीलंका के राजा ने बग़दाद के गवर्नर हुज्जाज बिन यूसुफ़ के लिए कुछ तोहफ़े भेजे थे जो देवल बंदरगाह के क़रीब समुद्री लुटेरों द्वारा लूट लिए गए। इन समुद्री जहाज़ों में कुछ अरब औरतें भी मौजूद थीं। कुछ लोग फ़रार होकर हुज्जाज के पास पहुंच गए और उन्हें बताया कि औरतें आपको मदद के लिए पुकार रही हैं।

इतिहासकारों के मुताबिक़ हुज्जाज बिन यूसुफ़ ने राजा दाहिर को पत्र लिखा और आदेश जारी किया कि औरतें और लूटे गए माल और सामान वापस किया जाए हालांकि राजा दाहिर ने इनकार किया और कहा कि ये लूटमार उनके इलाक़े में नहीं हुई, और लुटेरों पर उनका कोई अख़्तियार नहीं है।

सिंध के बुज़ुर्ग क़ौम परस्त रहनुमा जीएम सैय्यद हमले के उस औचित्य को अस्वीकार करते थे। उन्होंने 'सिंध के सूरमा' नामक पुस्तक में लिखा, हो सकता है कि समुद्री डाकुओं ने लूटमार की हो वर्ना राजा दाहिर को इससे क्या फ़ायदा हो सकता था? ये आरोप लगाने जैसा है वरना इससे पहले अरबों ने जो सिंध पर 14 बार हमले किए उसका क्या औचित्य था।

एक और कारण उत्पन्न हुआ। ओमान में माविया बिन हारिस अलाफ़ी और उसके भाई मोहम्मद बिन हारिस अलाफ़ी ने ख़लीफ़ा के ख़िलाफ़ बग़ावत कर दी, जिसमें अमीर सईद मारा गया। 'चचनामा' के मुताबिक़ मोहम्मद अलाफ़ी ने अपने साथियों के साथ मकरान में पनाह हासिल कर ली जहां राजा दाहिर की हुकूमत थी। बग़दाद के गवर्नर ने उन्हें कई पत्र लिखकर बाग़ियों को उनके सुपुर्द करने के लिए कहा लेकिन उन्होंने अपनी ज़मीन पर पनाह लेने वालों को हवाले करने से इनकार कर दिया। हमले की एक वजह ये भी समझी जाती है।

राजा दाहिर के तख़्त पर आसीन होने से पहले इनके भाई चंद्रसेन राजा थे जो बौद्ध मत के समर्थक थे और जब राजा दाहिर सत्ता में आए तो उन्होंने सख़्ती से हिंदू धर्म लागू करवाया। 'चचनामा' के मुताबिक़ बौद्ध भिक्षुओं ने मोहम्मद बिन क़ासिम के

हमले के वक़्त निरोनकोट और सिवस्तान में मुसलमानों का स्वागत और मदद की थी। सिंध के क़ौम-परस्त रहनुमा जीएम सैय्यद लिखते हैं कि चन्द्रसेन ने बौद्ध धर्म को बढ़ावा दिया और भिक्षुओं और पुजारियों के लिए ख़ास रियायतें दीं। राजा दाहिर ने इन पर सख्तियां ही नहीं कीं बल्कि दो गवर्नर बौद्ध धर्म से थे, उन्हें हटा दिया।

इस्लामिक खलीफाओं के ईरान और फिर अफगानिस्तान पर कब्जा करने के बाद वहां की पारसी, हिंदू और बौद्ध जनता को सर कलम या इस्लाम अपनाने पर मजबूर करने के बाद अरबों ने भारत के बलूच, सिंध, पंजाब की ओर रुख किया। तब सिंध में ब्राह्मण राजा दाहिर का शासन था। राजा दाहिर का शासन अन्य धर्मावलम्बियों के प्रति सहिष्णु नहीं था।

इस बात को अच्छी तरफ़ जानते हुई भी कि हिंदू सगी मामा, चाचा, मौसेरी बहन से भी शादी नहीं करते, मुसलमानों ने एक दुष्प्रचार शुरु किया कि राजा दाहिर ने सगी बहन से शादी करके घोर पाप किया है। 'चचनामा' में इतिहासकार का दावा है कि राजा दाहिर ज्योतिषों की बात का गहरा असर मानते थे। उन्होंने जब बहन की शादी के बारे में ज्योतिषों से राय ली तो उन्होंने बताया कि जो भी इससे शादी करेगा वो सिंध का राजा बनेगा। उन्होंने मंत्रियों व ज्योतिषों के मशविरे पर अपनी बहन के साथ शादी कर ली। मुस्लिम इतिहासकारों का कहना है कि शारीरिक संबंध के अलावा दूसरी तमाम रस्में अदा की गईं।

डॉक्टर आज़ाद क़ाज़ी 'दाहिर का ख़ानदान तहक़ीक़ की रोशनी में' नामक शोध-पत्र में लिखते हैं कि चचनामे के इतिहासकार ने अरूड़ के क़िले से राजा दाहिर के हिरासत में लिए गए रिश्तेदारों का ज़िक्र करते हुए लिखा है कि इनमें राजा की भांजी भी शामिल थी जिसकी करब बिन मखारू नामक अरब ने पहचान की। अगर चचनामे की बात मानी जाए कि बहन के साथ बिना सुहागरात की रस्मी शादी की थी, तो ये लड़की कहां से आई।

जीएम सैय्यद इस कहानी को स्वीकार नहीं करते। उन्होंने लिखा है कि सगी बहन तो दूर की बात है। ब्राह्मण चचेरी या ममेरी बहन से भी शादी को नाजायज़ समझते थे।

इतिहासकारों के अनुसार मुहम्मद बिन कासिम एक नवयुवक अरब सेनापति था। उसे इराक के सूबेदार अल हज्जाज ने सिन्ध के शासक दाहिर को एक गलतफहमी के कारण दण्ड देने के लिए भेजा था। दस हजार सैनिकों का एक दल ऊंट-घोड़ों के साथ सिंध पर आक्रमण करने के लिए भेजा गया। सिंध पर ईस्वी सन् 638 से 711 ई. तक के 74 वर्षों के काल में 9 खलीफाओं ने 15 बार आक्रमण किया। जिनमे 14 हमले कामयाब नहीं हुए। ख़लीफ़ा अल वालिद से मंज़ूरी लेकर अल हज्जाज ने बग़दाद से 15वें आक्रमण की कमान मोहम्मद बिन कासिम सौंपी।

इतिहासकारों के मुताबिक़ इस समय राजा दाहिर की हुकूमत पश्चिम में मकरान तक, दक्षिण में अरब सागर और गुजरात तक, पूर्व में मौजूदा मालवा के केंद्र और राजपूताने तक और उत्तर में मुल्तान से गुज़रकर दक्षिणी पंजाब तक फैली हुई थी। सिंध से ज़मीनी और समुद्री व्यापार भी होता था। मुमताज़ पठान 'तारीख़-ए-सिंध' में लिखते हैं कि राजा दाहिर इंसाफ़-पसंद थे। तीन तरह की अदालतें थीं, जिन्हें कोलास, सरपनास और गनास कहा जाता था, बड़े मुक़दमे राजा के पास जाते थे जो सुप्रीम कोर्ट का दर्जा रखते थे।

चचनामा के अनुसार मुहम्मद बिन कासिम ने मेड जैसी स्थानीय जनजातियों के समर्थन और नेरुन, बझरा, काका कोलक और सिविस्तान के बौद्ध शासकों के समर्थन से पैदल सेना के रूप में शामिल करके, सिंध को हरा दिया और उसके कुछ क्षेत्रों पर कब्जा कर लिया।

अंतिम लड़ाई से कुछ समय पहले, दाहिर के मंत्री ने सुझाव दिया कि दाहिर को भारत के मित्र राजाओं में से किसी एक के पास शरण लेनी चाहिए। "आपको उनसे कहना चाहिए, 'मैं तुम्हारे और अरब सेना के बीच एक दीवार हूँ। अगर मैं गिर गया, तो कुछ भी आपके विनाश को उनके हाथों से रोक नहीं पाएगा।' वह दाहिर को स्वीकार्य नहीं था, मंत्री ने कहा, तो आपको चाहिए कम से कम आपके परिवार को भारत में किसी सुरक्षित स्थान पर भेज दो। दाहिर ने भी ऐसा करने से मना कर दिया। "मैं अपने परिवार को सुरक्षा के लिए नहीं भेज सकता, जबकि मेरे ठाकुरों और रईसों के परिवार यहां रहते हैं।"

अब मुहम्मद और दाहिर का वह ऐतिहासिक युद्ध आरम्भ होता है, जिसने भारत में इस्लाम का प्रवेश द्वार खोल दिया। राजा दाहिर के सिंध में समुद्री तट देवल से उत्तर की तरफ़ सिंध नदी के किनारे-किनारे निरून, सेहवान, सीसम, मकरान याने बलोचिस्तान के और उसके आगे ब्राह्मणबाद प्रमुख सैनिक ठिकाने थे, और राजधानी अरोर में दाहिर अपनी आरक्षित सेना सहित सुरक्षित अहसास के साथ प्रमाद में डूबा हुआ था। उसे सिर पर मंडरा रहे संकट का आभास नहीं था। बाक़ी ठिकानों पर कोई भी काबिल सेनापति सक्षम समुचित सेना के साथ मौजूद नहीं थे। दाहिर की योजना थी कि वे अरबों को कई बार परास्त कर चुके हैं। उनकी छोटी टुकड़ियों से निपटने में मुहम्मद पस्त होकर लौट जाएगा, उस तक पहुँच ही नहीं पायेगा।

हज्जाज कूफ़ा के शहर में बैठा मुहम्मद बिन क़ासिम के भारतीय अभियान को नियंत्रित कर रहा था। मकरान में वहाँ के राज्यपाल ने उसे और सैनिक दिए। उस समय मकरान पर अरबों का राज नया था। उसे पूर्व जाते हुए फ़न्नाज़बूर और अरमान बेला (आधुनिक 'लस बेला') में विद्रोहों को भी कुचलना पड़ा। फिर वे किश्तियों से सिंध के आधुनिक कराची शहर के पास स्थित देबल की बंदरगाह पर

पहुंचे, जो उस ज़माने में सिंध की सबसे महत्वपूर्ण कारोबारी जगह थी। वहाँ दाहिर की सेना कम थी।

जब मुहम्मद को यह जानकारी मिली तो उसने देवल से आक्रमण शुरू किया। उसकी योजना थी कि उसकी फ़ौज छोटे ठिकानों की जीत से मालामाल होते हुए अतिरिक्त उत्साह से आगे बढ़ेगी। जिससे उसमें जीत की उमंग का संचार होगा। वह अंत में दाहिर को घेरेगा। मुहम्मद ने 15,000 सेना लेकर प्रस्थान किया। सेना में 6,000 सीरियन घुड़सवार और 600 ऊँटों के सवार थे, जो ख़लीफ़ा की सेना के सर्वोत्तम अंग माने जाते थे। सामान ढोने वाले 3,000 दो कूबड़ के बाख्ती ऊँट थे। पाँच पत्थर फेंकने वाली बलिश्ता मशीन थीं। एक मशीन को 500 सैनिक मिलकर चलाते थे अर्थात् 2,500 का तोप दस्ता हुआ। मकरान के पास मुहम्मद हारूँ की सेनाएँ आकर मिल गईं। ख़लीफ़ा ने अस्वदजहाँ की कमान में अग्रगामी दल भेजा था। इस तरह उसकी सेना की तादाद 25,000 से अधिक हो गई थी।

मुहम्मद ने देवल से अपना अभियान आरम्भ किया। उस समय देवल में उसकी 25,000 अरब सेना के मुक़ाबले सिंध के केवल 4,000 सैनिक थे। मुहम्मद ने पत्थर की दीवार से आरक्षित देवल क़िले को घेर कर बालिश्तों से पत्थरों की बारिश शुरू करवाई। एक दिन, दो दिन और तीसरे दिन दीवार दरक गई। सैनिकों में आमने-सामने की लड़ाई शुरू हुई। भारतीय सैनिक बहादुरी से मुक़ाबला करते रहे। कोई परिणाम नहीं निकलता देख मुहम्मद ने क़िले पर स्थित मंदिर के प्रमुख पुजारी को फोड़ लिया। उससे पूछा कि ये हिंदुस्तानी हारते क्यों नहीं हैं। उस ब्राह्मण ने देशद्रोह करते हुए बताया कि जब तक मंदिर के ऊपर झंडा लगा रहेगा। तब तक देवल को कोई भी फ़तह नहीं कर सकता है। अगले दिन बालिश्तों ने झंडे को निशाना बनाकर पत्थर बरसाना शुरू किया तो कुछ ही देर में झंडा गिर गया। झंडे के गिरते ही हिंदुओं का आत्म विश्वास डिग गया और मुस्लिम फ़ौजियों का मनोबल आसमान छूने लगा। वे सीढ़ी लगा दीवार लाँघ कर क़िले में घुस कर लड़ने लगे। मुहम्मद ने देवल पर अधिकार कर किया। देवल निवासियों को इस्लाम या मृत्यु में से किसी एक को चुनने को कहा। उन्होंने मृत्यु का वरण किया। तीन दिन तक भयंकर हत्याकांड चलता रहा। 17 वर्ष और उससे ऊपर के सभी मर्दों का वध कर दिया गया। केवल कुछ काश्तकार और कुशल श्रमिक बख्श दिए गए। उनकी औरतों और बच्चों को गुलाम बना लिया गया। सभी मंदिर नष्ट कर उनके स्थान पर मस्जिदें तामीर कर दी गईं। उन्हें लूट में बेशुमार दौलत हाथ लगी। जिसका पाँचवाँ हिस्सा हज्जाज के पास भेज दिया गया। इस तरह इस्लाम के हाथों पहला हिंदुस्तानी नगर बेरहमी से बर्बाद हुआ। दाहिर की अदूरदर्शिता और प्रमादी स्वभाव के कारण हिंदुस्तान में इस्लाम का प्रवेश द्वार खुल गया। हर फ़तह के साथ कासिम की सेना बढ़ती जाती थी। जब

वह सिंध की जीत कर मुल्तान की तरफ़ बढ़ा, तब उसके साथ 50,000 सैनिकों की फ़ौज काफिरों को नेस्तनाबूद करने को तैयार थी।

इस तरह मुहम्मद बिन कासिम देवल में 4,000 सैनिक छोड़ सिंध के एक और महत्वपूर्ण नगर निरुन (हैदराबाद) की तरफ़ चला। निरुन देवल से 99 किलोमीटर दूर था। सात दिनों की यात्रा के बाद जब मुहम्मद बिन कासिम वहाँ पहुँचा तो दाहिर वहाँ भी नहीं था। जनता को उनके भाग्य के भरोसे छोड़ दिया था। वहाँ के बौद्ध सूबेदार ने बिना कोई प्रतिरोध के समर्पण कर दिया। लगातार जीत से उल्लसित अरब फ़ौज सेहवान की ओर बढ़ी। सेहवान का शासक दाहिर का चचेरा भाई बाझरा था। वह सेहवान छोड़कर भाग गया। एक सप्ताह के घेरे के बाद वहाँ के सैनिकों ने भी समर्पण कर दिया। उसके बाद सीसम की बारी आई। वहाँ के सैनिकों ने दो दिन तक युद्ध किया। फिर नगर छोड़ कर भाग खड़े हुए। ये सभी नगर सिंध नदी के किनारे स्थित थे।

दाहिर रावेर में मोर्चा लगाए पड़ा था। मुहम्मद उससे सीधा निपटना चाहता था। रावेर सिंध नदी के पूर्वी किनारे पर मेहरान के सामने स्थित था। इसलिए मुहम्मद सिंध नदी के पश्चिमी किनारे पर कई महीने पड़ा रहा। तभी उसकी फ़ौज में बीमारी फैलने से घोड़े मर गए। ईराक़ से 2,000 घोड़ों की कुमुक और औषधि आई तब उसने सिंध नदी पार की। दाहिर ने उस ख़ाली समय का उपयोग नहीं किया और मुहम्मद पर आक्रमण न करके युद्ध रणनीतिक गलती की। जिसकी क़ीमत उसे दुश्मन के हाथ जान गँवा कर चुकानी पड़ी। अरब सैनिक पहले कई लड़ाइयों में हार कर लौटते रहे थे इसलिए दाहिर अति आत्मविश्वास से भरा हुआ रावेर में मोर्चा लगाए पड़ा रहा। लगातार जीत में हाथ लगा लूट का माल और गुलाम बनाए गये स्त्री-पुरुष अरबी फ़ौज का हौसला बढ़ाते रहे। वहीं दूसरी तरफ़ सिंध सेना की लगातार हार से उनका हौसला पस्त होकर उनमें डर भर गया था।

अरबी सेना का मुक़ाबला करने के लिए रावेर की सेना में 50,000 सैनिक थे, जिनमे से अधिकतर तत्काल भर्ती किए गए थे। कुछ दिनों तक दोनों तरफ़ के सैनिकों में छुटपुट झड़पें होती रहीं। 20 जून 712 को विकट युद्ध होने लगा। दाहिर हाथी पर सवार होकर युद्ध का संचालन कर रहा था। वह खुद एक अच्छा सैनिक तो था परंतु अच्छा सेनापति नहीं था। युद्ध में परिस्थितियों का लाभ उठाना नहीं जानता था। लगातार हार से निराश सैनिक मरने के लिए लड़ रहे थे जबकि अरबी सैनिक जिहाद के उन्माद में भरे जीतने के लिए लड़ रहे थे। फिर भी सिंध सेना ने अरबी सेना के छक्के छुड़ा दिए। तभी दुर्भाग्य से एक आग्नेय बाण दाहिर के हौदे में आकर लगा। हौदे में आग लग गई। हाथी भाग कर नदी में घुस गया। सेना में भगदड़ मच गई। महावत ने किसी तरह हाथी को नदी से वापस निकाला। दाहिर अरबों पर

भीषण प्रहार करने लगा। दुर्दैव से एक तीर दाहिर को आ लगा। वह हाथी से गिर पड़ा। उसने खुद को सम्भाला और घोड़े पर सवार होकर युद्ध करने लगा। सैनिकों ने उसका हाथी ख़ाली देखा तो उनके हौसले टूट गए। सिंधु नदी के तट पर अरोर की लड़ाई में दाहिर के मारे जाने के बाद, उसका सिर उसके शरीर से काट दिया गया और युद्ध शील्ड बतौर हज्जाज बिन यूसुफ के पास भेज दिया गया।

राजा दाहिर की मृत्यु के बाद उसकी विधवा रानीबाई ने मोर्चा सम्भाला। उन्होंने रावेर के क़िले से वीरतापूर्वक युद्ध किया। मुहम्मद के 15,000 सैनिकों ने क़िले को घेर लिया। रानीबाई ने पत्थरों की वर्षा से अरबों को हलाकान कर दिया। क़िले पर रसद और पत्थर ख़त्म होने लगे तो रानी ने सभी स्त्रियों के साथ मिलकर भारतीय इतिहास का पहला जौहर किया। मुहम्मद रावेर फ़तह करने के बाद ब्राह्मणबाद की तरफ़ बढ़ा। सिंध के मध्य में स्थित ब्राह्मणाबाद के खंडहरों में, अरब योद्धा मोहम्मद बिन क़ासिम के आगमन से पहले के पुरातत्विक अवशेष पाए गए हैं। ऐतिहासिक संदर्भों में इसका उल्लेख मिलता था। शाह अब्दुल लतीफ़ विश्वविद्यालय में पुरातत्व विभाग ने हाल ही में किए गए वैज्ञानिक शोध से साबित कर दिया है कि यहां पर मुहम्मद के हमले के पहले तीसरी शताब्दी की आबादी के अवशेष मौजूद हैं।

मुहम्मद ब्राह्मणवाद की तरफ़ बढ़ा। ब्राह्मणाबाद कहां है? अगर आप कराची से ट्रेन के ज़रिये लाहौर की तरफ़ जा रहे हैं, तो टंडो आदम रेलवे स्टेशन के बाद शाहदादपुर स्टेशन आता है। इससे लगभग 18 किलोमीटर दूर, ब्राह्मणाबाद या मंसूरा के पुराने शहर के निशान मौजूद हैं। यहां एक स्तूप भी है, जिसे कुछ इतिहासकार बौद्ध स्तूप या पूजा स्थल कहते हैं। इसके आसपास लाल ईंटों की ढेरियां लगी हुई हैं और यह चार किलोमीटर से अधिक क्षेत्र में फैला हुआ है। पुरातत्व विभाग का कहना है कि उपमहाद्वीप में यह मुसलमानों का पहला मज़बूत गढ़ था, जो नदी के बीच एक द्वीप की तरह का शहर था।

ब्राह्मणाबाद के क़िले के चार दरवाज़े जर बेड़ी (नाव), साहतिया, मंहड़ो और सालबाह थे। जिन पर जय सिंह ने चार सेनापति तैनात किये थे। मौलाई शैदाई के अनुसार, यह मोहम्मद बिन क़ासिम के ख़िलाफ़ सिंधियों की अंतिम लड़ाई थी।

रजब के महीने में, अरब सेना ब्राह्मणाबाद के नज़दीक पहुंची, मोहम्मद बिन क़ासिम के आदेश पर खाई खोदी गई। जय सिंह ने गुरिल्ला युद्ध शुरू कर दिया और पूरे क्षेत्र को तबाह कर दिया, ताकि इस्लामी सेना को सामान की रसद और जानवरों को घास न मिल सकें। छह महीने की घेराबंदी के बाद कुछ विश्वासघाती नागरिकों ने क़िले के द्वार खोल दिए। मुहम्मद बिन क़ासिम ने भयानक हमला किया।

ब्राह्मणाबाद में 8,000 सैनिक थे। जिन्होंने विकट युद्ध किया। दाहिर के पुत्र जयसिंह ने देखा कि अब युद्ध करना असम्भव हो गया है तो उसने भागकर चित्तूर

में शरण ली। नगर पर मुहम्मद का क़ब्ज़ा हो गया। सिंधी शूरवीरों को सेना में भर्ती होने और मातृभूमि की रक्षा करने के लिए सर्वस्व अर्पण करने का आह्वान किया। कई नवयुवक सेना में भर्ती किए गए। सिंधु वीरों ने डटकर मुकाबला किया और कासिम को सोचने पर मजबूर कर दिया। सूर्यास्त तक अरबी सेना हार के कगार पर खड़ी थी। सूर्यास्त के समय युद्धविराम हुआ। सभी सिंधुवीर अपने शिविरों में विश्राम हेतु चले गए। ज्ञानबुद्ध और मोक्षवासव नामक दो लोगों ने राह दिखाने में कासिम की सेना का साथ दिया और रात्रि में सिंधुवीरों के शिविर पर हमला बोल दिया गया। महाराज की वीरगति और अरबी सेना के अलोर की ओर बढ़ने के समाचार से रानी लाडी अचेत हो गईं। सिंधी वीरांगनाओं ने अरबी सेनाओं का स्वागत तीरों और भालों की वर्षा के साथ किया। कई वीरांगनाओं ने अपने प्राण मातृभूमि की रक्षार्थ दे दिए। जब अरबी सेना के सामने सिंधी वीरांगनाएं टिक नहीं पाईं तो उन्होंने अपने सतीत्व की रक्षा के लिए जौहर किया। उसे दाहिर का कोष, बहुमूल्य वस्तुएँ और एक अन्य रानी लाड़बाई और दो राजकुमारियाँ सूर्य देवी और परमाल देवी मुहम्मद के हाथ लग गईं।

उन पर जज़िया (टैक्स) लगाया। शोधकर्ताओं का मानना है कि सैन्य और राजनीतिक ज़रूरतों के कारण, अरबों को सिंध में अपने शहर बसाने पड़े, जिनमें से महफ़ूज़ा, बैज़ा और मंसूरा प्रसिद्ध हुए।

इलियट ने ब्लाज़री का हवाला देते हुए लिखा है, कि ब्राह्मणाबाद मंसूरा से दूर था। इसके साथ उनका यह भी कहना है, कि ब्राह्मणाबाद का एक बड़ा हिस्सा मंसूरा में शामिल हो गया था और महफ़ूज़ा उसके बगल में बसाया गया था। सिंध के इतिहासकार एम.एच. पनहूर लिखते हैं, कि ऐतिहासिक साक्ष्यों से पता चलता है कि ब्राह्मणाबाद और मंसूरा एक ही शहर के दो नाम हैं। यज़ीद अल-क़ल्बी के समय में, सिंध की राजधानी अलवर से मंसूरा में स्थानांतरित कर दी गई थी।

सन 961 में सिंध की यात्रा करने वाले बशारी अल मुक़द्दसी ने अपनी पुस्तक 'एहसन अल-तक़सीम मारीफ़ अल-कलीम' में लिखा है कि मंसूरा एक किलोमीटर लंबा और दो किलोमीटर चौड़ा शहर है जिसके चारों तरफ़ नदी है और चार दरवाज़े हैं। उनके अनुसार, मंसूरा अपने क्षेत्रफल में दमिश्क के बराबर है। घर मिट्टी और लकड़ी से बने हुए हैं. लेकिन जामा मस्जिद पत्थरों और ईंटों से बनी हुई है और बहुत बड़ी इमारत है जो शहर के केंद्र में है।

देवल, रावेर, और ब्राह्मणबाद को फ़तह करके मुहम्मद मुल्तान की तरफ़ बढ़ा। माल-ए-ग़नीमत की लूट के उत्साह से भरी मुहम्मद की फ़ौज आरोर से आगे बढ़ी तो उसे कड़ा प्रतिरोध का सामना करना पड़ा। उनकी संख्या बहुत अधिक बढ़ गई थी और उनके पास उस समय के आधुनिकतम हथियार और तकनीक थी इसलिए

वे रास्ते में आने वाले समस्त प्रतिरोधों को धता बताते हुए आगे बढ़ते गए। मुल्तान में सेना ने खूब पक्की क़िलेबंदी कर रखी थी।

मुल्तान किला, एक सैन्य प्रतिष्ठान, दक्षिण एशियाई रक्षा और वास्तुकला का पत्थर से बना क़िला था। कुछ अनुमानों के अनुसार मूल किले का निर्माण कटोच राजवंश राजपूत ने 800 और 1000 ईसा पूर्व के बीच करवाया था। हालांकि बाद में इसे नष्ट कर दिया गया। इसे मुल्तान शहर के पास रंगहार प्रमुखों द्वारा, रावी नदी द्वारा शहर से अलग एक पहाड़ी पर फिर से बनाया गया था। ब्रिटिश औपनिवेशिक शासन के दौरान किले को ब्रिटिश सेना ने नष्ट कर दिया था।

किला रक्षा स्थापना और वास्तुकला दोनों हिसाब से उल्लेखनीय था। समकालीन रिपोर्टों ने किले की दीवारों को 40 से 70 फीट ऊंची और क़िला 6,800 फीट परिधि में था। किले के 46 बुर्जों में चार द्वारों (डे, सिक्की, हरेरी और खिजरी गेट्स) में से प्रत्येक पर दो फ़्लैंकिंग टॉवर शामिल थे। एक खाई 25 फीट गहरी और 40 फीट चौड़ी थी, जिसने घुसपैठियों से किले की रक्षा की।

किले के भीतर 30 टावरों से घिरा एक गढ़ था, जिसमें मस्जिदें, एक हिंदू मंदिर और एक खान का महल पाया गया है।

मुहम्मद ने सिंध और आसपास बहुत खून-खराबा किया और पारसी व हिन्दुओं को पलायन करने पर मजबूर कर दिया। सिन्ध के कुछ किलों को जीत लेने के बाद मुहम्मद ने इराक के प्रांतपति अपने चाचा हज्जाज को लिखा था - 'सिवस्तान और सीसाम के किले पहले ही जीत लिए गए हैं। काफिरों का धर्मांतरण कर दिया गया है या फिर उनका वध कर दिया गया है। मूर्ति वाले मंदिरों के स्थान पर मस्जिदें खड़ी कर दी गई हैं। ('चचनामा अलकुफी' (खण्ड 1 पृष्ठ 164), लेखक एलियट और डाउसन) देवल, नेऊन, सेहवान, सीसम, रावेर, आलोर, मुल्तान आदि पर विजय प्राप्त कर कासिम ने यहां अरब शासन और इस्लाम की स्थापना की।

मुहम्मद बिन क़ासिम ने 712-713 में सिंध पर क़ब्ज़ा करके यह पाया कि हिंदुओं याने काफ़िरों की संख्या मोमिनों से बहुत अधिक है। वे कुशल कारोबारी और कृषक हैं, एक तो सबको क़त्ल नहीं किया जा सकता परंतु वे किताब के आदमी याने अहले किताब भी नहीं हैं। उसके सैनिक न तो खेती कर सकते थे और ना ही कारोबारी कुशलता उनमें थी। वे वापस कूफ़ा लौटना चाहते थे। उसने ख़लीफ़ा को लिख भेजा कि काफ़िर लोगों से भी जज़िया लेकर उन्हें भी मुसलमान से निम्न दर्जे याने ज़िम्मी मंज़ूर करके मुस्लिम स्टेट में निचले नागरिक बनकर रहने दिया जाए।

सिंध के लोगों को पहले तो यह बात ही नहीं समझ आई कि वे अपना धर्म क्यों छोड़ें। पहले कभी ऐसा नहीं हुआ था। जब बार-बार उनके ऊपर इस्लाम का जुआ रखा

जाने लगा तो उनके अंदर वह चेतना पैदा हुई, जिसे हिंदू चेतना कहते हैं। मुसलमान उन्हें काफ़िर कहते थे। यह पहला अवसर थ जब लोगों में हिंदू चेतना जागृत हुई थी।

उस समय कुरान, इस्लामिक परम्परा और क़ानून अर्थात शरीयत की व्याख्या के चार वैचारिक ज्ञान केंद्र (School of Thought) थे, मालक, शाफ़ी, हनबल और हनिफ़ि। पहले तीन केंद्रों ने ऐसे काफ़िर लोगों से कोई रियायत न बरतते हुए उनके सर क़लम कर दिए जाने का निर्णय दिया। जबकि हनिफ़ि ने ऐसे बिना किताब काफ़िरों को भी जज़िया देकर बतौर काफ़िर इस्लामिक स्टेट में बने रहने की बात मंज़ूर की। इस प्रकार असंभाव्यता के मद्देनज़र हिंदु काफ़िरों को जज़िया देकर जान बचाने का हक़ हासिल हुआ था।

कहते हैं कि सिंध के दीवान गुन्दुमल की बेटी ने सर कटवाना स्वीकर किया, पर मीर कासिम की पत्नी बनना नहीं। इसी तरह वहां के राजा दाहिर और उनकी पत्नियों और पुत्रियों ने भी अपनी मातृभूमि और अस्मिता की रक्षा के लिए अपनी जान दे दी। बच गईं दोनों राजकुमारियां सूर्य देवी और परमाल देवी युद्ध क्षेत्र में घायल सैनिकों की सेवा कर रही थीं। तभी उन्हें दुश्मनों ने पकड़कर कैद कर लिया। सेनानायक मोहम्मद बिन कासिम ने अपनी जीत की खुशी में दोनों राजकन्याओं को भेंट के रूप में खलीफा वालिद के पास भेज दिया।

खलीफा दोनों राजकुमारियों की खूबसूरती पर मोहित हो गया और दोनों कन्याओं को अपने जनानखाने में शामिल करने का हुक्म दिया, लेकिन राजकुमारियों ने अपनी चतुराई से कासिम को सजा दिलाई। 'चचनामा' में इतिहासकार लिखता है कि राजा दाहिर की दो बेटियों को ख़लीफ़ा के पास भेज दिया गया। ख़लीफ़ा वालिद बिन अब्दुल मालिक ने दोनों बेटियों को उनके हरम में लाने का आदेश दिया। एक रात दोनों को ख़लीफ़ा के हरम में लाया गया। ख़लीफ़ा ने अपने एक अधिकारी से कहा कि वो मालूम करके बताएं कि दोनों में कौन सी बड़ी है। बड़ी ने अपना नाम सूर्या देवी बताया और उसने चेहरे से जैसे ही नक़ाब हटाया तो ख़लीफ़ा उनकी ख़ूबसूरती देखकर दंग रह गए और लड़की को हाथ से अपनी तरफ़ खींचा लेकिन लड़की ने खुद को छुड़ाते हुए कहा, ख़लीफ़ा सलामत रहें, मैं ख़लीफ़ा के क़ाबिल नहीं क्योंकि आदिल इमादुद्दीन मोहम्मद बिन क़ासिम ने हमें तीन रोज़ अपने पास रखा और उसके बाद ख़लीफ़ा की ख़िदमत में भेजा है। शायद आपका दस्तूर कुछ ऐसा नहीं है, ख़लीफ़ा के लिए जूठन जायज़ नहीं।

इतिहासकार के मुताबिक़ ख़लीफ़ा वालिद बिन अब्दुल मालिक, मोहम्मद बिन क़ासिम से बहुत नाराज़ हुए और आदेश जारी किया कि वो संदूक़ में बंद होकर हाज़िर हों। जब ये फ़रमान मोहम्मद बिन क़ासिम को पहुंचा तो वो अवधपुर में था। तुंरत आदेश का पालन किया गया लेकिन दो रोज़ में ही उनका दम निकल गया और

ताबूत दरबार पहुंचा दिया गया। कुछ इतिहासकारों का मानना है कि राजा दाहिर की बेटियों ने इस तरह अपना बदला लिया।

लेकिन जब राजकुमारियों के इस धोखे का पता चला तो खलीफा ने दोनों को कत्ल करने का आदेश दिया तभी दोनों राजकुमारियों ने ख़लीफ़ा का खंजर अपने पेट में घोंप लिया और इस तरह राजपरिवार की सभी महिलाओं ने अपने देश के लिए बलिदान दे दिया।

इतिहासकारों में दो तरह के लेख मिलते हैं। 714 में अल-हज्जाज की मृत्यु हो गई, उसके एक साल बाद खलीफा सुलेमान हुआ। उसने उन अधिकारियों से बदला लिया जो अल-हज्जाज के करीबी थे। सुलेमान ने अल-हज्जाज के विरोधियों को राजनीतिक समर्थन दिया और इसलिए अल-हज्जाज के सफल सेनानायकों कुतयबा इब्न मुस्लिम, ट्रांसऑक्सियाना (मध्य एशिया) और मुहम्मद दोनों को दंडित किया। उन्होंने प्रतिष्ठित जनरल अल-मुहल्लब इब्न अबी सूफ्रा, यज़ीद के बेटे को सिंध सूबेदार नियुक्त किया, जिसे एक बार अल-हज्जाज ने फ़ार्स, किरमान, मकरान और सिंध के गवर्नर के रूप में कैद और यातना दी थी; उसने सिंध पहुँचते ही तुरंत मुहम्मद को जंजीरों में जकड़ दिया। मुहम्मद इब्न अल-कासिम की मृत्यु 18 जुलाई 715 को मोसुल में हुई जो आधुनिक इराक का एक हिस्सा है। कुछ सूत्रों का कहना है कि उनके शरीर को हिंगोल नेशनल पार्क में बलूचिस्तान के मकरान में स्थानांतरित कर दिया गया था जो आधुनिक पाकिस्तान का हिस्सा है।

मुहम्मद इब्न अल-कासिम के भाग्य के विवरण के संबंध में दो अलग-अलग लेख मिलते हैं। अल-बालाधुरी के अनुसार मुहम्मद की इराक के गवर्नर के साथ पारिवारिक विवाद के कारण हत्या कर दी गई थी। सुलेमान मुहम्मद के प्रति शत्रुतापूर्ण था क्योंकि जाहिरा तौर पर, उसने सुलेमान के उत्तराधिकार के अधिकार को उसके द्वारा जीते गए सभी क्षेत्रों में शून्य घोषित करने के लिए हज्जाज के आदेश का पालन किया था। जब मुहम्मद को अल-हज्जाज की मृत्यु की खबर मिली तो वह अरोर लौट आया। मुहम्मद को बाद में सिंध के प्रतिस्थापन गवर्नर, यज़ीद इब्न अबी कबशा अल-ससाकी द्वारा खलीफा के आदेश के तहत गिरफ्तार किया गया था, जिन्होंने इराक के नए सैन्य गवर्नर, यज़ीद इब्न अल-मुहल्लब और नए वित्तीय गवर्नर, मावला सलीह के अधीन काम किया था। इब्न अब्द अल-रहमान सलीह, जिसके भाई को अल-हज्जाज ने मार डाला था, ने मुहम्मद और उसके रिश्तेदारों को मौत के घाट उतार दिया। अल-बालाधुरी द्वारा उनकी मृत्यु का विवरण चचनामा की तुलना में संक्षिप्त है।

चचनामा एक कहानी बताता है जिसमें मुहम्मद के निधन का श्रेय दाहिर की सूर्य देवी और परिमल देवी की बेटियों को दिया जाता है, जिन्हें अभियान के दौरान

बंदी बना लिया गया था। कब्जा करने पर उनकी मां को स्वयं मुहम्मद का दास बना दिया गया था, जबकि दो बहनों को राजधानी बगदाद में अपने हरम के लिए खलीफा को उपहार के रूप में भेजा गया था (हालांकि बगदाद अभी तक नहीं बनाया गया था और वास्तविक राजधानी दमिश्क थी)। खाते से संबंधित है कि उन्होंने तब खलीफा को यह विश्वास करने के लिए बरगलाया कि मुहम्मद ने उन्हें भेजने से पहले उनका शीलभंग किया था और इस छल के परिणामस्वरूप, मुहम्मद को लपेटा गया और बैलों की खाल में सिला गया, और सीरिया भेज दिया गया, जिसके परिणामस्वरूप रास्ते में उनकी घुटन से मृत्यु हो गई। यह कथा उनके पिता की मृत्यु के लिए प्रतिशोध हासिल करने के लिए इस छल के लिए उनके मकसद का श्रेय देती है। इस छल के पता चलने पर खलीफा को पछतावा हुआ। उसने दोनों बहनों को एक दीवार में जिंदा दफनाने का आदेश दिया।

इतिहासकार मुहम्मद बिन क़ासिम द्वारा दाहिर को हराने के बहुत से कारण गिनाते हैं। जिनमे से कुछ मुख्य कारण इस तरह हैं।

- अरबों का बेहतर युद्ध प्रबंधन, बेहतर सैन्य उपकरण जैसे घोड़े, बलिश्ता, घेराबंदी इंजन और मंगोल धनुष।
- अरबों का सेना अनुशासन और युवा नेतृत्व।
- मनोबल बढ़ाने वाली जिहाद, जन्नत और माल ए ग़नीमत की प्रेरक अवधारणा।
- मुस्लिम धर्म के सफलता की भविष्यवाणी में व्यापक विश्वास।
- सिंध में आंतरिक एकता का अभाव था। आबादी हिंदू, बौद्ध और जैनों के अलावा जाट, मेद और अन्य जातियों में बँटी थी। जबकि किसी भी विदेशी आक्रमण से निपटने के लिए राज्य की एकता पहली शर्त होती है।
- दाहिर के पिता चच ने राजा का पद अपने राजा की हत्या और उसकी विधवा से शादी करके हथियाया था। जनता उसे पसंद नहीं करती थी। दाहिर भी जनता में लोकप्रिय शासक नहीं था। वह जनता में भेद करके सत्ता चलाता था। उसके सूबेदार लगभग अर्ध स्वतंत्र थे। उन पर केंद्रीय सत्ता का शिकंजा कसा नहीं था। वे अवसर पाते ही मुहम्मद से मिल जाते थे।
- इस समय का सिंध आर्थिक रूप से पिछड़ा था। राज्य की आय उतनी नहीं थी कि स्थायी सेना रखकर उसे खुश रखा जा सके। लम्बे समय के युद्ध को चलाने योग्य आर्थिक सामर्थ्य नहीं थे।

- दाहिर ने एक बहुत बड़ी रणनीतिक गलती की थी। अधिकांश सेना रावेर में रखी थी। जिस कारण मुहम्मद निरुन, सेहवान, सीसम को जीतता चला गया। उसकी फ़ौज का उत्साह और लूट की भूख बढ़ती चली गई।
- उस समय में आज की जैसी भारतीय एकता का अभाव था। वह युद्ध दो राजाओं के बीच का मामला था, शेष भारत के राजाओं को दाहिर से कोई लेना देना नहीं था।
- इस्लाम की फ़ौज ख़ास तौर से हिंदू काफिरों को मुसलमान बनाने का मिशन पर उत्साहित थी। साथ में लूट के माल से सोना और गुलाम औरतें उनमे अतिरिक्त उत्साह का संचार करती थी। दाहिर कि सेना में वैसा कोई उत्साह नहीं था।
- दाहिर खुद अच्छा सैनिक था परंतु अच्छा सेनापति नहीं था। अंतिम लड़ाई में ख़ुद सैनिक की भाँति कूद पड़ा था। जबकि मुहम्मद एक सेनापति की तरह दूर से लड़ाई को नीतिगंत रूप से संचालित कर रहा था।

मुहम्मद बिन कासिम ने अपने दो वर्षीय शासन काल में अरब शासन व्यवस्था स्थापित करने के प्रयास किये। मुहम्मद बिन कासिम ने प्रजा को कुछ हद तक धार्मिक स्वतंत्रता प्रदान की। ब्राह्मणों को कुछ राजकीय पद प्रदान किये गये। उन्हें जजिया तथा अन्य करों से भी मुक्त रखा गया। उसने भूमिकर 1/3 से 2/5 तक रखा। गैर-मुस्लिम लोगों को आर्थिक स्थिति के अनुरूप 48, 24 या 12 दिरहम प्रति वर्ष, प्रति व्यक्ति जजिया कर के रूप में देने पड़ते थे। बच्चों, स्त्रियों आदि को इससे मुक्त रखा गया। भारतियों से यह अपेक्षा की जाती थी कि वे आगन्तुक मुसलमानों का अनिवार्य रूप से आतिथ्य करें। जनता पर कई विशेष कर भी लगाये गये थे। लेकिन जन असंतोष विद्यमान था और हिन्दुओं की स्थिति बहुत खराब थी। राजकीय न्यायाधिकरणों का काम हिन्दुओं से रुपया ऐंठना और उनका बलात् धर्मपरिवर्तन कराना था। अरब निवासियों द्वारा सिंध के शासन-प्रबन्ध में सबसे प्रमुख खटकने वाली बात यह थी कि विजेता और विजित में सहानुभूति के उन सूत्रों का अभाव था, जो पारस्परिक विश्वास से उत्पन्न होते हैं।

अरबों की सिंध विजय स्थायी न रह सकी। उन्होंने जनता से बलपूर्वक धर्मपरिवर्तन करवाया। दाहिर के पुत्र जयसिंह को भी अपने पूर्वजों का धर्म छोड़ कर इस्लाम स्वीकार करना पड़ा। 871 ई. में सिंध ने खिलाफत से अपने संबंध तोड़ लिया। लेनपूल के अनुसार- अरब वासियों की भारतीय विजय, इस्लाम और भारत के इतिहास का एक अपूर्व अध्याय है जिसका देश पर कोई स्थायी प्रभाव नहीं रहा।

भारतीय परम्परा प्रेमी थे, वे विजेताओं से तालमेल न बिठा सके। राजपूतों के उदय से अरबों की विजय को स्थायित्व मिलना कठिन हो गया। वुल्जले हेग के अनुसार- अरब विजय ने विशाल देश के छोटे से भाग को प्रभावित किया। इसने भारतियों का परिचय उस धर्म से करवाया जिसने पाँच शताब्दियों तक भारतियों को प्रभावित किया लेकिन इसके दूरगामी परिणाम तब तक नहीं निकले, जब तक कि गजनी का महमूद और गौर का मुहम्मद तुर्क इस्लाम का झंडा लेकर पंजाब से आगे बढ़ गुजरात और बंगाल तक पहुँचे।

अरब विजय का राजनैतिक दृष्टि से अधिक महत्त्व नहीं है। यह एक ज्वार के समान था जो इस्लाम की धारा में सिंध को डुबो गया। भारतियों पर इसके दूरगामी प्रभाव नहीं पडे। कई कोशिशों के बाद भी अरब सिंध से आगे विजय प्राप्त नहीं कर सके। गुर्जर, राष्ट्रकूट, चालुक्य आदि राजवंशों के प्रतिरोधों के कारण वे आगे न बढ़ सके। अरबों की बहुत सी आंतरिक कमजोरियाँ भी थीं। इनमें ईर्ष्या व धार्मिक मतभेदों का विकास होने लगा। इनकी केन्द्रीय शासन व्यवस्था ख़िलाफ़त क्षीण होने लगी। शासकों ने खुदमुखत्यारी घोषित करना शुरू कर दिया। महमूद गजनवी और मुहम्मद गौरी ऐसे ही सुल्तान थे।

## हिंदूशाही काबुल और जाबुल

अरब के मुस्लिम हुक्मरानों का उद्देश्य तलवार के बल पर इस्लाम को हिंदुस्तान के ईरान से लगे क्षेत्रों में फैलाना आरम्भ करना था। ताकि फिर आगे सम्पूर्ण हिंदुस्तान में इस्लाम फैला कर ईरान की तर्ज़ पर मुसलमानी देश बनाया जा सके। यह अफगानिस्तान के हिंदूशाही राज्यों द्वारा अरब सेनापतियों के विरुद्ध वीरतापूर्ण प्रतिरक्षा और बलिदान की कहानी है। इन शाही राज्यों ने 220 वर्षों तक अरबों के आक्रमणों का पुरज़ोर प्रतिरोध किया।

सिंध के अलावा अरबों की पहली लहर के खिलाफ लड़ने वाले दो राज्य काबुल और ज़ाबुल थे। सिंध के दाहिर वंश की दास्तान आप पढ़ चुके हैं। अब अफ़ग़ानिस्तान के दो हिंदूशाही राज्यों के बहादुरी और बलिदान का क़िस्सा पेश है। सिंध से उत्तर दिशा में ज़ाबुल (ज़ाबुलिस्तान) का राज्य आधुनिक बलूचिस्तान के आसपास स्थित था, और काबुल का राज्य ज़ाबुल के उत्तर में काबुल घाटी से घिरा था। काबुल और गांधार के पुराने प्रांत पर हिंदूशाही वंश का शासन था। इसको काबुल हिंदूशाही राजवंश के रूप में भी जाना जाता था उन्होंने काबुल पर शासन किया और बाद में जब उन्होंने अपनी राजधानी हुंड में स्थानांतरित की, तो उन्हें हिंदूशाही राजवंश कहा गया। हिंदू के साथ शाही कैसे आ जुड़ा। शाही एक फ़ारसी अर्थात् ईरानी शब्द है। शाह ईरान, मध्य एशिया और भारतीय उपमहाद्वीप में 'राजा'

के लिए प्रयोग होने वाला एक शब्द है। यह फ़ारसी भाषा से लिया गया है। शाह का एक अर्थ है 'सबसे बड़ा' अर्थात जो जनता में सबसे बड़ा हो उसे शाह (राजा) कहते है।

इस्लामिक ग्रंथों में राजा को रणबल, रुतबिल, रतबिल (रत्न-पाल) के रूप में जाना जाता है। भारतियों द्वारा हिंदूशाही राज्यों के प्रतिरोध का कोई भी सिलसिलेबार इतिहास नहीं लिखा गया। उनके साहसिक प्रतिरोध की जानकारी मुस्लिम इतिहासकारों द्वारा लिखित किताबों, यात्रा वृतांतों और पुरातात्विक खोजों से प्राप्त प्रमाणों के विश्लेषण से मिल रही है। जिससे पता चलता है कि सीमांत हिंदूशाही देश की प्रतिरक्षा को लेकर गाफ़िल नहीं थे, बल्कि उन्होंने मुस्लिम आक्रांताओं के समक्ष बहुत कड़ा प्रतिरोध खड़ा कर एक नहीं कई बार मुस्लिम सेनापतियों सहित उनकी पूरी फ़ौज को हलाकान किया था।

चीनी यात्री ह्युएनशोंग ने 630 ईस्वी में अफ़ग़ानिस्तान की यात्रा की थी। उसने उल्लेख किया है कि उस समय वहाँ एक योग्य एवं चतुर राजा राज्य करता था। राज्य के पूर्व में लघमान, जलालाबाद, पेशावर, चारसद्दा और सिंध किनारे ऊंड था। दक्षिण में गोमल, बन्नु तथा गजनी था, उत्तर-पूर्व में कश्मीर और पश्चिम में ईरान की सीमा लगती थी। राजा के पूर्वज बहर्तिकिन ने 430 ईस्वी में काबुल घाटी में राज्य क़ायम किया था। राजा बौद्ध था और जनता बौद्ध, जैन व हिंदू थी। देश बौद्ध मठों से भरा हुआ था। जाबुल का राज्य काबुल के दक्षिण में तथा बलोचिस्तान के ठीक उत्तर में स्थित था। इसमें हेलमंद नदी की ऊपरी घाटी सम्मिलित थी। सीस्तान नगर जर्राह झील पर बसा था। उसकी राजधानी जारंग थी। उसका हिंदू राजा शाह की उपाधि धारण करता था।

दुनिया के विजेता यानी अरब, जिन्होंने न केवल उस समय के सबसे बड़े साम्राज्यों में से एक को अल्प समय में ही खड़ा किया और तराशा। उनके पास उस समय दूसरों की तुलना में बेहतर सेनापति और युद्ध सामग्री भी थी। अरबों ने 643 ईस्वी में ईरान को फ़तह कर उस पर नियंत्रण स्थापित कर लिया था। ख़लीफ़ा के अख़्तियार का इलाक़ा इन हिंदू राज्यों की पश्चिमी सीमा से टकराने लगा। उस समय के मुसलमान हुक्मरान "ख़लीफ़ा" की प्रबल आकांक्षा हिंदू काफिरों की ज़मीन से मूर्तिपूजा को सदा के लिए ख़त्म कर देना थी। यह उनके लिए केवल राजनीतिक एजेंडा नहीं अपितु मिशन था। जब कोई कार्य मिशन के रूप में किया जाने लगता है तो उसमें इहलोक के साथ परलोक सुधारने का लक्ष्य शामिल हो जाता है। ख़लीफ़ा के शासन की एक और महत्वपूर्ण बात थी कि यदि आप मिशन में शामिल नहीं हैं तो परलोक तो छोड़ो इहलोक में ही आपकी जान के लाले पड़ सकते हैं।

ख़लीफ़ा ने फारस को अपने अधीन करने के बाद 643 ईस्वी में धार्मिक उत्साह व उन्माद से प्रेरित होकर 650 ईस्वी में काबुल घाटी पर लगातार हमले करने का

फैसला किया। दमिश्क में बैठे ख़लीफ़ा ने बसरा के सूबेदार अब्दुल्ला इब्न अमीर को हिंदूशाही को इस्लाम में तब्दील करने का हुक्म जारी किया। अब्दुल्ला इब्न अमीर ने सेनापति अर-रबी इब्न ज़ियाद को हिंदूशाही के हिस्से सिस्तान पर आक्रमण करने का आदेश दिया।

अर-रबी अपने शुरुआती अभियानों में सफल रहा और लश्करगाह तक आगे बढ़ने में सक्षम हुआ, लेकिन इस सफलता के तुरंत बाद अर-रबी और उनकी सेना को अपनी नई विजित भूमि से पीछे हटने के लिए मजबूर होना पड़ा। जिस क्षत्रप ने अर-रबी और उसकी सेना को हराया था, उसका नाम इस्लामिक ग्रंथों में रणबल मिलता है। आधुनिक प्रमाण सिद्ध करते हैं कि अर-रबी हिंदूकुश पार करके सीस्तान की राजधानी जारंग तक पहुँच गया। वह बुस्त तक बढ़ गया परंतु हिंदूशाही रणबल ने बुस्त में उसे घेरकर बुरी तरह हरा कर पीछे खदेड़ दिया। रणबल ने जीता हुआ क्षेत्र पुनः हासिल कर लिया। अरब सैनिक बुरी तरह हलाकान होकर भाग गए।

इस हार से ख़लीफ़ा तिलमिला गया। अरब उग्र हो उठे। सूबेदार अब्दुल्ला इब्न अमीर ने तीन साल के भीतर 653 में अब्दुल-अर-रहमान को हिंदूशाहियों को खत्म करने और काबुल और सीस्तान को अपने अधीन करने का आदेश दिया। प्रारंभ में, अब्दुल-अर-रहमान सीस्तान बढ़ गया। उसने वहाँ के हिंदू सूबेदार को बीस लाख दिरहम देने को मजबूर किया। वह ज़ूर के मंदिर में गया। जिसमें सोने की आँख में लाल रत्न लगे थे। उसने मूर्ति का एक हाथ काटकर आँख से लाल निकाल कर हिंदू सूबेदार को देते हुए कहा-सोना और रत्न रख लो, मैं तो यह बताना चाहता था कि मूर्ति कुछ भी हानि-लाभ नहीं पहुँचा सकती। उसके बाद वह हेलमंद नदी पर बसे बुस्त तक पहुँच गया। वहाँ से काबुल पहुँचा, वहाँ एक प्रतिनिधि उमेर को तैनात करके वापस बसरा चला गया। उमेर को हिंदुओं ने खदेड़ कर जारंग पर पुनः अधिकार कर किया। पाँच-छै साल तक दमिश्क में ख़लीफ़ा पद को लेकर सत्ता संघर्ष के चलते हमले रुके रहे।

मुआविया (661-680) ने ख़लीफ़ा बनते ही अब्दुल-अर-रहमान को फिरसे सीस्तान का सूबेदार नियुक्त करके भेजा। वह फिरसे काबुल तक पहुँच तो गया लेकिन काबुल-जाबुल के हिंदूशाही ने उसे हरा कर संधि के लिए मजबूर किया कि वह कभी हिंदूशाही सीमा पर हमला नहीं करेगा।

बसरा के सूबेदार ने 683 में सीस्तान के नव नियुक्त सूबेदार याज़िद इब्न जियाद को हिंदूशाही से बदला लेने को भेजा। उसे हिंदूशाही सैनिकों ने जुनजाह की लड़ाई में हराकर क़त्ल कर बाक़ी सेना को खदेड़ कर भागने पर मजबूर कर दिया। एक सेनानी अबु ऊबेदा को गिरफ़्तार कर लिया। जिसकी मुक्ति के लिए अरबों को पाँच लाख दिरहम हिंदूशाही को देने पड़े। उसी साल थोड़े दिनों बाद अरब फिर चढ़

आये। जाबुल के हिंदू राजा रणबल ने जमकर मुक़ाबला किया परंतु वह मारा गया। फिर भी उसके पुत्र रणबल ने लड़ाई जारी रखी। मुस्लिम किताबों में हिंदू शाही राजा का नाम रणबल ही मिलता है। सम्भवतः रणबल नाम के स्थान पर एक पद हो गया होगा। अरबों ने जाबुल के सीस्तान में पैर जमा लिए।

सीस्तान का नया सूबेदार अब्दुल्ला 692 में जाबुल के भीतरी भागों में प्रवेश कर गया। हिंदुओं ने खूब जमकर मुक़ाबला किया और उसे हराकर संधि में लिखवा लिया कि वह उसके आगे काबुल के हिंदू क्षेत्रों पर हमला नहीं करेगा और न जलाएगा, न उजाड़ेगा। ख़लीफ़ा अब्दुल मलिक (685-795) ने संधि को नहीं माना और अब्दुल्ला को सूबेदार के पद से हटा दिया।

उसके बाद बग़दाद के अल-हज्जाज ने ऊबैदुल्ला को सीस्तान का सूबेदार बना कर भेजा। वह काबुल के पहाड़ी मार्ग से घुसा। वहाँ के हिंदुओं ने उसे आगे नहीं बढ़ने दिया और उसके तीन पुत्रों को बंदी बना लिया। उनके बीच शांति संधि हुई। जिसके कारण अरब सेना में फूट पड़ गई। रणबल ने वही रणनीति अपनाई जो उसने अब्द-उल्लाह के खिलाफ इस्तेमाल की और ऊबैदुल्ला की पूरी सेना को दर्रे में फँसा दिया। इस घेराबंदी से उग्र, ऊबैदुल्ला शांति संधि पर हस्ताक्षर करने के लिए सहमत हुआ, लेकिन उसका साथी शुरैह इब्न हनी अल-हरिथी सहमत नहीं हुआ और अपनी अंतिम सांस तक लड़ने का फैसला किया। एक उग्र लड़ाई शुरू हुई और अरबों की पहले से ही निराश सेना को उनके नेता शुरैह के साथ कुचल दिया गया। हिन्द सेना बुस्त तक पहुंचने में सफल रही। बुस्त क्षेत्र के रेगिस्तानी क्षेत्र ने पहले से ही थके हुए अरबों को और अधिक परेशान किया। प्यास और भूख के कारण कई सैनिक मारे गए और सीस्तान पर आक्रमण के अभियान के परिणामस्वरूप अरबों की बुरी हार हुई। शुरैह को बुरी तरह हरा कर क़त्ल कर दिया और उसकी सेना को पीछे हटना पड़ा। उसके बहुत से सैनिक भूख-प्यास से मर गये। इसी शोक में ऊबैदुल्ला मर गया। इस अपमान का बदला लेने के लिए अरबों ने बसरा और कूफ़ा पर कर लगाकर एक बड़ी सुसज्जित सेना तैयार की। अब्दुर रहमान को 699 में काबुल जीतने के लिए भेजा। वह भी हिंदूशाही से परास्त हुआ और हज्जाज को अपमान जनक संधि करनी पड़ी। हज्जाज ने हिंदूशाही की नौ लाख दिरहम क्षतिपूर्ति स्वरूप दिए।

ख़लीफ़ा पद की जंग में अब्बासिद घराने ने उमय्याद वंश से 749 में ख़लीफ़ा की सत्ता हथिया ली। उनके ख़लीफ़ा अल-मंसूर (754-775) ने जाबुल को जीतना चाहा परंतु कामयाब नहीं हुआ। इस प्रकार अफ़ग़ानिस्तान के हिंदूशाही शासक दो सौ बीस सालों (543-763) तक अरबों के लगातार आक्रमणों का मुक़ाबला करते रहे। उन्होंने अपनी आज़ादी और हिंदू धर्म की टेक क़ायम रखी।

जिस काम को उस दौर की दुनिया की सबसे बड़ी सामरिक शक्ति न कर सकी उसे एक लुटेरा से सैनिक बने याकूब इब्न लायथ नामक मुसलमान ने कर दिखाया।

याकूब ने अराजकता का लाभ उठाकर सीस्तान में एक लुटेरे के रूप में काम शुरू किया। वह बढ़ते-बढ़ते ईरान के एक हिस्से का सत्ताधारी हो गया। काबुल और जाबुल उसके दक्षिण-पश्चिम में थे। 870 में काबुल का शासक लगतोरमान नामक राजा था। उसका एक मंत्री लल्य नामक कश्मीरी ब्राह्मण था। उसने लगतोरमान को गद्दी से उतार कर सत्ता हथिया ली। लल्य को सत्ता हथियाए अभी एक साल भी नहीं गुज़रा था कि याकूब ने उसे हरा कर काबुल हथिया लिया। फिर उसने जाबुल के आक्रमण के दौरान वहाँ के हिंदू राजा रुसाल को संदेश भेजा कि "वह (याकूब) आत्म समर्पण को तैयार है। उसे अकेला नहीं अपितु सेना सहित आत्म समर्पण का अवसर दिया जाये, नहीं तो उसकी सेना छिन्न भिन्न होकर विद्रोह करती रहेगी।"

आत्म समर्पण का दिन नियत हुआ। खुले मैदान में दोनों सेनाओं के बीच आत्म समर्पण होना था। याकूब के सैनिकों ने अपने ऊँचे घोड़ों के पेट के आजुबाजू भाले और तलवार छिपा रखे थे और कपड़ों के नीचे कवच पहन रखे थे। याकूब ने कपट पूर्वक राजा रुसाल के सामने सिर झुकाया और पलट कर भाला निकाल राजा के पेट में भौंक दिया। राजा तुरंत मर गया। राजा के गिरते ही याकूब के सैनिकों ने हिंदू सैनिकों को काटना शुरू कर दिया। राजा का सिर काट कर भाले की नौक पर उठा "नारा ए तकबीर अल्ला हू अकबर" नारे लगाते रहे। अतिउत्साह में भारी खून ख़राबा हुआ। इस तरह 870 ईस्वी में अफ़ग़ानिस्तान से हिंदूशाही शासन का सदा के लिए अंत हो गया। उसके बाद ख़लीफ़ा के पद पर तुर्क क़ाबिज़ हुए। हिंदुस्तान का पंजाब उनके निशाने पर था। अरबों की हिम्मत आगे बढ़ने की न हुई। तुर्की महमूद गजनवी 130 सालों बाद पंजाब, गुजरात और अवध लूटने आने वाला था।

एक सौ तीस सालों के लंबे अंतराल में अरबों में फूट पड़ी रही। दूसरे इन्हें ईसाइयों से प्रबल विरोध का भी सामना करना पड़ा और तीसरे एक नई प्रबल जाति तुर्क का उद्भव हुआ, जिसने अरबों का जीना हराम कर दिया था। परंतु अंत में तुर्कों ने इस्लाम अपना लिया और वे ख़ूँख़ार होकर भारत की तरफ़ बढ़े। यहाँ थोड़ा ईसाई-मुस्लिम धर्म युद्धों की जानकारी लेना उपयुक्त रहेगा।

उस समय ईसाई जगत के पूर्वी भाग की राजधानी कुस्तुंतुनियाँ (आधुनिक इस्तांबुल नगर) में थी और वहाँ ग्रीक (यूनानी) जाति के सम्राट् शासन करते थे। पूर्वी यूरोप के अतिरिक्त उनका राज्य एशिया माइनर पर भी था। तुर्कों ने एशिया माइनर के अधिकांश भाग पर कब्जा कर लिया था, केवल राजधानी के निकट का और कुछ समुद्रतट का क्षेत्र रोमन (जाति से ग्रीक) सम्राट् के पास रह गया था। सम्राट् ने इस संकट में पश्चिमी ईसाइयों की सहायता माँगी। रोम का पोप स्वयं ही पवित्र भूमि को तुर्कों से मुक्त कराने का इच्छुक था। एक प्रभावशाली प्रचारक (आमिया निवासी पीटर संन्यासी) ने फ्रांस और इटली में धर्मयुद्ध के लिए जनता को उत्साहित किया।

फलस्वरूप लगभग छह लाख क्रूशधर प्रस्तुत हो गए। ईसाई जगत् के पूर्वी और पश्चिमी भागों में धार्मिक मतभेद इतना था कि 1054 में रोम के पोप और कोस्तांतीन नगर के पात्रिआर्क (जो पूर्वी ईसाइयों का अध्यक्ष था) ने एक दूसरे को जातिच्युत कर दिया था। पश्चिम का उन्नतिशील राजनीतिक दल (अर्थात् नार्मन जाति) पूर्वी सम्राट् को, जो यूनानी था, निकम्मा समझता था। उसकी धारणा थी कि इस साम्राज्य में नार्मन शासन स्थापित होने पर ही तुर्की से युद्ध में जीत हो सकती है। इन विरोधों तथा मतभेदों का क्रूश युद्धों के इतिहास पर गहरा प्रभाव पड़ा।

395 ई. में रोमन साम्राज्य दो भागों में बँट गया था। पश्चिमी भाग, जिसकी राजधानी रोम थी, 476 में उत्तर की बर्बर जातियों के आक्रमण से टूट गया। पर पोप का प्रभाव स्थिर रहा और इन जातियों के ईसाई हो जाने पर बहुत बढ़ गया; यहाँ तक कि पश्चिमी यूरोप पर पोप का निर्विवाद आधिपत्य था। इसके शासक पोप से आशीर्वाद प्राप्त करते थे और यदि पोप अप्रसन्न होकर किसी शासक का बहिष्कार करता, तो उसे कठिन प्रायश्चित्त करना होता था और प्रचूर धन दंड के रूप में पोप को देना पड़ता था। इस क्षेत्र के शासकों में से एक सम्राट् निर्वाचित होता था जो पोप का सहकारी माना जाता था और पवित्र रोमन सम्राट् कहलाता था।

यूरोप के ईसाइयों ने 1098 और 1291 के बीच अपने धर्म की पवित्र भूमि फिलिस्तीन और उसकी राजधानी जेरूसलम में स्थित ईसा की समाधि का गिरजाघर मुसलमानों से छीनने और अपने अधिकार में करने के प्रयास में जो युद्ध किए उनको सलीबी युद्ध, ईसाई धर्मयुद्ध, क्रूसेड (crusades) अथवा क्रूश युद्ध कहा जाता है। इतिहासकार ऐसे सात क्रूश युद्ध मानते हैं।

ईसाई मतावलंबियों की पवित्र भूमि और उसके मुख्य स्थान जेरूसलम नगर में वह बड़ा गिरजाघर था जिसे रोम के प्रथम ईसाई सम्राट् कोंस्टेंटैन की माँ ने ईसा की समाधि के पास चौथी सदी में बनवाया था।

यह क्षेत्र रोम के साम्राज्य का अंग था जिसके शासक चौथी सदी से ईसाई मतावलंबी हो गए थे। सातवीं सदी में इस्लाम का प्रचार बड़ी तीव्र गति से हुआ और पैग़ंबर के उत्तराधिकारी ख़लीफ़ाओं ने निकट और दूर के देशों पर अपना शासन स्थापित कर लिया। फ़िलिस्तीन तो पैगंबर की मृत्यु के 10 वर्ष के भीतर ही उनके अधीन हो गया था।

मुसलमान ईसा को भी ईश्वर का पैगंबर मानते हैं। साथ ही, अरब जाति में सहिष्णुता भी थी, इससे यहूदियों को अपनी पवित्र भूमि के स्थलों की यात्रा में कोई बाधा या कठिनाई नहीं हुई।

11वीं सदी में यह स्थिति बदल गई। मध्य एशियाई तुर्क जाति की इतनी जनवृद्धि हुई कि वह और फैली तथा इस्लाम धर्म ग्रहण कर लिया। ख़ासकर इस

समय सल्जूक तुर्कों ने (जो अपने एक सरदार सेल्जुक के नाम से प्रसिद्ध है) कैस्पियन सागर से जेरुशलम तक अपनी शक्ति बहुत बढ़ा ली। उधर पूर्व में तुर्कों की एक दूसरी शाखा ने सुलतान महमूद के नेतृत्व में भारत पर आक्रमण किया और उसका पश्चिमोत्तर भाग दबा लिया। सल्जूकों ने कई देशों के अनंतर फिलिस्तीन पर भी कब्जा किया और जेरूसलम तथा वहाँ के पवित्र स्थान 1071 ई. उसके अधीन हो गए। इस समय से ईसाइयों की यात्रा कठिन और आशंकापूर्ण हो गई।

दूसरी ओर पश्चिमी यूरोप में नार्मन जाति की शक्ति का विकास हुआ। नार्मन इंग्लैंड के शासक बन गए; फ्रांस के एक भाग पर वे पहले से ही छाए हुए थे, 1070 के लगभग उन्होंने सिसिली, द्वीप मुसलमानों से जीता और उससे मिला हुआ इटली का दक्षिणी भाग भी दबा लिया। फलस्वरूप, भूमध्यसागर, जो उत्तरी अफ्रीका के मुसलमान शासकों के दबाव में था, इस समय के ईसाइयों के लिए खुल गया।

इटली के कई स्वंतत्र नगर (जिनमें वेनिस, जेनोआ और पीसा प्रमुख थे) वाणिज्य में कुशल थे और अब और भी उन्नतिशील हो गए। उनकी नौसेना बढ़ी और ईसाइयों को अपनी पवित्र भूमि के लिए नया मार्ग भी उपलब्ध हो गया।

इस युद्ध में दो प्रकार के क्रूशधरों ने भाग लिया। एक तो फ्रांस, जर्मनी और इटली के जनसाधारण, जो लाखों की संख्या में पोप और संन्यासी पीतर की प्रेरणा से (बहुतेरे) अपने बाल बच्चों के साथ गाड़ियों पर समान लादकर पीटर और अन्य श्रद्धोन्मत्त नेताओं के पीछे पवित्र भूमि की ओर मार्च, 1096 में थलमार्ग से चल दिए। बहुतेरे इनमें उद्दंड थे और विधर्मियों के प्रति तो सभी द्वेषरत थे। उनके पास भोजन सामग्री और परिवहन साधन का अभाव होने के कारण वे मार्ग में लूट खसोट और यहूदियों की हत्या करते गए जिसके फलस्वरूप बहुतेरे मारे भी गए। इनको यह प्रवृत्ति देखकर पूर्वी सम्राट् ने इनके कोंस्तांतीन नगर पहुँचने पर दूसरे दल की प्रतीक्षा किए बिना बास्फोरस के पार उतार दिया। वहाँ से बढ़कर जब वे तुर्कों द्वारा शासित क्षेत्र में घुसे तो, मारे गए।

दूसरा दल पश्चिमी यूरोप के कई सुयोग्य सामंतों की सेनाओं का था जो अलग अलग मार्गों से कोंस्तांतीन पहुँचे। इनके नाम इस प्रकार हैं :

लरेन का डयूक गाडफ्रे और उसका भाई बाल्डविन; दक्षिण फ्रांस स्थित तूलू का डयूक रेमों; सिसिली के विजेता नार्मनों का नेता बोहेमों (जो पूर्वी सम्राट् का स्थान लेने का इच्छुक भी था)। पूर्वी सम्राट् ने इन सेनाओं को मार्गपरिवहन इत्यादि की सुविधाएँ और स्वयं सैनिक सहायता देने के बदले इनसे यह प्रतिज्ञा कराई कि साम्राज्य के भूतपूर्व प्रदेश, जो तुर्कों ने हथिया लिए थे, फिर जीते जाने पर सम्राट् को दे दिए जाएँगे। यद्यपि इस प्रतिज्ञा का पूरा पालन नहीं हुआ और सम्राट् की सहायता यथेष्ट नहीं प्राप्त हुई, फिर भी क्रूशधर सेनाओं को इस युद्ध में पर्याप्त सफलता मिली।

सर्वप्रथम उनका सामना होते ही तुर्कों ने निकाया नगर और उससे संबंधित प्रदेश सम्राट् को दे दिए। फिर सेना ने दोरीलियम स्थान पर तुर्कों को पराजित किया ओर वहाँ से अंतिओक में पहुँचकर आठ महीने के घेरे के बाद उसे जीत लिया। इससे पहले ही बाल्डविन ने अपनी सेना अलग कर के पूर्व की ओर अर्मीनिया के अंतर्गत एदेसा प्रदेश पर अपना अधिकार कर लिया।

अंतिओक से नवबंर, 1098 में चलकर सेनाएँ मार्ग में स्थित त्रिपोलिस, तीर, तथा सिज़रिया के शासकों से दंड लेते हुए जून, 1099 में जेरूसलम पहुँची और पाँच सप्ताह के घेरे के बाद जुलाई, 1099 में उसपर अधिकार कर लिया। उन्होंने नगर के मुसलमान और यहूदी निवासियों की (उनकी स्त्रियों और बच्चों के साथ) निर्मम हत्या कर दी।

इस विजय के बाद क्रूशधरों ने जीते हुए प्रदेशों में अपने चार राज्य स्थापित किए (जो नीचे के मानचित्र में दिखाए गए हैं)। पूर्वी रोमन सम्राट् इससे अप्रसन्न हुआ पर इन राज्यों को वेनिस, जेनोआ इत्यादि समकालीन महान शक्तियों की नौसेना की सहायता प्राप्त थी जिनका वाणिज्य इन राज्यों के सहारे एशिया में फैलता था। इसके अतिरिक्त धर्मसैनिकों के दो दल, जो मठरक्षक (नाइट्स टेंप्लर्स) और स्वास्थ्यरक्षक (नाइट्स हास्पिटलर्स) के नाम से प्रसिद्ध हैं, इनके सहायक थे। पादरियों और भिक्षुओं के समान ये धर्मसैनिक पोप से दीक्षा पाते थे और आजीवन ब्राह्चर्य रखने तथा धर्म, असहाय स्त्रियों और बच्चों की रक्षा करने की शपथ लेते थे।

इस प्रकार मुस्लिमों की नेतागीरी तुर्कों के पास आ गई। जिन्हें भारत नज़दीक पड़ता था। इसीलिए महमूद गजनवी और मुहम्मद गौरी ने भारत पर हमले आरम्भ कर दिये।

## हिंदूशाही राजा जयपाल

प्राचीन भारतीय इतिहास में हिंदूशाही एक प्रतिष्ठित ब्राह्मण राजवंश था। हिंदूशाही साम्राज्य तत्कालीन अफगानिस्तान में रास (राजाओं) के रूप में भी जाना जाता था। जिसने कई अरब/तुर्क आक्रमणों का बहादुरी से मुकाबला किया था। हिंदूशाही शासक छठी शताब्दी के उत्तरार्ध से अरबों और उनके खलीफाओं के खिलाफ लगातार युद्ध में रत रहे।

प्रारंभिक हिंदूशाही राजवंश कल्लार का था। 964 ईस्वी में राय असतपाल के पुत्र सम्राट महाराजाधिराज जयपाल ने उनकी मृत्यु पर शासन ग्रहण किया था। बारीकोट शिलालेखों के उपकथाओं में उनका पूरा शीर्षक परमभट्टारक महाराजाधिराज परमेश्वर श्री जयपाल देव के रूप में दर्ज है। उन्हें अपने राज्य की रक्षा हेतु गजनी के तुर्क शासकों से संघर्ष के लिए एक हिंदू नायक के रूप में जाना जाता है।

राजा जयपाल एक हिंदू राजा था जिसे इस्लामी ग्रंथों में रानबल या रानबिल के नाम से भी जाना जाता था जिसने लगातार अरबों को हराया था। बाद में इस संघर्ष को नए हिंदू राजाओं ने जारी रखा जिन्होंने हिंदूशाही (ब्राह्मण) की उपाधि धारण की। महाराजा जयपाल या जयपालदेव न केवल यामिनी तुर्कों के प्रकोप के खिलाफ खड़े हुए, बल्कि उनके गढ़ यानी गजनी पर भी आक्रमण किया।

बहुत लंबे समय से हमने सुन रखा है कि महमूद गजनी ने 1001 ईस्वी से 1027 ईस्वी तक भारत पर 17 बार हमला किया था, लेकिन उससे पहले हिंदूशाही राजवंश के महाराजा जयपाल ने गजनी पर दो बार आक्रमण करने का फैसला किया था। राजा जयपाल के अधीन एक संयुक्त हिंदू मोर्चे ने सुबुक्तगीन (ग़ज़नी) के क्षेत्र पर हमला करने का वीर साहस भारतीय इतिहास में अमर होना तो दूर की बात है, उस संघर्ष का ज़िक्र राज भारतीय इतिहास की किताबों में नहीं मिलता है।

फारस के शक्तिशाली समानिद वंश ने हिंदूशाही साम्राज्य पर आक्रमण करने के लिए कोई प्रयास नहीं किया। लेकिन समानिद गवर्नर मंसूर के एक तुर्की गुलाम सैनिक अलप्तगीन के उदय के साथ ही शाहियों की स्थिति कमजोर हो गई। गजनी में इस नए मुस्लिम (तुर्क) सत्ता की स्थापना ने मुसलमानों की नीति, मानसिकता और युद्ध के आचरण को पूरी तरह से बदल दिया। आज के अफगानिस्तान में उस समय दो बड़े शक्तिशाली राज्य उभर रहे थे, गजनी और गोर। बाद में महमूद गजनवी और मुहम्मद गोरी दो सेनापति भारत को रोंदने और इस्लाम का झंडा फहराने में कामयाब रहे।

अलप्तगीन 961 ईसवी से 963 ईसवी तक आधुनिक अफ़ग़ानिस्तान के ग़ज़नी क्षेत्र का सुल्तान था। तुर्क जाति का यह सुल्तान पहले बुख़ारा और ख़ुरासान के सामानी साम्राज्य का एक सिपहसालार हुआ करता था। उनसे अलग होकर ग़ज़नी के स्थानीय लवीक (Lawik) नामक शासक को हटाकर सत्ता हथिया कर उसने ग़ज़नवी साम्राज्य की स्थापना की जो आगे चलकर आमू दरिया से लेकर सिन्धु नदी क्षेत्र तक और दक्षिण में अरब सागर तक विस्तृत फैला हुआ था।

अलप्तगीन, सामानी साम्राज्य के एक सूबेदार थे जो ख़ोरासान (उत्तरी अफ़ग़ानिस्तान, पूर्वोत्तर ईरान और सटा हुआ मध्य-एशिया) के शासक के रूप में काम करते थे। सुबुक्तगीन उनका गुलाम था। जब अलप्तगीन ने सामानी शासकों के ख़िलाफ़ विद्रोह किया तब उन्होंने सुबुक्तगीन को ग़ज़नी का प्रभारी बना दिया और अपनी बेटी की शादी भी उससे कर दी। सुबुक्तगीन ने अलप्तगीन के दो परवर्ती शासकों के अन्दर भी एक गुलाम के रूप में शासन का कार्यभार देखा और सन् 977 में ये ग़ज़नी के अमीर बने। सुबुक्तगीन ख़ुरासान के ग़ज़नवी साम्राज्य के स्थापक और भारत पर अपने छापों के लिए प्रसिद्ध महमूद ग़ज़नवी का पिता था।

तुर्कों के अधीन, हिंदूशाही और बाद में उत्तरी भारत पर छापे और भी अधिक आक्रामक और घातक हो गए। तुर्कों की इस लहर का सामना करने वाले पहले हिंदू राजा जयपाल (जयपाल या जयपालदेव) थे, जिन्होंने अपने राज्य की रक्षा के लिए अंतिम सांस तक लड़ाई लड़ी। महाराजा जयपाल के अधीन हिंदू शाही राज्य सरहिंद से लुमघन (लघमन) और कश्मीर से मुल्तान तक फैला हुआ था।

फ़रिश्ता (फ़ारसी इतिहासकार) के अनुसार, हिंदू राजा जयपाल को गजनी में बढ़ते खतरे के बारे में पता था और उन्होंने मुसलमानों के बार-बार आक्रमण से निपटने के लिए वैहिंद या भटिंडा के किले को मजबूत करने का फैसला किया।

एक अन्य इतिहासकार मिन्हाज-ए-सिराज जयपाल को हिंदुस्तान का सबसे महान राजा मानता है, वह कहता है कि वह बहुत शक्तिशाली है जिसकी सेना स्वर्ग के सितारों से भी अधिक चमकदार थी। वह यह भी जोड़ता है:

"उसके सैनिकों ने अपने हाथों को खून से सना रखा था कि उनकी तलवारें भोर की तरह लाल हो गईं। यदि तूने उसके भालों को ज्वाला की तरह चमकते देखा होता, तो आप कहते कि उसका यजमान नरक के जंगल में तितर-बितर हो गया था। उसके डर से होश मस्तिष्क से भाग गया; और आंख की रोशनी भ्रमित हो गई थी।"

फ़रिस्ता के अनुसार, प्रारंभ में राजा जयपाल और अलप्तगीन के सेनापति सुबुक्तगीन के बीच एक अस्थायी गठबंधन था। लेकिन जब सुबुक्तगीन गजनी का शासक बना, तो उसने गठबंधन तोड़ दिया और लगातार छापे के माध्यम से जयपाल के क्षेत्रों पर आक्रमण करने का फैसला किया।

लेकिन राजा जयपाल को इस बढ़ते खतरे के बारे में पता था और इससे पहले कि सुबुक्तगीन उसके क्षेत्र पर छापा मार पाता, उसने अपने लगभग सभी साथी सहयोगियों की एक सेना इकट्ठी कर ली और सुबुक्तगीन यानी गजनी के मजबूत पहाड़ पर आक्रमण करने के लिए तैयार हो गया।

शक्तिशाली तुर्कों के क्षेत्र पर छापा मारने की यह योजना, जो न केवल हथियारों, घुड़सवार सेना और रसद में श्रेष्ठ थे, बल्कि क्रूर योद्धा भी थे, एक हिंदू राजा द्वारा लिया गया अब तक का सबसे साहसी निर्णय था। यदि भारत के भावी राजाओं ने इस प्रकार की नीति और साहस दिखाया होता तो हिंद का इतिहास कुछ और होता।

जयपाल का गजनी पर आक्रमण 986-87 में हुआ था। लड़ाई कई दिनों तक चली और जयपाल की हिंदू सेना लड़ाई जीतने में सक्षम हो रही थी। अल-उतबी के अनुसार युवा राजकुमार महमूद (महमूद ग़ज़नवी) सहित सुबुक्तगीन की तुर्की सेना निराशा में पस्त हो गई थी। लेकिन एक बर्फ़ीला तूफ़ान और दुर्गम मौसम ने युद्ध के परिणाम को पूरी तरह से बदल दिया। तूफान के कारण जयपाल की सेना जो अपनी मातृभूमि से बहुत दूर लड़ रही थी, ने शांति से वापस लौटने का फैसला किया।

राजा जयपाल ने लिखा :

"आपने भारतियों के बड़प्पन को सुना और जाना है, कि कैसे चरम मौसम में, वे मृत्यु या विनाश से नहीं डरते। वे उन लोगों पर तलवार की धार चलाते हैं जो उनके साथ अन्याय करते हैं। सम्मान और यश के मामलों में हम अपने आप को भुना हुआ मांस की तरह आग पर रखेंगे।"

ये सुबुक्तगीन को राजा जयपाल के शब्द थे। अगर वहाँ बर्फ़ीला तूफ़ान नहीं हुआ होता तो यामिनी तुर्कों की कहानी वहीं खत्म हो जाती और महमूद गजनी के छापे भी शायद कभी नहीं पड़ते।

हिंदूशाही और गजनवी के बीच अस्थायी शांति स्थापित हो गई थी। लेकिन इस आक्रमण के बाद सुबुक्तगीन खतरे से अच्छी तरह वाकिफ था। अपने शत्रु को दबाने के लिए उसने शाही राज्य के लमघन के प्रदेशों पर धावा बोलना शुरू कर दिया।

उत्तर में जयपाल ने सुबुक्तगीन के खिलाफ एक संयुक्त हिंदू मोर्चा बनाने का फैसला किया। चहमानों, चंदेलों और तोमरों के पड़ोसी राजाओं ने जयपाल की मदद के लिए अपनी सेनाएँ भेजीं। तुर्कों को हमेशा के लिए कुचलने की भारतियों की यह आखिरी उम्मीद थी। दोनों सेनाएँ लमघन के मैदान में मिलीं। हालांकि शाही सेना के पास एक संयुक्त मोर्चा था लेकिन बेहतर तुर्की घुड़सवार सेना और उनकी मैदानी गतिशीलता से वह असहाय थी। सिकंदर महान के आक्रमण से हूणों, पार्थियनों या अरबों या तुर्कों तक भारतियों को गतिशील घुड़सवार सेना और सैन्य समर्थन की अच्छी गुणवत्ता की कमी का सामना करना पड़ा था। यह बात बार-बार साबित हुई थी। सुबुक्तगीन की सैन्य क्षमता और उनकी भयंकर घुड़सवार सेना के साथ, युद्ध के परिणामस्वरूप एक भीषण युद्ध के बाद शाहियों की हार हुई और तुर्कों द्वारा लमघन के क्षेत्र पर कब्जा कर लिया गया। अल-उतबी ने लड़ाई को इस प्रकार परिभाषित किया- पुरुषों और अधिकारियों के बीच सघन संघर्ष हुआ और तलवारों को छोड़कर अन्य सभी हथियार बेकार थे। जो धूल उठी उससे आँखों को दिखना बंद हो गया। तलवारों को भालों से अलग नहीं किया जा सकता था।

जयपाल ने उसको युद्ध हर्जाना और 50 हाथी तथा कुछ भूमि देना स्वीकार किया। लाहौर लौटने पर अपमान जनक शर्तों को मानने से इंकार कर दिया। सुबुक्तगीन सेना लेकर फिर चढ़ आया। इस लड़ाई में जयपाल की हार हुई और लघमान और पेशावर उसके हाथ से निकल गये।

सन् 997 में सुबुक्तगीन मृत्यु के बाद इनके छोटे बेटे ईस्माईल शासक बने पर उनके बड़े भाई महमूद ने उनके ख़िलाफ़ विद्रोह कर दिया। ईस्माईल को मार कर महमूद ख़ुद ग़ज़नी का सुल्तान बन बैठा। महमूद गजनी 998 ईसा पूर्व में गजनी

की गद्दी पर बैठा। यामिनी तुर्कों का नेता बनने के तुरंत बाद, महमूद ने हिंदुओं के खिलाफ पवित्र युद्ध (जिहाद) करने की शपथ ली।

हिंदूशाही भारत के उत्तर पश्चिम में एकमात्र राज्य थे जिन्होंने अरबों और तुर्कों के कई आक्रमणों का विरोध किया था। लेकिन अरबों और फिर तुर्कों के नियमित संघर्ष और छापे के कारण हिंदू शाहियों की स्थिति विघटन के कगार पर थी।

हिंदूशाही साम्राज्य का अंतिम शासक जिसने यामिनी तुर्क यानि गजनी की राजधानी पर साहसपूर्वक आक्रमण किया, वह राजा जयपाल था। एक हिंदू राजा के इस आक्रमण का तुर्कों पर और विशेष रूप से महमूद गजनी पर विनाशकारी प्रभाव पड़ा, जिसने अपनी आंखों से आक्रमण देखा था और शांति संधि पर हस्ताक्षर किए जाने तक अपने पिता की सेना के निकट पतन को देखा था।

पिछली लड़ाई के बाद लगभग दो दशकों तक शाही और गजनवी के बीच छुटपुट संघर्ष जारी रहा। महमूद ने 998 ई. में गजनी की गद्दी संभाली और 1001 ई. में उसने पेशावर पर आक्रमण किया। हालांकि अकेले और असहाय लेकिन अदम्य साहस से भरे राजा जयपाल ने महमूद गजनवी की प्रगति को रोकने का फैसला किया।

महमूद गजनी के छापे के बारे में एक गलत धारणा यह है कि उसने 17 बार भारतीय क्षेत्रों पर सफलतापूर्वक आक्रमण किया था और कोई भी नहीं था जिसने उसका विरोध किया या खुली लड़ाई में उसे हराने की क्षमता थी। निजामुद्दीन अहमद बख्शी द्वारा लिखित तबकात-ए-अकबरी भारत में महमूद के कुल 12 छापे देता है, जबकि एचजी इलियट के अनुसार महमूद द्वारा किए गए हमलों की संख्या 17 है।

## प्रथम आक्रमण 1000 ईस्वी

- महमूद ग़ज़नवी का प्रथम आक्रमण 1000 ईस्वी में सीमावर्ती नगरों पर हुआ।
- इस समय हिंदूशाही का शासक जयपाल था।
- हिंदूशाही राज्य के सीमावर्ती क्षेत्रों के कुछ दुर्गों पर अधिकार करने के बाद महमूद गजनवी वापस गजनी लौट गया।
- उसका यह प्रयास हिंदूशाही सेना को तौलना था कि उनकी नीति नीति और सामरिक क्षमता कितनी और कैसी है।
- कुछ इतिहासकार उसे लड़ाई न मानते हुए छापा कहते हैं।

## दूसरा आक्रमण 1001 ईस्वी

- महमूद ग़ज़नवी का दूसरा आक्रमण 1001 इसवी में हिंदूशाही राज्य पर हुआ था उस समय हिंदूशाही वंश का राजा जयपाल ही था।
- उसने पेशावर के निकट महमूद ग़ज़नवी का मुकाबला किया लेकिन उसे इस मुकाबले में हार का सामना करना पड़ा और संबंधियों और सेनापतियों के साथ उसे बंदी बना लिया गया।
- महमूद गजनबी ने जयपाल की राजधानी वेहिंद अर्थात् उद्धाण्डपुर पर अधिकार कर लिया, अंत में महमूद गजनबी ने 25 हाथी, और 2,50,000 दीनार देकर जयपाल को मुक्त कर दिया।
- महमूद गजनबी लूट का अपार धन प्राप्त कर वापस चला गया।
- जयपाल अपने निरंतर पराजय से इतना अपमानित महसूस करने लगा कि अंत में उसने आत्महत्या कर ली।
- उसकी मृत्यु के पश्चात उसका पुत्र आनंदपाल गद्दी पर बैठा।

दूसरी लड़ाई की तफ़सील कुछ इस तरह दर्ज है। महमूद के इतिहास कारों ने जयपाल को "ईश्वर (अल्लाह) का शत्रु कहा है।" महमूद 15,000 चुनिंदा घुड़सवार लेकर 27 नवम्बर 1001 को मुहिम पर निकला। इस लड़ाई से पहले जयपाल को महमूद के सामने अपनी सेना जुटाने के लिए पर्याप्त समय नहीं मिला, जिसकी सेना उससे ज्यादा थी। जयपाल की सेना में 12,000 घुड़सवार थे।

आमने-सामने की लड़ाई में जयपाल की सेना दाहिनी, बाईं और मध्य की फ़्लैंक (क़तार) की रणनीति से उतरी। मुहम्मद के पास तेज़ी से दौड़ने, मुड़ने और पलट जाने वाले तुर्की घुड़सवार थे। उसने अर्ध चंदाकर घुड़सवार खड़े किए। जब लड़ाई आरम्भ हुई तो महमूद के दोनों किनार के घुड़सवारों ने जयपाल की सेना को तेज़ी से घेरकर तलवारों से काटना शुरू कर दिया। परिणामस्वरूप सेना में भगदड़ मच गई। हिंदूशाही राजा की हार हुई और उसे परिवार के सदस्यों साथियों और पदाधिकारियों के साथ बंदी बना लिया गया।

उतबी लिखता है कि "इन सबके चेहरों पर कुफ़्र के निशान स्पष्ट दिखाई दे रहे थे। उन्हें मज़बूत रस्सियों से बांधकर सुल्तान के सामने लाया गया। उनके हाथ पीछे बंधे थे और मुक्कों घूसों से धकेलते हुए लाया जा रहा था। महमूद के सैनिकों ने जयपाल के गले से खींचकर मणि की माला उतार ली जिसका मूल्य दो लाख दिरहम था। मुहम्मद को जीत में इतना धन मिला कि हिसाब लगाना मुश्किल था। कुछ समय बाद महमूद ने जयपाल को 50 युद्ध हाथियों के बदले छोड़ दिया।

अपनी कैद से आज़ादी की बाद जयपाल, मूर्ति तोड़ने वाले के हाथों, जो हिंदू के लिए कोई सम्मान नहीं रखते थे। केवल शहरों और मंदिरों को लूटने पर ध्यान केंद्रित कर रहे थे, उसने खुद को सिंहासन के योग्य नहीं माना और घोषणा की कि वह मलेच्छ से अपने राज्य की रक्षा करने में विफल रहे हैं। उन्होंने अंतिम संस्कार के लिए चिता का आदेश दिया। जयपाल इतना अभिमानी और देशभक्त था कि इस पराजय की ग्लानि के बाद उसने जीवित रहना और राज्य करना पसंद नहीं किया। उसने चिता जलवाई और बीच में बैठकर खुद अग्नि प्रज्चलित कर उसी में आत्मदाह कर लिया। उसको आशा थी कि उसका उत्तराधिकारी पुत्र आनंदपाल देश की रक्षा अधिक सफलता के कर सकेगा। जयपाल एकमात्र हिन्दू राजा था, जिसने उत्तर-पश्चिम से भारत पर आक्रमण करने वाले मुस्लिमों के ख़िलाफ़ आक्रामक नीति अपनायी और अपनी आहूति देकर आत्महत्या का स्वाभिमान का अनुकरणीय उदाहरण प्रस्तुत किया।

मिन्हाजउद्दीन के अपने क्रॉनिकल तबकात-ए नासिरी में, महाराजा जयपाल शाह के राजनीतिक और शक्तिशाली कद का खुलासा करता है, "जयपाल, जो हिंद के सभी राई (राजाओं) में सबसे महान हैं। वह आक्रामकता की ऐसी भावना दिखाने वाले शायद आखिरी भारतीय शासक थे।" बाद में उनके उत्तराधिकारी आनंदपाल और त्रिलोकनपाल ने लगभग दो और दशकों तक गजनवियों के खिलाफ संघर्ष जारी रखा।

आनंदपाल जो अपने पिता के सिंहासन पर लगभग मार्च / अप्रैल 1002 में बैठा। 'अदाब अल-हरब' (पीपी. 307-10) उसके बारे में 990 ई. में लिखा है, "आनंदपाल ने लाहौर नंदना, जेलम (जेहलम) और ताकेशर जिलों को जीतने के इरादे से चढ़ाई की। लाहौर पर चढ़ाई की और शहर पर कब्जा कर लिया और अपने पिता के राज्य को और आगे बढ़ाया।"

## तीसरा आक्रमण (1004)

- महमूद ने तीसरा आक्रमण 1004 ईस्वी में वर्तमान उच्छ के राजा बजरा पर किया।
- जिसने जयपाल के विरुद्ध महमूद गजनबी को सैनिक सहायता नहीं दी थी।
- बजरा पराजित हुआ और भाग गया। महमूद ने उसके नगर को निर्दयतापूर्वक लूटा और वहां के निवासियों को बलपूर्वक मुसलमान बनाया।

## चौथा आक्रमण 1004–05

- महमूद का चौथा आक्रमण मुल्तान पर हुआ था उस समय वहां का शासक अब्दुल फतह दाऊद था जो मुसलमानों के शिया संप्रदाय करमाती से संबंधित था। महमूद कट्टर सुन्नी मुसलमान था।

- उसने महमूद के आक्रमण से बचने के लिए हिंदूशाही शासक आनंदपाल से मदद मांगी आनंदपाल ने भैरा के निकट महमूद का मुकाबला किया लेकिन पराजित हुआ।
- फतह दाऊद ने भी आत्म समर्पण कर दिया और 20000 दिरहम प्रतिवर्ष देने का वादा किया।
- मुल्तान पर महमूद ग़ज़नवी का अधिकार हो गया। वापस जाते समय महमूद ने आनंदपाल के पुत्र सुखपाल को मुसलमान बनाकर मुल्तान का शासक नियुक्त किया।
- सुखपाल आनंदपाल का पुत्र था उसने धर्म परिवर्तन कर इस्लाम ग्रहण कर लिया था उस का उपनाम नौशाशाह रखा गया था।
- शासक बनने के पश्चात उसने पुनः हिंदू धर्म ग्रहण कर लिया अतः महमूद ने उसे दंडित करने का निर्णय किया।

## पाचवां आक्रमण

- महमूद गजनबी ने पांचवा आक्रमण सुखपाल को दंड देने के लिए किया था।
- क्योंकि सुखपाल ने उस की अधीनता और इस्लाम धर्म दोनों को त्याग दिया था।
- सुखपाल को पराजित कर उसे बंदीगृह में डाल दिया गया।

## छठा आक्रमण (1008ईस्वी)

- महमूद का छठा आक्रमण आनंदपाल के विरुद्ध था गद्दी प्राप्त करने के बाद आनंदपाल की स्थिति अत्यंत दयनीय थी।
- यह पंजाब पर दूसरी बार आक्रमण था जिसमें पंजाब के शासक आनंदपाल को वैहिंद के युद्ध में पराजित किया।
- दक्षिण में उसके राज्य की सीमाएं मुल्तान के अमीरों द्वारा शासित क्षेत्रों से टकराती थी और भाटियाह सहित झेलम के पश्चिमी किनारे के प्रदेश उस में सम्मिलित थे।
- उसके राज्यारोहण के समय भाटिया का शासक विजयराज था। मुल्तान विजय से पूर्व महमूद ने विजय राज को पराजित कर भाटियाह के किले पर अधिकार कर लिया था।

- इस युद्ध में विजय राज वीरता पूर्वक लड़ा लेकिन पराजित होकर अपनी रक्षा के लिए भागा और अंत में स्वयं अपना प्राणांत कर दिया।
- 1005 ईस्वी में मुल्तान पर आक्रमण के समय आनंदपाल ने महमूद को बाधा पहुंचाई थी। इस कारण महमूद ने अपना छठा अभियान आनंदपाल के विरुद्ध किया।
- आनंदपाल ने महमूद के आक्रमण का सामना करने के लिए उज्जैन के परमार, ग्वालियर के कछवाहा, कालिंजर के कालचुरी, कन्नौज के राठौर और दिल्ली और अजमेर के चौहान राजाओं का एक संघ बनाया।
- पंजाब के खोखर लोगों ने भी आनंदपाल की सहायता की इस प्रकार आनंदपाल ने एक विशाल सेना एकत्र कर ली थी।
- सिंधु नदी के किनारे पेशावर के पास एक निर्णायक युद्ध हुआ 30,000 खोखरों ने ऐसा प्रहार किया कि महमूद ग़ज़नवी की सेना विचलित होने लगी। महमूद ग़ज़नवी पीछे हटने के लिए सोचने लगा।
- किंतु दुर्भाग्य से महमूद की सेना द्वारा छोड़ी गई अलकतरे की अग्नि ज्वालाओं से वशीभूत होकर आनंदपाल का हाथी मैदान से भाग निकला।
- आनंदपाल की सेना अस्त-व्यस्त हो कर भागने लगी महमूद ग़ज़नवी विजय हुआ उसने साल्ट रेंज में स्थित आनंदपाल की नई राजधानी नंदन या नंदनपुर को तबाह कर दिया था और आनंदपाल को आत्मसमर्पण करने के लिए बाध्य किया।

हालाँकि, सम्राट के रूप में उनके शासनकाल के दौरान गजनवी द्वारा उनके राज्य पर कई नुकसान किए गए थे। महमूद और आनंदपाल के बीच चाच की लड़ाई के दौरान, यह कहा गया है कि "30,000 खोंखरों का एक दल शाही सम्राट के लिए सैनिकों के रूप में लड़े और गजनवी का भारी नुकसान हुआ।" हालांकि, दुश्मन के भारी नुकसान के बावजूद, वह लड़ाई हार गया और उसे बहुत अधिक वित्तीय और क्षेत्रीय नुकसान हुआ। गजनी के सुल्तान महमूद के खिलाफ यह आनंदपाल की आखिरी बड़ी लड़ाई थी। उन्होंने अंततः 1010 ईस्वी में गजनवी साम्राज्य के साथ एक संधि पर हस्ताक्षर किए और एक साल बाद उनकी शांतिपूर्ण मौत हो गई। आरसी मजूमदार (डी.वी. पोद्दार स्मारक खंड, पूना 1950, पृष्ठ 351) ने उनकी तुलना अपने वंशवादी प्राचीन प्रसिद्ध पूर्वज "राजा पोरस" से की, जिन्होंने बहादुरी से सिकंदर का विरोध किया लेकिन बाद में अन्य भारतीय शासकों को अधीन किया और मदद की। तहकीक मा लिटिल-हिंद (पृष्ठ 351) में उन्हें उनकी विरासत में "महान और साहसी" के रूप में सम्मानित किया।

## सातवा आक्रमण 1009 ईस्वी

- आनंदपाल को पराजित करने के बाद महमूद ग़ज़नवी को युद्ध की लूट में कुछ हाथियों के अतिरिक्त उसके हाथ कोई विशेष वस्तु नहीं लगी थी।
- अतः लूट की अपनी भूख मिटाने के लिए उसने 7वां आक्रमण 1009 ईस्वी में कांगड़ा के पहाड़ी प्रदेश नगरकोट पर किया।
- हिंदुओं ने नगरकोट के किले में बहुत सा धन एकत्र कर रखा था वहाँ किसी ने महमूद का सामना नहीं किया नगरकोट के किले से महमूद ग़ज़नवी को अपार धन मिला।
- फरिश्ता के अनुसार महमूद गजनबी 7 लाख स्वर्ण दीनार, 700 मन चांदी के पात्र, 200 मन शुद्ध स्वर्ण मुद्राएं, 2000 मन अपरिष्कृत रजत और 20 मन पन्ने, हीरा, रत्न मोती आदि बहुमूल्य मणिया लेकर भारत से वापस लौटा।

## आठवां आक्रमण (1010 ईसवी)

- 1010 ईस्वी में महमूद गजनबी ने मुल्तान पर दोबारा आक्रमण किया।
- वहां के विद्रोही शासक दाऊद को पराजित कर बंदी बना लिया और उसने मुल्तान पर अधिकार कर लिया था।

## नौवां आक्रमण (1011 से 1012 ईस्वी)

- महमूद का नौवां आक्रमण थानेश्वर पर था। वहां के चक्र स्वामी मंदिर को लूटा।
- वापसी मार्ग में डेरा के शासक ने रोकने का प्रयास किया लेकिन वह असफल रहा।

## दसवां आक्रमण (1012 से 1014)

- आनंदपाल के पुत्र त्रिलोचनपाल को एक छोटा राज्य विरासत में मिला था, लेकिन उसने शिवालिक पहाड़ियों में और विस्तार करके कुछ क्षेत्रीय नुकसानों की भरपाई की और उसका राज्य उत्तर-पश्चिम में सिंधु नदी से लेकर ऊपरी पंजाब होकर गंगा घाटी तक फैला हुआ था।
- आनंदपाल की मृत्यु के बाद उसका पुत्र त्रिलोचन पाल गद्दी पर बैठा। त्रिलोचन पाल को भी महमूद ग़ज़नवी के आक्रमण का सामना करना पड़ा।

- त्रिलोचन पाल के अपने पुत्र भीम पाल जो प्रशासन में उसका प्रमुख शासक था उसके कहने पर महमूद का विरोध करने की नीति अपनाई।
- भीमपाल ने मर्गला दर्रे में अपनी किलाबंदी कर महमूद की सेनाओं को रोकने का प्रयास किया लेकिन महमूद ने उस दर्रे को जीतकर नंदन के दुर्ग पर चढ़ाई कर दी।
- त्रिलोचन पाल और भीम पाल ने भागकर कश्मीर में शरण ली और वहां के राजा संग्राम राज (1003-1028 ई.) से मिलकर महमूद गजनबी से लड़ने की तैयारी करने लगे। कश्मीरी मंत्री तुंग उनकी सहायता के लिए भेजा गया।
- तोषी (पुंछ क्षेत्र की आधुनिक तोही) नदी के किनारे महमूद और त्रिलोचन पाल और कश्मीर की संयुक्त सेनाओं के मध्य युद्ध हुआ। इस युद्ध में महमूद गजनवी विजयी हुआ।
- त्रिलोचन पाल पराजित होने के बाद पंजाब की शिवालिक पहाड़ियों की ओर चला गया और पुनः अपनी शक्ति स्थापित करने में लग गया।
- उसने बुंदेलखंड के शासक विद्याधर जो उस समय उत्तरी भारत का सर्वाधिक शक्तिशाली शासक माना जाता था, से मित्रता स्थापित की और अपने खोए राज्य को पुनः जीतने का प्रयास किया।
- 1012 में महमूद थानेसर (हरियाणा में) पर हमला करने के लिए त्रिलोचनपाल से मार्ग चाहता था। संधि के अनुसार, मध्यस्थ की भूमिका निभाई शाही ने। महमूद को खजाने की एक बड़ी राशि के मुआवजे में शहर और प्रसिद्ध मंदिर को छोड़ने के लिए कहा। यहां तक कि सेनापति भी इसके लिए उत्सुक थे, लेकिन महमूद ने कहा कि वह एक 'मूर्ति तोड़ने वाला' था और उसने आगे बढ़कर शहर और थानेसर के प्रसिद्ध मंदिर में तोड़फोड़ की। त्रिलोचनपाल ने महसूस किया कि शांति संधि को रद्द करने के अलावा कोई विकल्प नहीं बचा था।
- 1014 में महमूद ने हिंदूशाही समस्या को हमेशा के लिए हल करने के इरादे से नंदना पर हमला किया। त्रिलोचनपाल शाही ने दो मोर्चे खोले। उसने नंदना को अपने बेटे भीमपाल के लिए छोड़ दिया और कश्मीरी जनरल तुंगा की सहायता से कश्मीर में एक और मोर्चा खोला। ऊंचाई ने महमूद के लिए कश्मीर के मोर्चे पर जीतना बहुत मुश्किल बना दिया, हालांकि महमूद ने दूसरा मोर्चा जीत लिया और नंदना किले पर कब्जा कर लिया। अपनी प्रारंभिक सफलता पर तुंगा की मूर्खता के कारण उसे कश्मीर के मोर्चे पर हार का सामना करना पड़ा। वह सामरिक ऊंचाई को छोड़कर खुले में आया

और महमूद के हाथों हार गया। शाहियों ने शिवालिक पहाड़ियों में शरण ली। शिवालिक हिल्स (हिमाचल और उत्तराखंड के क्षेत्र) में आगे बढ़ने पर त्रिलोचनपाल शारवा के राय के साथ युद्ध में उलझ गये।

यद्यपि उसका पुत्र भीम पाल उसका उत्तराधिकारी बना जो लोहर के आसपास के क्षेत्रों में 1026 ईस्वी तक शासन करता रहा किंतु हिंदूशाही वंश के इतिहास में उसका कोई महत्व नहीं है

त्रिलोचनपाल के पुत्र भीमपाल ने शिवालिक से युद्ध जारी रखा और 1026 ई. में उनका निधन हो गया। ऐतिहासिक स्रोतों में इस हिंदूशाही के वंशजों के नाम का उल्लेख चार पीढ़ियों का 100 वर्षों तक का है। अदह अल-हरब पुस्तक में उल्लेख किया गया है कि काबुल के शाह (हिंदू शाही) के पोते संदबल के नाम से शिवालिक पहाड़ियों पर शासन किया था, ने देवपाल हरियाना और तब माई राय (शिवालिक पहाड़ियों के दो छोटे प्रमुख) के साथ अभियान का नेतृत्व किया। 1043 ई. में लाहौर पर आक्रमण किया। ग़ज़नवी के सेनापति ने शहर की रक्षा की और एक निडर तुर्की शार्पशूटर ने संदबल को विशेष निशाना बनाया, जो हमलावरों की रेखाओं के माध्यम से लापरवाही से धराशायी हो गया और एक तीर चला दिया जो संदबल के सीने में छेद कर गया।

## ग्यारहवां आक्रमण 1015-16 ईसवी

- महमूद गजनबी ने 1015-16 ईस्वी में कश्मीर में प्रवेश करने का प्रयास किया लेकिन भौगोलिक बाधाओं के कारण लोहकोट से आगे नहीं बढ़ सका।

## बारहवां आक्रमण 1018 ईसवी

- 1018 ई में महमूद ने गजनी से प्रस्थान किया। मार्ग में सभी दुर्ग को जीतते हुए बरन (बुलंदशहर) पहुंचा।
- यहां के शासक हरदत्त ने भयभीत होकर उस की अधीनता स्वीकार कर ली और अपने कुछ साथियों सहित इस्लाम धर्म स्वीकार कर लिया।
- तत्पश्चात महमूद ने महावन पर आक्रमण किया उस समय वहां यदु वंश के शासक कूलचंद का शासन था उसने वीरतापूर्वक महमूद का सामना किया। किंतु पराजित हुआ अंत में कुल चंद ने सम्मान की रक्षा के लिए अपने दोनों पत्नियों को काट कर स्वयं भी आत्महत्या कर ली थी।

- 1018 ईस्वी में महमूद ने कन्नौज पर आक्रमण किया जो उस समय भारतीय साम्राज्य की प्रमुख राजधानी था उस समय यहां गुर्जर प्रतिहार वंश के शासक राज्यपाल का शासन था।
- महमूद ने पहली बार गंगा नदी घाटी में प्रवेश किया। कन्नौज आक्रमण के दौरान ही महमूद गजनबी ने सर्वप्रथम बटन, महावन, मथुरा और वृंदावन पर आक्रमण किया। अंत में कन्नौज पर आक्रमण किया।
- महावन को लूटने के बाद महमूद गजनबी ने मंदिरों की नगरी के नाम से विख्यात मथुरा पर आक्रमण किया।
- मथुरा हिंदुओं का तीर्थ स्थान था जहां हजारों मंदिर थे। मथुरा की रक्षा का कोई प्रबंध नहीं किया गया था। महमूद ने वहां ईच्छानुसार लूटमार की और अपार धन प्राप्त किया।
- उत्बी के अनुसारदृ मथुरा के वैभव के बारे में लिखा है कि महमूद ने एक ऐसा शहर देखा जिसका वैभव स्वर्ग के समान है। कृष्ण का जन्म स्थान होने के कारण मथुरा को हिंदुओं का बेथलहम कहा जाता है।

## तेरहवॉ आक्रमण

- मथुरा को लूटने के बाद महमूद गजनबी ने वृंदावन पर चढ़ाई की यहां भी उसने लूट में अपार धन प्राप्त किया वहां से वह कन्नौज गया वहां गुर्जर प्रतिहार वंश के अंतिम शासक राज्यपाल का शासन था।
- राज्यपाल भयभीत होकर बिना युद्ध किए ही गंगा के पार उस के पूर्वी किनारे पर स्थित बारी भाग गया।
- महमूद ने कन्नौज को खूब लूटा उसके बाद उसने कानपुर के निकट मंझावन नामक स्थान पर आक्रमण किया जो ब्राह्मणों के किले के नाम से प्रसिद्ध था।
- 25 दिन तक संघर्ष के बाद अंत में महमूद ने विजय प्राप्त की लौटते समय मार्ग में पड़ने वाले असी और सिरसावा (सहारनपुर के निकट) के दुर्ग को भी जीता।
- असी के शासक चंद्रपाल और सिरसावा के शासक चांदराय ने उस का मुकाबला नहीं किया अतः अपार धन के साथ महमूद ग़ज़नवी गजनी लौट आया।

## चौदहवाँ आक्रमण (1019–20)

- महमूद गजनबी ने यह आक्रमण चंदेल राजा को दंडित करने के लिए किया था।
- महमूद के वापस जाने के बाद बुंदेलखंड के चंदेल शासक विद्याधर ने ग्वालियर के शासक के सहयोग से कुछ दिन हिंदू राजाओं का एक संघ बनाया।
- इस संघ का उद्देश्य कन्नौज के शासक राज्यपाल को दंड देना था क्योंकि राज्यपाल महमूद ग़ज़नवी से बिना युद्ध किए ही भाग गया था जिसे राजपूत शासकों ने एक कलंक समझा था।
- इन राजाओं ने मिलकर राज्यपाल पर आक्रमण किया और विद्याधर के आदेश से उसके कछवाहा सामंत अर्जुन ने राज्यपाल की हत्या कर दी।
- महमूद ने विद्याधर को दंडित करने के लिए 1019-20 ईस्वी में भारत आया वह बारी की ओर बढ़ा जिसे प्रतिहारों ने कन्नौज की लूट के पश्चात अपनी राजधानी बनाया था।
- वहां विद्याधर एक बड़ी सेना के साथ महमूद का मुकाबला करने के लिए तैयार था। महमूद विद्याधर की विशाल सेना देख कर एक बार विचलित अवश्य हुआ था लेकिन युद्ध प्रारंभ होने के बाद शाम होते-होते विद्याधर की सेना के एक भाग की पराजय हो चुकी थी।
- विद्याधर साहस खो बेठा और रात में चुपके से भाग निकला महमूद गजनबी ने उसके संपूर्ण राज्य में लूटमार की और बहुत सी संपत्ति लेकर वापस गजनी लौट गया।

## पन्द्रहवां आक्रमण (1021–22)

- महमूद गजनबी पुनःभारत आया और पंजाब में प्रवेश किया इस बार उसने पंजाब का प्रशासन अपने हाथ में लेने का निश्चय किया।
- पंजाब में प्रत्यक्ष शासन स्थापित करने का महमूद ग़ज़नवी का उद्देश्य दूर स्थित प्रांतों की विजय के लिए भारत में एक सैनिक केंद्र की स्थापना था। इसके लिए पंजाब का क्षेत्र उपयुक्त था।
- पंजाब पर अधिकार करने के पश्चात ही महमूद गजनबी ने पंजाब के प्रचलित शाही सिक्को को भी अपनाया।
- उसके अपने सिक्कों पर घुड़सवार और नंदी चिह्न जो पहले से प्रचलित थे

को अपनाया और उस पर संस्कृत भाषा में आव्यक्तमेंक अवतार महमूद खुदवाया।

- उसने संस्कृत में अयं टंकं महमूद पूरे घटित अथार्थ टकसाल का नाम भी खुदवाया उसके द्वारा प्रचलित सिक्के दिल्ली वाला के नाम से प्रसिद्ध थे जिनका वजन 56 ग्रेन था।
- पंजाब पर अधिकार करने के बाद महमूद गजनबी ने आरियारुक को यहां का गवर्नर नियुक्त किया था।
- महमूद गजनबी ने जब चंदेलों के विरुद्ध चढ़ाई की तो मार्ग में रामगंगा नदी के किनारे त्रिलोचन पाल ने उसका मुकाबला किया लेकिन वह पराजित हुआ और अपने प्राण बचाने के लिए चंदेल सेनाओं के खेमे की और भागा।
- अंत में 1021-22 ईस्वी में उसका वध कर दिया गया। त्रिलोचनपाल की मृत्यु के साथ ही शाही वंश का भी अंत हो गया।

## सोलहवाँ सोमनाथ आक्रमण (1025-26)

- महमूद गजनवी ने भारत पर सोलहवां और सर्वाधिक महत्वपूर्ण आक्रमण 1025 में किया।
- इस दौरान उसने सोमनाथ मंदिर को निशाना बनाया था। वहां के प्रसिद्ध मंदिर को तोड़ दिया और वहां से अपार धन लूटकर ले कर गया था।
- 1025-26 ई में महमूद गजनबी ने एक विशाल सेना लेकर सोमनाथ मंदिर पर आक्रमण किया था यह महमूद गजनबी का सबसे प्रसिद्ध अभियान था।
- सोमनाथ का मंदिर गुजरात में स्थित भारत के सबसे महत्वपूर्ण मंदिरों में था यह शिव मंदिर था इस में अत्यधिक धन संचित था जो महमूद गजनवी के आक्रमण का मुख्य कारण बना।
- मुल्तान के मार्ग से उसने काठियावाड़ में प्रवेश किया तत्पश्चात अन्हिलवाडा पहुंचा जो काठियावाड़ की राजधानी थी इस समय वहां का शासक भीमदेव था जो बिना युद्ध किए भाग गया।
- महमूद ने बिना किसी विरोध के अन्हिलवाडा को लूटा इसके पश्चात वह सोमनाथ मंदिर के निकट पहुंचा। एक हल्के संघर्ष के बाद मंदिर पर कब्जा कर लिया गया।
- उसे यहां से अपार धन राशि इकट्ठा की और मंदिर को नष्ट कर दिया अतुल संपत्ति के साथ महमूद सिंध के रेगिस्तान से वापस लौट गया।

- उसे मार्ग में जाटों ने बहुत हानि पहुंचाई लेकिन महमूद मुल्तान होता हुआ सुरक्षित गजनी लौट आया
- उत्बी के अनुसारदृ सोमनाथ के शिव मंदिर पर आक्रमण से महमूद ग़ज़नवी को कितनी धनराशि प्राप्त हुई जितनी अन्य सभी अभियानों से नहीं हुई थी। यह मंदिर गुजरात में समुद्र तट पर अपनी अपार अपार संपत्ति के लिए प्रसिद्ध था इस मंदिर को लूटते समय महमूद ने लगभग 50,000 ब्राह्मणों एवं हिन्दुओं का कत्ल कर दिया
- महमूद ग़ज़नवी द्वारा ध्वस्त सोमनाथ के शिव मंदिर का पुनर्निर्माण 1026 ई.में चालुक्य शासक भीम पाल प्रथम और 1196 में कुमारपाल ने कराया करवाया था।

## सत्रहवाँ आक्रमण (1027 ईस्वी)

- जाटों और खोखरो को दंड देने के लिए महमूद गजनबी ने 1027 ईस्वी में भारत पर अंतिम आक्रमण किया।
- सोमनाथ मंदिर को लूट कर वापस जाते समय महमूद गजनबी को पश्चिमोत्तर में सिंध के जाटों और खोखरों ने अत्याधिक हानि पहुंचाई थी।
- प्रतिशोधात्मक कार्यवाही में महमूद ने इन पर आक्रमण किया और कठोरता से इन्हें समाप्त कर दिया खोखर जाति सीमांत क्षेत्रों के उग्र निवासी थे।
- इन्होने महमूद गजनबी और महमूद गोरी दोनों के लिए समस्या पैदा की थी।

इस प्रकार महमूद ने भारत पर 17 बार आक्रमण किया अपने सैनिक पराक्रम का परिचय देते हुए उसने अनेक भारतीय शासकों को पराजित किया

गुजरात से लेकर पूर्वी उत्तर प्रदेश तक के क्षेत्रों को रौंदा। इन सफलताओं के बाद भी वह भारत में अपनी सत्ता स्थापित नहीं की क्योंकि उसके इस अभियान का उद्देश्य साम्राज्य निर्माण करना नहीं था बल्कि धन को लूटना और मंदिरों को तोड़कर इस्लाम का प्रचार करना था। जिस उद्देश्य की प्राप्ति में वह पूरी तरह से सफल रहा उसके आक्रमण का एकमात्र स्थाई परिणाम पंजाब सिंध और मुलतान को गजनी साम्राज्य में मिलाया जाना रहा। महमूद ग़ज़नवी के आक्रमण का सर्वाधिक महत्वपूर्ण प्रभाव भारत की राजनीतिक और सैनिक दुर्बलता का उजागर होना था। लेकिन इस बात की सराहना मुस्लिम इतिहासकार भी करते हैं कि महमूद को हिंदूशाही राजाओं ने पंजाब में ही इतना अधिक उलझाए रखा कि उसे आगे बढ़ने का समय नहीं मिला। 1030 महमूद गजनवी की मृत्यु हो गई।

महमूद गजनवी का भारत पर आक्रमण करने का उद्देश्य भारत की धन संपदा को प्राप्त करना था। उसकी साम्राज्य विस्तार की महत्वाकांक्षा भी थी और वह इस्लाम धर्म का प्रचार-प्रसार भी करना चाहता था। इस कारण उसने भारत पर अनेक बार आक्रमण किया।

प्रसिद्ध इतिहासकार *अल बरूनी और फ़िरदौसी* के मुताबिक़ *महमूद गजनवी* एक मुस्लिम आक्रांता था। जिसने 978 ईस्वी से 1030 ईसवी के बीच अफगानिस्तान में गजनवी वंश में शासन किया। वो एक तुर्की राजा था और वह अपने शासक बनने के बाद से ही भारत पर निरंतर आक्रमण करता रहा। वह उस समय भारत की सुख-समृद्धि से प्रभावित था और भारत में इस्लामी शासन लाना चाहता था। उसकी कुदृष्टि भारत की धन संपदा पर भी थी, इसलिए उसने अनेक बार भारत पर आक्रमण किया। उसका कम से कम 17 बार भारत पर आक्रमण का इतिहास में विवरण मिलता है। वो सोमनाथ मंदिर की अकूत धन-संपदा इतना प्रभावित था कि उसने सोमनाथ मंदिर को लूटा। सोमनाथ मंदिर के शिव लिंग को ध्वस्त नहीं करने के अकूत धन के प्रस्ताव को उसने यह कहकर निरस्त कर दिया था कि "वह मूर्ति भँजक की जगह मूर्तियों का कारोबारी कहलाना पसंद नहीं करेगा।" इससे महमूद गजनी के मंसूबों का पता चलता है कि वह भारतीयता को खंडित करना चाहता था। धन उगाहना उसका मुख्य उद्देश्य नहीं था।

जब हम महमूद गजनी के अभियानों के बारे में बात करते हैं, तो हम केवल इस तथ्य को महत्व देते हैं कि उसने भारत पर 17 बार आक्रमण किया और मंदिरों, उनकी विशाल संपत्ति को लूट लिया और इन बर्बर छापों के माध्यम से गुलामों को ले लिया। लेकिन जिस बात को लंबे समय से नज़रअंदाज़ किया गया है वह यह है कि वह भारतीय उपमहाद्वीप पर एक उचित आधिपत्य स्थापित करने में सफल क्यों नहीं हो पाया।

महमूद, जिन्होंने भारत के पवित्र मंदिरों को लूटने के बाद बुत-शिकन (मूर्तियों के विध्वंसक) की उपाधि धारण की, यामिनी सुल्तान भारत या कम से कम उत्तरी भारत पर शासन करने में असमर्थ थे। क्यों? भारत में गजनी के महमूद को किसने हराया था? ग़ज़नी ने इस समृद्ध भूमि पर अपना शासन सफलतापूर्वक स्थापित क्यों नहीं किया। यह इस तथ्य के कारण है कि वह जहां भी गए, उन्हें कड़ा प्रतिरोध का सामना करना पड़ा। हालांकि उनमें से कुछ पर काबू पाने के बावजूद, 1018 में उनका अभियान दक्षिण भारत के एक राजपूत राजा-चंदेला राजपूत वंश के राजा विद्याधर चंदेला के हाथों समाप्त हो गया।

मध्ययुगीन दुनिया में या इस्लामी दुनिया में, महमूद द्वारा किए गए छापे हमेशा महिमामंडित होते रहे हैं और जब भी वह भारत से लूट, गुलामों (निर्दोष महिलाओं और पुरुषों के साथ) और मूर्तियों के साथ लौटा, तो सभी ने एकजुट होकर उसके

बर्बर काम की सराहना की। लेकिन कुछ अभियान हैं महमूद के जो तुर्की इतिहासकार के रिकॉर्ड में अपना स्थान खोजने में असमर्थ थे। इस भूली हुई कहानी में से एक हिंदू राजा के साथ गजनी की लड़ाई की है, जिसने उसके हमले को खारिज कर दिया था। वह बुंदेलखंड के शासक थेः चंदेल विद्याधर।

अली इब्न अल-अथिर के रूप में जाने जाने वाले एक अरब इतिहासकार के अनुसार राजा विद्याधर भारत का सबसे शक्तिशाली और महान शासक था। वह आगे कहते हैं कि उनके पास सबसे बड़ी सेनाएँ थीं और उनके राष्ट्र को जैजकभुक्ति कहा जाता था। एक अन्य इतिहासकार जिसका नाम फ़िरिस्ता था, ने भी राजा विद्याधर के नाम और महमूद के प्रति उसके प्रतिरोध का उल्लेख किया।

## विद्याधर के राज्य बुंदेलखंड पर आक्रमण

यह 1018 या 1019 में था जब महमूद ने चंदेल वंश के विद्याधर के राज्य पर आक्रमण करने का फैसला किया। इस अभियान के दौरान, राजा विद्याधर को लाहौर के राजा से मदद मिली, जो मुस्लिम और अरब इतिहासकारों के अनुसार पुर-जयपाल के नाम से जाना जाता था।

लाहौर का यह राजा कोई और नहीं बल्कि राजा जयपाल के पौत्र त्रिलोचनपाल थे। यह विश्वास करना असंभव है कि अपने लगभग राज्य और धन को खोने के बाद, हिंदू शाहियों ने भूमि और हिंद लोगों की रक्षा के लिए तुर्कों के आक्रमण का विरोध करना जारी रखा।

बुंदेलखंड की सीमा पर तुर्क और विद्याधर की संयुक्त सेनाएँ मिलीं। विद्याधर की विशाल सेना को देखकर महमूद ने हिंदू राजा के पास एक दूत भेजने का फैसला किया और उसे इस्लाम स्वीकार करने और आत्मसमर्पण करने के लिए कहा। लेकिन राजपूत राजा ने इस प्रस्ताव को अस्वीकार कर दिया और जवाब दिया कि उसके पास युद्ध के मैदान में उसका सामना करने और उसे कुचलने के अलावा कुछ नहीं कहना है।

युद्ध के विषय में इतिहासकारों में थोड़ी बहस होती है। कुछ का सुझाव है कि एक भयंकर लड़ाई हुई और एक दिन तक जारी रही जिसमें दोनों पक्षों को भारी नुकसान हुआ, जबकि कुछ का सुझाव है कि लड़ाई नहीं हुई थी। लेकिन तथ्य यह है कि महमूद द्वारा किया गया आक्रमण विफल रहा और दोनों सेनाएं युद्ध के मैदान से पीछे हट गईं। यह पहला मौका था जब महमूद खाली हाथ गजनी लौटा।

इस असफल अभियान से क्रोधित होकर महमूद गजनी ने बुंदेलखंड और विद्याधर के राज्य पर नए सिरे से आक्रमण करने का फैसला किया। 1022 ई. में, महमूद गजनी की तुर्क सेना ने ग्वालियर किले की ओर कूच किया जो कीर्तिराज

द्वारा संरक्षित था। ग्वालियर की घेराबंदी से पहले महमूद ने 15 किले पर कब्जा कर लिया था।

लेकिन महमूद और कीर्तिराज के बीच 4 दिनों के गहन संघर्ष के बाद, आक्रमणकारियों ने एक शांति संधि स्थापित करने का फैसला किया। फिर वह अपनी सेना के साथ कालिंजर किले की ओर बढ़ा जो राजा विद्याधर का आधार था।

लेकिन महमूद गजनी के हमले को हिंदू राजा ने खारिज कर दिया था। अपनी उल्लेखनीय वास्तुकला के कारण कालिंजर का किला अपने आप में लगभग अभेद्य था। रात में विद्याधर ने अपने हाथी को आक्रमणकारियों पर हमला करने का आदेश दिया। इस लड़ाई से दोनों पक्षों को गंभीर नुकसान हुआ। महमूद को एहसास हुआ कि अब उसके लिए कोई उम्मीद नहीं है और दोनों पक्षों ने एक और शांति संधि में प्रवेश किया।

महमूद गजनवी भारतीय राज्यों पर एक 27 सालों तक एक आतंक बनकर छाया रहा। अनगिनत मंदिरों को तोड़ा और अकूत सम्पत्ति लूट कर गजनी ले गया। उसके बाद उसके साम्राज्य का क्या हश्र हुआ।

लगातार सैनिक अभियानों से महमूद का साम्राज्य इतना बड़ा हो गया था कि उसका एकल प्रबंध नहीं किया जा सकता था। उसने मृत्यु पूर्व साम्राज्य के दो भाग करके एक हिस्सा बड़े बेटे मसूद और दूसरा हिस्सा मुहम्मद को देकर सिंहासन आरूढ़ कर दिया। लेकिन 1030 में महमूद के मरते ही दोनों भाइयों में उत्तराधिकार युद्ध आरम्भ ही गया। मसूद की विजय हुई। उसने मुहम्मद को अंधा करके कारागार में डाल दिया। ख़लीफ़ा ने उसे सुल्तान की उपाधि प्रदान कर दी। उसने 1030 से 1040 तक गजनी का तख़्त सम्भाला।

उत्तरी अफगानिस्तान के गोर से एक आँधी सल्जूकों की उठ रही थी। उन्होंने 1040 में मसूद को पराजित किया तो उसने भागकर लाहौर में शरण ली। इस समय पंजाब का शासन नाईबों मुसलमानों के हाथ में था। जिनकी स्वार्थपरता, द्रोह और अयोग्यता से पंजाब भी बर्बादी की कगार पर कराह रहा था। लाहौर के तिलक नामक हिंदू दरबारी ने मसूद की वफ़ादारी से सेवा की, जिनके मंदिरों को उसका बाप तोड़कर बुतशिकन कहलाना पसंद करता था। तिलक का जन्म एक साधारण हिंदू परिवार में हुआ था लेकिन महमूद के समय में ही वह मंत्री पद तक पहुँच गया था। मसूद की सेना तितर बितर हो चुकी थी। परिस्थिति का लाभ उठा कर मसूद के भाई मुहम्मद के सैनिकों ने मसूद को मुहम्मद के हवाले कर दिया। मुहम्मद अपने भाई मसूद का वध करके खुद सुल्तान बन बैठा।

कुछ समय बाद मसूद के पुत्र मादूद ने प्रमुख सामंतों की सहायता से मुहम्मद और उसके पुत्र को पराजित कर उनको मरवा दिया। मादूद एक निर्बल शासक

सिद्ध हुआ। पंजाब की कठिनाइयों के अलावा उसे अफगानिस्तान के गोर से चुनौती मिली। गजनी और गोर के राजवंशों में पुश्तैनी प्रतिद्वंद्विता थी। जो 1155 में चरम सीमा पर पहुँच गई। गोर अलाउद्दीन हुसैन ने गजनी पर आक्रमण किया, उसे बुरी तरह लूटा और पूरी तरह जलाकर ख़ाक कर दिया। सैंकड़ों व्यक्तियों का वध किया, औरतों और बच्चों को गुलामी की ज़ंजीरों में बांध कर बग़दाद की मंडी में नीलाम कर दिया। सभी इमारतों को नष्ट कर दिया। केवल महमूद की कब्र बची रही। ताकि दुनिया देखे की लोगों पर ज़ुल्मों सितम ढाने वालों की सिर्फ़ कब्र ही सलामत रह पाती है। अलाउद्दीन हुसैन ने जहाँ-सोज़ यानि विश्व को जलाने वाला की उपाधि धारण की। गोर के मुहम्मद गोरी ने महमूद गजनवी के वंश का आमूल नष्ट करके सैल्जूक सल्तनत स्थापित की और वह एक और ज़ुल्मों सितम की दास्तान लिखने के वास्ते चल पड़ा हिंदुस्तान की ओर। जहाँ उसका सामना पृथ्वीराज चौहान से होगा।

इतिहास का देवीय न्याय एक कितनी बड़ी सीख देता है कि ज़ुल्मोंसितम ढाने वाले गजनी और गोर की सरज़मीं अफ़ग़ानिस्तान आज भी मध्ययुगीन बर्बरता से जूझ रहा है और वसुधेव कुटुम्बकम का नीति वाक्य दुनिया को देने वाली भारतीय संस्कृति फलफूल रही है। जिसका कारण बहुदेववाद और सहिष्णुता है। यही दुनिया की एकमात्र आशा है। एकेश्वरवाद के रक्तपात से दुनिया की पवित्र नदियों में खून के सैलाब आ चुके। जिनसे किसी का भला नहीं हुआ। हिंदुत्व का मानवतावाद हिलमिल कर रहने की समवेत संस्कृति है। इसे सबको समझने की ज़रूरत है।

## पृथ्वीराज चौहान

पृथ्वीराज तृतीय (1177-1192), जिसे पृथ्वीराज चौहान या राय पिथौरा के नाम से भी जाना जाता है, चौहान (चहमना) वंश के एक राजा थे, जिन्होंने वर्तमान अजमेर में अपनी राजधानी से राजस्थान के सपदलक्ष के क्षेत्र पर शासन किया था। पृथ्वीराज चौहान 1177 ईस्वी में एक नाबालिग के रूप में सिंहासन पर बैठे, उनका राज्य उत्तर में थानेसर से दक्षिण में जाहजपुर (मेवाड़) तक फैला था।

पृथ्वीराज शासनकाल के मौजूदा शिलालेख संख्या में कम हैं। क्योंकि स्वयं राजा या दरबारियों द्वारा जारी नहीं किए गए थे। उनके बारे में अधिकांश जानकारी मध्ययुगीन प्रशंसा ग्रंथों से मिलती है। तराइन की लड़ाई के मुस्लिम ऐतिहासिक खातों के अलावा, हिंदू और जैन लेखकों द्वारा कई मध्ययुगीन काव्यों में उनका उल्लेख किया गया है। इनमें पृथ्वीराज विजया, हम्मीरा महाकाव्य और पृथ्वीराज रासो मुख्य हैं। इन ग्रंथों में स्तवनात्मक विवरण हैं, इसलिए पूरी तरह से विश्वसनीय नहीं हैं। पृथ्वीराज विजया, पृथ्वीराज के शासनकाल की एकमात्र उपलब्ध साहित्यिक कृति है। पृथ्वीराज रासो, जिसने पृथ्वीराज को एक महान राजा के रूप में लोकप्रिय बनाया,

को उनके दरबारी कवि चंद बरदाई द्वारा लिखा गया माना जाता है। हालाँकि, इसमें कई अतिरंजित बातें हैं, जिन्हें इतिहास नहीं माना जा सकता हैं।

पृथ्वीराज का उल्लेख करने वाले अन्य इतिहास ग्रंथों में प्रबंध-चिंतामणि, प्रबंध-कोष और पृथ्वीराज-प्रबंध शामिल हैं। जिनकी रचना उनकी मृत्यु के सदियों बाद की गई थी। इनमें अतिशयोक्ति और कालानुक्रमिक उपाख्यान शामिल हैं। पृथ्वीराज का उल्लेख खरातारा-गच्छा-पट्टावली में भी किया गया है, जो 1336 ईस्वी में लिखा संस्कृत ग्रंथ है, जिसमें खरातारा जैन भिक्षुओं की आत्मकथाएँ हैं। जिस भाग में पृथ्वीराज का उल्लेख है वह 1250 ईस्वी के आसपास लिखा गया था। चंदेल कवि जगनिका का आल्हा-खंड (आल्हा रासो) भी चंदेलों के खिलाफ पृथ्वीराज के युद्ध का एक अतिरंजित विवरण प्रदान करता है।

कुछ अन्य भारतीय ग्रंथों में भी पृथ्वीराज का उल्लेख है लेकिन वे ऐतिहासिक महत्व की अधिक जानकारी नहीं देते हैं। उदाहरण के लिए, संस्कृत कविता संकलन शारंगधारा-पद्धति (1363) में उनकी प्रशंसा करने वाला एक पद है। कान्हादे प्रबंध (1455) में उन्हें जालोर चाहमना राजा वीरमडे के अवतार के रूप में उल्लेख किया गया है। आइए, इन विभिन्न स्रोत में बिखरी जानकारियों को समेट कर उनकी जीवनी का सिलसिला बिठाने की कोशिश करते हैं।

पृथ्वीराज का जन्म चाहमान राजा सोमेश्वर और रानी कर्पूरादेवी (कलचुरी राजकुमारी) से हुआ था। पृथ्वीराज और उनके छोटे भाई हरिराजा दोनों का जन्म गुजरात में हुआ था, जहां उनके पिता सोमेश्वर का पालन-पोषण उनके मामा तरफ़ के रिश्तेदारों ने चालुक्य दरबार में किया था। पृथ्वीराज विजया के अनुसार पृथ्वीराज का जन्म ज्येष्ठ मास की 12वीं तिथि को हुआ था। पाठ में उनके जन्म के वर्ष का उल्लेख नहीं है, लेकिन उनके जन्म के समय जिन कुछ ज्योतिषीय ग्रहों की स्थिति प्रदान की गई है, ज्योतिषी उन्हें शुभ कहते हैं। इन स्थितियों के आधार पर और कुछ अन्य ग्रहों की स्थिति को मानते हुए, दशरथ शर्मा ने पृथ्वीराज के जन्म के वर्ष की गणना 1166 की है।

पृथ्वीराज की मध्ययुगीन जीवनियों से पता चलता है कि वह अच्छी तरह से शिक्षित थे। पृथ्वीराज विजया में कहा गया है कि उन्होंने 6 भाषाओं में महारत हासिल की थी। पृथ्वीराज रासो का दावा है कि उन्होंने 14 भाषाएँ सीखीं, जो अतिशयोक्ति पूर्ण प्रतीत होती हैं। रासो ने दावा किया कि वह इतिहास, गणित, चिकित्सा, सैन्य, चित्रकला, दर्शन और धर्मशास्त्र सहित कई विषयों में पारंगत हो गए थे। दोनों ग्रंथों में कहा गया है कि वह धनुर्विद्या में विशेष रूप से कुशल थे।

जब उनके पिता सोमेश्वर को उनके पिता पृथ्वीराज द्वितीय की मृत्यु के बाद चहमान राजा का ताज पहनाया गया, तब पृथ्वीराज गुजरात से अजमेर चले गए।

जब पृथ्वीराज लगभग 11 वर्ष के थे, तब 1177 में सोमेश्वर की मृत्यु हो गई। सोमेश्वर के शासनकाल का अंतिम शिलालेख और पृथ्वीराज के शासनकाल का पहला शिलालेख दोनों इस वर्ष के हैं। नाबालिग पृथ्वीराज अपनी मां के संरक्षण में सिंहासन पर बैठा। हम्मीरा महाकाव्य का दावा है कि सोमेश्वर ने स्वयं पृथ्वीराज को सिंहासन पर बिठाया, और वानप्रस्थाश्रम में चले गए। हालाँकि, कुछ विद्वान कहते हैं कि यह संदिग्ध है।

उनके शासन के शुरुआती वर्षों के दौरान, पृथ्वीराज की मां ने एक रीजेंसी काउंसिल की सहायता से प्रशासन किया। इस अवधि के दौरान कदंबवास ने राज्य के मुख्यमंत्री के रूप में कार्य किया। उन्हें लोक कथाओं में कैमसा, कैमाश या कैम्बासा के नाम से भी जाना जाता है, जो युवा राजा को समर्पित एक सक्षम प्रशासक और सैनिक के रूप में वर्णित हैं।

पृथ्वीराज विजया में उल्लेख है कि पृथ्वीराज के शासनकाल के प्रारंभिक वर्षों के दौरान कदंबवास सभी सफल सैन्य अभियानों के प्रधान सेनापति थे। दो अलग-अलग किंवदंतियों के अनुसार, कदंबवास को बाद में पृथ्वीराज ने मार डाला था। पृथ्वीराज-रासो का दावा है कि पृथ्वीराज ने मंत्री को राजा की पसंदीदा उपपत्नी कर्णती के अपार्टमेंट में पाकर मार डाला। पृथ्वीराज-प्रबंध का दावा है कि प्रताप-सिम्हा नाम के एक व्यक्ति ने मंत्री के खिलाफ साजिश रची, और पृथ्वीराज को आश्वस्त किया कि मंत्री बार-बार मुस्लिम आक्रमणों के लिए जिम्मेदार है। ये दोनों दावे ऐतिहासिक रूप से गलत प्रतीत होते हैं, क्योंकि ऐतिहासिक रूप से अधिक विश्वसनीय पृथ्वीराज विजया ऐसी किसी घटना का उल्लेख नहीं करते हैं।

पृथ्वीराज की माता के चाचा भुवनिकामल्ला इस समय के एक अन्य महत्वपूर्ण मंत्री थे। पृथ्वीराज विजया के अनुसार, भुवनिकामल्ला एक बहादुर सेनापति थे जिन्होंने पृथ्वीराज की वैसी ही सेवा की जैसी गरुड़ विष्णु की करते थे। पाठ में यह भी कहा गया है कि वह "नागों को वश में करने की कला में कुशल" थे। 15वीं शताब्दी के इतिहासकार जोनाराजा के अनुसार, यहाँ नागा का अर्थ हाथियों से है। हालाँकि, हर बिलास सारदा ने "नागा" को एक जनजाति के नाम के रूप में व्याख्यायित किया, और यह सिद्धांत दिया कि भुवनिकामल्ला ने इस जनजाति को हराया।

इतिहासकार दशरथ शर्मा के अनुसार, पृथ्वीराज ने 1180 में प्रशासन का वास्तविक नियंत्रण ग्रहण किया। पृथ्वीराज की पहली सैन्य उपलब्धि उनके चचेरे भाई नागार्जुन द्वारा विद्रोह का दमन और गुडापुरा (संभवतः आधुनिक गुड़गांव) पर कब्जा करना था। नागार्जुन पृथ्वीराज के चाचा विग्रहराज चतुर्थ का पुत्र था, और चाहमना सिंहासन के लिए संघर्ष ने परिवार की दो शाखाओं के बीच प्रतिद्वंद्विता को जन्म दिया था।

पृथ्वीराज विजया के अनुसार, नागार्जुन ने पृथ्वीराज के अधिकार के खिलाफ विद्रोह किया और गुडापुरा के किले पर कब्जा कर लिया। पृथ्वीराज ने पैदल, ऊंट, हाथी और घोड़ों की एक बड़ी सेना के साथ गुडापुरा को घेर लिया। नागार्जुन किले से भाग गए, लेकिन देवभट्ट (संभवतः उनके सेनापति) ने प्रतिरोध जारी रखा। अंततः, पृथ्वीराज की सेना विजयी हुई, और नागार्जुन की पत्नी, माता और अनुयायियों को पकड़ लिया। पृथ्वीराज विजया के अनुसार, पराजित सैनिकों के सिर से बनी एक माला अजमेर किले के द्वार पर लटका दी गई थी।

खरातारा-गच्छा-पट्टावली के दो श्लोकों में भाडनक पर पृथ्वीराज की जीत का उल्लेख है। यह जीत 1182 ईस्वी के कुछ समय पहले की हो सकती है। सिंथिया टैलबोट के अनुसार, भाडनक एक अस्पष्ट राजवंश थे जिन्होंने बयाना के आसपास के क्षेत्र को नियंत्रित किया था। दशरथ शर्मा के अनुसार, भाडनक क्षेत्र में वर्तमान भिवानी, रेवाड़ी और अलवर के आसपास का क्षेत्र शामिल था।

पृथ्वीराज के शासनकाल के 1182-83 मदनपुर शिलालेखों में दावा है कि उन्होंने जेजाकभुक्ति (वर्तमान बुंदेलखंड) को "बर्बाद कर दिया", जिस पर चंदेल राजा परमार्दी (परमार) का शासन था। चंदेला क्षेत्र पर पृथ्वीराज के आक्रमण का वर्णन बाद की लोक कथाओं में भी किया गया है, जैसे पृथ्वीराज रासो, परमल रासो और आल्हा-रासो। सारंगधारा पद्धति और प्रबंध चिंतामणि जैसे अन्य ग्रंथों में भी परमार्दी पर पृथ्वीराज के हमले का उल्लेख है। खरातारा-गच्छा-पट्टावली में उल्लेख है कि पृथ्वीराज ने दिग्विजय की शुरुआत की थी। यह पृथ्वीराज के जेजाकभुक्ति की ओर मार्च की शुरुआत का एक संदर्भ प्रतीत होता है।

चंदेलों के खिलाफ पृथ्वीराज के अभियान का पौराणिक विवरण इस प्रकार है। पृथ्वीराज पदमसेन की बेटी से शादी करके दिल्ली लौट रहे थे, जब उनके दल पर "तुर्की" बलों ने हमला किया था। उनकी सेना ने हमलों को विफल कर दिया लेकिन इस प्रक्रिया में गंभीर रूप से हताहत हुए। इस अराजकता के बीच, चाहमाना सैनिक रास्ता भटक गए और अनजाने में चंदेला की राजधानी महोबा में डेरा डाल दिया। उन्होंने चंदेला शाही माली को उनकी वहाँ उपस्थिति पर आपत्ति जताने के लिए मार डाला, जिसके कारण दोनों पक्षों के बीच झड़प हो गई।

चंदेल राजा परमार्दी ने अपने सेनापति उदल को पृथ्वीराज के खेमे पर आक्रमण करने के लिए कहा, लेकिन उदल ने इस कदम के खिलाफ सलाह दी। परमार्दी के बहनोई माहिल परिहार ने आधुनिक उरई पर शासन किया; उसने परमार्दी के खिलाफ दुर्भावना रखी और राजा को हमले के लिए आगे बढ़ने के लिए उकसाया। पृथ्वीराज ने उदल की टुकड़ी को हरा दिया और फिर दिल्ली के लिए रवाना हो गए। इसके बाद, माहिल की योजना से नाखुश, उदल और उनके भाई आल्हा ने चंदेला दरबार छोड़

दिया। वे कन्नौज के गढ़वाल शासक जयचंद की सेवा करने लगे। तब माहिल ने गुप्त रूप से पृथ्वीराज को सूचित किया कि चंदेल साम्राज्य अपने सबसे मजबूत सेनापतियों की अनुपस्थिति में कमजोर हो गया था। पृथ्वीराज ने चंदेल साम्राज्य पर आक्रमण किया और सिरसागढ़ को घेर लिया, जो उदल के चचेरे भाई मलखान के पास था।

शांतिपूर्ण तरीकों से मलखान पर जीत हासिल करने में नाकाम रहकार आठ सेनापतियों को खोने के बाद, अंत में पृथ्वीराज ने किले पर कब्जा कर लिया। चंदेलों ने तब एक संघर्ष विराम की अपील की, और इस समय का उपयोग कन्नौज से आल्हा और उदल को वापस बुलाने के लिए किया। चंदेलों के समर्थन में, जयचंद ने अपने दो बेटों सहित अपने सबसे अच्छे सेनापतियों के नेतृत्व में एक सेना भेजी। संयुक्त चंदेल-गढ़वाल सेना ने पृथ्वीराज के शिविर पर हमला किया, लेकिन संयुक्त सेना हार गई। अपनी जीत के बाद, पृथ्वीराज ने महोबा को बर्बाद कर अधिकृत कर लिया। इसके बाद उन्होंने अपने सेनापति चावंद राय को परमार्दी पर कब्जा करने के लिए कालिंजर किले भेज दिया। विभिन्न किंवदंतियों के अनुसार, हमले के तुरंत बाद परमर्दी की या तो मृत्यु हो गई या सेवानिवृत्त हो गए। पज्जुन राय को महोबा का राज्यपाल नियुक्त करके पृथ्वीराज दिल्ली लौट आए। बाद में, परमार्दी के पुत्र ने महोबा पर पुनः अधिकार कर लिया।

इस पौराणिक कथा की सटीक ऐतिहासिकता बहस का विषय है। मदनपुर शिलालेख स्थापित करते हैं कि पृथ्वीराज ने महोबा को अधिकृत कर लिया था, लेकिन ऐतिहासिक साक्ष्य बताते हैं कि चंदेला क्षेत्र पर उनका कब्जा या तो प्रतिनिधियों द्वारा किया गया था, या लंबे समय तक नहीं चला। बाद में यह ज्ञात है कि चौहान की जीत के तुरंत बाद परमार्दी की मृत्यु नहीं हुई या वे सेवानिवृत्त नहीं हुए; वास्तव में, उन्होंने पृथ्वीराज की मृत्यु के लगभग एक दशक बाद एक संप्रभु के रूप में शासन करना जारी रखा। सिंथिया टैलबोट का दावा है कि पृथ्वीराज ने केवल जेजाकभुक्ति पर छापा मारा, और परमार्दी ने महोबा से जाने के तुरंत बाद अपने राज्य का नियंत्रण हासिल कर लिया। टैलबोट का कहना है कि पृथ्वीराज चंदेला क्षेत्र को अपने राज्य में शामिल करने में सक्षम नहीं था। इसके विपरीत, आरबी सिंह के अनुसार, यह संभव है कि चंदेला क्षेत्र का कुछ हिस्सा चाहमानों द्वारा थोड़े समय के लिए कब्जा कर लिया गया था।

खरातारा-गच्छा-पट्टावली में पृथ्वीराज और गुजरात के चालुक्य (सोलंकी) राजा भीम द्वितीय के बीच एक शांति संधि का उल्लेख है। इसका तात्पर्य है कि दोनों राजा पहले युद्ध में थे। यह युद्ध 1187 से कुछ पहले का बताया जा सकता है। वेरावल शिलालेख में कहा गया है कि भीम के प्रधान मंत्री जगदेव प्रतिहार ने चालुक्य पक्ष के अभियान का नेतृत्व किया।

ऐतिहासिक रूप से अविश्वसनीय पृथ्वीराज रासो चाहमान-चालुक्य संघर्ष के बारे में कुछ विवरण प्रदान करता है। इसके अनुसार, पृथ्वीराज और भीम दोनों आबू की परमार राजकुमारी इच्छिनी से विवाह करना चाहते थे। पृथ्वीराज का उससे विवाह के कारण दोनों राजाओं के बीच प्रतिद्वंद्विता हुई। इतिहासकार जी एच ओझा ने इस कथा को कल्पना के रूप में खारिज कर दिया, क्योंकि इसमें कहा गया है कि इच्छिनी सलाखा की बेटी थी, जबकि धारावर्ष उस समय आबू के परमार शासक थे। दूसरी ओर, इतिहासकार आर.बी. सिंह का मानना है कि सलाखा अबू में एक और परमार शाखा का प्रमुख था।

रासो में यह भी उल्लेख है कि पृथ्वीराज के चाचा कान्हदेव ने भीम के चाचा सारंगदेव के सात पुत्रों को मार डाला था। इन हत्याओं का बदला लेने के लिए, भीम ने चाहमना साम्राज्य पर आक्रमण किया और पृथ्वीराज के पिता सोमेश्वर को मार डाला, इस प्रक्रिया में नागौर को हथिया लिया। पृथ्वीराज ने नागौर पर फिर से कब्जा कर लिया और भीम को हराकर मार डाला। यह ऐतिहासिक रूप से गलत माना जाता है, क्योंकि भीम द्वितीय का शासन पृथ्वीराज की मृत्यु के लगभग आधी शताब्दी तक चला था। इसी तरह, ऐतिहासिक साक्ष्य बताते हैं कि सोमेश्वर की मृत्यु के समय भीम द्वितीय एक बच्चा था, और इसलिए, उसे मार नहीं सकता था।

इन विसंगतियों के बावजूद, नागौर में चाहमानों और चालुक्यों के बीच युद्ध के कुछ प्रमाण मिलते हैं। बीकानेर के पास चारलू गांव में मिले दो शिलालेख 1184 में नागौर की लड़ाई में मोहिल सैनिकों की मौत की याद दिलाते हैं। मोहिल चौहानों (चाहमानों) की एक शाखा हैं, और यह संभव है कि शिलालेख पृथ्वीराज रासो में वर्णित युद्ध का उल्लेख करते हैं।

जगदेव प्रतिहार ने 1187 से कुछ समय पहले पृथ्वीराज के साथ एक शांति संधि पर हस्ताक्षर किए। खरातारा-गच्छा-पट्टावली के अनुसार, अभयदा नामक एक प्रमुख ने एक बार जगदेव से सपदलक्ष देश (चहमना क्षेत्र) के धनी आगंतुकों पर हमला करने और उन्हें लूटने की अनुमति मांगी थी। जवाब में, जगदेव ने अभयदा से कहा कि उन्होंने पृथ्वीराज के साथ बहुत मुश्किल से एक संधि की है। तब जगदेव ने धमकी दी कि यदि वह सपदलक्ष के लोगों को परेशान करता है तो अभयदा को गधे के पेट में सिल दिया जाएगा। इतिहासकार दशरथ शर्मा का मानना है कि चाहमान-चालुक्य संघर्ष पृथ्वीराज के लिए कुछ लाभ के साथ समाप्त हुआ, क्योंकि जगदेव संधि को बनाए रखने के लिए बहुत उत्सुक थे। इतिहासकार आर.सी. मजूमदार और सतीश चंद्र के अनुसार गुजरात के खिलाफ उनका लंबा संघर्ष असफल रहा और उन्हें भीम के खिलाफ पराजय का सामना करना पड़ा। इस प्रकार, पृथ्वीराज ने 1187 मे एक संधि कर ली थी।

माउंट आबू के आसपास के क्षेत्र पर चंद्रावती परमार शासक धारावर्ष का शासन था, जो एक चालुक्य सामंत था। उनके छोटे भाई प्रहलादन द्वारा लिखित एक पाठ पार्थ-पराक्रम-व्यायोग, पृथ्वीराज के अबू पर रात के हमले का वर्णन करता है। पाठ के अनुसार, यह हमला चाहमानों के लिए एक विफलता थी। यह शायद पृथ्वीराज के गुजरात अभियान के दौरान हुआ था।

एक अन्य शक्तिशाली राजा जयचंद्र का गढ़वाल साम्राज्य, कन्नौज के आसपास केंद्रित था और चाहमान साम्राज्य के पूर्व में स्थित था। पृथ्वीराज रासो में वर्णित एक किंवदंती के अनुसार, पृथ्वीराज जयचंद्र की बेटी संयोगिता को लेकर भाग गया, जिससे दोनों राजाओं के बीच प्रतिद्वंद्विता हुई। किंवदंती इस प्रकार है कि कन्नौज के राजा जयचंद्र ने अपने वर्चस्व की घोषणा करने के लिए एक राजसूय समारोह आयोजित करने का फैसला किया। पृथ्वीराज ने इस समारोह में भाग लेने से इंकार कर जयचंद को सर्वोच्च राजा के रूप में स्वीकार करने से मना कर दिया। जयचंद की बेटी संयोगिता को उसके वीर कारनामों के बारे में सुनकर पृथ्वीराज से प्यार हो गया। उसने घोषणा की कि वह उससे ही शादी करेगी। जयचंद ने अपनी बेटी के लिए स्वयंवर समारोह आयोजित किया, लेकिन पृथ्वीराज को आमंत्रित नहीं किया। फिर भी, पृथ्वीराज ने सौ योद्धाओं के साथ कन्नौज की ओर प्रस्थान किया और संयोगिता को उसकी सहमति से लेकर भाग गए। उनके दो-तिहाई योद्धाओं ने गढ़वाल सेना के खिलाफ लड़ाई में अपने जीवन का बलिदान दिया, जिससे उन्हें संयोगिता के साथ दिल्ली भागने का मौक़ा मिला। दिल्ली में, पृथ्वीराज अपनी नई पत्नी पर मुग्ध हो गया, और अपना अधिकांश समय उसके साथ बिताने लगा। उन्होंने राज्य के मामलों की अनदेखी करना शुरू कर दिया।

इस किंवदंती का उल्लेख अबुल-फ़ज़ल की आइन-ए-अकबरी और चंद्रशेखर की सुरजना-चरिता (जिसमें गढ़ावला राजकुमारी को "कांतिमती" के रूप में नामित किया गया है) में भी किया गया है। पृथ्वीराज विजया का उल्लेख है कि पृथ्वीराज को एक अप्सरा तिलोत्तमा के अवतार से प्यार हो गया था, हालांकि उसने इस महिला को कभी नहीं देखा था और पहले से ही अन्य कई महिलाओं से शादी कर चुका था। इतिहासकार दशरथ शर्मा के अनुसार, यह संभवतः संयोगिता का संदर्भ है। हालांकि, पृथ्वीराज-प्रबंध, प्रबंध-चिंतामणि, प्रबंध-कोश और हम्मीरा-महाकाव्य जैसे अन्य ऐतिहासिक स्रोतों में इस किंवदंती का उल्लेख नहीं है। गढ़वाल रिकॉर्ड भी इस घटना के बारे में चुप हैं, जिसमें जयचंद्र द्वारा कथित राजसूय यज्ञ प्रदर्शन भी शामिल है।

दशरथ शर्मा और आर. बी. सिंह के अनुसार, इस किंवदंती में कुछ ऐतिहासिक सच्चाई हो सकती है, जैसा कि तीन अलग-अलग स्रोतों में वर्णित है। 1192 में गोर के मुहम्मद के साथ पृथ्वीराज के अंतिम टकराव से कुछ समय पहले तीनों स्रोत इस घटना का ज़िक्र करते हैं।

पृथ्वीराज रासो में उल्लेख है कि पृथ्वीराज ने मंडोवारा के नाहर राय और मुदगला राय को हराया था, लेकिन ये कहानियां शुद्ध कल्पना प्रतीत होती हैं। कोई भी ऐतिहासिक रिकॉर्ड इन व्यक्तियों के अस्तित्व का उल्लेख नहीं देता है।

दिल्ली में अब बर्बाद हो चुके, किला राय पिथौरा किले के निर्माण का श्रेय पृथ्वीराज को जाता है। पृथ्वीराज रासो के अनुसार, दिल्ली के शासक अनंगपाल तोमर ने अपने दामाद पृथ्वीराज को शहर दिया था, और जब वह इसे वापस चाहता था तो हार गया था। यह ऐतिहासिक रूप से गलत है, क्योंकि पृथ्वीराज के चाचा विग्रहराज चतुर्थ द्वारा दिल्ली को चाहमना क्षेत्र में मिला लिया गया था। इसके अलावा, ऐतिहासिक साक्ष्य बताते हैं कि अनंगपाल तोमर की मृत्यु पृथ्वीराज के जन्म से पहले हुई थी। पृथ्वीराज से उनकी बेटी की शादी का दावा बाद की तारीख में मनगढ़ंत लगता है।

पृथ्वीराज के पूर्ववर्तियों को मुस्लिम राजवंशों से कई लड़ाइयों का सामना करना पड़ा था जिन्होंने 12 वीं शताब्दी तक भारतीय उपमहाद्वीप के उत्तर-पश्चिमी क्षेत्रों पर कब्जा कर लिया था। 12 वीं शताब्दी के अंत तक, गजनी स्थित गोरिद राजवंश ने चाहमना साम्राज्य के पश्चिम में क्षेत्र को नियंत्रित किया। जबकि पृथ्वीराज अभी भी एक बच्चा था। 1175 में, गोर के गोरिद शासक मुहम्मद गोरी ने सिंधु नदी को पार किया और मुल्तान पर कब्जा कर लिया। 1178 ई. में, उसने गुजरात पर आक्रमण किया, जिस पर चालुक्यों (सोलंकी) का शासन था। गुजरात के अपने मार्च के दौरान, गोरिद सेना चाहमना साम्राज्य की पश्चिमी सीमा से गुजरती हुई प्रतीत होती है, जैसा कि कई मंदिरों के विनाश और भाटी शासित लोध्रुवा को बर्खास्त करने से स्पष्ट है। पृथ्वीराज विजया का उल्लेख है कि गोरिद सेना की गतिविधियाँ राहु की तरह चहमान साम्राज्य के लिए थीं। हालाँकि, इसमें दोनों राज्यों के बीच किसी भी सैन्य टकराव का उल्लेख तब तक नहीं मिलता है। गुजरात के रास्ते में, गोरिद सेना ने नड्डुला (नडोल) किले को घेर लिया, जिसे नड्डुला के चाहमानों द्वारा नियंत्रित किया गया था। पृथ्वीराज के मुख्यमंत्री कदंबवास ने उन्हें सलाह दी कि वे गोरिद के प्रतिद्वंद्वियों को कोई सहायता न दें, और इस संघर्ष से दूर रहें। चाहमानों को तुरंत गोरिद आक्रमण का सामना नहीं करना पड़ा, क्योंकि गुजरात के चालुक्यों ने 1178 में कसाहरदा की लड़ाई में मुहम्मद को हराया, जिससे गोरिद पीछे हट गए।

अगले कुछ वर्षों में, गोर के मुहम्मद ने पेशावर, सिंध और पंजाब पर विजय प्राप्त करते हुए, चाहमानों के पश्चिम में क्षेत्र में अपनी शक्ति को मजबूत किया। उसने अपना आधार ग़ज़नी से पंजाब स्थानांतरित कर दिया, और अपने साम्राज्य को पूर्व की ओर विस्तारित करने का प्रयास किया, जिससे उसका पृथ्वीराज से संघर्ष लाज़िमी हो गया।

पृथ्वीराज विजया का उल्लेख है कि मुहम्मद गोरी ने पृथ्वीराज के पास एक राजदूत भेजा, लेकिन उसका कोई विवरण नहीं दिया। हसन निज़ामी के ताज-उल-मासीर (13 वीं शताब्दी) में कहा गया है कि मुहम्मद गोरी ने अपने मुख्य न्यायाधीश किवाम-उल-मुल्क रुक्नुद दीन हमजा को पृथ्वीराज के दरबार में भेजा था। दूत ने पृथ्वीराज को "युद्ध को त्यागने और इस्लाम अपना कर सत्य के मार्ग पर चलने" के लिए मनाने की कोशिश की, लेकिन असफल रहा। नतीजतन, मुहम्मद गोरी ने पृथ्वीराज के खिलाफ युद्ध छेड़ने का फैसला किया।

मध्ययुगीन मुस्लिम लेखकों ने दो शासकों के बीच केवल एक या दो लड़ाइयों का उल्लेख किया है। तबक़त-ए-नासिरी और तारिख़-ए-फ़रिश्ता में तराइन के दो युद्धों का उल्लेख है। जामी-उल-हिकाया और ताज-उल-मासीर ने केवल तराइन की दूसरी लड़ाई का उल्लेख किया है, जिसमें पृथ्वीराज की हार हुई थी। हालांकि, हिंदू और जैन लेखकों का कहना है कि मारे जाने से पहले पृथ्वीराज ने मुहम्मद को कई बार हराया था।

हम्मीरा महाकाव्य का दावा है कि पहली बार मुहम्मद गोरी को हराने के बाद, पृथ्वीराज ने उन्हें जाने देने से पहले गोरी से उन राजाओं से माफी मांगने के लिए मजबूर किया, जिनके क्षेत्रों में उन्होंने तोड़फोड़ की थी। मुहम्मद गोरी ने चाहमना साम्राज्य पर सात बार और आक्रमण किया, लेकिन हर बार हार गए। हालांकि, उनका नौवां आक्रमण सफल रहा। पृथ्वीराज प्रबंध में कहा गया है कि दोनों राजाओं ने 8 लड़ाइयाँ लड़ीं, इनमें से पहले सात में पृथ्वीराज ने मुहम्मद गोरी को हराया और कब्जा कर लिया, लेकिन हर बार उसे मुक्त कर दिया।

प्रबंध कोष का दावा है कि पृथ्वीराज ने मुहम्मद को 20 बार पकड़ा था, लेकिन 21वीं लड़ाई के दौरान खुद कैद कर लिया गया था। सुरजना चरित और पृथ्वीराज रासो में भी 21 लड़ाइयों की गणना की गई है।

प्रबंध चिंतामणि मुहम्मद और पृथ्वीराज के बीच 22 लड़ाइयों की संख्या बताती है। इसमें यह भी कहा गया है कि पृथ्वीराज की सेना ने पिछले दुश्मन राजा को पिछली लड़ाई में हराया था, जिसमें पृथ्वीराज के एक अधीनस्थ ने वीरतापूर्वक खुद को बलिदान कर दिया था।

हालांकि ये विवरण संख्या को बढ़ा-चढ़ाकर पेश करते हैं, यह संभव है कि पृथ्वीराज के शासनकाल के दौरान गोरिद और चाहमानों के बीच दो से अधिक संघर्ष हुए हों। हिंदू और जैन लेखकों द्वारा उल्लिखित प्रारंभिक जीत शायद पृथ्वीराज के गोरिद सेनापतियों द्वारा छापे के सफल प्रतिरोध का उल्लेख करती है। आख़िर मुहम्मद गोरी कौन था। इसकी तफ़सील लेते चलें।

जैसे भारत में महाकौशल, बुंदेलखंड, मालवा के नाम वहाँ रहने वालों की सांस्कृतिक पहचान के परिचारक हैं, वैसे ही अफगानिस्तान में गजनी, हिरात और

गोर नाम के इलाक़े हैं। सबसे उत्तर में हिरात का इलाक़ा है, सबसे दक्षिण में गजनी का इलाक़ा इनके बीच में गोर का पहाड़ी क्षेत्र है।

गोर में दसवीं सदी में ईरान के शंसबनी-वंश के ताजिक लोगों का शासन था। महमूद गजनवी ने 1009 में गोर के शासक मुहम्मद बिन सूरी को पराजित कर अपना करद राज्य बना लिया। मुहम्मद गजनवी की मृत्यु होते ही गजनी उसके वारिसों के सत्ता संघर्ष में उलझ गया। गोर और गजनी राज परिवारों की दुश्मनी खुल कर सतह पर आ गई। गजनी के सुल्तान बहराम ने गोर के राजकुमार मलिक कुतुबुद्दीन हसन की हत्या कर दी।

गोर का शासक अलाउद्दीन हुसैन था, उसके भाई सैफ़ुद्दीन हुसैन ने भतीजे कुतुबुद्दीन की हत्या का बदला लेने के लिए गजनी पर आक्रमण कर उसे जलाकर ख़ाक कर दिया और गजनी को गोर में मिला लिया। अलाउद्दीन की 1161 में मृत्यु होने पर उसका भाई सैफ़ुद्दीन गद्दी पर बैठा और सैफ़ुद्दीन की मृत्यु होने पर उसका चचेरा भाई गियासुद्दीन गोर की गद्दी का मालिक हो गया। उसने छोटे भाई शाहबुद्दीन उर्फ़ मुईज़ुद्दीन मुहम्मद गोरी को गजनी का सूबेदार बनाया। गियासुद्दीन की मृत्यु पर वह मुहम्मद गोरी का शासक बना। वही मुहम्मद गोरी, मुहम्मद बिन क़ासिम, महमूद गजनवी के बाद इस्लाम का तीसरा पैरोकार हिंदुस्तान की सरज़मीं पर खूनी होली खेलने भर नहीं अपितु सल्तनत स्थापित करने आ रहा था।

उसने 1175 में मुल्तान के करमाथी सिया मुसलमानों पर आक्रमण कर क़ब्ज़ा कर लिया। उसी साल उच तक पहुँच गया। उसने सिंध को अधीन कर लिया। सिंध से गुजरात का अन्हिलवाड़ा नज़दीक था। उसने 1178 में अन्हिलवाड़ा अर्थात् पाटन पर आक्रमण किया। वहाँ का युवा बघेल राजा भीम द्वितीय निर्भीक और वीर था। उसने मुहम्मद गोरी की बुरी तरह हरा कर आतंकित कर दिया। उसके बाद अगले बीस सालों तक मुहम्मद की गुजरात तरफ़ मुहिम करने की हिम्मत नहीं हुई। उसने 1182 में सिंध को अधीन कर लिया फिर पेशावर और लाहौर से महमूद गजनी के वंशजों को चलता किया। मुहम्मद गोरी ने 1186 में गजनवी वंश के अंतिम शासक से लाहौर की गद्दी छीन ली और वह भारत के हिन्दू क्षेत्रों में प्रवेश की तैयारी करने लगा। अब उसकी सीमाएँ अजमेर और दिल्ली से टकराने लगीं, जहाँ वीर पृथ्वीराज चौहान का राज्य था।

## तराइन का प्रथम युद्ध

आइए अब बात करते हैं तराइन युद्ध के कारणों की - मोहम्मद गोरी ने जब लाहौर पर कब्जा किया उसके बाद से ही दिल्ली पर उसके हमले की संभावनाएं बढ़ गई थी। लाहौर पर क़ब्ज़े के कुछ समय बाद मोहम्मद गोरी ने दिल्ली के शासक पृथ्वीराज

चौहान को एक संदेश भेजा। उस संदेश में मोहम्मद गौरी ने दिल्ली के शासक पृथ्वीराज चौहान से दो माँग की थी –

- पहली- पृथ्वीराज चौहान खुद इस्लाम धर्म क़बूल कर लें।
- दूसरी- पृथ्वीराज चौहान खुद को मोहम्मद गोरी के अधीन शासक घोषित कर उनके करद राज बन जायें।

पृथ्वीराज चौहान ने मोहम्मद ग़ोरी की इन दोनों मांगों को मानने से इंकार कर दिया ऐसे में अब युद्ध को रोक पाना असंभव था। दोनों शासकों की सेनाएँ तराइन के मैदान में युद्ध के लिए आमने सामने आ खडी हुई।

तराइन का युद्ध अथवा तरावड़ी का युद्ध लड़ाइयों (1191-1192) की एक ऐसी शृंखला है, जिसने पूरे उत्तर भारत को मुस्लिम नियंत्रण के लिए खोल दिया। ये युद्ध मोहम्मद गोरी और अजमेर तथा दिल्ली के चौहान (चहमान) राजपूत शासक पृथ्वी राज तृतीय के बीच हुये। युद्ध क्षेत्र भारत के वर्तमान राज्य हरियाणा के करनाल जिले में करनाल और थानेश्वर के बीच था, जो दिल्ली से 113 किमी उत्तर में स्थित है।

अपने साम्राज्य के विस्तार और सुव्यवस्था पर पृथ्वीराज चौहान की पैनी दृष्टि हमेशा जमी रहती थी। अब उनकी इच्छा पंजाब तक विस्तार करने की थी। किन्तु उस समय पंजाब पर मोहम्मद गोरी का राज था। 1190 ई तक सम्पूर्ण पंजाब पर मुहम्मद गोरी का अधिकार हो चुका था। अब वह भटिंडा से आगे बढ़ने की जुगत में था। पृथ्वीराज यह बात भली भांति जानता था कि मोहम्मद गोरी से युद्ध किये बिना पंजाब में चौहान साम्राज्य स्थापित करना असंभव था। यही विचार कर उसने गोरी से निपटने का निर्णय लिया। अपने इस निर्णय को मूर्त रूप देने के लिए पृथ्वीराज एक विशाल सेना लेकर पंजाब की और रवाना हो गया। तीव्र कार्यवाही करते हुए उसने हांसी, सरस्वती और सरहिंद के किलों पर अपना अधिकार कर लिया। इसी बीच उसे सूचना मिली कि अनहीलवाडा में विद्रोहियों ने उनके विरुद्ध विद्रोह कर दिया है। पंजाब से वह अनहीलवाडा की और चल पड़े। उनके पीठ पीछे गोरी ने आक्रमण करके सरहिंद के किले को पुनः अपने कब्जे में ले लिया। पृथ्वीराज ने शीघ्र ही अनहीलवाडा के विद्रोह को कुचल दिया। अब उसने गोरी से निर्णायक युद्ध करने का निर्णय लिया। उसने अपनी सेना को नए ढंग से सुसज्जित किया और युद्ध के लिए चल दिया।

पृथ्वीराज के सेनापति खेतसिंह खंगार की सेना और गोरी की सेना में भयंकर युद्ध हुआ परन्तु कुछ परिणाम नहीं निकला। यह देख कर पृथ्वीराज गोरी को सबक सिखाने के लिए आगे बढ़ा। थानेश्वर से 14 मील दूर और सरहिंद के किले के पास तराइन नामक स्थान पर यह युद्ध लड़ा गया।

पृथ्वीराज के साथ कई सामंत शासक थे, जिन्हें मिन्हाज हिंद के पूरे राणा के रूप में वर्णित करता है। इन शासकों में दिल्ली के शासक गोविंद राय भी शामिल थे। सरहिंदी में कहा गया है कि हाथी पर बैठे गोविंद राय तोमर अग्रिम पंक्ति में थे, यह आभास देते हुए कि वह पृथ्वीराज की सेना के कमांडर-इन-चीफ थे। सरहिंदी और बाद के इतिहासकार, जैसे निज़ाम अल-दीन और बदाउनी, गोविंद राय को पृथ्वीराज के भाई के रूप में वर्णित करते हैं। फ़रिश्ता ने पृथ्वीराज और गोविंद राय को भी भाइयों के रूप में वर्णित किया है, जिसमें कहा गया है कि दो लोगों ने अन्य भारतीय शासकों के साथ गठबंधन में गोरिदों के खिलाफ चढ़ाई की। फ़रिश्ता ने गोविंद राय को किसी ऐसे व्यक्ति के रूप में चित्रित किया है जो पृथ्वीराज के समान ही शक्तिशाली था, शायद इसलिए कि गोविंद राय दिल्ली के शासक थे, जो फ़रिश्ता के समय तक राजनीतिक रूप से महत्वपूर्ण हो गए थे।

1189 ईस्वी के दौरान, मुहम्मद गोरी ने चाहमाना क्षेत्र पर आक्रमण किया, और तबरहिंदा या तबर-ए-हिंद (बठिंडा) पर कब्जा कर लिया। उसने बठिंडा को 1200 घुड़सवारों द्वारा समर्थित तुलक के काजी जिया-उद-दीन की सुरक्षा और प्रभार में रख दिया। जब पृथ्वीराज को इस बात का पता चला, तो उसने दिल्ली के गोविंदराजा सहित अपने सामंतों के साथ तबरहिंदा की ओर कूच किया। 16वीं सदी के मुस्लिम इतिहासकार फ़रिश्ता के अनुसार, उनकी सेना में 200,000 घोड़े और 3,000 हाथी शामिल थे।

मुहम्मद की मूल योजना तबरहिंदा को जीतकर लाहौर लौटने की थी, लेकिन जब उसने पृथ्वीराज की सेना के तबरहिंदा कूच के बारे में सुना, तो उसने लड़ाई करने का फैसला किया। वह वापस लौट एक सेना के साथ निकला, और तराइन में पृथ्वीराज की सेना के सामने मोर्चा लगा लिया।

गोरिद घुड़सवार सेना ने दुश्मन के केंद्र पर तीर चलाकर लड़ाई शुरू की। चाहमना बलों ने तीन तरफ से जवाबी हमला किया और गोरिद सेना पर वापसी के लिए दबाव डालते हुए युद्ध पर हावी हो गए।

सरहिंदी के अनुसार, बहादुरी से लड़ने के बावजूद गोरिद सैनिकों को पराजय का सामना करना पड़ा। जब मुहम्मद गोरी ने यह देखा, तो वह गोविंद राय के खिलाफ बढ़ा। मिन्हाज का कहना है कि घोड़े की सवारी कर रहे मुहम्मद गोरी ने गोविंद राय पर लांस से हमला किया, उसके मुंह पर चोट की और उसके दो दांत तोड़ दिए। गोविंद राय ने भाला से जवाबी कार्रवाई की, जिससे मुहम्मद गोरी का ऊपरी हाथ गंभीर रूप से घायल हो गया। मिन्हाज के अनुसार, मुहम्मद गोरी की मृत्यु हो जाती या उसे पकड़ लिया जाता, यदि एक युवा सैनिक घोड़े पर उसे युद्ध

भूमि से नहीं ले जाता। युद्ध के मैदान से उनके जाने के बाद, गोरिद सेना निराश और पराजित हुई।

तराइन के इस पहले युद्ध में राजपूतों ने गोरी की सेना के छक्के छुड़ा दिए। गोरी के सैनिक प्राण बचा कर भागने लगे। जो भाग गया, उसके प्राण बच गए, किन्तु जो सामने आया उसे गाजर-मूली की तरह काट डाला गया। सुल्तान मुहम्मद गोरी युद्ध में बुरी तरह घायल हुआ। अपने ऊँचे तुर्की घोड़े से वह घायल अवस्था में गिरने ही वाला था की युद्ध कर रहे एक उसके सैनिक की दृष्टि उस पर पड़ी। उसने बड़ी फुर्ती के साथ सुल्तान के घोड़े की कमान संभाल ली और कूद कर गोरी के घोड़े पर चढ़ गया और घायल गोरी को युद्ध के मैदान से निकाल कर ले गया। नेतृत्वविहीन सुल्तान की सेना में खलबली मच चुकी थी। तुर्क सैनिक राजपूत सेना के सामने भाग खड़े हुए। पृथ्वीराज की सेना ने 80 मील तक इन भागते तुर्कों का पीछा किया। पर तुर्क सेना ने वापस आने की हिम्मत नहीं की। इस विजय से पृथ्वीराज चौहान को 7 करोड़ रुपये की धन सम्पदा प्राप्त हुई। इस धन सम्पदा को उसने अपने बहादुर सैनिको में बाँट दिया। इस विजय से सम्पूर्ण भारतवर्ष में पृथ्वीराज की धाक जम गयी और उनकी वीरता, धीरता और साहस की कहानी सुनाई जाने लगी।

पृथ्वीराज ने पीछे हटने वाली गोरिद सेना का पीछा नहीं किया, शत्रुतापूर्ण क्षेत्र पर आक्रमण नहीं करना चाहता था या उसने गोरी की महत्वाकांक्षा को नहीं समझा। उसने केवल तबरहिंदा में गोरिद की चौकी को घेर लिया, जिसने 13 महीने की घेराबंदी के बाद आत्मसमर्पण कर दिया।

इस बीच, मुहम्मद गोरी गजनी लौट गया, और अपनी हार का बदला लेने की तैयारी करने लगा। तबक़त-ए-नासिरी के अनुसार, उसने अगले कुछ महीनों में 120,000 चुनिंदा अफगान, ताजिक और तुर्की घुड़सवारों की अच्छी तरह से सुसज्जित सेना को संगठित किया। इसके बाद उन्होंने जम्मू के विजयराजा की सहायता से मुल्तान और लाहौर के रास्ते चाहमना साम्राज्य की ओर कूच किया।

पड़ोसी हिंदू राजाओं के खिलाफ अपने युद्धों के परिणामस्वरूप पृथ्वीराज को हिंदू राजाओं का खुलकर समर्थन नहीं मिला। फिर भी, वह गुरिदों का मुकाबला करने के लिए एक बड़ी सेना इकट्ठा करने में कामयाब रहा। पृथ्वीराज ने 100 से अधिक राजपूत शासकों, मुख्य रूप से युद्ध के हाथियों, घुड़सवारों और पैदल सैनिकों से बनी एक बड़ी सेना को सफलतापूर्वक मार्शल किया। 16वीं सदी के मुस्लिम इतिहासकार फ़रिश्ता ने एक बड़ी पैदल सेना के अलावा, पृथ्वीराज की सेना की ताकत 300,000 घोड़ों और 3,000 हाथियों के रूप में अनुमानित की। यह एक घोर अतिशयोक्ति है, जिसका उद्देश्य घुरिद की जीत के पैमाने पर जोर देना है।

## तराइन का दूसरा युद्ध

पृथ्वीराज चौहान का राजकुमारी संयोगिता को हरण करके कन्नौज से ले जाना राजा जयचंद को बुरी तरह कचोट रहा था। उसके हृदय में अपमान के तीखे तीर चुभ रहे थे। वह किसी भी कीमत पर पृथ्वीराज का विध्वंस चाहता था। भले ही उसे कुछ भी करना पड़े। एक और कारण था जिससे जयचंद पृथ्वीराज को ख़त्म करना चाहता था। कन्नौज राज्य की सीमा पृथ्वीराज के राज्य से सटी थी। उसे भय था कि पृथ्वीराज उसके राज्य पर आक्रमण करके अपने राज्य में न मिला ले। इसलिए उनमें आपसी प्रतिद्वंद्विता थी।

जब जयचंद को गोपनीय सूत्रों से पता चला कि मोहम्मद गोरी पृथ्वीराज से अपनी पराजय का बदला लेना चाहता है। बस फिर क्या था, जयचंद को मानो अपने मन की मुराद मिल गयी। उसने गोरी की सहायता करके पृथ्वीराज को समाप्त करने का मन बनाया। जयचंद अकेले पृथ्वीराज से युद्ध करने का साहस नहीं कर सकता था। कुछ सालों पूर्व महमूद गजनवी ने हिंदुस्तानी राजाओं को लूट कर वापस चला जाता था। पंजाब की छोड़कर उसने कहीं भी राज्य क़ायम नहीं किया। उसने सोचा मुहम्मद गोरी भी लूट कर चला जाएगा। इस तरह पृथ्वीराज भी समाप्त हो जायेगा और दिल्ली का राज्य उसको पुरस्कार स्वरूप मिल जायेगा। राजा जयचंद की आँखों पर प्रतिशोध और स्वार्थ का ऐसा पर्दा पड़ा कि वह अपने देश और जाति का स्वाभिमान भी त्याग बैठा था। राजा जयचंद के गुस्से और नफरत का परिणाम यह हुआ कि जो मुहम्मद गोरी तराइन के युद्ध में मिली अपनी ताजी हार को भुला नहीं पाया था, वह फिर पृथ्वीराज का मुक़ाबला करने के षड़यंत्र रचने लगा। राजा जयचंद ने दूत भेजकर गोरी को सैन्य सहायता देने का आश्वासन दिया। जयचंद की सहायता पा कर गोरी तुरंत पृथ्वीराज से बदला लेने के लिए तैयार हो गया। जब पृथ्वीराज को ये सूचना मिली कि गोरी एक बार फिर युद्ध की तैयारियों में जुटा हुआ तो उस पर कोई प्रभाव नहीं पड़ा क्योंकि पिछले साल उसे हराकर भगाया था।

मुहम्मद गोरी की सेना से मुकाबला करने के लिए पृथ्वीराज के मित्र और राज कवि चंदबरदाई ने अनेक राजपूत राजाओं से सैन्य सहायता का अनुरोध किया परन्तु संयोगिता हरण के कारण बहुत से राजपूत राजा पृथ्वीराज के विरोधी बन चुके थे। वे कन्नौज नरेश के संकेत पर गोरी के पक्ष में युद्ध करने के लिए तैयार नहीं हुए। 1192 ई में एक बार फिर पृथ्वीराज और गोरी की सेना तराइन के मैदान में युद्ध के लिए आमने सामने खड़ी थी।

इस युद्ध में पृथ्वीराज की और से 3 लाख सैनिकों ने भाग लिया था जबकि गोरी के पास एक लाख बीस हजार सैनिक थे। गोरी की सेना की विशेष बात ये थी की उसके पास शक्तिशाली घुड़सवार दस्ता था। जो दौड़ते घोड़े से निशाना साध

सकता था। पृथ्वीराज ने बड़ी ही आक्रामकता से गोरी की सेना पर आक्रमण किया। दोनों और से भीषण युद्ध शुरू हो गया। उस समय भारतीय सेना में हाथी दस्ता होता था। गोरी के घुड़सवारों ने आगे बढकर राजपूत सेना के हाथियों को घेर लिया और उनपर तीरों की वर्षा शुरू कर दी। तीर हाथियों की आँखों पर मारे जाने लगे। घायल हाथी न तो आगे बढ़ पाए और न पीछे खिसके बल्कि उन्होंने घबरा कर अपनी ही सेना को रोंदना शुरु कर दिया। तराइन के द्वितीय युद्ध की सबसे बड़ी त्रासदी यह थी की जयचंद के संकेत पर राजपूत सैनिक अपने राजपूत भाइयों को मार रहे थे। दूसरा पृथ्वीराज की सेना रात के समय आक्रमण नहीं करती थी लेकिन तुर्क सैनिक रात को भी आक्रमण करके मारकाट मचा रहे थे।

जवामी उल-हिकायत के अनुसार, मुहम्मद गोरी ने रात में अपने शिविर में आग जलाने के लिए कुछ लोगों को नियुक्त किया, ताकि दुश्मन समझे कि सेना आराम कर रही है। इससे चाहमानों को यह आभास हुआ कि गुरिद सेना अभी भी युद्धविराम का पालन करते हुए डेरा डाले हुए थी। जबकि वह अपनी बाकी सेना के साथ दूसरी दिशा में चले गए। कई मील दूर पहुंचने के बाद, मुहम्मद ने चार डिवीजन बनाए, जिनमें से प्रत्येक में 10,000 तीरंदाज थे। उसने अपनी बाकी सेना को रिजर्व में रखा। उसने चार डिवीजनों को चाहमना शिविर पर हमला करने का आदेश दिया, और फिर पीछे हटने का नाटक किया।

भोर में, गुरिद सेना के चार डिवीजनों ने चाहमना शिविर पर हमला किया, जबकि पृथ्वीराज अभी भी सो रहा था। एक संक्षिप्त लड़ाई के बाद, गुरिद डिवीजनों ने मुहम्मद की रणनीति के अनुसार पीछे हटने का नाटक किया। इस प्रकार पृथ्वीराज को उनका पीछा करने का लालच दिया गया, और दोपहर तक इस तरह पीछा करने के परिणामस्वरूप चहमान सेना थक गई। इस बिंदु पर, मुहम्मद ने अपनी आरक्षित सेना का नेतृत्व किया और चाहमानों पर पीछे से हमला किया, उन्हें निर्णायक रूप से हराया। ताज-उल-मासीर के अनुसार, इस पराजय में पृथ्वीराज के खेमे ने 100,000 लोगों (दिल्ली के गोविंदराजा सहित) को खो दिया। पृथ्वीराज ने स्वयं घोड़े पर सवार होकर भागने की कोशिश की, लेकिन उसका पीछा किया गया और सरस्वती किले (संभवतः आधुनिक सिरसा) के पास पकड़ लिया गया। इसके बाद, मुहम्मद ने कई हजार रक्षकों को मारकर अजमेर पर कब्जा कर लिया, कई और लोगों को गुलाम बनाया और शहर के मंदिरों को नष्ट कर दिया।

हचिंसन बंधुओं ने तराइन की दूसरी लड़ाई का चित्रण राजपूतों का अंतिम संघर्ष के रूप में किया है। पृथ्वीराज ने तराइन की पहली लड़ाई को केवल एक सीमांत लड़ाई के रूप में माना है। इस दृष्टिकोण को इस तथ्य से बल मिलता है कि उसने मुहम्मद गोरी के साथ भविष्य के किसी भी संघर्ष के लिए बहुत कम तैयारी की थी।

पृथ्वीराज रासो के अनुसार, गुरिदों के साथ अपने अंतिम टकराव से पहले की अवधि के दौरान, उन्होंने राज्य के मामलों की उपेक्षा की और मौज-मस्ती में समय बिताया।

14 वीं शताब्दी के जैन विद्वान मेरुतुंगा द्वारा प्रबंध चिंतामणि में कहा गया है कि पृथ्वीराज ने अपने एक मंत्री के कान काट दिए, जिन्होंने बदला लेने के लिए घुरिद आक्रमणकारियों को उनके शिविर तक पहुँचाया। एक दिन के धार्मिक उपवास के बाद पृथ्वीराज गहरी नींद में थे, और इसलिए, आसानी से पकड़ लिए गए।

15 वीं शताब्दी के जैन विद्वान नयाचंद्र सूरी द्वारा हम्मीरा महाकाव्य का कहना है कि अपनी प्रारंभिक हार के बाद, गुरिद राजा ने एक पड़ोसी राजा के समर्थन से एक नई सेना खड़ी की, और दिल्ली तक चले गए। युद्ध से पहले, उसने पृथ्वीराज के घोड़ों और संगीतकारों को सोने के सिक्कों के साथ रिश्वत दी। घोड़ों के स्वामी ने पृथ्वीराज के घोड़े को ढोल-नगाड़ों की धुन बजाने पर नाचने का प्रशिक्षण दिया था। गुरिदों ने भोर से ठीक पहले चाहमना शिविर पर हमला किया, जब पृथ्वीराज सो रहे थे। पृथ्वीराज ने अपने घोड़े पर सवार होकर भागने की कोशिश की, लेकिन गोरी संगीतकारों ने ढोल बजाया। घोड़ा उछलने लगा और आक्रमणकारियों ने आसानी से पृथ्वीराज को पकड़ लिया।

एक अन्य जैन ग्रंथ के अनुसार, पृथ्वीराज प्रबन्ध, पृथ्वीराज के मंत्री कैम्बासा और उनके भाला वाहक प्रतापसिंह के बीच अच्छे संबंध नहीं थे। कैंबासा ने एक बार राजा से प्रतापसिंह के खिलाफ शिकायत की, जिन्होंने पृथ्वीराज को आश्वस्त किया कि कैंबसा गुरिद की सहायता कर रहा था। क्रोधित पृथ्वीराज ने एक रात कैंबासा को एक तीर से मारने का प्रयास किया, लेकिन अंत में एक अन्य व्यक्ति को मार डाला। जब उसके बार्ड चंद बालिदिका ने उसे डांटा तो राजा ने दोनों को बर्खास्त कर दिया। दिल्ली पर गुरिद के आक्रमण के समय पृथ्वीराज दस दिनों से सो रहा था। जब गुरिद पास आए, तो उसकी बहन ने उसे जगायाः पृथ्वीराज ने घोड़े पर सवार होकर भागने की कोशिश की, लेकिन कैम्बासा ने गुरिद को एक निश्चित ध्वनि के बारे में बताकर उसे पकड़ने में मदद की जिससे उसका घोड़ा उछल पड़ा।

अधिकांश मध्ययुगीन स्रोतों में कहा गया है कि पृथ्वीराज को चाहमना की राजधानी अजमेर ले जाया गया, जहां मुहम्मद ने उसे गुरिद जागीरदार के रूप में बहाल करने की योजना बनाई। कुछ समय बाद, पृथ्वीराज ने मुहम्मद के खिलाफ विद्रोह कर दिया, और राजद्रोह के जुर्म में मारा गया। यह मुद्राशास्त्रीय साक्ष्यों द्वारा पुष्टि की जाती है : कुछ 'घोड़े और बुलमैन' शैली के सिक्के जिनमें पृथ्वीराज और मुहम्मद बिन सैम दोनों के नाम होते हैं, दिल्ली टकसाल से जारी किए गए थे, हालांकि एक और संभावना यह है कि गुरिद ने शुरू में चाहमान-शैली के सिक्के का इस्तेमाल किया था। पूर्व चाहमाना क्षेत्र में अपने स्वयं के सिक्के की अधिक स्वीकृति

सुनिश्चित करें। पृथ्वीराज की मृत्यु के बाद, मुहम्मद ने अजमेर के सिंहासन पर चहमान राजकुमार गोविंदराजा को स्थापित किया, जो आगे इस सिद्धांत का समर्थन करता है। विभिन्न स्रोत सटीक परिस्थितियों पर भिन्न हैं।

समकालीन मुस्लिम इतिहासकार हसन निज़ामी का कहना है कि पृथ्वीराज को मुहम्मद के खिलाफ साजिश करते हुए पकड़ा गया था, जिससे गुरिद राजा ने उसका सिर काटने का आदेश दिया गया था। निज़ामी इस साजिश की प्रकृति का वर्णन नहीं करते हैं।

प्रबंध चिंतामणि (1304) के अनुसार, मुहम्मद उसे एक जागीरदार के रूप में शासन करने देने के इरादे से अजमेर ले गए। हालाँकि, अजमेर में, उन्होंने चाहमाना गैलरी में मुसलमानों को सूअरों द्वारा मारे जाने का चित्रण करते हुए देखा। क्रोधित होकर उसने पृथ्वीराज का सिर कुल्हाड़ी से काट दिया।

हम्मीरा महाकाव्य का कहना है कि पकड़े जाने के बाद पृथ्वीराज ने खाना खाने से मना कर दिया था। घुरिद राजा के रईसों ने सुझाव दिया कि वह पृथ्वीराज को छोड़ दें, ठीक वैसे ही जैसे चाहमान राजा ने उसके साथ अतीत में किया था। लेकिन मुहम्मद ने उनकी सलाह को नजरअंदाज कर दिया और पृथ्वीराज कैद में ही मर गया।

पृथ्वीराज-प्रबंध (15 वीं शताब्दी या उससे पहले की तारीख) में कहा गया है कि गुरिदों ने पृथ्वीराज को सोने की जंजीरों में बांध दिया और उसे दिल्ली ले आए। पकड़े गए दुश्मन को रिहा करने के अपने उदाहरण का पालन नहीं करने के लिए पृथ्वीराज ने गुरिद राजा को फटकार लगाई। कुछ दिनों बाद, अजमेर में कैद होने के दौरान, पृथ्वीराज ने अपने पूर्व मंत्री कैम्बासा से अपने धनुष-बाण के लिए मुहम्मद को अदालत में मारने के लिए कहा, जो उस घर के सामने आयोजित किया गया था जहां उन्हें कैद किया गया था।

विश्वासघाती मंत्री ने उसे धनुष-बाण प्रदान किए, लेकिन मुहम्मद को गुप्त रूप से अपनी योजना के बारे में बताया। नतीजतन, मुहम्मद अपने सामान्य स्थान पर नहीं बैठे, और इसके बजाय वहां एक धातु की मूर्ति रखी। पृथ्वीराज ने मूर्ति पर एक बाण चलाया, जिससे वह दो भागों में टूट गया। सजा के तौर पर मुहम्मद ने उसे एक गड्ढे में डाल दिया और पत्थरों से पीट कर मार डाला।

13वीं सदी के फ़ारसी इतिहासकार मिन्हाज-ए-सिराज का कहना है कि पकड़े जाने के बाद पृथ्वीराज को "नरक में भेजा गया"। 16वीं सदी के इतिहासकार फ़रिश्ता भी इस खाते का समर्थन करते हैं। इतिहासकार सतीश चंद्र के अनुसार, मिन्हाज के वृत्तांत से पता चलता है कि पृथ्वीराज को उसकी हार के तुरंत बाद मार दिया गया था, लेकिन आर.बी. सिंह का मानना है कि मिन्हाज के लेखन से ऐसा कोई निष्कर्ष नहीं निकाला जा सकता है। हिंदू लेखक लक्ष्मीधर द्वारा लिखित विरुद्ध-विधि

विधान ही एकमात्र स्रोत है जो दावा करता है कि पृथ्वीराज युद्ध के मैदान में मारा गया था।

पृथ्वीराज रासो का दावा है कि पृथ्वीराज को कैदी के रूप में गजनी ले जाया गया था, और अंधा कर दिया गया था। यह सुनकर, कवि चंद बरदाई ने गजनी की यात्रा की और मुहम्मद गोरी को अंधे पृथ्वीराज द्वारा एक तीरंदाजी प्रदर्शन करने के लिए बरगलाया। इस प्रदर्शन के दौरान, पृथ्वीराज ने मुहम्मद की आवाज की दिशा में तीर चलाकर उसे मार डाला।

*चार बांस चौबीस गज अंगुल अष्ट प्रमाण*
*ता ऊपर है सुल्तान मत चूके चौहान!*

कुछ ही समय बाद, पृथ्वीराज और चंद बरदाई ने एक दूसरे को मार डाला। यह एक काल्पनिक कथा है, जो ऐतिहासिक साक्ष्यों द्वारा समर्थित नहीं है। मुहम्मद गोरी ने पृथ्वीराज की मृत्यु के बाद एक दशक से अधिक समय तक शासन करना जारी रखा।

पृथ्वीराज की मृत्यु के बाद, घुरिदों ने उनके पुत्र गोविंदराज को अजमेर के सिंहासन पर अपना जागीरदार नियुक्त किया। 1192 ईस्वी में, पृथ्वीराज के छोटे भाई हरिराजा ने गोविंदराजा को गद्दी से उतार दिया, और अपने पुश्तैनी राज्य के एक हिस्से पर फिर से कब्जा कर लिया। गोविंदराजा रणस्तंभपुरा (आधुनिक रणथंभौर) चले गए, जहाँ उन्होंने जागीरदार शासकों की एक नई चाहमान शाखा की स्थापना की। बाद में हरिराजा को कुतुबुद्दीन ऐबक ने पराजित किया।

अब बारी आई जयचंद की, जयचंद को उम्मीद थी की सुलतान गौरी उसे कोई बड़ी जागीर या इज्जतदार ओहदा देकर सम्मानित करेगा। वह गौरी के सामने पेश हुआ अपना इनाम लेने के लिए। गौरी ने कहा, तुमने मुझे दिल्ली पर आक्रमण करने के लिए बुलाया, अपनी सेना और रसद द्वारा हमारी मदद की। मुझे हिन्दुस्तान बुलाकर तुमने अपने लड़की और दामाद के साथ-साथ अपने देश, कौम और अपनी जनता को ही धोखा दे दिया। जब तुम बेटी दामाद से ग़द्दारी कर सकते हो तो हम क्या चीज हैं। वास्तव में तुम्हें तो इस गद्दारी के लिए बड़ा इनाम मिलना चाहिए। सुलतान ने अपने गुलाम को तलवार देते हुए कहा, दे दो इस गद्दार को इनाम इसकी गर्दन उतार कर। इस तरह जयचंद को अपनी गद्दारी का उचित इनाम दिया गया।

तराइन के दूसरे युद्ध में पृथ्वीराज चौहान को मिली हार ने भारत का भविष्य पूरी तरह बदल कर रख दिया था। तराइन के दूसरे युद्ध में पृथ्वीराज चौहान की हुई हार से ही भारत में मुस्लिम सभ्यता और साम्राज्य की नींव पड़ी। इस युद्ध के कारण ही मुस्लिम आक्रमणकारी शहाबुद्दीन मुहम्मद गौरी ने भारत में मुस्लिम धर्म की नींव रखी। और इसी हार से भारत में मुस्लिम आक्रमणकारी अपने पैर जमा पाए और अगले कई

सौ सालों तक भारत में राज करते रहे। पृथ्वीराज की हार से गोरी का दिल्ली, कन्नौज, अजमेर, पंजाब और सम्पूर्ण भारतवर्ष पर अधिकार हो गया। भारत में इस्लामी राज्य स्थापित हो गया। अपने गुलाम योग्य सेनापति कुतुबुद्दीन ऐबक को भारत का गवर्नर बना कर गोरी वापस चला गया। तभी से भारत में गुलाम वंश की गुलामी शुरू हो गई।

पंजाब के हिंदू खोकर विद्रोहियों ने बड़े स्तर पर विद्रोह का बिगुल फूंका तो स्थिति दिल्ली के प्रतिनिधि शासक कुतुबुद्दीन ऐबक के नियंत्रण से बाहर हो गई। मुहम्मद गोरी खुद विद्रोह को दबाने पंजाब आया। विद्रोहियों ने दिल्ली से आते कुतुबुद्दीन ऐबक को घेर लिया। वह विद्रोहियों के बीच से रास्ता बनाता हुआ लाहौर में मुहम्मद गोरी से मिला। विद्रोही दुबक गये। मुहम्मद गोरी गजनी वापस लौटने लगा। रास्ते में दमक नामक स्थान पर, 15 मार्च 1206 को मुहम्मद गोरी शाम की नमाज़ पढ़ रहा था। उसी समय कुछ शिया और खोकर हिंदुओं ने उसका वध कर दिया। इस तरह हिंदुस्तान में इस्लाम का झंडा बुलंद करने वाले गोर के मुहम्मद का अंत हुआ।

## हिंदू धर्म का पुनर्जागरण

भारत के हिंदूशाही राजाओं द्वारा सातवीं सदी से बारहवीं सदी अर्थात् हिंदूशाही दाहिर से पृथ्वी राज चौहान तक मुस्लिम साम्राज्यवाद का सामना किया जा रहा था। उसकी पड़ताल से पता चलता है कि भारत में जहाँ एक ओर एकेश्वरवादी धारणा का राजनीतिक प्रतिरोध पूरे जोरशोर से हो रहा था वहीं दूसरी तरफ़ दार्शनिक और आध्यात्मिक क्षेत्र में भी क्रांति हो रही थी।

भारत में वैदिकधर्म के पुनर्जागरण के इतिहास में भगवत्पाद जगद्गुरु आद्यशंकराचार्य का नाम सर्वोपरि है। आदि शंकराचार्य के महान् व्यक्तित्व में धर्म-सुधारक, समाज-सुधारक, दार्शनिक, कवि, साहित्यकार, योगी, भक्त, गुरु, कर्मनिष्ठ, विभिन्न सम्प्रदायों एवं मतों के समन्वयकर्त्ता-जैसे रूप समाहित थे। उनका महान् व्यक्तित्व सत्य के लिए सर्वस्व का त्याग करनेवाला था। उन्होंने शास्त्रीय ज्ञान की प्राप्ति के साथ ब्रह्मत्व का भी अनुभव किया था। उनके व्यक्तित्व में अद्वैतवाद, शुद्धाद्वैतवाद, विशिष्टाद्वैतवाद और निर्गुण ब्रह्म के साथ सगुण-साकार की भक्ति की धाराएँ समाहित थीं। 'जीव ही ब्रह्म है' पर जोर देनेवाले आदि शंकराचार्य ने 'ब्रह्म सत्यं जगन्मिथ्या' का उद्घोष किया और बताया कि अद्वैत ज्ञान ही सभी साधनाओं की परम उपलब्धि है। उन्होंने अपने अकाट्य तर्क से शैव, शाक्त और वैष्णवों का द्वंद्व समाप्त कर पञ्चदेवोपासना का मार्ग दिखाया। कुछ विद्वान् शंकराचार्य पर बौद्ध शून्यवाद का प्रभाव देखते हैं। आचार्य शंकर में मायावाद पर महायान बौद्ध चिन्तन का प्रभाव मानकर उनको 'प्रच्छन्न बुद्ध' कहा गया। आचार्य शंकर के उपदेश आत्मा और पमात्मा की एकरूपता पर आधारित हैं।

आचार्य शंकर ने मात्र 32 वर्ष की अल्पायु में देश को सांस्कृतिक एकसूत्र में पिरोने और वैदिक धर्म के प्रचार-प्रसार के लिए जितना कार्य किया, वह अनुपम है। उनके समस्त कार्यों का मूल्यांकन करना लेखनी के वश की बात नहीं है। देश के चार स्थानों पर मठों की स्थापना करके वहाँ 'शंकराचार्य' की नियुक्ति; दशनामी संन्यासियों का संगठन बनाकर उनके लिए अखाड़ों और महामण्डलेश्वर की व्यवस्था; कुम्भ-मेलों और द्वादश ज्योतिर्लिंगों का व्यवस्थापन; प्रस्थानत्रयी (उपनिषद्, ब्रह्मसूत्र और भगवद्गीता) पर भाष्य तथा अद्वैतवेदान्त के अनेक मौलिक ग्रंथों एवं स्तोत्रों की रचना तथा अवैदिक मत-मतांतरवाले अनेक विद्वानों को शास्त्रार्थ में पराजित करके सनातन-धर्म की पुनर्प्रतिष्ठा-जैसे अनेक कार्य शंकराचार्य को एक लौकिक मानव से ऊपर अलौकिक की श्रेणी में प्रतिष्ठित करते हैं।

भारतीय इतिहास और संस्कृति की अति प्राचीन और अविच्छिन्न परम्परा से अपरिचित पश्चिमी विद्वानों की यह साग्रह धारणा रही कि भारतीय सभ्यता बहुत अधिक प्राचीन नहीं है। अतः उन्होंने अपनी इस पूर्वकल्पित धारणा के सामंजस्य में भारतीय तिथिक्रम को तोड़ा-मरोड़ा। उन्होंने जीसस के बाद ही किसी महान् घटना को सिद्ध करने के लिए शंकर की तिथि को जान-बूझकर 788-820 ई. में रखा, ताकि उनकी (यूरोप) श्रेष्ठता स्थापित हो सके। जबकि वास्तविकता तो यह है कि शृंगेरी के शंकराचार्य नृसिंह भारती से पूर्व ये इतिहासकार आचार्य शंकर के जन्मस्थान तक का पता नहीं लगा सके थे, जबकि शंकर के जन्मकाल से अधिक विवादग्रस्त विषय भारतीय इतिहास में शायद ही कुछ हो। विदेशी और भारतीय इतिहासकारों ने भारत के परंपरागत इतिहास को अप्रामाणिक मानकर जिन प्रमाणों के आधार पर शंकराचार्य को 8वीं शती का माना है, वे प्रमाण तर्क और तथ्य की कसौटी पर थोथे सिद्ध हुए।

आद्य शंकराचार्य के काल-निर्धारण में आज भी वैज्ञानिक दृष्टि से काम लेने की आवश्यकता है। देश के प्रतीकपुरुष शंकराचार्य के जन्मकाल के सम्बन्ध में पाश्चात्य मत से प्रभावित अधिकांश इतिहासकारों द्वारा प्रतिपादित 788-820 ई. को प्रामाणिक मानकर कई शोधकर्ताओं ने डॉक्टरेट की उपाधियाँ भी प्राप्त कर ली हैं। हम भी इसी मान्यता को लेकर चलते हैं। अर्थात् जब इस्लाम सिंध तक आया था तब सनातन विचारधारा नया स्वरूप ग्रहण कर रही थी।

आदि शंकराचार्य भगवान् शंकर के साक्षात् अवतार माने जाते हैं। वे भारत के एक महान दार्शनिक एवं धर्मप्रवर्तक थे। उन्होने अद्वैत वेदान्त को ठोस आधार प्रदान किया। उन्होने सनातन धर्म की विविध विचारधाराओं का एकीकरण किया। उपनिषदों और वेदांतसूत्रों पर लिखी हुई इनकी टीकाएँ बहुत प्रसिद्ध हैं। उन्होंने भारतवर्ष में चार मठों की स्थापना की थी जो बहुत प्रसिद्ध और पवित्र माने जाते हैं और जिन पर आसीन संन्यासी 'शंकराचार्य' कहे जाते हैं। वे चारों स्थान हैं-

- उत्तराम्नाय मठ - ज्योतिर्मठ जो कि जोशीमठ में स्थित है।
- पूर्वाम्नाय मठ - गोवर्धन मठ जो कि पुरी में स्थित है।
- दक्षिणाम्नाय मठ - श्रंगेरी शारदा पीठ जो कि शृंगेरी में स्थित है।
- पश्चिमाम्नाय मठ - द्वारिका पीठ जो कि द्वारिका में स्थित है।

उन्होंने ब्रह्मसूत्रों की बड़ी ही विशद और रोचक व्याख्या की है। शंकराचार्य ओंकारेश्वर में गुरु गोविंद पाड़ा के सानिध्य में वेद, उपनिषद और पुराण संकलन करते रहे। जिनकी पांडुलिपियाँ एक अंग्रेज़ विद्वान पार्टिज़र ने उज्जैन, इंदौर, महेश्वर और ओंकारेश्वर से संग्रहित करके अध्ययन किया और कहा था कि ये मानव सभ्यता की अनमोल धरोहर हैं। वे पांडुलिपियाँ लंदन म्यूज़ियम की शोभा बढ़ा रहीं हैं। उन्होंने न सिर्फ़ चार धामों की पीठ स्थापित की बल्कि तीर्थ यात्रा और नर्मदा परिक्रमा को आस्थावान सामान्य जन से भी जोड़ा। सभी तीर्थों की महिमा के साथ कोई न कोई कथा जुड़ी हुई है। हिमालय से लेकर कन्याकुमारी तक और हिंगलाज से लेकर कामाख्या देवी के मन्दिर तक कोई ऐसा प्रदेश इस भारतभूमि में नहीं है, जहां प्राचीनतम भारतीय संस्कृति का प्रतिनिधित्व करने वाला कोई तीर्थ न हो। काशी में शैव तीर्थ, अवन्तिका (उज्जैन) में महाकालेश्वर शिव की महिमा तथा नर्मदा तटवर्ती तीर्थों का विशद् वर्णन 'स्कन्द पुराण' में प्राप्त होता है।

श्रीमद्भगवद्गीता, ब्रह्मसूत्र तथा उपनिषदों को सामूहिक रूप से प्रस्थानत्रयी कहा जाता है जिनमें प्रवृत्ति और निवृत्ति दोनों मार्गों का तात्त्विक विवेचन है। ये वेदान्त के तीन मुख्य स्तम्भ माने जाते हैं। इनमें उपनिषदों को श्रुति प्रस्थान, भगवद्गीता को स्मृति प्रस्थान और ब्रह्मसूत्रों को न्याय प्रस्थान कहते हैं। प्राचीन काल में भारतवर्ष में जब कोई गुरू अथवा आचार्य अपने मत का प्रतिपादन एवं प्रतिष्ठा करना चाहता था तो उसके लिये सर्वप्रथम वह इन तीनों पर भाष्य लिखता था। आदि शंकराचार्य, रामानुजाचार्य, निम्बार्काचार्य, मध्वाचार्य आदि बड़े-बड़े गुरुओं ने ऐसा कर के ही अपने मत का प्रतिपादन किया।

वेदान्त की चार शाखाएँ जो सबसे ज्यादा जानी जाती हैं वे अद्वैत वेदान्त, विशिष्ट अद्वैत, शुद्ध अद्वैत और द्वैत हैं। आदि शंकराचार्य, रामानुज, वल्लभ और श्री माध्वाचार्य जिनको क्रमशः इन चारों शाखाओं का प्रवर्तक माना जाता है, इनके अलावा भी ज्ञानयोग की अन्य शाखाएँ हैं। ये शाखाएँ अपने प्रवर्तकों के नाम से जानी जाती हैं जिनमें भास्कर, चैतन्य, निम्बार्क, वाचस्पति मिश्र, सुरेश्वर और विज्ञान भिक्षु मुख्य थे। आधुनिक काल में जो प्रमुख वेदान्ती हुये हैं उनमें रामकृष्ण परमहंस, स्वामी विवेकानंद, अरविंद घोष, स्वामी शिवानंद, स्वामी करपात्री और रमण महर्षि उल्लेखनीय हैं। ये आधुनिक विचारक अद्वैत वेदान्त शाखा का प्रतिनिधित्व करते हैं।

'वेदान्त' शब्द मूलतः उपनिषदों के लिए प्रयुक्त होता था। अलग-अलग संहिताओं तथा उनकी शाखाओं से सम्बद्ध अनेक उपनिषद् प्राप्त हैं। जिनमें प्रमुख तथा प्राचीन हैं - ईश, केन, कठ, मुण्डक, माण्डूक्य, तैत्तिरीय, ऐतरेय, छान्दोग्य तथा बृहदारण्यक। कालान्तर में यह आवश्यकता अनुभव की गई कि विरोधी प्रतीत होने वाले विचारों में समन्वय स्थापित कर सर्वसम्मत उपदेशों का संकलन किया जाये। इसी आवश्यकता की पूर्ति के लिए बादरायण व्यास ने ब्रह्मसूत्र की रचना की जिसे वेदान्त सूत्र, शारीरकसूत्र, शारीरकमीमांसा या उत्तरमीमांसा भी कहा जाता है। इसमें उपनिषदों के सिद्धान्तों को अत्यन्त संक्षेप सूत्र रूप में संकलित किया गया है।

शंकर का अद्वैत वेदांत भारतीय चितन धारा का चरमोत्कर्ष है। आज भारत में जितने भी दर्शन एवं धर्म मानव जीवन में उतरे हुए हैं उन पर वेदांत का कुछ न कुछ प्रभाव अवश्य है। भारतेतर दर्शन एवं धर्मों से भी यह बड़ा मेल खाता है। इसका ब्रह्म यहूदी धर्म के जेहोवा, पारसी धर्म के आहुरमज्द, ईसाई धर्म के गौड और इस्लाम धर्म के अल्लाह के समान निर्गुण एवं सर्वशक्तिमान है। अंतर केवल इतना है कि जेहोवा, आहुरमज्द, गौड और अल्लाह इस ब्रह्मांड के कर्ता मात्रा हैं, जबकि वेदांत का ब्रह्म इसका कर्ता एवं उपादान, दोनों कारण है। जगत के कर्ता के रूप में ब्रह्म को सगुण रूप देकर उसे ईश्वर की संज्ञा से विभूषित कर शंकर ने ईश्वर भक्त लोगों के हृदय को भी स्पर्श किया है। वैसे भी भक्ति भाव तो शंकर को अपने माता-पिता से विरासत के रूप में प्राप्त हुआ था। उनके द्वारा विरचित ग्रंथ 'सौंदर्य लहरी' में उनकी भक्ति भावना ही प्रस्फुटित हुई है। वादरायण के कई सौ वर्ष बाद अनेक विद्वानों ने उनके ब्रह्म सूत्र पर भाष्य ग्रंथ लिखे और अपनी-अपनी दृष्टि से ब्रह्म सूत्र में प्रतिपादित वेदांत की व्याख्या की। इन व्याख्याओं से वेदांत की अनेक शाखा उपशाखाओं का विकास हुआ।

इनमें शंकर (9वीं शताब्दी) का अद्वैत, रामानुजाचार्य (12वीं शताब्दी) का विशिष्टाद्वैत, माध्वाचार्य (13वीं शताब्दी) का द्वैत, निम्बार्क) 13वीं शताब्दी का द्वैत, श्रीकंठ (13वीं शताब्दी) का शैव विशिष्टाद्वैत, श्रीपति (14वीं शताब्दी) का वीर शैव विशिष्टाद्वैत और बल्लभाचार्य (16वीं शताब्दी) का शुद्वैत मुख्य हैं। इनमें शंकर का अद्वैत वेदांत तो पूर्ण रूपेण वेद एवं उपनिषद् मूलक है, परंतु शेष सभी दर्शनों की तत्व मीमांसा तो वेद एवं उपनिषदों पर आधारित है लेकिन उनकी उपासना की पद्धतियाँ वैष्णव, शैव एवं शाक्त आगमों पर आधारित हैं।

## अद्वैत वाद

आदि शंकराचार्य पहले कुछ दिनों तक काशी में रहे, और तब इन्होंने विजिलबिंदु के तालवन में मण्डन मिश्र को सपत्नीक शास्त्रार्थ में परास्त किया। इन्होंने समस्त

भारतवर्ष में भ्रमण करके बौद्ध धर्म को मिथ्या प्रमाणित किया तथा वैदिक धर्म को पुनरुज्जीवित किया। कुछ बौद्ध इन्हें अपना शत्रु भी समझते हैं, क्योंकि इन्होंने बौद्धों को कई बार शास्त्रार्थ में पराजित करके वैदिक धर्म की पुनः स्थापना की। वे 32 वर्ष की अल्प आयु में सम्वत 820 ईस्वी में केदारनाथ के समीप स्वर्गवासी हुए थे।

प्राचीन परम्परा के अनुसार वेदान्त सूत्र के लेखक बादरायण माने जाते हैं। इन सूत्रों में ही बादरायण का नामोल्लेख करके उनके मत का उद्धरण दिया गया है। अतः कुछ लोग इसे बादरायण की कृति न मानकर किसी परवर्ती संग्राहक की कृति कहते हैं। बादरायण और व्यास को कभी-कभी एक माना जाता है। जैमिनि ने अपने पूर्वमीमांसासूत्र में बादरायण का तथा बादरायण ने वेदांतसूत्रों में जैमिनि का उल्लेख किया है। यदि बादरायण और व्यास एक ही हैं तो महाभारत की परंपरा के अनुसार जैमिनि व्यास के शिष्य थे। और गुरु अपनी कृति में शिष्य के मत का उल्लेख करे, यह विचित्र सा लगता है।

अद्वैत सिद्धांत की स्थापना हेतु ब्रह्म के अस्तित्व को स्वीकारना पहली शर्त है। आदि शंकराचार्य का मुख्य योगदान ब्रह्म की सत्ता की अवधारणा को स्थापित करना माना जाता है। उनके समय तक अस्तित्व वादी और अनस्तित्व वादी सभी दर्शन अपनी बात कह चुके थे। अध्यात्म का सारा दारोमदार ब्रह्म के अस्तित्व पर टिका था। आदि शंकराचार्य ने ब्रह्मसूत्र की तार्किक व्याख्या करके ब्रह्म को समस्त जगत और ब्रह्मांड का अद्वैत जनक बताया। यहीं से सनातन धर्म का आधुनिक स्वरुप अस्तित्व में आने लगा।

ब्रह्मसूत्र और आधुनिक मनुष्य के बीच हजारों वर्ष का फासला है। यह फासला सिर्फ समय का नहीं है, मानसिकता का भी है। मनुष्य के अंतरतम पर व्यक्तित्व की इतनी पर्तें चढ़ गई हैं कि उसका मूल चेहरा खो गया है। अगर कहा जाये कि ब्रह्मसूत्र मूल चेहरे की खोज है, तो गलत नहीं होगा।

ब्रह्मसूत्र में बादरायण का वक्तव्य “अथातो ब्रह्म जिज्ञासा” सर्वाधिक सशक्त वक्तव्य है, जो उस समय तक किसी ने नहीं दिया था। अब परम सत्य की खोज शुरू होती है। ब्रह्मसूत्र विश्व की सर्वाधिक रहस्यमय किताब है। आज तक जो किताबें लिखी गई उनमें सर्वाधिक महत्वपूर्ण। मैं उसे विचित्र कहता हूँ क्योंकि बादरायण संसार में बहुत प्रसिद्ध नहीं है। भारत में वे एकमात्र रहस्यदर्शी है जिनकी किताब पर हजारों टीकाएं लिखी गईं। उनका प्रत्येक वक्तव्य इतना अर्थ गर्भित है कि उस पर हजारों प्रकार से टीका लिखी जा सकती है। फिर भी लगता है कि कुछ पीछे शेष रह गया। यह एकमात्र किताब हैं जिस पर टीकाएं, और फिर उन टीकाओं पर टीकाएं लिखी गई हैं।

पूरब के सभी महान सूत्र एक शब्द से शुरू होते है। “अथातो...” याने अब ब्रह्म ही जिज्ञासा का विषय है, भारतीय दर्शन के महानतम सूत्र इस वचन से ही शुरू

होते है- अथातो ब्रह्म जिज्ञासा। अब परमात्मा की खोज शुरू होती है। "अब का क्या अर्थ हुआ? सिर्फ इस एक शब्द पर हजारों टिकाएं लिखी जा चुकी है।

"अब क्यों? क्या केवल परमात्मा की खोज लिखना काफी नहीं था? लेकिन अब...? उसका क्या अर्थ। मेरी अपनी व्याख्या है कि जब तक तुम "अब" याने इस क्षण का अनुभव नहीं करते, तब तक परमात्मा की खोज शुरू नहीं कर सकते। वस्तुतः इस क्षण में होना ही परमात्मा की खोज शुरू करना है। मन सदा अतीत में होता है या भविष्य में होता है। अतीत अब है नहीं, और भविष्य अभी आया नहीं। और परमात्मा सदा है। परमात्मा सदा इस क्षण है। इस क्षण की खोज ही वास्तव में परमात्मा की खोज है। लेकिन यह सूत्र इतना संक्षिप्त है कि वह "अब" की कोई व्याख्या नहीं करता। "अब" और समाप्त।

सूत्र का अर्थ छोटा सा बीज है। जिसमें हजारों फूल छिपे है। लेकिन उसके लिए तुम्हें बोना पड़ेगा, उगाना पड़ेगा, उनकी रक्षा करनी होगा। और वसंत की प्रतीक्षा करनी होगी। जैसे-जैसे तुम विकसित होते हो, पहले सूत्रमयता आती है। तुम्हारे वक्तव्य सूत्र बन जाते है, उसके बाद आता है परम मौन। एक शब्द भी कहना ऐसा लगता है जैसे कुछ गलत कर रहे हो। अब अर्थपूर्ण है। तुम भ्रांतियों का जीवन जी चुके हो, अब परमात्मा की खोज शुरू होती है। तुमने भौतिक सुख-दुःख, पीड़ा, समस्याएं, झेल लीं, तुम कई दिशाओं में भटक चुके हो और तुमने कुछ नहीं पाया, अब परमात्मा की खोज शुरू करो। तुम अहंकार का जीवन जी लिए। स्वार्थ का जीवन जी लिया। अब तुम थक हार गये हो। अब तुम अंत पर पहुंच चुके हो, और अब जीने के लिए कोई जमीन नहीं बची।

अब परमात्मा की खोज शुरू करो। तुमने पैसा जोड़ लिया, पद पा लिया। शोहरत पा ली, लेकिन किसी से तृप्ति नहीं हुई... "अब" परमात्मा की खोज शुरू करो। "अब" बड़ा अर्थपूर्ण है। इसका यह अर्थ नहीं है कि पुस्तक बीच में ही शुरू हुई। वह कहती है कि परमात्मा की खोज बीच में शुरू होती है।

यह परमात्मा की खोज बिलकुल प्रांरभ से शुरू नहीं हो सकती। वह असंभव है। बच्चा परमात्मा की खोज शुरू नहीं कर सकता। उसे पहले जीवन की खोज करनी है। उसे भटकना पड़ेगा। मनुष्य के रूप में पैदा हुए हर बच्चे को परमात्मा को खोना पड़ेगा। दूर जाना पड़ेगा। तभी... जब अँधेरा असहनीय हो जाता है। दुःख बहुत बोझिल होने और दिल डूबने लगता है। तभी आदमी कुछ बिलकुल अलग करने की सोचता है। जो उसने आज तक कभी नहीं किया - अब ब्रह्म की जिज्ञासा शुरू होती है, "अथातो ब्रह्म जिज्ञासा।"

आध्यात्मिक ग्रंथ उन ऊंचाइयों पर सर्जित होते है जहां नाम, रूप, समय सब खो जाते है। लेखक के भीतर खिला हुआ शून्य, ज्ञान के प्रकटन का सिर्फ दर्पण

बनता है। भारतीय मनस में ब्रह्मसूत्रों की अपनी खास जगह रही है। वे न तो पूरी तरह वेद में उपलब्ध है, न उपनिषदों में। वे वेदांत अर्थात ज्ञान का अंत है। वे केवल सूत्र है जिनमें सृष्टि का पूरा ज्ञान समाया हुआ है। वे ज्ञान के अणुबम है। दो या तीन शब्दों में बहुत विराट बात सहजता से कह देना भारतीय मनीषियों की विशेषता रही है। इसमें ब्रह्मसूत्र अद्वितीय हैं। कभी-कभी केवल दो शब्द और अव्यय के साथ वे बात कह देते है, उन्हें समझने में पूरी उम्र बीत जाती है, फिर भी कुछ पल्ले नहीं पड़ेगा।

ब्रह्मसूत्रों को वेदांत दर्शन का अंग बताया जाता है। इसमें ब्रह्म के स्वरूप का सांगोपांग निरूपण है। इन सूत्रों की विशेषता यह है कि प्रायः सभी संप्रदायों के आचार्यों ने इनकी व्याख्या अपने मत के अनुसार की है। यह एक आश्चर्य है कि परस्पर विरोधी दर्शनों को अपने सिद्धांत का प्रतिबिंब इसमें दिखाई दिया। कितना विराट होगा इसका आशय जो सब विरोधों को अपने आलिंगन में लेकिर भी शेष रहता है। सूत्रकार ने ब्रह्मसूत्रों को चार अध्यायों और सोलह पदों में बांटा है।

पहला- समन्वय अध्याय। इसमें व्यास मुनि विषय वस्तु अर्थात ब्रह्म विचार को, अनेक उदाहरण और तर्क देकर स्थापित करते है।

दूसरा- अविरोध अध्याय। इस अध्याय में सब प्रकार के विरोधाभासों का उल्लेख फिर निराकरण किया गया है।

तीसरा- अध्याय परब्रह्म की प्राप्ति के लिए ब्रह्मविद्या और उपसना पंथों की चर्चा करता है।

चौथे- अध्याय इन उपायों द्वारा मिलने वाले फल का वर्णन है। इसलिए उसे फलाध्याय कहते है।

जैसी कि सनातन भारतीय शास्त्रों की शैली थी, लेखक अपने सिद्धांत को सिद्ध करने से पूर्व सभी मत-मतांतरों की खबर लेता था। व्यास मुनि भी वही शैली अपनाते है। वे न जाने कितने प्रचलित मतों का उल्लेख कर उनका खंडन और ब्रह्म का मंडन कर अबाध बहती हुई सलिला की भांति मस्ती से आगे बढ़ते है।

भारत में आध्यात्मिक विचार प्रवाह अनादि काल से बहते हुए चले आ रहे है। वे किसी एक व्यक्ति को प्रगट नहीं हुए। वे तो आकाशस्थ अभिलेख में थे ही, व्यक्तियों ने उसे सिर्फ वाणी दी। परंपरा का निबाह करते हुए बादरायण व्यास ने भी प्रधान कारणवाद, अणुवाद, विज्ञानवाद, आदि सिद्धांतों की समीक्षा की। लेकिन उनके जनक आचार्य का उल्लेख नहीं किया है। क्योंकि ज्ञान न कभी पैदा हुआ न कभी मृत होगा। ज्ञान की इस अनादि-अनंतता की प्रतिध्वनि "ब्रह्मसूत्र" जैसे ग्रंथों में सुनी जा सकती है। ब्रह्मसूत्र और आधुनिक मनुष्य के बीच हजारों वर्ष का फासला है। यह फासला सिर्फ सत्य का नहीं है, मानसिकता का भी है, मनुष्य के अंतरतम व्यक्तित्व

पर षठरिपु की इतनी पर्तें चढ़ गई हैं कि उसका मूल चेहरा ही खो गया है। अगर कहा जाये कि ब्रह्मसूत्र मूल चेहरे की खोज है। तो गलत न होगा।

ब्रह्म की पहचान भले ही खो गई हो ब्रह्म तो वही है; उसका नाम भर बदल गया है। वैज्ञानिक हवल ने जब "expanded universe" अर्थात फैलते हुए ब्रह्मांड का अविष्कार किया तो वह ब्रह्म का ही अविष्कार था। उसे हम बीसवीं सदी का ब्रह्म कह सकते है।

ब्रह्म का मूल अर्थ हैः "अपबृंहणात् ब्रह्म।" जो फैलता जाता है उसे ब्रह्म कहते है। ऐसा नहीं है कि वि ब्रह्माण्ड प्राचीन समय में ही फैल रहा था, वह तो आज भी फैल रहा है। वैज्ञानिकों ने धर्म की ओर पीठ कर ली और पदार्थ में उतर गये। लेकिन जैसे ही पदार्थ की गहराई में पहुंचे, वहां पुनः ब्रह्म प्रवेश करता दिख रहा है।

शंकराचार्य ने ब्रह्मसूत्र भाष्य रच कर विश्व को एक सूत्र में बांधने का प्रयास भी किया है, जो कि सामान्य मानव से सम्भव नहीं है। शंकराचार्य के दर्शन में सगुण ब्रह्म तथा निर्गुण ब्रह्म दोनों का दर्शन कर सकते हैं। निर्गुण ब्रह्म उनका निराकार ईश्वर है तथा सगुण ब्रह्म साकार ईश्वर है। जीव अज्ञान व्यष्टि की उपाधि से युक्त है। *"तत्त्वमसि"* तुम ही ब्रह्म हो; *"अहं ब्रह्मास्मि"* मैं ही ब्रह्म हूँ; 'अयामात्मा ब्रह्म' यह आत्मा ही ब्रह्म है; इन बृहदारण्यकोपनिषद् तथा छान्दोग्योपनिषद वाक्यों के द्वारा इस जीवात्मा को निराकार ब्रह्म से अभिन्न स्थापित करने का प्रयत्न शंकराचार्य जी ने किया है। ब्रह्म को जगत् के उत्पत्ति, स्थिति तथा प्रलय का निमित्त कारण बताया हैं। ब्रह्म सत् (त्रिकालाबाधित) नित्य, चैतन्यस्वरूप तथा आनंद स्वरूप है। ऐसा उन्होंने स्वीकार किया है। जीवात्मा को भी सत् स्वरूप, चैतन्य स्वरूप तथा आनंद स्वरूप स्वीकार किया है। जगत् के स्वरूप को बताते हुए कहते हैं -

*नामरूपाभ्यां व्याकृतस्य अनेककर्तृभोक्तृसंयुक्तस्य*
*प्रतिनियत देशकालनिमित्तक्रियाफलाश्रयस्य मनसापि*
*अचिन्त्यरचनारूपस्य जन्मस्थितिभंगंयतः।*

अर्थात् नाम एवं रूप से व्याकृत, अनेक कर्ता, अनेक भोक्ता से संयुक्त, जिसमें देश, काल, निमित्त और क्रियाफल भी नियत हैं। जिस जगत् की सृष्टि को मन से भी कल्पना नहीं कर सकते, उस जगत् की उत्पत्ति, स्थिति तथा लय जिससे होता है, उसको ब्रह्म कहते है।

सम्पूर्ण जगत् के जीवों को ब्रह्म के रूप में स्वीकार करना, तथा तर्क आदि के द्वारा उसके सिद्ध कर देना, आदि शंकराचार्य की विशेषता रही है। इस प्रकार शंकराचार्य के व्यक्तित्व तथा कृतित्व के मूल्यांकन से हम कह सकते है कि राष्ट्र को एक सांस्कृतिक सूत्र में बांधने का कार्य शंकराचार्य जी ने सर्वतोभावेन किया था।

इनका भारतीय संस्कृति के विस्तार में भी अमूल्य योगदान रहा है। उनके काशी में मुंडन मिश्र और फिर उसके बाद कश्मीरी ब्राह्मणों से शास्त्रार्थ में ब्रह्म के अस्तित्व पर जो शास्त्रार्थ हुआ था, उसमें उन्होंने ब्रह्म के अस्तित्व को सिद्ध किया था। उन्होंने शास्त्रार्थ करने वाले शास्त्री के ब्रह्म विरोधी तर्कों को किस तरह काटा था।

शास्त्री- ब्रह्म क्या है?

शंकराचार्य- ब्रह्म क्या नहीं है?

शास्त्री- ब्रह्म को पकड़ कर, दिखाओ, कि यह ब्रह्म है?

शंकराचार्य- आपका मन अभी मुझे परास्त करने में रत है, उसे पकड़ कर बताओ कि यह मन है।

आप जिस बुद्धि से यह तर्क कर रहे हैं, पहले उस बुद्धि को पकड़ कर स्वयं से पृथक कर बताओ कि यह बुद्धि है।

आप जिस अहंकार से शास्त्री पद का बखान करते हैं उसे पकड़ कर बताओ कि यह अहंकार है।

शास्त्री - मन, बुद्धि, अहंकार तो सूक्ष्म शरीर हैं। उनका परिणाम दिखता है। वे समस्त देह में बसते हैं।

शंकराचार्य - ब्रह्म सूक्ष्म शरीर से भी सूक्ष्म है, वह समस्त चराचर में बसता है। वह कारण भी है और परिणाम भी। उसे पकड़ा नहीं जा सकता लेकिन वह समस्त विश्व को पकड़े हुए है। जैसे तुम्हारी देह को आत्मा से संयुक्त किए है-

- तत्त्वमसि - "वह ब्रह्म तू है" (छान्दोग्य उपनिषद 6/8/6- सामवेद)
- अहं ब्रह्मास्मि - "मैं ब्रह्म हूँ" (बृहदारण्यक उपनिषद 1/4/10 - यजुर्वेद)
- अयम् आत्मा ब्रह्म - "यह आत्मा ब्रह्म है" (माण्डूक्य उपनिषद 1/2 - अथर्ववेद)
- प्रज्ञानं ब्रह्म - "वह प्रज्ञा ही ब्रह्म है" (ऐतरेय उपनिषद 1/2 - ऋग्वेद)
- सर्वं खल्विदं ब्रह्मम् - "सर्वत्र ब्रह्म ही है" (छान्दोग्य उपनिषद 3/14/1- सामवेद)

तू, मैं, आत्मा, प्रज्ञा, मन, बुद्धि, अहंकार सहित समस्त ब्रह्मांड ब्रह्म है। ब्रह्म की संज्ञा नहीं है परंतु वह प्रत्येक संज्ञा में विद्यमान है।

उपनिषदों में महावाक्य निर्देश स्वरूप में लघु है, परन्तु अपने अंदर बहुत गहन विचार समाहित किए हुए है। प्रमुख उपनिषदों में से इन वाक्यो को महावाक्य माना जाता है। ये महावाक्य निराकार ब्रह्म और उसकी सर्वव्यापकता का परिचय देते है। ये

उद्घोष करते हैं कि मनुष्य देह, इंद्रिय और मन का संघटन मात्र नहीं है, बल्कि वह सुख-दुख, जन्म-मरण से परे दिव्यस्वरूप है, आत्मस्वरूप है। आत्मभाव से मनुष्य जगत का द्रष्टा भी है और दृश्य भी। जहां-जहां ईश्वर की सृष्टि का आलोक व विस्तार है, वहाँ-वहाँ उसकी पहुंच है। वह परमात्मा का अंशीभूत आत्मा है। जीवन का चरम-परम पुरुषार्थ है। उपनिषद के ये महावाक्य मानव जाति के लिए महाप्राण, महोषधि एवं संजीवनी बूटी के समान हैं, जिन्हें हृदयंगम कर मनुष्य आत्मस्थ हो सकता है।

तत्त्वमसि सामवेद का सार है। तत् का अर्थ है 'वह' और त्वम् का अर्थात् 'तू, तुम', असि का अर्थ है 'हो।'

तत्त्वमसि 'तत् त्वम असि' हिंदू आस्था के मूलाधारों में से एक है। यह महावाक्य ब्रह्म और आत्मा की एकता का बखान करता है। इस महावाक्य का अर्थ है- 'वह ब्रह्म तुम्हीं हो।' सृष्टि से पूर्व, द्वैत के अस्तित्त्व से रहित, नाम और रूप से रहित, एक मात्र सत्य-स्वरूप, अद्वितीय 'ब्रह्म' ही था। वही ब्रह्म आज भी विद्यमान है। उसी ब्रह्म को 'तत्त्वमसि' कहा गया है। वह शरीर और इन्द्रियों में रहते हुए भी, उनसे परे है। आत्मा में उसका अंश मात्र है। उसी से उसका अनुभव होता है, किन्तु वह अंश परमात्मा नहीं है। वह उससे दूर है। वह सम्पूर्ण जगत में प्रतिभासित होते हुए भी उससे दूर है।

आदि शंकराचार्य ब्रह्म को प्रधान मानकर जीव और जगत को उससे अभिन्न मानते हैं। उनके अनुसार तत्व को उत्पत्ति और विनाश से रहित होना चाहिए। नाशवान जगत तत्वशून्य है, जीव भी जैसा दिखाई देता है वैसा तत्वतः नहीं है। जाग्रत और स्वप्नावस्थाओं में जीव जगत में रहता है परंतु सुषुप्ति में जीव प्रपंच ज्ञानशून्य चेतनावस्था में रहता है। इससे सिद्ध होता है कि जीव का शुद्ध रूप सुषुप्ति जैसा होना चाहिए। सुषुप्ति अवस्था अनित्य है अतः इससे परे तुरीयावस्था को जीव का शुद्ध रूप माना जाता है। इस अवस्था में नश्वर जगत से कोई संबंध नहीं होता और जीव को पुनः नश्वर जगत में प्रवेश भी नहीं करना पड़ता। यह तुरीयावस्था अभ्यास से प्राप्त होती है।

ब्रह्म-जीव-जगत में अभेद का ज्ञान उत्पन्न होने पर जगत जीव में तथा जीव ब्रह्म में लीन हो जाता है। तीनों में वास्तविक अभेद होने पर भी अज्ञान के कारण जीव जगत को अपने से पृथक समझता है। परंतु स्वप्नसंसार की तरह जाग्रत संसार भी जीव की कल्पना है। भेद इतना ही है कि स्वप्न व्यक्तिगत कल्पना का परिणाम है जबकि जाग्रत अनुभव-समष्टि-गत महाकल्पना का। स्वप्नजगत का ज्ञान होने पर दोनों में मिथ्यात्व सिद्ध है। परंतु बौद्धों की तरह वेदान्त में जीव को जगत का अंग होने के कारण मिथ्या नहीं माना जाता। उसे मिथ्या मानने पर सभी ज्ञान को मिथ्या मानना होगा। परंतु जिस रूप में जीव संसार में व्यवहार करता है उसका वह रूप

अवश्य मिथ्या है। जीव की तुरीयावस्था भेदज्ञान शून्य शुद्धावस्था है। ज्ञाता-ज्ञेय-ज्ञान का संबंध मिथ्या संबंध है। इनसे परे होकर जीव अपनी शुद्ध चेतनावस्था को प्राप्त होता है। इस अवस्था में भेद का लेश भी नहीं है क्योंकि भेद द्वैत में होता है। इसी अद्वैत अवस्था को ब्रह्म कहते हैं। तत्व असीम होता है, यदि दूसरा तत्व भी हो तो पहले तत्व की सीमा हो जाएगी और सीमित हो जाने से वह तत्व बुद्धिगम्य होगा जिसमें ज्ञाता-ज्ञेय-ज्ञान का भेद प्रतिभासित होने लगेगा। अनुभव साक्षी है कि सभी ज्ञेय वस्तुएँ नश्वर हैं। अतः यदि हम तत्व को अनश्वर मानते हैं तो हमें उसे अद्वय, अज्ञेय, शुद्ध चैतन्य मानना ही होगा। ऐसे तत्व को मानकर जगत की अनुभूयमान स्थिति का हमें विवर्तवाद के सहारे व्याख्यान करना होगा।

रस्सी में प्रतिभासित होनेवाले सर्प की तरह यह जगत न तो सत् है, न असत् है। सत् होता तो इसका कभी नाश न होता, असत् होता तो सुख, दुःख का अनुभव न होता। अतः सत् असत् से विलक्षण अनिवर्चनीय अवस्था ही वास्तविक अवस्था हो सकती है। उपनिषदों में नेति कहकर इसी अज्ञातावस्था का प्रतिपादन किया गया है। अज्ञान भाव रूप है क्योंकि इससे वस्तु के अस्तित्व की उपलब्धि होती है, यह अभाव रूप है, क्योंकि इसका वास्तविक रूप कुछ भी नहीं है। इसी अज्ञान को जगतका कारण माना जाता है। अज्ञान का ब्रह्म के साथ क्या संबंध है, इसका सही उत्तर कठिन है परंतु ब्रह्म अपने शुद्ध निर्गुण रूप में अज्ञान विरहित है, किसी तरह वह भावाभाव विलक्षण अज्ञान से आवृत्त होकर सगुण ईश्वर कहलाने लगता है और इस तरह सृष्टिक्रम चालू हो जाता है। ईश्वर को अपने शुद्ध रूप का ज्ञान होता है परंतु जीव को अपने ब्रह्मरूप का ज्ञान प्राप्त करने के लिए साधना के द्वारा ब्रह्मीभूत होना पड़ता है। गुरु के मुख से 'तत्वमसि' का उपदेश सुनकर जीव 'अहं ब्रह्मास्मि' का अनुभव करता है। उस अवस्था में संपूर्ण जगत को आत्ममय तथा अपने में सम्पूर्ण जगत को देखता है क्योंकि उस समय उसके (ब्रह्म) के अतिरिक्त कोई तत्व नहीं होता। इसी अवस्था को तुरीयावस्था या मोक्ष कहते हैं।

भारतीय धर्म और दर्शन एकेश्वरवादी धर्मों की तरह निष्कर्ष पर आधरित नहीं है कि एक व्यक्ति ने ईश्वर से साक्षातकार करके मनुष्यों को निष्कर्ष सुना कर पृथ्वी के सारी मानव जाति को उस निष्कर्ष से हांकने पर बाध्य करना अनिवार्य बता दिया। हिंदू दर्शन में प्रत्येक व्यक्ति स्वयं साधना से सत्य को जाने, विमर्श करे, पहचाने तब माने। वही आध्यात्मिक यात्रा है।

इसी तारतम्य में शंकराचार्य के अद्वैत वाद सिद्धांत का भी विरोध हुआ, और द्वैत वादी सिद्धांत आए। बाद के विद्वानों ने कहा कि यदि अद्वैत ब्रह्म ही मनुष्य के सभी कर्मों के लिए ज़िम्मेदार है के मनुष्य द्वारा ईर्षा-द्वेष से किए जाते बुरे कर्मों के लिए भी ब्रह्म ही उत्तरदायी होगा। इस तरह कर्मों का सिद्धांत और उससे निकलता पुनर्जन्म का सिद्धांत लड़खड़ा जाएगा। इसलिए ब्रह्म के सम्बंध में द्वैत का सिद्धान्त

प्रतिपादित किया गया। ब्रह्म से आत्मा स्वतंत्र पृथक सत्ता है, प्रकृति के साथ संयोग से जीव अस्तित्व मान होकर कर्म करता है। यहीं पुनर्जन्म का सिद्धांत सही बैठता है। उनमें से एक रामानुजाचार्य थे।

रामानुजाचार्य ने (11वीं शताब्दी) शंकर मत के विपरीत यह कहा कि ईश्वर (ब्रह्म) स्वतंत्र तत्व है परंतु जीव भी सत्य है, मिथ्या नहीं। ये जीव ईश्वर के साथ संबद्ध हैं। उनका यह संबंध भी अज्ञान के कारण नहीं है, वह वास्तविक है। मोक्ष होने पर भी जीव की स्वतंत्र सत्ता रहती है। भौतिक जगत और जीव अलग-अलग रूप से सत्य हैं परंतु ईश्वर की सत्यता इनकी सत्यता से विलक्षण है। ब्रह्म पूर्ण है, जगत जड़ है, जीव अज्ञान और दुःख से घिरा है। ये तीनों मिलकर एकाकार हो जाते हैं क्योंकि जगत और जीव ब्रह्म के शरीर हैं और ब्रह्म इनकी आत्मा तथा नियंता है। ब्रह्म से पृथक इनका अस्तित्व नहीं है, ये ब्रह्म की सेवा करने के लिए ही हैं। इस दर्शन में अद्वैत की जगह बहुत्व की कल्पना है परंतु ब्रह्म अनेक में एकता स्थापित करनेवाला एक तत्व है। बहुत्व से विशिष्ट अद्वय ब्रह्म का प्रतिपादन करने के कारण इसे विशिष्टाद्वैत कहा जाता है।

शुद्धाद्वैत दर्शन में संपूर्ण ब्रह्मांड ब्रह्म की अभिव्यक्ति है। यह दर्शन ब्रह्मांड के निर्माण की व्याख्या करने के लिए केवल ब्राह्मण पर निर्भर करता है और यह "माया" की अवधारणा पर निर्भर नहीं है। इसलिए, यह "शुद्ध" है। ब्रह्म सत्य है, ब्रह्माण्ड (ब्राह्मण का स्वयं का निर्माण होना) भी सत्य है, आत्मा (जीव) ब्रह्म का एक अंश है। इसलिए, यह "अद्वैत" है।

श्रीवल्लभाचार्यजी (1479-1531) भक्तिकालीन सगुणधारा की कृष्णभक्ति शाखा के आधारस्तंभ एवं पुष्टिमार्ग के प्रणेता थे। उनका प्रादुर्भाव दक्षिण भारत के कांकरवाड ग्रामवासी तैलंग ब्राह्मण श्रीलक्ष्मणभट्टजी की पत्नी इलम्मागारू के गर्भ से छत्तीसगढ़ राज्य के रायपुर के निकट चम्पारण्य में हुआ था। उन्हें वैश्वानरावतार (अग्नि का अवतार) कहा गया है। वे वेदशास्त्र में पारंगत थे। वर्तमान में इसे वल्लभ सम्प्रदाय या पुष्टिमार्ग सम्प्रदाय के नाम से जाना जाता है। ये वैष्णव सम्प्रदाय के अन्तर्गत आते हैं।

माधवाचार्य (1197 ई.) ने द्वैत वेदान्त का प्रचार किया जिसमें पाँच भेदों को आधार माना जाता है - जीव-ईश्वर, जीव-जीव, जीव-जगत, ईश्वर-जगत, जगत-जगत। इनमें भेद स्वतः सिद्ध है। भेद के बिना वस्तु की स्थिति असंभव है। जगत और जीव ईश्वर से पृथक हैं किंतु ईश्वर द्वारा नियंत्रित हैं। सगुण ईश्वर जगत का स्रष्टा, पालक और संहारक है। यहीं से ब्रह्मा-विष्णु-महेश पुराणों के विषय होने वाले थे। भक्ति से प्रसन्न होनेवाले ईश्वर के इशारे पर ही सृष्टि का खेल चलता है। यद्यपि जीव स्वभावतः ज्ञानमय और आनंदमय है परंतु शरीर, मन आदि के संसर्ग से इसे दुःख भोगना पड़ता है। यह संसर्ग कर्मों के परिणामस्वरूप होता है। जीव ईश्वर

नियंत्रित होने पर भी कर्ता और फलभोक्ता है। ईश्वर में नित्य प्रेम ही भक्ति है जिससे जीव मुक्त होकर, ईश्वर के समीप स्थित होकर, आनंदभोग करता है। भौतिक जगत ईश्वर के अधीन है और ईश्वर की इच्छा से ही सृष्टि और प्रलय में यह क्रमशः स्थूल और सूक्ष्म अवस्था में स्थित होता है। रामानुज की तरह माधव जीव और जगत को ब्रह्म का शरीर नहीं मानते। ये स्वतःस्थित तत्व हैं। उनमें परस्पर भेद वास्तविक है। ईश्वर केवल इनका नियंत्रण करता है। इस दर्शन में ब्रह्म जगत का निमित्त कारण है, प्रकृति (भौतिक तत्व) उपादान कारण है।

वेदांत दर्शन की तत्व मीमांसा, ज्ञान एवं तर्क मीमांसा और कर्ममूल एवं आचार मीमांसा को यदि हम सिद्धांतों के रूप में क्रमबद्ध करना चाहें तो निम्नलिखित रूप में कर सकते हैं -

- यह ब्रह्मांड ब्रह्म (ईश्वर) द्वारा निर्मित है- शंकर के अद्वैत वेदांत के अनुसार ब्रह्म मूल तत्व है और ब्रह्म से ब्रह्म के ही द्वारा इस ब्रह्मांड का निर्माण होता है और उसी के द्वारा इसमें नित्य दृश्य एवं अदृश्य परिवर्तन होते रहते हैं। जिस प्रकार मकड़ी अपने अंदर के द्रव्य पदार्थ द्वारा अपने श्रम से अपने जाल की रचना करती है ठीक उसी प्रकार ब्रह्म इस जगत का निर्माण करता है। ब्रह्म की वह शक्ति जिसके द्वारा वह ब्रह्मांड का निर्माण करता है, उसे शंकर ने माया कहा है। शंकर के अनुसार ब्रह्म अनादि, अनंत, निर्गुण और निर्वयव है, परंतु जब उसमें माया के द्वारा संसार के निर्माण का गुण आरोपित किया जाता है तो वह सगुण हो जाता है। उपासना की दृष्टि से भी हम उसे सगुण ब्रह्म (ईश्वर) के रूप में प्रतिष्ठित करते हैं, परंतु है वह निर्गुण ही। रामानुजाचार्य ने ब्रह्म और ईश्वर को एक ही रूप में लिया है। उनकी दृष्टि से ईश्वर ही इस जगत की उत्पत्ति, स्थिति और लय तीनों का कारण है।
- जीव भी माया के वशीभूत स्वयं के लिए एक मकड़जाल (संतान, सम्पत्ति, सम्मान) बुनता है और उसी में फँसता चला जाता है। यदि वह भक्ति द्वारा ईश्वर को समर्पण का प्रयास नहीं करेगा तो विवश लाचार दुःख के बंधन में जन्म जन्मांतर कसा रहकर दुःख उठाता रहेगा।
- ब्रह्म और जगत में ब्रह्म विशिष्ट है - शंकर का तर्क है कि इस जगत का निर्माण होता है और नाश भी, इसमें तो प्रति क्षण परिवर्तन होता रहता है, इसलिए यह अनित्य है, असत्य है। उनके अनुसार केवल ब्रह्म ही नित्य है, सत्य है। शंकर ने इस जगत की व्यावहारिक सत्ता अवश्य स्वीकार की है। इसकी व्यावहारिक सत्ता स्वीकार किए बिना तो मनुष्य के अस्तित्व और उसके द्वारा ज्ञान, कर्म, भक्ति, योग और मोक्ष प्राप्ति

का प्रश्न ही नहीं उठता। शंकर के विपरीत रामानुजाचार्य ने ब्रह्म और जगत दोनों को सत्य माना है, परंतु यह उन्होंने भी माना है कि ब्रह्म इनमें विशिष्ट है, प्रलय (मृत्यु) के समय जगत तो सूक्ष्म रूप धारण कर लेता है परंतु ब्रह्म (ईश्वर) विशिष्ट शेष रहता है।

- आत्मा ब्रह्म का अंश है- शंकर की दृष्टि से आत्मा ब्रह्म का अंश है। मूल रूप में इनमें भेद नहीं हैं, ब्रह्म की माया शक्ति के कारण आत्मा ब्रह्म से अलग प्रतीत होती है। अध्यात्म ज्ञान द्वारा माया का पर्दा हटते ही आत्मा और ब्रह्म में भेद नहीं दिखाई देता। रामानुजाचार्य ने जीव (आत्मा), अजीव (प्रकृति) और ईश्वर, तीन मूल तत्व माने हैं। उनकी दृष्टि से आत्मा का अलग अस्तित्व है।
- मनुष्य अनंत ज्ञान एवं शक्ति का स्रोत है- शंकर का स्पष्टीकरण है कि मनुष्य आत्माधारी है और आत्मा ब्रह्म का अंश है, सर्वव्यापक, सर्वशक्तिमान और सर्वज्ञ है, इसलिए मनुष्य अपने में अनंत ज्ञान एवं शक्ति का स्रोत है, परंतु माया के कारण मनुष्य अपने इस अनंत ज्ञान एवं शक्ति को पहचान नहीं पाता। जो मनुष्य अपनी आत्मा को पहचान लेता है वह सब कुछ जान जाता है और सब कुछ करने में समर्थ होता है। रामानुजाचार्य ने इसी तथ्य को दूसरे रूप में स्वीकार किया है। उनकी दृष्टि से मनुष्य सत्-असत् का योग है इसलिए अनंत ज्ञान एवं शक्ति को प्राप्त कर सकता है।
- मनुष्य का विकास उसके संचित, प्रारब्ध और संचीयमान कर्मों पर निर्भर करता है - भौतिकवादी मनुष्य के विकास का आधार उसकी कर्मेंद्रियों, ज्ञानेंद्रियों और मस्तिष्क को मानते हैं। वेदांत मनुष्य की इंद्रियों और मस्तिष्क में भिन्नता के कारण की खोज में संचित एवं प्रारब्ध कर्मों की तह तक पहुँच गया। वेदांत के अनुसार मनुष्य का विकास संचीयमान कर्म (इस जन्म में किए जाने वाले कर्म) के साथ-साथ उसके संचित कर्म (पूर्व जन्म के संचित कर्म) तथा प्रारब्ध कर्म (पूर्व जीवन के वे संचित कर्म जिनका फल इस जीवन में भोगना है) पर निर्भर करता है। तभी तो इस जीवन में दो समान मनुष्यों के द्वारा एक ही परिस्थिति में समान कर्म करने पर असमान फल की प्राप्ति होती है।
- मनुष्य जीवन का अंतिम उद्देश्य मुक्ति है- मुक्ति का शंकर ने कई रूपों में वर्णन किया है। जब मनुष्य ज्ञान के द्वारा इस संसार की असत्यता से परिचित हो इससे विरक्त हो जाता है और सांसारिक सुख-दुःख का अनुभव नहीं करता तो उसे जीवन मुक्त कहते हैं। जीवन मुक्त व्यक्ति सब प्राणियों में अपना स्वरूप देखता है, इसलिए वह भेदभाव नहीं बरतता, सत्कर्म उसके

व्यक्तित्व का सहज स्वभाव बन जाता है। शंकर के अनुसार इस जीवन मुक्त से आगे की स्थिति है-आत्म-ब्रह्म में अभेद। इस स्थिति पर पहुँचने पर ही मनुष्य वास्तविक मुक्ति प्राप्त करता है। इसे शंकर ने विदेह मुक्ति कहा है। शंकर के अनुसार जीवन मुक्ति में मनुष्य को आनंद की अनुभूति होती है और विदेह मुक्ति में परमानंद की अनुभूति होती है। रामानुजाचार्य के अनुसार मुक्ति का अर्थ है- ईश्वर की प्राप्ति।

- मुक्ति के लिए ज्ञान योग, कर्म योग व भक्ति योग आवश्यक हैं- शंकर ने अनादि एवं अनंत ब्रह्म का सत्य जानने को विद्या (ज्ञान) और मायामय संसार को सत्य जानने को अविद्या (अज्ञान) कहा है। शंकर का मत है कि जब तक हम कर्म और भक्ति के द्वारा अच्छे जीवन की आकांक्षा करते रहेंगे तब तक हमें वही प्राप्त होता रहेगा, आत्मा-ब्रह्म के अभेद को हम प्राप्त ही नहीं होंगे। इस अभेद को जानने के लिए उन्होंने ज्ञान प्राप्ति पर बल दिया है। इसका अर्थ यह नहीं कि शंकर कर्म के महत्व को स्वीकार नहीं करते थे।
- ज्ञान के लिए श्रवण-मनन-निदिध्यासन आवश्यक है- शंकर की दृष्टि से ज्ञान दो प्रकार का होता है-अपरा (व्यावहारिक) और परा (आध्यात्मिक) और इन दोनों प्रकार के ज्ञान को प्राप्त करने की एक ही विधि है - श्रवण, मनन, निदिध्यासन। शंकर के अनुसार अनादि और अनंत ब्रह्म को साक्षात् करने के लिए जिस ज्ञान की आवश्यकता है वह वेद, ब्राह्मण, आरण्यक, उपनिषद और गीता के श्रवण अथवा अध्ययन, उस पर मनन और उससे प्राप्त ज्ञान का नित्य प्रयोग करने पर ही प्राप्त हो सकता है। बिना अनुभूति के, केवल तर्कों के आधार पर वास्तविक ज्ञान की प्राप्ति असंभव है। रामानुजाचार्य के अनुसार ईश्वर भक्ति से ही सब कुछ प्राप्त किया जा सकता है, यह मुक्ति का सबसे सरल साधन है।

इस तरह सातवी-आठवीं सदी से बारहवीं-तेरहवीं सदी तक हिंदू सनातन दर्शन में आध्यात्मिक चिंतन क्रांति घटित हुई। जो सिर्फ़ हिंदू चेतना में ही सम्भव है। एकेश्वरवाद की धारणाओं में किसी बदलाव की गुंजाइश नहीं होती है। समाज भले ही बदलता रहे। वे नष्ट होना पसंद करेंगे परंतु बदलेंगे नहीं।

# 3

# हिंदूवाद प्रतिरोध-मध्य युग

भारत के इतिहास में मुगल साम्राज्य का एक महत्वपूर्ण स्थान है। यह युग मुख्य रूप से 1526-1707 तक रहा है। इस युग में बाबर, हुमायूं अकबर, शाहजहां एवं औरंगजेब प्रमुख शासक हुए।

इस युग में अनेक क्षेत्रों में विकास हुआ। कुछ क्षेत्रों में क्रान्तिकारी परिवर्तन हुआ। बाह्य देशों से सम्पर्क, आन्तरिक शान्ति की स्थापना, एक-सी केन्द्रीय शासन व्यवस्था, ललित कलाओं की उन्नति, ऐतिहासिक साहित्य की उन्नति, फारसी उर्दू साहित्य का विकास, युद्धकला तथा सांस्कृतिक जीवन का कलात्मक वैभव, मुगलकालीन सभ्यता एवं संस्कृति की बेमिसाल देन है।

मुगल साम्राज्य की नींव डालने वाला प्रथम शासक बाबर था। उसने अपने अल्पकालीन शासन में कोई महत्त्वपूर्ण, उल्लेखनीय परिवर्तन तो नहीं किये; क्योंकि वह संकटकालीन परिस्थितिवश श्रेष्ठ शासन स्थापित करने में असमर्थ रहा। उसकी शासन व्यवस्था को हुमायूं के बाद शेरशाह ने संभाला। अपने प्रशासकीय सुधारों और प्रगतिशील रचनात्मक कार्यो के कारण उसकी शासन व्यवस्था की अनुपम मिसालें मिलती हैं। उसके बाद अकबर, जहांगीर, शाहजहां और औरंगजेब की शासन प्रणाली चलती रही। मुगलकालीन शासन प्रणाली की विशेषताओं में प्रमुख हैं:

समाज के सर्वोच्च स्थान पर बादशाह तथा उनका परिवार होता था। बादशाह का जीवन बड़ा ही वैभव एवं ऐश्वर्य का होता था। बहुमूल्य वस्त्रों और आभूषणों से सुशोभित सम्राटों का जन्मदिवस, राज्याभिषेक, विवाहोत्सव आदि बड़े ही शानो-शौकत से मनाये जाते थे, जिसमें लाखों-करोड़ों रुपये व्यय किये जाते थे। बादशाह के हरम (रनिवास) में विधिवत बेगमों के अतिरिक्त रखैलें, अनेकानेक दासियां, सुन्दरियां होती थीं। सेवक-सेविकाओं के सौन्दर्य, गुण, पद के हिसाब से वेतन व कार्य होते थे। घोर पर्दाप्रथा और नियन्त्रण के बाद भी राजमहल में भोग-विलास की सुविधाएं

थीं। राजकोष पर इसका भारी बोझ पड़ता था। इसके अतिरिक्त शासन में सरदार, अमीर, जागीरदार होते थे, जो मदिरापान, वेश्यागमन एवं राग रंग में डूबे होते थे। उनमें संयम, शील और सच्चरित्रता का अभाव था। सामंत षड्यन्त्र व कुचक्रों में फंसे रहते थे भवन निर्माणकला में उनकी विशेष अभिरुचि थी। सामंतों के बाद ऐश्वर्यशाली व्यापारी वर्ग था। सामान्य व्यापारी व छोटे दुकानदारों का दैनिक जीवन सीधा-सरल था।

इस काल की शासन व्यवस्था में मनसबदार, उच्च अधिकारी तथा राजपूत राजा भी थे। सैनिक व असैनिक होते थे। इनका खानपान, रहन-सहन, परम्पराएं विलासिता से भरी हुई थीं। वे बेईमान, घूसखोर और भ्रष्टाचारी भी होते थे। उच्च जातियों तथा मुगल शासकों के कट्टरपन के कारण हिन्दू समाज भयग्रस्त होकर मुस्लिम धर्म ग्रहण करने को मजबूर था। हिन्दू समाज में जातिप्रथा, वर्णाश्रम व्यवरथा विकृत रूप में थी।

मुगल दरबारों में अमीर बड़ी ही शान से जाते थे। वे जरी के बहुमूल्य वस्त्र, रेशम और मलमल के भड़कीले व चमकीले वस्त्र पहनते थे। बादशाह विभिन्न प्रकार के बहुमूल्य वस्त्र एव आभूषण धारण करते थे। जहांगीर और हुमायूं ने नये-नये फैशनों को इजाद किया। साफे और पगड़ी का प्रयोग प्रचलित था। हिन्दू पुरुष, धोती-कुर्ता तथा स्त्रियां घाघरा, साड़ी, अंगिया पहनती थीं।

समाज के अधिकांश लोग निम्न वर्ग के थे, जो कृषक, मजदूर व कारीगर थे। झोपडियों में रहने वाले इस निम्न वर्ग की स्थिति अवर्षा और लगान की वजह से काफी बुरी थी। सरकारी कर्मचारी अवसर पाकर इनका शोषण किया करते थे। मुस्लिम पुरुष, अचकन तथा चूड़ीदार पाजामा पहनते थे। सोने-चांदी के आभूषणों के साथ सुरमा, महावर, मेहंदी, उबटन, सुगन्धित तेल, स्वास्थ्य और सौन्दर्य की दृष्टि से प्रचलन में थे। मुगलकाल में मनोरंजन के अनेक प्रकार के साधन उपलब्ध थे। खेल, उत्सव, त्योहार, मेलों का आयोजन होता था। शिकार, शतरंज, चौपड़ तथा चौसर के खेल अमीरों और गरीबों द्वारा खेले जाते थे। ताश, कुश्ती, हाथियों की लड़ाई, चौगान (पोलो) घुड़सवारी, कबूतरबाजी, रथों की दौड़, बकरों और चीतों का खेल, जादूगरी के खेल आदि प्रसिद्ध थे। सामंत तथा सम्पन्न व्यक्ति जुआ सुरापान तथा अफीम का सेवन करते थे। कहा जाता है किः बाबर का आमोद-प्रमोद, हुमायूं का अफीम की पीनक में धुत रहना, मदिरा से प्रभावित अकबर का झक्कीपन, जहांगीर का मदिराप्रेम उनके पतन के प्रमुख कारण थे।

हिन्दुओं के पर्वो में दशहरा, दीपावली, होली, रामनवमी, शिवरात्रि, जन्माष्टमी तथा मुस्लिम त्योहारों में शबे ब रात, ईद, मिलाद, ईद उल फितर, ईद उल जुहा, मुहर्रम मनाये जाते थे। जन्मदिवस पर दावतों, नृत्य, संगीत, मेले, मीना बाजार का आयोजन होता था। समाज में स्त्रियों की दशा इतनी अधिक खराब थी कि उनके

व्यक्तिगत सम्मान और प्रतिष्ठा का ह्रास हो गया था। वे भोग-विलास की सामग्री मात्र समझी जाती थीं।

अमीर वर्ग की तुलना में सामान्य वर्ग की स्थिति काफी खराब थी। समाज में पर्दा प्रथा, बाल विवाह, बहुविवाह, सती प्रथा जैसी कुरीतियां प्रचलित थीं। स्त्रियों में राजपूतों को उच्च स्थान प्राप्त था। इस युगः की प्रसिद्ध महिलाओं में गुलबदन बेगम, नूरजहां, जेबुन्निसा, दुर्गावती, चांदबीबी, रजिया, रोशनआरा, जीजाबाई, ताराबाई जैसी विदुषी महिलाएं थीं। समाज में दास प्रथा का प्रचलन था। हिन्दू व्यभिचार से दूर ही रहते थे।

मुगल शासन व्यवस्था सैनिक स्वतन्त्रवादी, स्वेच्छाचारी व्यवस्था थी। इस राजतन्त्रात्मक शासन व्यवस्था में सम्राट सर्वप्रमुख होता था। उसकी इच्छा, अनिच्छा तथा विवेक पर शासन प्रणाली का दारोमदार होता था। वैधानिक रूप से उसे असीमित शक्तियां प्राप्त थीं। अकबर, जहांगीर, शाहजहां जहां लोकप्रिय शासक थे, वहीं औरंगजेब स्वेच्छाचारी तथा अलोकप्रिय शासक था। मुगल सम्राट को ईश्वरीय अंश माना जाता था। मुगल शासन का मूलस्वरूप सैनिक था। जहां मनसबदारी प्रथा प्रचलित थी। राज्य के उच्च अधिकारी, कर्मचारी, विभिन्न विभागों के वजीर, दरबारी, अमीर, न्यायाधीश, राजस्व अधिकारी मनसबदार होते थे, जिसके अनुसार उनके वेतन, अधिकार एवं पदवी निश्चित होती थी। मुगल शासन पद्धति अरबी, ईरानी का भारतीय रूपान्तरण थी। सूबेदारों, मनसबदारों, अधिकारियों को दिये जाने वाले शाही आदेश, सूचनाएं, फरमान लिखित होते थे। शासन के कार्य मौखिक नहीं होते थे। इस्लामी सिद्धान्तों के अनुसार शासन प्रणाली चलती थी। बादशाह स्वयं को खलीफा समझता था। अपने सिक्कों, मुहरों पर प्रथम चार खलीफाओं का नाम इसीलिए अंकित किया जाता था, ताकि वे अपने को वैधानिक रूप से मुसलमान प्रमाणित कर सकें।

मुगलकाल में जनकल्याणकारी कार्यो की उपेक्षा इसीलिए हो जाया करती थी; क्योंकि शासन के उच्चवर्गीय लोग अपनी सुविधाओं के लिए जनता का शोषण करते थे। सार्वजनिक शिक्षा, स्वास्थ्य, चिकित्सा, व्यापार-व्यवसाय को राजकीय कर्तव्य नहीं माना जाता था। शेरशाह और अकबर ने सड़क व्यवस्था पर काफी ध्यान दिया। मुगलकाल में कोई संहिताबद्ध कानून नहीं था। इस्लाम कानून तथा बादशाह की इच्छा पर न्याय-व्यवस्था टिकी हुई थी। एक समान शासन प्रणाली प्रचलित थी। सरकारी कामकाज की भाषा फारसी थी।

अकबर की शासन नीति अधिक उदार और रचनात्मक थी। शान्ति, सहयोग, सहिष्णुता, समानता का भाव, सभी मतों, वर्गो और जातियों के बीच था। उसने सर्वधर्म समभाव पर आधारित दीन ए इलाही' हिन्दू-मुस्लिम समन्वयवादी धर्म की स्थापना की। इस काल में केन्द्रीय तथा प्रान्तीय दो रूपों में शासन प्रणाली चलती

थी। केन्द्रीय शासन में साम्राज्य की राजधानी और केन्द्र आगरा, दिल्ली में था। इसमें मुगल सम्राट, मन्त्री, विभिन्न विभाग, उसके अध्यक्ष, अधिकारी, सेना न्यायाधिकारी थे। प्रान्तीय शासन में प्रान्त के सूबेदार और अधीनस्थ अधिकारी थे।

सम्राट के विशेषाधिकार में प्रमुख थे-राजसिंहासन पर बैठना, झरोखा दर्शन, तसलीम ए चौकी, मृत्युदण्ड और अंग भंग, हस्ति युद्ध, उपाधि वितरण, मुद्रा व मुहर के चिन्ह बनाने, तुलादान, दीवाने आम व खास की बैठकों तथा रात्रि सभा में शामिल होना।

प्रशासन संचालन में परामर्श, सहायता व सहयोग देने के लिए विभिन्न समस्याओं पर अनुभवी प्रशासकों की मन्त्रणा हेतु सम्राट के अधीनस्थ कुछ मन्त्री होते थे, जिनमें वकील, वजीरे आजम, दीवाने आला, वाकियानवीस, मीर बक्शी या अफसर ए खजाना, खान ए सामां, सदरे जहां (धर्मनिष्ठ) व्यक्ति, काजी उल कुजात (सर्वोच्च न्यायालय), दारोगा ए तोपखाना, दारोगा ए टकसाल, दारोगा ए किताबखाना, मीर मुंशी प्रमुख थे।

प्रान्तीय शासन का सारा दारोमदार सूबेदार पर होता था। प्रान्तीय कोष का अधिकारी, कोतवाल, फौजदार, शिकदार, काजी, फौतदार, कानूनगो, राजस्व अधिकारी के हाथ में होता था। ग्राम सम्बन्धी विकास के लिए ग्राम पंचायतें थीं।

इस्लामी कानून या शराशाही कानून परम्परावादी कानून थे। तीन प्रकार के अपराधों-ईश्वरीय अपराध/राजद्रोह/व्यक्तिगत अपराध हेतु पत्थरों से मारना, कोड़े, चाबुक से मारना, अंग भंग एवं मृत्युदण्ड जैसे दण्डों का विधान था।

मुगलकालीन आर्थिक दशा काफी समृद्ध थी। अकबर के समय साम्राज्य की वार्षिक ($13^{1/4}$ करोड़), शाहजहां के समय $22^{1/2}$ करोड़, औरंगजेब के समय $38^{1/2}$ करोड़ थी। मुगल साम्राज्य की आय के साधन जकात कर, जजिया, निजी व्यापार से आय, लावारिस सम्पत्ति की जली, खनिज पदार्थो पर कर, खम्स, नमक तथा नील पर कर, चुंगी भेंट और उपहार मुद्रा निर्माण, राजाओं से प्राप्त कर, जज्ञी कर थे। उस समय का सबसे बड़ा पेशा कृषि था। ढाके की मलमल, सूती वस्त्र उद्योग, कपड़ों की छपाई, शॉल, हाथी दांत, लकड़ी का काम, विदेशी व्यापार था।

रामानन्द, रामानुज, कबीर, चैतन्य जैसे हिन्दू सन्तों के प्रादुर्भाव से इस्लाम धर्म की कट्टरता कम हुई। सम्राट अपनी राजनीतिक आवश्यकताओं और समय की मांग के कारण सहिष्णु और उदार होते चले गये। अकबर ने दीन ए इलाही, नवीन धर्म का प्रतिपादन किया।

हिन्दू धर्म शैव और वैष्णव दो सम्प्रदायों में बंटा था। जैन धर्म, बौद्ध धर्म प्रचलित थे। औरंगजेब जैसे शासकों ने हिन्दू तथा अन्य धर्मो के मन्दिर तथा मूर्तियां निर्दयतापूर्वक नष्ट कर डाली थीं। इसी बीच सिक्ख धर्म का उदय हुआ, जिसमें गुरु

रामदास, अगद, अमरदास, तेगबहादुर, गुरु गोविन्द सिंह भी हुए। गुरु अर्जुन देव ने अमृतसर सरोवर में हरमन्दर साहब की स्थापना की।

जहांगीर ने गुरु अर्जुनदेव को 10 मई, 1606 में मरवा डाला। उनके बलिदान से सिक्खों में नयी चेतना का संचार हुआ। गुरु गोविन्द सिंह ने 1699 में खालसा पंथ की स्थापना की। जब उन्होंने औरंगजेब की हिन्दू विरोधी नीतिगत कार्यो की आलोचना की, तो उनकी हत्या कर दी गयी। इस्लाम धर्म के बहुसंख्यक अनुयायी वे थे, जो पहले हिन्दू थे, जो किसी-न-किसी कारणवश मुसलमान हो गये थे।

मजहबी आन्दोलन, शिया सुन्नी वर्ग, दीन ए इलाही, सूफी वर्ग तथा चिश्ती, नक्शबन्दिया, कादरिया सम्प्रदाय प्रमुख थे। सिर्फ अकबर को छोड़कर सभी शासक धार्मिक कट्टरतावादी नीति के समर्थक थे। उन्होंने हिन्दू मन्दिरों, मूर्तियों को बड़ी ही बेरहमी से नष्ट कर डाला। शियाओं पर भी इन्होंने अत्याचार किये।

## स्वाभिमानी महाराणा प्रताप

बाबर और राणा सांगा के जमाने से मुग़लों और सिसोदियों में पुश्तैनी दुश्मनी थी। राणा सांगा ने इब्राहिम लोधी को हराने हेतु बाबर को आमंत्रित किया था। उसे भरोसा था कि बाबर इब्राहिम लोधी को परास्त कर लूटपाट करके फरगना लौट जाएगा। तब राणा सांगा भारत को एकछत्र करके केंद्रीय साम्राज्य स्थापित करेगा। परंतु 1526 में पानीपत की प्रथम लड़ाई में जीत के बाद बाबर दिल्ली में जम गया। खानवा की लड़ाई में बाबर ने राणा सांगा को हराया था।

किसी व्यक्ति की अहमियत इस बात से नहीं आंकी जाती कि वह किस पद पर है या रहा है। बल्कि इस बात से आंकी जाती है कि लोगों के दिल में उसका क्या जज़्बा है। अकबर भारतीय इतिहास का महानतम बादशाह माना जाता है जबकि भारतियों के दिलों में जो सम्मान राणा प्रताप को हासिल है, अकबर उसका पासंग भी नहीं ठहरता। जनभावना पद को नहीं सिरजती, स्वाभिमानी को दिल में सजाती-बसाती है। आप अकबर के बारे में बहुत कुछ जानते होंगे। यहाँ आपको राष्ट्रीय गौरव महाराणा प्रताप का सम्पूर्ण वृतांत पूरी सच्चाई और प्रमाण सहित प्रस्तुत किया जा रहा है। उनकी दो पीढ़ी पीछे से शुरू करते हैं। अतीत के बिना वर्तमान नहीं होता इसलिए थोड़ा सा अतीत क़िस्सा को रोचक बनाएगा।

सिसोदिया वंश में राणा सांगा के पुत्र उदयसिंह का जन्म चित्तौड़गढ़ में अगस्त 1522 में हुआ था। राणा सांगा के निधन के बाद उनके सबसे बड़े पुत्र रतनं सिंह (1528-1631) को नया शासक नियुक्त किया गया। जब रतन सिंह युद्ध में मारा गया तब दूसरे पुत्र राणा विक्रमादित्य सिंह (1531-1537) को राणा बनाया गया। उसके शासनकाल के दौरान गुजरात के सुल्तान बहादुर शाह ने चित्तौड़गढ़ पर 1534 में

असफल हमला किया था। पृथ्वीराज सिसोदिया (राणा साँगा के बड़े भाई) और एक दासी के बेटे एक वनवीर सिंह थे। वनवीर सिंह ने चचेरे भाई विक्रमादित्य की 1537 में गला घोंटकर हत्या कर दी थी और उसके बाद उन्होंने उनके पुत्र उदयसिंह को भी मारने का प्रयास किया लेकिन उदयसिंह की पालक पन्ना धाय ने उदयसिंह को बचाने के लिए अपने पुत्र चन्दन का बलिदान दे दिया था। इस कारण उदयसिंह ज़िंदा बच गए थे। पन्ना धाय ने यह जानकारी किसी को नहीं दी थी कि वनवीर ने जिसको मारा है वो उदयसिंह नहीं बल्कि उनका पुत्र चन्दन था। इसके बाद पन्ना धाय बूंदी में रहने लगी। उदयसिंह को खुफिया तरीके से कुम्भलगढ़ में 2 सालों तक रखना पड़ा था। वनवीर सिंह राणा बन गया।

1540 में, जब उदय सिंह 18 वर्ष के थे, उन्होंने पाली के शासक अक्षय राज सोंगारा और उदय सिंह के ससुर राव कुम्पा राठौर के साथ मिलकर कई सामंतों की मदद से चित्तौड़गढ़ पर हमला किया। वनवीर और उदय सिंह की सेनाएं मावली (चित्तौड़गढ़ के दक्षिण-पश्चिम) के युद्ध क्षेत्र में मिलीं। युद्ध में वनवीर निर्णायक रूप से पराजित हुआ। यह स्पष्ट नहीं है कि वह युद्ध के दौरान मारा गया, निर्वासन में भेजा गया या इसके ठीक बाद उसे मार दिया गया। उदय सिंह को मेवाड़ के 12वें राणा का ताज पहनाया गया। उदयसिंह को 1541 में राजतिलक कर मेवाड़ का राणा बनाया गया। उदयसिंह की पहली पत्नी महारानी जयवंताबाई के उत्पन्न सबसे बड़े पुत्र का नाम महाराणा प्रताप था। उदयसिंह की दूसरी पत्नी का नाम सज्जा बाई सोलंकी था, जिन्होंने शक्ति सिंह और विक्रम सिंह को जन्म दिया था। जगमाल सिंह, चांदकंवर और मानकंवर को तीसरी पत्नी धीरबाई भटियानी ने जन्म दिया था जो कि उदयसिंह की सबसे चहेती पत्नी थी। इनके अलावा इनकी चौथी पत्नी रानी वीरबाई झाला थी, जिन्होंने जेठ सिंह को जन्म दिया था।

अफ़ग़ान सरदार शेरशाह सूरी ने 1540 में बाबर के पुत्र हुमायूँ को परास्त कर पश्चिमी सीमा के पार खदेड़ भारत पर शासन स्थापित कर लिया था। शेरशाह ने राजस्थान में शासकों को विस्थापित कर उन्हें नितांत अधीन बनाने की नीति नहीं अपनाई। उसकी नीति थी कि राजपूत आपस में पृथक रहें। जिसके लिए उसे राजपूताना के बीचोंबीच स्थित चित्तौड़गढ़ को एक निगरानी चौकी बनाने की ज़रूरत थी। उसने बीकानेर और जैसलमेर को छोड़कर समूचे राजपूताना पर अधिकार करके अधीनता मंज़ूर करवा ली थी। वह चित्तौड़गढ़ को अधिकृत करना चाहता था।

किसी समय सिसोदिया राज्य राजपूताना का एक प्रमुख गढ़ था परंतु बाबर के हाथों राणा सांगा की हार और मृत्यु उपरांत चित्तौड़गढ़ की स्थिति अत्यंत सामान्य हो गई थी। राज परिवार उत्तराधिकार के घातक झगड़ों में फँसा था। वनवीर नामक व्यक्ति विक्रमाजीत की हत्या करके राजकुमार उदय सिंह (राणा प्रताप के पिता) की हत्या

की साज़िश में था। उदय सिंह किसी प्रकार बच कर 1541 में राजा बन गया। राज्य में सर्वत्र दुर्व्यवस्था और अराजकता फैली हुई थी। राज्य शक्तिशाली अफ़ग़ानों का सामना करने की स्थिति में नहीं था। जब शेरशाह की सेना चित्तौड़गढ़ की तरफ़ बढ़ी तो दरबारियों ने उदय सिंह की तरफ़ से चित्तौड़गढ़ की चाबी शेरशाह को पहुँचाकर ख़स्ता हाल राज्य को पूरी तरह बरबाद होने से बचा लिया। शेरशाह ने चित्तौड़ का सामरिक उत्तरदायित्व 1543 में शम्स खाँ को सौंप दिया। उदय सिंह नाममात्र के शासक रह गए। 22 मई 1545 को शेरशाह की मृत्यु होने पर उदय सिंह पुनः प्रभाव में आए। अकबर के 1558 में घेरा डालने तक चित्तौड़गढ़ सुरक्षित रहा। उसके बाद कभी भी सुरक्षित नहीं रहा। परंतु उस समय सम्पूर्ण पृथ्वी पर सबसे शक्तिशाली बादशाह अकबर भी चित्तौड़ के स्वाभिमान को अधीन न कर सका। राणा प्रताप ने अपनी आन *"कि तुम हमें परेशान कर सकते हो, जान ले सकते हो परंतु अधीन नहीं कर सकते।"* जीवन पर्यंत बनाए रखी, न झुके न टूटे। उनका यही जज़्बा उन्हें हिंदुस्तान के स्वाभिमान का प्रतीक बना गया। आज हिंदुस्तान के सैकड़ों स्थानों पर *"महाराणा प्रताप नगर"* और *"चेतक"* की स्मृति में स्मारक उनके अमर बलिदान के प्रति भारतियों के हृदय में उनका सम्मान अभिव्यक्त करते हैं।

अकबर पानीपत की दूसरी लड़ाई में हेमचंद को हराकर 14 फ़रवरी 1556 को हिंदुस्तान का बादशाह बना। उसने राजपूतों को बेटी-रोटी-बोटी व्यवहार से मिलाकर सम्पूर्ण भारत को एक क्षत्र में लाने हेतु सामरिक अभियान चलाया। दिल्ली पर पुनः अधिकार जमाने के बाद अकबर ने अपने राज्य का विस्तार शुरू किया और मालवा को फ़तह करने के बाद उसे गुजरात जाने के लिए राजपूताना के मेवाड़ से होकर गुजरना था।

अकबर ने मेवाड़ के अपवाद के साथ राजस्थान में अधिकांश राजपूत राज्यों के साथ अपने रिश्ते को स्थिर कर लिया था। प्रतिष्ठित सिसोदिया वंश के प्रमुख मेवाड़ के राणा ने मुगल के सामने झुकने से इनकार कर दिया था। उदय सिंह के शासनकाल में मुग़लों ने 1558 में चित्तौड़गढ़ की घेराबंदी की। मेवाड़ के पूर्वी भाग में मुगलों के हाथों उपजाऊ एक विशाल क्षेत्र के नुकसान के साथ युद्ध समाप्त हुआ। उनके बाद अकबर ने राजनयिक दूतों को भेजकर राणा उदय सिंह को अपना ताबेदार बनाना चाहा। अकबर मालवा और गुजरात की मुहिम के लिए सुरक्षित रास्ते के रूप में मेवाड़ के जंगली और पहाड़ी इलाके पर नियंत्रण चाहता था। अकबर ने मेवाड़ की राजधानी चित्तौड़ पर चढ़ाई की। हजारों मेवाड़ियों की मृत्यु के बाद जब लगा कि गढ़ अब न बचेगा तब जयमल और फत्ता आदि वीरों के हाथ में उसे छोड़ उदयसिंह अरावली के घने जंगलों में चले गए। वहाँ उन्होंने नदी की बाढ़ रोक उदयसागर नामक सरोवर का निर्माण किया था। वहीं उन्होंने अपनी नई राजधानी उदयपुर बसाई।

अकबर और उदय सिंह का संघर्ष लम्बा चला था। सितम्बर 1567 में अकबर ने चित्तौड़ फ़तह करने का निश्चय किया। अकबर ने 1562 में उदय सिंह के एक अधीनस्थ जयमल के क़ब्ज़े वाले मेरटा दुर्ग पर आक्रमण करने अपने प्रमुख पदाधिकारी शरफुद्दीन को भेजा। मेरटा दुर्ग पर मुग़लों ने क़ब्ज़ा करके किलेदार देवदास सहित 200 लोगों को मौत के घाट उतार दिया। लेकिन जयमल भाग कर चित्तौड़ पहुँच गया।

अकबर ने 23 अक्तूबर 1567 को चित्तौड़ का घेरा डाल दिया। घेरा काफ़ी समय तक पड़ा रहा। राजपूतों की स्थिति क़िले पर ऊपर होने से मुग़लों के 200 सैनिक रोज़ मर रहे थे। अकबर ने सेंध लगाकर बारूदी सुरंग बनाना तय किया। ताकि दुर्ग को किसी एक जगह से उड़ा कर क़िले में घुसा जा सके। 17 दिसम्बर को दो सुरंगों में आग लगा कर एक प्राचीर तोड़ी गई। लेकिन राजपूतों ने शीघ्र ही मरम्मत कर उसे ठीक कर लिया। घेरा कामयाब नहीं हो रहा था। संयोग से 23 फ़रवरी 1568 को अकबर को एक आदमी क़िले की प्राचीर की मरम्मत करवाते दिखा। अकबर ने बन्दूक़ से निशाना लगा ट्रिगर दबा दिया। वह आदमी जयमल था। क़िले में जयमल की आसन्न मृत्यु से राजपूतानियों ने जौहर किया। क़िले कर आग की उठती रोशनी से अकबर समझ गया कि कोई महत्वपूर्ण किलेदार मारा गया है। अकबर ने अंतिम तेज हमला करने की योजना बना ली।

दूसरे दिन राजपूतों ने केसरिया बाना पहन खुद मुग़लों पर आक्रमण करने के लिए घायल जयमल को घोड़े पर बिठा लड़ाई छेड़ दी। जयमल के मरते ही लड़ाई का नेतृत्व केलवा के फ़तह सिंह अर्थात फ़त्ता ने ग्रहण कर लिया। अकबर की फ़ौज ने जयमल के बाद फ़त्ता को भी ख़त्म करके चित्तौड़ पर क़ब्ज़ा कर लिया। अकबर ने गुस्से में आकर क़िले के 3,000 लोगों को क़त्ल करने का हुक्म दिया। अकबर का वह अनावश्यक क़त्लेआम उसके नाम पर धब्बा माना जाता है। बाद में प्रायश्चित स्वरुप अकबर ने जयमल और फ़त्ता की हाथियों पर बैठी प्रस्तर मूर्तियाँ आगरा क़िले के दरवाज़े पर लगवाई थीं।

महाराणा प्रताप का जन्म मेवाड़ के एक हिंदू राजपूत शाही परिवार में 9 मई 1540 को हुआ था। उनके पिता राणा उदय सिंह द्वितीय और माता जयवंता बाई थीं। उनके तीन छोटे भाई शक्ति सिंह, विक्रम सिंह, जगमाल सिंह और दो बहन चंद कंवर और मन कंवर थीं। उनका पहला विवाह बिजोलिया की अजबदे परमार से हुआ था और उन्होंने 10 अन्य महिलाओं से भी शादी की थी। उनके अमर सिंह सहित 17 बच्चे थे। 1572 में उदय सिंह की मृत्यु के बाद, रानी धीर बाई चाहती थी कि उसका बेटा जगमाल राजा बने। 1567-1568 में चित्तौड़गढ़ की खूनी घेराबंदी से मेवाड़ की उपजाऊ पूर्वी बेल्ट पर मुगलों का क़ब्ज़ा हो गया था। हालाँकि, अरावली क्षेत्र में वनाच्छादित और पहाड़ी राज्य अभी भी राणा उदय सिंह के पुत्र प्रताप सिंह के नियंत्रण में थे। चित्तौड़ के विध्वंस के चार वर्ष बाद उदयसिंह का देहांत हो गया।

अगला शासक जगमाल सिंह को बनाया गया था। लेकिन कुछ ही दिनों बाद दरबारियों ने जगमाल को हटा कर महाराणा प्रताप को गद्दी पर बिठाया।

महाराणा प्रताप 1572 में उदय सिंह की मृत्यु पर सिसोदिया राजपूत राजाओं की कतार में मेवाड़ के 54 वें शासक के रूप में सिंहासन पर बैठे। प्रताप के राणा बनते ही जगमल विद्रोह करके अकबर की सेनाओं में शामिल होने के लिए अजमेर पहुँचा, और बदले में अकबर से उसे जाजपुर की जागीर बख्श दी।

मुगल सम्राट अकबर मेवाड़ के माध्यम से गुजरात के लिए एक स्थिर मार्ग हासिल करने पर आमादा था; जब प्रताप सिंह को महाराणा का ताज पहनाया गया, तो अकबर ने कई दूतों को भेजकर अन्य राजपूत राजाओं की तरह उन्हें भी अधीनता स्वीकार करने के प्रस्ताव भेजे थे। जब महाराणा ने अकबर के समक्ष व्यक्तिगत रूप से प्रस्तुत होने से इनकार कर दिया, तो युद्ध अपरिहार्य हो गया।

अकबर का पहला दूत एक पसंदीदा दरबारी जलाल खान कुरची था, जो अपने मिशन में असफल रहा। इसके बाद, अकबर ने आमेर के कच्छवा वंश के राजपूत मानसिंह को भेजा। लेकिन वह भी प्रताप को समझाने में नाकाम रहे। महाराणा प्रताप उदयसागर झील तक मानसिंह का स्वागत करने के लिए आए। झील के सामने वाले टीले पर आमेर के राजा के लिए दावत की व्यवस्था की गई थी। भोजन तैयार हो जाने पर मानसिंह को बुलावा भेजा गया। मेवाड़ के राजकुमार अमरसिंह को अतिथि की सेवा के लिए नियुक्त किया गया था। राणा प्रताप भोजन के समय अनुपस्थित थे। मानसिंह के पूछने पर अमरसिंह ने बताया कि राणा को सिरदर्द है, वे नहीं आ पायेंगे। आप भोजन करके विश्राम करें। मानसिंह ने गर्व के साथ सम्मानित स्वर में कहा कि राणा जी से कहो कि उनके सिर दर्द का यथार्थ कारण समझ गया हूँ। जो कुछ होना था, वह तो हो गया और उसको सुधारने का कोई उपाय नहीं है, फिर भी यदि वे मुझे खाना नहीं परोसेंगे तो और कौन परोसेगा। मानसिंह ने राणा प्रताप के बिना भोजन स्वीकार नहीं किया। तब प्रताप ने उसे कहला भेजा कि जिस राजपूत ने अपनी बहन तुर्क मुग़ल को दी हो, उसके साथ कौन राजपूत भोजन करेगा। इस कथा को लगभग सभी लेखकों ने मान्यता दी है। परन्तु डॉक्टर गोपीनाथ शर्मा इसे सही नहीं मानते। उनके मतानुसार दोनों की मुलाक़ात गोगुंदा में हुई थी, न कि उदयसागर झील पर।

राजा भगवंत दास अकबर की तीसरी अनंतिम पसंद थे। उन्होंने अपने पूर्ववर्तियों से बेहतर प्रदर्शन किया। राणा प्रताप ने अकबर को एक रौब दान करने के लिए अपने युवा बेटे अमर सिंह को मुगल दरबार में भेजा जिसे अकबर द्वारा असंतोषजनक माना गया। जो चाहते थे कि राणा व्यक्तिगत रूप से उपस्थित होकर मुग़ल अधीनता स्वीकार करें। अकबर ने एक अंतिम दूत टोडरमल को मेवाड़ भेजा। लेकिन राणा प्रताप टस से मस नहीं हुए। अंतिम प्रयास विफल होने के साथ ही युद्ध तय हो गया।

चित्तौड़गढ़ की विकट घेराबंदी के दौरान मेवाड़ की उपजाऊ पूर्वी बेल्ट पर मुगलों का क़ब्ज़ा पहले ही हो गया था। हालाँकि, बाकी जंगल और पहाड़ी राज्य अभी भी राणा के नियंत्रण में थे। मुग़ल फ़ौजों को आगरा से ग्वालियर-सिरोज-श्यामपुर दोराहा अर्थात मालवा से गुजरात मार्ग उपलब्ध था। उसके अलावा अकबर मेवाड़ राजपूताना से गुजरात के लिए एक स्थायी मार्ग हासिल करने पर आमादा था। इसके अलावा चित्तौड़ रणनीतिक रूप से कोटा, बूंदी, अजमेर जोधपुर के बीच में पड़ता था इसलिए वहाँ मुग़ल फ़ौज द्वारा चारों तरफ़ की राजपूती राजाओं को अधीन करके नज़र रखी जा सकती थी। यदि राणा प्रताप अधीन हो जाते तो सम्पूर्ण राजपूताना अधिकृत हो जाता। किसी अन्य राजपूत राजा में इतनी क्षमता या योग्यता नहीं थी कि मध्य युग के सबसे शक्तिशाली अकबर बादशाह से टक्कर ले सकता।

राणा प्रताप, जो कुंभलगढ़ के रॉक-किले में सुरक्षित थे, ने उदयपुर के पास गोगुन्दा शहर में अपना आधार स्थापित किया। अकबर ने अपने कबीले के वंशानुगत विरोधी (बाबर-राणा सांगा) मेवाड़ के सिसोदिया के साथ युद्ध करने के लिए कछवाह राजपूत मान सिंह को तैनात किया। मान सिंह ने मांडलगढ़ में अपनी सेना जुटाई और गोगुन्दा के लिए प्रस्थान किया। हल्दीघाटी का दर्रा इतिहास में महाराणा प्रताप और अकबर की सेना के बीच हुए युद्ध के लिए प्रसिद्ध है। यह स्थान एकलिंगजी से 18 किलोमीटर की दूरी पर है। हल्दीघाटी अरावली पर्वत शृंखला में खमनोर एवं बलीचा गांव के मध्य एक दर्रा (pass) है। यह राजसमन्द और पाली जिलों को जोड़ता है। यह उदयपुर से 40 किमी की दूरी पर है। इसका नाम 'हल्दीघाटी' इसलिये पड़ा क्योंकि यहाँ की मिट्टी हल्दी जैसी पीली है। इसे राती घाटी भी कहते हैं। राणा प्रताप ने मुग़ल सेनाओं की प्रतीक्षा में अपनी सेना को हल्दीघाटी दर्रे के प्रवेश पर तैनात किया।

हल्दीघाटी का युद्ध 18 जून 1576 को मेवाड़ के महाराणा प्रताप के घुड़सवारों एवं धनुर्धारियों और मुगल सम्राट अकबर की सेना के बीच लडा गया था। मुग़ल सेना का संयुक्त नेतृत्व आमेर के राजा मान सिंह और आसफ़ ख़ाँ ने किया था। यह वही आसफ़ ख़ाँ था जिसने 1561 में चौरागढ़ के क़िले पर सफलता के झंडे गाड़ रानी दुर्गावती को परास्त करके गोंडवाना को मुग़ल साम्राज्य में मिलाया था। वे दोनों बहुत काबिल और हुनरमंद सेनापति माने जाते थे और वास्तव में काबिल थे भी। उन्होंने अकबर को अखिल भारतीय स्तर पर मुग़लिया हुकूमत स्थापित करने में बहुत बड़ा योगदान दिया था। दोनों की सेनाओं में हिंदू और मुसलमान योद्धा थे। शेरशाह सूरी की मृत्यु उपरांत उदय सिंह ने बहुत से अफ़ग़ान सैनिक चित्तौड़ की सेना में भर्ती कर लिए थे। मुग़ल और अफ़ग़ानों का छत्तीस का आँकड़ा था। लेकिन जब इस्लाम की बात आती थी तो मुग़ल और अफ़ग़ान मुसलमान राजपूत हिंदुओं का सफ़ाया करने से नहीं हिचकते थे। आसफ़ ख़ाँ होशियार सेनापति के साथ शातिर दिमाग़ भी था। वह हिंदुओं से घृणा करता था। राणा प्रताप और मान सिंह दोनों की सेनाओं में

राजपूत योद्धा थे। इसलिए आसफ़ खाँ को मान सिंह के साथ राणा प्रताप के विरुद्ध संयुक्त कमान सौंपी गई थी।

मुग़ल इतिहास में एक दृष्टांत लिखित है। दोनों तरफ राजपूत सैनिक थे। उग्र संघर्ष में एक स्तर पर, मुग़ल इतिहास नवीस बदायुनी ने आसफ खान से पूछा कि "भीषण मारकाट से रकतरंजित राजपूत, पता नहीं चल रहे कि कौन अपने हैं और कौन पराए। गोलंदाजी के दौरान हमारे और दुश्मन राजपूतों के बीच अंतर कैसे किया जाए।" आसफ खान ने जवाब दिया, "जिन काफ़िरों को हम नापसंद करते हैं, जिस तरफ भी वे मारे जा सकते हैं, उन्हें उड़ा दें, यह हमारे लिए सबब और इस्लाम के लिए एक फ़ायदे की बात होगी।" के.एस. लाल ने इस उदाहरण का हवाला देते हुए कहा कि "मध्ययुगीन भारत में अपने मुस्लिम आकाओं के लिए सैनिकों के रूप में हिंदू राजपूत बड़ी संख्या में मारे गए।"

लड़ाई का स्थल गोगुन्दा के पास हल्दीघाटी में एक संकरा पहाड़ी दर्रा था। महाराणा प्रताप ने लगभग 3,000 घुड़सवारों और 400 भील धनुर्धारियों को मैदान में उतारा। मुगलों का संयुक्त नेतृत्व आमेर के राजा मान सिंह और आसफ़ खाँ कर रहे थे, जिन्होंने 4,000 कछवाहा राजपूत सहित लगभग 10,000 सेना की कमान संभाली थी। मेवाड़ी परंपरा और कविताओं के अनुसार राणा की सेना की संख्या 20,000 थी, जिन्हें मान सिंह की 80,000 मजबूत सेना के खिलाफ खड़ा किया गया था। हालांकि इतिहासकार जदुनाथ सरकार इन संख्याओं के अनुपात से सहमत हैं, लेकिन उनका मानना है कि मान सिंह के युद्ध हाथी पर राणा प्रताप के पवन वेग से उड़ते घोड़े चेतक की बात लोकप्रिय कहानी के रूप में अतिरंजित है। सतीश चंद्र का अनुमान है कि मान सिंह की सेना में 5,000-10,000 मुग़ल और राजपूत दोनों शामिल थे। दोनों पक्षों के पास युद्ध के हाथी थे, लेकिन राजपूतों के पास कोई गोला-बारूद या तोप नहीं थी। मुगलों के पास बिना पहिये के तोपखाने या भारी आयुध का आधार था।

राणा प्रताप की सेना के बाएँ भाग में भील मुखिया पूंजा के नेतृत्व वाली 400 भील धनुर्धारियों की और 800 तलवार-भाला वाली सेना एक अफ़ग़ान हकीम खान सूर की कमान में थी। राणा प्रताप की सेना के दाहिने भाग का नेतृत्व ग्वालियर के *राजा रामशाह तंवर* और उनके तीन पुत्रों के साथ मंत्री भामा शाह और उनके भाई *ताराचंद* ने किया था। जिनमें *बिदा झाला* और उनके वंशज शामिल थे। प्रताप, अपने घोड़े के साथ सेना के केंद्र में लगभग 1,300 सैनिकों सहित थे। सामने तीन स्तरीय व्यूह रचना के अलावा भील गेंदबाजों को पीछे लगाया गया था।

मानसिंह ने 85 आड़ी पंक्तियों के एक दल को अग्रिम पंक्ति में रखा, जिसका नेतृत्व बरहा के सैय्यद हाशिम ने किया। उनके बाद मोहरा था, जिसमें जगन्नाथ के नेतृत्व वाले कछवा राजपूतों के पूरक और बख्शी अली आसफ खान के नेतृत्व

वाले मध्य एशियाई मुगलों का समावेश था। माधोसिंह कच्छवा के नेतृत्व में एक बड़ा अग्रिम रिज़र्व था, जिसके बाद मान सिंह खुद केंद्र में था। मुगल की बाईं कमान बदख्शां के मुल्ला काजी खान (जिसे बाद में गाजी खान के नाम से जाना जाता था) के हाथ में और और इसमें सांभर के राव लोनकर, फतेहपुर सीकरी के शेखजादों, सलीम चिश्ती के रिश्तेदारों को शामिल किया था। साम्राज्यवादी ताकतों का सबसे मजबूत घटक निर्णायक दाहिने भाग में तैनात था, जिसमें बरहा के सैय्यद शामिल थे। अन्त में, मुख्य सेना के पीछे मिहिर खाँ के पीछे का पहरा अच्छी तरह से खड़ा था।

दोनों सेनाओं के बीच असमानता के कारण, राणा ने मुगलों पर आमने-सामने हमला करने का विकल्प चुना, जिससे उनके बहुत से लोग मारे गए। उन्होंने शुरू में बढ़त ली। हकीम खान सूर और रामदास राठौर मुगल झड़पों से भाग गए, जबकि राम शाह तंवर और भामा शाह ने मुगल सेना के वाम पार्श्व पर कहर बरपाया, जो भागने के लिए मजबूर थे। उन्होंने अपने दाहिनी तरफ़ शरण ली, जिस पर बिदा झल्ला का भी भारी दबाव था। मुल्ला काज़ी ख़ान और फ़तेहपुरी शेखज़ादों के कप्तान दोनों घायल हो गए, लेकिन सैय्यद बरहा ने मजबूती से काम किया और माधोसिंह के अग्रिम भंडार के लिए पर्याप्त समय अर्जित किया। मुगल वाम टुकड़ी को हटाने के बाद, राम शाह तंवर ने प्रताप से जुड़ने के लिए खुद को केंद्र की ओर बढ़ाया। जगन्नाथ कच्छवा द्वारा मारे जाने तक वह प्रताप को सफलतापूर्वक बचाए रखने में सक्षम थे। जल्द ही, मुगल जो बुरी तरह से दबाव में थे, माधो सिंह के आगमन से उबर गए थे। इस बीच, दोनों केंद्र आपस में भिड़ गए थे और मेवाड़ी प्रभारी की गति बढ़ने के कारण लड़ाई और अधिक पारंपरिक हो गई थी। राणा सीधे तौर पर मान सिंह से मिलने में असमर्थ थे और उन्हें माधोसिंह कछवाह के खिलाफ खड़ा किया गया था। दोडिया कबीले के नेता भीम सिंह ने मुगल हाथी पर चढ़ने की कोशिश की परंतु अपनी जान गवा बैठे।

गतिरोध को तोड़ने और गति को प्राप्त करने के लिए, महाराणा ने अपने हाथी लोना को मैदान में लाने का आदेश दिया। मान सिंह ने जवाबी हमला के लिए गजमुक्ता को भेजा ताकि लोना का सिर काटा जा सके। दो पहाड़ जैसे जानवर आपस में भिड़ गए थे। उन्होंने मैदान पर मौजूद लोगों को चारों ओर फेंकना शुरू कर दिया। जब लोना का महावत गोली लगने से जख्मी हुआ तो उसे महावत का ऊपरी हाथ दिखाई दिया जो वापसी का संकेत माना जाता है, उसे वापस जाना पड़ा। 'राम प्रसाद' नाम से एक और हाथी को लोना को बदलने के लिए भेज दिया गया। दो शाही हाथी, गजराज और 'रण-मदार', घायल गजमुक्ता को राहत देने के लिए भेजे गए, और उन्होंने राम प्रसाद पर हमला किया। इस बार एक तीर से राम प्रसाद का महावत भी घायल होकर हौदे से नीचे गिर गया। मुगल फौजदार हुसैन खान ने राम

प्रसाद पर अपने ही हाथी से छलांग लगाकर दुश्मन जानवर की सूँड़ को घायल कर दिया। वह घायल हाथी चिंघाड़ता हुआ अपनी ही सेना को रौंदने लग गया।

अपने युद्ध के हाथियों के साथ मुग़ल मेवाड़ियों को तीन तरफ से दबाने में सक्षम रहे, और जल्द ही राजपूत नेता एक-एक करके गिरने लगे। लड़ाई का ज्वार अब मुगलों की ओर झुकने लगा, और राणा प्रताप ने जल्द ही खुद को तीर और भाले से घायल पाया। यह महसूस करते हुए कि अब हार निश्चित है, बिदा झल्ला ने अपने सेनापति से शाही छत्र ले लिया और खुद को राणा होने का दावा करते हुए मैदान मे शहीद हो गए। उनके बलिदान के कारण घायल प्रताप और करीब 1,800 राजपूत युद्ध भूमि से भागने मे सफल रहे। राजपूतों की वीरता और पहाड़ियों में घात के डर से मुगलों ने पीछा नहीं किया, इस कारण प्रताप सिंह को अरावली पहाड़ियों में छिपने का मौका मिल गया।

रामदास राठौर तीन घंटे की लड़ाई के बाद मारे गए लोगों में से एक थे। रामशाह तंवर तीन बेटे- सलिवाहन, बहन, और प्रताप तंवर सहित मारे गए। तीन घंटे से अधिक समय तक चले भयंकर युद्ध में प्रताप जख्मी होकर संकरी पहाड़ियों से भागने में सफल रहे। मेवाड़ के हताहतों की संख्या लगभग 1,600 पुरुषों की थी। मुगल सेना ने 3500-7800 लोगों को खो दिया, जिसमें 350 अन्य घायल हो गए। इसका कोई नतीजा नही निकला जबकि मुगल गोगुन्दा और आस-पास के क्षेत्रों पर कब्जा करने में सक्षम थे, वे लंबे समय तक उन पर पकड़ बनाने में असमर्थ रहे। जैसे ही मुग़ल साम्राज्य का ध्यान पश्चिमी सीमांत पर उभरते संकट पर केंद्रित हुआ, प्रताप और उनकी सेना बाहर आ गई और खोया क्षेत्र अपने प्रभुत्व में ले लिया।

हल्दीघाट की लड़ाई के बाद भी राणा प्रताप मुगलों पर गुरिल्ला युद्ध की तकनीक से हमला करते रहे। वह पहाड़ियों में रहे और वहाँ से मुगल सेनाओं को उनके शिविरों में परेशान किया। उन्होंने यह सुनिश्चित किया कि मेवाड़ में मुगल सैनिक कभी भी शांति से नहीं रहें। प्रताप को पहाड़ों में उनके ठिकानों से बाहर निकालने के लिए अकबर की सेना द्वारा तीन और अभियान चलाए गए, लेकिन वे सभी विफल रहे। भील आदिवासियों ने जंगलों में रहने के लिए अपनी विशेषज्ञता के साथ प्रताप को सहायता प्रदान की। झुलसी हुई धरती का उपयोग करते हुए युद्ध के लिए उनकी अभिनव रणनीति, दुश्मन के क्षेत्रों में लोगों की निकासी, कुओं का ज़हर, अरावली में पहाड़ी किलों और गुफाओं का उपयोग, लगातार लूटपाट और दुश्मन के कैंपों को ध्वस्त करने में मदद मिली, जिससे उन्हें बहुत राहत मिली। मेवाड़ के प्रदेशों को खो कर उन्होंने राजस्थान के कई क्षेत्रों को मुग़ल शासन से मुक्त रखा।

महाराणा प्रताप का हल्दी घाटी के युद्ध के बाद का समय पहाड़ों और जंगलों में ही व्यतीत हुआ। अपनी गुरिल्ला युद्ध नीति द्वारा उन्होंने अकबर की फ़ौज को

कई बार मात दी। महाराणा प्रताप चित्तौड़ छोड़कर जंगलों में रहने लगे। महारानी, सुकुमार राजकुमारी और कुमार घास की रोटियों और जंगल के पोखरों के जल पर ही किसी प्रकार जीवन व्यतीत करने को बाध्य हुए। अरावली की गुफाएं ही अब उनका आवास थीं और शिला ही शैया थी। महाराणा प्रताप को अब अपने परिवार और छोटे-छोटे बच्चों की चिंता सताने लगी थी।

मुगल चाहते थे कि महाराणा प्रताप किसी भी तरह अकबर की अधीनता स्वीकार कर 'दीन-ए-इलाही' धर्म अपना लें। इसके लिए उन्होंने महाराणा प्रताप तक कई प्रलोभन संदेश भी भिजवाए, लेकिन महाराणा प्रताप अपने निश्चय पर अडिग रहे। प्रताप राजपूत की आन का वह सम्राट, हिन्दुत्व का वह गौरव-सूर्य इस संकट, त्याग, तप में अडिग रहा। राणा प्रताप भौगोलिक, सांस्कृतिक, दार्शनिक परम्परा से सजा भारतीय राष्ट्रवाद के प्रतिनिधि बनकर संघर्ष कर रहे थे।

अकबर भारत को एकसूत्र में पिरोकर अखिल भारतीय प्रशासनिक इकाई बनाना चाहता था। महाराणा प्रताप भी एक छत्र भारतीय साम्राज्य के विरुद्ध नहीं थे परंतु उनको निम्न कारणों से अकबर के समक्ष समर्पण से असहमति थी।

1. अकबर का दादा बाबर उसके पितामह राणा सांगा को खानवा के युद्ध में हराकर चित्तौड़ की सामरिक, आर्थिक और कूटनीतिक बर्बादी के लिए उत्तरदायी था।
2. अकबर मध्य एशिया के फरगना से आया विदेशी हमलावर था। वह चित्तौड़ का बहुत सा उपजाऊ हिस्सा दबा चुका था।
3. अकबर ने कूटनीतिक मजबूरी से राजपूतों की कन्याओं से शादियाँ करना शुरू की थीं। कोई भी शादीशुदा राजपूत कन्या अंततः इस्लाम क़बूल कर ही लेती थी। उसकी संतान भी मुसलमान ही मान्य होकर सिंहासन की हक़दार हो सकती थी- जैसे जहांगीर इत्यादि।
4. मुग़ल अपनी लड़कियों की शादी राजपूतों से करना अपनी हेटी समझते थे। इस तरह वैवाहिक सम्बंध एक तरफ़ा थे।
5. आसफ़ खाँ जैसे दरबारी सेनापति हिंदुओं से नफ़रत करके राजपूतों को मौत के घाट उतारते थे। अकबर भी इन मामलों में चुप रह जाता था। काफिरों पर धर्मांतरण का दबाव चुपके-चुपके बना रहता था।
6. अकबर बहुत ही बुद्धिमानी पूर्वक राजपूतों का उपयोग कर रहा था। राजपूतों को तीन-चार हज़ारी मनसूबेदारी से अधिक सेना रखने की अनुमति नहीं थी।

कई छोटे राजाओं ने महाराणा प्रताप से अपने राज्य में रहने की गुजारिश की लेकिन मेवाड़ की भूमि को मुगल आधिपत्य से बचाने के लिए महाराणा प्रताप ने प्रतिज्ञा की थी कि जब तक मेवाड़ आजाद नहीं होगा, वे महलों को छोड़ जंगलों में निवास करेंगे। स्वादिष्ट भोजन को त्याग कंद-मूल और फलों से ही पेट भरेंगे, लेकिन इस्लामिक साम्राज्यवादी अकबर का आधिपत्य कभी स्वीकार नहीं करेंगे। जंगल में रहकर ही महाराणा प्रताप ने भीलों की शक्ति को पहचानकर छापामार युद्ध पद्धति से अनेक बार मुगल सेना को कठिनाइयों में डाला था। प्रताप ने साधन सीमित होने पर भी दुश्मन के सामने सिर नहीं झुकाया।

बाद में मेवाड़ के गौरव भामाशाह ने महाराणा के चरणों में अपनी समस्त संपत्ति रख दी। भामाशाह ने 20 लाख अशर्फियां और 25 लाख रुपए महाराणा को भेंट में प्रदान किए। महाराणा इस प्रचुर संपत्ति से पुनः सैन्य-संगठन में लग गए। इस अनुपम सहायता से प्रोत्साहित होकर महाराणा ने अपने सैन्य बल का पुनर्गठन किया तथा उनकी सेना में नवजीवन का संचार हुआ। महाराणा ने पुनः कुम्भलगढ़ पर अपना कब्जा स्थापित करते हुए शाही फौजों द्वारा स्थापित थानों और ठिकानों पर अपना आक्रमण जारी रखा!

बंगाल और बिहार में विद्रोह और पंजाब में मिर्जा हकीम के हमले के बाद 1579 के बाद मेवाड़ पर मुग़ल दबाव कम हुआ। 1582 में, प्रताप सिंह ने देवर (या डावर) में मुगल क़ाफ़िले पर हमला करके कब्जा कर लिया। इस हार के बाद, अकबर ने मेवाड़ के खिलाफ अपने सैन्य अभियानों को रोक दिया। देवर की जीत महाराणा के लिए एक शानदार गौरव थी, जिसके साथ जेम्स टॉड ने इसे मेवाड़ का मैराथन बताया। 1585 में, अकबर लाहौर चले गए और अगले बारह वर्षों तक उत्तर-पश्चिम की स्थिति देखते रहे। इस अवधि में मेवाड़ में कोई बड़ा मुगल अभियान नहीं भेजा गया था। स्थिति का लाभ उठाते हुए, प्रताप ने कुंभलगढ़, उदयपुर और गोगुन्दा सहित पश्चिमी मेवाड़ को पुनः प्राप्त किया। इस अवधि के दौरान, उन्होंने आधुनिक डूंगरपुर के पास, एक नई राजधानी चावंड का निर्माण भी किया।

इसके बाद मुगलों ने कई बार महाराणा प्रताप को चुनौती दी लेकिन मुगलों को मुंह की खानी पड़ी। सन 1596 में शिकार खेलते हुए महाराणा प्रताप को चोट लगी जिससे वो कभी उबर नहीं पाए। 19 जनवरी, 1597 को मात्र 57 वर्ष की आयु में उनका देहांत हो गया। अकबर को ये ख़बर लाहौर में उनके दरबार में मिली। 30 वर्षों के संघर्ष और युद्ध के बाद भी अकबर महाराणा प्राताप को न तो बंदी बना सका और न ही झुका सका। महान वो होता है जो अपने देश, जाति, धर्म और संस्कृति की रक्षा के लिए किसी भी प्रकार का समझौता न करें और सतत संघर्ष करता रहे। ऐसे ही व्यक्ति लोगों के दिलों में हमेशा जिंदा रहते हैं।

"उस समय राजस्थान के एक मशहूर कवि दुरसा आढ़ा भी अकबर के दरबार में मौजूद थे। उनकी ख़ासियत थी कि वो उसी समय हो रही घटना पर दरबार में बैठे-बैठे ही कविता लिख कर उसका पाठ करते थे। राणा प्रताप की मौत का समाचार मिलने पर उन्होंने खड़े हो कर पढ़ा -

*अस लेगो अणदाग पाग लेगो अणनामी,*
*गो आडा गवड़ाय जीको बहतो धुरवामी।*

यानी "तुमने कभी अपने घोड़े पर शाही दाग़ नहीं लगने दिया, तुमने अपनी पगड़ी कभी नहीं झुकाई। तुमने अपने घोड़े पर शाही मोहर नहीं लगने दी। तुमने कभी शाही झरोखे के नीचे अपनी इल्तजा नहीं की। तुम कभी नवरोज़ में बादशाह से मिलने नहीं आए। आज जब तुम्हारी मृत्यु का समाचार दरबार में आया है, देखो बादशाह का सिर झुक गया है। उसकी आँख से आंसू बह निकले हैं और उसने अपने दांतो तले अपनी ज़ुबान को ले लिया है, तुम जीत गए प्रताप।"

राजस्थान में ये कहानी प्रचलित है कि अकबर ने ये कविता सुनने के बाद दुरसा आढ़ा को इनाम दिया था। यही राणा प्रताप की असली जीत थी। ये अकबर की ख़ासियत थी कि उसने दुश्मनी भी बराबर वाले प्रताप से की।

प्रताप को न झुका पाने के कारण मानसिंह की मुग़ल दरबार में हैसियत में इज़ाफ़ा रुका रहा। अकबर ने मान सिंह को प्रताप की मृत्यु के बहुत बाद में 10 दिसंबर 1589 को मिर्जा राजा की उपाधि और 5000 की मनसबदारी बख्शी थी। जो अधिकतम थी। 26 अगस्त 1605 को मान सिंह 7,000 का मनसबदार बन गया, अर्थात मुगल सेना में 7,000 घुड़सवारों का सेनापति, जो मुगल सम्राट के ज्येष्ठ पुत्र जहांगीर के अलावा किसी और के लिए अधिकतम मनसबदारी थी। प्रताप की राजपूती आन, सिसोदियाई वान और चित्तौड़ी शान एक विदेशी मुग़ल के सामने समर्पण को तैयार नहीं थी।

इतिहासकार सतीश चंद्र ने कहा कि राणा प्रताप ने पराक्रमी मुगल साम्राज्य से रक्षा लगभग अकेले करते हुए राजपूत वीरता की शानदार गाथा को जीवित रखा। प्रताप सिंह के छिटपुट युद्ध के तरीकों को बाद में मलिक अंबर, दक्कनी जनरल, और शिवाजी महाराज ने आगे अपनाया। उन्होंने अपने बेटे अमर सिंह को जीवित रहते अपना उत्तराधिकारी बनाया था। अपनी मृत्यु के समय प्रताप ने अपने बेटे से कहा कि वह कभी भी मुगलों को समर्पण न करें और लड़कर चित्तौड़ को वापस लें।

बंद्योपाध्याय ने भी सतीश चंद्र के विचार को इस अवलोकन के साथ सहमति दी थी - *"प्रताप की छापामार रणनीति का उपयोग करके मुगलों की सफल अवज्ञा भी सम्राट शिवाजी से लेकर बंगाल में ब्रिटिश-विरोधी क्रांतिकारियों तक के लोगों के लिए प्रेरणादायक साबित हुई।"*

महाराणा प्रताप राजस्थानी लोक संस्कृति में एक प्रमुख व्यक्ति हैं और उन्हें उस राज्य के साथ-साथ पूरे भारत में एक प्रसिद्ध योद्धा के रूप में याद किया जाता है। 2007 में, भारत की संसद में पूर्व राष्ट्रपति प्रतिभा पाटिल द्वारा महाराणा प्रताप की एक प्रतिमा का अनावरण किया गया था।

अमर सिंह को उनकी परिषद और उनकी दादी, जयवंता बाई, उनके सलाहकार द्वारा सलाह दी गई थी कि मुगलों के खिलाफ कई लड़ाइयों के कारण मेवाड़ के आर्थिक रूप से और जनशक्ति में तबाह होने के बाद, उनके साथ बातचीत शुरू करना समझदारी है। अंत में, 1615 में शाहजहाँ ने बादशाह जहाँगीर की ओर से बातचीत के बाद उनके साथ एक संधि में, यह सहमति हुई थी कि :

1. मेवाड़ के शासक, मुगल दरबार में खुद को पेश करने के लिए बाध्य नहीं होंगे, इसके बजाय, राणा का एक रिश्तेदार मुगल सम्राट की कोर्निश करेगा और उसकी सेवा करेगा।
2. यह भी सहमति हुई कि मेवाड़ के राणा मुगलों के साथ वैवाहिक संबंधों में प्रवेश नहीं करेंगे।
3. मेवाड़ को मुगल सेवा में 1500 घुड़सवारों की एक टुकड़ी रखनी होगी।
4. चित्तौड़ और मेवाड़ के अन्य मुगल कब्जे वाले क्षेत्रों को राणा को वापस कर दिया जाएगा, लेकिन चित्तौड़ किले की मरम्मत कभी नहीं की जाएगी।
5. राणा को 5000 जात और 5000 सवार का मुगल रैंक दिया जाएगा।
6. डूंगरपुर और बांसवाड़ा के शासक (जो अकबर के शासनकाल के दौरान स्वतंत्र हो गए थे) एक बार फिर मेवाड़ के जागीरदार बन जाएंगे और राणा को आदर देंगे।

बाद में, जब अमर सिंह अजमेर में जहाँगीर से मिलने गए, तो मुगल सम्राट द्वारा उनका गर्मजोशी से स्वागत किया गया और चित्तौड़ किले के साथ चित्तौड़ के आसपास के क्षेत्रों को सद्भावना के रूप में मेवाड़ को वापस दे दिया गया। हालाँकि, उदयपुर मेवाड़ राज्य की राजधानी बना रहा। इस तरह महाराणा प्रताप के स्वाभिमान की रक्षा उसके वीर पुत्र ने करते हुए मुग़लों से बराबरी के स्तर से संधि करके भारतीय राष्ट्रवादी धारणा के गौरव को अक्षुण्य रखा।

मुगल बादशाहों ने भारतीय उपमहाद्वीप पर मुगल साम्राज्य का निर्माण और शासन किया, जो मुख्य रूप से भारत, पाकिस्तान, अफगानिस्तान और बांग्लादेश के आधुनिक देशों के अनुरूप था। मुगलों ने 1526 से भारत के कुछ हिस्सों पर शासन करना शुरू किया और 1700 तक अधिकांश उप-महाद्वीपों पर शासन किया। उसके

बाद तेजी से गिरावट आई, लेकिन 1850 के दशक तक मुख्य रूप से शासित प्रदेश थे। मुग़ल मध्य एशिया के तुर्को-मंगोल मूल के तिमुरिद वंश की एक शाखा थे। उनके संस्थापक बाबर, फ़रगना घाटी (आधुनिक उज्बेकिस्तान में) से एक तैमूर राजकुमार थे, तैमूर का प्रत्यक्ष वंशज था (जिसे आमतौर पर पश्चिमी देशों में तामेरलेन के नाम से जाना जाता था) और तैमुर के साथ एक चंगेज राजकुमारी की शादी के बाद चंगेज ख़ान से संबद्ध था।

मुगल वंश का भारतीय इतिहास में बहुत बड़ा महत्त्व है। इस ने लगभग 300 वर्षों तक भारत में शासन किया। बाबर, हुमायूँ, अकबर, जहाँगीर, शाहजहाँ, औरंगज़ेब और आख़री बहादुर शाह थे। बाबर ने 1526 ई में दिल्ली में मुगल-साम्राज्य की स्थापना की थी। इस वंश का अन्तिम शासक बहादुर शाह को अंग्रेजों ने 1858 ई में दिल्ली के सिंहासन से हटाया था। बाद में जैसा बादशाह या सुल्तान होता था वैसा उदार (अकबर) या कट्टर (औरंगज़ेब) रूख हिंदुओं के प्रति अपनाता था।

यह कहना सही नहीं है कि अकबर को पानीपत की दूसरी लड़ाई में भारतीय हेमू पर जीत हासिल करने में इस्लामिक जुनून का कोई हाथ नहीं था। पानीपत की लड़ाई मुसलमानी जुनून से लड़ी गई थी। जब हेमू को पकड़ कर अकबर के सामने लाया गया। तब उसके संरक्षक बैराम खान ने अकबर से कहा था कि इस काफिर को अपने हाथों से क़त्ल कर ग़ाज़ी की उपाधि धारण कीजिए। अकबर ने शुरू में थोड़ी न नुकुर की। मुहम्मद आरिफ़ कंधारी और अहमद यादयार ने लिखा है कि "अकबर ने हेमू की गर्दन पर तलवार का वार किया और बैराम खान ने उसकी गर्दन धड़ से अलग कर दी।" इससे यह पता चलता है कि हिंदुओं के ख़िलाफ़ युद्ध करते समय इस्लामिक जुनून का "अल्लाह हो अकबर" उद्घोष युद्ध उन्माद भड़काने का प्रमुख तरीक़ा था। हेमू के वृद्ध पिता को मुसलमान बनने के विकल्प पर जान बख़्सने का प्रस्ताव दिया। उनके प्रस्ताव निरस्त करते ही इस्लामिक क़ानून के मुताबिक़ उनका सिर धड़ से जुदा कर ज़मींदोज़ कर दिया गया।

आशीर्वादी लाल श्रीवास्तव अपनी किताब "मुग़लक़ालीन भारत" के पृष्ठ 172 पर लिखते हैं *"शासन काल के आरम्भिक वर्षों में अपनी स्थिति के सम्बंध में उसके (अकबर के) विचार-विश्वास कट्टरपंथी मुसलमान शासकों के समान ही थे। उस समय वह अमीरूल-मोमिनिन याने मुसलमानों का सेना नायक, धर्म रक्षक और इस्लाम का प्रचारक था।"*

अकबर हिंदुस्तान का महान शासक माना जाता था। इसमें भी संदेह नहीं कि उसकी नीति भी धर्म निरपेक्ष थी। परंतु उसकी कुछ सियासती मजबूरियाँ भी थीं जिन्होंने उसे धर्म निरपेक्ष नहीं रहने दिया। कट्टरपंथी मुल्ला बदायूँ और जौनपुर के क़ाज़ी मुल्ला मुहम्मद याज़दी ने 1580 में एक फ़तवा जारी करके प्रचारित किया कि

अकबर अब मुसलमान बादशाह नहीं रहा। वह ईसाई हो गया है। उनके फ़तवे से उपजे विद्रोहों को अकबर ने दबा दिया। साथ ही दीने-इलाही पर ज़ोर देना भी बंद कर दिया। अकबर की धर्म-निरपेक्ष नीति सियासत पर भारी पड़ने लगी तो उसने उस नीति की उपेक्षा शुरू कर दी। लिहाज़ा कट्टरपंथी मुसलमान उलेमा हावी होना शुरू हुए और उन्होंने जहांगीर के शासनकाल तक बादशाह और सत्ता पर पक्की पकड़ बना ली। अकबर जैसा बादशाह चाहकर भी धर्म निरपेक्ष नहीं रह सका था। यही है इस्लामिक सिद्धांतों की असलियत।

आशीर्वादी लाल श्रीवास्तव मानते हैं कि अकबर ने अपने आदर्श, प्रतिभा, चरित्रिक गुणों और कार्यों के कारण मानव सम्राटों में एक गौरवपूर्ण पद प्राप्त किया। वह भारत के सम्राटों में महानतम स्थान रखता है। उसने हिंदू-मुसलमानों को हृदय की सच्ची भावनाओं से मिलाना चाहा। परंतु इस्लाम के कट्टर सिद्धांतों की वजह से वह भी सफल नहीं हुआ।

अकबर के समकालीन और भी महान शासक थे; यथा इंग्लैण्ड की महारानी एलिज़ाबेथ, फ्रांस का हेनरी चतुर्थ तथा फ़ारस का अब्बास। परंतु यह निर्विवाद रूप से प्रमाणित है कि उन महान सम्राटों में भी वह महत्तम था। प्रसिद्ध इतिहासकार स्मिथ का यह युक्तिपूर्ण कथन है कि "अकबर मनुष्यों का जन्मसिद्ध शासक था जिसकी गणना इतिहास के सर्वश्रेष्ठ शासकों में होना पूर्णतः न्यायसंगत है।"

हमें इसी परिप्रेक्ष्य में मुग़ल काल में भारतीय राष्ट्रवाद पर हुए आक्रामक हमलों को देखना होगा जिनके कारण सिक्ख पंथ और मराठा हिंदूशाही का उद्भव और विकास अपरिहार्य हो गया था। यदि औरंगज़ेब ने सम्पूर्ण भारत को इस्लामीकरण की मुहिम न छेड़ी होती तो शायद मराठा एवं सिक्ख आंदोलन भी उतने प्रभावी नहीं होते कि मुग़ल साम्राज्य को खंडित कर पाते। यहीं भारतीयता शास्त्र से उठकर शस्त्रों में परिवर्तित हुई। उन्होंने संदेश दिया कि धर्म-रक्षा हेतु हिंसा आवश्यक ही नहीं अनिवार्यता है।

## वीरांगना रानी दुर्गावती

रानी दुर्गावती का जन्म वर्तमान उत्तर प्रदेश के महोबा जिले में स्थित माड़ौगढ़ किले में 05 अक्तूबर 1524 को हुआ था। दुर्गावती राठ और महोबा के चंदेल राजा सालवाहन की पुत्री थी। महोबा के नज़दीक यह वही माड़ौगढ़ है जिसका हवाला आल्हा-ऊदल की वीरतापूर्ण लड़ाइयों में मिलता है। दुर्गावती के बारे में यह धारणा सही नहीं है कि उनके पिता कालिंजर के अंतिम चंदेल राजा कीरत राय तथा माता का कमलावती थीं।

दुर्गावती का जन्म दुर्गाष्टमी के दिन हुआ था, उस दिन पूरा महल दुर्गापूजा की खुशियाँ मना रहा था। दुर्गाष्टमी पर जन्म लेने के कारण उनके माता पिता ने उनका

नाम दुर्गावती रखा। दुर्गावती बहुत ही सुंदर, सुशील और साहसी कन्या थी। रानी दुर्गावती का बचपन माडौगढ़ महोबा के किले में बीता। उन्होने धुडसवारी तीर-तलवार के साथ-साथ बहुत से अन्य अस्त्र-शस्त्र चलाना सीखा। उनकी पढ़ाई-लिखाई किले के अंदर विशेष गुरुओं द्वारा सम्पन्न हुई। धीरे-धीरे दुर्गावती अपनी सहेलियों और सिपाहियों के साथ किले से बाहर भी निकलने लगी और जंगलों में शेर का शिकार भी करने लगी। उनके तेज, साहस, शौर्य और सुन्दरता की चर्चा दूर-दूर तक फैल रही थी। जब राजकुमारी जवानी की दहलीज पर पाँव रख रही थी उसी समय चंदेल वंश कमजोर हो रहा था और उस पर मुगलों व अफ़ग़ानों के निरंतर आक्रमण हो रहे थे।

चंदेल राजा और गोंड राजा संग्राम शाह के राज्यों की सीमाएं एक दूसरे से मिलती थी और दोनों राजाओं में काफी मित्रता भी थी। राजकुमारी दुर्गावती पहले से ही राजा संग्राम शाह के पुत्र दलपति शाह की वीरता और हिम्मत के किस्से सुन चुकी थी। एक बार रानी दुर्गावती शेर का शिकार करते-करते काफी दूर निकल गयी, तभी उनकी मुलाक़ात अपने राज्य भ्रमण पर निकले राजकुमार दलपति शाह मड़ावी से हुई और वे एक ही नज़र में वे एक-दूसरे को दिल दे बैठे। दुर्गावती ने अपनी माँ और दलपति शाह ने पिता से दिल का हाल-अहवाल कह सुनाया। इसी दौरान एक पत्र के माध्यम से राजकुमारी ने राजकुमार दलपति शाह को उन्हे अपनी पत्नी बनाने का प्रस्ताव भेजा। पत्र पढ़कर तुरंत ही पिता संग्राम शाह की आज्ञा लेकर राजकुमार दलपति शाह माड़ौगढ़ के किले में पहुँच गए और बातचीत से राजा को प्रभावित किया। वे एक सांकेतिक विवाह रस्म करके राजकुमारी को अपने साथ वर्तमान दमोह जिले के सिंगौरगढ़ किले में ले आए। जहां पर गोंडी विधि विधान से वर्ष 1542 में दोनों का विवाह सम्पन्न हुआ। शादी के समय दलपति शाह की उम्र 25 वर्ष और राजकुमारी दुर्गावती की उम्र 18 वर्ष थी।

अबुल फ़ज़ल लिखता है - "दलपति शाह का विवाह संग्राम शाह के जीवन काल में ही लगभग 1542 ईस्वी में दुर्गावती से हुआ था। दुर्गावती राठ और महोबा के चंदेल राजा सालवाहन की पुत्री थी। इस राजा ने अमान दास (संग्राम शाह) के पुत्र दलपति शाह के साथ उसका विवाह कर दिया। दलपति अच्छे कुल का नहीं था, तथापि सम्पन्न था और राजा सालवाहन की परिस्थिति अच्छी नहीं थी, अतः सालवाहन को यह विवाह करना पड़ा।"

प्रसिद्ध सालवाहन वंश से विवाह सम्बंध होना गोंड वंश के लिए प्रतिष्ठा का विषय था। इससे उनके सम्मान में वृद्धि हुई। इस धारणा को बल मिला कि गोंड राजपूत नहीं तो राजपूतों से कम भी नहीं हैं। गोंड हिंदू धर्म के निकट आकर और राजनैतिक शक्ति पाकर स्वयं को राजपूत या क्षत्रीय जैसा प्रकट करने लगे।

11वीं शताब्दी से 15वीं शताब्दी तक सिंगौरगढ़ गोंड राज्य की राजधानी हुआ करता था, जिसे गोंड राजा संग्राम शाह द्वारा पुनरुद्धार करके बसाया गया था। यह

बहुत ही सुरक्षित और राजसी सुख सुविधाओं से परिपूर्ण किला था इसलिए गर्भवती रानी दुर्गावती को इस किले में रखा गया और इसी किले में वर्ष 1545 को रानी दुर्गावती ने एक बच्चे को जन्म दिया जिसका नाम वीर नारायण (बीरसा) रखा गया। वर्ष 1543 में इसी किले में राजा संग्राम शाह की मृत्यु हुई थी। इसी किले में उनके बड़े बेटे दलपति शाह की भी 1550 में मात्र 33 साल की अल्पायु में मृत्यु हो गयी। शादी के महज 8 साल बाद ही रानी दुर्गावती विधवा हो गयी। दलपत शाह की मृत्यु के समय उनके बेटे वीर नरायण की उम्र महज 5 साल की थी। अबुल फ़ज़ल ने भी वीर नारायण की उम्र पाँच वर्ष बताई है। लेकिन गोंड इतिहास ग्रंथ गढ़ेशनृपवर्णनम के एक श्लोक के अनुसार दलपति शाह की मृत्यु के समय वीर नारायण सिंह की उम्र मात्र तीन वर्ष थी।

*श्री वीर नारायण नाम राजा तरात्मजोभुदिषु चंद्र वर्ष।*
*त्रिवर्षमात्रोअतिशयम जनन्या सुबुद्धिना मंत्रिवरेण सार्द्ध।।*

अर्थात-उनके तीन वर्षीय पुत्र वीर नारायण ने अपनी माता और बुद्धिमान मंत्रियों के साथ पंद्रह वर्ष राज्य किया।

अल्पायु वीर नारायण सिंह गढ़ा राज्य का उत्तराधिकारी था परंतु उसका चाचा चंद्र शाह जी उस समय चांदा गढ़ का शासक, सिंहासन पर बैठना चाहता था। उसने गद्दी हथियाने की योजना बनानी चाही परंतु जनता के तीव्र विरोध और दरबारियों के दबाव में वह सफल न हो सका। आधार सिंह कायस्थ और मान ब्राह्मण ने वीर नारायण सिंह को रानी दुर्गावती के संरक्षण में गद्दी पर बिठा दिया। रानी ने आधारसिंह को दीवान नियुक्त कर प्रशासन पर नियंत्रण पा लिया।

ससुर संग्राम शाह और पति दलपति शाह की मृत्यु के कारण पूरे गढ़ा के शासन-प्रशासन की ज़िम्मेदारी रानी दुर्गावती पर आ गयी। दलपति शाह के मंत्रियों और विदद्वानों आधार सिंह कायस्थ, महेश ठाकुर, केशव लौगाक्षी और लक्ष्मी प्रसाद दीक्षित ने वीर नारायण का राज्याभिषेक किया और रानी दुर्गावती को शासन चलाने के लिए तैयार किया। शासन हाथ मे आते ही रानी ने बहुत ही सक्रियता से राज्य का समस्त प्रशासनिक कार्य अपने हाथों में ले लिया। अपनी राजनीतिक सूझबूझ और दूरदर्शिता से रानी ने बहुत ही बेहतर ढंग से गढ़ा साम्राज्य को संभाला और समृद्ध किया। कहने को तो वीर नारायण का राज्य काल था लेकिन पूरे शासन प्रणाली की सूत्रधार रानी दुर्गावती ही थीं। अबुल फ़ज़ल लिखता है - "दुर्गावती ने साहस और योग्यता का परिचय दिया और दूरदर्शिता पूर्वक राज्य के लिए महान काम किया।"

रानी दुर्गावती के समय में भारत की राजनीतिक स्थिति अस्थिर थी। 1545 में शेरशाह सूरी की मृत्यु से अफ़ग़ान शासक असफल सिद्ध हो रहे थे। 1556 में अकबर

द्वारा पानीपत के दूसरे युद्ध में हेमु को हराने के बाद से अफ़ग़ान कई टुकड़ियाँ बनाकर छोटे राज्यों को हड़पने का काम कर रहे थे। उनमें से एक दोस्त मोहम्मद खान ने जगदीश पुर, गिन्नौर, रायसेन, सिहोर और बेरसिया पर अधिकार करके भोपाल रियासत की नींव रख दी थी। उसी तरह मालवा का शासक भी खुदमुखत्यारी घोषित करके स्वतंत्र हो गया था। गढ़ा राज्य इतना सशक्त था कि अफ़ग़ानों की हिम्मत उसे हथियाने की नहीं हुई।

जिस समय रानी दुर्गावती ने गढ़ा राज्य की बागडोर सम्भाली उस समय गढ़ा राज्य रीवा, रतनपुर, चांदा, बरार, बियाना अफ़ग़ानो के अधिकार में रायसेन और सूर वंश के दिल्ली शासकों से घिरा था। दिल्ली के शासक ही गढ़ा से अधिक शक्तिशाली थे। अन्य पड़ौसी राजाओं से रानी को कोई विशेष दिक़्क़तें नहीं हुईं। दलपति की मृत्यु के समय गढ़ा राज्य की राजधानी सिंगौरगढ़ थी लेकिन चारों तरफ़ ख़तरों को भाँप कर रानी ने चौरागढ़ (नरसिंहपुर) को उपयुक्त समझा और ख़ज़ाना चौरागढ़ स्थानांतरित कर दिया, जो कि रानी के बलिदान के पश्चात 1634 तक गढ़ा राज्य की राजधानी रहा।

रानी दुर्गावती के समय की ऐतिहासिक जानकारी अबुल फ़ज़ल से मिलती है। वह लिखता है कि - *"मियाना अफ़ग़ान रायसेन के जंगलों में रहते थे और मालवा के शासक बाज़बहादुर से उनकी दुश्मनी थी। उन्होंने बाज़बहादुर के ख़िलाफ़ हथियार उठाए। दिल्ली की सल्तनत का एक दावेदार इब्राहिम लोधी उनके साथ हो लिया। रानी दुर्गावती के इब्राहिम से अच्छे राजनीतिक रिश्ते थे इसलिए दुर्गावती उनकी मुहिम में शामिल हो गईं। परंतु इब्राहिम के पीछे हटने से युद्ध नहीं हुआ।"*

मुईंन खान के नेतृत्व में मियाना अफ़ग़ान होशंगाबाद-हंडिया क्षेत्र में संगठित होकर घूम रहे थे। उन्होंने गढ़ा राज्य पर हमला किया। रानी दुर्गावती ने उन्हें बुरी तरह पराजित किया और बहुत से अफ़ग़ानों को अपनी सेना में भर्ती कर लिया। रानी दुर्गावती के गढ़ा राज्य की सम्पन्नता और वैभव की कहानियाँ सुनकर कई राजा उस पर अधिकार करने की इच्छा रखने लगे। इधर गढ़ा साम्राज्य की पताका रानी दुर्गावती के नेतृत्व में ऊंचाई पर फहरा रही थी। उसी समय 1556 में पानीपत की दूसरे युद्ध में हेमू को परास्त कर दिल्ली की सल्तनत पर मुगल बादशाह अकबर सत्तारूढ़ हो चुका था।

गढ़ा पर पहला आक्रमण नर्मदा पार रायसेन के आसपास डेरा डाले मियाना अफगानों ने 1562 में किया। इस आक्रमण को रानी दुर्गावती ने बड़ी कुशलता से असफल करके कई अफगानों को बंदी बना लिया। उसके बाद कई अफगानों ने रानी की सेना में ही नौकरी कर ली और रानी के लिए लड़ने लगे। इन्ही अफगान सरदारों में एक था शम्स खाँ मियाना जो रानी दुर्गावती की सेना में महत्त्वपूर्ण सैन्य अधिकारी था।

शेरशाह ने सुजात खान को मालवा का सूबेदार बनाया था। सुजात खान ने 1545 में शेरशाह की मृत्यु होते ही खुद को मालवा का सुल्तान घोषित कर दिया। सुजात खान की मृत्यु पर उसका लड़का 1556 में बाज़बहादुर मालवा पर शासन करने लगा। मालवा के सुल्तान सुजात खान के बेटे बाज बहादुर ने गढ़ा राज्य पर वर्ष 1556 में आक्रमण किया और पश्चिम की तरफ से गढ़ा पर चढ़ाई की लेकिन रानी दुर्गावती की सूझबूझ और कुशल युद्ध रणनीति के कारण उनकी एक न चली। बाज बहादुर जान बचाकर भाग गया और उसकी पूरी सैन्य शक्ति गोंड सेना द्वारा तहस-नहस कर दी गयी। फ़रिश्ता लिखता है - *"बाज़बहादुर गोंडवाना पर आक्रमण करने रवाना हुआ। इस अभियान में इसका चाचा फ़तह खान मारा गया। फलतः वह सारंगपुर से गढ़ा राज्य की सीमा में घुसने लगा तब रानी दुर्गावती से उसकी टक्कर हुई। उसकी हार हुई और वह जान बचाकर सारंगपुर वापस भाग गया।"* इस तरह एक स्त्री रानी से हारने के कारण बाज बहादुर की बड़ी बदनामी हुई और उसको हराने के कारण रानी दुर्गावती के यश की चर्चा चारों ओर तेजी से फैल गयी।

अकबर एक उदार और सहिष्णु शासक था लेकिन उसका विश्वास था कि राज्य को विस्तृत और मज़बूत बनाए रखने के लिए युद्ध करना उचित है ताकि फ़ौज सुस्त न हो जाएँ और उनकी तलवारों में जंग न लग जाए। विंसेंट स्मिथ का कहना है कि *"भली और कुशल शासक रानी पर हुआ आक्रमण बिल्कुल न्यायसंगत नहीं था। अकबर की विस्तारवादी नीति शासक की महत्वाकांक्षा का परिणाम थी।"*

आसफ खाँ का मूल नाम अब्दुल मजीद था। वह बादशाह हुमायूँ की सेवा में रह चुका था। अकबर के बादशाह बनने पर उसे आसफ खाँ की पदवी से नवाज़ा गया और तीन हज़ारी मनसबदारी बनाकर कड़ा-मानिकपुर का प्रशासक बना दिया। उसने 1563 में रीवा के राजा रामचंद्र को परास्त करके मुग़ल अधीनता मंज़ूर करवाई और रानी दुर्गावती के गढ़ा राज्य कर हमले की योजना बना अकबर के फ़रमान की रास्ता देखता बैठा था।

रानी दुर्गावती के गोंड राज्य के अकबर के मुग़ल साम्राज्य से राजनयिक रिश्तों के बारे में कई जनश्रुतियाँ प्रचलित रही हैं। एक जनश्रुति के अनुसार रानी के दरबार में दो मुग़ल प्रतिनिधि गोप महापात्र और नरहरि महापात्र आए थे। राज्य के दीवान आधार सिंह कायस्थ ने उनका खूब सम्मान किया। बाद में अकबर ने आधारसिंह कायस्थ को आगरा दरबार बुलाया। बादशाह ने आधार सिंह कायस्थ से गढ़ा राज्य के बारे में जानकारी चाही तो आधार सिंह ने सोने का एक करेला बादशाह के सामने प्रस्तुत किया। जिसका अर्थ था कि हमारा देश सोने की तरह सम्पन्न और करेले के ऊपरी भाग की तरफ़ ऊबड़ खाबड़ है और हम लोग दुश्मन के लिए करेले के स्वाद की तरह कटु हैं। कहते हैं अकबर के दरबारियों को यह बात चुभ गई और

उन्होंने गढ़ा पर आक्रमण करने की पैरवी बादशाह से की। तब तक बादशाह की फ़ौज गुजरात और मालवा फ़तह कर चुकी थीं। गोंड राज्य को जीतने के फ़रमान की बाट जोह रही थीं। मानिकपुर के सूबेदार आसफ खाँ के उकसाने पर अकबर ने गढ़ा पर हमला करने का फ़रमान जारी कर दिया।

पश्चिम में रानी दुर्गावती के साम्राज्य की सीमा मालवा से तथा उत्तर में मुग़लों के कड़ा-माणिकपुर सूबे की सीमा से लगती थी। पश्चिम में बाजबहादुर तो उत्तर में अफ़ग़ान सरदार आसफ़ खान से खतरा बराबर बना हुआ था। इसी दौरान बाजबहादुर को हराकर मुगल सेना ने मालवा पर भी अधिकार कर लिया। इस तरह अब रानी दुर्गावती के गोंडवाना साम्राज्य की उत्तरी और पश्चिमी दोनों सीमाएं मुगल साम्राज्य से मिलने लगी थीं। रानी को मुगलों से कभी कोई खतरा महसूस नहीं हुआ और न ही भविष्य में होने वाले मुगल आक्रमण के लिए कोई विशेष तैयारी की। रानी का यही अति आत्मविश्वास गोंडवाना साम्राज्य के पतन का कारण बना।

अकबर की पूरे भारत को एक तंत्र में लाकर मुग़ल साम्राज्य स्थापित करने की महत्वाकांक्षा थी। आसफ़ खाँ ने गढ़ा राज्य की समृद्धि और वैभव को सुनकर अकबर की अनुमति से रानी पर आक्रमण करने की योजना बनाई। आसफ खाँ इलाहाबाद से चलकर रीवाँ के राजा रामचंद्र को परास्त कर रीवाँ राज्य को करद राज्य बनाने के बाद गढ़ा को जीतने के लिए आगे बढ़ गया। गढ़ा की उत्तरी सीमा तक आने पर भी रानी दुर्गावती को अधिक चिंता नही हुई। उन्हे अपनी सेना की शक्ति, अपने साहस और अपनी योग्यता पर भरोसा था। यहीं पर रानी दुर्गावती से चूक हुई और वो आसफ खाँ की बड़ी सेना और साजो सामान से लैश सैनिकों का सामना करने के लिए अपनी सेना को पहले से तैयार न कर सकीं।

दलपति शाह की मृत्यु के बाद रानी दुर्गावती ने अपनी राजधानी को सिंगौरगढ़ किले से चौरागढ़ स्थानांतरित कर दिया। यह सतपुड़ा पर्वत श्रृंखला पर स्थित सामरिक महत्व का एक किला था। चौरागढ़ किला अत्यंत दुर्गम स्थान पर घने जंगलों और पहाड़ों पर बना था। यह किला सुरक्षा की दृष्टि से बहुत ही महत्त्वपूर्ण था। वीर नारायण लगभग 19 वर्ष का जवान था जिसकी शादी रानी दुर्गावती चौरागढ़ के किले में धूमधाम से करने की योजना बना रही थी। रानी के जीवन का यह तीसरा किला था जिसमें उन्होने अपने शासन व्यवस्था का केंद्र बनाया और यहीं से सभी बावन गढ़ों का नियंत्रण जारी रखा। गढ़ा की नई राजधानी चौरागढ़ में गोंडवाना रियासत का खजाना था। यहीं पर वीर नारायण की होने वाली पत्नी को रखा गया गया जो पूरागढ़ के राजा की बेटी थी।

जब रानी दुर्गावती साम्राज्य के उत्तरी सीमांत स्थित सिंगौरगढ़ में अपने किले की शासन व्यवस्था का जायजा ले रही थीं, तभी उन्हे खबर लगी की गोंडवाना पर

आक्रमण के लिए मुगल सेनापति आसफ खाँ लाव लश्कर के साथ दमोह तक आ चुका है। तबकात-ए-अकबरी के अनुसार आसफ खाँ की सेना में पचास हज़ार घुड़सवार और पैदल सैनिक शामिल थे। आसफ़ खाँ ने दमोह से होते हुए गढ़ा पर उत्तर की दिशा से आक्रमण किया। यकायक आक्रमण की खबर सुनकर रानी के सैनिकों में भगदड़ मच गयी लेकिन रानी दुर्गावती ने बड़े धीरज और साहस से स्थिति को संभाला और अपने सैनिकों को इकट्ठा करके उनका मनोबल बढ़ाया। आधार सिंह कायस्थ ने रानी को अकबर की सेना की विशालता, उसकी व्यूह रचना और तोपों के बारे में बताया और ये भी बताया की उनकी अपनी सेना के सैकड़ों सैनिक सेना को छोडकर भाग खड़े हुए हैं। रानी इस बात से बिलकुल भी विचलित नहीं हुई। उन्होने अपने मंत्री आधार सिंह से कहा कि *"अपमानजनक जीवन से सम्मानजनक मृत्यु बेहतर है। यदि अकबर स्वयं यहाँ आता तो उसके लिए सम्मान प्रकट करना मेरे लिए उचित था। किन्तु आसफ खाँ क्या समझे कि रानी का पद क्या होता है? यही सबसे उत्तम होगा कि मैं वीरतापूर्वक मृत्यु का आलिंगन करूँ।"*

रानी ने कुछ सैनिको को सिंगौरगढ़ किले कि सुरक्षा में छोडकर खुद गढ़ा (जबलपुर) की तरफ चल दी और गढ़ा आकर अपनी सेना को संगठित करना शुरू किया लेकिन तब तक बहुत देर हो चुकी थी। लगभग 5 हज़ार घुड़सवार और पैदल सैनिको के साथ रानी ने आसफ़ खाँ से मुक़ाबला करने का फैसला लिया। आसफ़ खाँ ने सिंगौरगढ़ किले को आसानी से फतह कर लिया और अपनी सेना के साथ गढ़ा को कब्जा करने के लिए निकल पड़ा। रानी दुर्गावती ने अपने सेनापतियों के साथ विचार विमर्श किया और सेना को लेकर गढ़ा के दक्षिण में गौर और नर्मदा से घिरे नर्रई नाला के पास सुरक्षित क्षेत्र में चली गयी। नर्रई नाले के सुरक्षित स्थान पर आसफ खाँ के आने का इंतज़ार करने लगी। तब तक आसफ़ खाँ गढ़ा (जबलपुर) आ चुका था लेकिन गढ़ा के किले में रानी को न पाकर अपनी सेना को उनको ढूढ़ने में लगा दिया। जैसे ही उसे रानी के नर्रई नाले के करीब छिपे होने का पता चला उसने अपनी सेना को युद्ध का आदेश दिया और खुद ने रानी के दूसरे किले गढ़ा पर कब्जा कर लिया।

23 जून 1564 की सुबह रानी के सैनिकों और आसफ़ खाँ के सैनिकों के बीच भयंकर युद्ध शुरू हो गया। आसफ़ खाँ के मुगल सरदारों नाज़िर मुहम्मद और आक मुहम्मद ने कुछ सैनिकों के साथ नरई नाले की तरफ जाने वाले रास्ते पर अधिकार कर लिया जिसमे रानी के हाथी सेना के फौजदार अर्जुनदास बैस की मृत्यु हो गयी। रानी के पुत्र वीर नारायण ने आसफ खाँ की सेना को तीन बार पीछे धकेला और अंत में घायल हो गया। तब रानी ने अपने सिपाहियों को उसे सुरक्षित जगह चौरागढ़ (चौगान का किला) ले जाने का आदेश दिया और खुद अपने हाथी सरमन पर सवार होकर आसफ खाँ की सेना से लोहा लेने निकल पड़ी। आसफ खाँ की सेना में रानी दुर्गावती की सेना से कई गुना अधिक सैनिक, घुड़सवार और तोपखाने थे, फिर भी रानी शाम

तक मुक़ाबला करती रही और मुगल सेना को कई बार पीछे हटने पर मजबूर किया। उस दिन लड़ाई बंद होने पर रानी ने अपने सलाहकारों को बुलाया और उनसे कहा कि हम लोग अभी रात में ही मुगल सेना पर आक्रमण कर दें नहीं तो सुबह तक खुद आसफ़ खाँ अपने तोपखाने और गोला बारूद के साथ गढ़ा से नर्रई नाला आ जाएगा और युद्ध जीतना मुश्किल होगा। लेकिन रानी के प्रस्ताव से कोई भी सहमत न हुआ। रानी के प्रधान सचिव आधार सिंह और ब्राह्मण सलाहकारों ने ऐसा न करने का सुझाव दिया। उनके सभी ब्राह्मण सलाहकारों महेश ठाकुर, केशव लौगाक्षि और लक्ष्मी प्रसाद दीक्षित आदि ने उन्हे रात्रि में युद्ध न करने का धर्म पाठ पढ़ाया और सेना के सेनापतियों को ऐसा न करने का सुझाव दिया। इससे अनर्थ हो जाएगा और अपयश मिलेगा। सलाहकारों की सलाह मानना ही रानी दुर्गावती के लिए भारी पड़ा। दुर्भाग्य देखिये उसी रात गौर और नर्मदा नदियों में बाढ आ गयी और जिससे सेना दोनों नदियों के बीच की घाटी में फंस गयी और एकमात्र बाहर निकले का रास्ता भी मुगल सेना के अधिकार में आ गया था। अगर बाढ़ न आती तो नर्रई नाले के उस पार ऊंचे नागा पहाड़ों पर रानी और उनकी सेना के बच निकलने का सुरक्षित रास्ता था।

आसफ़ खाँ अपने तोपखाने के साथ 24 जून 1564 की सुबह नर्रई आ गया और दोनों सेनाओं में आमने-सामने का भीषण युद्ध हुआ। रानी अपने सबसे ऊंचे हाथी सरमन पर होने के कारण आसानी से दुश्मन की नज़र में आ कर बड़ी आसानी से दुश्मन के तीरबाजों के निशाने पर थीं। दोनों सेनाओं का युद्ध चल रहा था और रानी की सेना मुगलों को दोपहर तक पीछे धकेल रही थी। तभी एक तीर रानी की दायी कनपटी पर आकर लगा जिसे रानी ने तुरंत निकाल फेंका लेकिन तीर की नोक रानी के शरीर के अंदर धँसी रह गई। फिर दूसरा तीर भी रानी के गर्दन में आ लगा। काफी खून बहने से रानी मूर्छित हो गयी और हाथी से नीचे गिर गयी। महावत आधार सिंह उन्हे बाहर लेकर जाने की तैयारी कर ही रहा था कि तभी रानी को थोड़ा होश आया, उन्होने महावत आधार सिंह से कहा की वो उन्हे मार दे लेकिन वह तैयार नहीं हुआ फिर रानी ने अपनी ही कटार निकाली और अपने दोनों हाथों से पकड़कर एक ही झटके में अपने सीने में उतार कर अपने जीवन का अंत कर लिया। वो किसी भी हालत में मुगलों के हाथ लगकर जिल्लत की ज़िंदगी नहीं जीना चाहती थी। आज भी नर्रई नाले के पास रानी दुर्गावती और उनके हाथी सरमन की समाधियाँ बनी हैं जहां पर प्रतिवर्ष जनवरी में मेला लगता है। गोंडवाना रानी दुर्गावती के शौर्य गाथाओं को आज भी गोंडी, हल्बी व भरथरी लोकगीतों में बड़े गर्व के साथ गया जाता है।

केशव दीक्षित कृत गणेशनृपवर्णनसंग्रहश्लोका में रानी दुर्गावती के शासन काल में गढ़ा राज्य की तीन विशेषताएँ निम्न प्रकार बताई गई हैं।

*उर्वरा सर्वतो भुमिः मध्यतो नर्मदा नदी।*
*विज्ञा दुर्गावती राज्ञी गढ़ाराज्ये त्रयोगुणाः।।*

इससे पता चलता है कि सतपुड़ा विंध्याचल पर्वतों के मध्य प्रवाहित नर्मदा नदी के उत्तरी और दक्षिणी तटों पर महाकौशल ही गोंडवाना के रूप में एक प्रशासनिक इकाई था। आज भी रानी दुर्गावती लोक स्मृति में जीवित हैं। उन्हें केंद्र में रखकर लोकगीत गाए जाते हैं। एक लोकगीत इस प्रकार है-

*तरी नाना मोर नाना रे नाना*

*रानी महारानी जो आय। माता दुर्गा जो आय।*
*रन में जूझे धरे तलवार। रानी दुर्गा कहाय।*

*राजा दलपत के रानी हो, रनचण्डी कहाय।*
*पाँवन माँ पहिरे पेजनियाँ, लम्बे केस बनाय।*

*नाकन में पहिरे नथुनियाँ, माथे टिकुली सजाय।*
*गरे माँ पहिरे मूँगा-मोतिया, कमर पोतिया सजाय।*

*दमक दमक रानी गरजे, फ़ौजी देय ललकार।*
*गोंडी फ़ौजी रेम लगे, छत्री चमकत जाय।*

*बैरी दुश्मन के ख़ातिर। फ़ौजी सबै तैयार।*
*काली को रूप बनाय के, दुर्गा झपटत जाय।*

*रक्त लोहू के नदिया हो, तुरतै दईस है रे बहाय।*
*जीत के डंका बजाय के। माता मन मुसकाय।*

*तरी नाना मोर नाना रे नाना*

नर्रई का युद्ध जीतने के बाद आसफ़ खाँ के हाथ सैकंडों हाथी-घोड़े और ढेर सारी संपत्ति हाथ लगी। युद्ध जीतने के बाद आसफ खाँ ने गढ़ा-जबलपुर में ही बरसात बिताने का इंतज़ार किया और दो महीने बाद उसने रानी के मुख्य किले चौरागढ़ पर आक्रमण किया जहां रानी का खजाना और रानी की भावी बहू और परिवार के अन्य सदस्य रहते थे। वर्तमान में प्रशासन की उपेक्षा के कारण यह किला क्षतिग्रस्त अवस्था में पहुंच गया है। कभी राजगौड़ वंश की समृद्धि, शक्ति और वैभव का प्रतीक रहा चौगान या चौरागढ़ का किला अपने अस्तित्व के लिए संघर्ष कर रहा है। जिला मुख्यालय से करीब 50 किमी दूर सघन वनों के बीच ऊंचे पहाड़ पर बना यह किला

पुरातत्व विभाग के अधीन एक संरक्षित किला है पर न तो इसका संरक्षण किया जा रहा है और न ही फिलहाल विभाग की ओर से कोई कार्ययोजना प्रकाश में आई है। करीब 5 किमी के क्षेत्र में विस्तृत किला के अधिकांश हिस्से समय की मार से मिट्टी में मिल गए हैं और कुछ ही हिस्से खंडहरों के रूप में इसकी ऐतिहासिकता की कहानी सुनाते प्रतीत होते हैं। राज दरबार सहित रनिवास और अन्य राजप्रासाद ध्वंसावशेषों के रूप में नजर आते हैं।

सतपुड़ा की घनी वादियां पचमढ़ी जैसी लोकलुभावन पर्वत श्रंखलाओं के मध्य प्रवाहित होती शक्कर व नर्मदा नदियों का अनूठा मिलन स्थल है। इस संगम के समीप एक विशाल कुंड है जिसकी गहराई का पता नहीं है। संगम स्थल पर हुए पत्थरों के कटाव का दृश्य विहंगम व मनोहारी है जहां प्रकृति की अद्भुत रचना की कलाकृति रंग बिरंगी चट्टानें मन को भाती हैं। प्रकृति की बेजोड़ कलाकृति, मनोरम वादियों, पर्वत श्रृंखलाओं और घने जंगल के बीच नरसिंहपुर जिले के चौगान किले को लेकर किवदंती है कि यहां के तालाब में पारस का पत्थर है। अंग्रेजों ने इसे ढूंढने के लिए हाथी की सहायता ली थी। जिस चेन से हाथी बांधा गया था, पारसमणि तो नहीं मिली परंतु कहते हैं उस चेन की दो कडियां सोने की हो गई थी।

चौरागढ़ का किला, मध्य प्रदेश के नरसिंहपुर ज़िला में स्थित है। गोंड शासक संग्राम शाह ने इस किले को बनवाया था। यह किला गाडरवारा रेलवे स्टेशन से लगभग 19 किलोमीटर और करेली से 22 किमी दूर सतपुड़ा पहाड़ पर स्थित है। अजूबों एवं रहस्यों के साये में लिपटे चौगान किले के तालाब के बारे में अनेक किवदंती मशहूर है। चौगान के किले का निर्माण गौंडवाना राजवंश के संग्राम सिंह ने बावनगढ़ के राज़ा के तौर पर कराया था। 18वीं सदी में मां नर्मदा व मां दुर्गा के अनन्य भक्त राजा प्रेमनारायण शाह ने यहां की बागडोर संभाली। वह प्रतिदिन नर्मदा के स्नान के लिए जाते थे उनकी भक्ति से प्रसन्न होकर मां नर्मदा इस तालाब में प्रगट हो गई यही कारण है कि भीषण गर्मी में भी यह तालाब नहीं सूखता है। जबकि तालाब किले में स्थित है और नीचे की तलहटी के जलस्रोत सूख जाते हैं।

प्राकृतिक सौंदर्य से भरपूर इस क्षेत्र में घने जंगल के बीच 10 किमी की परिधि में बंजारी माता, दिल्हरी, मढ़ के महादेव, चौगान किला व महादेव जैसे दर्शनीय स्थल है। पर्यटन के लिहाज से इन्हें विकसित किया जा सकता है। मढ़ के महादेव के रास्ते में दो नदियां हर्द व शेर को जोड़ने वाला संगम है। लगभग 200 फीट ऊंची सतपुड़ा की पर्वत श्रंखलाओं में 30 फीट गहरी गुफा में देवाधिदेव महादेव का शिवलिंग है। इसमें अविरल प्रवाहित जल की धारा प्रकृति के गूढ़ रहस्यों के दर्शन कराती है। सतपुड़ा व विंध्याचल की पर्वत श्रंखलाएं, मां नर्मदा के पावन जल से सिंचित इस जिले और आसपास के स्थलों पर प्रकृति ने अनुपम उपहार बिखेरे हैं। मढ़ के महादेव की

पवित्र गुफा में जाने के पूर्व ही संगम के बाद नागद्वार है जो लगभग 20 फीट लंबा और करीब इतना ही चौड़ा है।

नरसिंहपुर जिले में चौरागढ़ या चौगान किला का रानी दुर्गावती के पुत्र वीरनारायण की वीरता का मूक साक्षी है। कहा जाता है कि यह किला राजगौड़ों के 52 गढ़ों का कोषालय था। जिसकी वजह से दुश्मन राजाओं की नजर इस पर रहती थी। गौंड़, मुगल, और इनके पश्चात यह क्षेत्र मराठों के शासन काल में प्रशासनिक और सैनिक अधिकारियों तथा अनुवांशिक सरदारों में बंटा रहा। जिनके प्रभाव और शक्ति के अनुसार इलाकों की सीमायें समय समय पर बदलती रहीं। जिले के चांवरपाठा, बारहा, साईंखेड़ा, शाहपुर, सिंहपुर, श्रीनगर और तेन्दूखेड़ा इस समूचे काल में परगनों के मुख्यालय के रूप में प्रसिद्ध रहे।

नरई का युद्ध मुग़लों की गढ़ा विजय का पहला चरण था। चौरागढ़ में रानी दुर्गावती का घायल पुत्र वीर नारायण गोंड राज्य की अकूत सम्पत्ति और विश्वस्त सहयोगियों सहित मौजूद था। आसफ़ खान तुरंत चौरागढ़ के लिए रवाना न हो सका। इस वनाच्छादित दुर्गम क्षेत्र में यातायात के कोई साधन नहीं थे। दूसरे रास्ते में गढ़ा राज्य के ज़मींदार सहज ही हथियार डालने वाले नहीं थे। वे जंगलों में छिपकर सेना को हलाकान करने में सक्षम थे। इस सारी मुश्किलों से पार पाते आसफ़ खान को दो महीने लग गए।

दो माह का विश्राम पाकर वीर नारायण भी स्वस्थ्य हो गया और उसने सामरिक स्थित मज़बूत कर ली। वीर नारायण विशाल मुग़ल सेना के सामने गोंड सेना की कमजोर स्थिति से वाक़िफ़ था। उसने पराजय की स्थिति ने राज परिवार की स्त्रियों के जौहर की व्यवस्था कर ली। इसके लिए उसने भोज कायस्थ और भिकारी रूमी को नियुक्त किया। आसफ़ खान के साथ एक संक्षिप्त लड़ाई में वीर नारायण शहीद हुआ और इन दोनों सहायकों ने जौहर करके महल की सभी औरतों को अग्नि कुंड हवाले कर दिया। अबुल फ़ज़ल के अनुसार इस चिता स्थल से चार दिन बाद दरवाज़ा खोलने पर दो स्त्रियाँ जीवित निकलीं- एक दुर्गावती की बहन कमला वती और दूसरी वीर नारायण की मंगेतर पूनागढ़ की कन्या। उन दोनों को अकबर के हरम में पहुँचा दिया गया था। आसफ़ खान को चौरागढ़ में अपरिमित धन मिला जिनमे सिक्के, हीरे जवाहरात, ठोस सोना, नक़्क़ाशी दार पात्र और अशर्फ़ियों से भरे सौ घड़े शामिल थे।

चौरागढ़ के किले पर रानी दुर्गावती के बेटे वीर नारायण ने मुगलों के सेना से लड़ते हुए वीरगति प्राप्त की और महल की औरतों ने जौहर किया। चौरागढ़ जीतने के बाद आसफ खाँ के हाथ ढेरों संपत्ति, सोने चांदी के गहने एवं सिक्के, जवाहरात और कीमती अशरफ़ियाँ हाथ लगी। इस तरह गोंडवाना के महान साम्राज्य का अंत

हुआ। उनके सभी 52 गढ़ और किले मुगलों के हाथ में चले गए। मुग़लों ने दलपति शाह के भाई चंद्र शाह को सत्ता सौंपकर गोंडवाना को करद राज्य बनाकर मुग़ल साम्राज्य में मिला लिया। 1564 से 1734 तक एकीकृत गोंडवाना पर कुछ परवर्ती गोंड शाहों ने शासन किया, उसके बाद गोंडवाना साम्राज्य का बिखराव शुरू हुआ।

रानी दुर्गावती एक अत्यंत बुद्धिमान, दयालु, धार्मिक और कुशल प्रशासक महिला थीं। पति के सिधारने के बाद उन्होंने वीर नारायण की योग्य शासक बनाने और गोंड राज्य को मज़बूत करने की दिशा में काम किया। जबलपुर में रानीताल, चेरीताल, आधारताल, माढोताल, मढ़ाताल, हनुमान ताल आज भी उनकी बहादुरी की कहानी सुनाते हैं। वे लोक गायन में अमर हैं। रानी दुर्गावती के अवसान के बाद गोंड राज्य कभी भी स्वतंत्र नहीं रह सका। मुग़लों के अधीन दो सौ सालों तक टूटते बिखरते रहा। अपनी टूटन की प्रक्रिया में वह रामनगर, मंडला, छिन्दवाड़ा, नागपुर और चंद्रपुर में आपसी षड्यन्त्र का शिकार होता हुआ इतिहास की भूलभूलैया में विलीन हो गया।

आसफ़ खाँ ने गढ़-कटँगा राज्य के सिंगौरगढ़, गढ़ा और चौरागढ़ पर हमला करके हासिल तो कर लिए। उन्हें लूट-खसूट बेहिसाब माल-ओ-असबाब पर क़ब्ज़ा किया। कुछ माल सिपाहसालारों की बाँटा, कुछ माल अकबर को जब वह जौनपुर आया तब दिया परंतु मुग़ल गोंड राज्य को न तो पूरी तरफ़ अधीन कर पाए और न प्रशासनिक ख़र्चों लायक लगान वसूल पाए। आसफ़ खाँ के साथियों ने उसे माल पर हाथ साफ़ करते देख अकबर के कान भरने शुरू कर दिए। लिहाज़ा अकबर ने उसे भारत के सबसे मालदार गंगा-यमुना के दोआब में स्थित कड़ा-मानिकपुर सूबा वापस नहीं दिया। उसे इन्ही दुर्गम पहाड़ी इलाक़ों में रखा और ऊपर से उसके और उसके भाई के पीछे चार-पाँच भरोसेमंद पाँच हज़ारी मनसबदार मैदानी इलाक़ों में लगा दिए।

एक तो विंध्याचल और सतपुड़ा के बियाबान जंगलों और हिंसक जानवरों के बीच प्रवाहित नर्मदा, इस पर वहाँ रास्तों का न होना, तिस पर पेड़ों पर चढ़कर और छिपकर तीरों से हमला करके भाग जाते गोंडों से पार पाना मुग़लों के किए असम्भव था। उस पर भी सूबे का प्रबंध करने हेतु लगान वसूल न होना। आसफ़ खाँ द्वारा लूटा माल धीरे-धीरे ख़त्म होने लगा। अकबर ने उसे वापस मैदानी इलाक़ों में लाने के बजाय जंगलों में दुश्मनों के बीच बरबाद करने की नीति अपनाई।

अकबर का प्रशासन सूबों, सरकार (ज़िला) परगना (महाल) में विभक्त था और महाल में कई गाँव होते थे। गोंडवाना का नर्मदा के उत्तर का भाग मालवा सूबे में रखा, नर्मदा के दक्षिण का हिस्सा गोंड सरकार के अधीन और बाक़ी इलाक़ा बरार के अंतर्गत था। आसफ़ खाँ 1565 में गढ़ा का सरकार बनाया गया। उसी समय एक अमीर खान जामा और उसके भाई बहादुर खान ने विद्रोह किया। वहाँ के जागीरदार

मजनू खान ने आसफ़ ख़ाँ की मदद माँगी। आसफ़ ख़ाँ उसकी सहायता को मानिकपुर गया। उसी समय अकबर जौनपुर आया। कुछ लोगों ने आसफ़ ख़ाँ के विरुद्ध लूट के माल को लेकर अकबर को जानकारी दी। अकबर ने आसफ़ ख़ाँ को कुछ न कहते हुए उसे विद्रोही खान जामा के पीछे जाने को कहा। आसफ़ ख़ाँ अपने भाई वज़ीर खान के साथ गढ़ा भाग आया। अकबर ने शुजात खान को उनके पीछे लगा दिया। दोनों भाई चौरागढ़ भाग गए। मुग़लों द्वारा इस दुर्गम सूबे को नियंत्रित न कर पाने के कारण 1587-88 तक एक के बाद कई सूबेदारों का ज़िक्र आईने अकबरी और अन्य मुग़ल दस्तावेज़ों में मिलता है।

आख़िर में तंग आकर गढ़ा राज्य के नर्मदा के उत्तर क्षेत्र अर्थात दमोह, सागर, रायसेन, विदिशा, भोपाल, सिहोर को मालवा के सूबे में मिला दिया गया। दलपति शाह के छोटे भाई चंद्रशाह को नर्मदा के दक्षिण अर्थात नरसिंहपुर, जबलपुर, होशंगाबाद, छिन्दवाड़ा, सिवनी, बालाघाट, मंडला का इलाक़ा सौंपकर उसे करद राज्य बना दिया गया। करद राज्य सूबों के अधीन रहते थे।

रानी दुर्गावती पुत्र वीर नारायण सिंह की चौरागढ़ में मृत्यु के बाद गढ़-कटँगा राज्य का सूर्य मंद पड़ने लग गया था। पच्चीस सालों तक मुग़ल सूबेदार असफल होते रहने पर गोंड राज परिवार के चंद्र शाह को ही राजा मान गढ़ा को एक करद राज्य का दर्जा दे दिया।

महाराजा दलपत शाह के भाई चंद्र शाह को गढ़ा का राजा घोषित किया गया। जिसने 1564-1576 की अवधि में शासन किया। स्लीमेन और कनिंघम के अनुसार चंद्रशाह ने 1576 तक शासन किया। चंद्रशाह और उसके बड़े पुत्र की मदन महल में उसी के छोटे पुत्र मधुकर शाह ने हत्या करके गढ़ा राज्य का सिंहासन हथिया लिया।

इसके बाद चंद्र शाह के पुत्र मधुकर शाह के पास 1576-1586 की अवधि में सत्ता रही, जो ठीक ढंग से शासन नहीं चला सका। मधुकर शाह ने राजपुरोहित दामोदर ठाकुर से राज्याभिषेक करने का आग्रह किया तो दामोदर ठाकुर ने पिता के हत्यारे का राज्याभिषेक कराने से मना कर दिया। मधुकर शाह ने दामोदर ठाकुर की बारह हज़ार सालाना लगान माफ़ी बंद कर दी। दामोदर ठाकुर रूष्ट होकर अपने भाई के पास दरभंगा चले गए और जीवन पर्यंत वहीं रहे। माधव पाठक को राज पुरोहित का पद दिया। उन्होंने राज्याभिषेक करवाया।

स्लीमेन मधुकर शाह के सम्बंध में एक खुलासा करते हैं कि वे मुग़ल दरबार में सम्मान प्रकट करने गए थे। इससे मधुकर शाह और उनके वंशजों को एक छोटे से इलाक़े में करद राज्य की मान्यता बनी रही। उत्साहित मधुकर शाह ने रीवा के बघेलखंड इलाक़े के शहडोल अंतर्गत सिंहवाड़ा, धरहर, मुंडा, बसही, मनोरा और गिरारी को अधिकृत कर लिया। मधुकर शाह के पीतल के दो सिक्के मिलते हैं। उनके

एक तरफ़ नागरी लिपि में श्रीकृष्ण श्री मधुकर शाह और दूसरी तरफ़ गढ़ागढ़ 1664 सम्वत् और फ़ारसी लिपि में मधुकर शाह लिखा है।

प्रेम शाह 1586-87 में सत्तारूढ़ हुआ था। जबलपुर ज़िले के अमोदा नामक स्थान पर मिले 1594 ईस्वी के एक सती लेख के अनुसार प्रेमशाह को महाराजाधिराज कहा गया है। इससे यह पता चलता है कि गढ़ा राजवंश ने अपनी खोई हुई प्रतिष्ठा कुछ समय के लिए पुनः प्राप्त करने के प्रयास किए। प्रेमशाह के शासनकाल से गढ़ा राज्य में मुग़ल मनसबदारों की मौजूदगी और उनका उल्लेख मिलना बंद हो जाता है। समय पर कर अदायगी और दरबारी में हाज़िरी के कारण से प्रेमशाह खुद मुग़लों के मनसबदारी दरबारी हैसियत पा जाते हैं। आईने अकबरी में 1586-87 में खान-ए-आज़म अज़ीज़ कोका को नौ सौ के मनसबदार मीर जलालुद्दीन हुसैन के साथ गढ़ा और रायसेन की मुहिम पर भेजे जाने का उल्लेख मिलता है। उस अभियान के समय मुग़ल साम्राज्य और प्रेमशाह के बीच सुलह होने से गढ़ा करद राज्य रहा आया।

जहांगीर 1605 में गद्दी पर बैठा। उसके शासन के बारहवें वर्ष अर्थात 1617 में जहांगीर नामा में उल्लेख है कि तीर के महीने की आठवीं तारीख़ को गढ़ा के राजा प्रेमनारायण शाह को भी सेवा में उपस्थित होने का सौभाग्य मिला और उसने सात हाथी-हथिनी भेंट किए। प्रेमशाह के शासनकाल की एक रोचक घटना का उल्लेख इतिहास में मिलता है। प्रेमशाह का पुत्र हृदय शाह अच्छा संगीतज्ञ था। वह पिता के साथ मुग़ल दरबार में कुछ समय रहा। उस दौरान उसका प्रेम प्रसंग एक तवायफ़ सुंदरी देवी से हो गया। वह उसे लेकर गढ़ा भाग आया। पलायन के समय उसके साथ प्रेमशाह का दीवान कस्तूरी साहनी और पुरोहित कामदेव वाजपेयी थे। यह घटना जहांगीर के बादशाह बनने के समय 1605 की है। इसका उल्लेख मुग़ल इतिहास में मिलता है।

1617 की 23 अगस्त को प्रेम शाह का मनसब बढ़ा कर एक हज़ार पाँच सौ सवार कर दिया गया। उसे एक जागीर भी बख्शी गई। वह 27 नवम्बर 1617 तक मुग़ल दरबार में रहा। प्रेम शाह ने जीवन भर बुन्देलाओं से संघर्ष किया। पहले थोड़ा बुंदेलों का इतिहास क्रम जान लें क्योंकि ओरछा के उदय से गढ़ा राज्य का पराभव जुड़ा हुआ है।

राजा रुद्रप्रताप (1501-1531 ई.) ओरछा राज्य को अस्तित्व में लाने वाले थे। 1531 ई. में इसकी स्थापना की गई और क़िले के निर्माण में आठ वर्ष का समय लगा। ओरछा के महल भारतीचन्द के समय 1539 ई. में बनकर पूर्ण हुए और राजधानी भी इसी वर्ष पुरानी राजधानी गढ़कुंडार से ओरछा लायी गयी। जहाँगीर ने वीरसिंहदेव बुंदेला को, जो ओरछा राज्य की बड़ौनी जागीर के स्वामी थे, पूरे ओरछा

राज्य की गद्दी दी थी। बुन्देलखण्ड की लोक-कथाओं का नायक हरदौल वीरसिंहदेव का छोटा पुत्र एवं जुझार सिंह का छोटा भाई था। ओरछा की रियासत वर्तमान काल तक बुंदेलखंड में अपना विशेष महत्त्व रखती आई है। यहाँ के राजाओं ने हिन्दी के कवियों को सदा प्रश्रय दिया है। महाकवि केशवदास वीरसिंहदेव के राजकवि थे।

जुझार सिंह राजा वीरसिंह बुंदेला का पुत्र तथा उत्तराधिकारी था। जहाँगीर के कहने से वीरसिंह बुंदेला ने ही अकबर के मित्र, विद्वान् और परामर्श अबुल फ़ज़ल को मार डाला था। 1605 ई. में जहाँगीर के मुग़ल तख्त पर बैठने और बादशाह बनने पर वह पुरस्कृत हुआ था।

महाराजा संग्राम शाह की मृत्यु के समय गढ़ा-कटँगा राज्य की राजधानियाँ गढ़ा, सिंगौरगढ़ और चौरागढ़ तीन जगह फैली हुई थी। प्रशासनिक केंद्र गढ़ा था, सैनिक ठिकाना सिंगौरगढ़ और ख़ज़ाना का ठिकाना चौरागढ़ था। आसफ़ खाँ के आक्रमण से सिंगौरगढ़ और गढ़ा पूरी तरफ़ मुग़लों के हाथ में चले गए थे। मुग़ल सरकारों के असफल होने के कारण गोंड राजा चंद्र शाह को करद राज्य का प्रतिनिधि मान कर प्रशासन उसके हवाले कर दिया। जिसे वे चौरागढ़ से चलाते थे। चंद्र शाह के बाद मधुकर शाह और फिर उसके बाद प्रेम शाह चौरागढ़ को ही राजधानी बनाकर शासन कर रहे थे। नर्मदा नदी के उत्तर के दमोह, सागर, रायसेन, विदिशा, सिहोर उनके हाथ से निकल चुके थे। वे अब जबलपुर, नरसिंहपुर, छिन्दवाड़ा, सिवनी, बालाघाट, मंडला ज़िलों में फैले गोंड ज़मींदारों पर शासन कर रहे थे। बुंदेलखंड में नई बुन्देला शक्ति के उदय से बिल्कुल नए समीकरण बने।

## सिक्ख गुरुओं का बलिदान

सिक्ख का सीधा मतलब "सीखा हुआ" होता है। जिसने सिखाया वो गुरु और जो सीखा वह "शिष्य" हुआ और गुरुमुखी में सिक्ख हो गया। लेकिन शब्द के मायने समय के साथ बदलते रहते हैं। सिक्ख संप्रदाय के प्रवर्तक गुरु नानक का जन्म राय की भोई तलवंडी में 15 अप्रेल 1469 को हुआ था जिसे आज "नानकाना साहिब" के नाम से जाना जाता है। अब यह गाँव पाकिस्तान में है। इस्लाम को शासक के रूप में पंजाब में आए उस समय तक़रीबन चार सौ साल हो चुके थे। मार-मार के मुसलमान बनाने और लालच या भय के ज़ोर से आस्था परिवर्तन का ज़ोर चल रहा था। वह काल तुग़लक़ों के शासन का था। उसके बाद सैयद, लोधी और फिर मुग़ल आने वाले थे। अत्याचार लूट अनाचार के उस दौर में भारत भर में सुधारवादी संत अपने प्रवचनों से भारत की जनता में आस्था और श्रृद्धा बनाए रखने की पुरज़ोर कोशिश कर रहे थे।

पंजाब में बाबा शेख़ फ़रीद

सिन्ध में भगत साधना जी

बिहार में बेनी जी

यू पी में भगत भीखम शाह जी, कबीर जी।

राजस्थान में भगत धन्ना जी

बंगाल में भगत जयदेव जी

महाराष्ट्र में नामदेव जी, रामानन्द जी

गुजरात में भगत पीपा जी

मध्य भारत में भगत सेन जी

अवध में संत तुलसी दास जी, सूरदास जी, रैदास जी।

पूरे उत्तर भारत में अंतर्मुखी हुए समाज को आस्था पर अडिग रखने के आंदोलन आगे-पीछे चल रहे थे। दक्षिण में अलवर और नायनार संत भक्ति की अलख जगा रहे थे। भारतीय संस्कृति नए आवरण में नए परिधान से सज्जित हो रही थी। गुरु नानक ने भारत भर में घूमकर न सिर्फ़ भारत को समझा अपितु उन्होंने भारत के सनातन शास्त्रों और उपरोक्त संतों की सीख से 974 पदों को रचकर ग्रन्थ साहिब की रचना की। उन्होंने रूढ़ परम्पराओं को छोड़कर तीन सीख बताईं। ध्यान-कर्तव्य-परोपकार।

"नाम जपना" याने जपू जी। ध्यान।

"कृत करनी" याने जीविका उपार्जन हेतु कर्तव्य करना। कर्तव्य पालन।

"वंद चखना" याने मेहनत से कमाए धन का एक हिस्सा दूसरों के साथ बाँटना। परोपकार।

उनके गुरूग्रंथ साहिब के 974 पद में

हरिनाम 8344 बार, रामनाम 2533 बार और अल्लाह शब्द 46 बार आता है।

इस्लाम का अभ्युदय ईसाई और यहूदी के एकेश्वरवादी सिद्धांत पर हुआ था।

एक ईश्वर- एक किताब- एक पैग़म्बर।

भारत का सनातन हिंदूधर्म प्रारम्भ से ही

बहुदेववाद दर्शन रहा है।

विभिन्न-देव, विभिन्न-किताबें, विभिन्न-अवतार।

यही इनके टकराव का मूल बिंदु रहा है। अरब संस्कृति और भारतीय संस्कृति के परस्पर रहन-सहन और खान-पान के बाक़ी भेद भी हैं।

गुरु नानक जी ने अध्ययन और ध्यान से निचोड़ निकाला कि

एक ओंकार-सब जीवों में है।

एक किताब-गुरुग्रन्थ में सारी शिक्षाएँ हैं

नाम जपन-से शान्ति मुक्ति मिलती है

सभी बराबर हैं-भाईचारे से रहें और संगत पंगत में भेदभाव न करें।

गुरु नानक के समय में हिंदू मुसलमान सभी उनके शिष्य बने थे लेकिन जहांगीर के समय एक ऐसी घटना हुई जिसने सिक्खों को मुसलमानो से अलग पहचान बनाने की दिशा में मोड़ दिया। शाहजहाँ के काल में भी गुरु हरगोविंद पर अत्याचार जारी रहे। नतीजतन एक भक्ति आंदोलन शक्ति आंदोलन में बदल गया। उसके बाद औरंगज़ेब के शासन में एक और घटना घटी जिसने शक्ति आंदोलन को शक्तिशाली आंदोलन में परिवर्तित करके खालसा पन्थ की नींव रखी। उसी प्रक्रिया से उपजा था सिक्ख साम्राज्य, जिससे अंग्रेज़ों की टक्कर होने वाली थी।

गुरु नानक के बाद अंगददेव, फिर अमरदास गुरू बने, उसके बाद रामदास गुरु बने जिन्हें अकबर ने अमृतसर में हरिमंदिर साहिब याने स्वर्ण मंदिर बनाने हेतु शाही फ़रमान से ज़मीन प्रदान की थी। रामदास के बाद गुरु अर्जनदेव सिक्ख संगत प्रधान बने। जिन्हें जहांगीर ने बेरहमी से मारकर सिक्खों और मुग़लों में दुश्मनी का बीज रोप दिया था।

ये वाक़या है 1606 का, जब अकबर के लड़के जहांगीर मुग़ल बादशाह का शासन था। वही जहांगीर जिसे आप लोग अनारकली वाले शाहज़ादा सलीम के नाम से भी जानते हैं। जहांगीर चार लड़के थे। खुसरो, खुर्रम, शहर्यार और परवेज़।

क़िस्सा ऐसा है कि खुसरो आमेर के राजा भगवानदास राजपूत की बेटी मान बाई से जहांगीर की औलाद था। वह अकबर के एक प्रभावशाली दरबारी मिर्ज़ा अज़ीज़ कोका का दामाद भी था। खुसरो अकबर का लाड़ला पोता था। अकबर ने उसको अपनी देखरेख में एक बहादुर सैनिक और बुद्धिमान युवक के रूप में पालपोस कर बड़ा किया था। कुछ दरबारी खुसरो को अकबर के बाद बादशाह बनाने हेतु तैयार कर रहे थे। परेशान होकर सलीम ने अकबर से विद्रोह करके 1599 में खुद बादशाह बनने की कोशिश की थी। अकबर उससे बहुत नाराज़ हुआ और उसकी जगह खुसरो को बादशाह बनाने की सोचने लगा था। यहीं से बाप बेटे के रिश्ते में गाँठ पड़ गई।

1605 में अकबर बहुत बीमार पड़ गया। दरबारियों ने कोशिश करके सलीम को बुलाया और माफ़ी मँगवा कर उत्तराधिकारी नियुक्त करवा दिया। अकबर के जीते जी ही वह 21 अक्टूबर 1605 को सलीम नुरुद्दीन मोहम्मद जहांगीर बादशाह के

नाम से गद्दी पर बैठा। उसने क़सम खाई कि वह खुसरो को माफ़ कर देगा लेकिन खुन्नस पाले रहा। उसने अपने समर्थकों को ख़ुश करने के लिए अकबर की सर्वधर्म समभाव की नीति बदल कर इस्लाम का झंडा और ऊपर फहराने की क़सम खाई। 3 नवम्बर 1605 को अकबर मर गया। खुसरो के साथी अकबर की सद्भाव नीति के पक्षधर थे तो जहांगीर के साथी दरबारी कट्टर नीति चलाने वाले हो गए। खुसरो बहुत प्रतिभाशाली युवक था दरबार में सब उसकी इज़्ज़त करते थे। दरबारियों पर उसका रूतबा रंग दिखाने लगा था तो जहांगीर उससे चिढ़ने लगा। जहांगीर ने खुसरो को आगरा के क़िले के बाहर एक मकान दे दिया और एक लाख रुपये मरम्मत के देकर उस मकान में चले जाने को कहा। खुसरो और उसके मित्र नाराज़ हो गए। वे उस मकान में नहीं गए। जहांगीर ने अपने लड़के को क़िले में ही क़ैद कर लिया।

खुसरो 6 अप्रेल 1606 को 350 घुड़सवारों को साथ लेकर यह कह कर निकला कि वह अपने दादा अकबर की क़ब्र पर सिकन्दरा जा रहा है। वह सीधा मथुरा चला गया। वहाँ उसका मित्र हुसैन बेग 300 घड़सवारों को लेकर उससे आ मिला। मथुरा से वे दिल्ली की तरफ़ गए जहाँ सुरक्षा मज़बूत थी तो वे बाहर ही बाहर लाहौर की तरफ़ चले गए तब तक इनकी संख्या 12,000 हो गई। खुसरो ने लाहौर के क़िले पर आक्रमण किया परंतु जीत न सका। पलट कर उत्तर की तरफ़ भागा। भैरोवाल में उसे फिर मुग़ल फ़ौज ने हराया। खुसरो के सभी साथियों को ख़ौफ़नाक यातनाएँ देकर मार डाला और खुसरो को क़ैद कर लिया। बाद में जहांगीर ने अपने बेटे की आँख गरम सलाखों के फोड़ने के आदेश दिए। जिसका जल्लादों ने पालन किया। खुसरो क़ैद में ही पड़ा-पड़ा मर गया। राजनीति में एक कहावत है कि सत्ता ख़ून का रिश्ते नहीं जानती। "Kingship knows no kinship" राजा अपने बाप, चाचा, भाइयों, औलादों का भी सगा नही होता। सत्ता का नशा सब रिश्तों को निगल जाता है।

खुसरो की आँख उसके बाप जहांगीर ने निकाल ली थीं वह क़ैदखाने में तड़फ-तड़फ कर मरा। ख़ुर्रम अपने भाइयों शहर्यार और परवेज़ को मार कर शाहजहाँ के नाम से तख़्तनशीन हुआ था। राजनीति एक अत्यंत निर्दयी और नृशंस खेल है। अशोक ने अपने 99 भाइयों को नारकीय यातनायें देकर मारा था। अकबर ने भी अपने भाइयों और चाचा को क़त्ल करवाया था। राजनीति ख़ून का रिश्ता नहीं देखती। बस ख़ून बहाती है सत्ता की देवी को खुश करने के लिए नरबलि की रस्म राज्य संस्था के साथ ही जन्मी है। लेकिन इंसान का राजनीति के बग़ैर काम भी नहीं चलता है।

राजनीति उस प्रकृति की तरह है जो एक अणु को माँ के गर्भ में पोषण और पल्लवित करके शिशु बनाती है। समय बीत जाने पर वही प्रकृति शिशु को बूढ़ा बीमार असहाय बनाकर तिल-तिल मौत की तरफ़ धकेलती है। अंत में ख़ाक में मिला कर या राख बनाकर ही दम लेती है। कोई सिद्धांत प्रकृति से अलग कैसे हो सकता है। सत्ता

प्रकृति का सबसे नृशंस खेल है। जंगल में शिकार-शिकारी की तरह बेरहम। सत्ता के गलियारे में चलते-चलते कहानी का छोर छूट गया। आइए उसे फिर पकड़ते हैं।

पाँचवें सिक्ख गुरू अर्जनदेव खुसरो के विद्रोह के समय लाहोर के पास गोईंडवाल में संगत कर रहे थे। तब खुसरो उनसे आशीर्वाद लेने पहुँचा था। वह अकबर के साथ सिक्ख संगत में जाता रहता था। गुरु अर्जनदेव ने उसका एक भक्त के रूप में स्वागत किया और तिलक लगाकर 5,000 रुपये दिए। जहांगीर के दरबारियों ने इसे शहंशाह के ख़िलाफ़ बग़ावत बताकर भड़का दिया। जहांगीर खुद भी धीरे-धीरे अकबर की सर्वधर्म समभाव की नीति से कट्टर इस्लामिक नीति की तरफ़ खिसक रहा था। जहांगीर ने गुरु अर्जनदेव पर 2,00,000 रुपये का जुर्माना लगा दिया। गुरु अर्जन देव का जुर्माना देने का अर्थ था कि जुर्म मंज़ूर करना। अतः गुरु के जुर्माना नहीं भरने के कारण जहांगीर ने गुरु अर्जनदेव को गिरफ़्तार करके अमानुषिक यातनाएँ देकर 30 मई 1606 को मार दिया। उनकी सारी सम्पत्ति जप्त कर ली। उनके अनुयायियों को यातनाएँ दी गईं। लिहाज़ा सिक्खों में रोष फैल गया। अर्जनदेव बहुत अच्छे लेखक भी थे। उन्होंने ग्रन्थ साहिब का बिखरा हुआ साहित्य संकलन करवा कर मूल गुरु ग्रन्थ साहिब लिखवाया और उसे हरीमंदिर साहिब में स्थापित किया फिर उन्होंने गुरूग्रंथ साहिब की कई प्रतियाँ करवाई थी और सिक्ख धर्म का दार्शनिक पक्ष अपनी लेखनी से मज़बूत किया था। उन्होंने संगत को नेतृत्व प्रदान करने हेतु अकाल तख़्त की स्थापना की थी। जो बाद में अकाली राजनीति का अखाड़ा बन गया। उस समय तक सिक्ख एक सामाजिक और आध्यात्मिक आंदोलन था। लेकिन जहांगीर की ग़लत नीतियों से वह एक सैनिक आंदोलन में बदल गया।

यहीं से जहांगीर का सिक्खों और हिंदुओं को प्रताड़ित करने का काम शुरू हुआ और सिक्ख पन्थ एक नई आत्मरक्षा नीति अपनाने को बाध्य हुआ। सिक्ख अनुयायियों की संख्या दिन प्रतिदिन बढ़ती गई। ये सब उस जगह हो रहा है जिसे पंजाब के नाम से जाना जाता है। पंज याने पाँच-आब याने पानी। पाँच पानी याने पंजाब।

व्यास, सतलज, रावी, चनाब, और झेलम नदी हिमालय से नीचे उतरकर अरब सागर की तरफ़ भागतीं हैं। सागर में मिलने के पहले वे सिंधु नदी में मिल जाती हैं। अकेली सिंधु अरब सागर में समाती है। ये आज़ादी के पहले का अविभाजित पंजाब है जिसकी कहानी आप पढ़ रहे हैं। दोआब और पंजाब नाम अकबर के ज़मीन नापजोख मंत्री तोडरमल के दिए हुए हैं। जिसने पहली बार ज़मीन की नाप करवा कर लगान तय की थी।

जहांगीर ने जब अर्जनदेव को शहीद किया उस समय उनके पुत्र हरगोविंद की उम्र ग्यारह वर्ष की थी। वही अगले गुरु बने। अकबर एक बहुत अच्छा शासक परंतु बुरा मुसलमान माना जाता है क्योंकि उसने बादशाह के काम में धर्म की दख़लन्दाज़ी

नामंज़ूर करके राजनीति के सिद्धांतों पर देश को एकता के सूत्र में बाँध कर सफल शासन किया था। वहीं उसके उत्तराधिकारी राज्य में धर्म की दख़लन्दाज़ी को खींच लाए। जहांगीर के बाद शाहजहाँ बादशाह बना तब भी मुग़लों की सिक्खों से टक्कर होती रही। औरंगज़ेब ने राज्य के सिद्धांतों को दरकिनार कर धर्म को प्रधानता दे पूरे भारत को दारूल-ए-इस्लाम में बदलने की नीति चलाई तो मुग़ल साम्राज्य टुकड़े-टुकड़े होकर बिखर गया। धार्मिक कट्टरता चाहे किसी की भी हो समाज और साम्राज्य को तोड़ती ही है।

हरगोविंद गुरु बने तो उन्होंने अपने अनुयायियों और समर्थकों से कहा कि मुझे दान में धन नहीं घोड़े और शस्त्र चाहिए। नतीजतन देखते ही देखते एक भक्ति आंदोलन शक्ति आंदोलन के मिशन में बदल गया। उनके पास 800 घुड़सवारों की सशस्त्र फ़ौज तैयार हो गई। उन्होंने हरमंदिर साहिब से लगा लोहगढ़ का क़िला बना लिया। हिमालय की तलहटी में कीरतपुर बसाया। मुग़ल जहांगीर के खबरी और सूबेदार सारी जानकारी देने लगे। उस समय मुग़ल साम्राज्य अपने सर्वोच्च शिखर पर था। जहांगीर ने गुरु हरगोविंद को गिरफ़्तार करके ग्वालियर के क़िले में क़ैद कर दिया। जहाँ आज गुरुद्वारा दाता बंदीछोड़ बना हुआ है। उन्हें एक साल बाद छोड़ दिया। कई राजा-महाराजा उनके अंगरखे की चुन्नट पकड़कर जहांगीर के क़ैद से आज़ाद हुए थे। इसीलिए क़िले पर बना गुरुद्वारा दाता बंदीछोड़ गुरुद्वारा के नाम से जाना जाता है। क़ैद से छूटकर उन्होंने पठानों की एक लड़ाकू फ़ौज तैयार की।

जहांगीर 1627 में मरा तो शाहजहाँ दो भाइयों को मारकर बादशाह बना। शाहजहाँ 1628 में अमृतसर के नज़दीक शिकार कर रहा था तो उनकी एक सैनिक टुकड़ी से सिक्खों की भिड़ंत हो गई। भिड़ंत स्थल के पास ही हरगोविंद जी की पुत्री के विवाह की तैयारी चल रही थी। मुग़लों ने उनका पंडाल उखाड़ दिया। तैयार खाना और मिठाई उठा ले गये। गुरु ने वहाँ से हटकर शादी निपटाई। उसके बाद मुग़लों पर सिक्ख सेना टूट पड़ी उसमें मुगलो का मुख्य नायक मुखलिस खान मारा गया। इससे मुग़लों और सिक्खों में बैरभाव बढ़ने लगा।

दूसरी मुठभेड़ लहिरा नामक स्थान पर हुई। हरगोविंद भटिंडा के पास जंगलों में चले गए। वहाँ से फिर करतारपुर को उन्होंने ठिकाना बना लिया। मुग़लों ने करतारपुर का घेरा डाल दिया। भयानक संघर्ष हुआ। हरगोविंद के दो पुत्र गुर्दित्ता और तेग़ बहादुर भी बहादुरी से लड़े। विजय सिक्खों की हुई। परंतु उनका एक बहादुर सेनापति पैदाखान मारा गया। 1634 में गुरु हरगोविंद मुख्यालय उठाकर कीरतपुर ले गए। वहाँ पारिवारिक झगड़ों से दिक़्क़तों के बीच 1644 में उनकी मौत हो गई।

गुरु हरगोविंद का प्रिय पुत्र गुरुदित्ता 1638 में मर गया था। उसका एक पुत्र धीरमल विद्रोही हो गया तो वे अपने पोते याने पुत्र गुरुदित्ता के दूसरे पुत्र हर राय को

अगला गुरु बना गए थे। इस प्रकार मुग़लों और सिक्खों में दुश्मनी की फ़सल पंजाब की उर्वरा ज़मीन पर लहराने लगी थी। औरंगज़ेब ने फ़सल में कीटनाशक और खाद का छिड़काव पूरी सिद्दत से किया उसके शासन में फ़सल पककर तैयार थी। ठीक वही स्थिति जो मराठों के साथ शिवाजी की मृत्यु के बाद हुई थी वही अब सिक्खों के साथ बन रही थी। मराठा, राजपूत, सिक्ख, सतनामी और जाट सब लामबंद हो रहे थे। उधर अंग्रेज़ बिखरते मुग़ल, मराठा, सिक्ख साम्राज्य को आत्मसात करके विश्वव्यापी ब्रिटिश साम्राज्य बनाने में जी जान से लगे थे। आधुनिक राष्ट्रवाद मध्ययुग के देशों को निगल कर साम्राज्यवाद की नींव रख रहा था।

गुरु हरगोविंद के बाद उनके पोते हरराय को गुरु बनाया गया। हर राय की औरंगज़ेब के भाई दारासिकोह से मित्रता थी। दारा उनके पास हिंदू और सिक्ख धर्म की बातें जानने समझने आया करता था। शाहजहाँ की मृत्यु होने पर उसके चारों भाइयों में सत्ता संघर्ष शुरू हुआ तो औरंगज़ेब शुजा व मुराद को ख़त्म करके दारा के पीछे पड़ गया। दारा शिकोह भागता हुआ पंजाब पहुँचा उसने गुरु हरराय से मदद चाही।

औरंगज़ेब ने दारा को और उसके परिवार को क़त्ल करने के उपरांत गुरु हर राय को दिल्ली बुला भेजा। हर राय ने अपने भाई राम राय को औरंगज़ेब के पास मामला समझा-बुझाकर सुलह सफ़ाई से सुलझाने हेतु भेजा। औरंगज़ेब ने राम राय को अपनी तरफ़ मिला लिया और कुछ संगतों के सहयोग से उसे ही गुरु घोषित करके मान्यता दे दी। सिक्ख समुदाय में फूट पड़ गई। यही औरंगज़ेब की चाल थी कि सिक्ख समुदाय बँट जाए। गुरु हरराय अधिक दिन जीवित नहीं रहे वे मृत्यु पूर्व अपने बेटे हरिकिशन को अगला गुरु नियुक्त कर गए थे तो राम राय ने फिर औरंगज़ेब के कान भरे। औरंगज़ेब ने उसे दिल्ली में ज़मीन देकर संगत करने और गुरु का काम चालू रखने का ठिकाना दे दिया। लेकिन सिक्ख जमात हरिकिशन को ही गुरु मानती थी। दोनो में सुलह कराने के नाम से औरंगज़ेब ने हरि किशन को भी दिल्ली बुला भेजा। उसे राजा जयसिंह के एक मकान में रखा जहाँ संसद मार्ग पर अभी गुरुद्वारा बंगला साहिब है। वह चाहता था कि वे दोनो ही सिक्ख समुदाय से कट जाएँ ताकि सिक्ख नेतृत्व विहीन हो जाएँ। गुरु हरिकिशन की तबियत अचानक ख़राब हुई और वो स्वर्ग सिधार गए लेकिन मृत्यु पूर्व उन्होंने अपने दादा के भाई तेग़ बहादुर को गुरु बना गए। गुरु तेग़ बहादुर की जैसी शहादत औरंगज़ेब के हाथों हुई उससे सिक्ख ही नहीं पूरा हिंदू समाज मुग़लों से नफ़रत करने लगा।

गुरु तेग़ बहादुर पाँचवें गुरु अर्जनदेव के पोते और छठवें गुरु हरगोविंद के पुत्र थे। वे बहुत शांत स्वभाव के थे। संगत सेवाकार्य और प्रबंधन में संलग्न रहते थे। उनमें हिंसक प्रवृति नाममात्र को भी नहीं थी। गुरु हरगोविंद के अंतिम समय में

परिस्थिति कुछ ऐसी बनी कि जिस पुत्र गुरुदित्ता को उन्होंने अगला गुरु बनाने के लिए तैयार किया था। उसकी अकाल मृत्यु हो गई थी। दूसरा पुत्र धीरमल उनका विरोधी होकर मुग़लों से मिल गया। तीसरा पुत्र तेग़बहादुर तात्कालिक हिंसक परिस्थितियों के हिसाब से गद्दी संभाल नहीं सकता था। अतः वे पोते हरराय को गुरु नियुक्त कर गए थे। हर राय ने अपने पुत्र हरिकिशन को अपने बाद गुरु पद दिया था। लेकिन गुरु पद तेग़ बहादुर का पीछा कर रहा था। हरिकिशन का जब स्वास्थ्य ख़राब हुआ और लगा कि नहीं बचेंगे, उस समय उनका चाचा राम राय औरंगज़ेब की चाटुकारिता से गद्दी हड़पने की फ़िराक़ में था। उन परिस्थितियों में गुरु हरिकिशन ने अपने दादा के भाई तेग़बहादुर को गुरु बनाने का इशारा कर दिया। तेग़बहादुर गुरु गद्दी सम्भालने के बाद अमृतसर गए तो अकाल तख़्त और हरमंदिर साहिब का दरवाज़ा मसनदों ने नहीं खोला। सिक्ख समुदाय औरंगज़ेब की नीतियों से कई खेमों में बँट गया था। गुरु तेग़बहादुर शांत स्वभाव के थे तो वे भारत में उत्तर-पूर्व दिशा में यात्रा पर निकल गए ताकि आपसी मारकाट समाप्त हो जाए।

वे मेरठ, इलाहबाद, बनारस होते हुए पटना पहुँचे। उस समय उनकी पत्नी गूज़री गर्भवती थी। पत्नी को सेवकों के भरोसे पटना में छोड़ वे उत्तर-पूर्व चले गए। जहाँ राजा जयसिंह के पुत्र राजा रामसिंह मुग़ल फ़ौज के सेनापति के रूप में ब्रह्मपुत्र के किनारे धुब्रि में युद्ध में उलझे हुए थे। वहीं गुरु तेग़बहादुर को 26 दिसम्बर 1666 को अगले गुरु गोविंदसिंह के जन्म का समाचार ज्ञात हुआ। 1671 में वे पंजाब लौट आए। उन्होंने माखोवाल के नज़दीक आनन्दपुर बसाया। वहीं से गद्दी का संचालन करने लगे।

औरंगज़ेब पूरे ज़ोर शोर से भारत का इस्लामीकरण कर रहा था। वह मराठों, जाटों, सतनामियों, सिक्खों सब पर अत्याचार कर रहा था। उसने पूरे हिंदुस्तान को मुस्लिम बनाने की ठान रखी थी। उसी समय कश्मीर का सूबेदार शेर अफ़ग़ान हिंदुओं को इस्लाम या मौत का विकल्प देकर बड़े स्तर पर मौत के घाट उतार कर झेलम के पानी को लाल कर रहा था। हिंदुओं का एक प्रतिनिधि मंडल गुरु तेग़बहादुर से मिलने आनन्दपुर आया और आप बीती सुनाई। गुरु ने कोई लड़ाई नहीं लड़ी थी वे अहिंसक थे अतः उन्होंने अपनी शहादत देने का निर्णय करके प्रतिनिधियों से कहा कि शेर अफ़ग़ान से कहो कि यदि तेग़बहादुर मुसलमान बन जाए तो वे सब भी इस्लाम स्वीकार कर लेंगे। शेर अफ़ग़ान ने यह ख़बर औरंगज़ेब को पहुँचाई तो औरंगज़ेब ने तुरंत तेग़बहादुर को गिरफ़्तार कर दिल्ली लाकर "इस्लाम या सरक़लम" विकल्प दिया। गुरु ने इस्लाम की जगह मृत्यु को चुना। अगले दिन 11 नवम्बर 1675 को चाँदनी चौक से दिल्ली स्टेशन को जाने वाली सड़क पर उनका सर धड़ से अलग कर दिया गया। वहाँ आज शीशगंज गुरुद्वारा बना है। उनके साथ पाँच सेवक भाई मति दास, गुर्दित्ता, उड़ा, चीमा और दयाला को भी अमानुषिक यातनाएँ देकर मारा

गया। मतिदास को बाँध कर आरी से काटा गया था। एक को उबलते तेल की कढ़ाई में डालकर जान निकलने तक भूना गया। पूरे पंजाब में गुस्से की लहर दौड़ गई।

औरंगज़ेब ने जिस हैवानियत से शिवाजी के पुत्र शम्भा जी और कवि कलश को मारा था उसी हैवानियत से गुरु तेग़बहादुर को मारा था। सभी शहीद जो काम जीते जी नहीं कर सके वो उनकी शहादत ने कर पूरे हिंदू और सिक्ख क़ौम को शहादत के लिए तैयार कर दिया। मुग़ल परचम 1707 में औरंगज़ेब की मौत के बाद दस साल में ही तार-तार हो गया। अंग्रेज़ों का काम आसान हो गया।

औरंगज़ेब एक सच्चा मुसलमान परंतु बुरा शासक सिद्ध हुआ। उसके ग़लत कामों से 150 साल पहले अकबर का खड़ा किया हुआ साम्राज्य तास के पत्तों के महल की तरह ढह गया। इससे बाबर की सीख सही सिद्ध हुई कि : "ऐ मुग़लों! गर हिंदुस्तान में हुकूमत करना है तो सख़्त होना पर ज़ुल्म न करना, यदि सख़्त न होगे तो बग़ावत होगी पर संभाल लोगे और यदि ज़ुल्म करोगे तो ऐसी बग़ावत होगी जिसे संभाल न पाओगे।" यही हुआ भी।

औरंगज़ेब ने हिंदुस्तान को एक ऐसा नासूर दिया जो अभी भी जब तब रिसता रहता है। अवसरवादियों को उस नासूर को दबा कर अपने मतलब का मवाद और ख़ून निकाल कर सुलगती आग में राजनैतिक रोटियाँ सेंकने का मौक़ा मिलते रहता है और वे मौक़ा बिलकुल नहीं चूकते हैं।

गुरु गोविंद सिंग जी सिक्खों के दसवें और अंतिम गुरु थे। उसके बाद गुरूग्रंथ साहिब को ही गुरु मान उसके मार्गदर्शन में सिक्ख पन्थ आज तक चल रहा है। गुरु गोविंद सिंग जी का जीवन एक क्रांति की लौ है जो उन्होंने अपनी 43 वर्ष की छोटी आयु में प्रज्वलित की और सदियों शोषण और अत्याचार के विरुद्ध सिक्खों के संघर्ष की राह प्रशस्त करेगी।

गोविंद का जन्म पटना में हुआ था जब उनके पिता गुरु तेग़बहादुर पूर्वोत्तर भारत में थे। बाद में वे अपने पिता के साथ आंनदपुर आ गए थे। औरंगज़ेब ने उनके पिता का शीश कटवाया तो सेवक रात में शीश उठा कर आंनदपुर ले गए। जब उनके पिता गुरु तेग़ बहादुर का सिर उनके पास आनन्दपुर लाया गया। वे उस समय नौ साल के थे। उन्होंने विचलित हुए बग़ैर पिता के सिर का अंतिम संस्कार धैर्यपूर्वक किया। इससे सिक्ख संगत में उनके प्रति आस्था बढ़ गई। सिक्ख हथियार और घोड़े लेकर उनकी सेवा में आने लगे। जैसे-जैसे मुग़लों के अत्याचार बढ़ते जाते थे सिक्ख संगत दुगुनी-चौगुनी संख्या में बढ़ने लगी। पटना में उन्होंने हिंदी और संस्कृत सीख ली थी उसके बाद कृपाल चन्द नाम के एक स्वामिभक्त सेवक ने उनको गुरुमुखी और फ़ारसी की बेहतरीन शिक्षा दिलाई थी। उनमें दिमाग़ और दिल की दिव्य क्षमताएँ विकसित हुईं थी। वे एकसाथ अच्छे शासक, सेनापति और कवि थे।

उनकी दो शादियाँ हुईं थीं। दूसरी पत्नी सुंदरी से उनका एक बड़ा बेटा अजित सिंग था और पहली जीतो से जूझार सिंग, ज़ोरावर सिंग और फ़तह सिंग तीन बेटे थे। शिवालिक पहाड़ों के बीच माखोवाल में उन्होंने अपना ठिकाना बनाया था। जो हिमाचल में कल्हेरु के पहाड़ी राजा राजा भीमचन्द के राज्य में स्थित था। अभी यह हिमाचल उत्तराखंड और पंजाब की सीमा पर पड़ता है। यह स्थान हिमालय तलहटी को मैदान से जोड़ता है। वहाँ आनंद ही आनंद की अनुभूति होती है इसलिए गुरु ने वहाँ आनन्दपुर बसाया। भीम चन्द ने लगान वसूली हेतु उन पर आक्रमण किया। उसकी बुरी हार हुई तो उसने गोविंद सिंग जी से रक्षा संधि कर ली।

3 अक्टूबर 1688 को श्रीनगर के शासक फ़तह शाह ने पहाड़ी राजाओं से मिलकर एक आक्रमण आनन्दपुर पर किया। वह लड़ाई भंगानी की लड़ाई के नाम से जानी जाती है। उसमें सिक्खों ने दुश्मन को बुरी तरह हराया। गोविंद सिंग जी को अब पहाड़ी राजाओं और मुग़ल शासकों से एक साथ निपटना था। अतः उन्होंने पहाड़ों पर आनंद गढ़, केशगढ़, लोहगढ़ और फ़तह गढ़ नामक चार क़िले बनवाए।

1690 में पंजाब सूबे के मुग़ल सूबेदार अलिफ खान ने पहाड़ी राजाओं से मिलकर काँगड़ा जम्मू के रास्ते से सिक्खों पर हमला किया। वह लड़ाई नाँदों की लड़ाई के नाम से जानी जाती है। उसमें भी सिक्ख जीते। लेकिन गोविंद सिंग जी को सिक्खों में साहस और जूझारूपन की कमी नज़र आयी और यह भी तय था कि उनके विरुद्ध मुग़ल और पहाड़ी हिंदू राजा एकजुट हैं। अतः अस्तित्व बचाने हेतु एक पूरी तरह समर्पित जूझारू सैन्य दल गठन परमावश्यक हो गया था।

उन्होंने 1699 की वैसाखी पर केशगढ़ में सिक्खों की संगत बुलाई। जिसमें 80,000 सिक्खों ने शिरकत की। आत्म उत्सर्ग देने के लिए उन्होंने पाँच लोगों को बुलाया। बहुत देर तक कोई नहीं आया अंत में पाँच लोग आगे आए। वे तलवार सहित एक व्यक्ति को लेकर अंदर जाते थे और दोधारी रक्त रंजित तलवार लेकर बाहर आकर नए आदमी को लेकर अंदर जाते थे। इस प्रकार पाँच शहादत संगत के सामने प्रस्तुत की। वे पाँच आदमी दयाराम, धर्मदास, मोखमचन्द, साहिबचन्द और हिम्मतराय थे। उन्होंने फिर सभी पाँचों को वापस संगत के सामने बुलाकर उनकी सर्वस्व न्योछावर करने की भावना की जानकारी देकर उन्हें अमृत चखाकर पहले पंज-प्यारे बनाए। उन्हें खालसा नाम दिया। खालसा याने ख़ालिस शुद्ध। जो अपनी शहादत देने को तत्पर थे। ख़ालिस होना मतलब आत्मबलि के लिए शुद्ध हो जाना।

उनको पाँच चीज़ों का पाबन्द बनाया कि वे हमेशा केश, कंघा, कच्छा, कड़ा और कृपाण धारण करेंगे। उन्हें सियारों के बीच सिंह बताया। उनका नाम तब ही से क्रमशः दया सिंह, धर्म सिंह, मोखम सिंह, साहिब सिंह और हिम्मत सिंह हो गया। उन पंज प्यारों से गुरु गोविंद ने अमृत चखा, तब से वे गुरु गोविंद सिंह कहलाए।

वे भी बलि के लिए ख़ालिस याने शुद्ध हो गए। उन्होंने सब को आपस में बराबर बताया। कोई बड़ा या छोटा नहीं था। एक बाक़ी चार का सरदार था। इस प्रकार हर पंज प्यारा दूसरों का सरदार बना। तब ही से खालसा पंत की नींव पड़ी और "सरदार" सम्बोधन शब्द अस्तित्व में आया। सिक्ख मौना यानि केश कंघा कच्छा कड़ा और कृपाण के बग़ैर भी हो सकता है लेकिन सरदार को इन पाँचों चीज़ों का पाबन्द होना ज़रूरी है तब ही वह "खालसा" या "सरदार" कहाएगा।

शिवाजी की मृत्यु हो चुकी तो उधर औरंगज़ेब दक्षिण में मराठों से निर्णायक युद्ध में लगा था इधर उत्तर में सिक्ख जाट राजपूत लामबंद हो रहे थे। उस समय अंग्रेज़ सूरत मद्रास और कलकत्ता में फ़ैक्टरी खोल कर कारोबार बढ़ाने में लगे थे। भारत शतरंज का मैदान बना था। सेनापति अपनी-अपनी सेना को मंद गति से आगे बढ़ा रहे थे।

औरंगज़ेब की ग़लत सांप्रदायिक नीतियों से पूरे भारत में आग सुलग रही थी। सबसे ज़्यादा द्वेष की आग औरंगज़ेब के हृदय में धधक रही थी। वह अपने परदादा अकबर की बनाई जागीर और हिंदुस्तानियों के दिलों के ज़मीर दोनो को बरबाद करने पर तुला था। वह मराठों को नेस्तनाबूद करने पर उतारू था। वह बीस साल से दिल्ली से दो हज़ार किलोमीटर दूर दक्षिण में धूल खा रहा था ख़ज़ाना-सेना-प्रशासन सब कुछ उसने भारत को पूरा मुसलमान बनाने की ज़िद में खपा दिया था।

गुरु गोविंद सिंह जी ने इस बीच शिवालिक पहाड़ों में ठिकाना बनाकर रामायण, महाभारत और पुराण गुरुमुखी भाषा में लिखे। जिन्हें पढ़कर पंजाबियों में साहस और संघर्ष का प्रसार हुआ। अधिक से अधिक लोग सिक्ख और खालसा पन्थ में शामिल होने लगे। ऐसी परिस्थितियों में सिक्ख एक नई ताक़त बनकर उभरे। जिनसे निपटने के लिए औरंगज़ेब ने सरहिन्द के सूबेदार वज़ीरखान को सिक्खों को ठिकाने लगाने की ज़िम्मेदारी सौंपी। वज़ीर खान ने पहाड़ी राजाओं के साथ मिलकर 1701 में आनन्दपुर पर हमला किया। सिक्खों ने उनको खदेड़ दिया। यह युद्ध आनन्दपुर की पहली लड़ाई के नाम से जाना जाता है।

साहिबज़ादा अजीत सिंह सिखों के दसवें गुरु गोबिंद सिंह के चार पुत्रों मे से सबसे बड़े थे। माता सुन्दरी के गर्भ से इनका जन्म हुआ था। वे माता सुन्दरी के एकमात्र पुत्र थे। इनके तीन छोटे भाई थे साहिबजादा जुझार सिंह, साहिबजादा जोरावर सिंह और साहिबजादा फतेह सिंह उनकी सौतेली माँ से जन्मे थे।

पहली लड़ाई से पस्त होकर वज़ीर खान पहाड़ी राजाओं के साथ पूरी तैयारी से 1704 में फिर आया। उसने आनन्दपुर का घेरा डाल कर रसद और पानी के सारे रास्ते बंद कर दिए। एक महीने में सिक्खों का रसद पानी ख़त्म हो गया तो चालीस खालसा संगत छोड़कर भाग गए। लोग जब भूखे मरने लगे तो गुरु ने समझौता की

बात चलाई यह तय हुआ कि सिक्खों को आनन्दपुर से निकलने का रास्ता दे दिया जाएगा। अगले दिन जब सिक्ख जाने लगे तो मुग़ल फ़ौजों ने हमला करके उनको काटना शुरू कर दिया। ऊहापोह की स्थिति में गुरु गोविन्द सिंह जी की माता नानकी और दो पुत्र जोरावर सिंह और फ़तेह सिंह मुग़ल सेनापति वज़ीर खान के हाथ लग गए। उसने उनको इस्लाम मंज़ूर कर जान बचाने को कहा, उनके इंकार करने पर उन्हें दादी के सामने ज़िंदा दीवार में चुनवा दिया। उनकी दादी भयानक दृश्य देखकर सदमे में चल बसी। बच्चों की ज़िंदा दिवार में चुनने वाले कारीगरों की आँखों से झरझर आँसू बहते जाते थे। उनके हाथ काँप रहे थे, परंतु भारतीय राष्ट्रवाद के मासूम सेनानियों के चेहरों पर भय का कोई भाव नहीं था। जब उस हृदय विदारक दृश्य का वर्णन सिक्ख कीर्तन के साथ गाकर पंजाब के ग्रामीण इलाक़ों में सुनाया गया तो लोगों में शहादत देने को होड़ सी लग गई।

गुरु गोविंद सिंह बाक़ी दो पुत्रों और पाँच खालसा सैनिकों के साथ भाग निकले। रास्ते में खिन्द्रना में उन्हें वे चालीस खालसा मिले जो उन्हें छोड़कर भागे थे। गुरु ने उनको उनके पलायन के पाप से जिस जगह मुक्त किया, उस जगह का नाम मुक्तसर हुआ। उन सबने मिलकर पीछा करते मुग़ल सैनिकों का जमकर मुक़ाबला किया। लड़ाई में उनके बाक़ी दो पुत्र सहित सब मारे गए। नबी खान और गनी खान नामक दो लोगों ने गुरु गोविंद सिंह को एक मुस्लिम सूफ़ी संत के रूप में पंजाब से बाहर निकाला। इस प्रकार जोरावर सिंह और फ़तेह सिंह को सरहंद के नवाब वाजिद खान ने जिन्दा दिवार में चुनवा दिया था और अजीत सिंह और जुझार सिंह को चमकौर की लड़ाई में वीरगति प्राप्त हुई थी। अजीत सिंह की स्मृति में पंजाब के मोहाली शहर का नाम 'बाबा अजीत सिंह नगर' रखा गया है।

गुरु जी ने औरंगज़ेब को एक ख़त लिखकर अत्याचार का विवरण लिख भेजा। औरंगज़ेब ने उन्हें दक्षिण में ही बुलाकर बात करने को कहा। वे राजस्थान पार करके गोदावरी के तट पर नांदेड़ पहुँचे। वहाँ दो अफ़ग़ान भक्त बनकर उनके पास पहुँचे और उनको ख़ंजर मार के घायल कर दिया। गुरु ने तलवार के एक ही वार में उन्हें वहीं ढेर कर दिया परंतु ख़ंजर के घाव से उनकी भी जान न बच सकी परंतु मृत्यु पूर्व उन्होंने बन्दा बहादुर के नेतृत्व में सेना गठित कर पंजाब में अत्याचार से लड़ने हेतु सेनापति बनाकर उसका तिलक कर दिया था। यहीं से सिक्ख सेना की शुरुआत हुई।

## महान सेनानी शिवाजी

मध्ययुगी हिंदुस्तान और आधुनिक भारत के संधि काल में भारत के क्षितिज पर एक दैदीप्यमान ध्रुव तारे का उदय हुआ। नाम था उसका शिवाजी। उसका हरदय उसकी माँ ने रामायण महाभारत के पात्रों की साहसिक व लोमहर्षक कहानियाँ सुना-सुना

कर फ़ौलादी बनाया था। उसका दिमाग़ पिता की जागीर की देखभाल करने वाले चरित्रवान स्वाभिमानी कुशल प्रशासक व सैन्य विषयों के अच्छे जानकार दादाजी कोंडेय ने तेज़ और विलक्षण निर्णय करने वाला विकसित किया था। समर्थ गुरु रामदास ने शिवाजी की आत्मा को आध्यात्मिक ऊहापोह से विलग परमार्थ हेतु आत्म बलिदान द्वारा स्वधर्म की रक्षा और म्लेच्छ संस्कृति से स्वदेश की रक्षा व पुनर्स्थापना हेतु समर्पण संकल्पित बनाया था। शिवाजी विलक्षण व्यक्तित्व के धनी थे। पाँच वर्ष की उम्र में पिताजी द्वारा छोड़ कर चले जाने से उनका लालन पालन माँ जीजाबाई ने किया था। जीजाबाई पवित्र धार्मिक बहादुर महिला थीं। उनके पिता और भाई की हत्या अहमदनगर के सुल्तान ने करवा दी थी। वो हिंदू धर्म की रक्षा हेतु शिवाजी को शुरू से ही एक समर्पित सिपाही बनाना चाहतीं थी। इसमें पुत्र की जान को ख़तरा था लेकिन उन्हें इसमें कोई संशय नहीं था कि शिवा एक दिन गुरु रामदास द्वारा परिकल्पित स्वराज्य की स्थापना ज़रूर करेगा। परिणामस्वरूप शिवाजी अपने समय के एक कुशल प्रशासक, सेनापति, वित्तीय प्रबंधक, कूटनीतिज्ञ और ग़ज़ब के साहसी व दूरदर्शी नायक थे। शिवाजी और महाराणाप प्रताप, ये दो भव्य व्यक्तित्व भारतीय जनमानस में स्थाई रूप से विद्यमान हैं और रहेंगे। दोनो की तुलना बेमानी है लेकिन एक बात पर सहज ध्यान जाता है कि महाराणा प्रताप अपने राज्य और स्वाभिमान की मुग़लों से रक्षा करते-करते अमर हो गए। वहीं शिवाजी ने एक ऐसा साम्राज्य खड़ा किया जिसने मुग़ल साम्राज्य की चूलें हिला दीं। काश! शिवाजी दीर्घायु होते तो शायद भारत का इतिहास अलग ही होता। लेकिन जो है सो हमारे सामने है। फिर भी हमारे नायक की उपलब्धि कम नहीं है कि अंततोगत्वा मुग़ल साम्राज्य के वारिसों को मराठों से अपनी रक्षा करवानी पड़ी तो भी मुग़ल साम्राज्य चालीस साल में ही बिखर गया। मुग़ल साम्राज्य की हद दिल्ली की सीमा तक सीमित हो गई थी।

शिवाजी का व्यक्तित्व गुरु रामदास ने गढ़ा था। जिन पर शुक्राचार्य की शिक्षा का प्रभाव था। राक्षस राज हिरण्यकश्यप का वध विष्णु ने नरसिंह अवतार रूप में किया था। हिरण्यकश्यप की बेटी याने भक्त प्रह्लाद की बहन दिव्या और भृगु ऋषि से उत्पन्न शुक्राचार्य असुरों के गुरु थे। शुक्र नीति और चाणक्य की कुटिल कूटनीति को मिलाकर शिवाजी ने उस समय की कुटिल धोखाधड़ी षड्यन्त्र से आप्लावित राजनीति की काट की रणनीति विकसित की थी। युद्ध और संधि की कूटनीति का आधार शुक्रनीति था और हिंदवी स्वराज की प्रशासनिक व्यवस्था चाणक्य के ग्रन्थ अर्थशास्त्र के सिद्धांतों पर रखी थी। यहाँ अर्थशास्त्र का मतलब एकनॉमिक्स नहीं है। असल में चाणक्य ने राजनीति, अर्थनीति, समाजनीति, न्यायनीति, दंडनीति और प्रशासन नीति के सूत्र उस ग्रन्थ में पिरोए थे। उन सूत्रों का अर्थ ब्योरेवार लिखा था ताकि प्रशासनिक अमला ठीक से नियम लागू करे। इसीलिए उस ग्रन्थ को अर्थशास्त्र नाम दिया था। ऐड़म स्मिथ का अर्थशास्त्र तो अट्ठारहवीं सदी में आया।

उसी आधार पर युद्ध, संधि, कपट, धोखाधड़ी से शिवाजी मुग़लों की कपटपूर्ण नीति से निपट पाए जैसे शकुनि की कपट नीति से कृष्ण निपट सके थे। कुछ पश्चिमी इतिहासकारों और मुग़ल लेखकों ने उन पर छलपूर्वक लूटपाट मारकाट के आरोप लगाए थे क्योंकि जो लूट का काम मुग़ल या अंग्रेज़ करने वाले होते थे उसे शिवाजी उनसे पहले कर जाते थे। देश काल परिस्थिति के अनुसार त्वरित निर्णय की अद्भुत क्षमता थी शिवाजी में। शिवाजी की बुद्धि बहुत व्यवहारिक तरीक़े से सोचती थी। भारतीय युद्ध नीति भी नैतिकता के मानदण्डों पर रखी हुई थी। राजपूत हमेशा वीरता और गौरव का ध्यान रखते थे। जब इस्लाम से उनका सामना हुआ तो उनके झंडाबरदार वीरता गौरव से ज़्यादा धन सम्पत्ति की लालच और कुटिल युद्ध नीति अपने साथ लाए। उनके सैनिकों को लूट के माल जिसे वे माल-ए-ग़नीमत में हिस्सा मिलता था और सबसे अधिक हिस्सा सुल्तान के पास जाता था। उस धन से सुल्तान और ज़्यादा ताक़तवर फ़ौज खड़ी कर लेता था।

शिवाजी का दिमाग़ शुरू से ही बिलकुल स्पष्ट था कि उन्हें एक साथ दो दुश्मन मुग़ल और बीजापुर सुल्तान से निपटना है जिसके लिए अपार धन वांछित था। अतः देश और धर्म के उद्धार हेतु लूट उनकी रणनीति का हिस्सा थी। एक सफल राजा का यह कर्तव्य होता है कि वह सबको साथ लेकर चले इसलिए शिवाजी ने कभी भी धार्मिक आधार पर रियाया में भेद नहीं किया। उनकी जासूसी व कूटनीति का आधार भी कौटिल्य की कुटिल नीति थी कि देश हित साधने के लिए सारे साधन उचित हैं।

सबसे पहले शिवाजी ने अपने दल के साथ तोरण क़िले को बीजापुर राज्य की फ़ौज से छीन लिया। वहाँ उनको 2 लाख हूंन मुग़लों की मुद्रा मिली। उस धन से उन्होंने रायगढ़ में नया क़िला बनवाया। बीजापुर के सुल्तान ने कोई क़दम उन्हें रोकने को नहीं उठाया क्योंकि सरकार कमज़ोर थी और शिवाजी ने दरबारियों को रिश्वत खिलाकर अपनी ओर मिला लिया था वो दरबार में शिवाजी के विरुद्ध किसी कार्यवाही का विरोध करते थे। इसी स्थिति का लाभ उठाकर शिवाजी ने चकन और कोंडांना के क़िलों पर भी अधिकार कर लिया। शिवाजी के पिता बीजापुर राज में दरबारी थे। शिवाजी के लगातार इलाक़ा हथियाने से नाराज़ होकर सुल्तान ने 1648 में शाहजी भोंसले को गिरफ़्तार कर लिया।

उस समय औरंगज़ेब का शाहज़ादा मुराद बख़्श दक्षिण का सूबेदार था वह औरंगाबाद में मौजूद था और बीजापुर को मुग़ल साम्राज्य में मिलाने की जुगत में मराठा सरदारों को फोड़ रहा था। शिवाजी ने फ़ौरन मुराद बख़्श को बीजापुर के विरुद्ध सैनिक सहायता मुहैया करने की अर्ज़ी भिजवा दी, और इस बात की ख़बर बीजापुर सुल्तान तक पहुँचा दी। सुल्तान घबरा गया और शाह जी को रिहा करने की सोचने लगा परंतु जब मुराद बख़्श ने शिवाजी की अर्ज़ी को रद्दी की टोकरी के

हवाले कर दिया तो शिवाजी ने तुरंत बीजापुर सुल्तान को मुग़लों के विरुद्ध लड़ाई में साथ देने का संदेश भिजवा दिया। शाहजी आज़ाद हो गए उनकी दरबारी हैसियत वापस आ गई। ऐसा शातिर तेज़ दिमाग़ था शिवाजी का। जिसमें तुरंत फ़ायदा मिल रहा हो उसे तुरंत लपक लेना चाहिए।

उसके तुरंत बाद शिवाजी ने 1648 में ही बीजापुर के एक मराठा सरदार नीलोजी नीलकंठ से पुरंदर का क़िला छीन लिया। उसके पश्चात उनकी निगाह दक्षिण-पश्चिम में फैले जावली के क़िले पर गई जो मालदार रियासत थी और शिवाजी के विरुद्ध बीजापुर से मिलकर षड्यन्त्र कर रही थी। उन्होंने 1656 में रिश्वत खिलाकर चुपचाप मराठा सरदार चंद्रराव मोरे की हत्या करवा दी। मोरे के दो लड़कों में उत्तराधिकार का झगड़ा छिड़ गया तो उन्होंने शिवाजी को मामला सुलझाने बुलाया। शिवाजी अपने विश्वस्त साथियों के साथ जावली के क़िले पर गए और किलेदार हनुमंत राव मोरे को मारकर क़ब्ज़ा कर लिया। दोनो लड़के जान बचाकर भाग गए। इस प्रकार शिवाजी को अपना साम्राज्य दक्षिण-पश्चिम में कोंकण तक फैलाने का रास्ता खुल गया। तब ही उन्होंने राजगढ़ दुर्ग भी हथिया लिया। इस सफलता से मराठों में साहस और उत्साह का संचार हो गया। शिवाजी के दिमाग़ में सम्पूर्ण दक्षिण में मराठा हिंद स्वराज स्थापित करने की योजना बन रही थी, जिसमें मुग़ल, अहमदनगर और बीजापुर मोहरों की तरह थे।

औरंगज़ेब और शिवाजी मध्ययुगीन भारतीय इतिहास के दो ध्रुव थे। ठीक एक दूसरे के विपरीत। पहला दूसरे को जड़ से मिटाने को उद्यत दूसरा पहले की नाफ़रमानी को कटिबद्ध। पहला दूसरे को मिटाने में ख़ज़ाना लुटा रहा था और दूसरा पहले से निपटने के लिए ख़ज़ाना लूट रहा था। 1657 में औरंगज़ेब दक्षिण का सूबेदार था तब बादशाह शाहजहाँ बीजापुर को जीतने के लिए मराठा सरदारों को फुसलाने में लगा हुआ था। शिवाजी ने एक ख़त शाहजहाँ को भेजा कि मुग़ल साम्राज्य यदि शिवाजी द्वारा जीते गए बीजापुर के क़िले और इलाक़े का उसे स्वामी मान लें एवं दाभोल बंदरगाह व उससे लगा जीता गया इलाक़ा भी उसका मंज़ूर कर लें तो शिवाजी बीजापुर के विरुद्ध मुग़लों का साथ देने को राज़ी हैं। औरंगज़ेब ने गोल माल जबाव भेजा तो शिवाजी ने बीजापुर का साथ देने का निर्णय कर लिया। जब औरंगज़ेब औरंगाबाद से सुदूर दक्षिण-पश्चिम बीजापुर में युद्ध में संलग्न था उसी समय शिवाजी ने अहमदनगर से लगे चमरगुंडा और रेसीन पर आक्रमण किया और जुन्नार से तीन लाख हूंन लूट ले गए। औरंगज़ेब तब से ही शिवाजी से बुरी तरह चिढ़ गया। उसकी यह चिढ़ उसके जीवन के 27 साल एवं अकबर के ज़माने से इकट्ठा ख़ज़ाना लुटाकर भी ख़त्म नहीं हुई। अंत में औरंगज़ेब का शिवाजी से द्वेष मुग़ल साम्राज्य को ही ले डूबा।

औरंगज़ेब, 1658 में शाहजहाँ के मरने पर उत्तराधिकार के झगड़े में शुजा, मुराद और दाराशिकोह को निपटा रहा था तो समय का फ़ायदा उठा कर शिवाजी ने कोलाबा, थाना, भिवंडी, कल्याण यानि आज का पूरा मुंबई जीत कर अपने राज्य में मिला लिया। पुर्तगाली इलाक़ों को लूटकर चौथ वसूलना शुरू कर दिया। कल्याण में लूट के माल में मुल्ला अहमद नवायत की अत्यंत सुंदर पुत्रवधू सेना के हाथ लग गयी, उसे शिवाजी को पेश किया गया क्योंकि उस समय राजाओं में यह प्रथा थी की दुश्मन की सुंदर औरतों पर सेनानायक या राज्य प्रमुख का अधिकार होता है। शिवाजी ने उसके धन ज़ेवरात सहित उसे ससम्मान बीजापुर सुल्तान को भिजवा दिया।

शिवाजी का पूरा जीवन साहसिक कारनामों से भरा पड़ा है। ऐसा ही एक दुस्साहसिक कारनामा उनकी अफ़ज़ल खान से मुलाक़ात थी। बीजापुर का सुल्तान जब शिवाजी से बहुत परेशान हो गया तो उनसे छुटकारा पाने के लिए सुल्तान ने अफ़ज़लखान अब्दुल्ला भटारी को चुना। जिसकी लम्बाई शिवाजी से एक फ़ुट ज़्यादा थी वह अत्यंत बलशाली और तलवारबाज़ी में पारंगत सरदार था। उसने भरे दरबार में घमंड पूर्ण घोषणा की थी कि वो घोड़े पर बैठे-बैठे ही शिवाजी की गर्दन को अपनी बाँह के शिकंजे में घसीट कर सुल्तान के सामने ला पटकेगा। सुल्तान ने उसे उस मुहिम पर भेजा ताकि शिवाजी से मुक्ति मिल जाए।

अफ़ज़ल खान ने कुछ मराठा, मावली व कोली सरदारों को मिला लिया। वह सितम्बर 1659 में पंढरपुर पहुँचा वहाँ विठोवा मंदिर में मूर्ति तोड़ कर वाई पहुँचा। उस समय शिवाजी जावली के जंगलों में डेरा जमाए थे। वहीं उनको सूचना मिली। पहले अफ़ज़ल ने कृष्णाजी भास्कर नामक मराठा को दरबार में सम्मान दिलाने का लालच देकर बुलाने भेजा। शिवाजी को भास्कर से बातचीत में अफ़ज़ल के षड्यन्त्र पूर्वक उन्हें गिरफ़्तार करने या मार डालने की गंध मिल गई। शिवाजी ने अपने दूत पन्ता जी गोपीनाथ को अफ़ज़ल की इच्छा जानने को भेजा। वह प्रतापगढ़ क़िले पर पार नामक गाँव में इंतज़ार कर रहा था। गोपीनाथ ने भी ख़तरे की जानकारी दी। शिवाजी ने अफ़ज़ल खान से डरने का अभ्यास करते हुए ख़बर भिजवाई कि वे बिलकुल अकेले में मिलना चाहेंगे। अफ़ज़ल ख़ान तैयार हो गया। शिवाजी ने सुबह उठकर माँ भवानी की पूजा की, हाथ में भवानी तलवार ली, अंगरखे के नीचे लोहे का कवच पहन कर बाँए हाथ में बघनखा दाहिने तरफ़ कमर पर अँगोछे में कटार फँसा ली, सिर पर लोहे का टोप पहना और चलने को तैयार हो गए। चढ़ते समय अपनी सेना को प्रतापगढ़ की झाड़ियों में छुपा दिया। शिवाजी को सूचना मिली कि अफ़ज़ल खान के साथ एक हज़ार अचूक निशानेबाज़ पहाड़ी को घेरे हैं। उन्होंने मिलने से डरते हुए आने से माना किया तो अफ़ज़ल ने सैनिक हटा दिए।

अफ़ज़ल खान अपने दो शस्त्रधारी सैनिको और एक निपुण ताक़तवर तलवारबाज़ी में पारंगत लड़ाका सैयद बाँदा को लेकर पंडाल पहुँचा। शिवाजी के साथ

जीव महाल और शम्भुजी काव नामक दो सैनिक थे। 2 नवम्बर 1659 का दिन था। शिवाजी ने पंडाल में पहुँचते ही झुककर नमस्कार किया। दोनों ने एक दूसरे को संदेह भरी सुलगती नज़रों से देखा। अफ़ज़ल ने उन्हें गले लगाया तो शिवाजी उसके कंधे तक आए। अफ़ज़ल ख़ान के बलिष्ठ हाथ शिवाजी की पीठ पर से उनकी गर्दन पर आ गए, उसने शिवाजी का गला दबा कर मारने की कोशिश की तब ही शिवाजी ने ख़तरा भाप कर बाएँ हाथ का बघनखा अफ़ज़ल के पेट में दाहिनी तरफ़ घुसेड़कर आतें बाहर निकाल दीं और झुककर दाहिने हाथ से कटार उसके पेट के बाँए हिस्से में घपा दिया। अफ़ज़ल लड़खड़ा कर चिल्लाते हुए पीछे गिर गया। उसी समय सैयद बाँदा ने शिवाजी के सिर पर तलवार के भारी तेज़ वार किया तलवार शिवाजी के लोहटोप से टकरा कर उछल गई। जीव महाल ने चीते की फुर्ती से सैयद बाँदा का तलवार वाला हाथ काट दिया। यह सब बिजली की फुर्ती से दो सेकंड में घटित हो गया। मराठा सेना जय भवानी और हर-हर महादेव के उद्घोष से अफ़ज़ल खान की गाफ़िल सेना पर टूट पड़ी, उसके तीन सौ सैनिकों को आधा घंटे में ही काट डाला। शिवाजी के हाथ दस लाख मुद्रा और ज़ेवरातों का खजाना लगा। इस घटना के तुरंत बाद शिवाजी ने कोल्हापुर और पनहला का क़िला जीत लिया। बीजापुर में मुर्दानी छा गई। उस समय दिल्ली में औरंगज़ेब अपने भाइयों को यमलोक पहुँचा रहा था।

अभी के कुछ नासमझ सभ्य लेखक शिवाजी पर लुटेरा होने का आरोप लगाते हैं लेकिन इतिहास जानने वाले अच्छी तरह से वाक़िफ़ हैं कि जो भी राजा बने, जिन्होंने राजवंश चलाया वे शुरुआत में लुटेरे ही थे और तलवार के बल पर अपने-आपको राजा स्वीकार करवा लिया करते थे। आज कोई भी यह मानने को तैयार नहीं है कि ईश्वर ने राजा को राज्य करने का अधिकार दिया था। यह अवधारणा यूरोप में ग्रीक सिद्धांत से प्रभावित चर्च से निकली हुई राजसत्ता ने निहित स्वार्थ से प्रचारित की थी।

भारत में शुरू से ही गणराज्य जनपद होते थे। उनमें बारी-बारी से शासन अलग-अलग सभासद संभालते थे। कोई राजा नहीं होता था। महाजनपदो के आपसी संघर्ष में मगध जनपद बाक़ी सब को निगल गया। सिकन्दर के साथ राजा ईश्वर का प्रतिनिधि है की ग्रीक अवधारणा तक्षशिला पहुँची वहीं से चाणक्य और चंद्रगुप्त ने उठा ली। उसे सही ठहराने के लिए चंद्रगुप्त को महानंद का मुरा दासी से उत्पन्न पुत्र बताया गया और राजा ईश्वर का प्रतिनिधि है की अवधारणा चल पड़ी।

शिवाजी ने उस समय दुनिया की सबसे शक्तिशाली मुग़ल सत्ता से उनके ही देश में लोहा मनवाया। ऐसा उदाहरण दुनिया के इतिहास में नहीं मिलता है। शिवाजी की अदम्य इच्छा शक्ति ने उनसे जान जोखिम में डालकर अद्भुत काम करवाए। उनका एक काम था शाइस्ता खान के खेमे पर रात में हमला भूखे शेर की नाद में मेमने के घुसने की मानिंद था।

बुरहानपुर का शाइस्ता खान ताजमहल मज़ार की मालकिन मुमताज़ महल का भाई होने के नाते शाहजहाँ का साला और औरंगज़ेब का मामा था। वह एक अच्छा सेनानायक माना जाता था। औरंगज़ेब ने भाइयों का सफ़ाया करके शिवाजी को ठिकाने लगाने की सोची। उसने शाइस्ता खान को दक्षिण का सूबेदार बना भेजा। शाइस्ता खान ने बीजापुर से मिलकर शिवाजी को घेरने की रणनीति बनाई। वह अहमदनगर से मराठा ठिकानों को जीतता चला और बीजापुर की सेना दक्षिण से बढ़ी। वो उत्तर की तरफ़ के शिवाजी के इलाक़े जीतते चले गए। यह काम शाइस्ता खान ने धीरे-धीरे दो साल में किया। वह पूना को जीतकर, जिस घर में शिवाजी का बचपन बीता था उसमें अपना हरम बना कर रहने लगा।

अब शिवाजी के सामने करो या मरो की स्थिति थी। उन्होंने आक्रमण में ही सुरक्षा के सिद्धांत पर मुग़लों का मनोबल तोड़ने की नीति के तहत शाइस्ता खान के खेमे पर रात में हमले की योजना बनाई। वो 15 अप्रेल 1663 की शाम को चुने हुए 200 सैनिकों के साथ पूना पहुँचे। जब घुसने लगे तो मुग़ल सिपाहियों के पूछने पर उन्हें बताया कि वे मुग़ल सेना के ही मराठा सिपाही हैं अपने ठिकानों पर जा रहे हैं। रात गहरी होने पर उन्होंने जहाँ शाइस्ता खान रुका था उसका दरवाज़ा दीवार सहित तोड़कर निकाला। सबसे पहिले शिवाजी ने अंदर दाख़िल होकर शाइस्ता खान पर हमला किया उसके हाथ का अँगूठा कट गया वो भागा, उसका लड़का सामने आया और अपनी जान से गया। सैनिकों ने अंधेरे में जनानखाना की औरतों को मार दिया। शाइस्ता का एक लड़का, 6 बेगम और 20 औरतें मारी गयीं। जब तक मुग़ल फ़ौज नींद से जागती शिवाजी साथियों के साथ निकल भागे। इस घटना ने मुग़लों को हिला कर रख दिया और शाइस्ता खान का तबादला बंगाल कर दिया गया। मराठों का आत्म विश्वास चरम पर पहुँच गया। यह शिवाजी की साहसिक नेतृत्व क्षमता का अनुपम उदाहरण था।

शाइस्ता खान और बीजापुर की मिलीजुली फ़ौज ने मराठा साम्राज्य का दक्षिण और उत्तर-पश्चिम का इलाक़ा जीत लिया था। लिहाज़ा शिवाजी को संघर्ष जारी रखने के लिए धन की ज़रूरत थी। उन्होंने 400 घुड़सवार तैयार किए और 10 जनवरी 1664 को रवाना होकर 16 जनवरी को सूरत जा पहुँचे। सूरत मुग़लों का एक मात्र बन्दरगाह था जहाँ से हज यात्री मक्का मदीना जाते थे और अंग्रेज़ व्यापारी जहांगीर के समय से फ़ैक्टरी डालकर कारोबार करते थे। शहर धनाढ्य व्यापारियों से आबाद था। मुग़ल फ़ौजदार इनायत खान भाग कर क़िले में छुप गया। कारोबारियों और जनता को शिवाजी की लूट के लिए आज़ाद छोड़ दिया। शिवाजी ने 4 दिन ख़ूब दिल से सूरत को लूटा। जब तक इस मुहिम की ख़बर औरंगज़ेब तक पहुँचती, एक करोड़ हूंन से अधिक सोना-चाँदी हीरे-मोती लूट कर 20 जनवरी को सूरत छोड़ दिया। औरंगज़ेब और शिवाजी के बीच यह शह-मात का खेल लम्बा चला। अब

बारी औरंगज़ेब की थी। उसने तिलमिलाकर उस समय के सबसे क़ाबिल मिर्ज़ा राजा जयसिंह के नेतृत्व में एक बड़ी मुहिम शिवाजी के विरुद्ध छेड़ी, जिसका अंत शिवाजी की आगरा में नज़रबंदी से हुई।

आमेर के राजपूत राजा जयसिंह को उनकी उत्कृष्ट सेवाओं के लिए औरंगज़ेब ने मिर्ज़ा की उपाधि दी थी। उन्होंने मुग़ल साम्राज्य के लिए कई मुश्किल लड़ाइयाँ जीतीं थीं और वे बहुत ही प्रतिभा सम्पन्न और कूटनीतिज्ञ व्यक्तित्व के धनी थे। सूरत में शिवाजी की कार्यवाही से नाराज़ होकर औरंगज़ेब ने मनचाहे सिपहसलार जयसिंह के अधीन मनचाही फ़ौज और मनचाहा धन देकर शिवाजी को नियंत्रण में लाने भेजा। जयसिंह ने सबसे पहले बीजापुर गोलकुंडा को कूटनीतिक चालों में फाँसकर यह निश्चित कर लिया कि वे या तो तटस्थ रहेंगे या दक्षिणपूर्व से शिवाजी के राज पर हमला करेंगे। उसने कई मराठा सरदारों को फोड़ लिया। उसके बाद जो भी शिवाजी से द्वेष रखते थे, जैसे अफ़ज़ल खान के बेटे, जवाली के राजकुमार, जज़ीरा के सिद्दी उन सबको इकट्ठा कर शिवाजी पर चारों तरफ़ से हमले की मुहिम चलाई।

उसने सासबड से मुहिम शुरू करके कई सैनिक टुकड़ियों की छापामार लड़ाईयों से मराठों के गाँव उजाड़ना शुरू किया। शिवाजी की छापामार लड़ाई की काट राजा जयसिंह ने छापामार मुहिम से ही निकाली। वह शिवाजी को पुरन्दर के क़िले में घेरने चला। सबसे पहले पूर्वी किनारे का वज्रगढ़ का क़िला घेरा डाल कर जीत लिया। क़िले रक्षकों को मारे बिना घर जाने दिया ताकि पुरन्दर के रक्षक लडे बिना ही क़िला सुपुर्द कर दें। फिर माची दुर्ग छीन लिया। शिवाजी यहाँ घिरे गए, वहीं परवर्ती इलाक़ों पर मुग़लों की टुकड़ियाँ क़हर वरपा रहीं थी। मजबूर होकर शिवाजी ने समर्पण का निर्णय किया और 24 जून 1665 को जयसिंह से सुरक्षा का विश्वास पाकर शिवाजी सीधे राजा जयसिंह के पंडाल में पहुँच गए।

जयसिंह ने आगे बढ़कर शिवाजी को गले लगाया और अपने पास बिठा लिया। उसी समय जयसिंह ने दिलेर खान और तीर्थसिंग नामक सिपाहसालारों को पुरन्दर पर आक्रमण तेज़ करने की आज्ञा दी। शिवाजी राजपूत खेमे से मराठों को मरते देखते रहे और जयसिंह दिखाते रहे ताकि समझौते की शर्तें मुग़लों के हित में तय हों। शिवाजी ने ख़ून खराबा रोकने हेतु आत्म समर्पण की सहमति दे दी। शिवाजी और राजा जयसिंह आधी रात तक समर्पण की शर्तों पर बात करते रहे। अंत में पुरन्दर की संधि निम्नांकित तरीक़े से हो गई।

शिवाजी ने 23 क़िले और उनसे जुड़ा इलाक़ा मुग़लों को सौंप दिया।

12 क़िले और उसकी आय शिवाजी के पास रहे।

शम्भा जी को 5000 घुड़सवार सैनिक के साथ मुग़लों की सेवा करनी होगी।

शिवाजी को दक्षिण में मुग़लों की तरफ़ से युद्ध करना होगा।

इसके बाद शिवाजी दक्षिण की सूबेदारी चाह रहे थे तो राजा जयसिंह ने पाँच हज़ारी मनसबदारी, अच्छी जागीर और 50,000 नक़द देकर और उसे दक्षिण की सूबेदारी मिलने की सम्भावना के भरोसे औरंगज़ेब से आगरा में मिलने हेतु तैयार कर लिया। जयसिंह के पुत्र रामसिंह से सुरक्षा वचन और दरवार में सम्मान का भरोसा मिलने पर शिवाजी ने आगरा जाना मंज़ूर कर लिया। यह बहुत दुस्साहसिक निर्णय था।

शिवाजी और औरंगज़ेब एक दूसरे के जानी दुश्मन थे। शिवाजी 16 मार्च 1666 को अपने पुत्र सम्भाजी 5 बड़े पदाधिकारी और 350 चुने हुए सैनिक दस्ते के साथ मौत से मुलाक़ात करने आगरा रवाना हुए। ये अलग बात है कि बाद में वो मौत को चकमा देकर वापस रायगढ़ आ गए थे। धौलपुर के आगे मुंबई-आगरा रोड पर सराय मानिकचन्द के खंडहर आज भी मौजूद हैं। 21 मई को शिवाजी वहीं रुके थे। रामसिंग के मुंशी गिरधारीलाल ने उनका स्वागत उस सराय में किया क्योंकि रामसिंग की तैनाती उस रात शाही महल पर हो गई थी वो वहाँ से हट नहीं सकता था। अगले दिन शिवाजी को दीवाने आम पहुँचने में देर हो गई। औरंगज़ेब उठ कर दीवाने ख़ास में चला गया था। अतः मीर बक्शी असद खान ने शिवाजी को वहीं पेश किया। शिवाजी ने एक हज़ार मुहर और दो हज़ार रुपये नक़द रक़म बतौर नज़राना पेश किए एवम् पाँच हज़ार रुपये बादशाह पर न्योछावर किए।

औरंगज़ेब कुछ नहीं बोला, बस उनकी ओर एक नज़र भर के देख लिया। शिवाजी को पाँच हज़ार मनसबदारों की तीसरी पंक्ति में खड़ा किया गया। उनके सामने जसवंत सिंग सिसोदिया खड़ा था जो मराठों से लड़ाई में पीठ दिखा के भाग गया था। उसके बाद खिलअत भेंट की गईं। जसवंत सिंह की प्रशंसा की गई। शिवाजी को खिलअत नहीं भेंट की गई। शिवाजी के तन बदन में आग लग गई। औरंगज़ेब ताड़ गया। उसने रामसिंग से शिवाजी की हालात के बारे में पूछा। जब रामसिंग शिवाजी के पास गया तो शिवाजी ने कहा तुमने मुझे देखा है तुम्हारे पिताजी ने मुझे देखा है बादशाह ने देखा है। जानते हो मैं किस प्रकार का आदमी हूँ फिर भी मुझे तीसरी पंक्ति में खड़ा किया। मैं मनसबदारी ठुकराता हूँ। यह कहकर औरंगज़ेब की तरफ़ पीठ करके दरबारे ख़ास से चले गए। जबकि दरबार में सीधे कोरनिश बजाते हुए पीछे खिसका जाता था, यह बादशाह की बेइज़्ज़ती मानी जाती थी।

जब अकबर मानसिंग से मिला था तो दो सभ्यताएँ मिलीं थीं और जब औरंगज़ेब शिवाजी मिले तो दो सभ्यताएँ टकराईं थीं जिसकी गूँज आज तक हिंदुस्तान की फ़िज़ा में मौजूद है। रामसिंग ने उनका हाथ पकड़ कर लाना चाहा तो शिवाजी हाथ छुड़ाकर एक खम्भे के पीछे जाकर बैठ गए। रामसिंग ने शिवाजी की तबियत ख़राब होने का बहाना बना दिया। कुछ सामंतो के समझाने पर भी वो नहीं आए। एक दरबारी ने औरंगज़ेब को सही स्थिति बताई। औरंगज़ेब ने रामसिंग को आज्ञा

दी की वो शिवाजी को अपने निवास पर ले जाए। दूसरे दिन भी शिवाजी ने दरबार में जाने से मना कर दिया। शिवाजी जयसिंग के वचन से रामसिंग की सुरक्षा में थे अतः औरंगज़ेब उनको सीधा नहीं मरवा सकता था। वह उनको मारने की जुगत बिठाने लगा।

मुग़ल दरबार में राजपूतों के दो गुट थे, राजा जयसिंग का कछवाहा राजपूत गुट और राठौरों के प्रतिनिधि जसवंतसिंह के नेतृत्व वाला गुट। शिवाजी को राजा जयसिंग ने सुरक्षा का वचन दिया था,जिसकी ज़िम्मेदारी उनके पुत्र रामसिंग पर थी। जसवंतसिंह गुट चाहता था कि शिवाजी को मार डाला जाय जिससे कछवाहा गुट की हेठी तय थी। शाइस्ताखान जिसका अँगूठा पूना में शिवाजी के आक्रमण से कट गया था, उसका भाई जाफ़रखान वज़ीर था इन दोनो की बीबियाँ शिवाजी का वध चाहतीं थीं। औरंगज़ेब की बहन जहाँआरा भी शिवाजी के विरुद्ध थी, याने अधिकांश दरबारी चाहते थे कि शिवाजी का सफ़ाया कर दिया जाए लेकिन खुलेआम ऐसा करने से हिंदुओं में विद्रोह भड़क जाने का अंदेशा था। औरंगज़ेब राजा जयसिंग को नाराज़ नहीं करना चाहता था। वह शिवाजी को ऐसे मारना चाहता था कि मौत स्वाभाविक लगे। औरंगज़ेब ने शिवाजी को एक कुख्यात रादनदाज खान के सुपुर्द करने की सोची ताकि वो शिवाजी को ठिकाने लगा दे। रामसिंग ने इसका विरोध किया तो उसने शिवाजी को राजा जयसिंग के जयपुर भवन में रखवा दिया। औरंगज़ेब ने बाद में निर्णय किया कि शिवाजी को अफ़ग़ानिस्तान की पश्चिमी सीमा पर यूसुफ़जई और अफ़रीदी कबीलों के विद्रोह को दबाने के लिए भेजा जाए ताकि रास्ते में उनका ख़ात्मा कराया जा सके, इसके लिए वो वह राजा जयसिंग की सहमति मिलने की प्रतीक्षा कर रहा था, मामला लटका रहा और इस बीच शिवाजी ने दरबारियों को रिश्वत देकर अपने पक्ष में कर लिया। बात आयी गयी हो गई।

शिवाजी ने एक करोड़ देकर वापिस जाने की इजाज़त चाही, औरंगज़ेब ने मंज़ूरी नहीं दी। उन्होंने सन्यास लेकर इलाहाबाद में बसने की गुज़ारिश की तो औरंगज़ेब ने इलाहाबाद के किलेदार की हिरासत में रहने की पेशकश की, वह शिवाजी को मंज़ूर नहीं थी। अंत में शिवाजी ने आगरा की हिरासत से भागने का निर्णय कर लिया।

शिवाजी ने रामसिंग को अपना वचन वापिस लेने को कह दिया। साथ आयी सेना को दक्षिण रवाना कर दिया। उपवास रख कर वज़न कम किया और बीमारी का बहाना बनाकर लेटे रहते थे। ठीक होने के लिए पंडितों और ग़रीबों को दानस्वरूप मिठाई और फलफूल भेजना शुरू किया।

शिवाजी का एक सौतेलाभाई हीरोज़ी फ़र्ज़न्द था उसकी शक्ल क़द काठी उनसे मिलती थी। उसे सोने का कड़ा पहना कर बाएँ करवट हॉथ बाहर करके लिटा दिया।

मिठाई और फलों की टोकरियों में बैठ कर शिवाजी और संभा जी निकल गए। छः मील दूर नीरोजी व रावजी घोड़ों के इंतज़ाम के साथ मौजूद थे। सम्भा जी को मथुरा में रुका दिया और खुद इलाहबाद, चित्रकूट, महोबा, सतना, रीवा, अमरकंटक, धमतरी, बस्तर, कोंटा, गोलकुंडा आसपास के जंगलों से होते हुए रायगढ़ पहुँच गए। औरंगज़ेब को शिवाजी के चंगुल से निकल जाने का आजीवन पछतावा रहा। इसी आँख की किरकिरी ने मुग़ल साम्राज्य का नाश कर दिया।

शिवाजी ने औरंगज़ेब के चंगुल से निकल कर स्थिति का जायज़ा लिया और सुदूर दक्षिण में साम्राज्य बढ़ाने के पहले पूना और आसपास को अपने अधीन करना शुरू किया। सबसे पहले कोंडना का क़िला पुनः प्राप्त किया जिसमें बहादुर ताना जी मलसुरे ने शेर की तरह दहाड़ते हुए रस्सी के सहारे दुश्मन के तीरों की बौछार के बीच क़िले पर चढ़कर दरवाज़ा खोल दिया। मराठा सेना ने घुसकर क़िला फ़तह किया था। तब शिवाजी का प्रसिद्ध वाक्य उच्चारित हुआ था। गढ़ आया पर सिंह गया तब से उस क़िले का नामकरण सिंघगढ़ क़िला कर दिया। आज भी वह क़िला पूना के पास अपने आग़ोश में एक निजी सिंहगढ़ विश्वविध्यालय लिए खड़ा है।

औरंगज़ेब अफ़ग़ानिस्तान के विद्रोह दबाने में व्यस्त था। स्थिति का फ़ायदा उठाकर शिवाजी ने राजा जयसिंह द्वारा विजित क़िलों को जीतकर वापस लेना शुरू किया। शिवाजी के क़ैद से निकल जाने के कारण औरंगज़ेब ने रामसिंह को मुग़ल दरबार से निकाल दिया और जयसिंह को दक्षिण की सूबेदारी से हटा दिया। वो पूना से आगरा लौटते समय बुरहानपुर में सदमे से बीमार पड़ कर स्वर्ग सिधार गए।

शिवाजी ने सूरत को एक बार और लूटा। उसके बाद दक्षिण में कर्नाटक तमिलनाडु की तरफ़ विजय यात्राएँ कीं। उन्होंने पश्चिमी तट पर सूरत से गोवा तक, दक्षिण में तुंगभद्रा कावेरी के बेल्लारी, चित्तूर और अरकोट से लेकर उत्तर में पूना नासिक सतारा कोल्हापुर तक हिन्द स्वराज खड़ा कर लिया। जिसमें 240 क़िले थे और ज़मीन से 7 करोड़ की सालाना राजस्व आमदनी होती थी।

शिवाजी ने राज्याभिषेक करवाकर राजा छत्रपति की उपाधि धारण करने की सोची ताकि अन्य राज्यों से मित्रता संधि वार्तालाप बराबरी के स्तर पर हो। महाराष्ट्र के कट्टर पण्डितो ने उनका अभिषेक करने से मना कर दिया और उनको क्षत्री मानने से भी इंकार कर दिया। काशी के एक विद्वान पण्डित विश्वेश्वर गागभट्ट ने उनका राज्याभिषेक किया जिसमें 50 लाख रुपयों का ख़र्चा आया। वे छत्रपति की उपाधि धारण कर गद्दी पर बैठे और शासन व्यवस्था स्थापित की। उनके दो लड़के दो अलग पत्नियों से थे। सम्भाजी और राजाराम।

सम्भाजी अय्याशी और नशे के फेर में पड़ गया। लाख समझाने पर भी नहीं सुधरा। उसे गुरु रामदास के पास भी रखा पर कोई सुधार न हुआ। उसे पनहला

के क़िले में नज़रबंद कर दिया तो वह एक रात नज़र बचाकर अपनी पत्नी सहित मुग़लों के बहादुरगढ़ क़िले पर सेनापति दिलेरखान से जा मिला। औरंगज़ेब ने उसका उपयोग शिवाजी के विरुद्ध करना चाहा तो एक रात वह भाग कर पनहला के क़िले में वापस आ गया। शिवाजी खुद उसके साथ कुछ दिन इस आशा से रहे कि शायद सब ठीक हो जाए। परंतु नियति को कुछ और ही मंज़ूर था। उसे न सुधरना था और न वह सुधरा। उन्हें साम्राज्य का भविष्य लड़खड़ाता दिखाई देने लगा।

शिवाजी निराश हताश होकर फ़रवरी 1680 में अपने गुरु रामदास के पास सज्जनगढ़ चले गए। लगातार तूफ़ानी गति से साम्राज्य खड़ा करने और क़ैद में रहने से उनका स्वास्थ्य गिर गया था एवं पुत्र की शर्मनाक स्थिति ने उन्हें अंदर से तोड़ दिया था। उनकी जीने की इच्छा जवाब दे चुकी थी। 13 अप्रेल 1680 को उस महान सेनानी ने देह त्याग दी। कितना विचित्र है यह कि इंसान सारी दुनिया यहाँ तक कि औरंगज़ेब जैसे निर्दयी से जीत कर भी अपनी औलाद से हार गया। इस मामले में शिवाजी और अकबर की क़िस्मत एकसी थी। जैसे सलीम ने अकबर को परेशान किया था वैसे ही सम्भाजी ने शिवाजी को। जबकि दोनो ने पुत्रों के लिए महान साम्राज्य खड़े किए थे।

## अजेय सेनापति बाजीराव

पेशवा बाजीराव का जन्म 18 अगस्त सन् 1700 को एक भट्ट परिवार में पिता बालाजी विश्वनाथ और माता राधाबाई के घर में हुआ था। उनके पिताजी छत्रपति शाहू के प्रथम पेशवा थे। बाजीराव का एक छोटा भाई भी था चिमन जी अप्पा। बाजीराव अपने पिताजी के साथ हमेशा सैन्य अभियानों में जाया करते थे। पेशवा बाजीराव, जिन्हें बाजीराव प्रथम भी कहा जाता है, मराठा साम्राज्य के एक महान पेशवा थे। पेशवा का अर्थ होता है प्रधानमंत्री। वे मराठा छत्रपति राजा शाहू के प्रधानमंत्री थे। बाजीराव ने अपना प्रधानमंत्री का पद सन् 1720 से अपनी मृत्यु तक संभाला। उनको बाजीराव बल्लाल भट्ट और थोरल बाजीराव के नाम से भी जाना जाता है।

इतिहास के अनुसार बाजीराव घुड़सवारी करते हुए लड़ने में सबसे माहिर थे और यह माना जाता है कि उनसे अच्छा घुड़सवार सैनिक भारत में आज तक देखा नहीं गया। उनके 4 घोड़े थे - नीला, गंगा, सारंगा और औलख। उनकी देखभाल वे स्वयं करते थे। बाजीराव 6 फुट ऊंचे थे, उनके हाथ भी लंबे थे। बलिष्ठ, तेजस्वी, कांतिवान, तांबई रंग की त्वचा उनके व्यक्तित्व में चार चांद लगाती थी। न्यायप्रिय बाजीराव को सफेद या हल्के रंग के वस्त्र पसंद थे। पूरी सेना को वे सख्त अनुशासन में रखते थे। अपने भाषण से वे सेना में जोश भर देते थे।

सन् 1720 में उनके पिता विश्वनाथ की मृत्यु हो गई। उसके बाद बाजीराव को 20 साल की आयु में पेशवा के पद पर नियोजित किया गया। बाजीराव के पेशवा पद पर आते ही छत्रपति शाहू नाम मात्र के ही शासक बन गए और खासकर सतारा स्थित उनके आवास तक ही सीमित रह गए। मराठा साम्राज्य उनके नाम पर तो चल रहा था, पर असली ताकत पेशवा बाजीराव के हाथ में ही थी।

शिवाजी के बाद बाजीराव पेशवा का ही नाम आता है जिन्होंने मुगलों से लंबे समय तक लोहा लिया। बाजीराव बल्लाल भट्ट एक महान योद्धा थे। निजाम, मोहम्मद बंगश से लेकर मुगलों और पुर्तगालियों तक को कई-कई बार शिकस्त देने वाले बाजीराव के समय में महाराष्ट्र, गुजरात, मालवा, बुंदेलखंड सहित 70 से 80 फीसदी भारत पर उनका कब्जा था। उन्होंने मुगलों को दिल्ली तक ही समेट दिया था।

बाजीराव ने शिवाजी के नाती शाहूजी महाराज को गद्दी पर बैठाकर बिना उसे चुनौती दिए पूरे देश में उनकी ताकत का लोहा मनवाया था। देश में पहली बार 'हिन्दू पद पादशाही' का सिद्धांत भी बाजीराव ने दिया था। हालांकि जनता किसी भी धर्म को मानती हो उसके साथ वे न्याय करते थे। उनकी अपनी फौज में कई अहम पदों पर मुस्लिम सिपहसालार थे, जो युद्ध से पहले 'हर-हर महादेव' का नारा भी लगाना नहीं भूलते थे। अटक से कटक तक केसरिया लहराने का और हिन्दू स्वराज लाने का सपना जो छत्रपति शिवाजी महाराज ने देखा था उसे काफी हद तक पेशवा बाजीराव ने पूरा किया।

होलकर, सिंधिया, पवार, शिंदे, भोंसले, गायकवाड़ जैसी ताकतें जो बाद में अस्तित्व में आईं, वे सब पेशवा बाजीराव बल्लाल भट्ट की देन थीं। ग्वालियर, इंदौर, पूना, नागपुर और बड़ौदा जैसी ताकतवर रियासतें बाजीराव के चलते ही अस्तित्व में आईं। बुंदेलखंड की रियासत बाजीराव के दम पर जिंदा थी, छत्रसाल की मौत के बाद उनका तिहाई हिस्सा भी बाजीराव को मिला।

हिन्दुस्तान के इतिहास में बाजीराव अकेला ऐसा योद्धा था जिसने 41 लड़ाइयां लड़ीं और एक भी नहीं हारीं। वर्ल्ड वॉर सेकंड में ब्रिटिश आर्मी के कमांडर रहे मशहूर सेनापति जनरल मांटगोमरी ने भी अपनी किताब 'हिस्ट्री ऑफ वॉरफेयर' में बाजीराव की बिजली की गति से तेज आक्रमण शैली की जमकर तारीफ की है और लिखा है कि बाजीराव कभी हारा नहीं। आज वो किताब ब्रिटेन में डिफेंस स्टडीज के कोर्स में पढ़ाई जाती है।

बाद में यही आक्रमण शैली सेकंड वर्ल्ड वॉर में अपनाई गई जिसे 'ब्लिट्ज़क्रिग' बोला गया। अमेरिकी सेना ने उनकी पालखेड़ की लड़ाई का एक मॉडल ही बनाकर रखा है जिस पर सैनिकों को युद्ध तकनीक का प्रशिक्षण दिया जाता है। बाजीराव का युद्ध रिकॉर्ड छत्रपति शिवाजी और महाराणा प्रताप से भी अच्छा माना जाता है।

नर्मदा पार सेना ले जाने वाला और 400 वर्ष की मुस्लिम सत्ता को दिल्ली में जाकर ललकारने वाला बाजीराव पहला मराठा था। बाज़ीराव के कुछ कारनामे निम्न हैं।

पेशवा बाजीराव 4 जनवरी 1721 में निजाम-उल-मुल्क असफ जहाँ प्रथम से मिले और अपने विवादों को एक समझौते के तौर पर सुलझाया, पर तब भी निजाम नहीं माना और मराठों के अधिकार के खिलाफ डेक्कन से कर वसूलने लगा। सन् 1722 में निजाम को मुगल शासन का वजीर बना दिया गया, परंतु सन् 1723 में सम्राट मुहम्मद शाह ने निजाम को डेक्कन से अवध भेज दिया। निजाम ने वजीर का पद छोड़ दिया और वो दोबारा डेक्कन चला गया। सन् 1725 में निजाम ने मराठा कर अधिकारियों को खदेड़ने का प्रयास किया और वह इस प्रयास में सफल हुआ। इसके एवज में 27 अगस्त सन् 1727 में बाजीराव ने निजाम के खिलाफ मोर्चा शुरू किया और उन्होंने जालना, बुरहानपुर और खानदेश सहित निजाम के कई राज्यों पर कब्जा कर लिया।

28 फरवरी 1728 में बाजीराव और निजाम की सेना के बीच एक युद्ध हुआ जिसे 'पलखेड की लड़ाई' कहा जाता है। इस लड़ाई में निजाम की हार हुई और उस पर मजबूरन शांति बनाए रखने के लिए दबाव डाला गया।

बाजीराव ने सन् 1723 में दक्षिण मालवा की ओर एक अभियान शुरू किया जिसमें मराठा के प्रमुख रानोजी शिंदे, मल्हारराव होलकर, उदाजीराव पवार, तुकोजीराव पवार और जीवाजीराव पवार ने सफलतापूर्वक चौथ वसूला। अक्टूबर 1728 में बाजीराव ने एक विशाल सेना अभियान अपने छोटे भाई चिमनाजी अप्पा के नेतृत्व में भेजा जिसके कुछ प्रमुख थे शिंदे, होलकर और पवार। 29 नवंबर 1728 को चिमनाजी की सेना ने मुगलों को अमझेरा में हरा दिया।

बुंदेलखंड के महाराजा छत्रसाल ने मुगलों के खिलाफ विद्रोह छेड़ दिया था जिसके कारण दिसंबर 1728 में मुगलों ने मुहम्मद खान बंगश के नेतृत्व में बुंदेलखंड पर आक्रमण कर दिया और महाराजा के परिवार के लोगों को बंधक बना दिया। छत्रसाल राजा के बार-बार बाजीराव से मदद मांगने पर मार्च सन् 1729 को को बाजीराव ने उत्तर दिया और अपनी ताकत से महाराजा छत्रसाल को उनका सम्मान वापस दिलाया। महाराजा छत्रसाल ने बाजीराव को बहुत बड़ी जागीर सौंपी और अपनी बेटी मस्तानी और बाजीराव का विवाह भी करवाया, साथ ही महाराजा छत्रसाल ने अपनी मृत्यु सन् 1731 के पहले अपने कुछ मुख्य राज्य भी मराठों को सौंप दिए।

सन् 1730 में पेशवा बाजीराव ने अपने छोटे भाई चिमनाजी अप्पा को गुजरात भेजा। मुगल शासन के गवर्नर सर्बुलंद खान ने गुजरात का कर इकट्ठा (चौथ और सरदेशमुखी) मराठों को सौंप दिया। 1 अप्रैल 1731 में बाजीराव ने दाभाड़े, गायकवाड़ और कदम बंदे की सेनाओं को हरा दिया और दभोई के युद्ध में त्रिम्बकराव की मृत्यु

हो गई। 27 दिसंबर 1732 में निजाम की मुलाक़ात पेशवा बाजीराव से रोहे-रमेशराम में हुई, परंतु निजाम ने कसम खाई कि वो मराठों के अभियानों में हस्तक्षेप नहीं करेगा।

जंजीरा के सिद्दी मुस्लिम राजा एक छोटा राज्य पश्चिमी तटीय भाग और ज़ंजीरा के किले को संभालते थे, पर शिवाजी की मृत्यु के बाद से वो धीरे-धीरे मध्य और उत्तर कोंकण पर भी राज करने लगे। सन् 1733 में सिद्दी प्रमुख रसूल याकूत खान की मृत्यु के बाद उसके बेटों के बीच युद्ध-सा छिड़ गया। उनके एक पुत्र अब्दुल रहमान ने बाजीराव पेशवा से मदद मांगी जिसके कारण बाजीराव ने कान्होजी आंग्रे के पुत्र सेखोजी आंग्रे के नेतृत्व में एक सेना मदद के लिए भेज दी। मराठों ने कोंकण और जंजीरा की कई जगहों पर काबू पा लिया और 1733 में ही उन्होंने रायगढ़ के किले पर भी कब्जा कर लिया। 19 अप्रैल 1736 में चिमनाजी ने सिद्दियों पर आक्रमण कर दिया जिसके कारण लगभग 1,500 से ज्यादा सिद्दियों की मृत्यु हो गई।

बाजीराव के पद पर आने के बाद मुगल सम्राट मुहम्मद शाह ने सन् 1719 में प्रश्न उठाया कि डेक्कन के 6 प्रांतों से कर वसूलने का मराठों का अधिकार क्या है? उस वक्त निजाम-उल-मुल्क असफ जहाँ प्रथम मुगल साम्राज्य का सूबेदार था। उसने दक्कन में नया राज्य निर्माण किया और मराठों को कर वसूली के अधिकार के लिए चुनौती दी। बहुत जल्द ही मराठों ने मालवा और गुजरात को प्राप्त किया। फिर दिल्ली कूच किया।

19-20 साल के उस युवा बाजीराव ने 3 दिन तक दिल्ली को बंधक बनाकर रखा था। मुगल बादशाह की लाल किले से बाहर निकलने की हिम्मत नहीं हुई। यहां तक कि 12वां मुगल बादशाह और औरंगजेब का नाती दिल्ली से बाहर भागने ही वाला था कि बाजीराव मुगलों को अपनी ताकत दिखाकर वापस लौट गए।

दिल्ली पर आक्रमण उनका सबसे बड़ा साहसिक कदम था। वे अक्सर शिवाजी के नाती छत्रपति शाहू से कहते थे कि मुगल साम्राज्य की जड़ों यानी दिल्ली पर आक्रमण किए बिना मराठों की ताकत को बुलंदी पर पहुंचाना मुमकिन नहीं और दिल्ली को तो मैं कभी भी कदमों पर झुका दूंगा। छत्रपति शाहू 7 से 25 साल की उम्र तक मुगलों की कैद में रहे थे। वे मुगलों की ताकत को बखूबी जानते थे, लेकिन बाजीराव का जोश उस पर भारी पड़ जाता था। धीरे-धीरे उन्होंने महाराष्ट्र को ही नहीं, पूरे पश्चिम भारत को मुगल आधिपत्य से मुक्त कर दिया था, फिर उन्होंने दक्कन का रुख किया। दक्कन में निजाम, जो मुगल बादशाह से बगावत कर चुका था, एक बड़ी ताकत था। कम सेना होने के बावजूद बाजीराव ने उसे कई युद्धों में हराया और कई शर्तें थोपने के साथ उसे अपने प्रभाव में लिया था। उन्होंने बुंदेलखंड में मुगल सिपहसालार मोहम्मद बंगश को हराया। कई बार पेशवा से मात खा चुके

मुगलों का हौसला कमजोर हो चुका था। 1728 से 1735 के बीच पेशवा ने कई जंगें लड़ीं, पूरा मालवा और गुजरात उनके कब्जे में आ गया। बंगश, निजाम जैसे कई बड़े सिपहसालार पस्त हो चुके थे।

इधर दिल्ली का दरबार ताकतवर सैयद बंधुओं को ठिकाने लगा चुका था और निजाम पहले ही विद्रोही हो चुका था। औरंगजेब के वंशज और 12वें मुगल बादशाह मोहम्मद शाह को रंगीला कहा जाता था। जंग लड़ने की उसकी आदत में जंग लगा हुआ था। कई मुगल सिपहसालार विद्रोह कर रहे थे। उसने बंगश को हटाकर जयसिंह को भेजा जिसने बाजीराव से हारने के बाद उनको मालवा से चौथ वसूलने का अधिकार दिलवा दिया। मुगल बादशाह ने बाजीराव को डिप्टी गवर्नर भी बनवा दिया। लेकिन बाजीराव का बचपन का सपना मुगल बादशाह को अपनी ताकत का परिचय करवाने का था, वो एक प्रांत का डिप्टी गवर्नर बनके या बंगश और निजाम जैसे सिपहसालारों को हराने से कैसे पूरा होता?

उन्होंने 12 नवंबर 1736 को पुणे से दिल्ली मार्च शुरू किया। मुगल बादशाह ने आगरा के गवर्नर सादात खां को उनसे निपटने का जिम्मा सौंपा। मल्हारराव होलकर और पिलाजी जाधव की सेनाएं यमुना पार कर के दोआब में आ गईं। मराठों से खौफ में था सादात खां, उसने डेढ़ लाख की सेना जुटा ली। मराठों के पास तो कभी भी एक मोर्चे पर इतनी सेना नहीं रही थी। लेकिन उनकी रणनीति के चलते मल्हारराव होलकर ने रणनीति अनुसार मैदान छोड़ दिया। सादात खां ने इसे मराठों का डरना समझा और उसने डींगें मारते हुए अपनी जीत का सारा विवरण मुगल बादशाह को पहुंचा दिया और खुद सेना लेकर मथुरा की तरफ चला गया।

बस उसी वक्त बाजीराव ने सादात खां और मुगल दरबार को सबक सिखाने की सोची। उस वक्त देश में कोई भी ऐसी ताकत नहीं थी, जो सीधे दिल्ली पर आक्रमण करने का ख्वाब भी दिल में ला सके। मुगलों का और खासकर दिल्ली दरबार का खौफ सबके सिर चढ़कर बोलता था। लेकिन बाजीराव को पता था कि ये खौफ तभी हटेगा जब दिल्ली पर हमला होगा। सारी मुगल सेना आगरा-मथुरा में अटक गई और बाजीराव दिल्ली तक चढ़ आया, आज जहां तालकटोरा स्टेडियम है, वहां बाजीराव ने डेरा डाल दिया।

10 दिन की दूरी बाजीराव ने केवल 500 घोड़ों के साथ 48 घंटे में पूरी की- बिना रुके, बिना थके। देश के इतिहास में ये अब तक 2 आक्रमण ही सबसे तेज माने गए हैं- एक अकबर का फतेहपुर से गुजरात के विद्रोह को दबाने के लिए 9 दिन के अंदर वापस गुजरात जाकर हमला करना और दूसरा बाजीराव का दिल्ली पर हमला।

बाजीराव ने तालकटोरा में अपनी सेना का कैंप डाल दिया, केवल 500 घोड़े थे उसके पास। मुगल बादशाह मोहम्मद शाह रंगीला बाजीराव को लाल किले के इतना

करीब देखकर घबरा गया। उसने खुद को लाल किले के अंदर सुरक्षित इलाके में कैद कर लिया और मीर हसन कोका की अगुआई में 8 से 10 हजार सैनिकों की टोली बाजीराव से निपटने के लिए भेजी। बाजीराव के 500 लड़ाकों ने उस सेना को बुरी तरह शिकस्त दी। ये 28 मार्च 1737 का दिन था, मराठा ताकत के लिए सबसे बड़ा दिन।

कितना आसान था बाजीराव के लिए लाल किले में घुसकर दिल्ली पर कब्जा कर लेना। लेकिन बाजीराव की जान तो पुणे में बसती थी, महाराष्ट्र में बसती थी। वो 3 दिन तक वहीं रुका। एक बार तो मुगल बादशाह ने योजना बना ली थी कि लाल किले के गुप्त रास्ते से भागकर अवध चला जाए लेकिन बाजीराव बस मुगलों को अपनी ताकत का अहसास दिलाना चाहता था। वो 3 दिन तक वहीं डेरा डाले रहा, पूरी दिल्ली एक तरह से मराठों के रहमोकरम पर थी। उसके बाद बाजीराव वापस लौट गया।

अपनी इज्जत गंवा चुके मुगल बादशाह रंगीला ने निजाम से मदद मांगी। निजाम दक्कन से निकल पड़ा। इधर से बाजीराव और उधर से निजाम दोनों मध्यप्रदेश के सिरोंजी में मिले। लेकिन कई बार बाजीराव से पिट चुके निजाम ने उनको केवल इतना बताया कि वो मुगल बादशाह से मिलने जा रहा है, किसी युद्ध के लिए नहीं। निजाम को मराठाओं ने रास्ता दे दिया।

निजाम दिल्ली आया और उसने कई मुगल सिपहसालारों ने हाथ मिलाते हुए बाजीराव को धूल चटाने का संकल्प लेकर कूच कर दिया। लेकिन बाजीराव बल्लाल भट्ट दूरदर्शी योद्धा था। वह पहले से ही यह सब जानता था। वह अपने भाई चिमनाजी अप्पा के साथ 10,000 सैनिकों को दक्कन की सुरक्षा का भार देकर 80,000 सैनिकों के साथ फिर दिल्ली की तरफ निकल पड़ा। इस बार मुगलों को निर्णायक युद्ध में हराने का इरादा था ताकि वे फिर सिर न उठा सकें।

दिल्ली से निजाम की अगुआई में मुगलों की विशाल सेना और दक्कन से बाजीराव की अगुआई में मराठा सेना निकल पड़ी। दोनों सेनाएं भोपाल में मिलीं। 24 दिसंबर 1737 के दिन मराठा सेना ने मुगलों को जबरदस्त तरीके से हराया। निजाम ने अपनी जान बचाने के के लिए बाजीराव से संधि कर ली। इस बार 7 जनवरी 1738 को ये संधि श्यामपुर-दोराहा में हुई। मालवा, मराठों को सौंप दिया गया और मुगलों ने 50 लाख रुपए बतौर हर्जाना बाजीराव को सौंपे। चूंकि निजाम हर बार संधि तोड़ता था, सो बाजीराव ने इस बार निजाम को मजबूर किया कि वो कुरान की कसम खाकर संधि की शर्तें दोहराए। ये मुगलों की अब तक की सबसे बड़ी हार थी और मराठों की सबसे बड़ी जीत।

पेशवा बाजीराव बल्लाल भट्ट यहीं नहीं रुका, अगला अभियान उसका पुर्तगालियों के खिलाफ था। कई युद्धों में उन्हें हराकर उनको अपनी सत्ता मानने पर उसने

मजबूर किया। पुर्तगालियों ने कई पश्चिमी तटों पर कब्जा कर लिया था। साल्सेट द्वीप पर उन्होंने अवैध तरीके से एक फैक्टरी बना दी थी और वे हिन्दुओं का धर्मांतरण कर रहे थे।

चिमाजी बालाजी का जन्म 1707 में एक चितपावन जाति परिवार में हुआ था और 1740 में उनकी मृत्यु हो गई, जिसे आमतौर पर अप्पा या भाऊ कहा जाता है, वे बालाजी विश्वनाथ के पुत्र और मराठा साम्राज्य के बाजीराव पेशवा के छोटे भाई थे। वह एक सक्षम सैन्य कमांडर था जिसने भारत के पश्चिमी तट को पुर्तगाली शासन से मुक्त कराया था। उनके सैन्य करियर का उच्चतम बिंदु एक कठिन लड़ाई में पुर्तगालियों से वसई किले पर कब्जा करना था। वह मराठा साम्राज्य के लिए रणनीति निर्धारित करने और बाजीराव के लिए सभी युद्धों की योजना बनाने के लिए जाने जाते थे।

चिमाजी अप्पा ने अपनी ऊर्जा पश्चिमी घाटों की ओर केंद्रित की। वसई (जिसे पहले बेसिन के नाम से जाना जाता था) युद्ध का अंतिम उद्देश्य था, क्योंकि यह पुर्तगाल के उत्तरी भारत की प्रांतीय सरकार की राजधानी थी।

1733 में, चिमाजी अप्पा के नेतृत्व में मराठों ने सरदार शंकरबुवा शिंदे के साथ पुर्तगालियों से एक किले का नियंत्रण छीन लिया। सरदार जानोजीराव शिंदे ने रानोजीराव शिंदे के वास्तविक परदादा और दत्ताजीराव शिंदे के असली छोटे भाई द फर्स्ट सिंधिया ने मराठा पक्ष से हमले की शुरुआत की। उसने प्रतिज्ञा की थी कि यदि पुर्तगालियों से इसे सफलतापूर्वक पुनः प्राप्त करना है, तो वह पास के अमृतेश्वर मंदिर में बेल के पत्तों की एक माला चढ़ाएगा, और जीत के बाद किले का नाम बदलकर बेलापुर किला कर दिया गया।

सावधानीपूर्वक योजना बनाने के बाद, 1737 में चिमाजी अप्पा ने मराठा सेनाओं को कब्जे वाले क्षेत्रों में ले गये। चिमाजी की रणनीति किलों को जीतने में श्रृंखला की सबसे कमजोर कड़ी को सबसे मजबूत बनाने की थी, जिससे पुर्तगालियों को उत्तरोत्तर कमजोर किया जा सके।

28 मार्च 1737 को, रानोजीराव शिंदे और शंकरबुवा शिंदे के नेतृत्व में मराठा बलों ने अर्नाला के रणनीतिक द्वीप किले पर कब्जा कर लिया, इस प्रकार वसई के लिए एक महत्वपूर्ण राहत रेखा काट दी। ठाणे और साल्सेट द्वीप को 1737 में मुक्त कर किया।

नवंबर 1738 में, चिमाजी अप्पा ने दहानु के किले पर कब्जा कर लिया और 20 जनवरी 1739 को माहिम ने आत्मसमर्पण कर दिया। इसके बाद चेंगोजीराव शिंदे, सिरगाओ - रानोजीराव शिंदे, तारापुर - जानोजीराव शिंदे और अस्सेरिम द्वारा 13 फरवरी 1739 को स्वयं चिमनाजीराव पेशवा द्वारा केलवे/माहिम के किलों पर कब्जा कर लिया गया। 28 मार्च 1739 को पुर्तगालियों ने रावलोजी शिंदे की सेना के हाथों करंजा के द्वीप और किले को खो दिया।

अंत में फरवरी 1739 में, चिमाजी अप्पा ने बेसिन किले पर आक्रमण किया। उसने पहले वर्सोवा किले, धारावी पर कब्जा कर लिया और बेसिन क्रीक को अवरुद्ध कर दिया। फिर किले की दीवारों के नीचे विभिन्न बिंदुओं पर सुरंगे बिछाई गईं और उनमें विस्फोट हो गया, जिससे दीवार टूट गई। जैसे ही रानोजीराव शिंदे और उनके चचेरे भाई श्रीमानत चांगोजीराव के पुत्र जानोजीराव सहित मराठों ने किले में प्रवेश किया, पुर्तगालियों ने अपने तकनीकी रूप से उन्नत हथियारों और तोपखाने का उपयोग करते हुए सख्त और शातिर तरीके से लड़ाई लड़ी, उन्होंने मराठों के बीच उच्च अधिकारियों को हताहत किया। इंच दर इंच लड़ाई हुई। इस स्तर पर सेंट सेबेस्टियन का टॉवर एक विस्फोट में गिर गया, और पुर्तगाली मनोबल गिर गया।

सभी प्रतिरोध तुरंत समाप्त हो गए। 16 मई को पुर्तगाली सेना ने आत्मसमर्पण कर दिया। पुर्तगाली कप्तान कैटानो डी सूजा परेरा ने आत्मसमर्पण पर हस्ताक्षर किए क्योंकि सेना के अधिकांश शीर्ष अधिकारी पहले ही मर चुके थे।

चिमाजी जीत में उदार थे, और बचे हुए पुर्तगालियों को शहर से सुरक्षित रास्ता दिया गया। पुर्तगालियों को अपनी सारी चल संपत्ति लेने और बाहर जाने के लिए आठ दिन का समय दिया गया था। तदनुसार, पुर्तगाली सेना और प्रशासन के अंतिम अवशेष 23 मई 1739 तक वसई से बाहर निकल गए।

चेंगोजीराव शिंदे (और रानोजी के पिता) के बेटे महान मराठा योद्धा मनाजीराव उर्फ जानकोजी शिंदे ने पुर्तगाली शीर्ष अधिकारी जनरल मार्टिन्हो दा सिल्वीरा, जनरल पेड्रो डी मेलो और लेफ्टिनेंट कर्नल जोआओ मल्हो को मार डाला। पुर्तगाली स्रोतों का रिकॉर्ड है कि 1737-1740 के दौरान चिमाजी अप्पा के साथ पूरे युद्ध के दौरान, उत्तरी प्रांत की राजधानी बाकाइम (वसई के लिए पुर्तगाली नाम) के अलावा, उन्होंने आठ शहरों, चार मुख्य बंदरगाहों, बीस किले, दो गढ़वाले पहाड़ियों और 340 गांवों को खो दिया। नुकसान लगभग पूरे उत्तरी प्रांतों को हुआ।

अपनी जीत का जश्न मनाने और देवी वज्रेश्वरी के सामने ली गई एक प्रतिज्ञा को पूरा करने के लिए, चिमाजी अप्पा ने पास में देवी के लिए एक मंदिर बनाया था। वज्रेश्वरी मंदिर अभी भी वहां मराठा वैभव के अवशेष के रूप में खड़ा है। वसई किले से पुर्तगालियों के खिलाफ युद्ध में जीतने के बाद चिमाजी अप्पा ने पाँच बड़ी घंटियाँ एकत्र कीं। उन्होंने भीमाशंकर में, वाई के पास मेनावली में कृष्णा नदी के किनारे एक शिव मंदिर के सामने, बंशंकर मंदिर (पुणे), ओंकारेश्वर मंदिर (पुणे) और रामलिंग मंदिर शिरूर में घंटियाँ अर्पित कीं।

चिमाजी अप्पा वसई, भयंदर, विरार, ठाणे और नवघर क्षेत्र के भीतर एक प्रसिद्ध और अत्यधिक सम्मानित व्यक्ति हैं। महाराष्ट्री नव वर्ष गुड़ी पड़वा पर कोंकणी आज भी अपनी जीत का जश्न मनाती है। कृषि इतिहास में अप्पा के योगदान

को महाराष्ट्र भर में क्लासिक पोवाड़ा के माध्यम से पीढ़ियों के माध्यम से आगे बढ़ाया गया है। उन्होंने वसई अब एक उपनगर, भयंदर अब एक उपनगर, विरार अब एक शहर, नवघर अब एक शहर, मुर्धा, राय, मोरवा, डोंगरी, गोराई और कई अन्य सहित कई गांवों की स्थापना और नाम बदला। वसई युद्ध के बाद मार्च 1737 में पेशवा बाजीराव ने अपनी एक सेना चिमनजी के नेतृत्व में भेजी और थाना किला और बेस्सिन पर कब्जा कर लिया।

1740 में चिमाजी अप्पा की मृत्यु हो गई। बेसिन की विजय को मराठों द्वारा राष्ट्रीय गौरव और गौरव के रूप में लंबे समय तक पोषित किया गया था। बाजीराव पेशवा के शासनकाल के दौरान बाजीराव और चीमाजी के बीच विश्वास और सौहार्द पर बना संबंध मराठों के उल्कापिंड के उदय की कुंजी था।

चिमाजी का विवाह रखमाबाई (पेठे परिवार) से हुआ था। रहमाबाई चिमाजी अप्पा की प्यारी पत्नी थीं। उनका एक बेटा सदाशिवराव था जिसे सदाशिवराव भाऊ के नाम से जाना जाता था, जिसने अहमद शाह दुर्रानी के खिलाफ पानीपत की ऐतिहासिक तीसरी लड़ाई में मराठा सेना का नेतृत्व किया था। सदाशिवराव के जन्म के कुछ समय बाद ही रखमाबाई की मृत्यु हो गई।

कहा जाता है कि बाजीराव पेशवा की मृत्यु 28 अप्रैल 1740 को 39 वर्ष की आयु में दिल का दौरा पड़ने से हुई थी। उस समय वे इंदौर के पास खरगोन शहर में रुके थे। कुछ इतिहासकार कहते हैं कि बाजीराव का निधन मालवा में ही नर्मदा किनारे रावेरखेड़ी में लू लगने के कारण हुआ था।

अगर बाजीराव पेशवा कम उम्र में न चल बसता, तो न अहमद शाह अब्दाली या नादिर शाह हावी हो पाते और न ही अंग्रेज और पुर्तगालियों जैसी पश्चिमी ताकतें होतीं। बाजीराव का केवल 40 साल की उम्र में इस दुनिया से चले जाना मराठों के लिए ही नहीं, देश के लिए भी दर्दनाक भविष्य लेकर आया। अगले 200 साल गुलामी की जंजीरों में जकड़े रहा भारत और कोई भी ऐसा योद्धा नहीं हुआ, जो पूरे देश को एक सूत्र में बांध पाता। बाज़ीराव दिल्ली पर क़ब्ज़ा कर भारत में हिंद स्वराज्य स्थापित कर सकता परंतु नहीं किया। इसके दो कारण हो सकते हैं, एक तो उसमें अखिल भारतीय साम्राज्य स्थापित करने की दूरदर्शिता नहीं थी क्योंकि वह बचपन से बीस साल की उम्र तक अपने पिता बालाजी विश्वनाथ के साथ मुहिम रहने के कारण उसकी विधिवत शिक्षा-दीक्षा नहीं हुई थी जो कि किसी साम्राज्य स्थापना में पूर्व शर्त होती है या वह अपनी जन्मभूमि छोड़कर दिल्ली में सत्ता ज़माने का लोभ संभरण न कर सका, यह भी हो सकता है कि दक्षिण का साम्राज्य निज़ाम, अंग्रेज़, हैदर अली के कारण असुरक्षित था इसलिए उसे दक्षिण में जमा रहना उचित लगा होगा।

वाराणसी में उनके नाम का एक घाट है, जो खुद बाजीराव ने 1735 में बनवाया था। दिल्ली के बिड़ला मंदिर में उनकी एक मूर्ति है। कच्छ में उनका बनाया आईना महल, पूना में मस्तानी महल और शनिवार बाड़ा है। पूना शहर को कस्बे से महानगर में तब्दील करने वाले बाजीराव बल्लाल भट्ट थे और सतारा से लाकर कई अमीर परिवार वहां बसाए गए थे।

उसने दक्षिण भारत, मालवा, गुजरात, बुंदेलखंड, दिल्ली, अवध, उड़ीसा और बंगाल की सीमा तक मराठा साम्राज्य का विस्तार कर दिया। उसके अधीन गायकवाड़, होलकर, सिंधिया, भोंसले और पवार जैसे मराठा सरदार उन्नति करके सफल सेनापति बने। बाद में सभी ने अपने स्वतंत्र राज्य भी क़ायम कर लिए। छत्रसाल बुंदेला को मुग़लों से मुक्त करवाया। इनाम में मिली मस्तानी को लेकर पूना गया। वहाँ मस्तानी से शमशेर बहादुर नामक पुत्र उत्पन्न हुआ जो पानीपत की तीसरी लड़ाई में मारा गया था। मस्तानी को पूना के कट्टरपंथी समाज ने कभी स्वीकार नहीं किया। इसी विवाद की भेंट चढ़ कर बाज़ीराव 40 साल की उम्र में नर्मदा किनारे रावेर में स्वर्ग सिधार गया।

## बन्दा बहादुर की शहादत

सिक्ख इतिहास में बन्दा बहादुर एक अत्यंत महत्वपूर्ण कड़ी है जिसने पंजाबी लोगों को सिक्खों में बदला फिर सिक्खों को असल रूप में न सिर्फ़ सैनिकों में बदला अपितु उसने पहले सिक्ख राज्य की रूपरेखा बनाकर सिक्ख साम्राज्य की नींव भी रख दी थी। बन्दा की दास्तान गुरुओं की गुरुता और महाराजा रणजीतसिंह की बादशाहत में दब कर रह गई। यहाँ बन्दा की पूरी दास्तान पेश है।

सिक्ख इतिहास के पहले दो सौ सालों को दो भाग में बाँटा जाता है। 1499 में गुरुनानक ने सिक्ख पन्थ की स्थापना की और 1499 से 1599 तक के पहले सौ साल के दौरान पाँच गुरुओं नानक, अंगद, अमरदास, रामदास और अर्जुनदेव ने हिंदू और मुसलमानों में स्थाई सामंजस्य स्थापित करने के भरसक प्रयास किए लेकिन जहांगीर की नासमझी से सफल न हो सके। पहली बार ऐसे प्रयास अकबर ने दीन-ए-इलाही के रूप में किए थे। वे भी सफल न हो सके थे। बाद के पाँच गुरु हरगोविंद, हरराय, हरिकिशन, तेग़बहादुर और गोविन्द सिंह 1599 से 1699 तक बाद के सौ साल मुग़लों की फ़िरक़ापरस्त नीतियों से जूझते रहे। औरंगज़ेब के शासनकाल में गुरु गोविंद सिंह के समय तक यह तय हो गया था कि सामंजस्य सम्भव नहीं है अतः सिक्खों के सामने सशस्त्र संघर्ष के अलावा रास्ता नहीं बचा था। उसी काम की पुरज़ोर शुरुआत बन्दा बहादुर ने की थी।

जम्मू इलाक़े के राजौरी पुँछ में एक राजपूत परिवार में एक बच्चा जन्मा। उसका नाम लछमन रखा गया। वह साधुओं की संगत में वैरागी बन गया। वह

मालिक का बंदा था इसलिए इतिहास में बन्दा वैरागी नाम से भी प्रसिद्ध है। वैरागी होते समय साधु संगत ने उसका नाम बदलकर माधोदास रख दिया। हिंदू दर्शन में स्वामी केवल एक है "परमात्मा" बाक़ी सब दास हैं इसीलिए साधु होते ही नाम के साथ दास लगा दिया जाता है जैसे सूरदास तुलसीदास रामदास आदि। वह साधुओं की जमात में शामिल होकर दक्षिण भारत की ओर निकल गया। कई आश्रमों में रहा। आख़िर में मध्यभारत होते हुए गोदावरी नदी के किनारे एक छोटे से स्थान नांदेड़ में खुद का आश्रम बना कर रहने लगा। गुरु गोविंद सिंह जी जब नांदेड़ पहुँचे तो उनके सारे नायक लड़ाके आनन्दपुर की दूसरी लड़ाई में मारे जा चुके थे। वो मुग़लों से समझौता करने की फ़िराक़ में थे। औरंगज़ेब से मिलने अहमदनगर जा रहे थे तब ही उन्हें औरंगज़ेब की मृत्यु का समाचार मिला वे नांदेड़ रुक गए।

औरंगज़ेब का लड़का मुअज्जम (बहादुरशाह) उत्तराधिकार की लड़ाई में अपने भाई कामबख़्स को निपटाने दक्षिण निकल रहा था। गुरु गोविंद सिंह जी ने आगरा पहुँचकर बहादुरशाह को लाहौर के सूबेदार वज़ीर खान द्वारा पंजाबियों पर किए जा रहे अत्याचारों के बारे में बताया। उसने गुरु का स्वागत तो किया लेकिन वज़ीर खान को अपना काम और भी मुस्तैदी से करने की ताक़ीद कर दी। निराश होकर गुरु गोविंद सिंह नांदेड़ पहुँचे तब उन्होंने साधु माधोदास के बार में सुना। उन्होंने उसका नाम बन्दा रखकर उसे पंजाब में हो रहे घोर अत्याचार से लड़ने की शपथ दिलाई और एक फ़रमान सिक्खों और पंजाबियों के नाम लिखकर दे दिया। बन्दा बहादुर ने एक सेना गठित की और निकल पड़ा मुहिम पर। वह दिल्ली के पास पहुँचा पर शहर के बाजु से बचकर पंजाब तरफ़ निकल गया।

वह सबसे पहले पंजाब के मालवा इलाक़े में पहुँचा। मुसलमान ज़मींदारों ने वहाँ किसानो का जीना मुहाल कर रखा था। बन्दा ने ज़मींदारों को मारकर उनकी ज़मीन और सम्पत्ति ग़रीब किसानों में बाँटना शुरू किया। देखते ही देखते ज़मीन और लूट की चाहत में लोग सिक्ख बन कर बन्दा की फ़ौज में शामिल हो गए। वह सोनीपत, कैसल, होते हुए सामना नामक स्थान पर पहुँचा जहाँ गुरु तेग़ बहादुर के क़ातिल रह रहे थे। उनको निपटाकर वह घूरम, शाहाबाद, मुस्तफ़ाबाद, कपूरी, सधौरा होकर सरहिंद पहुँच कर वज़ीर खान के ऊपर जा धमका। 24 मई 1710 को उसने वज़ीर खान को हराकर मारा और उसके दीवान सूचानंद से ख़ज़ाना लूटकर सतलज और यमुना के बीच का इलाक़ा क़ब्ज़े में कर लिया। इस प्रकार उसने गुरु गोविंद सिंह के साथ की गई दग़ाबाज़ी का बदला चुका दिया।

उसके बाद उसने पहाड़ों में मुखलिशबाद को अपना ठिकाना बनाया। यमुना पार करके वह सहारनपुर चला गया। वहाँ के गूज़र इकट्ठा के इकट्ठा सिक्ख बन गए। मुसलमान ज़मींदारों को मारकर ज़मीन और सम्पत्ति लूट ली। वह यमुना और गंगा के दोआब में उतरने वाला था कि बारिश ने उसे पंजाब लौटने पर मजबूर कर

दिया। उसने लौटकर व्यास और सतलज के बीच जालंधर दोआब के किसानो को क्रांति का अमृत चखाकर आज़ाद करवाया। इसी समय यमुना व्यास और सतलज के इलाक़े में सिक्खों की संख्या तेज़ी से बढ़ गई।

पंजाब और सिक्ख इतिहास समझने के लिए यह ज़रूरी है कि हम आज़ादी के पहले के अविभाजित पंजाब के नक़्शे का अध्ययन कर लें। पंजाब की पूर्वी सीमा यमुना नदी है पश्चिम की तरफ़ जाते हैं तो सबसे पहले ऊपर हिमालय से आती हुई व्यास नदी सतलज में आकर मिलती है। यह इलाक़ा पंजाब के मालवा के नाम से जाना जाता है इसमें रोपड लुधियाना फ़िरोज़पुर पटियाला आदि शहर आते हैं बन्दा अब तक इन इलाक़ों पर क़ब्ज़ा कर चुका था। अब वह जालंधर दोआब को नियंत्रण में लेकर सतलज लाँघ करके माझा के क्षेत्र में घुस गया। उसने अमृतसर, कालानूर, बटाला और पठानकोट तक जीत लिया। उसने पश्चिम में रावी नदी तक का इलाक़ा क़ब्ज़े में ले लिया। मालवा, माझा और सतलज दोआब उसके नियंत्रण में आ गए। इन इलाक़ों के मुसलमान ज़मींदारों को मार कर उनकी ज़मीन व मिल्कियत किसानो में बाँट दी। इसका बहुत बड़ा सामाजिक और रणनीतिक प्रभाव पंजाब के इतिहास पर पड़ने वाला है। यह कहानी मुग़ल पंजियों में किसान विद्रोह के नाम से दर्ज है।

उस समय मुग़ल सल्तनत औरंगज़ेब की मौत से सँभली नहीं थी और उनकी फ़ौज दक्षिण में औरंगज़ेब की औलादों के आपसी संघर्ष में उलझ रही थी। बन्दा को इसका फ़ायदा मिला। यदि बन्दा चाहता तो दिल्ली पर क़ब्ज़ा कर इतिहास की धारा बदल सकता था लेकिन वैसी दूर दृष्टि उसमें शायद नहीं थी। औरंगज़ेब 21 फ़रबरी 1707 को मरा। तब उसके चार में से तीन लड़के हिंदुस्तान में थे, एक भागकर अरब चला गया था। औरंगज़ेब के पलंग पर तकिए के नीचे एक वसियतनामा रखा हुआ मिला जिसमें मुग़ल साम्राज्य को तीन भाइयों मुअज्जम, कामबख़्स और आज़म में बाँट लेने और भाइयों को आपस में शांति से रहने की ताक़ीद की हुई थी। लेकिन इंसान जैसा बोता है वैसा ही काटता है। औरंगज़ेब का एक लड़का अकबर बग़ावत करके पहले ही हिंदुस्तान से अरब चला गया था यदि रहता तो औरंगज़ेब उसे मरवा देता क्योंकि वह औरंगज़ेब की दमनकारी नीतियों के विरुद्ध राजपूतों और मराठों से मिल गया था।

मुग़लों की परिपाटी और परम्परा का निर्वाह करते हुए मुअज्जम अपने भाइयों आज़म और कामबक्स को क़त्ल करके बहादुरशाह के नाम से दिल्ली की गद्दी पर बैठा। वह उस समय 64 साल का था। बहादुरशाह ने भाइयों को मारने के बाद दक्षिण की मुहिम को छोड़कर तुरंत पंजाब का रूख किया। उसने अवध, कारा, दिल्ली, राजपूताना, बुंदेलखंड, अफ़ग़ान, पठान, मेवाती से सारी फ़ौजों को पंजाब पहुँचने का हुक्म देकर सिक्खों के विरुद्ध मुसलमानों को जिहाद का नारा दिया क्योंकि पंजाब में मारे गए सारे ज़मींदार मुसलमान थे और मुसलमान सभ्रांतो में उसकी छवि ख़राब हो गई थी। वे सब बादशाह को ही हटाने का षड्यंत्र करने लगे थे।

कुछ इतिहासकार बन्दा पर अत्याचारी लूटपाट करने वाला शैतान का आरोप लगाते हैं। सवाल उठता है कि जब मुल्क का बादशाह सिक्खों की क़ौम के विरुद्ध जिहाद की घोषणा कर रहा हो तो बन्दा के पास रास्ता क्या बचा था कि वो जिहाद का जबाव धर्मयुद्ध से न दे। जैसा अत्याचार मुग़लों ने मराठों, बन्दा और सिक्खों के साथ किया। उसे सभ्यता के ठेकेदार क्या नाम देंगे?

बहादुरशाह ने एक पठान फ़िरोज़खान को इस मुहिम का सेनापति बनाया। फिरोज़ख़ान ने दिसम्बर 1710 में तेज़ी से आक्रमण करके अमीनगढ़, थानेसर, करनाल, शाहाबाद जीतकर पंजाब के मालवा पर पुनः मुग़ल शासन स्थापित कर वहाँ से किसानो को खदेड़ दिया। फिरोज़ख़ान ने सीधा बन्दा के क़िले मुखलिशगढ़ पर घेरा डाल दिया। बन्दा वहाँ पंद्रह दिन फँसा रहा फिर एक रात फ़ौज सहित खिसक लिया। उसने हिमाचल प्रदेश का रूख किया और राजा भीमचन्द को मारकर मंडी, कुलु और चंबा पर क़ब्ज़ा कर लिया। वह वहाँ से उतरकर नीचे आया और बहरामपुर व रायपुर जीत लिया। जहाँ उसने मुग़ल फ़ौज को फिर हराया।

इस बीच मुग़ल बादशाह बहादुरशाह मर गया तो उसका लड़का जहांदरशाह भी ख़ानदानी रिवाज के मुताबिक़ तीन भाइयों को मार कर बादशाह बना। वह 51 साल का था। उसके साथ से ही मुग़ल सत्ता दरबारियों के हाथ चली गई थी और मुग़लों में आत्मघाती षड्यंत्र शुरू हुए जिनका अंत अंग्रेज़ों के हाथों हुआ। तब तक बन्दा सधौरा तक जीत चुका था। नए बादशाह जहांदरशाह ने नई रणनीति से फिर बन्दा को घेरना शुरू किया।

मुग़ल साम्राज्य तेज़ी से पतन की ओर जा रहा था। जहाँदरशाह अपने भाइयों को मार कर बादशाह बना था परंतु वो अधिक समय तक सत्ता सुख न भोग सका। उसका एक भाई अज़ीमउशान था जिसे उसने दरबारियों की सहायता से सत्ता संघर्ष में मारा था। अब वे दरबारी बादशाह को बनाने और गिराने वाले बन गए थे। अज़ीमउशान का लड़का फरुख़्सियर उस समय बंगाल का सूबेदार था। वह वहाँ से सेना लेकर चला। वह शाही सेना को आगरा में हरा कर दिल्ली की तरफ़ बढ़ा। उसके तरफ़ के दरबारियों ने लालक़िले में जहाँदरशाह को गिरफ़्तार कर लिया। फरुख़्सियर ने दिल्ली के नाज़िम मोहम्मद यारखान को लिखित संदेश भेजा कि उसके दिल्ली पहुँचने के पहले जहाँदरशाह का ख़ात्मा कर दिया जाय।

बादशाह जहांदरशाह ऐशगाह महल में अपनी नई प्रेमिका लालकुँवर के आग़ोश में रंगरेलियों में तल्लीन था। यारख़ान के साथ आए जल्लादों ने जहांदरशाह को पकड़ कर खींचा तो लालकुँवर बादशाह के गले से लिपट गई। जल्लाद ने उसके बाल पकड़ के खींच कर एक सिपाही के हवाले किया। बादशाह को सीढ़ियों से नीचे ले जाने लगे तो वह जल्लादों से उलझ गया। जल्लादों ने उसे पटक कर उसके दोनो टांगो

के बीच मर्मस्थल पुरूष इन्द्रिय पर पैरों से तब तक चोट मार कर कचरा, जब तक कि वो मर नहीं गया। उसके बाद उसकी गर्दन काटी, धड़ लालक़िले से ही यमुना में फेंक दिया। जहांदरशाह का कटा हुआ सिर फरुख़्सियर को लालक़िले के दरवाज़े पर स्वागत स्वरूप भेंट किया गया। यह घटना 11 फ़रवरी 1713 की है। दो दिन बाद 13 फ़रवरी को फरुख़्सियर मुग़ल बादशाह बना। वह ख़ुद भी बहुत ही जल्लाद क़िस्म का इंसान था।

उसने बन्दा बहादुर को ख़त्म करने के लिए साम्राज्य के दो सबसे ऊर्जावान दरबारी अब्दुस समद और उसके जवान बेटे जकारिया खान को ज़िम्मेदारी सौंपी। अब्दुस समद 7,000 सैनिकों की फ़ौज और तोपख़ाना लेकर पंजाब की तरफ़ चला। बटाला के पास उसकी बन्दा से मुठभेड़ हुई। मुग़लों के पास तोप थीं उसने सिक्खों को तोप के गोलों से तहस-नहस कर दिया। बन्दा पीछे की तरफ़ पलटकर गुरदासपुर पहुँचा। वहाँ उसने अपनी ज़िंदगी की सबसे बड़ी ग़लती कर दी। उसने मुग़लों की तोपों को आगे बढ़ने से रोकने के लिए यमुना नहर को खेतों तरफ़ खोल दिया। कीचड़ होने से तोपें तो रुक गई परंतु नहर के पानी ने उसकी फ़ौज को घेरकर एक टापू पर रख दिया। अब्दुस समद ने फ़ौरन उस टापू को चारों तरफ़ से घेर लिया और आराम फ़रमाने लगा।

बन्दा की फ़ौज की रसद ख़त्म हो गई। सैनिक भूखे मरने लगे तो घोड़ों और खच्चारों को मार कर खाने लगे। आपस में लड़ने लगे। कच्चा माँस खाने से फ़ौज में पेचिस-दस्त की बीमारी फैल गई। अंत में बन्दा ने अब्दुस समस के इस आश्वासन पर कि उनके साथ भलमंसाहत से पेश आया जाएगा, समर्पण कर दिया। समर्पण करते ही मुग़ल फ़ौज ने सिक्खों को काटना शुरू कर दिया। बन्दा और 840 सिक्खों को बंदी बनाकर पहले लाहोर लाकर शहर में ऊँट और खच्चारों पर नंगे बिठा कर परेड कराई फिर दिल्ली ले जाया गया। बन्दा को लोहे के पिंजरे में हाँथों में हथकड़ी पैरों में बेड़ियाँ और गले में लोहे का वज़नदार हासला डालकर लाहोर से दिल्ली ले जाया गया, जिसमें से उसका सिर भर दिख रहा था। बन्दा की गुस्से से भरी लाल आँखों से मुग़ल सैनिक आँख नहीं मिला पाते थे।

5 मार्च को बन्दा को मुसलमान बनने की शर्त पर छोड़ने का प्रस्ताव दिया गया, उसने साफ़ मना कर दिया। उसे अमानवीय प्रताड़ना के बाद मार दिया। रोज़ाना 150 सिक्खों को जल्लादों द्वारा मारकर उनका माँस कुत्तों और गिद्धों को खिलाया गया। मानवता सिहर उठी। 10 मार्च 1713 को वह नरमेघ यज्ञ धर्म की बलिबेदी पर सम्पन्न हुआ।

ऐसे नासूर भारत की स्मृति में दर्ज हैं। जो यदाकदा रिसते रहते हैं। अवसरवादी उनका फ़ायदा उठाते हैं। लेकिन अब भारत में क़ानून का शासन है। जिसे मानना

हर नागरिक का पहला धर्म है। यही कर्तव्य है। यही दायित्व है हर हिंदुस्तानी का। हमारा संविधान हमारा कवच है। उसकी रक्षा हमारी सुरक्षा की गारंटी है। लोकतंत्र भारतीयता की पहचान है। ऐसी पुरानी कहानियों को पढ़कर हमें अहसास होता है कि हम कितने अच्छे समय में रह रहे हैं। साहसिक बन्दा बहादुर अपने धर्म पर क़ुर्बान हो गया। भारत में उस बहादुर को कोई भी याद नहीं करता। पता नहीं क्यों? जबकि यह वृतांत मुग़ल रोज़नामचा में दर्ज है। बेचारा बन्दा गुरुओं की गौरव गाथा और रणजीतसिंह के इतिहास के बीच कहीं गुम हो गया।

अब दास्ताँ शुरू होती है सिक्ख सरकार खालसा जी, दरबार खालसा जी, नानक शाही, सिंह साहिब, सिक्ख शिरोमणि महाराजा रणजीत सिंह जी की। सिक्ख एक अद्भुत साहसी, जूझारू, अड़ियल और कड़ियल क़ौम है जिसे मुग़ल और अफ़ग़ान व कुछ समय तक मराठे मिलकर भी न दबा सके। वैसी मुसीबत और अत्याचार जैसी सिक्खों पर एकसाथ आई, दुनिया की किसी भी क़ौम पर आती तो शायद वो मिट जाती। मिश्र, ईरान, ईराक़, तुर्की जैसी स्थापित सभ्यतायें इस्लाम की तेग़ के सामने झुक कर मिट गईं। उनकी मौलिकता पृथ्वी से लुप्त हो गई। इतिहास की गहराई में जाओ तो पता चलता है कि पंजाब सूबा 323 ईसा पूर्व से पोरस के राज्य में सिकन्दर पर हमले झेल रहा है और 1965 के पाकिस्तानी हमले तक यह क़ौम बहादुरी से टिकी है। 2,300 सालों से जूझती यह क़ौम आज शान से खड़ी है। सलाम ऐसी जूझारू प्रवृत्ति को जो सिर कटा सकती है पर झुकती नहीं है।

हिमालय पश्चिम में खैबर दर्रे से पूर्व में अरुणाचल तक पसरा है। आर्य सबसे पहले सप्त सिंधु यानि व्यास, सतलज, रावी, झेलम, चनाब और काबुल नदी जो मिलकर पश्चिम पंजाब में सिंधु महानद का निर्माण करती है। जिसके आँचल में प्रारम्भिक हिंदू सभ्यता के वेद रचे गए। जिन्होंने जान लिया था कि प्रकृति ही प्रधान है कोई मनुष्य या देव नहीं। अतः प्रकृति के अलावा किसी अन्य चीज़ के सामने झुकना अनुचित है। हाँ बाद में उसके ऊपर पुरुष याने ब्रह्म को माना गया। यही दर्शन हिंदू पौराणिक साहित्य का आधार बना। कालांतर में कुछ रूढ़ियों ने जगह बना ली। गुरु नानक जी ने उस खर-पतवार को छाँट कर सिक्ख पन्थ की नींव रखी थी। हिन्दू धर्म की तरफ़ से जैसी टक्कर सिक्खों ने विपरीत परिस्थितियों में इस्लाम को दी उसका कोई दूसरा उदाहरण दुनिया में नहीं मिलता है। टक्कर मराठों ने भी दी थी लेकिन वहाँ मुग़लों के साथ अफ़ग़ान आतताई नहीं थे। पंजाब में उत्तर-पश्चिम से छः-सात फ़ुट के अफ़ग़ान काबुली घोड़ों पर दनदनाते आते थे तो दक्षिण-पूर्व से मुग़लों के पेशेवर दस्ते सिक्खों को जड़ामूल नेस्तनाबूद करने पर आमादा थे। ये सिक्खों का जूझारूपन और नानक का दर्शन व गुरु अर्जनदेव, गुरु तेग़बहादुर और गोविंदसिंह जी की शहादत और आंदोलन को ज़िंदा रखने की ज़िद थी, जो बन्दा

बहादुर से पंजाब का आर्थिक व सामाजिक माहौल बदलवा कर सीमांत क्षेत्र में हिंदू धर्म ध्वजा को फहराए रख सकी।

## मुग़ल क़ालीन भारत में भक्ति आंदोलन

हमारा दृष्टिकोण हिंदू चेतना का मुग़ल काल में विकास को परखना है कि हिंदू चेतना मुग़ल काल में किस तरफ़ जा रही थी। वह अवनति उन्मुख थी या विकसोन्मुख थी। मुगल शासन काल में यद्यपि शिक्षा और साहित्य के क्षेत्र में महत्त्वपूर्ण प्रगति हुई, तथापि मुगलकालीन शिक्षा नीति में जनता को शिक्षित बनाना राजा का कर्तव्य नहीं माना गया। शिक्षा मुल्लाओं, मौलविओं, पुरोहितों और आकाओं द्वारा दी जाती थी। प्राथमिक शालाओं की शिक्षा मकतबों में दी जाती थी। मकतब प्रायः मस्जिदों में ही होते थे। ढाई वर्ष की आयु से मौखिक शिक्षा दी जाती थी। उच्च शिक्षा के लिए मदरसे थे, जहां हिन्दू और मुसलमान दोनों ही पढ़ते थे, जो धनवानों के अनुदान पर चलते थे। यहां गणित, खगोल, ज्योतिष, सामुद्रिक, तर्क, धर्मशास्त्र, इतिहास, प्राणीशास्त्र, रसायन आदि विषय पढाये जाते थे।

इस्लामी धर्मशास्त्र कुरान की टीकाओं के साथ-साथ हिन्दू वर्ग संस्कृत, व्याकरण, साहित्य, न्याय, ज्योतिष आदि का अध्ययन करता था। अरबी भाषा में मदरसों में शिक्षा दी जाती थी। अकबर के पुस्तकालय में 24,000 ग्रन्थ थे। अनुदान तथा शिष्य वृत्ति दी जाती थी। बाबर स्वयं एक विद्वान् लेखक था। हुमायूं तथा अकबर विद्या प्रेमी थे। जहांगीर भी एक अच्छा विद्वान् व लेखक था।

शाहजहां ने शिक्षा के क्षेत्र में काफी कार्य किये। औरंगजेब ने शिक्षा के लिए कोई कार्य नहीं किया वरन् हिन्दुओं की पाठशालाएं ही बन्द करवा दी थीं। मुगलकाल में बाबर से लेकर शाहजहां तक सभी मुगल सम्राट साहित्यानुरागी थे। उन्होंने फारसी भाषा को राजभाषा बनाया। बाबर ने अपनी आत्मकथा तुजुक ए बाबरी लिखी, जो तुर्की भाषा में है, जिसका अनुवाद फारसी में अब्दुल रहीम खानखाना ने किया।

इस युग की दूसरी आत्मकथा तुजुक ए जहांगीरी बादशाह जहांगीर ने लिखी। तीसरी आत्मकथा अबुल फजल ने आइने अकबरी लिखी। ये तीनों आत्मकथाएं शैली की नवीनता, सुन्दरता एवं नवीनता के लिए जानी जाती हैं। हुमायूं को पुस्तकों का इतना शौक था कि उसने अपने महल में एक विशाल पुस्तकालय ही बनवा रखा था। उसी पुस्तकालय की सीढ़ी से गिरकर उसकी मृत्यु हुई थी। उसके काल में कई अन्यों की रचना हुई, जिनमें खोंदमीर का हुमायूनामा, गुलबदन का हुमायूनामा, जौहर का तजकिशतुल वाकियात, शेख बयाजित का तारीखें हुमायूं प्रमुख हैं। इस काल में जिन अन्यों का अनुवाद फारसी में हुआ, उनमें महाभारत, रामायण, अथर्ववेद, लीलावती, राजतरंगिनी, नल दमयन्ती, कालिया दमन, बाइबिल, कुरान प्रमुख हैं।

अनुवाद विभाग का अध्यक्ष अबुल फजल था। ऐतिहासिक अनुवादित यन्थ एवं काव्य अन्यों के साथ-साथ पादशाहनामा, शाहजहांनामा प्रसिद्ध ग्रन्थ हैं।

हिन्दी साहित्य में तुलसीदास ने रामचरितमानस, विनय पत्रिका, गीतावली, कवितावली, जायसी ने पदमावत, केशवदास ने रामचन्द्रिका, कविप्रिया, रसिकप्रिया; भूषण ने छत्रसाल दशक, शिवाबावनी, शिवराजभूषण; बिहारी ने बिहारी सलई, मीराबाई ने नरसीजी का म्हारा एवं पदावलियां लिखीं। इसी तरह बंगला, गुजराती, मराठी, संस्कृत, पंजाबी, उर्दू में अनुदित व श्रेष्ठ रचनाएं लिखी गयीं।

मुगल सम्राट कला व संस्कृति के प्रेमी थे। उनकी कलाकृतियों में विभिन्न महल, भवन निर्माण कला, चित्रकला आदि का चरम उत्कर्ष मिलता है। इस काल की स्थापत्यकला में विशालता, भव्यता, कोमलता का लालित्य है। सुन्दर मेहराबें, फूल-पत्ते, बेल-बूटों की महीन कारीगरी मिलती है, जिसमें बाबर एवं हुमायूं द्वारा निर्मित मस्जिद व मकबरा, शेरशाह का सासाराम का मकबरा, फतेहपुर सीकरी, ताजमहल, जामा मरिजद, मोती मरिजद, लाल किला, कुतुबमीनार स्थापत्य कला के श्रेष्ठ नमूने हैं।

इस काल की बेजोड़ चित्रकला में ईरान के साथ-साथ हिन्दू-मुस्लिम की एक नवीन शैली विकसित हुई। अकबर, बाबर, जहांगीर तथा शाहजहां के शासनकाल में चित्रकला को स्वर्णिम ऊंचाइयां मिलीं। जहांगीर स्वयं एक श्रेष्ठ चित्रकार था।

शाहजहां के शासनकाल में भी नये-नये मॉडल तथा रंगों के चित्र अपनी दिव्यता, सूक्ष्मता एवं सजीवता की कहानी कहते हैं। इन चित्रों में भौतिकतावादी दरबारी जीवन, जुलूस, उत्सव, शिकार व प्रकृति वर्णन मिलता है। संगीतकला की दृष्टि से मुगलकाल काफी उपलब्धियों का काल रहा है। बाबर एवं हुमायूं को संगीत से विशेष प्रेम था। अकबर के दरबार में 36 गीतकार व संगीतकार थे, जिसमें बैजू बावरा, तानसेन प्रमुख थे। अकबर काल संगीत का स्वर्णयुग था। शाहजहां अच्छा गायक था। औरंगजेब को संगीत की अर्थी निकालने में आनन्द का अनुभव होता था। इस काल में भरतनाटधम, कथक, मणिपुरी व लोकनृत्य होते थे। वाद्ययन्त्रों में सितार, वीणा, तबूरा, सारंगी, पखावज, तबला, नक्कारा, ढोलक, बांसुरी प्रमुख थे।

इस तरह हम पाते हैं कि मुगलकाल शिक्षा, साहित्य, कला एवं संस्कृति की दृष्टि से सभ्यता का उत्कर्ष काल था। तथापि यह कहना गलत न होगा कि मुगलकालीन संस्कृति ने भारतीय सभ्यता एवं संस्कृति को काफी हद तक प्रभावित किया, जो उस युग की महान देन है। स्थापत्य तथा ललित कला में मुगलकालीन संस्कृति का विकास एवं उत्कर्ष अपने विशिष्ट योगदान के कारण स्मरणीय रहेगा।

हिन्दी साहित्य के इतिहास में भक्ति काल महत्वपूर्ण स्थान रखता है। आदिकाल के बाद आये इस युग को 'पूर्व मध्यकाल' भी कहा जाता है। इसकी समयावधि 1375 ईस्वी से 1700 ईस्वी तक की मानी जाती है। यह हिंदी साहित्य का श्रेष्ठ युग है

जिसको जॉर्ज ग्रियर्सन ने स्वर्णकाल, श्यामसुन्दर दास ने स्वर्णयुग, आचार्य राम चंद्र शुक्ल ने भक्ति काल एवं हजारी प्रसाद द्विवेदी ने लोक जागरण काल कहा। सम्पूर्ण साहित्य के श्रेष्ठ कवि और उत्तम रचनाएं इसी काल में प्राप्त होती हैं।

दक्षिण में आलवार बंधु नाम से कई प्रख्यात भक्त हुए हैं। इनमें से कई तथाकथित नीची जातियों के भी थे। वे बहुत पढे-लिखे नहीं थे, परंतु अनुभवी थे। आलवारों के पश्चात दक्षिण में आचार्यों की एक परंपरा चली जिसमें रामानुजाचार्य प्रमुख थे। रामानुजाचार्य की परंपरा में रामानंद हुए। उनका व्यक्तित्व असाधारण था। वे उस समय के सबसे बड़े आचार्य थे। उन्होंने भक्ति के क्षेत्र में ऊंच-नीच का भेद तोड़ दिया। सभी जातियों के अधिकारी व्यक्तियों को आपने शिष्य बनाया। उस समय का सूत्र हो गया-

*जाति-पांति पूछे नहिं कोई।*
*हरि को भजै सो हरि का होई।।*

रामानंद ने विष्णु के अवतार राम की उपासना पर बल दिया। रामानंद ने और उनकी शिष्य-मंडली ने दक्षिण की भक्तिगंगा का उत्तर में प्रवाह किया। समस्त उत्तर-भारत इस पुण्य-प्रवाह में बहने लगा। भारत भर में उस समय पहुंचे हुए संत और महात्मा भक्तों का आविर्भाव हुआ।

महाप्रभु वल्लभाचार्य ने पुष्टि-मार्ग की स्थापना की और विष्णु के कृष्णावतार की उपासना करने का प्रचार किया। उनके द्वारा जिस लीला-गान का उपदेश हुआ उसने देशभर को प्रभावित किया। अष्टछाप के सुप्रसिध्द कवियों ने उनके उपदेशों को मधुर कविता में प्रतिबिंबित किया।

इसके उपरांत माध्व तथा निंबार्क संप्रदायों का भी जन-समाज पर प्रभाव पड़ा है। साधना-क्षेत्र में दो अन्य संप्रदाय भी उस समय विद्यमान थे। नाथों के योग-मार्ग से प्रभावित संत संप्रदाय चला जिसमें प्रमुख व्यक्तित्व संत कबीरदास का है। मुसलमान कवियों का सूफीवाद हिंदुओं के विशिष्टाद्वैतवाद से बहुत भिन्न नहीं है। कुछ भावुक मुसलमान कवियों द्वारा सूफीवाद से रंगी हुई उत्तम रचनाएं लिखी गईं।

संक्षेप में भक्ति-युग की चार प्रमुख काव्य-धाराएं मिलती हैं।

- सगुण भक्ति- रामाश्रयी शाखा,
  और कृष्णाश्रयी शाखा
- निर्गुण भक्ति- ज्ञानाश्रयी शाखा,
  और प्रेमाश्रयी शाखा

13 वीं सदी तक धर्म के क्षेत्र में बड़ी अस्तव्यस्तता आ गई थी। जनता में सिद्धों और योगियों आदि द्वारा प्रचलित अंधविश्वास फैल रहे थे, संपन्न वर्ग में भी रूढ़ियों और आडंबर की प्रधानता हो चली थी। मायावाद के प्रभाव से लोकविमुखता और निष्क्रियता के भाव समाज में पनपने लगे थे। ऐसे समय में भक्ति आंदोलन के रूप में ऐसा भारतव्यापी विशाल सांस्कृतिक आंदोलन उठा जिसने समाज में उत्कर्ष सामाजिक और वैयक्तिक मूल्यों की प्रतिष्ठा की।

भक्ति आंदोलन का आरंभ दक्षिण के आलवार संतों द्वारा 10 वीं सदी के लगभग हुआ। वहाँ शंकराचार्य के अद्वैतमत और मायावाद के विरोध में चार वैष्णव संप्रदाय खड़े हुए। इन चारों संप्रदायों ने उत्तर भारत में विष्णु के अवतारों का प्रचार-प्रसार किया। इनमें से एक के प्रवर्तक रामानुजाचार्य थे, जिनकी शिष्यपरंपरा में आनेवाले रामानंद ने (पंद्रहवीं सदी) उत्तर भारत में रामभक्ति का प्रचार किया। रामानंद के राम ब्रह्म के स्थानापन्न थे जो राक्षसों का विनाश और अपनी लीला का विस्तार करने के लिए संसार में अवतीर्ण होते हैं। भक्ति के क्षेत्र में रामानंद ने ऊँचनीच का भेदभाव मिटाने पर विशेष बल दिया। राम के सगुण और निर्गुण दो रूपों को माननेवाले दो भक्तों - कबीर और तुलसी को इन्होंने प्रभावित किया।

विष्णुस्वामी के शुद्धाद्वैत मत का आधार लेकर इसी समय बल्लभाचार्य ने अपना पुष्टिमार्ग चलाया। बारहवीं से सोलहवीं सदी तक पूरे देश में पुराणसम्मत कृष्णचरित के आधार पर कई संप्रदाय प्रतिष्ठित हुए, जिनमें सबसे ज्यादा प्रभावशाली वल्लभ का पुष्टिमार्ग था। उन्होंने शांकर मत के विरुद्ध ब्रह्म के सगुण रूप को ही वास्तविक कहा। उनके मत से यह संसार मिथ्या या माया का प्रसार नहीं है बल्कि ब्रह्म का ही प्रसार है, अतः सत्य है। उन्होंने कृष्ण को ब्रह्म का अवतार माना और उसकी प्राप्ति के लिए भक्त का पूर्ण आत्मसमर्पण आवश्यक बतलाया। भगवान् के अनुग्रह या पुष्टि के द्वारा ही भक्ति सुलभ हो सकती है। इस संप्रदाय में उपासना के लिए गोपीजनवल्लभ, लीलापुरुषोत्तम कृष्ण का मधुर रूप स्वीकृत हुआ। इस प्रकार उत्तर भारत में विष्णु के राम और कृष्ण अवतारों की प्रतिष्ठा हुई।

यद्यपि भक्ति का स्रोत दक्षिण से आया तथापि उत्तर भारत की नई परिस्थितियों में उसने एक नया रूप भी ग्रहण किया। मुसलमानों के इस देश में बस जाने पर एक ऐसे भक्तिमार्ग की आवश्यकता थी जो हिंदू और मुसलमान दोनों को ग्राह्य हो। इसके अतिरिक्त निम्न वर्ग के लिए भी अधिक मान्य मत वही हो सकता था जो उन्हीं के वर्ग के पुरुष द्वारा प्रवर्तित हो। महाराष्ट्र के संत नामदेव ने 14 वीं शताब्दी में इसी प्रकार के भक्तिमत का सामान्य जनता में प्रचार किया जिसमें भगवान के सगुण और निर्गुण दोनों रूप गृहीत थे। कबीर के संतमत के ये पूर्वपुरुष हैं। दूसरी ओर सूफी कवियों ने हिंदुओं की लोककथाओं का आधार लेकर ईश्वर के प्रेममय रूप का प्रचार किया।

इस प्रकार इन विभिन्न मतों का आधार लेकर हिंदी में निर्गुण और सगुण के नाम से भक्तिकाव्य की दो शाखाएँ साथ साथ चलीं। निर्गुणमत के दो उपविभाग हुए - ज्ञानाश्रयी और प्रेमाश्रयी। पहले के प्रतिनिधि कबीर और दूसरे के जायसी हैं। सगुणमत भी दो उपधाराओं में प्रवाहित हुआ - रामभक्ति और कृष्णभक्ति। पहले के प्रतिनिधि तुलसी हैं और दूसरे के सूरदास।

भक्तिकाव्य की इन विभिन्न प्रणलियों की अपनी अलग अलग विशेषताएँ हैं पर कुछ आधारभूत बातों का सन्निवेश सब में है। प्रेम की सामान्य भूमिका सभी ने स्वीकार की। भक्तिभाव के स्तर पर मनुष्यमात्र की समानता सबको मान्य है। प्रेम और करुणा से युक्त अवतार की कल्पना तो सगुण भक्तों का आधार ही है पर निर्गुणोपासक कबीर भी अने राम को प्रिय, पिता और स्वामी आदि के रूप में स्मरण करते हैं। ज्ञान की तुलना में सभी भक्तों ने भक्तिभाव को गौरव दिया है। सभी भक्त कवियों ने लोकभाषा का माध्यम स्वीकार किया है।

ज्ञानश्रयी शाखा के प्रमुख कवि कबीर पर तात्कालिक विभिन्न धार्मिक प्रवृत्तियों और दार्शनिक मतों का सम्मिलित प्रभाव है। उनकी रचनाओं में धर्मसुधारक और समाजसुधारक का रूप विशेष प्रखर है। उन्होंने आचरण की शुद्धता पर बल दिया। बाह्याडंबर, रूढ़ियों और अंधविश्वासों पर उन्होंने तीव्र कशाघात किया। मनुष्य की क्षमता का उद्‌घोष कर उन्होंने निम्नश्रेणी की जनता में आत्मगौरव का भाव जगाया। इस शाखा के अन्य कवि रैदास, दादू हैं।

अपनी व्यक्तिगत धार्मिक अनुभूति और सामाजिक आलोचना द्वारा कबीर आदि संतों ने जनता को विचार के स्तर पर प्रभावित किया था। सूफी संतों ने अपने प्रेमाख्यानों द्वारा लोकमानस को भावना के स्तर पर प्रभावित करने का प्रयत्न किया। ज्ञानमार्गी संत कवियों की वाणी मुक्तकबद्ध है, प्रेममार्गी कवियों की प्रेमभावना लोकप्रचलित आख्यानों का आधार लेकर प्रबंधकाव्य के रूप में ख्यायित हुई है। सूफी ईश्वर को अनंत प्रेम और सौंदर्य का भंडार मानते हैं। उनके अनुसार ईश्वर को जीव प्रेम के मार्ग से ही उपलब्ध कर सकता है। साधाना के मार्ग में आनेवाली बाधाओं को वह गुरु या पीर की सहायता से साहसपूर्वक पार करके अपने परमप्रिय का साक्षात्कार करता है। सूफियों ने चाहे अपने मत के प्रचार के लिए अपने कथाकाव्य की रचना की हो पर साहित्यिक दृष्टि से उनका मूल्य इसलिए है कि उसमें प्रेम और उससे प्रेरित अन्य संवेगों की व्यंजना सहजबोध्य लौकिक भूमि पर हुई है। उनके द्वारा व्यंजित प्रेम ईश्वरोन्मुख है पर सामान्यतः यह प्रेम लौकिक भूमि पर ही संक्रमण करता है। परमप्रिय के सौंदर्य, प्रेमक्रीड़ा और प्रेमी के विरहोद्वेग आदि का वर्णन उन्होंने इतनी तन्मयता से किया है और उनके काव्य का मानवीय आधार इतना पुष्ट है कि आध्यात्मिक प्रतीकों और रूपकों के बावजूद उनकी रचनाएँ प्रेमसमर्पित

कथाकाव्य की श्रेष्ठ कृतियाँ बन गई हैं। उनके काव्य का पूरा वातावरण लोकजीवन का और गार्हस्थिक है। प्रेमाख्यानकों की शैली फारसी के मसनवी काव्य जैसी है।

इस धारा के सर्वप्रमुख कवि जायसी हैं जिनका "पदमावत" अपनी मार्मिक प्रेमव्यंजना, कथारस और सहज कलाविन्यास के कारण विशेष प्रशंसित हुआ है। इनकी अन्य रचनाओं में "अखरावट" और "आखिरी कलाम" आदि हैं, जिनमें सूफी संप्रदायसंगत बातें हैं। इस धारा के अन्य कवि हैं कुतबन, मंझन, उसमान, शेख, नबी और नूरमुहम्मद आदि।

ज्ञानमार्गी शाखा के कवियों में विचार की प्रधानता है तो सूफियों की रचनाओं में प्रेम का एकांतिक रूप व्यक्त हुआ है। सगुण धारा के कवियों ने विचारात्मक शुष्कता और प्रेम की एकांगिता दूरकर जीवन के सहज उल्लासमय और व्यापक रूप की प्रतिष्ठा की। कृष्णभक्तिशाखा के कवियों ने आनंदस्वरूप लीलापुरुषोत्तम कृष्ण के मधुर रूप की प्रतिष्ठा कर जीवन के प्रति गहन राग को स्फूर्त किया। इन कवियों में सूरसागर के रचयिता महाकवि सूरदास श्रेष्ठतम हैं जिन्होंने कृष्ण के मधुर व्यक्तित्व का अनेक मार्मिक रूपों में साक्षात्कार किया। ये प्रेम और सौंदर्य के निसर्गसिद्ध गायक हैं। कृष्ण के बालरूप की जैसी विमोहक, सजीव और बहुविध कल्पना इन्होंने की है वह अपना सानी नहीं रखती। कृष्ण और गोपियों के स्वच्छंद प्रेमप्रसंगों द्वारा सूर ने मानवीय राग का बड़ा ही निश्छल और सहज रूप उद्घाटित किया है। यह प्रेम अपने सहज परिवेश में सहयोगी भाववृत्तियों से संपृक्त होकर विशेष अर्थवान हो गया है। कृष्ण के प्रति उनका संबंध मुख्यतः सख्यभाव का है। आराध्य के प्रति उनका सहज समर्पण भावना की गहरी से गहरी भूमिकाओं को स्पर्श करनेवाला है। सूरदास वल्लभाचार्य के शिष्य थे। वल्लभ के पुत्र बिट्ठलनाथ ने कृष्णलीलागान के लिए अष्टछाप के नाम से आठ कवियों का निर्वाचन किया था। सूरदास इस मंडल के सर्वोत्कृष्ट कवि हैं। अन्य विशिष्ट कवि नंददास और परमानंददास हैं। नंददास की कलाचेतना अपेक्षाकृत विशेष मुखर है।

मध्ययुग में कृष्णभक्ति का व्यापक प्रचार हुआ और वल्लभाचार्य के पुष्टिमार्ग के अतिरिक्त अन्य भी कई संप्रदाय स्थापित हुए, जिन्होंने कृष्णकाव्य को प्रभावित किया। हितहरिवंश (राधावल्लभी संप्र.), हरिदास (टट्टी संप्र.), गदाधर भट्ट और सूरदास मदनमोहन (गौड़ीय संप्र.) आदि अनेक कवियों ने विभिन्न मतों के अनुसार कृष्णप्रेम की मार्मिक कल्पनाएँ कीं। मीरा की भक्ति दांपत्यभाव की थी जो अपने स्वतःस्फूर्त कोमल और करुण प्रेमसंगीत से आंदोतिल करती हैं। नरोत्तमदास, रसखान, सेनापति आदि इस धारा के अन्य अनेक प्रतिभाशाली कवि हुए जिन्होंने हिंदी काव्य को समृद्ध किया। यह सारा कृष्णकाव्य मुक्तक या कथाश्रित मुक्तक है। संगीतात्मकता इसका एक विशिष्ट गुण है।

कृष्णकाव्य ने भगवान के मधुर रूप का उद्घाटन किया पर उसमें जीवन की अनेकरूपता नहीं थी, जीवन की विविधता और विस्तार की मार्मिक योजना रामकाव्य में हुई। कृष्णभक्तिकाव्य में जीवन के माधुर्य पक्ष का स्फूर्तिप्रद संगीत था, रामकाव्य में जीवन का नीतिपक्ष और समाजबोध अधिक मुखरित हुआ। एक ने स्वच्छंद रागतत्व को महत्व दिया तो दूसरे ने मर्यादित लोकचेतना पर विशेष बल दिया। एक ने भगवान की लोकरंजनकारी सौंदर्यप्रतिमा का संगठन किया तो दूसरे ने उसके शक्ति, शील और सौंदर्यमय लोकमंगलकारी रूप को प्रकाशित किया। रामकाव्य का सर्वोत्कृष्ट वैभव 'रामचरितमानस' के रचयिता तुलसीदास के काव्य में प्रकट हुआ जो विद्याविद् ग्रियर्सन की दृष्टि में बुद्धदेव के बाद के सबसे बड़े जननायक थे। पर काव्य की दृष्टि से तुलसी का महत्व भगवान के एक ऐसे रूप की परिकल्पना में है जो मानवीय सामर्थ्य और औदात्य की उच्चतम भूमि पर अधिष्ठित है। तुलसी के काव्य की एक बड़ी विशेषता उनकी बहुमुखी समन्वयभावना है जो धर्म, समाज और साहित्य सभी क्षेत्रों में सक्रिय है। उनका काव्य लोकोन्मुख है। उसमें जीवन की विस्तीर्णता के साथ गहराई भी है। उनका महाकाव्य रामचरितमानस राम के संपूर्ण जीवन के माध्यम से व्यक्ति और लोकजीवन के विभिन्न पक्षों का उद्घाटन करता है। उसमें भगवान् राम के लोकमंगलकारी रूप की प्रतिष्ठा है। उनका साहित्य सामाजिक और वैयक्तिक कर्तव्य के उच्च आदर्शों में आस्था दृढ़ करनेवाला है। तुलसी की विनयपत्रिका' में आराध्य के प्रति, जो कवि के आदर्शों का सजीव प्रतिरूप है, उनका निरंतर और निश्छल समर्पणभाव, काव्यात्मक आत्माभिव्यक्ति का उत्कृष्ट दृष्टांत है। काव्याभिव्यक्ति के विभिन्न रूपों पर उनका समान अधिकार है। अपने समय में प्रचलित सभी काव्यशैलियों का उन्होंने सफल प्रयोग किया। प्रबंध और मुक्तक की साहित्यिक शैलियों के अतिरिक्त लोकप्रचलित अवधी और ब्रजभाषा दोनों के व्यवहार में वे समान रूप से समर्थ हैं। तुलसी के अतिरिक्त रामकाव्य के अन्य रचयिताओं में अग्रदास, नाभादास, प्राणचंद चौहान और हृदयराम आदि उल्लेख्य हैं।

यहाँ यह बात ध्यान देने योग्य है कि कृष्ण और राम के अवतारी स्वरूपों की हिंदुओं में स्थापना मुग़ल काल में ही हुई। औरंगज़ेब की हिंदू विरोधी नीति के कारण सम्पूर्ण मुग़ल युग को अत्याचारी नहीं कहा जा सकता है। आज जी भी हिंदुओं की पूजा पद्धति है। उसका दार्शनिक विकास सल्तनत काल में शंकराचार्य के माध्यम से हुआ और व्यावहारिक पहलू का विकास मुग़ल काल में हुआ था। आज की दृष्टि से इस संपूर्ण भक्तिकाव्य का महत्व उसक धार्मिकता से अधिक लोकजीवनगत मानवीय अनुभूतियों और भावों के कारण है। इसी विचार से भक्तिकाल को हिंदी काव्य का स्वर्ण युग कहा जा सकता है।

# 4

# भारतीय प्रतिरोध-आधुनिक युग

यूरोप में जब यह बात मालूम पड़ी कि पृथ्वी गोल है तो पृथ्वी का गोल चक्कर लगाकर जहाँ से यात्रा शुरू की थी वहीं वापस लौटकर आने की स्पैन, पुर्तगाल, होलैंड, फ्रान्स और इंग्लैंड में होड़ लग गई क्योंकि उनके चारों या तीन तरफ़ समुद्र थे इसलिए समुद्री यात्राओं के संसाधन और भावना की तीव्रताओं के साथ साहस की उनमें कमी नहीं थी। ग्रीक खुद समुद्री द्वीपों का समूह था, नाविक साहस और संसाधन उनकी सभ्यताओं में आए थे। उनके हीरो इलियाड और ओथेलो महाकाव्यों में समुद्री साहसिक यात्री और योद्धा रहे थे। नाविक साहसिक प्रयासों से इन देशों ने उत्तरी दक्षिणी अमेरिका, अफ़्रीका, एशिया के देशों में घुसकर उपनिवेश स्थापित करना शुरू किया। इसके साथ ही दो बड़ी घटनाओं, इंग्लैंड में गौरवमयी क्रांति और फ्रान्स की राज्य क्रांति ने राजनीति के आधुनिक सिद्धांतों का सिलसिलेवार विकास शुरू कर दिया। औद्योगिक क्रांति ने वाणिज्यवाद और आर्थिक साम्राज्यवाद की नींव रख दी। वहाँ बहुत तेज़ी से सामाजिक विकास हुआ जिसमें उनके मध्यम वर्ग का उदय हुआ। यूरोप अट्ठारहवीं और उन्निसवी सदी में पूरी पृथ्वी पर छा जाने को तैयार था।

ये दोनों घटनाएँ ऐशियाई या अफ़्रीकन देशों में नहीं हुईं। यूरोप के देशों को राजनीतिक और आर्थिक बढ़त मिल गई। उन्होंने एक सिद्धांत गढ़ लिया कि काली, पीली और गेहूँआ रंग की चमड़ी वाले लोगों को विकसित करना "White man's burden" है। इससे उनके अंदर एक श्रेष्ठता का अहंकार आ गया। वे जीतते चले गए तो अहंकार एक प्रचंड घमण्ड में बदल गया। यही साम्राज्यवादी विचारधारा का सबसे प्रबल तर्क बन कर उभरा।

## मसीही साम्राज्यवाद

साम्राज्यवाद (Imperialism) वह दृष्टिकोण है जिसके अनुसार कोई महत्त्वाकांक्षी राष्ट्र अपनी शक्ति और गौरव को बढ़ाने के लिए अन्य देशों के प्राकृतिक और मानवीय संसाधनों पर अपना नियंत्रण स्थापित कर लेता है। यह हस्तक्षेप राजनीतिक, आर्थिक, सांस्कृतिक या अन्य किसी भी प्रकार का हो सकता है। इसका सबसे प्रत्यक्ष रूप किसी क्षेत्र को अपने राजनीतिक अधिकार में ले लेना एवं उस क्षेत्र के निवासियों को विविध अधिकारों से वंचित करना है। देश के नियंत्रित क्षेत्रों को साम्राज्य कहा जाता है। साम्राज्यवादी नीति के अन्तर्गत एक राष्ट्र-राज्य (Nation State) अपनी सीमाओं के बाहर जाकर दूसरे देशों और राज्यों में हस्तक्षेप करता है।

साम्राज्यवाद का विज्ञानसम्मत सिद्धांत लेनिन ने विकसित किया था। लेनिन ने 1916 में अपनी पुस्तक "साम्राज्यवाद पूंजीवाद का अंतिम चरण" में लिखा कि साम्राज्यवाद एक निश्चित आर्थिक अवस्था है जो पूंजीवाद के चरम विकास के समय उत्पन्न होती है। जिन राष्ट्रों में पूंजीवाद का चरम विकास नहीं हुआ वहाँ साम्राज्यवाद को ही लेनिन ने समाजवादी क्रांति की पूर्ववेला माना है। चार्ल्स ए-बेयर्ड के अनुसार "सभ्य राष्ट्रों की कमजोर एवं पिछड़े लोगों पर शासन करने की इच्छा व नीति ही साम्राज्यवाद कहलाती है।"

15वीं 16वीं शताब्दी में भौगोलिक अन्वेषण के फलस्वरूप औपनिवेशिक साम्राज्यों का युग आया। इस साम्राज्यवादी युग को दो भागों में बांट कर अध्ययन किया जा सकता है- पुराना साम्राज्यवाद और नवीन साम्राज्यवाद। पुराने साम्राज्यवाद का आरम्भ लगभग 15वीं शताब्दी से माना जा सकता है जब स्पेन और पुर्तगाल ने इस क्षेत्र में कदम बढ़ाया। साम्राज्यवाद का यह दौर 18वीं शताब्दी के अन्त तक चला। यह कहानी शुरुआत से समझते हैं।

मध्ययुग मे इंग्लैंड को छोड़कर रोम के पोप के अधीन समूचा यूरोप था। पोप ने मसीही सांस्कृतिक साम्राज्यवाद विस्तार हेतु पृथ्वी को दो भागों में विभक्त किया। अमेरिका महाद्वीप स्पैन को दिए और एशिया पुर्तगाल को। तब तक इंग्लैंड और फ्रांस दौड़ में नहीं थे। स्पेन और पुर्तगाल ने तमाम देशों की खोज कर वहां अपनी व्यापारिक मसीही चौकियाँ स्थापित करना आरम्भ किया।

तेरहवीं सदी में मार्को पोलो मंगोलों के साम्राज्य से होते हुए चीन तक पहुँच गया था। उसने लौटने के बाद बतायां कि हिन्दुस्तान पूर्व में है। सन् 1419 में वेनिस के *निकोलो द कोंटी* ने अरबी और फारसी सीखी और अपने को मुस्लिम व्यापारी भेष में छिपा कर भारत की खोज में निकल पड़ा। उसने 25 सालों तक पूर्व की यात्रा की, वह भारत के आसपास पहुँचा और कई महत्वपूर्ण जानाकारियाँ दी। जिनमें भारत के पत्तनों पर चीन से बड़े जहाजों के पहुँचने की घटना एकदम अप्रत्याशित

थी। सन् 1471 में अंततः टैंजियर पर पुर्तगाली अधिकार हो गया पुर्तगाल के राजा जॉन ने *डिएगो केओ* को अफ्रीकी तटों पर यात्रा करने के लिए भेजा। केओ ने 1482 में कांगो की सफल यात्रा की और वहाँ एक शिला स्थापित की। सन् 1484 में जब वो लौटा तो उसका बहुत स्वागत हुआ और उसे नोबल (सामंत) की पदवी दी गई। एक बार पुनः अपने लक्ष्य की खोज में निकले डिएगो ने सन् 1486 में नामीबिया तक की यात्रा की - यह अफ्रीका के दक्षिणी बिन्दु से सिर्फ 800 किलोमीटर उत्तर में था। लेकिन, लौटते समय वो कांगो में काल्पनिक व्यक्ति प्रेस्टर जॉन को ढूंढने निकला और फिर उसका कोई पता नहीं चला।

यूरोप में प्रचलित भ्रांतियों में से एक ये भी थी कि पूर्व में कहीं एक प्रेस्टर जॉन नाम का राजा रहता है जो ईसाई है और अपार सपत्ति का मालिक है। पुर्तगालियों को भरोसा था कि ये भारत (या पूर्वी अफ्रीका) का राजा है। इसका पता लगाने के लिए पुर्तगालियों के राजा जॉन ने दो गुप्तचरों को पूर्व की जमीनी यात्रा पर भेजा। लेकिन जेरुशलम पहुँचने के बाद उन्हें मालूम हुआ कि अरबी सीखे बिना आगे बढ़ना संभव नहीं है - वे लौट गए। इसके बाद मई 1487 में पेरो *दा कोविल्हा और अफ़ोन्सो द पेवा* को गुप्त यात्रा पर भेजा। वे मिस्र में सिकंदरिया और काहिरा पहुँच गए। उनमें से पेरो अदन, लाल सागर होते हुए व्यापार और मार्गों का निरीक्षण किया और काहिरा लौट गया। वहाँ दो पुर्तगाली यहूदियों से उसकी मुलाकात हुई जिसे राजा जॉन ने भेजा था। जानकारियों का आदान प्रदान हुआ और कोविल्हा दक्षिण की ओर इथियोपिया चला गया। वहाँ से वो लौटना चाहता था लेकिन उसके विश्व-ज्ञान को देखकर वहाँ के राजा सिकंदर ने अपना सलाहकार नियुक्त किया और बाद में पुर्तगाल भेजने का वादा किया। लेकिन राजा सिकंदर जल्दी मर गया और उसके बेटे ने उसकी ये कामना पूरी नहीं की। कोविल्हा वहीं पर बस गया। सन् 1526 के किसी पुर्तगाली मिशन में पाया कि कोविल्हा इथियोपिया में तंदुरुस्त, सफल और स्वस्थ अवस्था में था - उसने वहीं शादी कर ली और 74 वर्ष की आयु में मरा।

सन् 1487 के अगस्त महीने में ही पुर्तगाली राजा ने बर्तोलोमेयो डियास (या डियाज़) नाम के नाविक को अफ्रीका का चक्कर लगाने के लिए भेजा। वो पहला यूरोपियन नाविक था जो दक्षिणतम अफ्रीका के तट - उत्तमाशा अंतरीप - के पार पहुंचा। लेकिन भयंकर समुद्री तूफान से परास्त होकर वापस लौट गया। उसके पश्चिम से पूरब की तरफ जा सकने से यह साबित हो गया कि अफ्रीका का दक्षिणी कोना है और दुनिया यहीं ख़त्म नहीं हो जाती - जैसाकि पहले डर था।

इसी बीच पुर्तगाली राजा मैनुएल ने भारत के लिए एक चार नौकाओं वाले दल का विचार रखा। इस दल का कप्तान *वास्को द गामा* को चुना गया। कई लोग इससे चकित थे - क्योंकि आसपास की लड़ाईयों के अलावे गामा को किसी बड़े सामुद्रिक

चुनौती का अनुभव नहीं था। लेकिन अनुशासित और राजा के विश्वस्त होने के कारण उसे नियुक्त कर लिया गया। वास्को द गामा 8 जुलाई, 1497 के दिन चार जहाज़ लिस्बन से चल पड़े और उसकी पहली भारत यात्रा आरंभ हुई।

*वे साओ गैब्रिएल* नामक जहाज़ के नाविकों में प्रमुख थेः मुख्य चालक पेरो द अलेंकर, जो बर्तोलोमेउ डियास के साथ उत्तमाशा अंतरीप तक और फिर कांगो तक गया था। उसके अलावा गोंज़ालो अलवारेस जो डिएगो केओ की दूसरी यात्रा पर साथ था और डिएगो डियास जो बर्तेलोमेओ डियास का भाई था, किरानी की भूमिका में था। ये रफ़एल से थोड़ा बड़ा था और वास्को द गामा इसी जहाज पर था।

*साओ रफ़एल* नामक जहाज़ का चालक था जोआओ दे कोएंब्रा। इसके अलावा जोआओ दे सा किरानी की भूमिका में। इस जहाज का कप्तान गामा का भाई पाओलो द गामा था। 178 टन का कैरैक, लंबाई 27 मीटर, चौड़ाई 8.5 मीटर, ड्राफ्ट 2.3 मीटर, 372 मीटर 2 की पाल।

*बेरियो* नामक जहाज़ का संचालक था पेरो दे एस्कोबार जो डिएगो केओ के साथ कांगो गया था। बेरियो (उपनाम, जिसे आधिकारिक तौर पर साओ मिगुएल कहा जाता है), एक कारवेल, जो पूर्व दो से थोड़ा छोटा है, जिसकी कमान निकोलौ कोएल्हो ने संभाली है।

अज्ञात नाम का एक भंडारण जहाज़ जिसका संचालन अफ़ोन्सो गोंज़ाल्वेस कर रहा था। जिसकी कमान गोंकालो नून्स ने संभाली थी, जिसे दक्षिण अफ्रीका में मोसेल बे (साओ ब्रास) में खदेड़ना तय था। लगभग 170 लोगों के इस बेड़े के अन्य महत्वपूर्ण नामों में मार्तिम अफ़ोन्सो और फ़र्नाओ मार्टिन्स का नाम था। अफ़ोन्सो कांगो में रहा था और अफ्रीकी बोलियों को जानता था जबकि फ़र्नाओ मोरक्को के कारावास में रहने के कारण अरबी समझता था। दस से बारह अभियुक्त भी इस जहाजी बेड़े में राजा द्वारा रखे गए थे। जिनको ख़तरनाक स्थलों पर जानकारी और खोजी कामों को पूरा करने का काम दिया गया था।

चलने के एक सप्ताह बाद, 15 जुलाई को वो केनेरी द्वीपों तक पहुँचे। उसके बाद छाए धुंध की वजह से जहाज अलग हो गए। केप वर्डे में उनकी मुलाकात होनी तय थी लेकिन पाओलो द गामा को कोई और जहाज वहाँ नजर नहीं आया। हालांकि बेरिओ और भंडारण जहाज कुछ घंटो के भीतर आ गए। गामा का जहाज अगले चार दिनों तक नहीं मिला। मिलने के बाद वो वहाँ एक सप्ताह तक रुके और फिर 3 अगस्त को रवाना हुए। अभी तक के सभी पुर्तगाली यात्राओं में नाविकों के जहाज अफ्रीका के तट के निकट से गुजरते थे - बार्तेलोमेयो डियास के भी। लेकिन एक तूफानी हवा, जो तट से दूर खुले अटलांटिक में बहती है नाविकों को उत्तमाशा अंतरीप तक तेजी से धकेल देती है - ऐसा वास्को द गामा ने सुन रखा था। उसने

अपने नाविकों को पूर्व की ओर मुड़ कर अफ्रीका के तीरे चलने की बजाय खुले समुद्र में दक्षिण की ओर चलने को कहा। कई दिनों तक खुले समुद्र में चलने और कोई जमीन या आशा न देखने के बाद 1 नवम्बर वो जमीन के निकट आए। ये उत्तमाशा से कोई 150 किलोमीटर पहले रहा होगा। लोगों में खुशी की लहर दौड़ गई। जहाज की मरम्मती और अपने नक्शे देखने के बाद लोगों ने विश्राम किया। जहाज पर मौजूद वृत्तांतकार ने लिखा कि लोगों की चमड़ी का रंग भूरा है, वे सील, व्हेल या हिरण का मांस और वनस्पति की जड़ी खाते है। वे चमड़े के वस्त्र पहनते हैं और उनके साथ कुत्ते हमेशा चलते हैं। वहाँ से वो 16 नवम्बर को चले।

बर्तेलेमेओ डियास के दिए नक्शे से तट रेखा बुल्कुल मेल नहीं खा रही थी, लेकिन वे चलते रहे और 22 नवम्बर को उत्तमाशा अंतरीप पहुँचे। वहाँ पर डियास द्वारा स्थानीय लोगों के साथ हुए झड़पों की ख़बर उन्हें मिल चुकी थी, लेकिन उनके साथ भी वहाँ पर झड़प हो गई। जहाजों की मरम्मत के बाद 7 दिसम्बर को वो वहाँ से चले। 16 दिसम्बर 1497 को वो उस नदी के मुहाने पर पहुँचे जहाँ से बर्तेलोमेउ डियास के नाविकों ने उसे वापस जाने पर मजबूर किया था। उनको वहाँ डियास द्वारा स्थापित क्रॉस दिखा। इसके बाद के रास्तों पर आज तक कोई नहीं पहुँचा था - इसलिए पहले से बने मानचित्र बेकार हो गए और उन्हें नया मानचित्र बनाना पड़ा। तट के सहारे वे उत्तर चले। चूंकि वह क्रिसमस के आसपास का समय था, द गामा के कर्मीदल ने एक तट का नाम, जिससे होकर वे गुजर रहे थे, "नैटाल" रखा। इसका पुर्तगाली में अर्थ है "क्रिसमस" और उस स्थान का यह नाम आज तक इस्तेमाल में है (क्वाज़ुलु-नटाल)।

जनवरी 1498 तक वे लोग आज के मोज़ाम्बीक तक पहुँच गए थे, जो पूर्वी अफ़्रीका का एक तटीय क्षेत्र है। जिसपर अरब लोगों ने हिन्द महासागर के व्यापार नेटवर्क के एक भाग के रूप में नियंत्रण कर रखा था। उनका पीछा एक क्रोधित भीड़ ने किया जिन्हें ये पता चल गया कि वास्को और उसके लोग मुसलमान नहीं हैं और वे वहाँ से कीनिया की ओर चल पड़े। कीनिया के मोम्बासा में भी उसका विरोध हुआ। पहुँचने के बाद उसे बताया गया कि मोम्बासा शहर में कई ईसाई रहते हैं। जहाज को तट से दूर रखने के बाद कुछ नाविक शहर के दौरे पर गए। जहाँ उनकी गोरे (पीले) ईसाईयों से मुलाकात हुई। बाद में पता चला कि मोज़ाम्बिक से खबर मिलने के बाद वहाँ के सुल्तान ने उन्हें फंसाने के लिए एक योजना तैयार कर रखी थी। गामा वहाँ से भाग निकला - पर उसे भारत पहुँचने के लिए दिशाओं के जानकार नाविकों या निदेशकों की जरुरत थी। उसने एक छोटी नाव पर आ रहे चार लोगों को पकड़ लिया। एक बूढ़े मुसलमान व्यापारी ने बताया कि पास के तट मालिंदी में भारतीय नाविक रहते हैं। कोई चारा न देख वास्को मालिंदी पहुँचा। भारतियों को देखकर उसे लगा कि ये ईसाई है - कृष्णा के उच्चारण को वो क्राइस्ट

समझ रहे थे। द गामा ने एक भारतीय मार्गदर्शक को काम पर रखा, जिसने आगे के मार्ग पर पुर्तगालियों की अगुवाई की और उन्हें 20 मई, 1498 के दिन कालीकट (इसका मलयाली नाम कोळीकोड है), केरल ले आया, जो भारत के दक्षिण पश्चिमी तट पर स्थित है।

वहाँ के राजा (समुदिरी, पुर्तगाली इसे ज़ामोरिन कहने लगे) ने उन्हें कालीकट के पत्तन पर आने का न्यौता दिया लेकिन गामा की राह में इतनी बाधाएँ आईं थीं कि उसे लगा कि ये भी दुश्मन ही होंगे। लेकिन वो मिलने के लिए वली (अरबी में शासक) से मिला और फिर संगीत के साथ कालीकट में ज़ामोरिन (सामुदिरी) ने गामा का स्वागत किया। वहाँ पर राज-दरबार में आने से पहले उसे एक मंदिर मिला जहाँ उसे एक देवी की मूर्ति दिखी। पुर्तागलियों को लगा कि ये मरियम की मूर्ति है और उसे भरोसा हो गया कि ज़मोरिन एक ईसाई शासक है। वो मूर्ति शायद मरियम्मा देवी की थी जिसे वो ईसामसीह की माँ मरियम समझ रहे थे। वृतांतकार जो गामा के साथ उस दल में शामिल था जिनको जामोरिन ने स्वागत किया था, लिखा - इस देश के लोग भूरे हैं, छोटे कद के और पहले देखने से ईर्ष्यालु और मतलबी लगते हैं। मर्द कमर के उपर कुछ नहीं पहनते और कमर के नीचे शायद धोती या वेष्टी या लुंगी लपेटते हैं। कुछ बाल बड़े रखते हैं जबकि कई सर मुंडवा लेते हैं। महिलाएँ सामान्यतया सुन्दर नहीं दिखती हैं। फर्नाओ मार्टिन्स ने ज़ामोरिन से मुलाकात में गामा की वार्तालाप का अरबी अनुवाद किया।

ज़ामोरिन दरबार के मुस्लिम सलाहकारों ने उसे व्यापार की बात करने में कई अड़चने पैदा की। उन्होंने गामा के लाए उपहार की खिल्ली उड़ाई और उसे राजा से मिलाने में देरी की। इसके अलावा उसके पास राजा (सामुदिरी) के लिए उचित कोई उपहार भी नहीं था। ऐसे कारणों से उसकी ज़मोरिन से लड़ाई हो गई। सामुदिरी यानि ज़ामोरिन के मुस्लिम मंत्रियों ने उससे (अलग में) व्यापार का कर मांगा। ज़ामोरिन ने उसके द्वारा आग्रह किए गए स्तंभ (संभवतः क्रॉस या मरियम की मूर्ति) को भी खड़ा करवाने से मना कर दिया। सुलह और फिर लड़ाई चलती रही। राजा के मुस्लिम मंत्रियों ने उसके दल से कई लोगों को अगवा कर लिया। समुद्र में उनके जहाज पर आए ग्राहकों को गामा ने बंदी बना लिया। अंत में उसे जाने की अनुमति मिली और अगस्त के अंत में वो रवाना होने को तैयार हुआ - राजा ने उसको मलयालम में लिखा प्रशस्ति पत्र भी दिया जिसमें पुर्तगाल के राजा जॉन के नाम संदेश था कि वॉस्को यहाँ आया था।

अगले ही दिन कोई 70 अरबी जहाज वहाँ आक्रमण के लिए आते दिखे। इसके जवाब में उसने गोली-बारी की। कुछ भारतीय बंधकों के साथ सितंबर 1498 में वापस पुर्तगाल के लिए लौट गया। जनवरी में वो स्वाहिली तट पर दुबारा पहुँचा। जहाज पर कोई 500 दिन गुज़र गए थे - लोग थक और बीमार हो चले थे। पश्चिम अफ्रीकी

तट पर घर से कोई 2 सप्ताह की दूरी पर रहने के समय उसका भाई - और दल के तीन जहाजों में से एक का कप्तान, पॉलो द गामा - बीमार पड़ कर मर गया। उसने बाक़ी जहाजों को लिस्बन लौट जाने का आदेश दिया और भाई को दफ़नाने के बाद अपने दल से पीछे लिस्बन पहुँचा। वहाँ उसका स्वागत हुआ।

गामा ने वापस आकर अपना वृत्तांत राजा मैनुएल को सुनाया। अपने पूर्वाग्रहों के विपरीत उसे भारत के ईसाई अलग लगे और वे पुर्तगाल को पहचान न सके - जिससे उसे अचरज हुआ। भारत में (मालाबार तट पर) मुस्लिमों की उपस्थिति से भी उसे दुविधा हुई। अफ्रीका में हर जगह मुस्लिम शासन और अरब सागर में मुस्लिम (मूर और अरब) व्यापारियों की तादाद को देखकर उसको अपने "ईसाई कर्तव्य" की याद आई और उसने दो सालों के अन्दर दो और मिशन भेजे।

जनवरी 1500 इस्वी का समय बहुत ही शुभंकर लगा, पर मिशन भेजने में 2 महीनों की देरी हो गई। मार्च 1500 में पेद्रो "आल्वारेज़ काब्राल" की अगुआई में 13 जहाज लिस्बन से चले। उनका लक्ष्य अफ्रीका और भारत में व्यापार के आधार (फैक्टरी और उपनिवेश) लगाने के अलावा जामोरिन को मुस्लिम व्यापारियों को भगा देना भी था। लेकिन कई जहाज उत्तमाशा अंतरीप पर पहुँचने के बाद गामा के बताए दक्षिण-पश्चिम और फिर पूर्व जाने के छोटो रास्ते पर जाने के क्रम में खो गए। काब्राल कालीकट पहुँचा - नए जामोरिन ने यूरोपीय जहाजों का व्यापार स्वीकार किया और सुरक्षा का आश्वासन दिया। लेकिन उस साल के लिए अरब व्यापारी पत्तन में पहुँच चुके थे। केब्राल ने अरब जहाज को पकड़ लिया - ये कहकर कि ये जामोरिन के साथ हुई व्यापार संधि का उल्लंघन है। इसके जवाब में उन्होंने पुर्तगाली फैक्ट्री के सभी 70 लोगों को मार दिया। लेकिन काब्राल की यात्रा पूर्ण असफलता नहीं थी - उसने आते वक़्त सोफाला और किल्वा के राजाओं से संपर्क स्थापित किया। वो भारत में कुन्नूर भी गया और कुछ जहाज जो खो गए थे - दक्षिण अमेरिका पहुँच गए थे।

इससे पहले के कब्राल लौट पाता, होआओ द नोवा 4 जहाजों के साथ निकला। काब्रल के छोड़े एक संदेश को अफ्रीका के तट पर एक पुराने जूते में टंगा पाया और कालीकट पहुँचा। वहाँ पहुँचकर उसने कई मुस्लिम जहाजों पर आक्रमण किया। कुन्नूर में एक फैक्टरी लगाकर वापस पुर्तगाल लौट गया।

इस प्रकार पुर्तगाल के जहाजों ने कालीकट के शासकों से दुश्मनी मोल ले ली। सन् 1502 में वास्को को दुबारा भेजा गया। उसकी अगली यात्रा 1502 में हुई, जब उसे ये ज्ञात हुआ की कालीकट के लोगों ने पीछे छूट गए सभी पुर्तगालियों को मार डाला है। अपनी यात्रा के मार्ग में पड़ने वाले सभी भारतीय और अरब जहाज़ो को उसने ध्वस्त कर दिया और कालीकट पर नियंत्रण करने के लिए आगे बढ़ चला और उसने बहुत सी दौलत पर अधिकार कर लिया। इससे पुर्तगाल का राजा उससे

बहुत प्रसन्न हुआ। वो कोचीन, कुन्नुर और गोवा भी गया। कोचीन के दक्षिण में उसे सदियों से रह रहे ईसाईयों (संत थॉमस) का पता चला। गामा ने कुछ पुर्तगालियों को वहीं छोड़ दिया और उस नगर के शासक ने उसे भी अपना सब कुछ वहीं छोड़ कर चले जाने के लिए कहा, पर वह वहाँ से बच निकला।

उसकी दूसरी यात्रा पुर्तगाली राजा के मिशन के हिसाब से बहुत सफल रही क्योंकि उसने अरब व्यापारियों से कड़ी लड़ाई की - जामोरिन को व्यापार के लिए मजबूर किया और भारत में रह रहे ईसाईयों का पता लगाया सन् 1524 में वह अपनी अंतिम भारत यात्रा पर निकला। उस समय पुर्तगाल की भारत में उपनिवेश बस्ती के वाइसरॉय (राज्यपाल) के रूप में आया, पर वहाँ पहुँचने के कुछ समय बाद उसकी मृत्यु हो गई। इस तरह मसीही साम्राज्यवाद की शुरुआत भारत के पश्चिमी तट पर हुई।

धीरे-धीरे फ्रांस और इंग्लैण्ड ने भी इस दिशा में कदम बढ़ाया। इंग्लैण्ड का औपनिवेशिक साम्राज्य सम्पूर्ण विश्व में स्थापित हो गया। मसीही साम्राज्यवाद का आरम्भ तेरहवीं सदी से होता है।

फ्रांसिस ज़ेवियर मसीही साम्राज्यवाद के प्रतीक बनकर भारत आये। उन्होंने अत्याचार पूर्वक हिंदुओं को ईसाई बनाना आरम्भ किया। किसी राष्ट्रीयता को खंडित करने का सबसे अच्छा तरीक़ा उसकी सांस्कृतिक विरासत को नेस्तनाबूद करना होता है। मसीही साम्राज्यवाद ने वही तरीक़ा अपनाया।

फ्रांसिस ज़ेवियर का जन्म 7 अप्रैल, 1506 ई. को स्पेन में हुआ था। पुर्तगाल के राजा जॉन तृतीय तथा पोप की सहायता से वे जेसुइट मिशनरी बनाकर 7 अप्रैल 1541 ई को भारत भेजे गए और 6 मार्च 1542 ई. को गोवा पहुँचे, जो पुर्तगाल के राजा के अधिकार में था। गोवा में मिशनरी कार्य करने के बाद वे मद्रास तथा त्रावणकोर गए। यहाँ मिशनरी कार्य करने के उपरांत वे 1545 ई. में मलाया प्रायद्वीप में ईसाई धर्म का प्रचार करने के लिए रवना हो गए। उन्होंने तीन वर्ष तक धर्म प्रचारक (मिशनरी) कार्य किया। मलाया प्रायद्वीप में एक जापानी युवक से जिसका नाम हंजीरो था, उनकी मुलाकात हुई। सेंट जेवियर के उपदेश से यह युवक प्रभावित हुआ। 1549 ई. में सेंट ज़ेवियर इस युवक के साथ जापान पहुँचे। जापानी भाषा न जानते हुए भी उन्होंने हंजीरों की सहायता से ढाई वर्ष तक प्रचार किया और बहुतों की खिष्टीय धर्म का अनुयायी बनाया।

जापान से वे 1552 ई. में गोवा लौटे और कुछ समय के उपरांत चीन पहुँचे। वहाँ दक्षिणी पूर्वी भाग के एक द्वीप में जो मकाओ के समीप है बुखार के कारण उनकी मृत्यु हो गई। मिशनरी समाज उनको काफी महत्व का स्थान देता और उन्हें आदर तथा सम्मान का पात्र समझता है। संत जेवियर ने केवल दस वर्ष के अल्प

मिशनरी समय में 52 भिन्न भिन्न राज्यों में यीशु मसीह का प्रचार किया। कहा जाता है, उन्होंने नौ हजार मील के क्षेत्र में घूम घूमकर प्रचार किया और लाखों लोगों को यीशु मसीह का शिष्य बनाया। उनके द्वारा भारतीय राष्ट्रीयता को खंडित करने शुरू किया गया काम मद्रास, मुंबई, कलकत्ता और तटीय इलाक़ों में चलता रहा।

19वीं शताब्दी में इस साम्राज्यवाद ने नवीन रूप धारणा किया। 1890 ईस्वी के बाद यूरोप के देशों में साम्राज्यवादी भावना नये रूप में सामने आई। यह नव साम्राज्यवाद पहले के उपनिवेशवाद से आर्थिक और राजनीतिक दृष्टि से भिन्न था। पुराना साम्राज्यवाद वाणिज्यवादी था। भारत हो या चीन अथवा दक्षिण पूर्व एशिया, यूरोपीय व्यापारी स्थानीय सौदागरों से उनका माल खरीदते थे। मार्गों की सुरक्षा के लिए कुछेक स्थानों पर कार्यालयों तथा व्यापारिक केन्द्रों की रक्षा के अतिरिक्त यूरोपीय राष्ट्रों को राज्य या भूमि की भूख नहीं थी। नव साम्राज्यवाद के दौर में अब सुनियोजित ढंग से यूरोपीय देश पिछड़े इलाकों में प्रवेश कर उन पर प्रभुत्व जमाने लगे। इन क्षेत्रों में उन्होंने पूंजी लगाई, बड़े पैमाने पर खेती आरम्भ की, खनिज तथा अन्य उद्योग स्थापित किये, संचार और आवागमन के साधनों का विकास किया तथा सांस्कृतिक जीवन में भी हस्तक्षेप किया। अपने प्रशासित इलाक़ों की परम्परागत अर्थव्यवस्था और उत्पादन अर्थव्यवस्था को विनष्ट करके बहुसंख्यक स्थानीय लोगों को विदेशी मालिकों पर आश्रित बना दिया।

उपनिवेशवाद और साम्राज्यवाद में स्वरूपगत भिन्नता दिखाई पड़ती है। उपनिवेशवाद, साम्राज्यवाद से अधिक जटिल है क्योंकि यह उपनिवेशवाद के अधीन रह रहे मूल निवासियों के जीवन पर गहरा तथा व्यापक प्रभाव डालता है। इसमें एक तरफ उपनिवेशी शक्ति के लोगों का, उपनिवेश के लोगों पर सामाजिक, आर्थिक, राजनैतिक और सांस्कृतिक नियंत्रण होता है तो दूसरी तरफ साम्राज्यिक राज्यों पर राजनीतिक शासन की व्यवस्था शामिल होती है। इस तरह साम्राज्यवाद में मूल रूप से राजनैतिक नियंत्रण की व्यवस्था है। वहीं उपनिवेशवाद औपनिवेशिक राज्य के लोगों द्वारा विजित लोगों के जीवन तथा संस्कृति पर अपना प्रभुत्व स्थापित करने की व्यवस्था है। साम्राज्यवाद के प्रसार हेतु जहां सैनिक शक्ति का प्रयोग और युद्ध प्रायः निश्चित होता है वहीं उपनिवेशवाद में शक्ति का प्रयोग अनिवार्य नहीं होता।

यूरोपीय ईसाई मिशनरियों ने धर्म प्रचार के उद्देश्य से औपनिवेशिक विस्तार को जायज ठहराया। इस संदर्भ में इंग्लैण्ड के डॉ डेविड लिंगस्टोन का योगदान विशेष रूप से उल्लेखनीय है। जिसने अफ्रीका में जैम्बेजी और कांगो नदी क्षेत्रों की खोज कर अफ्रीका में ईसाई धर्म के प्रचार प्रसार के साथ अपने देश के राजनैतिक, आर्थिक साम्राज्य की वृद्धि के लिए प्रयत्न किया। औपनिवेशिक विस्तार के तहत एशिया में मुख्यतः तीन यूरोपीय शक्तियों ने अपने उपनिवेश स्थापित किए।

- भारत - ब्रिटिश शासन के अधीन
- इंडो-चीन - फ्रांसीसी शासन के अधीन
- ईस्ट इंडीज - डच शासन के अधीन

भारत में ब्रिटिश ईस्ट इंडिया कम्पनी ने प्लासी (1757) और बक्सर (1764) के युद्ध के पश्चात् राजस्व वसूल करने का अधिकार प्राप्त किया। 1767 में ब्रिटिश संसद द्वारा पारित एक कानून के अनुसार ईस्ट इंडिया कम्पनी को 4 लाख पौण्ड वार्षिक शाही खजाने में जमा कराना अनिवार्य कर दिया गया। ब्रिटिश साम्राज्य की लगातार बढ़ती मांग तथा कम्पनी कर्मचारियों की महत्वकांक्षाओं को पूरो करने के लिए भारतीय अर्थव्यवस्था एवं किसानों का अत्यधिक शोषण किया गया। कम्पनी के द्वारा करों की वसूली का कार्य ठेकेदारों को सौंपने से शोषण की प्रक्रिया को बढ़ावा मिला। भारतीय क्षेत्र पर नियंत्रण स्थापित करने के पश्चात् राजस्व संग्रह हेतु विभिन्न क्षेत्रों में अलग-अलग भू-राजस्व व्यवस्था लागू की गई जैसे स्थाई बंदोबस्त, रैय्यतवाडी बंदोबस्त और महालवाड़ी बंदोबस्त। स्थायी बंदोबस्त के अंतर्गत 1793 में भूमि कर की कुल राशि 2 करोड़ 68 लाख रूपये निर्धारित की गई तो दूसरी तरफ रैय्यवाड़ी और महालवाड़ी व्यवस्था में कुल उपज का 80 प्रतिशत तक राजस्व वसूला गया इसके अतिरिक्त व्यापारिक चुंगी, आयात शुल्क, नमक कर को लगाकर भारी धनराशि जुटाकर इंग्लैण्ड भेजी जाती थी।

इंडोनेशिया में डच शासन के अधीन ईस्टइंडीज में "कल्चर सिस्टम" के तहत एक नई आर्थिक पद्धति को शुरू किया गया। इसके तहत डच सरकार ने किसानों से वसूल होने वाली मालगुजारी के संबंध में यह व्यवस्था की, कि सब किसान अपनी भूमि के एक हिस्से में ऐसी फसल बोया करें जिसे यूरोप के बाजारों में आसानी से बेचा जा सके। ये फसलें मुख्यतः चाय, तम्बाकू, कपास, गन्ना, काफी, मसाले आदि थी। इन फसलों को बोने तथा देखभाल करने में किसानों का जो समय मेहनत तथा धन खर्च होता था उसका उन्हें कोई लाभ नहीं मिलता था। इससे किसानों की स्थिति दयनीय हो गई वस्तुतः "कल्चर सिस्टम" डच सरकार के लिए जीवनदायिनी बन गया तो दूसरी तरफ इंडोनेशिया के किसानों की स्थिति अर्द्धदासों के समान हो गई। इसी प्रकार हिन्द-चीन के क्षेत्र में फ्रांसीसियों ने राजस्व की वसूली प्राप्त कर अपनी आर्थिक स्थिति मजबूत की।

मध्ययुग शारीरिक क्षमता का युग था। अंग्रेज़ शारीरिक क्षमता में अनुशासन से नई संघर्षशीलता को जन्म देने में सफल रहे। साथ ही उन्होंने बौद्धिक क्रान्ति से मानसिक क्षमता का भी विकास किया। जिससे कूटनीति और प्रशासनिक क्षमताओं का विकास उनके लोगों में सम्भव हुआ। जबकि एशियाई अफ्रीकी देश दैहिक क्षमता

में ही सिमटे रहे। जब एशियाई और अफ़्रीकी देश हारते चले गए तो उनके अंदर कमतरी और हीनता का भाव बढ़ना शुरू हुआ। जिससे उनकी मारक क्षमता और भी कम हो गई। इस प्रक्रिया में इंग्लैंड ने हिंदुस्तान सहित मध्य ऐशिया, अमेरिका, आस्ट्रेलिया, न्यूजीलैंड और दक्षिण अफ़्रीका में साम्राज्यवाद का फैलाव करके उपनिवेश स्थापित कर दिए। भारत को छोड़कर किसी अन्य देश में इतनी क्षमता नहीं थी कि वे गुलामी का जुआ अपनी गर्दन से उतार के फेंक सकते। भारत की आज़ादी और दूसरे विश्वयुद्ध में इंग्लैंड की बर्बादी ने अन्य देशों की आज़ादी के भी रास्ते खोल दिए।

किसी भी राष्ट्र की एक सामूहिक चेतना होती है। वह चेतना समाज के मूल्यों से अस्तित्व में आती है। समाज की चेतना का आधार बहुसंख्यक आबादी होती है। बहुसंख्यक आबादी की दार्शनिक सोच के अनुसार प्रतिनिधि सामूहिक सोच बनती है। भारतीय दर्शन की आरम्भिक सोच जीयो और जीने दो और "विश्व बंधुत्व" की रही है। जो कि आधुनिक मानवतावादी सोच से मेल खाती है। परंतु एकेश्वरवादी धर्मों की संकुचित सोच अन्य धर्मावलंबियों को ख़ास तौर से हिंदू और यहूदियों को उनके धर्म में बलात् या लोभ से परिवर्तित करने की होती गई। इस्लामिक विद्वान भारत को जाहिल और जंगली लोगों का देश कहते नहीं थकते थे। तो वे ईसाइयों के साथ भारत को हस्तगत करने के लिए लड़ क्यों रहे थे। मुस्लिम और ईसाई भारत की समृद्ध कृषि और व्यापार से कमाई करके भारतियों को ही गुलाम बनाने के लिए आपस में लड़ रहे थे।

भारत आरम्भ से ही भौगोलिक, सांस्कृतिक, राजनैतिक और भावनात्मक रूप से एक राष्ट्र था। मुस्लिम साम्राज्यवादी और ब्रिटिश उपनिवेशवाद ने भारत को एक स्वस्थ संगठित प्रशासनिक राष्ट्र के रूप में विकसित होने में जो रूढ़ियाँ अटकाईं, उनसे भारतीय लोगों में एक अजीब सी हीनता का बोध भर गया। उस इतिहास बोध को दिमाग़ों से साफ़ करके एक स्वाभिमानी भारतीय राष्ट्र को दिशा देना हमारी पीढ़ी का दायित्व है।

1857 के संग्राम की समाप्ति पर दिल्ली में बाग़ी सिपाहियों को मारते-मारते अंग्रेज़ों के एक खेमे में यह भावना घर कर गई कि दिल्ली की सब बिल्डिंग गिराकर इस शहर को पूरी तरह मिटा देना चाहिए। मुसलमान भरोसे के लायक नहीं हैं मुग़लों की सारी पहचान दिल्ली से मिटाना ज़रूरी है। लॉर्ड पामर्सटन ने एक प्लान बनाकर लॉर्ड कैनिंग को भेजा। जिसने उसे मंज़ूर करके दिल्ली को पंजाब सरकार के सुपुर्द कर प्लान लागू करने को कहा। जिसका प्रशासक बुद्धिमान समझदार जान लॉरेन्स था। उन्होंने इसको सिरे से नकार दिया और अंग्रेज़ों की बदले की कार्यवाही का सख़्त विरोध दर्ज कराते हुए आम माफ़ी का प्रस्ताव किया। उनका शुरू से ही भारतियों के प्रति यथार्थवादी नज़रिया रहा था। 1 नवम्बर 1858 को रानी विक्टोरिया ने क़ानूनन

ईस्ट इंडिया कम्पनी के हाथ से हिंदुस्तान अपने हाथ में ले लिया। उसके बाद शुरू हुआ भारत का आधुनिक प्रशासन। बहुत बहस मुबाहिसों के बाद आम माफ़ी ब्रिटिश सरकार की नीति बन गई।

ग़दर के दौरान भारत के मुसलमान दो धड़ों में बँट गए थे। एक वर्ग अंग्रेज़ों के वफ़ादार सर सैयद अहमद का अनुयायी था। जो पश्चिम की तरफ़ देखते थे और मानते थे कि पश्चिमी शिक्षा मुसलमानों की तरक़्क़ी के दरवाज़े खोलेगी। उन्होंने अलीगढ़ मोहम्मडन ऐंग्लो-ओरीएंटल कॉलेज खोल कर मुसलमानों को आधुनिक शिक्षा से जोड़ने के प्रयास किए थे। वह अब अलीगढ़ मुस्लिम यूनिवर्सिटी के नाम से जानी जाती है। दूसरा नज़रिया मदरसा-ए-रहीमिया का था जिन्होंने पश्चिमी तौर तरीक़ों को ख़ारिज करके ख़ालिस इस्लामी तहज़ीब की जड़ों की तरफ़ लौटने की वकालत की थी। 1857 में उन्होंने शामली नामक स्थान पर आज़ाद इस्लामी राज्य की बुनियाद भी रखी थी। शाह वलीउल्लाह के लोगों ने दिल्ली से 160 किलोमीटर दूर देवबंद में बेहद संकीर्ण बहावी क़िस्म का मदरसा शुरू किया। जो अंग्रेज़ और हिंदुओं से सख़्त नफ़रत करते थे। 1947 में वे सब पाकिस्तान के हिमायती बनकर उभरे और पाकिस्तान जाकर अफ़ग़ानिस्तान की सीमा पर बस गए। उन्ही में से अल क़ायदा जैसे संगठन निकले जो आज दुनिया में नफ़रत और हिंसा के पैरोकार हैं। साम्राज्यवाद के विरुद्ध नफ़रत, नफ़रत के विरुद्ध हिंसा, फिर हिंसा के विरुद्ध प्रतिहिंसा का कभी न ख़त्म होने वाला एक ढाँचा सा बन गया है।

अंग्रेज़ों ने हिंदुस्तान को गुलाम बनाने के बारे में कई सैद्धांतिक तर्क प्रतिपादित किए।

1. दुनिया का इतिहास लोगों के एक स्थान से दूसरे स्थान पर पलायन और व्यवथापन की घटनाओं से भरा पड़ा है।
2. अंग्रेज़ों का दूसरा तर्क है कि उन्होंने हमें बिखरे हुए टुकड़े-टुकड़े अराजक समाज से एक राष्ट्र के रूप में खड़ा किया।
3. तीसरा तर्क अंग्रेज़ों का है कि हमने भारत को संचार यातायात से एकजुट किया।
4. चौथा तर्क दिया कि भारत में उन्होंने औद्योगिकीकरण का रास्ता खोला।

हिमालय सतपुड़ा और विंध्याचल भूमिगत लावा के उभरने से भारत की भूमि बनने के बाद से यहाँ सबसे पहले आदिवासी बसते थे, द्रविड़ आए, उसके बाद आर्य फिर शक, हूंण, मालव, गुर्जर, जाट, क्षुद्रक, मंगोल, मुग़ल, ग्रीक अरब, तुर्की, ईरानी, और अफ़ग़ान आए और यहाँ राज्य स्थापित किए। हम अंग्रेज़ भी आ गए तो इसमें क्या हर्ज है। अंग्रेज़ यह भी अच्छी तरफ़ जानते हैं कि उनके अलावा जो आए, उन्होंने

भारतियों के धर्म दर्शन और समाज व्यवस्था अपना ली और यहीं खप गए। इतने घुल मिल गए कि उन्हें अब अलग करके पहचाना नहीं जा सकता। उन्होंने यहाँ की सम्पत्ति लूटकर यहाँ के लोगों को अकाल और महामारी से बरबाद करके अपने देश को समृद्ध नहीं किया जैसा कि अंग्रेज़ों ने 190 साल की लम्बी अवधि में किया। उन्होंने तुम्हारे जैसे अपनी अलग कालोनी या उपनिवेश नहीं बनाए। उनके उद्देश्य अंग्रेज़ों की तरह साम्राज्यवादी नहीं थे। *इसलिए पहला तर्क खोखला है।*

अंग्रेज़ यहाँ एक बड़ी ऐतिहासिक भूल करते हैं। दुनिया के सारे देशों का इतिहास विखंडन-अराजकता-बहुराज्य-एक संगठित सत्ता-केंद्रीय सत्तात्मक राज्य की कई प्रक्रियात्मक चक्रों से होकर आधुनिक राष्ट्र बनने के दौर से गुज़रे हैं। तब कहीं जाकर वे आज एक राष्ट्र के रूप में खड़े हुए हैं। वे खुद भी इस प्रक्रिया के अपवाद नहीं हैं। वे राष्ट्र के रूप में आज भी एक स्थायी केंद्रीय सत्ता नहीं हैं अपितु चार पृथक राज्यों इंग्लैंड, वेल्स, स्काट्लेंड और उत्तरी आयरलेंड का संगठन हैं जिनमे से कोई भी कभी भी अलग हो सकता है। भारत विखंडन-संगठन की प्रक्रिया में कई बार एक सशक्त राष्ट्र के रूप में खड़ा हुआ है।

मौर्य साम्राज्य (322 BCE-285 BCE),
गुप्त साम्राज्य (320-550)
हर्षवर्धन (604-647)
मुग़ल साम्राज्य (1526-1857)
मराठा साम्राज्य (1674-1818)

उपरोक्त विवरण से सिद्ध होता है कि भारतीय राष्ट्रवाद एक मज़बूत धरातल पर पनपा था और दूसरे देशों की तरह यहाँ भी केंद्रीयकरण और विकेंद्रीकरण की प्रक्रियाएँ चलती रहीं थीं। जब अंग्रेज़ आए थे तब राष्ट्रीय एकीकरण की प्रक्रिया चल रही थी जिसमें मराठा साम्राज्य और सिक्ख साम्राज्य केंद्रीय सत्ता बनने के योग्य और कगार पर थे। *अंग्रेजों का दूसरा तर्क भी आधारहीन है।*

संचार यातायात विकास का काम यहाँ इसी धरती पर भारतियों ने किया था। भारत में कभी भी 20,000 से अधिक अंग्रेज़ नहीं रहे। बीस करोड़ लोगों की व्यवस्था 20,000 लोगों के बस की बात नहीं थी। अतः *तीसरा तर्क भी निरर्थक है।*

उन्होंने औद्योगिक विकास नहीं खूब शोषण किया था। बल्कि उलटा देश के संसाधन और कच्चा माल इंग्लैंड ले जाने और तैयार माल भारत में खपाने के लिए इंग्लैंड को फ़ायदा पहुँचने वाला एक विधि और आर्थिक तंत्र विकसित किया। वही हम भारतियों के शोषण का सबसे बड़ा हथियार था। अंग्रेज़ों ने भारतियों को अंग्रेज़ी

शिक्षा देना शुरू की थी क्योंकि उनका शोषण तंत्र चलाने के लिए यह ज़रूरी था। इसी तंत्र के कारण हमारा 1700 में विश्व व्यापार में 27 हिस्सा 1947 में मात्र 3 रह गया था। *चौथा तर्क भी निर्मूल्य है।* ईसी शोषण तंत्र ने 1857 की भूमिका तैयार की थी।

## मंगल पांडे रूपी चिंगारी

मंगल पांडे बलिया जिले के नगवाँ गाँव में पैदा हुआ था और ब्रिटिश बेंगॉल नेटिव इन्फ़ंट्री की पाँचवी कम्पनी का सिपाही था। वह 1849 में भर्ती होकर अंग्रेज़ों की वाज़िद अली शाह की अवध रियासत को हड़पनेवाली सेना में शामिल रहा था। अंग्रेज़ों का सबसे पहला क़ब्ज़ा बंगाल, बिहार, उड़ीसा के साथ पूर्वी उत्तर प्रदेश पर हुआ था। तब उन्होंने क़द और काठी व विश्वासपात्र गुणों के कारण पूर्विया लोगों को भर्ती करके सेना बनाई थी जिसे बेंगॉल नेटिव इन्फ़ंट्री नाम दिया था।

1857 की जनवरी माह का एक दिन था। बेंगॉल आर्मी की 34वीं नेटिव इन्फ़ंट्रीज़ बटालियन का एक पूर्विया ब्राह्मण सिपाही मंगल पांडे कलकत्ता से तक़रीबन 8 किलोमीटर दूर, जहाँ अभी दमदम अन्तर्राष्ट्रीय हवाई अड्डा है, वहाँ एक सैन्य टुकड़ी के साथ रुका हुआ था। वह गागर-लोटा में पानी भरकर अपने चौके की तरफ़ भोजन बनाने जा रहा था। उसे रास्ते में एक छोटी जाति का खलासी मिला। वह खलासी अंग्रेज़ों की कारतूस बनाने वाली फ़ैक्टरी में काम करता था। उसने मंगल पांडे से उसका लोटा पानी पीने को माँगा। मंगल पांडे बोला कि उसने अभी-अभी लोटा धो-माँजकर भोजन बनाने के लिए साफ़ किया है खलासी के छूने से अपवित्र हो जाएगा। खलासी ने उलाहना दिया कि तुम ब्राह्मण गाय को पवित्र मानते हो अंग्रेज़ सरकार तुम सिपाहियों को पुरानी बंदूक़ों की जगह नई एन्फ़ील्ड पी-53 राइफ़ल देने वाली हैं। उसके कार्ट्रिज में गाय और सुअर की चरबी लगी होगी और उस कार्ट्रिज को तुम्हें अपने दाँतों से ताक़त लगाकर खोलना होगा तब तुम्हारे ब्राह्मण धर्म का क्या होगा। अभी मेरे छूने से तुम्हारा लोटा अपवित्र हो रहा है तब तुम क्या करोगे जब गाय की चरबी तुम्हारे मुँह में जाएगी। खलासी उसी कारतूस की फ़ैक्टरी में काम करता था इसलिए मंगल पांडे उसकी बात पर विश्वास न करने वाली कोई बात ही नहीं थी।

मंगल पांडे यह सुनकर दंग रह गया। उसे लगा कि अब उसका धर्म संकट में है। उसे मरने के बाद सीधा नरक में जाना होगा और वापस गाँव जाने पर उसके परिवार को जात बाहर कर दिया जाएगा तो यह जीवन भी नरक हो जाएगा। उसने यह बात अपने एक मुस्लिम साथी सिपाही शेख़ पलटू को बताई। पलटू बोला कि अंग्रेज़ कलकत्ता में मिशनरी खोल कर लोगों को ईसाई बनाने का काम ज़ोरों से कर रहे हैं। यह इनकी चाल है कि हिंदुओं को गाय की और मुस्लिमों को सुअर

की चरबी से भ्रष्ट करो और जब वे जात बाहर कर दिए जाएँ तो इन्हें ईसाई बना दिया जाए।

बातों ही बातों में यह बात बतंगड़ बनकर कलकत्ता से 24 किलोमीटर दूर बैरकपुर कैंटोन्मेंट पहुँच गई। वहाँ तैनात जनरल ऑफ़िसर कमांडिंग ह्युसन ने स्थिति की गम्भीरता को समझते हुए सुझाव दिया, जैसा कि अंग्रेज़ दावा कर रहे हैं कि कार्ट्रिज बनाने में गाय और सुअर की चरबी का उपयोग नहीं किया जा रहा है तो कार्ट्रिज में शाकाहारी चिकनाई सिपाहियों को ही लगाने दी जाए ताकि उनको इस बारे में संदेह न रहे कि जानवर की चरबी का उपयोग किया जा रहा है। पहले यह सुझाव मंज़ूर कर लिया गया। फिर तुरंत तार संदेश आया कि ऐसा करने से सिपाहियों का शक पक्का हो जाएगा कि अब तक चिकनाई जानवरों की ही लगाई जाती थी। अतः कार्ट्रिज में मोम की चिकनाई फ़ैक्टरी में ही लगाई जाएगी। विद्रोह के बाद जाँच में पाया गया था कि सिपाहियों की शंका सही थी कि कार्ट्रिज में गाय और सुअर की चरबी ही चिकनाई के लिए उपयोग की जा रही थी।

कलकत्ता से 19वीं बटालियन दो किस्तों में 18 और 25 फ़रवरी 1857 को बैरकपुर आई। तब 34वीं बटालियन के सिपाहियों ने यह बात 19 वीं बटालियन के सिपाहियों को भी बतलाई। 26 फ़रवरी की शाम 19 वीं बटालियन के सिपाहियों ने कारतूस लेने से इंकार कर दिया। कर्नल मिचेल आग बबूला हो गया। उसने सिपाहियों को बुरी तरह लताड़ा। वह ताक़त का उपयोग करके सिपाहियों को दंडित करने के आदेश देने लगा तो देशी अफ़सरों ने उसे ऐसा करने से रोक दिया। मामला गवर्नर जनरल के पास पहुँचा उसने सिपाहियों के व्यवहार को स्थानीय असंतोष मानते हुए अगले दिन 19 वीं बटालियन भंग कर दी और सिपाहियों को गिरफ़्तार करके जेल में डाल दिया गया।

19 वीं बटालियन के सिपाहियों के ऊपर की गई दंडात्मक कार्यवाही से 34 वीं बटालियन के सिपाहियों के दिमाग़ों में भय और अनिश्चितता की लहर दौड़ गई। उनमें यह अपराध बोध भी आया कि उनके कारण ही 19 वीं बटालियन के सिपाहियों पर वाली आफ़त आई है। उनकी न सिर्फ़ नौकरी गई बल्कि सज़ायाफ्ता भी हुए। सिपाहियों को नौकरी जाने का ख़ौफ़ और सज़ा की मुश्किलों के साथ ग़रीबी के कारण परिवार के दरबदर होने की अनिश्चितता खाई जाती थी। लगभग पूरे मार्च के महीने सेना की बैरकों में एक अजीब सी बेचैनी और चुप्पी का माहौल रहा। कुछ सिपाही सब कुछ चुपचाप सहते रहने की वकालत करते थे। कुछ सिपाही क्रांति करके आत्म बलिदान की बातें करते थे। मंगल पांडे चुप रहकर उनकी बातों को सुनता भर था, कुछ बोलता नहीं था। उसके अंदर ज्वालामुखी का लावा ख़तख़ता रहा था। जो कभी भी फूट सकता था। शेख़ पलटू उसे बात करने को उकसाने की कोशिश करता तो

मंगल की आग उगलती आँखों की चिंगरियों से सहम जाता था। मंगल के मन में द्वन्द चल रहा था। कभी वह हिंदू धर्म में गाय की महत्ता और उनकी पूजनीय स्थिति पर सोचता। कभी धर्म भ्रष्ट होकर नारकीय यातनाओं और परिवार के सामाजिक बहिष्कार के शाप को ढ़ोते बूढ़े माता-पिता का चेहरा उसकी आँखों के सामने आ जाता। वह 28 मार्च की रात को सो नहीं सका। सार्जेंट-मेजर ने बैरक निरीक्षण के दौरान उसकी चुप्पी की बातें सुनी तो उसे नौकरी से निकालने की धमकी देकर घूरा। मंगल ने भी नज़रें मिलाकर उसे देखा। दोनों ने अंदर ही अंदर कुछ निश्चय किया। मंगल पांडे सुबह ब्रह्म मुहूर्त में उठा। स्नान ध्यान पूजा पाठ करके आत्म बलिदान के लिए तैयार हुआ।

रविवार, 29 मार्च 1857 को मंगल पांडे क्वॉर्टर गार्ड पहुँचा, जहाँ हथियार रखे थे। वहाँ उसने अपनी बंदूक़ उठा सार्जेंट-मेजर के ऊपर एक गोली दाग़ी। लेफ़्टिनेंट बौग़ को ख़बर लगी तो वह तुरंत वहाँ घोड़े पर सवार होकर पहुँचा। मंगल पांडे ने उस पर गोली चलाई। गोली उसके घोड़े को लगी। घोड़ा वहीं गिर गया। मंगल राइफ़ल लोड करने लगा तब ही बौग़ ने उस पर गोली चलाई। गोली निशाने पर नहीं लगी तो बौग़ तलवार लेकर मंगल की तरफ़ दौड़ा, मंगल पांडे ने उसे और उसकी मदद को आए एक दूसरे सिपाही को घायल कर दिया। तभी शेख़ पलटू ने मंगल पांडे को जकड़ लिया। स्थिति का फ़ायदा उठाकर दोनो घायल फ़ौजी भाग लिए।

ख़बर मिलते ही जनरल ह्युसन अपने दो पुत्रों के साथ घटना स्थल पर पहुँचा तो उसने देखा कि मंगल पांडे क्वॉर्टर गार्ड के चबूतरे पर चढ़-उतर कर सिपाहियों का आह्वान कर रहा था कि वे अपने धर्म की रक्षा हेतु जीने मरने के लिए उसके साथ आ जाएँ। ह्युसन दो सिपाहियों को साथ लेकर मंगल पांडे को पकड़ने पहुँचा।

उन्होंने पांडे को गिरफ्तार करने के लिए क्वार्टर-गार्ड के कमांडर जमादार ईश्वरी प्रसाद, को आदेश दिया। इस पर जमादार ने कहा कि उनके एनसीओ मदद के लिए आएँ और वह पांडे को अकेले नहीं पकड़ सकते। जवाब में ह्युसन ने ईश्वरी प्रसाद को हथियारों के पहरे में रहने का आदेश दिया। इसी बीच बॉघ मैदान पर 'कहां है वो' चिल्लाते हुए पहुंच गए थे। 'कहाँ है वह?' ह्युसन ने जवाब में बॉघ को कहा, 'अपने जीवन के लिए दाहिनी ओर भागो। सर, सिपाही तुम पर गोली चलाएगा!' तभी पांडेय ने गोली चला दी।

पांडे के मस्कट से एक प्रहार से ह्युसन को पीछे से जमीन पर गिरा दिया गया। गोलीबारी की आवाज ने अन्य सिपाहियों को बैरक से लाकर खड़ा कर दिया था; वे मूक दर्शक बने रहे। इस समय, शेख पलटू ने दो अंग्रेजों का बचाव करने की कोशिश करते हुए अन्य सिपाहियों को उनकी सहायता करने के लिए बुलाया। शेख पलटू ने पांडे को पकड़ने में मदद करने के लिए गार्ड को बुलाया।

तभी मंगल पांडे ने बंदूक़ की बट को उलटी करके ज़मीन पर टिका नोज़ल अपने दाएँ तरफ़ छाती पर लगाकर पैर के अंगूठे से ट्रिगर दबाया। गोली उसके सीने में हल्का घाव करके निकल गई। उसे पकड़कर तुरंत अस्पताल ले जाया गया।

क्वार्टर-गार्ड के कुछ विद्रोही सिपाहियों ने फिर आगे बढ़कर दो अधिकारियों पर प्रहार किया। इसके बाद उन्होंने शेख पलटू को धमकाया और पांडे को रिहा करने का आदेश दिया, जिसे वह वापस पकड़ने की कोशिश कर रहा था। हालाँकि, पाल्टू ने पाण्डे को तब तक पकड़ रखा था जब तक कि बाघ और हवलदार-मेजर उठने में सक्षम नहीं हो गए। अब तक स्वयं घायल शेख पलटू को अपनी पकड़ ढीली करनी पड़ी। वह एक दिशा में पीछे हट गया और बॉघ और हेवसन दूसरी दिशा में, जबकि गार्ड के कस्तूरी के बट सिरों से मारा गया था।

ह्युसन ने सिपाहियों को डाँटा तो वे कहने लगे कि हुज़ूर मंगल ने बहुत ज़्यादा भांग चढ़ा रखी थी और उसके पास भरी हुई बंदूक़ थी। हीर्से बोला तुम कैसे सिपाही हो जो भरी बंदूक़ से डरते हो। मंगल पांडे और क्वॅर्टर गार्ड के जमादार का कोर्ट मार्शल करके जल्दबाज़ी में आरोप तय करके फाँसी की सज़ा सुनाकर उनको सरेआम सिपाहियों के सामने फाँसी पर लटका दिया गया और 19 वीं बटालियन की तरह 34वीं बटालियन को भी भंग करके सैनिकों की छुट्टी कर दी गई।

मंगल पांडे ठीक हो गए और एक हफ्ते से भी कम समय के बाद उन्हें न्याय परीक्षण के लिए फ़ौजी न्यायालय कोर्ट ऑफ इंक्वायरी में लाया गया। यह पूछे जाने पर कि क्या वह किसी नशीले पदार्थ के प्रभाव में थे। उन्होंने दृढ़ता से कहा कि वे पूरे होशों हवास में थे। अपनी मर्जी से बगावत की थी और किसी अन्य व्यक्ति ने उन्हें प्रोत्साहित करने में कोई भूमिका नहीं निभाई। क्वार्टर-गार्ड के तीन सिख सदस्यों ने उनके बग़ावती तेवर और विद्रोही काम की गवाही दी। फ़ौजी अदालत ने मंगल पांडे से पूछा- क्या तुम अपने बचाव में कुछ कहना चाहते हो? मंगल पांडे ने जवाब दिया- आप हमारे देश को छोड़कर चले जाएँ? आपको हमारी गाय माता का निरादर करने का अधिकार किसने दिया और आपको हमारा न्याय करने का अधिकार किसने दिया? यही मेरा और मेरे देश के लिए बचाव में कहना है।

फ़ौजी न्यायकर्ता आपस में चर्चा करते रहे। अंत में उन्होंने मंगल पांडे के विरुद्ध विद्रोह के आरोप को सिद्ध करार दिया। जमादार ईश्वरी प्रसाद को मंगल पांडे के साथ कम्पनी सरकार के विरुद्ध कार्यों के लिए फांसी की सजा सुनाई गई।

कम्पनी कमांडर ने दोनों को सिपाहियों के सामने सरेआम फाँसी देने का आदेश पारित किया, ताकि अन्य सिपाही सबक़ ले सकें। दोनों को अलग-अलग समय पर फाँसी पर लटकाया गया। मंगल पांडे की 8 अप्रैल 1857 को फांसी पर चढ़ाया। जमादार ईश्वरी प्रसाद को 21 अप्रैल को फांसी पर लटका दिया गया था।

सिपाहियों के दिल में चिंगारी सुलग चुकी थी। अब ये पूर्विया सिपाही 1857 की ग़दर के सिरमौर बनेंगे। जिसे अंग्रेज़ सिपोय विद्रोह और भारतीय पहला स्वतंत्रता संग्राम कहते हैं।

कम्पनी सरकार द्वारा एक जांच के बाद, 34वीं बटालियन के एक विद्रोही सैनिक और उनके अधिकारी को रोकने में अपने कर्तव्य का पालन करने में विफल रहने के लिए, सामूहिक दंड के रूप में 6 मई को रेजिमेंट को "अपमान के साथ" भंग कर दिया गया था। यह आदेश छह सप्ताह की अवधि के बाद आया जब कलकत्ता में बटालियन के प्रति उदारता के लिए याचिकाओं की जांच की गई। सिपाही शेख पलटू को 29 मार्च को उनके व्यवहार के लिए हवलदार (सार्जेंट) के रूप में पदोन्नत किया गया था, लेकिन रेजिमेंट को भंग करने से कुछ समय पहले बैरकपुर छावनी के एक अलग हिस्से में उनकी हत्या कर दी गई थी।

भारतीय इतिहासकार सुरेंद्र नाथ सेन ने उल्लेख किया है कि 34वीं बटालियन का हाल ही में एक अच्छा रिकॉर्ड था। हालांकि कोर्ट ऑफ इंक्वायरी को, मंगल पांडे के कार्यों और क्वार्टर-गार्ड के सशस्त्र और ऑन-ड्यूटी सिपाहियों की कार्रवाई में विफलता ने ब्रिटिश सैन्य अधिकारियों को आश्वस्त किया कि पूरी रेजिमेंट अविश्वसनीय थी। ऐसा प्रतीत होता है कि पांडे ने पहले अन्य सिपाहियों को अपने विश्वास में लिए बिना काम किया था, लेकिन रेजिमेंट के भीतर अपने ब्रिटिश अधिकारियों के प्रति उस घृणा ने उपस्थित लोगों को आदेशों का पालन करने के बजाय दर्शकों के रूप में कार्य करने के लिए प्रेरित किया था।

मंगल पांडे के हमले और सजा को व्यापक रूप से 1857 के भारतीय विद्रोह के रूप में जाना जाने वाले शुरुआती दृश्य के रूप में देखा जाता है। उनकी कार्रवाई का ज्ञान उनके साथी सिपाहियों के बीच व्यापक था और माना जाता है कि यह उन कारकों में से एक है जो इसके लिए अग्रणी थे। विद्रोहों की सामान्य श्रृंखला जो बाद के महीनों के दौरान छिड़ गई। मंगल पांडे भारतीय राष्ट्रवादी आंदोलन जैसे वी.डी. सावरकर, जिन्होंने अपने मकसद को भारतीय राष्ट्रवाद की शुरुआती अभिव्यक्तियों में से एक के रूप में देखा। आधुनिक भारतीय राष्ट्रवादियों ने पांडे को अंग्रेजों के खिलाफ विद्रोह की साजिश के पीछे के मास्टरमाइंड के रूप में चित्रित किया, हालांकि प्रकोप से तुरंत पहले की घटनाओं का हाल ही में प्रकाशित विश्लेषण यह निष्कर्ष निकालता है कि इन संशोधनवादी व्याख्याओं में से किसी का समर्थन करने के लिए बहुत कम ऐतिहासिक सबूत हैं।

इसके बाद हुए विद्रोह के दौरान, पाण्डी या पांडे एक विद्रोही सिपाही का जिक्र करते हुए ब्रिटिश सैनिकों और नागरिकों द्वारा इस्तेमाल किया जाने वाला अपमानजनक शब्द बन गया। यह मंगल पांडे के नाम से प्रत्यक्ष व्युत्पत्ति थी।

दिल्ली से 64 किलोमीटर दूर मेरठ में अंग्रेज़ों की एक बड़ी छावनी थी। वहाँ सबसे सशक्त फ़ौज अंग्रेज़ों ने रखी थी क्योंकि 1856 में अवध हथियाने के बाद उनका अगला निशाना दिल्ली ही था। उनके लिए दिल्ली दूर नहीं थी अतः उन्होंने आगरा, अंबाला, जयपुर और मेरठ से दिल्ली घेर ली थी। अंग्रेज़ों ने शुरू से ही सिंहों की घेरकर शिकार करने की रणनीति अपनाई थी जबकि हिंदुस्तानी राजा पूरी फ़ौज सामने से लेकर शेर की तरह लड़ाई करते थे। जिन्हें घेरकर समाप्त करना फिरंगियों की रणनीतिक होशियारी सिद्ध हुई। मेरठ में पैदल सेना, घुड़सवार सेना और तोपों का जमावड़ा था। वहाँ 29वीं और 11वीं बटालियन तैनात थी। सिपाहियों में तीन बातों को लेकर गुस्सा और बेचैनी भरी हुई थी। चरबी वाले कार्ट्रिज, जानवरों की हड्डी का चूर्ण आटे में मिलाने की अफ़वाह और मंगल पांडे को सरेआम फाँसी दिए जाने का सलूक।

24 अप्रेल 1857 को परेड के दौरान मौजूद 90 सिपाहियों को कार्ट्रिज लेने का आदेश कमांडिंग ऑफ़िसर ने दिया। उनमें से 85 ने चरबी युक्त कार्ट्रिज छूने से भी मना कर दिया। उनका कोर्ट मार्शल किया गया और उन्हें फ़ौज से बर्खास्त करके दस साल के सश्रम कारावास की सज़ा दी गई। सज़ा देने का तरीक़ा घोर अपमानजनक था। 9 मई को मेरठ छावनी के सारे सैनिक मैदान में इकट्ठा किए गए। चारों तरफ़ हल्की तोप और संगीन लगी बन्दूकें लगाईं गईं। बीच में उन 85 सिपाहियों को लाया गया। उनकी सज़ा सुनवाई गई। उनकी वर्दी से सेना के निशान मेडल, बेल्ट और टोपी उतारी गईं। उसके बाद उनके कपड़े उतार कर नंगा किया गया। फिर पैर और हाथों में बेड़ियाँ डाली गईं। पूरे मैदान में परेड के बाद जेल ले जाया गया। किसी फ़ौजी के पद की पट्टी उतरना ही काफ़ी अपमानजनक होता है। ऐसी अपमानजनक कार्यवाही से सैनिक अंदर से उबल गए परंतु मैदान पर संगीन हालात में कुछ कर नहीं सकते थे।

9 मई की रात सिपाहियों में बात हुई। सब एकमत थे कि बग़ावत का झंडा बुलन्द करना है। ख़बर थी कि मेरठ की 29वीं और 11वीं बटालियन से हथियार डलवाने के लिए ब्रिटिश राइफ़ल की टुकड़ी आने वाली है।

10 मई को रविवार का दिन था। अंग्रेज़ सिपाही अफ़सर और सिविलीयन सुबह और शाम की प्रार्थना के वास्ते चर्च में रहेंगे। इसलिए वह समय उपयुक्त रहेगा। शाम की परेड के लिए सिपाही इकट्ठा हुए। तब ही ब्रिटिश राइफ़ल की टुकड़ी आती दिखाई दी। यही सिग्नल था कि शायद अब सिपाहियों के हथियार छीन लिए जाएँगे। तीसरी घुड़सवार टुकड़ी के सैनिकों ने विद्रोह कर दिया और कर्नल फ़िन्निस को गोली मार दी। वह तुरंत मर गया। इसी बीच ग्यारहवीं बटालियन के सिपाही हथियार सहित विद्रोहियों से मिल गए उन्होंने जेल के सभी क़ैदियों को छुड़ाकर अंग्रेज़ों को

मारना शुरू कर दिया। अंग्रेज़ सैनिक और ग़ैर-सैनिक सभी को निर्ममता से मार दिया। बच्चों और औरतों को भी नहीं बख़्शा। अंग्रेज़ों का क़त्लेआम किया गया। गुण्डा और अपराधी जो कि ऐसे मौक़ों की तलाश में ही रहते हैं, वे भी उनसे आ मिले। मेरठ में शाम से लगाकर पूरी रात लूटमार और मारकाट चलती रही। सुबह के धुँधलके में विद्रोही सिपाही चर्चा करने बैठे कि यदि मेरठ में रहे तो अंग्रेज़ हमें घेरकर फाँसी लटका देंगे या हम उनसे लड़ते हुए मारे जाएँगे। उन्होंने निर्णय किया कि दिल्ली चला जाय और बहादुरशाह ज़फ़र के नेतृत्व में लड़ाई लड़ कर अंग्रेज़ों को भारत से बाहर खदेड़ दिया जाय। वे सुबह ही दिल्ली की तरफ़ चल दिए। पूरा दिन और रात भर चलकर अगले दिन 11 मई को धुँधलके में वे दिल्ली के लालक़िले में सीधे बहादुरशाह ज़फ़र के पास पहुँचे। उनसे इस लड़ाई का नेतृत्व संभालने को कहा। बहादुरशाह का ना-नकुर तरीक़ा देखकर उन्होंने धमकी भरे अन्दाज़ में बात करना शुरू कर दिया। मरता क्या न करता। बहादुरशाह ने लड़ाई में शुरू से ही तय हार फ़ौज का मुखिया बनना मंजूर कर लिया।

विद्रोही सैनिकों ने यही तरीक़ा सभी मुख्य-मुख्य जगहों पर अपनाना शुरू कर दिया। वे पहले अंग्रेज़ फ़ौजियों को मारते, जेल से क़ैदियों को आज़ाद करवाते, गुण्डे-मवाली उनसे आ मिलते फिर सब मिलकर शहर के सारे अंग्रेज़ पुरुष, औरतों और बच्चों को मारकर दिल्ली की ओर कूच कर जाते।

## झाँसी की रानी लक्ष्मीबाई

नाना साहिब, लक्ष्मीबाई और तात्या टोपे इस कहानी के बड़े महत्वपूर्ण किरदार हैं। उनका बचपन बिठुर में साथ-साथ बीता था। अंग्रेज़ों ने जब मराठों को तीसरे युद्ध में परास्त किया तब पेशवा बाज़ीराव-II को पेन्शन दे बिठुर में जागीर देकर रख दिया। उसका बच्चा नहीं था। उसने अपने साडू भाई के पुत्र नाना साहब को गोद ले लिया। एक मोरोंपंत ताम्बे नाम का व्यक्ति काशी में मराठों का प्रतिनिधि था। उनकी पुत्री मणिकर्णिका जिसे मनु बुलाते थे। बाप-बेटी पेशवा की नौकरी में बिठुर आ गए।

जनवरी 1851 में अंतिम पेशवा बाज़ीराव-II की मृत्यु हो गई। वे मरते समय 28 लाख की जागीर और व्यक्तिगत सम्पत्ति अपने दत्तक पुत्र धोंदूँपंत उर्फ़ नाना साहब के नाम वसीयत कर गए थे। उन्हें अंग्रेज़ों से आठ लाख सालाना पेन्शन मराठा साम्राज्य को अधिग्रहीत करने के ऐवज में मिलती थी। नाना साहब ने 29 जुलाई 1851 को उत्तरी-पश्चिमी प्राविन्स के लेफ़्टिनेंट गवर्नर को पेशवा की मृत्यु पर बिठुर की जागीर और पेन्शन उनके नाम करने की अर्ज़ी लगाई। लेफ़्टिनेंट गवर्नर ने पेन्शन की माँग नामंज़ूर करते हुए जागीर की माँग बिना लगान के मंज़ूर कर अर्ज़ी गवर्नर जनरल लॉर्ड डलहौज़ी के पास कलकत्ता भेज दी। डलहौज़ी ने अर्ज़ी को अनुशंसा के

अनुसार मंज़ूर करके सालाना पेन्शन यह दलील देकर निरस्त कर दी कि बाज़ीराव की मेलकोम के साथ हुई संधि के अनुसार बाज़ीराव और उसके परिवार के भरण पोषण के लिए पेन्शन मंज़ूर की गई थी और नाना साहब बाज़ीराव-II के परिवार का उस समय हिस्सा नहीं था। उसे बाद में बाज़ीराव ने गोद लिया था। नाना साहब ने बहुत ज़ोर मारा लेकिन लंदन के कोर्ट आफ डारेक्टर ने भी डलहौज़ी की दलील को सही मानते हुए नाना साहब की अर्ज़ी ख़ारिज कर दी। नाना साहब ख़ून के घूँट पीकर चुप रह गए। हम कितनी ही बड़े और महान उद्देश्यों की बात करें लेकिन सबसे बड़ी चीज़ तो धन ही है जो जीवन को गति देता है। अंग्रेज़ इस बात को अच्छी तरह जानते थे यदि आदमी की कमर और हौसला तोड़ना है तो उसे धनहीन कर दो। यही उन्होंने नाना साहब के साथ किया। इस अंग्रेज़ी अत्याचार के विरुद्ध उनके दिल में टीस घर कर गई। दिल में लगी चिंगारी बुझ गई परंतु राख के अंदर शोले भड़कते रहे। नाना ने अंग्रेज़ों से औपचारिक रिश्ते सामान्य कर लिए। बाद में जिसकी परिणती 906 अंग्रेज़ पुरुष, महिला और बच्चों की निर्मम हत्या के रूप में हुई। जिसे अंग्रेज़ों के ने ख़ूब प्रचारित किया बल्कि भारतियों के ऊपर विद्रोह दबाने के लिए भयानक अत्याचारों को सही सिद्ध करने में उपयोग भी किया।

1857 के मई महीने में मेरठ के सिपाहियों के विद्रोह की ख़बर कानपुर पहुँच चुकी थी। अंग्रेज़ों को अंदेशा था कि कानपुर में भी फ़ौजी सिपाही विद्रोह करेंगे। अतः अंग्रेज़ों के डिस्ट्रिक्ट मैजिस्ट्रेट हिल्लेरसडॉन और सेना कमांडर सर ह्यू वीलर ने कानपुर के नबावगंज स्थित ट्रेज़री में रखी क़रीबन एक लाख पाँड की रक़म और असलाह की सुरक्षा के लिए नाना साहब से मदद चाही। नाना ख़ुद 22 मई को सौ पैदल सिपाही, चार सौ बंदूकधारी और चार तोपों को लेकर तात्याटोपे के साथ ट्रेज़री की सुरक्षा को पहुँचे। इसके बावजूद भी 4 जून को कानपुर में सिपाहियों ने बग़ावत का झंडा बुलंद कर दिया 5 जून को उन्होंने ब्रिटिश ट्रेज़री और असला लूट लिया। वे दिल्ली की ओर कूच कर गए परंतु रात हो जाने से वे रास्ते में एक स्थान कल्याणपुर में रुक गए। नाना और तात्या की उनसे बातें हुईं और यह तय हुआ कि दिल्ली जाने के पहले कानपुर को पूरी तरह फ़तह कर लिया जाए। अंग्रेज़ों की फ़ौज बग़ावत करके या तो नाना के साथ हो गई थी या बिखर गई थी। नाना ने बिठूर में अपने आपको पेशवा घोषित करके आनंद उत्सव मनाया। विद्रोही सैनिकों ने अंग्रेज़ों को उनके सुरक्षित आवास में घेर लिया। अंग्रेज़ों के पास तोपें थीं जिनसे उन्होंने 12 जून को विद्रोहियों के हमले को नाकाम किया। दस दिन तक विद्रोह की आँधी थमी रही। 23 जून को फिर एक तेज़ हमला विद्रोहियों ने किया। 25 जून को नाना की तरफ़ से एक महिला घिरे हुए अंग्रेज़ों के पास, उन्हें नदी के रास्ते से सुरक्षित इलाहबाद निकल जाने का प्रस्ताव लेकर आई। नाव और खाना वग़ैरह नाना ने देना भी मंज़ूर किया था। जिसे अंग्रेज़ों ने स्वीकार कर लिया। 26 जून को दोनो

पक्षों के बीच विधिवत सन्धि-पत्र पर दस्तखत हुए। अवध में मानसून आ चुका था मूसलाधार बारिश हो रही थी। सारा माहौल तरबतर था, 27 जून को गंगा नदी में भरपूर पानी था। गंगा का बहाव भी इलाहबाद की ओर तेज़ था। सतीचौरा घाट पर चालीस नावें मल्लाह सहित तैयार थीं।

अंग्रेज़ आदमी औरतों और बच्चों को कई जगहों पर क़त्ल किया जा रहा था इसलिए कानपुर में उस समय मौजूद 400 मर्द अंग्रेज़ उनकी 396 औरतों और बच्चों एवं 114 अन्य सेवकों सहित कुल 910 लोगों के लिए कलेक्टर निवास के पास सैनिक मोर्चाबंदी करके सुरक्षित आवास बना दिया गया। वे चारों ओर से सुरक्षित जगह में रह रहे थे। उन्हें सतीचौरा घाट पर नावों में सवार करने का काम शुरू हुआ। जब आख़री सवार नाव में पहुँच गया तभी एक बिगुल की आवाज़ सुनाई दी, बिगुल के बजते ही सारी नावों के मल्लाह नावों से कूद कर किनारे की तरफ़ तैरने लगे उसी समय अंग्रेज़ों ने उन पर गोलियाँ दागीं। नाविकों के किनारे पहुँचते ही गंगा किनारे से विद्रोही सैनिकों ने बंदूक़ और तोपों से नावों में सवार अंग्रेज़ों पर हमला कर दिया। चालीस नावों में से सिर्फ़ एक नाव चार लोगों को बचाकर भाग सकी। सभी 906 अंग्रेज़ उनकी औरतें और बच्चे एक घंटे में बेरहमी से मार कर गंगा में बहा दिए गए। हमले में बचे टॉम्सॉन नाम के एक अंग्रेज़ ने बताया था कि जो औरतें बच्चे किनारे की तरफ़ बह कर आ रहे थे उनको भी विद्रोहियों ने बंदूक़ की बोनट ख़ौफ़ कर मार डाला था। विद्रोही सैनिक तोप, बंदूक़, तलवार, कटार और बोनट आदि सभी हथियारों से अंग्रेज़ों को मार रहे थे। चारों तरफ़ हाहाकार चीख़ चिल्लाहट मची हुई थी। सतीचौरा घाट का पानी 906 इंसानों के ख़ून से लाल हो गया था। इस घटना को अंग्रेज़ों ने बड़ी गम्भीरता से लिया। उन्होंने हेनरी हेवलोक को कानपुर पहले ही रवाना कर दिया था। नाना और तात्या टोपे को इसका अंदाज़ा था अतः उन्होंने ग्रांड ट्रंक रोड के नज़दीक बहने वाली एक नदी पाण्डु पर मोर्चा बनाया जो कि आगे जाकर गंगा में मिल जाती है ताकि इलाहबाद से आने वाली अंग्रेज़ फ़ौज को कानपुर के बाहर ही रोका जा सके। अंग्रेज़ फ़ौज ने नदी के पुल पर तैनात विद्रोही सेना पर तोपों और बंदूक़ों से तेज़ हमला करके नदी पार की और ग्रांड ट्रंक रोड की तरह बढ़े। नाना ने रोड के बीचों बीच तोपें लगाकर अंग्रेज़ों पर आक्रमण किया। सड़क पर युद्ध चलते हुए हेवलोक ने घुड़सवार सेना सड़क की दोनो तरफ़ से घुमाकर विद्रोही सेना को घेरकर हमला किया तो विद्रोही सेना तितर बितर होकर भागने लगी और भगदड़ मच गई। नाना साहब तुरंत यह कहते हुए कि वह आत्महत्या करके अपने प्राण दे देगा लेकिन अंग्रेज़ों के हाथ नहीं आएगा। एक नाव लेकर गंगा पार करके नेपाल चला गया। इस प्रकार अंग्रेज़ों ने आख़िरी पेशवा के दत्तक पुत्र से कानपुर और बिठूर छीन कर ब्रिटिश साम्राज्य में मिला लिया। यही मराठों की आख़री निशानी थी जिसे अंग्रेज़ों ने इस प्रकार ठिकाने लगाया।

झाँसी पेशवा के अधिकार की एक स्टेट थी। जिसे बाज़ीराव पेशवा ने बुंदेलखंड की फ़तह करते समय बुंदेली राजपूतों से ली था। दूसरे अंग्रेज़-मराठा युद्ध के समय शिवराव भाऊ वहाँ की महत्वपूर्ण चौकी का सरदार था। जब अंग्रेज़ों ने दौलतराव सिन्धिया को ग्वालियर में घेरा था तब झाँसी के सरदार ने अंग्रेज़ों की सहायता की थी। फलस्वरूप 1804 की संधि में अंग्रेज़ों ने शिवराव भाऊ को झाँसी का शासक माना था और पेशवा के अधीन एक स्वायत्त राज्य का दर्जा दिया था।

तीसरे अंग्रेज़-मराठा युद्ध के बाद 1817 में पेशवा के साथ एक संधि पूना में हुई थी जिसमें झाँसी की स्वायत्तता मराठों ने अंग्रेज़ों को सौंप दी थी। उस समय अंग्रेज़ों ने उत्तराधिकार के अंतर्गत शिवराव भाऊ के गोद लिए पुत्र से उत्पन्न पोते रामचंद्र राव को विधिक वारिसान और जाँनिसान उत्तराधिकारी मानते हुए भावी राजा मान्य किया था। रामचंद्र राव का पुत्र रघुनाथ राव हुआ और उसका लड़का गंगाधर राव था जो कि मनुबाई यानि झाँसी की रानी का पति था।

गंगाधर राव ने अपनी मृत्यु के एक दिन पहले 19 नवम्बर 1853 को अपने भतीजे के पुत्र आनंद राव को गोद लेकर दामोदर राव नाम से अपना वारिस और राज्य का उत्तराधिकारी घोषित कर दिया था। इसकी सूचना अंग्रेज़ों के असिस्टेंट पलिटिकल एजेंट मेजर एलिस को सागर भिजवा दी थी। उस समय पूरे बुंदेलखंड का अंग्रेज़ कमिश्नर सागर में रहता था। एलिस ने वह सूचना डलहोज़ी को कलकत्ता रवाना कर दी। डलहोज़ी ने फ़रवरी 1854 के अंत में निर्णय सुना दिया कि गंगाधर राव का कोई पुरुष उत्तराधिकारी नहीं था और वैसे भी गंगाधर राव कोई राजा नहीं था वह तो अंग्रेज़ों का एक हाकिम मात्र था। अतः झाँसी को अधिग्रहीत किया जाता है।

जिसके जबाव में रानी लक्ष्मीबाई ने एक विस्तृत पत्र में पूरी उत्तराधिकार की कहानी 1804 से 1817 तक की सन्धि सहित डलहोज़ी को लिख भेजी। डलहोज़ी ने सब दरकिनार करके 1804 के पहले रामचंद्र राव को गोद लेने की प्रथा को ही चुनौती देते हुए झाँसी पर तभी से अनाधिकृत क़ब्ज़ा माना और तुरंत झाँसी ख़ाली करके असिस्टेंट कमिशनर को सुपुर्द करने का पत्र लक्ष्मीबाई को भिजवा दिया। सागर में पदस्थ कमिशनर ने अगला इंतज़ाम होने तक झाँसी का प्रशासन लक्ष्मीबाई के ही सुपुर्द रखा। यहीं से अंग्रेज़ों और लक्ष्मीबाई में बीच दरार पड़ गई।

झाँसी की रानी ने परिस्थितियों से समझौता करके राज्य का प्रशासन सम्भालना शुरू कर दिया था। अंग्रेज़ बुंदेलखंड को अपने क़ब्ज़े में लेने पर आमादा थे क्योंकि उनकी फ़ौज नौगाँव में पड़ी हुई थी। जिसके लिए एक कैंटोन्मेंट उन्हें बनाना था जहाँ से राजस्थान, अवध, सेंट्रल इंडिया, नॉर्थर्न इंडिया और गोंडवाना को ज़रूरत के समय तुरंत सैनिक मदद पहुँचाई जा सके।

मई 1857 में मेरठ, कानपुर और दिल्ली में सिपोय विद्रोह भड़क जाने से वह चिंगारी बिठुर से झाँसी पहुँच गई। झाँसी में एक छोटा किलानुमा महल नीचे था और एक बड़ा क़िला ऊपर पहाड़ पर था। 5 जून 1857 को अंग्रेज़ी फ़ौज के कुछ सिपाहियों ने झाँसी में विद्रोह कर दिया। उन्होंने छोटे क़िले पर क़ब्ज़ा कर लिया। 6 जून को छावनी के सारे सिपाही विद्रोह में शामिल हो गए।

उन्होंने अंग्रेज़ आफ़िसरों को क़त्ल कर दिया। बाक़ी बचे अंग्रेज़ बीबी-बच्चों सहित ऊपर क़िले में लक्ष्मीबाई के पास जाकर छुप गए। 8 जून को विद्रोही सैनिकों ने अंग्रेज़ों को इस शर्त पर सुरक्षित निकल जाने की अनुमति दी कि वे बिना हथियारों के क़िले से नीचे उतर कर चले जाएँगे। जैसे ही अंग्रेज़ बीबी-बच्चों सहित क़िले से निकलने लगे सिपाहियों ने 57 आदमी, 12 औरतों और 23 बच्चों को क़त्ल करके क़िले की प्राचीर से नीचे फेंक दिया। वे सिपाही अगले दिन दिल्ली कूच कर गए। उस समय तक विद्रोह फैल चुका था। अंग्रेज़ों को बीबी-बच्चों सहित निर्ममता से पूरे उत्तर भारत में काटा जा रहा था।

अंग्रेज़ों ने झाँसी में उनके आदमियों के क़त्ल में रानी लक्ष्मीबाई की मिलीभगत होने का संदेह किया जबकि मामला उलट था। विद्रोही सैनिकों ने रानी से धन, गन, घोड़े और हाथी माँगे, नहीं तो वे रानी का महल तोप से उड़ाने की धमकी दे रहे थे और राज्य में लूटपाट व हत्यायें कर रहे थे। झाँसी राज्य के जागीरदार और ठाकुर उपद्रियों के साथ मिलकर लूटपाट कर रहे थे। रानी ने सागर के कमिशनर को रिपोर्ट भेजकर मदद माँगी। परंतु अंग्रेज़ रानी को ही विद्रोही और अंग्रेज़ मर्दों, औरतों और बच्चों का क़ातिल मानने लगी थी। इन परिस्थितियों में रानी ने विद्रोही सिपाहियों के दबाव में आकर झाँसी को बचाने के लिए उनकी माँगें मान लीं।

अंग्रेज़ों ने इसे ही रानी का विद्रोह में शामिल होने का आरोप माना और मेरठ, कानपुर और दिल्ली से निपटने के बाद झाँसी पर घेरा डालना तय किया। रानी के पास दो विकल्प बचे थे या तो अंग्रेज़ों द्वारा फाँसी पर झूल जाने की राह देखें या मर्दागनी से लड़ते हुए शहीद हो जाए। उन्होंने दूसरा विकल्प चुना और लड़ाई की तैयारी शुरू कर दी।

कलकत्ता में गवर्नर जनरल लॉर्ड केनिंग ने योजना के अनुसार सर ह्यू रोज़ के नेतृत्व में दो ब्रिगेड एक महू से चम्बल के किनारे-किनारे और दूसरी सीहोर से 6 जनवरी 1858 को रवाना कीं। दूसरी तरफ़ मद्रास रेजिमेंट को विट्लॉक के नेतृत्व में जबलपुर से बाँदा के रास्ते से झाँसी के लिए भेजी।

रोज़ एक ब्रिगेड लेकर भोपाल रायसेन बेगमगंज होता हुआ राहतगढ़ पहुँचा। वहाँ के राजा ने विद्रोह किया हुआ था, उसे हराया। सागर में कैंटोन्मेंट पहुँच गया। फिर गढ़ाकोटा को जीतता हुआ छतरपुर पार करके 21 मार्च को झाँसी की सीमा में

दाख़िल हुआ। उसी रात ब्रिगेडियर स्टूअर्ट दूसरी ब्रिगेड लेकर चन्देरी, टीकमगढ़ होता हुआ रोज़ से आ मिला। रानी ने सैनिकों की भर्ती करके झाँसी की क़िलेबंदी कर ली थी। विद्रोही सैनिक दिल्ली भाग गए थे। जब अंग्रेज़ों ने झाँसी के क़िले पर घेरा डाल दिया तो रानी ने तात्या टोपे को मदद के लिए संदेश भिजवाया। जो कि 6 दिसम्बर 1857 को कानपुर में अंग्रेज़ों से परास्त होकर कालपी में रुका हुआ था। उसे नाना साहब से आदेश मिला कि वह चिरकारी पर हमला करके उसे अपने क़ब्ज़े में ले ले। तात्या टोपे ने बानपुर के राजा दीवान देसपट और शाहगढ़ के राजा दौलत सिंह कछवाहा के साथ 25000 सैनिकों की एक सेना खड़ी कर ली उनके पास 25 तोपें भी आ गईं। उसने चिरकारी पर क़ब्ज़ा कर लिया। तब ही नाना साहब के भतीजे राव साहब से आदेश लेकर वह झाँसी की ओर चल दिया।

रोज़ ने झाँसी के क़िले को घेरकर 22 मार्च 1858 को तोपों से गोले दागना शुरू किया। उस समय रानी के क़िले में 10,000 नए भर्ती सैनिक और 1500 विद्रोही सिपाही थे। 29 मार्च तक अंग्रेज़ लगातार गोले दागते रहे नतीजतन क़िले की दीवार ढह गई। क़िले के ऊपर से भी लगातार गोलीबारी होती रही। इसी दौरान 31 मार्च को तात्या टोपे फ़ौज लेकर झाँसी पहुँच गया। रोज़ के पास उस समय सिर्फ़ 1500 सैनिक बचे थे। उसने तोपों के मुँह क़िले की तरफ़ ही रखे, कुछ सैनिक गोलीबारी क़िले की तरफ़ दिखावे के लिए करते रहे परंतु पूरी फ़ौज तात्याटोपे की तरफ़ हमले में लगा दी। तात्याटोपे की सेना को रुकने तक का मौक़ा नहीं दिया जब उसके सैनिक तंबू लगा रहे थे तब रोज़ ने हमला तेज़ करके तात्याटोपे की सेना को तहस-नहस कर दिया। रानी की फ़ौज को तात्या की फ़ौज से नहीं मिलने दिया। तात्या बुरी तरह पराजित होकर एक अप्रेल को कालपी की तरफ़ भाग गया। इस तरह 15,000 की ग़ैर-अनुशासित सेना को अंग्रेज़ों की 1,500 सैनिकों की अनुशासित सेना ने हरा दिया। रानी दो, तीन अप्रेल तक और लड़ी फिर चार अप्रेल की रात को क़िले की टूटी हुई प्राचीर से कूद कर अपने साथियों के साथ कालपी रवाना हो गई।

झाँसी और कालपी के रास्ते पर एक जगह है कूँच, रानी वहाँ तात्याटोपे से जाकर मिलीं। आजू-बाज़ू के कई राजा और उनके सैनिक इन लोगों से आ मिले। ये लोग मिलकर आगे की योजना बना ही रहे थे कि रोज़ झाँसी के क़िले पर क़ब्ज़ा करके वहाँ रक्षित सेना रखकर बाक़ी फ़ौज और असला लेकर कूँच जा धमका। बाँदा के राजा को परास्त करके जबलपुर से चला विट्लॉक भी अपनी फ़ौज के साथ उससे जा मिला। दोनो ने मिलकर तात्याटोपे, लक्ष्मीबाई और अन्य राजाओं की मिली जुली सेना को हरा दिया। तात्याटोपे बुंदेलखंड के जंगलों में जा छुपा और रानी लक्ष्मीबाई कालपी जाकर पेशवा नाना साहब के भतीजे राव साहब से जा मिलीं। कालपी का क़िला यमुना किनारे है। एक तरफ़ नदी है बाक़ी तीन तरफ़ चम्बल जैसे ऊबड़-खाबड़ बीहड़ हैं। उन बीहड़ों में एक गाँव था गोलगौली। रानी ने उस गाँव में मोर्चाबंदी की।

रोज़ और विट्लॉक की सहायता के लिए कानपुर से मैक्स्वेल आ गया। अंग्रेज़ों ने झाँसी-कानपुर रोड पर ही मोर्चा बना लिया। 22 मई को विद्रोही सैनिकों ने अंग्रेज़ों की फ़ौज पर हमला किया लेकिन मुँह की खाई। हमलावर वापस भाग गए। उसके अगले दिन अंग्रेज़ बीहड़ों से कालपी पर आक्रमण की योजना बनाकर आगे बढ़े। तब तक रानी की मराठा सेना ग्वालियर की ओर भाग चुकी थी।

ग्वालियर को अंग्रेज़ों ने स्वायत्त दर्जा देकर सत्ता सिन्धिया को सौंप रखी थी, उनसे सालाना रक़म की वसूली करते थे। दौलत राव सिन्धिया को अंग्रेज़ों ने मराठा युद्ध में हराकर अपने अधीन कर लिया था। वह 1827 में उसकी मृत्यु तक ग्वालियर में प्रिन्स्ली स्टेट का महाराजा रहा। उसके कोई संतान नहीं थी तो उसकी पत्नी बेजाबाई ने परिवार के ग्यारह वर्षीय पुत्र को गोद लेकर जनकोज़ी सिन्धिया के नाम से गद्दी पर बिठा कर शासन किया। जनकोज़ी भी निसंतान मरे तो उनकी पत्नी ताराबाई ने सिंदे परिवार के एक दरबारी के पुत्र को गोद लिया वह जियाजी राव सिन्धिया के नाम से ग्वालियर स्टेट का महाराजा बना। जिसने 1886 तक शासन किया। 1857 के संग्राम के समय जियाजी राव सिंधिया ग्वालियर के महाराजा थे और अंग्रेज़ों से उनके अच्छे सम्बंध थे। उन्हें 5000 सैनिक और 21 तोपें रखने की अनुमति सन्धि के तहत दी गई थी। ग्वालियर में अंग्रेज़ों की कोई फ़ौज नहीं थी उनका पालिटिकल एजेंट सिन्धिया दरबार में रहता था।

रानी लक्ष्मी बाई और भाऊ राव ने निश्चय किया कि ग्वालियर पहुँच कर सिन्धिया की सेना को अपनी तरफ़ करके क़िले पर क़ब्ज़ा कर लिया जाए। वहाँ से दिल्ली की राह आसान हो जाएगी। उन्होंने ग्वालियर से 80 किलोमीटर पश्चिम में गोपालपुर पहुँच कर डेरा डाला। वहाँ तात्याटोपे भी शिवपुरी से अपनी सेना के साथ आ मिला। अंग्रेज़ इतिहासकारों ने लक्ष्मी बाई की इस योजना की भारी प्रशंसा की है कि यदि वह योजना सफल हो जाती तो अंग्रेज़ों के पैर उखड़ जाते।

लेकिन विधि को कुछ और ही मंज़ूर था। 30 मई 1858 को रानी, भाऊ राव और तात्याटोपे ने ग्वालियर क़िले को घेर लिया। 1 जून को जियाजी राव सिन्धिया अपनी सेना के साथ विद्रोही सेना से निपटने क़िले से नीचे उतरे। लड़ाई शुरू हो गई इसी बीच सिन्धिया की सेना पलटा मार के विद्रोही सिपाहियों की सेना से मिल गई। सिन्धिया जान बचाकर अपने सुरक्षा सैनिकों के साथ मुरेना की तरफ़ भागे और सीधे आगरा में अंग्रेज़ों के कैंट में जाकर रुके। रानी लक्ष्मी बाई के नेतृत्व में सेना ने ग्वालियर के क़िले महल ख़ज़ाने सब पर क़ब्ज़ा कर लिया।

भाऊ राव और तात्याटोपे ने नाना साहब पेशवा के नाम से ग्वालियर का शासन अपने हाथों में ले लिया और पंद्रह दिनों तक विजय उत्सव चलते रहे। रानी को छोड़ सब जीत के अहंकार में मदमस्त होकर शराब, शबाब और कबाब में डूब

गए। रानी ने आगे की योजना पर काम करने की बात कही तो उन्होंने रानी की एक न सुनी और उनकी घोर उपेक्षा की।

अंग्रेज़ दिल्ली मेरठ कानपुर कालपी पर पुनः क़ब्ज़ा कर चुके थे उन्होंने चारों ओर से ग्वालियर की तरफ़ प्रस्थान किया। रोज़ 6 जून को कालपी से चलकर ग्वालियर के दक्षिण पश्चिम में शिवपुरी की तरफ़ से अपनी सेना के साथ मुरार जा धमका। आगरा से स्मिथ ग्वालियर के उत्तर में कोटा की सराय पहुँच गया। जब ग्वालियर क़िले को अंग्रेज़ों ने घेर लिया तो तात्याटोपे और भाऊ राव का नशा उतरा। उन्होंने फिर रानी लक्ष्मीबाई से लड़ाई के लिए सलाह मशविरा किया। लक्ष्मीबाई ने लड़ाई में सेनापतित्व मंज़ूर करके लड़ाई की तैयारी शुरू कर दी।

वह 18 जून 1858 का दिन था। अमूमन ग्वालियर में मानसून देरी से आता है पर उस साल मानसून 8 जून को ही ग्वालियर आ गया था। 17 जून की शाम से ही मूसलाधार बारिश हो रही थी। पूरा शहर तर-बतर था। लोग घरों में दुबके बैठे थे। इक्का-दुक्का घरों की छत से धुआँ उठता दिख रहा था। शहर के ऊपर काले घने बादल छाए हुए थे, मानो मौत का साया मँडरा रहा हो, उस रोज़ सूर्य नहीं निकला था। अंग्रेज़ों की 34 बटालियन वहाँ डेरा डाले थी जहाँ आज का थर्टी फ़ोर (34) ठाटीपुर बसा हुआ है, एक टुकड़ी मुरार से और तीसरी सेना छावनी तरफ़ से फूलबाग़ की ओर बढ़ रही थी। रानी के दिमाग़ मे दिल्ली पहुँच बहादुरशाह ज़फ़र के साथ मिलकर संग्राम को अंजाम तक पहुँचाने की योजना बन रही थी। वो मार करते हुए आगरा की तरफ़ जाकर दिल्ली जाना चाहतीं थीं लेकिन अंग्रेज़ संग्राम के किसी भी सिपाही को दिल्ली नहीं जाने देना चाहते थे जहाँ उन्होंने ज़फ़र को रखा हुआ था।

रानी सुबह जल्दी जाग गईं स्नान पूजा अर्चना से फ़ुरसत होकर भरपेट नाश्ता किया और मर्दाना सैनिक के भेष में रण के लिए तैयार हो गईं। माथे पर टीका लगाया उस दिन उनके चेहरे पर देवीय आभा दमक रही थी। नियति ने उनको तीस वर्ष की युवा आयु में बलिदान के लिए सजाकर तैयार किया था। उन्होंने एक कटारनुमा छोटी तलवार कमर पर कस कर बाँधे हुए गमछे में खोंसी बंदूक़ दोनो हाथ से सम्भाली। गोलियों की पेटी कमर से बाँध कर युद्ध के लिए तैयार हो गईं। रानी 18 जून को क़िले से सेना के साथ नीचे उतरते हुए सामने से ऊपर चढ़ती अंग्रेज़ सेना पर टूट पड़ी। स्मिथ की फ़ौज से रानी का सामना क़िले से उतरते हुए ही हुआ। रानी सिपाही के मर्दाना वेश में पूरी ज़ोरशोर से युद्ध में लड़ रहीं थीं। आदेश देकर सैनिकों को प्रोत्साहित कर रहीं थी। उन्होंने संकरी जगह से निकलकर खुले में जाकर लड़ना उचित समझा इसलिए वे सैनिकों के साथ लड़ते हुए फूलबाग़ की तरफ़ अपने घोड़े पर भागीं जबकि स्मिथ उन्हें वहीं घेरना चाह रहा था। अंग्रेज़ी सेना का घेरा एक जगह से थोड़ा कमज़ोर दिख रहा था रानी ने घोड़े की रास तिरछी खींच कर उसी

तरफ़ उसे दौड़ाया, सामने दो सिपाही आए, रानी ने एक ही झटके में उनका काम तमाम किया और हर-हर महादेव की हुंकार से आगे बढ़ गईं।

18 जून को मानसून शबाब पर था। भारी बारिश हो रही थी। रानी क़िले से नीचे मुहम्मद गोस और तानसेन के मक़बरे के बाजु से दुश्मन सेना को मारती काटती हुई फूलबाग़ की ओर बढ़ीं। सामने से अंग्रेज़ फ़ौज की एक और टुकड़ी आ गई। रानी ने नाला पार करना चाहा। बरसाती नाला पूर पर था। रानी ने घोड़े को अड़ेस लगाई घोड़ा आगे बढ़ा लेकिन फिसल गया। उसी समय रानी के बायीं तरफ़ पसली में एक गोली आकर लगी वे गिरने लगीं तब ही एक सैनिक ने तलवार से उनकी गर्दन पर घातक वार किया। वीरांगना शहीद हो गईं। वे गुलामी के विरुद्ध आज़ाद भारत की पहचान बन कर अजर अमर हो गईं। जब तक भारत रहेगा वे भारतियों के दिलों में आज़ादी के परवानों में वीरांगना के रूप में में सबसे ऊपर अंकित रहेंगीं।

## बुज़ुर्ग सेनापति बहादुरशाह ज़फ़र

मुग़लों को एक बात का श्रेय तो देना ही पड़ेगा कि उन्होंने हिंदुस्तान को एक अखिल भारतीय साम्राज्य और प्रशासनिक ढाँचा दिया। अकबर के व्यक्तित्व के दो पहलू थे, एक हिंदुस्तान परस्त और दूसरा इस्लाम परस्त। उसके दरबारी भी दो ख़ेमों में बटे रहते थे। जहांगीर सत्ता की लड़ाई में कट्टर मुस्लिम परस्त दरबारियों की जेब में का बैठा। शाहजहाँ में कुछ संतुलन बनाने की कोशिश की लेकिन उसका एक बेटा औरंगज़ेब कट्टरों से भी कट्टर निकला। वह उसी कट्टरता में मुग़ल साम्राज्य में पलीता लगा गया। उसके 1707 में मरते ही किंकर्तव्यविमूढ़ उत्तराधिकारी खूनी होली में मराठों के हाथ के खिलौने बने उसके बाद अंग्रेजों की शतरंज के प्यादे बन कर रह गये। बहादुर शाह ज़फ़र के समय तक मुग़ल साम्राज्य नाम मात्र का रह गया था। मगर ज़फ़र पूरी तरह हिंदुस्तानी रंग में रंगे बादशाह थे।

दिल्ली देश का दिल है। मुग़ल काल में दिल्ली दुनिया के सबसे सभ्रांत शहरों में से एक था। 1707 में औरंगज़ेब के मरने के बाद से मुग़ल साम्राज्य सिकुड़ता चला गया और फिरंगियों के 1856 में अवध हथियाने के साथ मुग़ल बादशाह का शासन मात्र लालक़िले से मेहरौली तक सिमट कर रह गया था। दिल्ली शहर पर अंग्रेज़ों का प्रशासन चलता था। अंग्रेज़ों ने बहादुरशाह की सालाना पेन्शन बारह लाख तय कर रखी थी। एक लाख उन्हें ज़मीन और मकानों के किराए से मिलते थे। उन्होंने राजाराम मोहन रॉय को रानी विक्टोरिया (1837-1901) के पास पेन्शन बढ़ाने की अर्ज़ी लेकर भेजा था, जिसका कोई प्रभाव नहीं पड़ना था और ना ही पड़ा था।

बहादुर शाह का तख़ल्लुस था "ज़फ़र" याने विजेता या फ़तह परंतु उन्होंने कभी भी कोई लड़ाई नहीं लड़ी थी तो जीतने या फ़तह का कोई प्रश्न ही नहीं उठता, और

तो और उन्होंने कभी सैनिक प्रशिक्षण भी नहीं लिया था। वे 1775 में पैदा हुए थे तब अंग्रेज़ देश के तीन किनारों बॉम्बे, मद्रास और कलकत्ता से हिंदुस्तान के अंदर झाँक रहे थे। उन्होंने मुग़लिया साम्राज्य को टुकड़े-टुकड़े होते देखा था। ज़फ़र 1837 में तख़्तनशीन हुए थे तब उनकी मल्लिका-ए-ख़ास ताज महल बेगम हुआ करतीं थीं। परंतु उन बेगम का वह मुक़ाम ज़्यादा दिन तक नहीं रहा। दिल्ली के दरबारी अपनी लड़कियों को इस तरह से तैयार करते थे कि तैमूरिया बीज से कोई संतान उनकी बेटी की कोख से पैदा हो जाए जो हिंदुस्तान के तख़्तोताज तक पहुँचने का वायस बन सके। ज़फ़र जब चौंसठ साल के थे तब उनके सामने एक दरबारी की उन्नीस साल की ख़ूबसूरत अमीरजादी जीनत महल को पेश किया गया। कुछ ही महीनों में उनकी शादी हो गई। नई बेगम जीनत महल, ताजमहल बेगम को दरकिनार करके हरम की मालिक बन गईं और रंगून में ज़फ़र के इंतक़ाल तक उनके साथ रहीं। लेकिन उनसे शादी के बाद भी ज़फ़र शादी करने से नहीं रुके थे, उन्होंने सत्तर साल की उम्र में निचले तबके की लड़कियों से चार शादी और कीं थीं। उसी साल उनका बिस्तर गरम रखने के वास्ते चाँदी के पाए वाले पाँच मज़बूत पलंग बनवाए गए थे। शायद तैमूरलंग की मुग़ल नस्ल का बीज तूफ़ानी तेज़ी से चाँदी की तश्तरी में आमद करता होगा उसे झेलने के लिए चाँदी के पाए वाले पलंग दरकार थे। अजीब संयोग है मुग़ल साम्राज्य के पाए हिंदुस्तान से उखड़ रहे थे, परंतु हरम के पलंगों के पाए मज़बूत किए जा रहे थे।

1857 में ज़फ़र की कुल मिलाकर 47 औलादें थीं, 16 लड़के और 31 लड़कियाँ। उनका हरम 80 साल की उम्र तक गरम रहा। इस्लाम में चार बीबी के अलावा अनगिनत रखैल रखने का रिवाज रहा है। लड़ाईयों में जीती गईं लड़कियाँ व औरतें माल-ए-ग़नीमत याने ज़ब्तशुदा माल होतीं थी। उन्हें रखो या बेंचो, कोई पाबंदी नहीं। ज़फ़र की रखैल की गिनती नहीं थी। ज़फ़र का अपने हरम पर नियंत्रण नहीं था। एक रखैल पिया बाई दरबार के शाही गवैये तानरस खान से गर्भवती हो गई थी तो जीनत महल ने उसे कड़ी सज़ा से बचाया था। बड़ी बेगम ताज महल का ज़फ़र के भतीजे मिर्ज़ा कामरान से ताल्लुक़ था जिसकी ज़ोरदार अफ़वाह लालक़िले की मुग़लिया फ़िज़ा में घुली हुई थी। ज़फ़र का लालक़िले में अपने हरम पर नियंत्रण नहीं था तो दिल्ली और देश पर नियंत्रण की क्या बात करें। ज़फ़र के 16 शाहजादों को पढ़ाई-लिखाई, शिकार, बटेरबाज़ी- कबूतरबाज़ी या कोई हुनर सीखने की पूरी आज़ादी थी।

इनके अलावा क़िले में 2100 और मुग़ल ख़ून के सलातीन थे। वे पुराने बादशाहों जहांगीर, शाहजहाँ, औरंगज़ेब, बहादुरशाह, जहांदर शाह, फरुख़्सियर, शाह आलम, अकबर शाह, मुहम्मद शाह रंगीला के पोते, पड़पोते, नवासे और उनकी भी औलदों की औलादें थीं जो ज़फ़र के ख़ानदानी रहवास से दूर झुग्गी-झोंपड़े नुमा

कमरों में फटेहाल रहते थे। उन्हें ज़फ़र को अंग्रेज़ों से मिली पेन्शन में से ही 5 रुपए प्रति महीना प्रति व्यक्ति गुज़ारा मिलता था। वे आपस में कुत्तों की तरह लड़ते रहते थे। उन्हें क़िले से बाहर दरियागंज तक जाने की इजाज़त नहीं थी। एक अंग्रेज़ जो लालक़िले में घूमने गया था उसने लिखा है कि :

> *"सारे सलातीन एक बहुत ऊँची दीवार के पीछे झोंपड़ियों में रहते हैं ताकि उन्हें कोई देख न पाए। जब दरवाज़े खुले तो बहुत से अधनंगे भूखे मुसीबतज़दा लोगों ने हमको घेर लिया। उनमें से कुछ तो अस्सी साल के बिलकुल प्राकृतिक अवस्था में थे। कभी-कभी सलातीन बग़ावत कर देते थे और अंग्रेज़ एजेंट के पास ज़फ़र के विरुद्ध अर्ज़ियाँ भिजवाते थे। अंग्रेज़ उन अर्ज़ियों का उपयोग ज़फ़र की रियायतें कम करने में करते थे कि ज़फ़र अपने कुनबे का ठीक से ध्यान नहीं रख पा रहे हैं तो क्यों न उनकी पेन्शन कम कर दी जाए।"*

ज़फ़र लालक़िले में लम्बे चौड़े परिवार याने 2100 मुग़लों के ख़ानदानी मुखिया ही नहीं थे उनके तख़्तनशीनी के वक़्त उनकी तस्वीर में उनका नाम भी लम्बा चौड़ा लिखा था। ज़रा एक साँस में पढ़कर देखिए। शायद पढ़ पाएँ। नाम से भी बादशाहत झलकना ज़रूरी था। सचमुच की बादशाहत तो रही न थी।

"जहाँपनाह, आला मर्तबत, ख़लीफ़तुर्रहमान, हज़रत, ज़िल्ले सुब्हानी, खुदावन्दे-मज़ाजी, अजिमुशशान, सुल्तान इब्नुसुल्तान, शहंशाह इब्ने शहंशाह, खाकान इब्नुल खाकान, चिरागे तैमूरिया, बादशाह जमशेद निशाँ, मुहाफिजे इस्लाम, बहादुर शाह ज़फ़र" एक साँस में नहीं पढ़ पाए ना। यह है शुद्ध फ़ारसी ज़ुबान, न अरबी, न उर्दू क्योंकि मुग़लों ने, पिछले पंद्रह सौ साल के दौरान ईरान में विकसित सियासती फ़ारसी को ही शासन की ज़ुबान के बतौर अपना रखा था, ज़ुबान पुरानी थी इस्लाम तो वहाँ बहुत बाद में आया था। इसी फ़ारसी ज़ुबान में मुग़ल दरबार में दहलवी फिर लखनवी और बाद में दकखिनी शायरी विकसित हुई थी। जिसके सबसे बड़े झंडा बरदार मिर्ज़ा ग़ालिब इन्हीं ज़फ़र साहब के दरबारी थे और ग़ालिब साहब के सख़्त विरोधी ज़ौक़ साहब बादशाह ज़फ़र के शेरो-सुख़न के उस्ताद थे जो उनके शेरों का हदीफ क़ाफ़िया मिलाते थे, मक्ता और मतला बिठाते थे। जाहिराना ग़ालिब और ज़ौक़ में शायराना दंगल होता था। ज़ौक़ ग़ालिब के विरुद्ध ज़फ़र के कान भरते रहते थे। शेर-ओ-सुख़न की ऐसी ही एक कुश्ती ज़फ़र के पन्द्रहवे बेटे जवाँबख़्त की शादी की सेहरा बंदी के समय हुई थी उसके कारण ज़फ़र ग़ालिब से ख़फ़ा हो गए थे। ज़ौक़ के मरने के बाद ही ज़फ़र और ग़ालिब के रिश्तों की ग़ज़ल में ठीक से शेर बैठने शुरू हो सके थे।

मुग़लों के इस लम्बे-चौड़े हरम के बादशाह को मेरठ से अंग्रेज़ों और उनके बीबी बच्चों को मार काट कर आए विद्रोही सिपाहियों ने अपना सेनापति मुक़र्रर किया था। हिंदुस्तान की ऐसी बदक़िस्मती कि एक ऐसा व्यक्ति जो सैनिक विषयों का क ख ग भी नहीं जानता, जो अपना हरम भी नहीं संभाल पाता और अंग्रेज़ों की ख़ैरात पर 2100 मुग़लों का ख़र्च चलाता हो वह दुनिया की सबसे अनुशासित व शक्तिशाली सैनिक शक्ति के सामने पहले स्वतंत्रता संग्राम या विद्रोह का नेतृत्व अनिच्छा से करने को अभिशप्त था। ज़फ़र जानते थे कि वे इस शतरंजी विछात में एक हारी हुई बाज़ी के लुढ़के हुए बादशाह हैं लेकिन अंदर गहराई में उम्मीद का जुगनू भी टिमटिमा रहा था कि शायद दिन फिर जाएँ। उम्मीद पे दुनिया क़ायम है।

बेशक अंग्रेज़ उस समय के सबसे अच्छे रणनीतिक और कूटनीतिज्ञ कौशल के धनी थे। उनका कोई सानी नहीं था। इसीलिए वे स्पैन, फ़्रान्स और डच की समुद्री ताक़तों को नेस्तनाबूद करके दुनिया में इस तरह यूनियन जैक लहराने में कामयाब रहे थे कि उनके शासित क्षेत्र में पृथ्वी पर सूर्य नहीं डूबता था। यह पहले कभी नहीं हुआ और अब तो शायद किसी भी देश के लिए सम्भव ही नहीं है।

उन्होंने 1817 तक पंजाब को छोड़कर पूरा हिंदुस्तान अपने क़ब्ज़े में ले लिया था। भारत पर अब तक जितने भी हमले हुए थे चाहे अरबी हों, तुर्की हों, ईरानी हों, मंगोल या अफ़ग़ानी। वे सब खैबर दर्रे के रास्ते से हुए थे। सारे निर्णायक युद्ध सतलज और यमुना नदियों के बीच के भूमि क्षेत्र में हुए थे। पठानकोट, अंबाला, पानीपत, कुरुक्षेत्र इन्हीं दो नदियों के बीच का क्षेत्र है। जिसे अंग्रेज़ों ने एक ग्रीक शब्द के आधार पर CIS-Satlaj नाम दिया था। एक बार कोई फ़ौजी ताक़त इस क्षेत्र में आकर मोर्चा जमा ले तो दुश्मन का आधा हौसला पस्त हो जाता है। वह नारा लगाता था कि अब दिल्ली दूर नहीं है "नारा-ए-तकबीर अल्लाहु अकबर" और दिल्ली को रौंद डाला। 1018 में महमूद गज़नवी, 1191 में मुहम्मद गौरी, 1525 में बाबर, 1556 में अकबर, 1739 में नादिरशाह और ताज़ा-ताज़ा 1761 में अहमदशाह अब्दाली इसी क्षेत्र में मोर्चा जमाकर निर्णायक लड़ाइयाँ जीते थे।

उस समय भी अफ़वाह थी की फ़्रांसीसी सेनाएँ रूसियों के साथ मिलकर दिल्ली की तरफ़ आ रहे हैं। ज़फ़र ने ईरान के शाह को ख़बर भेजी थी कि वे अंग्रेज़ों को भगाकर मुग़लों का इस्लामी साम्राज्य पुनः क़ायम करें। पंजाब में उस समय महाराजा रणजीतसिंहजी की तूती बोलती थी। उन्होंने अहमदशाह अब्दाली के बेटे जामनशाह को काबुल में हराकर अपने अधीन कर लिया था। अंग्रेज़ रणजीतसिंहजी के ज़िंदा रहते पंजाब पर हाथ नहीं डालना चाहते थे। उन्हें बने रहने देना ईरान और हिंदुस्तान के बीच पंजाब को एक बफ़र स्टेट के रूप में क़ायम रखना था। लेकिन उनके मरते ही पंजाब को जीतना उनकी प्राथमिकता थी ताकि पूरे हिंदुस्तान को ब्रिटिश साम्राज्य का हिस्सा बनाया

जा सके। वे अंबाला को एक बड़ा फ़ौजी कैंटोन्मेंट बना रहे थे ताकि रणजीतसिंहजी के मरते ही पंजाब को हस्तगत कर सकें। कम्पनी के गवर्नर जनरल ने एक बहुत ही क़ाबिल साम्राज्यवादी प्रशासक कूटनीतिज्ञ चार्ल्स मैटकाल्फ को रणजीतसिंहजी जी के पीछे लगा रखा था कि वे सतलज और यमुना के बीच का इलाक़ा कम्पनी को देने की संधि कर लें। वह रणजीतसिंहजी के साथ-साथ मुहिम पर पीछे लगा रहता था। वांछित इलाक़े पटियाला जींद लुधियाना की मिसल के सरदारों और छोटे तालुक़ादारों को अंग्रेज़ों ने पहले ही अपनी तरफ़ मिला लिया था। अंततः उन्होंने 25 अप्रेल 1809 को संधि करके वांछित इलाक़ा क़ब्ज़े में लेकर अंग्रेज़ी फ़ौज तैनात कर दी थी।

चार्ल्स मैटकाल्फ ने पंजाब की मुहिम के दौरान एक ख़ूबसूरत पंजाबी कुडी से हिंदू रीति रिवाज से शादी करके तीन पुत्र पैदा किया थे। उनमें से एक था थामस मैटकाल्फ, जो 1835 से दिल्ली का रेज़िडेंट एजेंट था। उसे कम्पनी बहादुर ने इस काम पर लगाया था कि बहादुरशाह ज़फ़र मुग़लों का आख़िरी बादशाह होना चाहिए। उसकी बीबी 1842 में मर चुकी थी। वह दिल्ली में मैटकाल्फ हाउस बनाकर रहने लगा था। उस दौर में अंग्रेज़ मुस्लिम लड़कियों से शादी बनाकर मुग़लों के तौर तरीक़े अपनाने लगे थे और "White Mughals" कहलाते थे। थामस को भी चस्का लग गया था वह ख़तो किताबत में पदवी जो इस्तेमाल करता था वो इस तरह थी :

"साहिबे-वाला, मनकूब-आली मंसब, फ़र्ज़न्दे-अर्जुमंद, पैबंदे-सुल्तानी, मोआज्जमौद्दौला, अमिनुल मुल्क, सर थामस मैट्काल्फ, बैरन बहादुर, फ़िरोज़ जंग, साहब कलाँ बहादुर आफ शाहजहाँनाबाद" उसका लड़का थियो मैटकाल्फ दिल्ली का मैजिस्ट्रेट था। चार्ल्स की एक बेटी जार्जीना थी वे उसे प्यार से जीजी बुलाते थे। जीजी एक स्कॉटिश कैप्टन एडवर्ड कैम्पबेल की मुहब्बत में गिरफ़्तार थी। जबकि चार्ल्स कैम्पबेल को बिलकुल नापसन्द करता था। चार्ल्स मैटकाल्फ बहादुरशाह ज़फ़र और उसके शाहजादों को क़ाबू में रखने में माहिर था परंतु अपनी लड़की की मुहब्बत के आगे बेबस था।

अंग्रेज़ी फ़ौज की सबसे बड़ी ताक़त उनकी अनुशासन बद्धता थी। दिल्ली में सिविल लाइंस के उत्तर में स्थित अंग्रेज़ी छावनी में रात के चौथे पहर साढ़े तीन बजे बिगुल बजते ही अंग्रेज़ अफ़सर और सिपाही बिस्तर छोड़ कर कसरत के लिए तैयार होने लगते थे। अट्ठारह वर्षीय लेफ़्टिनेंट हैरी गैंबर से लेकर पचास साला कैप्टन रॉबर्ट टाइटलर तक सब सैनिक जम्हाई लेते हुए उठ जाते और उनके नौकर उनकी शेव करके उनके पैरों पर जुराबें चढ़ाने लगते क्योंकि उन्हें अभी परेड मैदान में एक लम्बी क़वायद से गुज़रते हुए कसरती पसीने से सराबोर होना है।

दूसरी तरफ़ रात के साढ़े तीन बजे लालक़िले में मुग़लिया मुशायरा पूरी रौनक़ पर होता। ज़फ़र, ज़ौक़, ग़ालिब, हाली या फखरू की शेर पढ़ने की बारी आ

रही होती। चावड़ी बाज़ार की तवायफ़ो के कोठों पर नाच गाना सिमट रहा होता। तबलचियों की निर्जीव उँगलियाँ तबलों पर उनिंदे तरकिट-धिन की झपकी ले रहीं होतीं। नाच से थकी लड़कियाँ घूँघरु उतारकर पेशे से अलहदा पहलुओं के पलंग की ओर बढ़ रहीं होतीं। जो मुग़ल शहज़ादे मुशायरा से वास्ता नहीं रखते थे वे इन कोठों पर शराब के नशे में तर मुग़ल शान का तशकरा करने अपने पैजामे के नाड़ों की सरफूँद ढीली कर रहे होते।

विक्टोरीयन युग के अंग्रेज़ फ़ौजी सुबह चार बजे से छः बजे तक दो घंटे कसरत के बाद पहला नाश्ता करने जब बैठते तो उनके सामने मटन चाप, भेजा कटलेट, बीफ़ कोफ़्तें, मुर्ग़ मुसल्लम, हुसैनी सालन, झींगा दोप्याज़ा के साथ कई हिंदुस्तानी व्यंजन जैसे मद्रासी गुर्दा टोस्ट के साथ अदरक और हरी मिर्च की चटनी होती। हिंदुस्तानी अंग्रेज़ दिन में पाँच खाने खाते थे। दो बार नाश्ता, दोपहर का लंच, पाँच बजे की चाय के साथ मालमत्ता और रात को आठ बजे डिनर। माँस का प्रोटीन उनके खाने का सबसे बड़ा हिस्सा होता था। उन्हें किसी भी प्रकार के माँस से परहेज़ नहीं था।

सर थामस मैटकाल्फ सुबह नौ बजे ऑफ़िस पहुँच जाता था। जब वो दोपहर एक बजे काम ख़त्म करके अपनी बग्घी में मैटकाल्फ हाउस लौट रहा होता तब लालक़िले में सुबह की हलचल शुरू होती थी। ज़फ़र को यदि शिकार पर जाना होता था तो वह सुबह जल्दी उठते थे। लेकिन अमुनन रात को देर तक महफ़िल या मुशायरा में मशगूल रहने के कारण वे अक्सर देर तक बिस्तर पर लेटे रहते थे। उनकी सुबह ज़नाना खवासों के आने के बाद शुरू होती थी, जो चाँदी के घड़े या तसले लिए हाज़िर होतीं थीं। उन्हें दरी पर कपड़ा या चमड़ा बिछाकर रख देतीं थी। फिर तौलियाबरदार रूपाक और पापाक से शाही चेहरा और हाथ-पाँव साफ़ करतीं। अंत में एक रुमाल से शाही नाक साफ़ करतीं, जिसे कटने में बस थोड़ा सा वक़्त बचा था। डॉक्टर चमन लाल उनके पैरों में ज़ैतून का तेल लगाकर मालिश करते थे।

इसके बाद ज़फ़र क़िले का एक चक्कर तुर्की, तातारी और अफ़्रीकी पहरेदार औरतों के दस्ते की सुरक्षा में लगाते। वापस आकर वे अर्ज़ियाँ क़बूल करते, मालियों से फूल लेते और शिकारियों व मछेरों से तोहफ़े लेते, सलातीनों के झगड़ों का इंसाफ़ करते अंत में वे उस्ताद ज़ौक़ से ग़ज़ल के शेरों के वज़न पर इसलाह लेते। शाम को वे बाग़ों के सैर को निकल जाते।

अंग्रेज़ों के लिए सूर्यास्त दिन के अंत की निशानी होता था। शाम की परेड के बाद वे एक और बड़े खाने के इंतज़ार में होते जिसमें तरह-तरह की चीज़ होती थीं मसलन दाल का सूप, भुना हुआ शुतुरमुर्ग, बीफ़ रोस्ट और मटन रान और हड्डी सहित पुट्ठे का माँस इत्यादि। यह सब थामस को बिलकुल पसंद नहीं था वह हल्का फुल्का खाकर शाम को जल्दी सोने की जुगत में रहता था। जैसे ही घड़ी में आठ

का घंटा बजता थामस फ़ौरन अपना हुक्का छोड़कर उठ जाता, सबको गुड नाइट कह, गले से नैप्किन उतार ज़मीन पर फेंक दरवाज़े की तरफ़ जाते हुए अपनी वास्कट के बटन खोलकर सबकी तरफ़ हाथ हिलाते परदे के पीछे ड्रेसिंग रूम में ग़ायब हो जाता।

ज़फ़र अपना खाना रात को दस बजे के बाद खाते थे। जब अंग्रेज़ गहरी नींद में समा चुके होते थे। वे बटेर का कोरमा, हिरन का गोश्त, मछली कबाब और संतरों का सालन खाते थे। जिस दिन बज्म का खाना होता था उस दिन पच्चीस क़िस्म की रोटियाँ, पच्चीस पुलाव और बिरयानी, पेंतीस क़िस्म के सालन, पचास तरह की मिठाइयाँ, साथ में घी, अचार और मुरब्बे इत्यादि इत्र संदल और जाफ़रान की महकती फ़िज़ा में ग़ज़लों की तान और साजों की झंकार के साथ खाए जाते थे।

ज़फ़र को ख़ूब चटपटा और मसालेदार खाना पसंद था लेकिन वजीरे आज़म अहसानुल्लाह खान ने उनके लाल मिर्च और मुरब्बे खाने पर पाबंदी लगा रखी थी क्योंकि उनकी बवासीर भड़क जाती थी। एक बार वे खींच के मुरब्बा सूत गए तो उनका दस्त का सिलसिला बड़ी मुश्किल से रुका था। तब हकीम साहब और वजीरे आज़म अहसानुल्लाह ने दरखास्त लगाई थी कि नाचीज़ को ज़फ़र के सेवक के पद से बर्ख़ास्त कर दिया जाए। ज़फ़र ने आईंदा इन चीज़ों से तौबा का अहद कर अल्लाह से माफ़ी माँगी और अहसानुल्लाह से वादा किया कि वे आगे से परहेज़ करेंगे।

अंग्रेज़ों ने धीरे-धीरे ज़फ़र का दरबारी सम्मान जैसे कोरनिस बजा लाना या भेंट लेना या भेंट देना या पदवी देना इत्यादि ख़त्म कर दिए थे। ज़फ़र की अब दो अर्ज़ियाँ गवर्नर जनरल के पास मंज़ूरी के लिए पड़ीं थीं। एक तो उनकी पेन्शन बढ़ाने की और दूसरी वारिस चुनने का अधिकार। अंग्रेज़ों के अनुसार बड़ा बेटा ही स्वमेव वलीअहद है। लेकिन जब उनका सबसे बड़ा बेटा मिर्ज़ा दारा बख़्त 1849 में तेज़ बुखार की वजह से मर गया तो अंग्रेज़ों ने सोचा कि ज़फ़र का दूसरा नम्बर का बेटा मिर्ज़ा फखरू वलीअहद होगा। लेकिन ज़फ़र ने अपनी दबंग बीबी जीनत महल के दबाव में आकर उनके पन्द्रहवे बेटे जवाँबख़्त जो उस समय मात्र आठ साल का था, को वलीअहद बनाने की दरखास्त लेफ़्टिनेंट गवर्नर को भिजवा दी। शाहजादे की माँ ने अंग्रेज़ों को प्रभावित करने के लिए उसकी शादी बड़ी धूमधाम से की थी। उसके लिए दिल्ली के सारे सांहूकारों से पैसा उधार पर उठाया गया था लेकिन अंग्रेज़ों ने ज़फ़र की पेन्शन बढ़ोतरी की दरखास्त पर कोई ध्यान नहीं दिया।

बड़े बेटे के मर जाने से दूसरे बेटे मिर्ज़ा फखरू का वलीअहद का दावा बनता था। वह प्रतिभाशाली लोकप्रिय शायर, खुशनसीब और इतिहासकार था। ज़फ़र को बादशाहत खुद उनके पिता अकबरशाह की असहमति के बावजूद सबसे बड़ा बेटा होने के कारण ही अंग्रेज़ों के समर्थन से मिली थी। लेकिन यहाँ इस मामले में बादशाह खुद जीनत महल के प्यादे बने हुए थे। मिर्ज़ा फखरू ने अंग्रेज़ों और ख़ास तौर

से थामस मैटकाल्फ से सम्बंध बढ़ाकर जनवरी 1852 में एक गुप्त संधि कर ली। जिसके अनुसार ज़फ़र की इच्छा के ख़िलाफ़ अंग्रेज़ों ने फखरू को वलीअहद मान लिया लेकिन शर्त लगा दी कि मिर्ज़ा फखरू बादशाह बनने के बाद अपना दरबार लालक़िले से उठाकर मेहरौली ले जाएँगे, लालक़िला अंग्रेज़ों की फ़ौज और तोपख़ाने के लिए छोड़ देंगे। बादशाह बनते ही वे मुग़लों का रिवायती श्रेष्ठ दर्जा गवर्नर जनरल के हक़ में छोड़कर उनसे बराबरी का रवैया क़ायम कर लेंगे और इस आशय का एक फ़रमान जारी करेंगे। जब यह बात जीनत को मालूम हुई तो उसके तन बदन में आग लग गई।

गुप्त संधि 1852 में हुई थी। 1853 के मध्य में सर थामस मैट्काल्फ, सर हेनरी एलीयट और जॉन थामासन की तबियत बहुत ख़राब रहने लगी, उन्हें बार-बार उलटी होने लगीं हालाँकि वे तब तक पूरी तरह सेहतमंद और खान-पीन नियम का पालन करते थे। थामस समझ गए कि तीनों को ज़हर दिया जा चुका है और उनका लिवर पूरी तरह ख़राब होने के कगार पर पहुँच चुका है लेकिन उनके पास ज़हर दिए जाने के कोई सबूत नहीं थे। एक दिन थामस की हालत ज़्यादा बिगड़ गई तो उसके लड़के थियो ने ज़फ़र के व्यक्तिगत हकीम अहसानउल्लाह को बुला भेजा लेकिन डॉक्टर रॉस ने उसे थामस को नहीं देखने दिया। थियो को रॉस पर शक था कि वह ज़हर खुरानी के षड्यंत्र में शामिल था। उसी रात थामस की मौत हो गई और साल के अंत तक हेनरी एलीयट और थामासन की भी मौत ही गई। इन तीनो ने मिर्ज़ा फखरू को वलीअहद बनाने की गुप्त संधि में महती भूमिका निभाई थी। थामस ने मरने के पूर्व कहा था कि अब मिर्ज़ा फखरू भी नहीं बचेगा। 1956 में उसकी भी मौत हो गई।

सालों बाद एक अंग्रेज़ अफ़सर हेरीयट टाइटलर ने हकीम अहसानुल्लौला से पूछा था कि क्या किसी को बिना तैयारी के ज़हर देने की व्यवस्था दिल्ली में है तो उसने कहा था कि :

हाँ! आप मुझे बता दें कि आप कब किसकी मौत चाहते हैं। एक साल में, एक महीने में या एक दिन में, वह मर जाएगा और आपका डॉक्टर कभी उसकी मौत की वजह मालूम न कर पाएगा। ऐसे नुस्ख़े हैं मुग़ल सियाँसतदाँ दरबारियों के हकीमों के पास।

कुछ सिद्ध न हो सका लेकिन कम्पनी के लोगों को जीनत महल पर पूरा शक था क्योंकि मिर्ज़ा फखरू को रास्ते से हटाने के लिए यह सब किया गया था ताकि जवाँबख़्त वलीअहद याने भावी बादशाह के पद पर क़ाबिज़ किया जा सके। इससे मुग़लों और अंग्रेज़ों में अविश्वास बढ़ गया।

तीनों अंग्रेज़ अफ़सरों और मिर्ज़ा फखरू की ज़हर खुरानी से मौत से दिल्ली का माहौल ख़ौफ़ज़दा हो गया था। उसमें ज़हर घोलने का काम शुरू किया दो

किरदारों ने एक था ईसाई पादरी मिजेली जॉन जेनिंग और दूसरा मुस्लिम कट्टर शाह वलीउल्लाह।

जेनिंग 1832 में हिंदुस्तान आया था। शुरू में वह हिमाचल के पहाड़ी क्षेत्रों में रहा। बीस साल तक दिल्ली में पादरी बनने के प्रयास करता रहा। अंत में वह 1852 में दिल्ली के चर्च का पद पाने में सफल हो गया। भारत में ईसाइयत का प्रचार-प्रसार कुछ इस तरह शुरू हुआ था। 1813 के कम्पनी चार्टर ने हिंदुस्तान में हिंदुस्तानियों के बीच ईसाइयत के प्रचार पर पाबंदी लगा रखी थी। मिशनरियों के मददगार कलकत्ता के बड़े पादरी रेजिनल्ड हिबर के लगातार प्रयास से "कमेटी आफ द प्रोटेस्टेंट सोसायटी" ने ब्रिटेन संसद से दरखास्त की थी कि वे प्रतिबंध हटा लिए जाएँ ताकि ईसाई मजहब का पूर्वी देशों में तेज़ी से प्रचार किया जा सके। नतीजतन प्रतिबंध 1852 में हटा लिया गया। उसी नीति के तहत जेनिंग को दिल्ली भेजा गया था।

जेनिंग दिल्ली आकर सीधा लालक़िले पहुँचा जहाँ उसका दोस्त डग्लस क़िले के लाहोरी दरवाज़े के नज़दीकी मकान में अपनी अपाहिज बीबी के साथ रह रहा था। वह उसके साथ उसके मकान में ही जम गया। वह अतिउत्साही और आक्रामक धर्म प्रचारक पादरी था। हिंदुस्तान को जाहिलों और गँवार लोगों का देश समझता था। उसका मानना था कि अब समय आ गया है कि येंन-केन प्रकारेंन डराकर या लालच से हिंदुओं और मुसलमानों को ईसाई बनाया जाय। मगर थामस मेटकाफ़ उसे बदतमीज़, दोगला, अक्खड और कट्टर कहता था। वह उसे नापसंद करता था। 1853 में थामस की मृत्यु के बाद से जेनिंग तेज़ी से दिल्ली में लोगों को ईसाई बनाने लगा था। उसने धर्म परिवर्तन की बहुत ही आक्रामक रीति-नीति अपनाई।

उसके साथी चार्ल्स ट्रेवेल्यन नामक अंग्रेज़ का मानना था कि हिंदुस्तान के अशिक्षित और जंगली लोगों को ऊपर उठाना है। वह लॉर्ड मेकाले का बहनोई और चेला था। उसने जेनिंग के साथ मिलकर दिल्ली की मस्जिद और मंदिरों को ढहा कर सड़कें बनाने का काम शुरू किया। मदरसों और कॉलेज में धर्म प्रचार और मसीही साहित्य मुफ़्त बाँटना शुरू किया। जेनिंग दिल्ली की 261 मस्जिदों और 200 मंदिरों को तोड़कर चर्च में तब्दील करना चाहता था। आख़िर में वह दिल्ली के दो सम्मानित हिंदू, ज़फ़र के व्यक्तिगत डॉक्टर चमन लाल और उनके दोस्त दिल्ली कॉलेज में गणित के लेक्चरर मास्टर रामचंद्र को 11 जुलाई 1853 को ईसाई बनाने में कामयाब हो ही गया। दिल्ली की मुस्लिम और हिंदू आबादी सन्न रह गई। उनको अपने धर्म पर घोर संकट के बादल घिरते दिखाई देने लगे।

ईसाइयत के आक्रामक तेवर का सामना करने आए इस्लामी तेग़ में पैनी धार के पैरोकर शाह वलीउल्लाह, जो कि एक मौलाना थे और हिज़ाज, मदीना में उस समय तालिमी सफ़र पर गए थे, जब अब्दुल बहाव अरब में बहावी कट्टर विचारधारा

को जन्म दे रहे थे। उन्होंने हिंदुस्तान आते ही मुग़लों के समन्वयवादी रवैए पर सख़्त रवैया अपनाते हुए सूफ़ी अन्दाज़ और मुसलमानों का हिंदुओं के साथ त्योहार मानना व खाना-पीना सब पर मुल्लों के मार्फ़त पाबंदी लगाने के फ़रमान और फ़तवा जारी करवाना शुरू कर दिया।

इस्लामी बुनियादी फ़िरक़ा परस्ती और यूरोपियन आक्रामक साम्राज्यवाद हमेशा से एक दूसरे से ख़तरनाक तरीक़े से जुड़ते बिछड़ते रहे हैं। आज का आतंकवाद इसी संघर्ष की उपज है। इसकी शुरुआत इस्लाम के जिहादी प्रसार के विरुद्ध बारहवीं सदी में ईसाइयत के आक्रामक रवैए से हुई थी जब इस्लाम स्पैन में अंदर तक आधा घुस गया था तब ईसाइयों ने क्रूसेड से ख़ूनी जबाव देना शुरू किया था। जिसकी परिणती यूरोपियन साम्राज्यवाद के रूप मे हुई थी। दोनों विश्वयुद्ध की कोख से भौगोलिक साम्राज्यवाद समाप्त हुआ परंतु उसकी जगह अमेरिकी आर्थिक साम्राज्यवाद ने ले ली। अब अमेरिका का आर्थिक साम्राज्यवाद का जबाव है मुस्लिम आतंकवाद और मुस्लिम कट्टरपंथ का नया उत्तर इज़राएल में सुरक्षित शस्त्रवाद और हमारे देश में है हिंदुत्व का अलौकिक अकड़वाद। अमेरिका ने इस लड़ाई को पहले यूरोप की तरफ़ और बाद में बड़ी होशियारी से इज़राएल और भारत की तरफ़ खिसका दिया है। इस संघर्ष का नया क्षेत्र हिंद महासागर और प्रशान्त महासागर बनते जा रहा है। भारत को दो तरफ़ से उलझा रहा है। एक इस्लामिक आतंकवाद से और दूसरा चीन के आर्थिक व सैनिक साम्राज्यवाद से।

तीन अंग्रेज़ अफ़सरों की ज़हर खुरानी से मौत के बाद 10 जुलाई 1856 को अंग्रेज़ों द्वारा मंज़ूर किए गए वलीअहद मिर्ज़ा फखरू की मौत से कलकत्ता में लॉर्ड कैनिंग और नैनीताल में बैठे गवर्नर थॉर्नहिल चौकन्ना हो गए। ज़फ़र के दरबारियों और बेगम जीनत को आशा थी कि नया रेसीडेंट साईमन फ्रेज़र पुराने रेसीडेंट की नीति बदलकर जवाँबख़्त को अगला वलीअहद बनवाने में मदद करेगा। साईमन फ्रेज़र ने गवर्नर थॉर्नहिल को ख़त भेजा कि अब वक़्त आ गया है कि किसी को भी वलीअहद बनाने की ज़रूरत नहीं है। मुग़ल बादशाह को हटाकर हिंदुस्तान पर पूरी तरह ब्रिटिश हुकूमत क़ायम कर दी जाए। थॉर्नहिल ने भी अनुशंसा करके फ्रेज़र के प्रस्ताव से सहमति जता कर ख़त गवर्नर जनरल लॉर्ड कैनिंग के पास कलकत्ता भेज दिया। कैनिंग ने फ़ौरन से पेशतर अनुशंसा को मंज़ूर करके फ्रेज़र को अनुमोदन ख़त भेज दिया।

जब यह ख़बर लालक़िले में ज़फ़र और जीनत के पास पहुँची तो उनके तोते उड़ गए। ज़हर खुरानी के सारे षड्यंत्र बेकार गए। हिंदुस्तानी शतरंज की बिछात पर जीनत ने लॉर्ड कैनिंग के हाथी, ऊँट और वज़ीर मारकर बढ़त हासिल की परंतु लॉर्ड कैनिंग ने वज़ीर मारते हुए बादशाह और जीनत को शह देकर बाज़ी पलट दी। अंग्रेज़ों ने ऐसे हालात पैदा कर दिए कि मुग़लों की आख़िरी उम्मीद पर पानी फिर

गया। अब लालक़िले में किसी को किसी का भी डर नहीं रह गया था कि वे कुछ खो देंगे क्योंकि उनके पास अब खोने को कुछ बचा ही नहीं था। यह लॉर्ड कैनिंग की ऐसी ग़लती थी जिसने दिल्ली के मुसलमानों को आरपार की लड़ाई के लिए तैयार कर दिया, इससे ज़हर फैलाने वाले मुल्लाओं का काम आसान हो गया। अंग्रेज़ों को इसकी क़ीमत दिल्ली की पूरी अंग्रेज़ आबादी को मरवा कर चुकाना पड़ी। उस नरमेघ में दिल्ली में एक भी अंग्रेज़ मर्द औरत बच्चा ज़िंदा न रहा था। बहुत थोड़े भागने में कामयाब हो पाए, बड़ी भयावह कहानी है।

अवध और दिल्ली में ख़ूनी होली के रंग घोले जा रहे थे। 7 फ़रबरी 1856 को अंग्रेज़ों ने बड़ी बेशर्मी से एकतरफ़ा फ़ैसला करके यह वजह बता कर कि वाज़िद अली शाह एक नचैया रक्काशा और बहुत बड़ा अय्याश है, वह प्रशासन चलाने में नाकामयाब है जबकि ऐसा कुछ भी नहीं था, अवध की हुकूमत पर क़ब्ज़ा कर लिया क्योंकि वह हिंदुस्तान का सबसे कमाऊ सूबा था। अंग्रेज़ों की फ़ौज में बिहार और पूर्वी अवध के अधिकांश उच्च जाति के मुख्यतः ब्राह्मण सैनिक थे। उनको लगा कि वे खुद अपने देश को गुलाम बनाने में सक्रिय रूप से भागीदार हो रहे हैं।

1849 में पंजाब पर क़ब्ज़ा करने के बाद अंग्रेज़ों ने पंजाबियों और गोरखाओं को फ़ौज में भर्ती करना शुरू किया। पहले से भर्ती पूर्विया सैनिक रेजिमेंट को बर्मा और पूर्वी बंगाल की सीमा पर भेजना शुरू किया जिससे सैनिकों में गहरा असंतोष था। उनके वेतन भी कम कर दिए गए थे। पदोन्नति के अवसर भी नहीं थे। वे ज़्यादा से ज़्यादा सूबेदार के पद तक प्रोन्नत हो सकते थे और एक रेजिमेंट में सिर्फ़ चार सूबेदार के पद होते थे। कुंठा और असंतोष गहरी पैठ बनाते जा रहे थे।

ऐसे सनसनीखेज़ हालात में 1 मार्च 1857 को जामा मस्जिद की पिछली दीवार पर एक इश्तहार चिपका दिया गया। जिसमें ईरान के बादशाह की तरफ़ से ऐलान किया गया था कि ईरानी सिपाहियों ने एक मुहिम के दौरान अंग्रेज़ी फ़ौजों को ज़बरदस्त शिकस्त दी है और ईरानी फ़ौज अब अफ़ग़ानिस्तान की सरहद पार करके हेरात से हिंदुस्तान की तरफ़ रवाना हो रही है ताकि दिल्ली को ईसाइयों की हुकूमत से निजात दिला सकें। इश्तहार तीन घंटे तक दीवार पर चस्पाँ रहा। लोग भीड़ लगाकर पढ़ते रहे। दिल्ली का मैजिस्ट्रेट थियो मैटकाल्फ वहाँ से गुज़रा तो उसने उसे फाड़ कर फेंका। अगले दिन उर्दू के "सिराजुल अख़बार" में उसका मज़मून प्रकाशित हो गया तो दिल्ली के लोगों में एक जोश की लहर दौड़ गई। तभी एक रहस्यमयी रोटी दिल्ली के आसपास के गाँव में बाँटी जाने की ख़बर एक दूसरे अख़बार नूरे-मगरबी में प्रकाशित हुई।

कैप्टन रॉबर्ट टाइटलर एक बहुत की तजुरबेकार और क़ाबिल ऑफ़िसर था उसकी कमान में दिल्ली में 37 नेटिव इंफेंट्री, तैनात थी। वह एक ज़िम्मेदार ऑफ़िसर

की तरह सिपाहियों का बहुत ख़याल रखता था और उनके बहुत क़रीब माना जाता था। उसकी पत्नी दो बच्चों को छोड़कर स्वर्ग सिधार गई थी। उसने एक फ़ौजी की बेटी हैरियट से दूसरी शादी की थी जो उससे उम्र में आधी थी। वे एक दोस्ताना रिश्ते की प्रकृति के दम्पत्ति थे। दोनो को फ़ोटोग्राफ़ी का बहुत शौक़ था। उन्होंने दिल्ली की उन इमारतों की फ़ोटो उतारीं थीं जो मई 1857 से सितम्बर 1857 के बीच बमबारी से जानबूझकर धराशायी कर दी गईं थी। वे फ़ोटो अब एक धरोहर मानी जातीं हैं। वह बैरक़पुर और मेरठ से आती ख़बरों से उद्वेलित था। उसने सिपाहियों पर होने वाले धार्मिक भेदभाव और शोषण का विरोध किया था।

एक बार उसकी कम्पनी को लॉर्ड डलहोज़ी ने जानबूझकर बर्मा के जंगली इलाक़े में तैनाती का हुक्म दिया। सैनिकों ने समुद्र पार की सम्भावित यात्रा का विरोध किया कि उनका धर्म इसकी अनुमति नहीं देता। लॉर्ड ने उनको ढाका की तैनाती देकर पैदल ही वहाँ जाने का हुक्म दे दिया। वहाँ जाते-जाते तीन सैनिकों को छोड़कर बाक़ी सब बीमारियों से मर गए। तब हैरियट ने कहा था कि यह बहुत बेरहमी की बात है कि इन बेचारे लोगों को जो अपने धर्म का पालन रहे रहें हों, इस तरह किसी ऐसी जगह भेजा जाए, जहाँ वे कुत्ते की मौत मरें।

ऐसा लगता है कि अंग्रेज़ों ने पूर्विया सैनिकों से पिंड छुड़ाने की तैयारी कर ली थी। उनको अब इनकी ज़रूरत नहीं रह गई थी। उन्होंने बंगाल और मेरठ में दो रेजिमेंट भंग कर दीं थी। कुछ को विवादित कारतूस उपयोग न करने के कारण दस साल के लिए जेल में डाल दिया था। पंजाब में युद्धों के दौरान उन्होंने परख लिया था कि गोरखा और पंजाबी दुनिया की सबसे अच्छी लड़ाकू क़ौम हैं। कम्पनी उन्हें भर्ती करके पुराने सिपाहियों से पिंड छुड़ाना चाह रही थी। पूरे संग्राम को बल पूर्वक दबाने के लिए उन्होंने उन्ही वीर पंजाबियों और गोरखाओं का उपयोग किया था। बहुत बाद में फ़ील्ड मार्शल मानेक शॉ ने एक प्रश्न के जवाब में, कि क्या फ़ौजी को मौत से डर नहीं लगता, कहा था कि जो फ़ौजी यह बोल रहा है कि उसे मौत से डर नहीं लगता, वह या तो झूठ बोल रहा है या वह गोरखा है।

अंग्रेज़ों के लिए क़यामत का दिन पास आते जा रहा था। 10 मई 1857 को दिल्ली में गरम और धूलभरी सुबह थी। रॉबर्ट और हैरियट परेशान और चौकन्ना थे क्योंकि गुज़री शाम उनको डाक लाने वाली गाड़ी से सिपाहियों के आने की ख़बर मिली थी। वैसा अमूनन होता नहीं था कि डाकगाड़ी से फ़ौजी भेजे जाएँ। तार घर के टेक्निशीयन चार्ल्स टॉड ने उन्हें मेरठ से आने वाली ख़तरनाक बातें बताईं थीं जो उसे मेरठ के टेक्निशीयन से सुनने को मिलती रहतीं थीं, कि वहाँ कैंटोन्मेंट में सारे अंग्रेज़ गाजर-मूली की तरह काट डाले गए हैं। टॉड जब दोपहर के खाने के बाद तारघर वापस आया तो उसने देखा कि मेरठ कनेक्शन कटा हुआ है। वह तुरंत

यमुना के भीतर से बिछे हुए तार की जाँच करने पहुँचा तो पाया कि यमुना के उस पार से दिल्ली के तारघर संदेश का आदान प्रदान हो रहा है परंतु मेरठ से कनेक्शन नहीं मिल रहा है। उसे समझते देर न लगी कि मेरठ की तरफ़ गड़बड़ी की गई है। उसकी समझ में आते ही वह डर से काँपने लगा। तुरंत उसने भागकर मैजिस्ट्रेट थियो को बताया जो उस समय छुट्टी पर कश्मीर जाने की तैयारी में मसरूफ था उसने बात सुन ली मगर कोई विशेष ध्यान न दिया।

शाम के वक़्त रेज़िडेंट फ्रेज़र जब शाम की प्रार्थना के बाद चर्च से लौट रहा था तब एक ख़त उन्हें भी मिला लेकिन वे रात के संगीत सभा की तैयारी में मशगूल थे अतः वे भी वह ख़त बग़ैर पढ़े कोट की जेब में रख कर भूल गए। उसने वह ख़त सुबह नाश्ते के वक़्त खोल कर पढ़ा जिसमें लिखा था कि मेरठ के सिपाहियों ने बग़ावत कर दी है वे दिल्ली की तरफ़ तेज़ी से आ रहे हैं। उनका इरादा पूरी ईसाई आबादी को क़त्ल करने का है। तब तक बहुत देर हो चुकी थी। मेरठ में सिपाही सारे ईसाइयों की क़त्ल कर चुके थे और पूरी रात घोड़े दौड़ाते हुए उस वक़्त जब वह ख़त पढ़ रहा था वे यमुना में कश्तियों पर सवार होकर लालक़िले की तरफ़ ज़फ़र की तलाश में तेज़ी से बढ़ रहे था।

ज़फ़र सुबह सात बजे नाश्ता ख़त्म करने के बाद यमुना की ओर बने तसबीहखाने में नमाज़ पढ़कर खड़े हुए तो देखा सामने नदी के पुल पर बने टोल पर धुएँ के बादल उठ रहे हैं। उन्होंने पालकीबरदारों के मीर फ़तह अली को धुएँ का सबब मालूम करवाने के लिए ऊँट सवार रवाना करने का हुक्म दिया। साथ ही वज़ीर ए आज़म अहसानुल्लाह ख़ान के मार्फ़त क़िले की सुरक्षा के लिए ज़िम्मेदार कैप्टन डगलस को बुलाने के लिए किसी को भिजवाया।

इसके पहले कि डगलस आए, ऊँटसवार हाकिम ख़बर लेकर आया कि मेरठ से आए फ़ौज के सवार दस्ते ने तारघर के टॉड को, जब वह यमुना किनारे तार लाइन की जाँच कर रहा था, क़त्ल करके दरिया में फेंक दिया। टोल टैक्स के कर्मचारियों को मारकर और टोल में आग लगाकर वे घोड़ों पर दनदनाते हुए नंगी तलवारें ताने इसी तरफ़ आ रहे हैं। ज़फ़र को समझते देर न लगी कि दूर उठता हुआ धुआँ टोल में लगाई गई आग का है। यह सुनकर ज़फ़र ने हुक्म दिया कि क़िले के सारे दरवाज़े बंद कर दिए जाएँ और यमुना के पुलों को भी तोड़ दिया जाए। लेकिन तब तक बहुत देर हो चुकी थी मौत घोड़ों पर सवार होकर तेज़ी से दरबारे ख़ास से लगे महल की तरफ़ बढ़ रही थी। कैप्टन डगलस और पादरी जेनिंग लाहोरी दरवाज़े के ऊपर एक मकान जिसमें कि कभी औरंगज़ेब का भाई दारा शिकोह रहा करता था, उसमें रहते थे। उनको एक पहरेदार ने ख़बर दी कि एक घुड़सवार ऊलजलूल हरकतें करता हुआ लाहोरी दरवाज़े तक आता है और लौट जाता है। अगली बार जब वो आया तो डगलस ने उसे डाँटा। वह साढ़े छः फ़िट लम्बा पूर्विया सिपाही था, उसकी

आँखों के लाल डोरे बता रहे थे कि वह सारी रात सोया नहीं है और उसकी आँखों में ख़ून तैर रहा था। उसने कहा कि अब वो अपने साथियों के साथ अपने मजहब के लिए लड़ने दिल्ली आ गए हैं अब फिरंगियों की ख़ैर नहीं है।

कैप्टन ने उसे गिरफ़्तार करने का हुक्म दिया लेकिन तब तक वह उसे चिढ़ाता हुआ घोड़े की ऐड लगाकर भाग गया।

मैजिस्ट्रेट थियो मैटकाल्फ छुट्टी बिताने कश्मीर जाने वाला था जिसके लिए वह अपना चार्ज दूसरे मैजिस्ट्रेट को देने कोर्ट पहुँचा। चार्ज लेने असिस्टेंट मैजिस्ट्रेट आर्थर गेलोबे आ चुका था। कोर्ट ख़ाली थी कोई आया नहीं था। उसे पहरेदार ने बताया कि कल रात कुछ सिपाही यहाँ आए थे। वे कह रहे थे कि वे आख़िरी लड़ाई के लिए आए हैं अब जो होना है सो हो। थियो ने यमुना की तरफ़ वाली खिड़की से देखा तो पैदल सिपाहियों का एक दस्ता धूल उड़ाते हुए यमुना का पुल पार करने जा रहा था। उनके पीछे एक घुड़सवार दल भी आगे बढ़ रहा था। थीयो बग्घी पर सवार होकर तेज़ी से असलाह खाने जहाँ हथियार जमा थे, की तरफ़ भागा। वहाँ के इंचार्ज विलियम विलोबी से उसकी मुलाक़ात हुई। थीयो ने उसे आदेश दिया कि दरिया की तरफ़ तोप लगा के रखे परंतु ज्यों ही उसने बाहर देखा तो विद्रोही सिपाही दरिया पार कर चुके थे। वह विलोबी को असलाहखाने की मोर्चाबंदी का आदेश देकर तेज़ी से सरपट बग्घी दौड़ाता हुआ कलकत्ता गेट की तरफ़ उसे बंद कराने गया।

वहाँ पर थीयो को रेज़िडेंट साईमन फ्रेज़र, दो चीफ़ मैजिस्ट्रेट जॉन रॉस हचिंसन और चार्ल्स ले बॉस मिले। वे तीनो दरवाज़ा बंद कर चुके थे। उन्होंने विद्रोही सिपाहियों के क़दमों की आहट सुनी जो दरवाज़ा खोलने का प्रयास कर रहे थे लेकिन दरवाज़ा न खुलने से वापस लौट गए थे। वे चारों मुँडेर पर चढ़ कर दूरबीन से दरिया के पार का नज़ारा देखने लगे। उन्होंने देखा कि शहर के तमाशबीनों का मजमा लगा है और विद्रोही सिपाहियों में दिल्ली के गुंडे लुच्चे लफ़ंगे आकर मिल गए थे जो ऐसे मौक़ों की तलाश में ही रहते हैं। फ्रेज़र ने थीयो से कहा कि जितनी जल्दी हो वह क़िले में दक्षिण के दोनो दरवाज़े बंद हुए या नहीं यह सुनिश्चित करने उस तरफ़ जाए।

थीयो बग्घी में सवार होकर क़िले की दीवार के किनारे चल दिया। रास्ते में लाहोरी दरवाज़े और चाँदनी चौक के बीच में उसे कुछ विद्रोही सिपाही आते दिखाई दिए। उनके हाथों में ख़ून से रंगी नंगी तलवारें थीं। उन्होंने थीयो पर हमला करके बग्घी से गिराना चाहा तो थीयो ने कोड़ा निकालकर उन पर बरसाना शुरू किया। उसने देखा कि सामने सफ़ेद कपड़ों में लोगों का मजमा लगा है। वह बग्घी उन लोगों में घुसेड़कर बग्घी से कूद कर अपने सारे कपड़े उतार कर चड्डी बानियान में सिर नीचा किए झुककर चलने लगा ताकि अलग से दिखाई न दे। मैजिस्ट्रेट होने के नाते

पुलिस उसके मातहत थी। उसे कुछ पुलिस वाले चाँदनी चौक के आगे दिखाई दिए उसने उनको बाग़ी सिपाहियों पर हमला करने के आदेश दिए। वे अपनी जगह से नहीं हिले। वह सिपाहियों के अफ़सर को घोड़े से गिरा उस पर सवार हो कोतवाली तरफ़ भागा।

रास्ते में उसने देखा कि बाज़ारों में लूटपाट मची थी लोग अपनी दुकानें जल्दी-जल्दी बंद कर रहे थे। बाग़ी सिपाही उनका सामान और पैसा लूट कर जेब भर रहे थे या सामान बाँध रहे थे। शहर के गुंडे मवाली भी बहती गंगा में हाथ धो रहे थे। दरियाँगंज में अंग्रेज़ों की बस्ती से धुआँ उठ रहा था। वहाँ लोग बेतहाशा चिल्ला रहे थे। बुरी तरह मारकाट और लूटपाट मची थी। उसने लोगों से सुना कि दिल्ली छावनी के सिपाही कश्मीरी गेट पर पहुँच गए हैं। उसे उम्मीद थी कि वे इसे बचा लेंगे वह चड्डी बनियान पर ही फिरसे घोड़े पर सवार हो कश्मीरी गेट की ओर भागा। वह एक मस्जिद के नज़दीक से गुज़र रहा था तभी ऊपर से किसी ने एक ईंट फेंककर उसे मारी जो उसकी गर्दन के पिछले हिस्से पर ज़ोर से लगी। वह घोड़े से लुढ़ककर एक गड्ढे में गिर गया और अचेत हो गया।

जब थीयो को होश आया तो वह अजीब से ढीले-ढाले कपड़ों में एक अजनबी के घर में पड़ा हुआ था। दिल्ली में अंग्रेज़ पूरी तरह से क़ाबिज़ नहीं हो पाए थे जबकि पूरे देश में उन्होंने अपनी सत्ता स्थापित कर ली थी। दिल्ली में जिन लोगों के स्वार्थ अंग्रेज़ों से जुड़े थे वे अंदर ही अंदर उनसे मिले थे और मुग़ल सत्ता से कटे-कटे रहते थे। दोनो तरफ़ खुलकर नहीं आए थे। विद्रोहियों की आरम्भिक सफलता से उनके खान खड़े हो गए थे। ऐसे ही एक व्यक्ति थे महबूब अली, जो थीयो को उठा लाए थे। उस समय लालक़िले से बाहर निकलते ही दिल्ली शहर शुरू होता था और पुरानी दिल्ली में ही ख़त्म हो जाता था। नई दिल्ली तो बाद में कलकत्ता से राजधानी दिल्ली लाने के बाद बसना शुरू हुई थी। क़िले में घुसने के तीन दरवाज़े थे लाहोर गेट, कलकत्ता गेट और दिल्ली गेट।

दिल्ली शहर में घुसने के कुल दस दरवाज़े बने थे जिन्हें सुरक्षा के लिहाज़ से कभी भी बंद किया जा सकता था। जो यमुना के उत्तरी छोर से शहर के दक्षिणी छोर तक फैले हुए थे। उत्तरी तरफ़ आज के कश्मीरी गेट मेट्रो स्टेशन के सामने कश्मीरी गेट था, फिर मोरी गेट, काबुल गेट और लाहोर गेट थे। बीच में कोई दरवाज़ा नहीं था। उसके बाद दक्षिणी तरफ़ अजमेरी गेट, तुर्कमान गेट और दिल्ली गेट था। यमुना की तरफ़ किला गेट, दरिया गेट और राजघाट गेट था।

11 मई 1857 को बाग़ी सिपाही मेरठ से सुबह दिल्ली आ गए थे और शहर की तरफ़ से न घुसकर यमुना की तरफ़ नाव से आकर किला, दरिया और राजघाट गेट से शहर में घुस चुके थे। उन्होंने वहाँ से दरियागंज स्थित अंग्रेज़ों के रहवासी

ठिकानों पर मकानों को आग के हवाले कर अंग्रेज़ मर्दों औरतों और बच्चों को बंदूक़ की गोलियों से अंधाधुँध भून कर और तलवारों से काट कर मार डाला था। अंग्रेज़ों के अलावा कोई भी ईसाई उनके क़हर से नहीं बचा था। फिर वे चाँदनी चौक और दरिया गंज के कारोबारी ठिकानों को लूट रहे थे। सड़कों पर मारे गए लोगों के हाथ पाँव धड़ ख़ून में सने हुए पड़े थे। मृत सुन्न आँखों में भय और कातरता जैसे जम सी गई थी। कुत्ते अपने पैंने दाँतो और गिद्द व कौवे अपनी नुकीली चोंचों से मानव माँस का नमकीन स्वाद बड़े चाव से ले रहे थे। दिल्ली में कोई व्यवस्था नाम की चीज़ नहीं रह गई थी। बाग़ी सिपाही दरियागंज और चाँदनी चौक पर मारकाट और लूटमार निपटा कर अंग्रेज़ ऑफ़िसर की तलाश में थे। उन्हें जानकारी मिली थी कि वे लालक़िले में कलकत्ता गेट पर इकट्ठा हैं।

रेज़िडेंट फ्रेज़र, असिस्टेंट मैजिस्ट्रेट हचिनसन एवं ले बॉस और किलेदार कैप्टन डगलस कलकत्ता गेट की छत पर निहत्थे थे। वे नीचे उतरे और अपने सुरक्षा दस्ते के सैनिकों को आदेश दिया कि वे तलवारें लेकर एक लाइन में खड़े हो जाएँ और बाग़ियों के आने पर उनसे मुक़ाबला करें। सब ऑफ़िसर अपनी जगह खड़े हुए थे तब ही दरियागंज की तरफ़ से सात घुड़सवार और दो ऊँटसवार आए। क़रीब पहुँचते ही उन्होंने दनादन गोलियाँ चलाना शुरू कर दिया। सुरक्षा दस्ते के सैनिक भाग खड़े हुए उन्होंने कोई प्रतिकार नहीं किया।

हचिनसन के दाँए बाजु में गोली लगी। फ्रेज़र दौड़ कर गॉर्ड रूम में घुस गया। उसने गॉर्ड की बंदूक़ छुड़ाकर एक आक्रामक सिपाही को मार डाला। बाग़ी सिपाहियों की भीड़ हिंसक होकर गुस्से से तमतमाते हुए उन चारों की तरफ़ बढ़ने लगी। अंदर से गेट बंद था उनके पास बचने का कोई चारा नहीं था इसके सिवाय कि वे क़िले से लगी खाई में कूद जाएँ। उन्होंने यही किया। लेकिन फ्रेज़र मोटा होने से न कूद सका। उनके साथ लठैत लाखन भी कूदा। कूदने में कैप्टन डगलस का टखना टूट गया उसे लाखन और हचिनसन ने कंधे का सहारा देकर खाई से आगे निकाला। डगलस ने उसे क़िले पर कुलीयातखाने में ले जाने को कहा। वहाँ पादरी जेनिंग के साथ उसकी लड़की ऐनी और उसकी सहेली क्लिफ़र्ड ऊपर से शहर में मची मारकाट का नज़ारा देख रहे थे। रेज़िडेंट फ्रेज़र भी अपनी बग्घी में सवार होकर अपनी जान बचाते हुए भीड़ में से तेज़ी से बग्घी दौड़ाता हुआ वहाँ पहुँच गया।

सुरक्षा दस्ते के सिपाहियों ने अंग्रेज़ों के आदेश मानने से इंकार नहीं किया लेकिन उनका कोई आदेश माना भी नहीं। सिपाहियों और दिल्ली के लोगों की भीड़ ने वहाँ पहुँच कर उन्हें घेर लिया। भीड़ तालियाँ बजा कर जश्न मना रही थी कि जो अंग्रेज़ अफ़सर अब तक उन्हें आदमी नहीं समझते थे वे क़त्ल खाने में मेमने की तरह सन्न आँखों से डर से पीले पड़े शिथिल और बेबस खड़े थे। वहाँ एक

हाजी नाम का संगतराश था जिसके हाथ में नंगी तलवार थी उसने फ्रेज़र के ऊपर वार किया तो फ्रेज़र ने म्यान में रखी तलवार से उसका वार रोका और वहाँ तैनात हवलदार को कहा कि वह व्यवस्था बनाए। हवलदार ने दिखावे के लिए सिपाहियों को डाँट लगाई। जैसे ही फ्रेज़र मुड़ कर आगे जाने लगा तो उसने हाजी को इशारा कर दिया। उसने पीछे से फ्रेज़र की गर्दन पर तलवार से वार किया। फ्रेज़र गिर गया तो तीन लोग उसके ऊपर चढ़ गए और उसके सीने व सर पर तलवारों से कई वार किए। फ्रेज़र ने क्षण भर में दम तोड़ दिया। फिर सिपाहियों ने कैप्टन डगलस, पादरी जेनिंग उसकी लड़की और सहेली चारों को घेरकर तलवारों से उस समय तक मारा जब तक उनकी जान न निकल गई। किला अंग्रेज़ों से ख़ाली हो गया। जब क़िले में अंग्रेज़ों का सफ़ाया हो रहा था तब दिल्ली शहर में विद्रोही सिपाहियों के साथ दिल्ली के मध्यम और निचले वर्ग के कामगार, मुसलमान जुलाहे, कपड़े बेंचने वाले, पंजाबी मुसलमान जो मुजाहिदीन आंदोलन का समर्थन कर रहे थे वे पूरे जोश से गुंडों और बदमाशों के साथ अंग्रेज़ों को साफ़ करने की मुहिम में शामिल हो गए थे। हिंदू और मुसलमान, दोनो के सभ्रांत वर्ग के लोग इस मुहिम में शामिल नहीं थे और न ही वे बाग़ियों का किसी तरह साथ दे रहे थे। इसलिए बाग़ियों ने उन सभ्रांत लोगों को मारना लूटना और उनकी औरतों व लड़कियों को उठा कर ले जाना शुरू कर दिया। बाग़ियों का कोई नेतृत्व नहीं था अतः वे पूरी तरह स्वेच्छाचारी होकर अत्याचार अनाचार से लोगों को मारकर उनकी दुकान और मकान हथिया रहे थे।

ग़ालिब अपनी हवेली में बंद रहे और सिपाहियों और घोड़ों की टापों को सुनकर डरते रहे। दरवाज़ों की पोरों से उन्होंने देखा था तो एक भी इंच जगह ऐसी नहीं दिख रही थी जहाँ ख़ून न जमा हो। क़ासिम जाँ की बल्लीमाराँ गली ख़ून के सूखने से काली नज़र आ रही थी।

ग़ालिब ने एक दोस्त को लिखा था कि "यह बग़ावत अंग्रेज़ों से इन्तक़ाम लेने की बजाय निचले वर्ग के लोगों की सरकशी का संकेत था। दिल्ली के सभ्रांत लोग उन जाहिल और बदमाश लोगों के सामने बेवश थे।" वे आगे लिखते हैं "वे गुमनाम लोग जिनका कोई नामो-नसब नहीं था जो सड़कों पर धूलो-ख़ाक से भरे फिरते थे अचानक बेहिसाब दौलत और इज़्ज़त के हक़दार हो गए। बड़ी हवेलियों के मालिकों को मारकर उनकी दौलत और मिल्कियत पर क़ब्ज़ा करके बैठ गए। सारे दिन बलवाइयों ने शहर को लूटा और शाम को लूटी औरतों के साथ हवेलियों के मखमली बिस्तरों पर सो गए। दिल्ली शहर हाकिमों से ख़ाली हो गया उनकी जगह खुदा के ऐसे बंदे यहाँ आ बसे जिन्हें खुदा पर भी भरोसा नहीं था।"

उस दिन बहुत से लोग सिर्फ़ इसलिए लूटे गए क्योंकि वे अमीर थे। सबसे पहले दिल्ली के जैन और मारवाड़ी साहूकारों की बारी आई हालाँकि उनका सीधे अंग्रेज़ी हुकूमत से वास्ता नहीं था। दिल्ली में दाख़िल होते ही कुछ बाग़ियों ने दिल्ली के

गुण्डों के साथ मिलकर बैंक मालिक सालिगराम और मथुरादास को निशाना बनाया। मेरठ से आए तिलंगे पूरे दिन उनके दरवाज़े तोड़ने की कोशिश करते रहे। आख़िर में रात के बारह बजे शहर के मुसलमानों के साथ उनकी हवेली में घुसकर सारी हुंड़ियां, सोने चाँदी हीरे के ज़ेवरात और नक़द माल सब कुछ उठा ले गए। इनमें वे हुंड़ियां भी शामिल थीं जिन्हें ज़फ़र के शहज़ादों ने रहन रखकर मौज मस्ती के लिए क़र्ज़ उठाए थे। शहर के कोतवाल ने बाद में बताया था कि "सिपाहियों और सवारों के कई दस्ते और शहर के बहुत से गुण्डे-बदमाश चारों तरफ़ घूम रहे थे और ख़ूब लूटमार मचा रहे थे और इज़्ज़तदार लोगों से बदतमीज़ी कर रहे थे।" इसी हंगामे में सराय में ठहरे कुछ डाकू क़िस्म के लोगों ने शहर के एक हिस्से में आग लगा दी और ऊँटो पर सोने हीरे जवाहरात और कई क़ीमती चीज़ें लादकर चले गए। 11 मई को यह लूटमार पूरे दिन और रात जारी रही। कोई रोकने वाला नहीं था। शासन व्यवस्था की ज़िम्मेदारी ज़फ़र की थी परंतु उन्हें मिलने वाली बारह लाख सालाना पेन्शन शहर पहुँचने के पहले लालक़िले में ही खुट जाती थी। अंग्रेज़ यही चाहते भी थे ताकि अव्यवस्था के नाम पर जब चाहो तब राजा और वज़ीर को लुढ़का कर बाज़ी जीती जा सके जैसा उन्होंने अभी-अभी अवध में किया था।

मौलवी मुहम्मद बाकर देहली नाम से उर्दू अख़बार निकालते थे। वे शुरू से ही ईसाइयों के विरुद्ध जिहाद की वकालत कर रहे थे। उनका मानना था कि अंग्रेज़ों द्वारा उनके सच्चे मजहब पर हमला करने के कारण बाग़ियों का नेतृत्व नाराज़ खुदा खुद कर रहा है। वे जान पर खेलकर सुबह आठ बजे ही सड़क पर निकल आए थे ताकि जो कुछ हो रहा था उसको तफ़सील से लिख सकें।

उन्होंने 17 मई को जो अख़बार निकाला उसमें लिखा कश्मीरी बाज़ार में भगदड़ मची थी। बहुत से अंग्रेज़ नंगी तलवार लिए भाग रहे थे उनके पीछे बहुत से तिलंगे बंदूक़ लिए उनका पीछा कर रहे थे। उसके बाद शहर के कई लोग डंडा, लाठियाँ और पलंग के पाए-पाटी लिए दौड़ रहे थे। रास्ते में लोग अंग्रेज़ों पर ईंट और पत्थर फेंकते हुए गालियाँ बक रहे थे। मस्जिद और चर्च में छुपे अंग्रेज़ों को वे लोग ढूँढकर मार रहे थे। थोड़ी ही देर में ईसाइयों की लाशों के ढेर लग गए। फ्रेज़र के डेप्युटी कोलिंस के घर में और जेम्ज़ चर्च में तीन सौ तिलंगों ने घुसकर सभी अंग्रेज़ों को मार दिया। दिल्ली कॉलेज का सारा फ़र्निचर और क़ीमती सामान दंगाई लूट कर ले गए। चारों तरफ़ से बंदूक़ों के चलने और इंसानी चीख़ों की आवाज़ आ रही थी। चाँदनी चौक और दरियागंज की सारी सड़कें ख़ून से नहाई हुईं थीं।

उस भयानक दिन रॉबर्ट टाईटलर जब सुबह 8 बजे की परेड से लौटकर आया तो उसने अपनी पत्नी हैरियट से जिसके पेट में सात माह का बच्चा था, से कहा कि आज परेड ग्राउंड पर सैनिकों का व्यवहार बड़ा हैरानी वाला था। आगे से अगर

उन्होंने ऐसा किया तो मैं उनको कड़ी क़वायद करवाउँगा। उसे क्या पता था कि शाम तक एक भी सैनिक उसकी कमान में न रह जाएगा। उस दिन ग़ज़ब की गर्मी थी और दरवाज़ों पर लटकी खस पर पानी सुबह से ही डाला जा चुका था। वे नाश्ते की टेबल पर ख़रबूज़े के साथ बैठने ही वाले थे तभी तेज़ी से दरवाज़ा खोलकर उनका दर्ज़ी आकर बोला कि हुज़ूर मेरठ से बाग़ी सैनिक आ गए हैं उन्होंने बड़ा हंगामा बरपा किया हुआ है। रॉबर्ट ने घबराई हुई पत्नी को आश्वस्त किया और जब ग्राउंड पर पहुँचा तो उसे ब्रिगेडियर ग्रीव्ज़ ने दो सौ सिपाहियों के साथ असलाहखाने की सुरक्षा को भेजा दिया। एक कर्नल रिप्ले को कश्मीरी गेट तरफ़ बाग़ियों को गिरफ़्तार करने भेजा और वाईबॉर्ट से कहा गया कि वो दो तोपें तैयार करे। जब वह वापस आया तो वहाँ विद्रोही सिपाही आ चुके थे और तेज़ लड़ाई चल रही थी। वह तेज़ी से घर पहुँचा तो वहाँ कुछ औरतें और बच्चे डरे हुए छुपे थे।

रॉबर्ट जब दो सौ सिपाहियों की कमान सम्भालने पहुँचा तो उसके अस्सी सिपाहियों को छोड़कर बाक़ी सब विद्रोहियों से मिल चुके थे। अस्सी भी वे थे जो अफ़ग़ानिस्तान में उसके साथ मुहिम पर रहे थे। उसकी समझ में नहीं आ रहा था कि क्या किया जाए। तभी एक सिपाही ख़बर लेकर आया कि तुरंत फ़्लैग स्टाफ़ के नज़दीक रिज पर पहुँचें। यह रिज वही जगह है, जहाँ आजकल गुड़गाँव और फ़रीदाबाद के बीच कंकरीट जंगल छाए हुए हैं। छावनी और सिविल लाइन के सारे बचे-खुचे अंग्रेज़ों की शरण स्थली वह पहाड़ी बनी हुई थी। रॉबर्ट की बीबी जिसके पेट में सात माँह का बच्चा पल रहा था वह शांत स्वभाव की होने के बावजूद बहुत घबराई और बेचैन थी। उसका एक चार साल का बच्चा बार-बार मासूमियत से पूछ रहा था कि मामा! क्या वे शैतान सिपाही पापा को मार डालेंगे और फिर मुझे और आपके पेट में छुपे छोटे से बच्चे को भी। माँ बेचारी सूनी आँखों से तपती दुपहरी का सुलगता सूरज देख कर दहल कर रह गई।

फ़्लैग टावर के बाहर दो तोपें लगा दीं गईं थीं। टावर के अंदर अठारह फ़ुट लम्बा और आठ फ़ुट चौड़ा कमरा था। जिसमें कोई खिड़की नहीं थी और मई के महीने में तंदूर जैसा तप रहा था। औरतों को सुरक्षा के लिहाज़ से ऊपर एक तंग जीने पर भेज दिया गया था। जहाँ मारे गर्मी और प्यास के कुछ बेहोश हो गई थीं। बेतहाशा गर्मी, पानी की कमी और बेआरामी से ज़्यादा परेशान करने वाली बात वह अनिश्चितता थी कि पता नहीं क्या होने वाला है और कब तक ऐंसी हालात में रहना पड़ेगा। उनके परिवार के कोई न कोई सदस्य मारे जा चुके थे और रेजिमेंट बिखर गई थी। शिकस्त पर शिकस्त और मौत पर मौत की ख़बरें आ रहीं थीं। रॉबर्ट ने ब्रिगेडियर ग्रीव्ज़ से पूछा कि आगे क्या करना है। ब्रिगेडियर का मत था कि यहीं पहाड़ी पर रुककर औरतों और बच्चों की रक्षा करेंगे। रॉबर्ट ने कहा कि यहाँ खाना पानी कुछ भी नहीं है। मेरा कोर्ट मार्शल होता है तो हो जाए मैं अपनी बीबी

और बच्चे को लेकर दिल्ली से अभी निकलता हूँ। तभी कश्मीरी गेट की तरफ़ से एक बैलगाड़ी आती दिखाई दी। नज़दीक आने पर पता चला कि उसमें उन अंग्रेज़ों की लाशों के कटे अंग और फटे कपड़े लदे हैं जो रिप्ले के साथ कश्मीरी गेट पर रह गए थे। देखते ही सबकी आँखें फटी की फटी रह गई। रॉबर्ट ने कहा कि बाग़ी सिपाही दोपहर में कश्मीरी गेट पर आराम कर रहे हैं शाम होते ही वे पक्का इस तरफ़ आएँगे और हम सबको इसी तरह क़त्ल करके फेंक देंगे। उसका इतना कहना भर था कि हर कोई सबसे पहले दिल्ली से निकल जाने के लिए वहाँ खड़ी बग्गियों की तरफ़ भागा।

बाग़ी सिपाहियों की मारक क्षमता, हौसले तथा धार्मिक उन्माद इतना तेज़ था कि अंग्रेज़ों के प्रशासनिक अमले और फ़ौज के पैर बुरी तरह उखड़ गए, उनकी अधिकांश आबादी मार डाली, माल असबाब लूट लिया और घरों को आग के हवाले करके राख बना कर उड़ा दिया। ऐसा लगता ही नहीं था कि कल तक दिल्ली में अंग्रेज़ों की पुलिस, सेना और अदालत शासन कर रही थी।

जब हमारे पास कोई चीज़ न हो तब उसकी अहमियत पता चलती है। समाज में शासनहीनता या अराजकता का पता तब चलता है जब गुंडो और मवालियों पर हैवानियत हावी हो और हर चीज़ का फ़ैसला दैहिक बल से हो रहा हो। मानसिक क्षमता या भावनात्मता या तर्क या इज़्ज़त या लिहाज़ जैसी चीज़ें लुप्त हो गईं हों। ऐसी परिस्थिति में धन-दौलत इज़्ज़त बीबी-बच्चे कुछ भी सुरक्षित नहीं रहते। सब तार-तार हो जाता है। 11 मई 1857 को दिल्ली में अंग्रेज़ों की कुछ ऐसी ही हालत थी आज जहाँ दिल्ली कैंट है वहाँ अंग्रेज़ों की फ़ौज और उनके रहवासी इलाक़े थे जो शाम तक राख के ढेर में तब्दील हो चुके थे।

मोरली नामक एक अंग्रेज़ फ़ौजी रात भर धोबी की झोपड़ी में छुपा रहा। उसके बीबी और बच्चों को विद्रोहियों ने तलवार से काट कर मार डाला और वो अन्धेरे में छुपा अपनी बर्बादी का हिंसक कारनामा देखता रहा था। सुबह वह धोबन का लहंगा और दुपट्टा लपेटकर धोबी के साथ उसकी महरिया बनके शहर से बाहर निकलने लगा तो रास्ते में कुछ लोगों ने उसे घेर लिया। धोबी बोला कि वह कपड़ों में ख़ज़ाना छुपा कर ले जा रहा है। धोबी ने कहा कि लो देख लो कुछ नहीं है, और जल्दी जाओ फ़िरंगी भागने न पाएँ उन्हें लूटो धोबी के पास क्या रखा है। मोरली की जान बची। उसने रात भर पैदल चलकर एक धर्मशाला में शरण ली थी।

रॉबर्ट और हैरियट एक बग्घी में सवार होकर करनाल की तरफ़ जा रहे थे। जिसको जहाँ समझ आ रहा था उस तरफ़ भाग रहा था। रॉबर्ट परेशान हालत में थोड़ा ऊँघता सा सोचता हुआ चला जा रहा था कि वह परिवार को बागपत के रास्ते से मेरठ की छावनी ले जाएगा। वह ऊँघता हुआ चल रहा था। इसी उधेड़बुन और

रास्ते पर मची अफ़रा-तफ़री में रॉबर्ट अपने परिवार से बिछुड़ गया। दिल्ली के उत्तर में ग्रांड ट्रंक रोड के आसपास गूज़रों के गाँव थे। कुछ गूज़र हाथों में हथियार लिए लूटने के उद्देश्य से दिल्ली की तरफ़ आ रहे थे। उन्होंने पास आते ही उसे खींचकर घोड़े से नीचे गिराने की भरसक कोशिश की और स्याम लगी लाठियों से रॉबर्ट पर हमला किया तो रॉबर्ट तेज़ी से घोड़ा भगाते हुए निकल गया। रॉबर्ट अगले मोड़ से उस तरफ़ मुड़ गया जिस तरफ़ से लोगों की आवाज़ सुनाई दे रही थी।

आख़िर उसे अपना परिवार और सामान लदी बग्घी मिल ही गई। गर्भवती हैरीयट बग्घी में पहलू बदल कर परेशान थी। उसके पेट में जब बच्चे को असुविधा होती वह पैर-हाथ चलाने लगता तो वह दूसरी तरफ़ का पैर उठा कर बैठ जाती। पहला वाला पैर नीचे मोड़ कर रख लेती ऐसे में उसे दूसरे पैर को सिरहाने बना कर लेटे बच्चे को भी पलटना पड़ता।उनके पास पानी भी नहीं था। बच्चे के ओंठो पर सूखी पपड़ी पर हाथ फेरते हुए वह कुछ सोच रही थी। उसने अपनी ऊँगली अपने मुँह में थूक से गीली करके उससे बच्चे के सूखे ओंठो को गीला कर दिया। बेचारी! माँ कहीं की भी हो आख़िर माँ ही होती है।

उसने बाद में अपने संस्मरण में लिखा था कि जब हम दिल्ली से बाहर निकल आए और पलट कर आशियाने को देखा तो छावनी के सारे मकानों से शोले भड़क रहे थे आग से ऊँची-ऊँची लपटें निकल रहीं थीं। सामान्य स्थिति में हम चीज़ों को कितना प्यार करते हैं कि वे ज़रा सी इधर-उधर हों जाएँ तो हम परेशान होकर आसमान सिर पर उठा लेते हैं। वे सब चीज़ें जैसे तस्वीर, दस्तावेज़, पेंटिंग, किताबें, फ़र्निचर, कपड़े घर की हर चीज़ धू-धू करके जल रहीं थीं और हम उनके उजाले में एक दूसरे का चेहरा देख रहे थे। अगले दिन सुबह दस बजे के आसपास वे करनाल पहुँच गए थे।

उनके थोड़े पीछे जॉर्ज वैगनट्राइबर उसकी पत्नी एलिज़ाबेथ और बेटी चले जा रहे थे तो अचानक खेतों में निकलकर से हथियारों से लैस गूज़रो ने उनकी बग्घी को आकर घेर लिया। जॉर्ज ने अपनी बंदूक़ से गोली चलाई तो वे हट गए उसने बग्घी आगे बढ़ा दी। उन पर गूज़रों ने तीन बार हमला किया लेकिन बंदूक़ होने से वे बच कर निकल गए।

वे गूज़रों के तीसरे हमले से निकले ही थे तभी अंबाला से एन्फ़ील्ड राइफ़ल की ट्रेनिंग लेकर लौट रहे बंदूक़ों से लैस सिपाहियों के दल से उनका सामना हो गया। जॉर्ज की बंदूक़ भी काम नहीं आ सकती थी। वे ख़तरनाक निगाहों से उन्हें घूर रहे थे। तभी उसकी बीबी एलिज़ाबेथ बोली कि वह जेम्ज़ स्किनर,सिकंदर साहिब की बेटी है और उसकी रक्षा करना सिपाहियों का धर्म है। उसकी बात एकदम निशाने पर लगी। सिपाही बोले आप सचमुच बहुत ही महान आदमी की बेटी हैं। उन्होंने आगे

आकर गाड़ी को घेरकर बाग़ी सिपाहियों से कहा कि कोई आगे न आए नहीं तो वे गोली चला देंगे। हमने स्किनर सिकंदर साहब का नमक खाया है। माँ-बाप के कर्म कैसे बच्चों को उनके दुनिया से जाने के बाद भी बचाते हैं। ख़ाली नमक का हक़ अदा नहीं होता, आपके कर्म भी आपकी हृदय की सच्चाई और आपके पसीने से नमकीन स्वाद वाले होने चाहिए, आदमी फिर चाहे हिंदुस्तानी हो या फ़िरंगी। भलाई कई रूप में पलट कर आती है।

10 और 11 मई 1857 को दिल्ली बाग़ी सिपाहियों और मवालियों की लूटमार से पूरी तरह से उजड़ गई थी। शहर में दूध सब्ज़ी और अन्य चीज़ों की बेतहाशा कमी हो गई थी। शहर अंग्रेज़ों से ख़ाली हो गया था। ग्यारह मई की रात को अंग्रेज़ों का विश्वासपात्र मुईनुद्दीन 40 अंग्रेज़ों को बचाकर ज़फ़र के पास लेकर आया था जिन्हें उन्होंने तस्बीहखाने में रखवा दिया था। जीनत महल के कहने पर उन्होंने एक ख़त में हालात का विवरण लिखकर एक ऊँटसवार के ज़रिए ब्रिटिश गवर्नर को आगरा भिजवा दिया था जिसमें हालात से निपटने के लिए मदद माँगी गई थी। जीनत को लगता था कि अंग्रेज़ आएँगे और बाज़ी पलट देंगे इसलिए उसने अपने जासूसी तंत्र से अंग्रेज़ों को साधना जारी रखा था।

ज़फ़र बाग़ी सिपाहियों के ग़ैर-भरोसेमंद व्यवहार और ज़ालिमाना हरकतों से परेशान थे। बाग़ियों को दरबारी तौर तरीक़े पता नहीं थे। वे चिल्ला कर बातें करते थे कहीं भी थूक देते थे। बादशाह की इज़्ज़त नहीं करते थे। जूते पहने उनके ख़ास कमरों में घुस जाते थे। लूटे गए शहर से आती शिकायतें और दरबारियों की नाराज़गी के बावजूद उन्हें लगता था कि यह भयानक दरिंदगी कोरा अभिशाप नहीं है। इसमें खुदा का हाथ हो सकता है और शायद ये ज़रिया ही मुग़लिया नस्ल को एक बार फिर हिंदुस्तान का पूरा मालिक मुक़र्रर कर दे क्योंकि मराठा ख़त्म हो ही चुके थे। ज़फ़र के रवैए से बाग़ियों की कार्यवाही एक आंदोलन सा बनता जा रहा था।

उन्हें आधी रात को 21 तोपों की सलामी दी गई और 12 मई को दिल्ली की ख़ास सड़कों से जुलूस निकाला गया ताकि लोगों को लगे कि मुग़लिया शासन फिरसे आ गया है और अमन चैन बस आने ही वाली है। कुल मिलाकर ज़फ़र एक अजीब सी उलझन में फँसे थे। एक तरफ़ बाग़ियों के अत्याचार उनको परेशान किए थे दूसरी तरफ़ अपनी खोई ताक़त फिरसे वापस मिलने की आशा बनती दिखाई दे रही थी।

जीनत महल, महबूब अली, वज़ीर ए आज़म अहसानुल्लाह चोरी-चोरी अंग्रेज़ों की तरफ़दारी की नीति पर चल रहे थे। ज़फ़र दरबार लगाने लगे थे। रोज़ सिपाहियों के झगड़े और लूटे गए लोगों की दरखास्त उनके पास आने लगीं थीं। 16 मई को सुबह दरबार शुरू ही हुआ था तो बाग़ी सिपाहियों के प्रतिनिधियों ने शिकायत की, कि महबूब अली और अहसानुल्लाह की मुहर लगा एक ख़त दिल्ली दरवाज़े पर

पकड़ा गया है जिसमें अंग्रेज़ों से दरखास्त की गई थी कि वे जल्दी दिल्ली आ जाएँ और यह कि यदि वे जवाँ बख़्त को वली अहद मान लें तो बाग़ियों को उनके सुपुर्द कर दिया जाएगा। सिपाहियों ने उन दोनो को बुलवाया तो उन्होंने क़सम खाकर कहा कि यह ख़त और उस पर मुहर भी नक़ली है। सिपाहियों ने तलवार निकाल कर उन दोनो को घेर लिया था।

ये बात चल ही रही थी तभी एक सिपाही ने क़िले में छुपा कर रखे गए 52 अंग्रेज़ों का मसला उठा दिया। बाग़ियों ने उन 52 क़ैदियों को बुलवा भेजा। उन्हें मुश्कें बाँधकर लाया गया और नक्कारखाने के सामने हौज़ के बाज़ू में पीपल के पेड़ के नीचे खड़ा कर दिया उनमें औरतें बच्चे और कुछ मर्द भी थे। वे बेचारे बलि के बकरों की तरह डरे सहमे अधमरे से मैले कुचैले कपड़ों में खड़े हो गए। बच्चे माँओं से चिपके थे और माएँ सीने पर हाथ से क्रॉस बनाकर ईश्वर से सलामती की दुआ और मन्नत माँग रहीं थीं। बादशाह पहले दरबारियों के साथ चुपचाप खड़े थे। फिर उन्होंने सिपाहियों से कहा कि वे हिंदू और मुसलमान दो अलग समूह में बँट जाएँ और अपने-अपने उलेमाओं से पूछें कि मासूम बच्चों, औरतों और बेज़ार लोगों को मारना जायज़ है क्या? उन्हें इनके क़त्ल की इजाज़त नहीं दी जाएगी। इतना कहकर बादशाह रोने लगे। बाग़ियों ने कहा कि हम इन्हें ज़रूर मारेंगे और आपके सामने मारेंगे ताकि आगे चलकर हम और तुम इस काम में एकसे भागीदार माने जाएँ और तुम भी अंग्रेज़ों की नज़र में ज़ुल्म ढाने में बराबर के भागीदार रहो।

बादशाह कुछ बोलने को हुए तो अहसानुल्लाह और महबूब अली, जो कि ख़त पकड़ाए जाने से डरे हुए थे उनसे बोले कि आप न बोलें वरना दोनो की ज़िंदगी ख़तरे में पड़ जाएँगी और बाद में वे आपको भी मार डालेंगे और फिर जवाँ बख़्त को भी नहीं छोड़ेंगे। ये बात चल ही रही थी तब ही एक तरफ़ से एक सिपाही ने गोलियों से अंग्रेज़ों को मारना शुरू कर दिया। दो तलवारबाज़ दूसरी तरफ़ से बच्चों और औरतों के गले से गर्दन उतारने लगे। आधा घंटे में सारे अंग्रेज़ों को मार कर उनकी लाशों को छकड़ों में भरकर यमुना में फेंक दिया।

धार्मिक उन्माद सबसे ख़तरनाक बात है। 1094 से 1292 तक फ्रान्स, इटली, जर्मनी, इंग्लैंड और स्पैन के ईसाइयों के तुर्की, सीरिया और फ़िलिस्तीन के मुसलमानों के साथ आठ क्रूसेड याने धर्मयुद्ध हुए थे। भयानक मिर्ममता से लाखों लोग मारे गए थे। किसी भी देश में धार्मिक उन्माद सबसे ख़तरनाक चीज़ है। ज़फ़र की आत्मा काँप गई। उनके लिए यह सब कुछ बदलने वाला था। उन्हें लगने लगा कि अब अंग्रेज़ किसी को भी नहीं छोड़ेंगे। उनका सोचना सही होने वाला था। अंग्रेज़ों की तरफ़ से 27 मई तक कोई ख़ास विरोध न होने की वजह से दिल्ली से लगी नौशेरा, अंबाला, फ़िलोर, फ़िरोज़पुर, नसीराबाद, हाँसी, हिसार, मुरादाबाद, आगरा, अलीगढ़, इटावा,

मैनपुरी, ऐटा और राजपूताने के रेजिमेंट ने भी बग़ावत का ऐलान कर दिया था लेकिन उन्होंने अंग्रेज़ों को न तो बेइज़्ज़त किया और न ही मारा। उन्होंने दृढ़तापूर्वक कह दिया कि वे अब कम्पनी के नौकर नहीं रहे। सिपाही सीधे दिल्ली की तरफ़ रूख करके लालक़िले पहुँचने लगे थे। बहादुरशाह ज़फ़र की मुग़ल सल्तनत फिरसे बहाल हो गई सी लगने लगी थी।

लालक़िले में दरबार लगने लगा था। एक शाम ज़फ़र ने दरबारे आम तलब किया और एक आदेश बाआवाज़ बुलंद पढ़ा गया कि सूबेदार अपने सिपाहियों को लगाम दें, अब मुग़ल सल्तनत बहाल हो गई है इसलिए ऐसी कोई हरकतें न करें जो मुग़ल बादशाहों की शान के ख़िलाफ़ हों। यह आदेश सभी नियुक्त सूबेदारों के नाम भेजा गया। जब यह दरबारी काम चल रहा था तभी बाग़ी सिपाही शोर मचाते हुए आ गए और शिकायत करने लगे कि उनके पास खाने को कुछ नहीं है क्योंकि दुकानदारों ने दुकान खोलना बंद कर दिया है। वे बहुत ही बदतमीज़ी से बादशाह से पेश आने लगे। एक ऊँचा पूर्विया सिपाही बोला “अरे, तू बादशाह! अरे बूढ़े!” दूसरे ने उनका हाथ पकड़ लिया। तीसरे ने उनकी दाढ़ी पकड़ कर कहा “सुन” “मेरी सुन” अगर हमारा खाने पीने का कुछ इंतज़ाम न हुआ तो तेरी बेगमों का उससे भी बुरा हाल होगा जो हमने फ़िरंगी मेमों का किया है। बादशाह गुस्से से भर गए मगर कुछ न कह सके, न कर सके। लिहाज़ रोटी से आता है और रोटी पैसे से, कुत्ता अगर भूँक रहा हो तो रोटी का टुकड़ा उसका मुँह बंद कर देता है। पेट का भूखा और उन्माद से भरा आदमी भी जानवर से कहाँ कमतर है। मजबूरी यह थी कि न बादशाह के पास पैसे थे और न दिल्ली में अनाज बचा था। बादशाह ख़ुद पैसे-पैसे के लिए अंग्रेज़ों के मुँहताज थे। ज़फ़र अकेले में नौकरों के सामने रोना रोकर सोचने लगे कि ग़दर के पहले वे एक मिसाली बादशाह थे। लगभग एक शाही क़ैदी की हैसियत से एक बड़े सांस्कृतिक पुनर्जागरण के पैरोकार थे, शायरी की दुनिया के एक प्रेरक स्तम्भ थे। वे 82 साल के हो चुके थे और उनमें एक ख़तरनाक विद्रोह का नेतृत्व करने का जोश, हौंसला और उत्साह और इच्छाशक्ति नहीं थी। क़िस्मत ने उन्हें बग़ावत के ऐसे चीते पर सवार कर दिया था जो अब उन्हें ही गिरा कर अपना भोजन माँग रहा था। अब चीते पर बैठे रहते हो तो भूखे मरोगे और उतरते हो तो चीता अपनी भूख मिटाएगा या अंग्रेज़ शिकारी आकर चीता और सवार दोनो को शिकार करेगा। कितना बदनसीब है ज़फ़र बेचारा। रोज़ सैकड़ों सिपाही बाहर से दिल्ली पहुँचकर लालक़िले में आ रहे थे। दरबारे-आम और दूसरे कमरे सिपाहियों ने क़ब्ज़े में लेकर वहीं रहना, थूकना और निस्तार करना शुरू कर दिया था। सिपाही ऊँची दीवारों पर चढ़कर जनानखाना में झाँकते थे लेकिन कोई कुछ न कर सकता था। सभ्यता, नैतिकता, लिहाज़ और इज़्ज़त आदमी के भरे पेट, अच्छे पैरहन और पैसे की गुलाम होती है, नहीं तो काय के बादशाह और कैसे बादशाह।

वैसे तो औरंगज़ेब की सम्प्रदायवादी नीतियों ने मुग़ल साम्राज्य को खोखला कर दिया था 1707 में उसकी मौत के बाद से बादशाह तू चल - मैं आया की तर्ज़ में जल्दी-जल्दी बदलने से दरबारी हावी होकर बादशाह बनाने लगे थे तब से रहा सहा दरबार भी ख़त्म हो गया था परंतु जब ईरान के नादिरशाह ने 1739 दिल्ली की भयानक तरीक़े से लूटा और पूरा ख़ज़ाना कोहिनूर वाला तख़्तोंताज सहित उठा कर ले गया तो मुग़लों का क़िला फटेहाल स्थिति में आ गया था और तभी से लालक़िले में दरबार लगना बंद हो गया था। उसके बाद अब मई 1857 में रोज़ दरबार लगने लगे तो दरबारी, ज़फ़र की बीवियों और रखैलों के रिश्तेदार अपने-अपने शाहजादों को आगे करके दरबार में शिरकत करने लगे थे। उनमें अंग्रेज़ों को लेकर समानांतर खेमेबाज़ी दिखने लगी थी। एक शहज़ादा मिर्ज़ा ख़िज़र सुल्तान, ज़फ़र की रखैल रहीम बख़्श बाई की औलाद था। दूसरा मिर्ज़ा अबूबक्र ज़फ़र का पोता था जो कि ज़हर खुरानी में फ़ौत हुए मिर्ज़ा फखरू का बेटा था। जिसने ग़दर में सबसे आगे बढ़कर हिस्सा लिया वह मिर्ज़ा मुग़ल था। आख़िरी दावेदार जवाँबख़्त का भी ग़दर के सफ़रनामा में नाम आता है।

12 मई को जब दिल्ली में अंग्रेज़ों को गाजर मूली की तरह काटा जा रहा था तब दरबार में मिर्ज़ा मुग़ल बाक़ी शाहजादों के साथ आए और खुद को ग़दर के सिपाहियों का कमांडर बनाने का दावा पेश किया जिसे ज़फ़र ने जीनत और अहसानुल्लाह की सलाह कर ख़ारिज कर दिया। थोड़ी देर बाद बाग़ी सिपाहियों के सरदारों के साथ मिर्ज़ा मुग़ल फिर दावा पेश करने आया तो उनके इरादे हिंसक लग रहे थे नतीजतन ज़फ़र ने उसको कमांडर के ओहदे से नबाज दिया। जीनत ने जान बूझकर जवाँबख़्त को इस ख़ूनख़राबे से दूर रखा। उसे भरोसा था कि ये सब अंग्रेज़ों के द्वारा मारे जाएँगे तब वह जवाँबख़्त को ज़फ़र का वारिस बनवा लेगी। सत्ता की ज़िद और जुनून की कोई सीमा नहीं होती। दिल्ली में सत्ता के लिए बिछी हज़ारों लाशों के ढेर भी जीनत बेगम को सत्ता की नाकाम चाहत से विलग नहीं कर पाए।

दिल्ली में बग़ावत के दिन चार बजे टेलीग्राफ़ आपरेटर चार्ल्स टॉड को विद्रोही सिपाही जिस समय मारने के लिए पकड़ रहे थे, लगभग उसी समय उसके दो असिस्टेंट ब्रैंडिश और पिलकिंगटन मेरठ भागने में सफल हो गए थे। जाने के पहले वे दो संदेश पंजाब के कमांडर इन चीफ़ और रेजिमेंट के नाम दिल्ली के हालात बयानी का ज़िक्र करते हुए टेलिग्राफ़ के द्वारा भेज गए थे। वे संदेश पल भर में अंबाला और वहाँ से लाहोर, पेशावर और शिमला भेज दिए गए। उस समय अंग्रेज़ों का चीफ़ कमांडर जॉर्ज एंसोंन शिमला में आराम तलबगीर था। उसे 12 मई को नाश्ते की टेबल पर संदेश मिला। उसने मामले को गम्भीरता से न लेते हुए मज़ाक़ में टाल दिया। दो दिन तक निष्क्रिय बैठा रहा। फिर अंबाला रवाना हुआ वहाँ जाकर मालूम हुआ कि रेजिमेंट के पास पूरे हथियार नहीं हैं और शिमला का असला अंबाला न

पहुँच कर रास्ते में कहीं गुम हो गया था। दस दिन तक फ़ौज अंबाला में फँसी रही। 24 मई की सुबह अंबाला से फ़ौजी दस्ते दिल्ली के लिए रवाना हुए लेकिन 27 मई को कमांडर इन चीफ़ जॉर्ज एंसन रास्ते में ही हैज़े से मर गया। अंग्रेज़ों के सारे अफ़सर एंसन जैसे नहीं थे। पंजाब जीत का सूत्राधार सर जॉन लॉरेन्स एक बहुत ही क़ाबिल, होशियार, मेहनती और समय की धार और नज़ाकत को पहचानने वाला वाला शख़्स था। वह दिल्ली में मैटकाफ के मातहत रह चुका था। उसने तेज़ी से तरक़्क़ी की थी। वह अपनी क़ाबलियत के बल पर बाद में वाइसराय और गवर्नर जनरल के पद तक पहुँचा था। उसने सबसे पहले लाहौर में बारह भारी तोप के निशाने पर खड़े हिंदुस्तानी सिपाहियों के हथियार 13 मई की सुबह ही रखवा लिए थे। उत्तर-पश्चिमी सीमा पेशावर के नज़दीक तैनात एड्वर्ड्ज़ और निकलसन ने 12 मई को ही लॉरेन्स को लिखा कि कुछ सवारों का एक जंगम दस्ता बनाकर फ़ौरन भेजना चाहिए क्योंकि यह बग़ावत बातों से नहीं टलेगी। इसको कुचलना पड़ेगा और जितनी जल्दी ख़ून बहाया जाय, उतना कम ख़ून बहेगा। लॉरेन्स इस बात पर राज़ी हो गया और चार दिन में ही सिक्ख, पठान और गोरखा सिपाहियों का एक जंगम दस्ता तैयार किया गया।

निकलसन एक बहुत ही निर्दय प्रकृति का व्यक्ति था वह बहुत कम सोता था। उसने अपनी दम पर अटक का क़िला अफ़ग़ानियों से जीता था। उनसे लड़ते हुए वह भी उन जैसा ख़ूँख़ार और दुर्दांत होता गया था। उसके दिमाग़ में हिंदुस्तानियों के ख़ून के प्यास भरे ख़यालात थे। उसने कहा कि दिल्ली में अंग्रेज़ी औरतों और बच्चों के क़ातिलों को ख़ाली फाँसी चढ़ा देना काफ़ी नहीं है उनकी ज़िंदा खाल खिंचवाना चाहिए, उन्हें ज़िंदा जलाया जाय या उनके जिस्म में खील ठुकवाई जाएँ। निकलसन को हिंदुस्तानियों से सख़्त नफ़रत थी वह एक बार अफ़ग़ानी बॉर्डर पर लड़ाई में बंदी बनाया गया था और अमानवीय यातना से गुज़रा था उसका मानना था कि हिंदुस्तानियों से बदतर और ख़ूँख़ार सिर्फ़ अफ़ग़ानी ही हो सकते है। जिन्होंने उसके छोटे भाई को मार उसका गुप्तांग काट उसी के मुँह में ठूँस कर उसकी लाश पहुँचाई थी। निकलसन इतना उद्दंड था कि उसने एक बार सर जॉन लॉरेन्स को भी गोली से उड़ा देने की धमकी दी थी। वह हिंसा का अवतार था लेकिन उन हालात में भारत की बिछात पर अंग्रेज़ों के लिए वह सबसे उपयुक्त प्यादा था। वह फ़ौरन बग़ावत को कुचलता और उनके नेताओं को सूली पर चढ़ाता हुआ दिल्ली की तरफ़ चल दिया। लॉरेन्स ने उसे चिट्ठी लिखी कि बाग़ियों के कोर्ट मार्शल होना चाहिए और उन्हें दी जा रही सज़ाओं की सूची बनाना चाहिए। उसने उसी चिट्ठी के पीछे लिखकर कि बग़ावत की सज़ा सिर्फ़ मौत है, वह चिट्ठी लॉरेन्स को वापस भिजवा दी थी।

हिंदुस्तान में अंग्रेज़ों के अब तक के सबसे मुश्किल दौर में निकलसन के अलावा वैसे ही गुणों वाले एक और फ़ौजी अफ़सर विलियम होडसन को महत्व

मिला। वह बेहतरीन तलवारबाज़ और कभी न थकने वाला बेशुमार ताक़तवर जल्लाद आदमी था। वह सिक्ख युद्ध के दौर में तरक़्क़ी करके अमृतसर का डेप्युटी कमिशनर बन गया था। यूसुफ़जई और अफ़रीदी कबीलों को दबाने में उस पर व्यक्तिगत दुश्मनी और वित्तीय अनियमितता के आरोप लगे थे। वह निलम्बित चल रहा था। लॉरेन्स उसको न तो आरोप-पत्र देता था और न ही कोई जाँच बिठाता था। बदली परिस्थितियों में वह तुरूप का इक्का साबित होने वाला था। होड़सन की निर्दयता, जोश, अक्खडपन और आत्म विश्वास के कारण लॉरेन्स का ध्यान उसकी तरफ़ गया। उसको बहाल करके उसे असिस्टेंट क्वॉर्टर मास्टर बनाकर एक निजी सिक्ख सिपाहियों का दस्ता बनाने की इजाज़त मिल गई। उसे निजी सुरक्षा और जासूसी का ज़िम्मा देकर तुरंत करनाल रवाना कर दिया। निलम्बन से नौकरी पर बहाल होते ही उसका अतिउत्साह दिमाग़ जासूसी गोट बिठाने लगा। करनाल पहुँचते ही जनरल एंसन ने उसे घुड़सवारों की होड़सन हॉर्स रेजिमेंट गठित करने का आदेश दिया। आज भी भारतीय सेना में होड़सन हॉर्स रेजिमेंट है जिसका गठन होड़सन ने किया था। निकलसन की तरह होड़सन भी क़ानून अपने हाथ में लेने के लिए जाना जाता था मगर परिणाम चौंकाने वाले देता था। उसे पहला आदेश मिला कि उसे हंगामे से भरे रास्ते से मेरठ जाकर वहाँ फँसे अंग्रेज़ों को राहत पहुँचाना है। वह कुमुक लेकर सारी रात मारकाट करता हुआ मेरठ पहुँचा पूरे दिन और रात काम निपटाया अगले दिन दोपहर के बाद चलकर वापस अंबाला पहुँच गया। उसे लोगों को मारने में बहुत मज़ा आता था। दिल्ली मार्च करने के पहले होड़सन के जासूस दिल्ली पहुँच चुके थे। उन्होंने मौलवी रजब अली, जो कि पहले सिक्ख सूबों में लॉरेन्स के साथ जासूसी का काम कर चुका था, को अपना सहायक बनाकर भर्ती कर लिया। रजब अली ने दिल्ली के हिंदू साहूकार, मुस्लिम सभ्रांत और अख़बारों के अख़बार नबीस को साथ लेकर लालक़िले और दिल्ली के चप्पे-चप्पे पर जासूसी तंत्र बिछा लिया। उसने हरियाणा रेजिमेंट के कमांडर गौरीशंकर शुक्ल को भी फोड़ लिया जो कि बाग़ियों की रणनीति बनाने का हिस्सा था। उसने जीनत महल और अहसानुल्लाह तक को मिला लिया। ब्राह्मण, जाट, साधु , फ़क़ीर, सफ़ाईवाले, दिहाड़ी, भिशती, भिखारी के रूप में पूरी दिल्ली में तंत्र बिछा दिया जिससे उसे सारी ख़बरें मिलने लगीं और दिल्ली में अफ़वाह भी फैलने लगीं और बाग़ियों का आत्म विश्वास टूटने लगा। उनमें झगड़े होने लगे।

बाग़ियों के सेना का कमांडर बना था ज़फ़र का एक शहज़ादा मिर्ज़ा मुग़ल, पैदल और घुड़सवार सेना का मुखिया था दूसरा साहिबज़ादा ज़फ़र का पोता अबूबक्र। जब से उसे घुड़सवार सेना का मुखिया बनाया था उसने दिल्ली और आसपास लोगों को लूटना और मारना शुरू कर दिया था। एक बार उसने सिविल लाइन के हर घर को लूटा, आग लगा दी और तीन हिंदू लड़कियों को ज़ेवरात सहित उठा लाया। वह

अपनी वहशी टुकड़ी लेकर निकलता और अत्याचारी सिपाहियों के साथ लूट मार करके लालक़िले में वापस आ जाता। उसने एक बार शिया समुदाय के नेता हामिद अली खान की हवेली को अंग्रेज़ों से मिले होने के बेबुनियाद आरोप लगा घेर कर तोपें लगा दीं। ज़फ़र को हामिद अली का संदेश मिला तो वे आगबबूला हो गए। कहाँ तो दिल्ली में वे हिंदू मुसलमान तक को एक करने की कोशिश कर रहे थे और कहाँ ये मुसलमानों में फूट के बीज बोने लगा। बहुत दिनों से बाग़ी सिपाहियों के नेता अबूबक्र के सेनापतित्व में मेरठ पर आक्रमण करके नियंत्रण में लेने की माँग कर रहे थे। ज़फ़र इस डर से कि ये दिल्ली जैसा हाल मेरठ में भी रियाया को मारकर, लूटकर और अत्याचार करके परेशान करेंगे। जिसका फ़ायदा अंग्रेज़ों को ही मिलेगा इसलिए अनुमति नहीं दे रहे थे। जब वे अबूबक्र से बहुत परेशान हो गए तो उन्होंने उसे मेरठ की मुहिम का सेनापति बनाकर कूच की अनुमति दे दी। बाग़ी सिपाहियों ने ज़फ़र पर दबाव डाला कि वे भी साथ चलें। ज़फ़र बोले कि वे अस्सी साल के हैं ठीक से चल भी नहीं पाते, मुई बवासीर अलग परेशान करती है। पिछले 108 साल में फरुख़्सियर के ज़माने से कोई भी बादशाह लालक़िले से बाहर सैनिक अभियान पर नहीं निकला, फिर मुझे तलवार पकड़ना भी नहीं आता और युद्ध की बारीकियों से कोई वास्ता ही नहीं है। मैं जाकर क्या करूँगा। लिहाज़ा 25 मई को दिल्ली से फ़ौज उनके बग़ैर मुहिम पर मेरठ रवाना हुई।

दूसरी तरफ़ अंबाला से अंग्रेज़ों की दिल्ली फ़ील्ड फ़ोर्स जनरल बर्नहार्ड की कमान में और घुड़सवार व तोपख़ाना मेजर टोम्ब्स के नेतृत्व में 26 मई को रवाना हुई। मेरठ से जनरल विल्सन की कमान में 2000 पैदल, 50 घुड़सवार और 6 तोपें दिल्ली की तरफ़ चलीं। दोनों को दिल्ली के उत्तर में अलीपुर में संयुक्त अभियान हेतु मिलना था। अंग्रेज़ बेइंतहा बदले की आग सीने में लिए चले तो रास्ते में जो भी हिंदुस्तानी मिला उसे फाँसी चढ़ाते हुए आगे बढ़ते गए। अंग्रेज़ों पर अमानुषिक अत्याचार का दौर ख़त्म हो चुका था। हिंदुस्तानियों और बाग़ी सिपाहियों पर अंग्रेज़ सिक्ख, पठान और गोरखा सैनिक वहशियाना तरीक़े से टूट पड़ते थे। अंग्रेज़ों ने पंजाब और सीमांत इलाक़े जीतकर जॉन लॉरेन्स के मार्गदर्शन में नहरों का जाल बिछा और बाँध बनाकर वहाँ की ज़मीन को अत्यंत उपजाऊ करके सिक्ख सैनिकों को दे दिया था। बेरोज़गार पठान और गोरखा लोगों को फ़ौज में नौकरी देकर उपकृत किया था। ये तीनों अंग्रेज़ भक्त हो गए थे। इनकी रणकुशलता से प्रभावित होकर ही अंग्रेज़ पूर्विया और अवधि सैनिकों से मुक्त होना चाह रहे थे। यदि वे पूर्विया और अवधि सैनिकों की फ़ौज को बनाए रखते तो सिक्ख, पठान और गोरखा लोगों को रोज़गार न मिलते। अंग्रेज़ उनकी इसी कमज़ोरी को अच्छी तरह समझते थे और उपयोग में ला रहे थे कि देखो तुम्हें फ़ौज में रखने के कारण यह स्थिति खड़ी हुई है। इससे तुम्हें ही निपटना है।

ना तो मेरठ से चले अंग्रेज़ों को मालूम था कि अबूबक्र मुहिम पर मेरठ तरफ़ आ रहा है और न बाग़ियों को पता था कि अंग्रेज़ दिल्ली तरफ़ आ रहे हैं। दोनों की मुलाक़ात 30 मई 1857 को अंग्रेज़ों द्वारा हिंडन नदी पर बनाए गए लोहे के पुल पर हुई। उसी दिन साढ़े चार बजे अंग्रेज़ों ने पुल पार करके बाग़ी सिपाहियों को पीछे हटा दिया। बहुत कम बाग़ी मारे गए। बाग़ी सिपाहियों ने अगले दिन 31 मई को दिन में एक बजे वापस आकर तेज़ी से हमला किया। उन्होंने तोपखाना और पैदल से एकसाथ हमला करने की नीति अपनाई। हिंडन नदी के पुल के किनारे बने एक मकान की छत पर चढ़कर अबूबक्र तोपों की मार से घायल होते अंग्रेज़ों को मरते हुए देख कर तोपचियों के हौसले बढ़ा रहा था।

अंग्रेज़ों ने थोड़ी अलग व्यूहरचना बनाई थी। जनरल विल्सन ने सबसे आगे पैदल सैनिक रखे थे उनके पीछे तोपें लगा रखीं थीं। बाग़ियों की तोपों से गोले अंग्रेज़ों की पैदल सेना पर गिरते थे तो जो जगह ख़ाली होती थी वह नए सैनिकों द्वारा तुरंत भर दी जाती थी। पीछे से अंग्रेज़ों की तोपें कवर दे रहीं थीं लेकिन उनके सिपाही ज़्यादा मर रहे थे। तभी अंग्रेज़ों की तोप का एक गोला मिर्ज़ा अबूबक्र के तोपख़ाने के ऊपर आकर गिरा। वह धूल से अट गया। भगदड़ मच गई। अबूबक्र ने कभी तोप का गोला फटते नहीं देखा था। वह हक्का-बक्का रह गया और छत से नीचे उतर कर तेज़ी से फ़ौज के पिछले हिस्से तरफ़ भागा। उसके सैनिक पुकारते रहे वह सिर पर पैर रखकर भाग गया तो सेना में भगदड़ मच गई। सैनिक भी डर कर उसके पीछे भागे। अंग्रेज़ों की सेना ने पीछा करके उनकी पैदल फ़ौज को खदेड़ दिया। बाग़ी दिल्ली की तरफ़ भागे और हिंडन नदी का पुल तोड़ते चले गए तो पीछे आने वाले 200 बाग़ी सिपाही नदी में ही डूब मरे। इस प्रकार इस भिड़ंत का अंत अंग्रेज़ों के पक्ष में हुआ। जीत ज़रूर हुई लेकिन विल्सन बहुत डर गया क्योंकि वह गोलियों की ज़द में आ गया था सनसनाती गोलियाँ उसके आजू-बाज़ू से निकल रहीं थीं परंतु आश्चर्यजनक रूप से उसे एक भी गोली नहीं लगी। वह वापस मेरठ की तरफ़ लौटने की सोच रहा था तभी अप्रत्याशित रूप से गोरखा सिरमोर रेजिमेंट कर्नल रीड के नेतृत्व में वहाँ आ पहुँची जिसे अंबाला से आ रहे फ़ील्ड फ़ोर्स से मिलना था। 7 जून को रविवार के दिन विल्सन आख़िर जनरल बर्नार्ड के नए-नए स्थापित अलीपुर कैम्प पहुँच गया जो कि दिल्ली से मात्र 12 किलोमीटर दूर आज के पीथमपुरा मेट्रो स्टेशन के नज़दीक था।

मिर्ज़ा मुग़ल ने हिंडन में हुई हार और अंग्रेज़ों के अलीपुर में जमावड़े के बीच समय बेकार नहीं गँवाया था। उसने शहर की दीवारों के अनेक बुर्ज, सलीमगढ़ के क़िले, छावनी के नज़दीक और रिज पर मोर्चे लगाकर उन पर तोपें लगा दी थीं। शहर के चारों ओर गहरी खाइयाँ खोद दीं गईं थीं। उसने ग्रांड ट्रंक रोड पर पुरानी कारवाँसराय के नज़दीक एक बहुत मज़बूत रक्षात्मक मोर्चा बना दिया था उसके दोनों

तरफ़ दलदल था। उसके पश्चिम में पहाड़ी पर तोपें लगा दीं जिनके निशाने पर दिल्ली शहर में घुसने की एक पतली सी गली भर थी।

अलीपुर में अंग्रेज़ों के कैम्प में होड़सन और रजब अली भी थे। जब फ़ील्ड फ़ोर्स ने रात के एक बजे मार्च किया तो होड़सन के जासूस खोजबीन करते चल रहे थे उन्होंने ख़बर दी कि मुग़ल कारवाँसराय के आसपास बदली की सराय में बाग़ियों ने क़िलेबंदी की है।

8 जून को रात एक बजे अंग्रेज़ी फ़ौजों ने बढ़ना शुरू किया। रिचर्ड बार्टर के नेतृत्व में उनकी 75वीं गार्डन हाईलाँडर्ज़ सबसे आगे थी। उन्होंने पेशावरी और सिक्ख सैनिकों को सबसे आगे लगा रखा था। लगभग चार बजे उन्हें बाग़ियों का मुक़ाम धुँधला नज़र आने लगा। बाग़ियों के तोपचियों के खेमे में आग जलती दिखाई दे रही थी। अंग्रेज़ी फ़ौज आगे बढ़ रही थी तब ही एक टीले से धुएँ का गुबार दिखाई दिया और एक बड़ा गोला फ़ौज की दाहिनी तरफ़ आकर गिरा। बार्टर ने हुक्म दिया रेजिमेंट दाएँ घूम जाए। घूमते ही एक गोला उसके दुभाषिये ग्रांट के घोड़े के सीने से घुसकर उसकी दुम से बाहर निकल गया। घोड़े का जिस्म छितरे-छितरे हो गया परंतु सवार को कुछ न हुआ वो ज़मीन पर गिर गया। जनरल का हुक्म हुआ कि सभी लेट जाएँ। सेना लेट गई। गोले उनके सिर के ऊपर से सनसनाते निकल रहे थे आवाज़ से कान के परदे फटे जा रहे थे। अचानक हुक्म हुआ कि रेजिमेंट आगे बढ़ कर तोपों पर हमला करेगी। जैसे ही सैनिक हुक्म बजा लाने को खड़े हुए। अंग्रेज़ सेना के सिपाही धड़ाधड़ गिरना शुरू हो गए। अगली पंक्ति साफ़ होते ही नई पंक्ति तोपों की जद पर बंदूक़ लेकर बढ़ जाती थी। यह सिलसिला चलता रहा। मानो लड़ाई में उनकी उपयोगिता जान देने में ही थी। वे विचलित हुए बिना अनुशासित होकर जान दे रहे थे। वैसे भी मध्ययुग में सैनिकों का काम जब तक ज़िंदा है, जान लेते रहना और एक दिन जान देकर ख़त्म होता था। जब आमने-सामने की लड़ाई शुरू होने को थी तब बाग़ी फ़ौज का कमांडर मिर्ज़ा खिज़र सुल्तान मोर्चे पर सबसे अगली पंक्ति में था। उसने न तो कभी लड़ाई देखी थी और न लड़ी थी। जब घमासान होने लगा तो वह गोला-बारूद लाने के बहाने पीछे की तरफ़ भागा। फ़ौजियों ने उसे रोकना चाहा, पर वो न रुका। सिपाहियों का हौसला टूट गया। जब डेढ़ दो सौ मीटर का फ़ासला रह गया तो अंग्रेज़ों की तरफ़ से इन्तक़ाम का नारा गूंजा और सिपाही तेज़ी से संगीन लगी बन्दूकें लेकर तोपों की तरफ़ दौड़ पड़े। बाग़ी सिपाहियों को इसका अन्दाज़ नहीं था कि अंग्रेज़ी सेना तोप के गोलों का सामना करते हुए इस प्रकार दौड़ पड़ेगी। वे भी उनकी नक़ल करते हुए अंग्रेज़ी सिपाहियों की तरफ़ दौड़े लेकिन जैसा कि नियम है शुरुआत करने वाला नक़ल करने वाले पर हमेशा भारी पड़ता है क्योंकि उसे मालूम होता है कि आगे क्या करना है। बाग़ी फ़ौज दिशाहीन होकर पूरी तरह लड़खड़ा गई और पीछे मुड़कर जान बचाने भागी। अंग्रेज़ों ने उनकी तोपों

बारूद असलाह जैसे पिस्टोल बंदूक़ गोलियाँ आदि सब पर क़ब्ज़ा कर लिया। अंग्रेज़ों ने बिलकुल अजीब रणनीति अपनाई थी। उन्होंने सबसे आगे पठान और सिक्ख सिपाही रखे थे उनको कवर देने के लिए उनके पीछे तोप लगा रखीं थीं, तोपों के ही समानांतर गोरखा टुकड़ी अपनी खुखरी के साथ थी। सामने वाली सेना की तोपों से पठान और सिक्ख मारे जाने लगे तब तोपों का जवाब तोपों से दिया। बचे-खुचे पठान और सिक्खों के साथ ठिगने गोरखा ऊँचे पूर्विया सैनिकों के पेट और सीने खुख़री से चीरने लगे तो उनमें भगदड़ मच गई थी।

बाग़ी सिपाही बचकर भागते हुए काबुली, कश्मीरी और लाहोरी दरवाज़ों से दिल्ली में घुसे और दरवाज़े खुले छोड़ गए। अंग्रेज़ी फ़ौज ने फ़ौरन छावनी, फ़्लैग स्टाफ़ और रिज सहित सभी ठिकानो पर तैनात तोपों और मोर्चों पर क़ब्ज़ा कर लिया। बाग़ियों को बुरी तरह हार का सामना करना पड़ा। वैसे भी उनमें नेतृत्व की कमज़ोरी और खाने पीने की दिक़्क़त से उत्साह की कमी थी दूसरी तरफ़ अंग्रेज़ फ़ौज में रणनीतिक नेतृत्व के साथ इन्तक़ाम की आग और दुनिया के सर्वश्रेष्ठ लड़ाके पठान सिक्ख और गोरखा उनके साथ थे। उनकी एक और नीति थी कि यदि उनके सिपाही वापस पलटते तो उनकी तोपें का सामना करते। अतः सैनिकों के पास आगे बढ़कर मारने या मरने के अलावा विकल्प नहीं था।

लगातार दो लड़ाइयाँ जीत कर अंग्रेज़ों ने दिल्ली के विभिन्न नाज़ुक जगहों पर क़ब्ज़ा कर लिया लेकिन उनके पास तोपें कम थीं और दिल्ली का घेरा डालने वाली बड़ी तोपें नहीं थी। 10 जून से गोलीबारी दोनों तरफ़ से शुरू हुई। रुक रुककर चलती रही। ग़ालिब ने उस समय के माहौल के बारे में लिखा था कि :

> *दिन भर तोप चलने की आवाज़ सुनाई देतीं रहतीं हैं, जैसे आसमान से पत्थर गिर रहे हों। उमरा के घरों में चिराग़ जलाने को तेल नहीं है। वे रात के धुप्प अंधेरे में बिजली चमकने का इंतज़ार करते ताकि उसके उजाले में सुराही और गिलास ढूँढकर प्यास बुझा सकें। इस हंगामे में बहादुर भी अपने साये से डर रहे थे और उजड्ड सिपाही दरवेशों और बादशाह पर शासन कर रहे हैं।*

सिपाहियों की मारपीट और लूटपाट से भयभीत दुकानदारों ने अपनी दुकानें खोलना ही बंद कर दिया था। दिल्ली के आसपास गूज़रों और जाटों ने दिल्ली आने-जाने वाले कारोबारियों को लूटना जारी रखा था इसलिए दिल्ली में सागभाजी दूध और ज़रूरती सामान आना लगभग बंद ही हो गया था। सिपाहियों के पास भी खाने पीने की चीज़ों की कमी होने लगी थी। अंग्रेज़ों ने अंबाला और मेरठ से रसद और असलाह लाना जारी रखा था लेकिन रिज पर क़ब्ज़े के बाद उन्हें भी अपनी ग़लती समझ आई कि

वे दिल्ली को घेरने आए थे परंतु संख्या में कम होने और गोला बारूद समुचित मात्रा में न होने के कारण वे ख़ुद भी रिज पर घिर सकते हैं। उनकी क़िस्मत अच्छी थी कि यह बात विद्रोही सिपाहियों के दिमाग़ में नहीं आई।

अंग्रेज़ों की बेंगॉल आर्मी में कुल 1,39,000 सिपाही थे जिनमे से 7,796 को छोड़कर बाक़ी सबने बग़ावत का ऐलान कर दिया था। वे सब दिल्ली की तरफ़ रूख कर रहे थे। विद्रोहियों की संख्या 20,000 पहुँच गई थी जबकि अंग्रेज़ों के पास मात्र 2,000 सिपाही थे जो रिज पर मोर्चा जमाए थे। आज के गुणगाँव, फ़रीदाबाद और नॉएडा तिकौन की ज़मीन पर जो ऐरावली पहाड़ियाँ हैं उन्ही में सफ़दरगंज अस्पताल की तरफ़ पहाड़ी है वही रिज है जहाँ अंग्रेज़ों ने मोर्चा जमाया था। बाग़ी सिपाही रिज के सामने वाले लाहोरी दरवाज़े से अंग्रेज़ों पर हमला करने आते और बिना कोई ज़्यादा नुक़सान पहुँचाए दस-बीस सिपाही रोज़ मारे जाते। अंग्रेज़ों ने रक्षात्मक नीति अपनाई हुई थी। कई इतिहासकार बाग़ियों की एक सबसे बड़ी ग़लती की ओर इशारा करते हैं कि बाग़ियों ने इकट्ठा होकर रिज पर चारों तरफ़ से हमला क्यों नहीं किया। अंग्रेज़ खुद डरे हुए थे कि यदि ऐसा हुआ होता तो एक दो दिन में ही उनके पैर उखड़ जाते। इसका कारण बाग़ियों में सक्षम योग्य नेतृत्व की कमी और उनमें आपसी सामंजस्य व दूरदर्शिता का न होना था। जबकि अंग्रेज़ एक कमान के अधीन लड़ रहे थे। 10 जून से जुलाई के अंत तक जारी मुठभेड़ों से रिज के आसपास लाशों का ढेर लग गया था, वे सड़ने लगीं थीं। गोलीबारी के बीच उन्हें हटाया भी नहीं जा सकता था। बेशुमार मक्खियाँ भिनभिनाने लगीं थीं। हालत ये थे कि चाय छानते-छानते ही सैकड़ों मक्खियाँ चाय में समा जातीं थीं। परिणामस्वरूप रिज पर हैज़ा फैल गया।साधारण सिपाही की गणना छोड़िए मई में जनरल ऐंसन हैज़ा से मर गया था, 5 जुलाई को एक और जनरल मर गया फिर जनरल बरनॉर्ड भी हैज़ा से मर गया। बाद में जनरल रीड भी मक्खियों का शिकार हुआ। ऐसा लगने लगा कि भारत की मक्खियाँ भी आज़ादी के आंदोलन में शामिल होकर अंग्रेज़ फ़ौजी अफ़सरों का शिकार कर रहीं थीं। फिर विल्सन के हाथ में कमान आई। उसने लड़ाई के तरीक़ों में फेरबदल किया।

उन विषम परिस्थितियों में रॉबर्ट और हैरियट परेशान थे क्योंकि किसी भी समय हैरियट को बच्चा हो सकता था। वे फ़ौज के साथ वापस दिल्ली आकर रिज पर थे। उनके ज़िम्मे अंग्रेज़ों का फ़ौजी ख़ज़ाना था जो रसद ख़रीदने में उपयोग होता था। जिस समय हैरियट को बच्चा हुआ तब लगातार गोलेबाज़ी चल रही थी। बच्चे के पैदा होने के बाद उसे जहाँ लिटाया गया उसके थोड़ी दूर पर एक गोला आकर गिरा था। रॉबर्ट ने बच्चे को अंदर एक झोपड़ी में पुआल पर लिटा दिया। हैरियट मक्खियों के भिनभिनाने से बहुत चिंतित थी कि कहीं उसे और बच्चे को इन्फ़ेक्शन न लग जाए।

यह संग्राम दुनिया का बिलकुल अजीबोग़रीब युद्ध था। ठीक वैसा ही जैसा अमेरिका स्वतंत्रता संग्राम जिसमें एक ही प्रकार से प्रशिक्षित सेनाएँ आपस में टकरायेंगीं। बेंगॉल आर्मी का गठन अंग्रेज़ों ने बंगाल, अवध, मराठा और सिक्ख युद्धों का सामना करने के लिए किया था। सैनिकों को नवीनतम प्रशिक्षण प्रणाली के अनुसार अनुशासनमय आदेश का मृत्युपर्यन्त पालन और अत्याधुनिक औज़ारों के साथ बिलकुल अलग युद्ध तकनीक से तैयार किया था। वे पूरे 1,39,000 सैनिक विगत बीस सालों से अंग्रेज़ों के स्वामिभक्त थे। 1853 से बदली हुई परिस्थितियों में आर्थिक भेदभाव और धार्मिक उन्माद ने उन्हें बाग़ी बनने को मजबूर कर दिया था। पूरे जून के महीने झड़पें चलती रहीं। 2 जुलाई को यमुना पर बने कश्तियों के पुल से बरेली में तैनात बंगाल रेजिमेंट विद्रोह करके दिल्ली में दाख़िल हुई। उसमें 2,300 पैदल, 700 घुड़सवार, 600 तोपें, 300 घोड़े, 14 हाथी, 1,000 बैल गाड़ियाँ भरकर रसद हथियार और 4 लाख रुपए लदे थे साथ में 3-4 हज़ार ग़ाज़ी भी जिहाद के वास्ते आए थे। इन सबके पीछे दो नेतृत्व क्षमता के धनी व्यक्ति थे जिनमे बाग़ियों में एकजुटता पैदा करने की योग्यता मौजूद थी। एक था बरेली में बग़ावती फ़ौज का सूबेदार बख़्त खान और दूसरा उसका गुरु रहनुमा मौलवी सरफ़राज़ अली था। वे मुजाहिदीन के इमाम कहलाते थे। बख़्त ख़ान को अफ़ग़ानी लड़ाईयों का ज़बरदस्त तजुरबा था दोहरे बदन और ऊँचे क़द के इस रूहेले की रोबदार लंबी मूँछें और लम्बे गलमच्छे थे। वह फ़ौज में कई ईनाम हासिल कर चुका था और एक बहुत क़ाबिल सैन्य प्रशासक माना जाता था। रिज पर तैनात कई अंग्रेज़ों के साथ वह रह चुका था। मौलवी सरफ़राज़ अली का दिल्ली शहर और क़िले में अच्छा रसूख़ था। उन्होंने अंग्रेज़ों के ख़िलाफ़ फ़तवा जारी किया हुआ था, वे ग़ालिब के दोस्त सदरऊद्दीन आज़ुर्दा के मदरसे में ज्यामिती और बीजगणित पढ़ाते थे। जिहादी और मुजाहिदीन उनका कहना सबसे ऊपर रखते थे। उन्होंने ही बख़्त ख़ान को इस जिहाद के लिए तैयार किया और बरेली से दिल्ली बुलाया था। वे दोनों अपने 250 अफ़सरों के साथ सफ़ेद यूनीफ़ॉर्म में ज़फ़र बादशाह से मिलने लालक़िले पहुँचे। वे घोड़ों पर सवार होकर सीधे महल में घुस गए और बड़ी बदतमीज़ी से पेश आते हुए मिर्ज़ा मुग़ल को सेनापति के पद से हटाकर बख़्त ख़ान को चीफ़ कमांडर बनाने की माँग की। जिसे थोड़ी टालमटोल के बाद मान लिया गया। बख़्त खान ने कमांडर बनते ही बाग़ी सिपाहियों की नीति में कई परिवर्तन किए। उसने आदेश जारी किया कि कोई भी सिपाही शहर के दुकानदारों और जनता को परेशान नहीं करेगा। लूटपाट करते पाए जाने पर सिपाहियों के हाथ काट लिए जाएँगे। कई मोर्चों को दुरुस्त किया। उसने पहली बार अंग्रेज़ों को रिज पर घेरकर तीन तरफ़ हमला करने की योजना बनाई, जिसके लिए अंग्रेज़ शुरू से ही ख़ौफ़ खाए हुए थे।

हमला 9 जुलाई को भारी बारिश के बीच सुबह पाँच बजे शुरू हुआ। उसने बाग़ी सिपाहियों को ठीक वही ड्रेस पहनाकर लड़ाई में उतारा जैसी अंग्रेज़ फ़ौज के सिपाही पहने हुए थे। एकसे लिबास के कारण बाग़ी सिपाही अंग्रेज़ी कैम्प के अंदर तक घुस गए वे उनकी तोपों पर क़ब्ज़ा करने ही वाले थे तभी उन्हें खदेड़ दिया गया। उसी वक़्त किशनगंज की दाईं तरफ़ से हमला किया। ठीक उसी समय ख़ुद बख़्त खान ने जिहादियों के साथ पश्चिम से घुसकर अंग्रेज़ी नाकाबंदी को ध्वस्त कर दिया। अंग्रेज़ों ने सभी मोर्चों पर इकट्ठा होकर लड़ाई की और बख़्त खान के जिहादियों को आगे बढ़ने से रोक दिया। फिर भी अंग्रेज़ों के 200 से ज़्यादा सैनिक मारे गए। अंग्रेज़ों का भारी नुक़सान हुआ उनके हौसले पस्त से होने लगे। उनको जिस चीज़ का डर था वही हुआ कि बख़्त खान ने रिज पर तीन तरफ़ से हमला कर दिया। आरक्लेड विल्सन ने तुरंत सर लॉरेन्स को पत्र लिखा कि दो ब्रिटिश और एक पंजाबी पेशावरी रेजिमेंट, रसद और हथियारों से लैस करके तुरंत भिजवाएँ नहीं तो हिंदुस्तान ब्रिटेन के हाथ से निकलता जा रहा है।

बख़्त खान का 9 जुलाई का हमला अब तक का सबसे कामयाब प्रयास था बाग़ी अंग्रेज़ों के कैम्प के अंदर तक पहुँच गए थे। जिसने अंग्रेज़ों को हिलाकर रख दिया था। जिससे क़िले और शहर में लोगों की उम्मीदें बढ़ गई थीं। बाग़ियों के पास अंग्रेज़ों के हालचाल और हलचल जानने का कोई तंत्र नहीं था कि कितना नुक़सान हुआ है और किस नीति से और अधिक असरकारक हमला किया जाना चाहिए। जबकि अंग्रेज़ों ने जासूसी का पूरा तंत्र विकसित कर रखा था। उनको क़िले और शहर की एक-एक बारीक से बारीक चीज़ के बारे में सूचनाएँ मिलती रहतीं थीं।

क़िले में लोगों को लगता था कि अंग्रेज़ जस के तस रिज पर बने हुए हैं। बख़्त खान के लाए हुए हथियार और रक़म हमले में काम आ चुके थे। इसलिए लोग बख़्त खान के विरुद्ध बड़बड़ाने लगे। मिर्ज़ा मुग़ल को उसके कारण ही कमांडर के पद से हटना पड़ा था। बख़्त खान की रेजिमेंट के सैनिक दूसरे सिपाहियों के साथ अच्छा बर्ताव नहीं करते थे। बख़्त खान का रोब और असर आहिस्ता-आहिस्ता कम होता जा रहा था।

जुलाई के अंत में बख़्त खान को हटा कर फ़ौजी कमाँड एक कोर्ट आफ एडमिनिस्ट्रेसन को दे दी गई। जिसमें दो पैदल, दो घुड़सवार, दो तोपख़ाने के प्रतिनिधि और चार सदस्य क़िले के थे। उसका अध्यक्ष मिर्ज़ा मुग़ल को बनाया गया था। यह यूरोपीय ढंग की एक लोकतांत्रिक सैनिक कमेटी थी जो बहुमत से निर्णय करती थी।

इतिहास एक शिक्षा देता है कि दुनिया की कोई भी चीज़ एक जगह स्थिर नहीं रहती। निरंतर बदलती रहती है चाहे घर हो, शहर हो या देश। जीवन से जुड़ी हरेक वस्तु का परिवर्तन एकमात्र स्थाई नियम है। विद्वान उसे सही दिशा की तरफ़ मोड़

देते हैं और नासमझ बर्बादी की तरफ़। बख़्त खान के हाथ से फ़ौजी सत्ता निकल गई तो उसका रहनुमा मौलवी सरफ़राज़ अली परिस्थितियों को धार्मिक उन्माद की तरफ़ मोड़ने वालों का नेता बन गया।

विद्रोह की शुरुआत मंगल पांडे के नेतृत्व में ऊँची जाति के हिंदुओं ने की थी। मेरठ से वे ही हिंदू भागकर दिल्ली के लालक़िले में आकर अंग्रेज़ों के विरुद्ध लड़ाई लड़ते हुए मर रहे थे। ज़फ़र हिंदू मुस्लिम एकता के रहनुमा थे। वे हिंदुओं की तीज-त्यौहारों में दिल से शिरकत करते थे। वे ख़ुद एक हिंदू माँ की औलाद थे। ग़ालिब के कई अच्छे दोस्त हिंदू थे जिनसे वे ख़त-ख़तावत करते रहते थे। दिल्ली के कारोबारी और साहूकार धनी लोगों में हिंदू आगे थे। दिल्ली के व्यवसाय पर भी उनका डंका बजता था। ज़फ़र मौक़ा वक़्त पर, जब उनकी अंग्रेज़ों से मिलने वाली पेन्शन में देरी हो जाती थी तब उनसे ही रक़म क़र्ज़ पर उठाते थे। हर तरह से साम्प्रदायिक सद्भाव क़ायम था। हार और सफलता की कमी ने धीरे-धीरे साम्प्रदायिक समीकरण बदलना शुरू कर दिया था। जब कोर्ट आफ अड्मिनिस्ट्रेशन का प्रयोग असफल होने लगा तो मौलवी सरफ़राज़ अली के नेतृत्व में मिर्ज़ा मुग़ल को पुनः कमान सौंपने की माँग उठी और शहर में उलेमाओं को जमा कर एक जिहादी फ़तवा पर ज़बरदस्ती दस्तखत करवाए गए। ग़ालिब के दोस्त सदरउद्दीन आजुर्दा ने युद्ध के बाद इस सच्चाई को स्वीकार किया था। उलेमाओं को धमकी भी दी गई थी कि यदि उन्होंने फ़तवा पर दस्तखत से मना किया तो उनके खानदानों को बर्बाद कर दिया जाएगा। बहावी और मुजाहिदीन लगातार जिहाद से अंग्रेज़ों का कुछ नहीं बिगाड़ पा रहे थे। निराशा और कुंठा में उन्होंने जिहाद का रूख हिंदुओं की तरफ़ मोड़ दिया। जिससे शहर की हिंदू-मुस्लिम की मिली-जुली संस्कृति को बड़ा धक्का पहुँचा। बक़रीद आने वाली थी। उसके ठीक पहले एक ऐसी घटना हुई जिससे दिल्ली का साम्प्रदायिक माहौल बुरी तरह बिगड़ गया। कुछ हिंदू सिपाहियों ने पाँच मुसलमान कसाइयों का गाय जिबह करने के इल्ज़ाम में क़त्ल कर दिया। जिसके जवाब में टोंक से आए हुए जिहादी गाजियों ने ऐलान किया कि वे बक़रीद के दिन जामा मस्जिद के सामने मैदान में एक गाय की कुर्बानी देंगे। यदि हिंदुओं ने विरोध किया तो उनको जिहाद से ख़त्म करके फिर अंग्रेज़ों का ख़ात्मा करेंगे। इस कुर्बानी से अल्लाह ख़ुश होकर हिंदुओं और अंग्रेज़ों दोनों को अपनी खुदाई शमशीर से ख़त्म कर देंगे। मुग़ल सल्तनत फिर बहाल हो जाएगी।

ज़फ़र ने तुरंत गाय को मारने और उसके माँस खाने पर पाबंदी लगा दी। आदेश दिया कि मुसलमानों के घरों में गायों की गणना करके उनका पंजीकरण करवाएँ। एक अजीब आदेश हुआ कि गायों को शहर कोतवाली में रखा जाए। बाद में गायों की संख्या और आदेश को व्यवहार में लाने की कठिनाई के कारण वह रद्द कर दिया गया। मालिकों से लिखवा कर ले लिया गया कि वे गाय की कुर्बानी की इजाज़त नहीं देंगे।

ज़फ़र और मोहम्मद बाकर दोनों के लिए कसाइयों के क़त्ल और जिहादियों द्वारा गाय को सरेआम जामा मस्जिद के सामने चौराहे पर कुर्बानी की कोशिश हालात बदलने वाले थे। दो महीनों से ऊपर का समय गुज़र चुका था लेकिन अंग्रेज़ रिज पर जमे हुए थे। बाग़ी सिपाहियों के शहर वासियों पर अत्याचार और अब बिगड़ता हुआ साम्प्रदायिक संतुलन उनके भरोसे को तोड़ने वाला था। उन दोनों ने अंग्रेज़ी कैम्प को सुलह करने के इशारे भेजने शुरू कर दिए।

जीनत महल तो शुरू से ही महबूब अली के मार्फ़त अंग्रेज़ों के सम्पर्क में थीं। ज़फ़र चिड़चिड़ा व्यवहार करने लगे थे। वे धमकी देने लगे थे कि वे लालक़िले को छोड़कर महरौली चले जाएँगे उसके बाद वे हज के वास्ते मक्का मदीना की यात्रा पर निकल जाएँगे। ज़हीर दहलवी ज़फ़र के सेवक थे। उन्होंने देखा कि ज़फ़र हिम्मतपस्त होकर बिलकुल बेबसी और नाउम्मीदी का शिकार हो चुके हैं। होड़सन के जासूसी नेता रजब अली ज़फ़र और बाकर के सम्पर्क में थे। बाकर से गुप्तचर के ज़रिए कहा गया कि एक अख़बार में तफ़सील से सारी जानकारी छापें और बतायें कि बादशाह चाहते क्या हैं। बादशाह का इशारा था कि मौक़ा पाकर शहर के सारे दरवाज़े खोल दिए जाएँगे यदि अंग्रेज़ बग़ावत के पहले की स्थिति के अनुसार ज़फ़र को बादशाह क़बूल फ़रमाएँगे। रिज पर विल्सन और लाहोर से लॉरेन्स ने कलकत्ता से ज़फ़र की पेशकश पर ग़ौर करने के लिए कहा था लेकिन लॉर्ड केनिंग इस बात पर अड़ा हुआ था कि बग़ावत के कुचले जाने पर ज़फ़र को अपने पद पर बने रहने के बारे में सोचना भी नहीं चाहिए। इस बीच मोहम्मद बाकर को भी अंग्रेज़ों ने अपना जासूस नियुक्त कर दिया। उन्हें और भी पक्की जानकारी मिलने लगीं थीं।

अंग्रेज़ी कैम्प में अब खुल्लम खुल्ला इस बात पर चर्चा होने लगी थी कि औरतों और बच्चों के बेरहम क़ातिलों से इन्तक़ाम लिया जाना चाहिए और दिल्ली को मिस्सार किया जाना चाहिए। 5 अगस्त को उन्हें ख़बर मिली कि काफ़ी बड़ी फ़ौजी इमदाद फ़िरोज़पुर से दिल्ली की तरफ़ चल पड़ी है। एक जंगम दस्ता अंबाला तक पहुँच चुका है कुछ ही दिन में फ़ील्ड फ़ोर्स से आ मिलेगा जिसका नेतृत्व जॉन निकलसन कर रहा है जिसके क़हर से बचना दिल्ली वासियों के बस की बात नहीं थी।

36 वर्षीय निकलसन मई में पेशावर से चलते समय गुमनाम सिपाही था। वह हिम्मत, गम्भीरता और बेतहाशा आक्रामकता से एक दास्तान बनता जा रहा था। रास्ते में जो भी उसे मिलता वह बिना किसी पूछताछ या जाँच पड़ताल के उसे फाँसी चढ़ा देता या गोली मार देता। वह पक्का घोर साम्राज्यवादी मानसिकता का अंग्रेज़ था जो अंग्रेज़ों के अलावा इंसानों को मनुष्य और जानवर के बीच में कहीं रखता था। अंग्रेज़ों को एक बहुत क्रूर हीरो की ज़रूरत थी। वह 14 अगस्त 1857 को नाश्ते से कुछ देर पहले रिज पर अंग्रेज़ी कैम्प में पहुँचा। उसके साथ 1000 अंग्रेज़ सिपाही,

600 पंजाबी मुसलमान घुड़सवार, 1600 सिक्ख सिपाही और अंग्रेज़ तोपचियों का एक दस्ता था। रिज पर अब अंग्रेज़ी फ़ौज दुगुनी हो गई थी। निकलसन ख़ुद अपने आप में एक सेना था। अंग्रेज़ों में उत्साह की लहर दौड़ गई उन्हें अब पक्का भरोसा होने लगा कि उनके पक्ष में कुछ निर्णायक अवश्य होने वाला है। निकलसन के बारे में कैम्प में बातें होने लगीं थीं। उसने सारे मोर्चों और चौकियों का मुआनिया किया और हमले की नीति बनाने लगा। जनरल विल्सन से उसकी पटरी नहीं बैठ रही थी।

मई, जून और जुलाई 1857 में दिल्ली और लालकिला बदहाली के शिकार हो चुके थे। एक तरफ़ तोपों के गोलों और बंदूक़ की गोलीबारी से मारे जा रहे लोगों की लाशों की सड़ांध से ज़मीन, जल और हवा में भयानक प्रदूषण फैला हुआ था वहीं शहर में खाने पीने की वस्तुओं की कमी से भुखमरी की नौबत आ गई थी। एक तो शहर में चीज़ों की आवक नहीं हो रही थी दूजे सिपाहियों के पास ख़रीदने को रक़म नहीं थी। बाग़ी सिपाहियों की शहर में आवक जारी थी। नीमच और ग्वालियर से ब्रिगेड आ गईं थीं। बख़्त खान की अंग्रेज़ों के हाथों से हुई ताज़ी हार से कुंठा का वातावरण बन गया था। हार का ठीकरा एक दूसरे के सर पर फोड़ा जा रहा था।

मिर्ज़ा मुग़ल और दूसरे शाहजादे दिल्ली शहर से पैसों की उगाही पर ज़ोर दे रहे थे। उन्होंने हिंदू मारवाड़ियों, जैन और गुजराती बेंकर को गिरफ़्तार करके लालक़िले बुलवाया और पूरी रात नीचे ज़मीन पर बिठा कर बंदूक़ की नौक पर धन निकलवाने की कोशिश करते रहे लेकिन वे टस से मस नहीं हुए। उनमें एक अंग्रेज़ों का साहूकार भी था। उसके साथियों ने मिर्ज़ा मुग़ल को कहा कि यदि कल को अंग्रेज़ वापस आ गए तो ये साहूकार तुम्हारी जान बचाने में मददगार सिद्ध हो सकते हैं। इस बात ने उसके दिमाग़ पर असर डाला। आख़िर में परेशान होकर उन्हें छोड़ दिया गया। बाग़ी सिपाहियों के नेता मिलकर ज़फ़र के पास पहुँचे और कहा कि सिपाहियों के खाने के लाले पड़े हैं। सिपाही वापस लौटने लगे हैं। उनके लिए पैसों का इंतज़ाम करना ही होगा। ज़फ़र ने जितनी भी चाँदी उनके पास थी सब लाकर उनको दे दी और कहा अब जो कुछ भी है यही है। जिनको रुकना हो रुकें और जिनको जाना है जाएँ। अंग्रेज़ों के हाथ मिली हार को बख़्त खान पचा न पाया था। लालक़िले में कुछ न बचा था और दिल्ली भी बर्बादी के कगार पर पहुँच गई थी। सिपाहियों को खाने पीने की दिक़्क़त आने लगीं थीं। बख़्त खान ने अपना रुतवा वापस हासिल करने के उद्देश्य से अंग्रेज़ों के रिज कैम्प पर पीछे से एक बड़ा हमला करने की योजना बनाई।

बख़्त खान 24 अगस्त को नौ हज़ार सिपाहियों और तेरह तोपों के साथ तेज़ बारिश में शहर से निकला और उत्तर की ओर नजफ़गढ़ की तरफ़ चला ताकि अंग्रेज़ों को लगे कि वह दिल्ली से वापस जा रहा है। पालम के पास से यमुना का पुल पार करने को वह दक्षिण की तरफ़ मुड़ा तो उसने देखा कि विल्सन ने रिज की तरफ़

जाने वाला पुल तुड़वा दिया था। बख़्त खान ने पुल की मरम्मत करवाना शुरू किया तभी भारी बारिश शुरू हो गई। जब सिपाही उस पर से गुज़रने लगे तो पुल टूट गया। भारी बारिश में सिपाही छत्तीस घंटों भीगते रहे। उनकी हालत ख़राब हो गई।

25 अगस्त को भूखे और बदहाल सिपाहियों ने फिरसे बढ़ना शुरू किया। वे नजफगढ़ की दलदल में घुटने-घुटने पानी में एक-एक क़दम बढ़ा रहे थे। जब फ़ौज दिल्ली से चली थी तब बख़्त खान का बरेली दस्ता सबसे आगे था। पुल पर रुकने के बाद उसने नीमच के दस्ते को आगे फिर नसीराबाद रेजिमेंट और आख़िर में बरेली दस्ते को कर दिया। उसकी तनातनी नीमच के सिपाहियों से चल रही थी तो भारी बारिश और टूटे पुल की मुश्किलों को देखकर उसने पैंतरा बदला कि यदि अंग्रेज़ों से फिर हार हो तो नीमच के सिपाही ज़्यादा मारे जाएँ। हार का ठीकरा भी उनके सिर फोड़ा जा सके।

जब बख़्त खान की फ़ौज लाहोरी और अजमेरी दरवाज़ों से निकलकर रिज के पीछे की तरफ़ जाते हुए अंग्रेज़ों को दिख रही थी तभी जनरल विल्सन ने दूरबीन से देखते हुए निकलसन को हमले का सामना करने की ज़िम्मेदारी सौंपी। वह 25 अगस्त को सुबह चार बजे छोटे भाई चार्ल्ज़ निक्सलसन, बाईबॉर्ट और ग्रिफ़िथ्स के साथ 2500 सैनिकों को लेकर निकला। मेटकाफ़ भी रास्ता दिखाने को उनके साथ था। विल्सन का आदेश था कि पक्के रास्ते से चलना जिससे वे दलदल में न फँसे। निकलसन ने उसके आदेश को नज़रअन्दाज़ करके थियो की सलाह से एक छोटा रास्ता लिया जो पानी से घुटनों तक भरे खेतों से होकर जाता था। फ़ौज छः घंटे तेज़ी से चलकर दस बजे मंगली गाँव पहुँची। दो घंटे नाश्ते के बाद फिर रवाना हुई। अब फ़ौज को निर्देश थे कि ख़ामोशी से बिना किसी आवाज़ के मार्च जारी रखें। निकलसन का पक्का विश्वास था कि लड़ाई में अचानक हमला करने से बड़ी कोई चीज़ नहीं है। सबसे आगे थियो रास्ता खोजता चल रहा था। अचानक उस पर घुड़सवारों ने वार किया। वह बचकर सुरक्षित अपनी सेना में वापस पहुँच गया।

अंग्रेज़ों की फ़ौज के बिलकुल सामने कारवाँसराय में नीमच फ़ौज के सैनिक नौ तोपों के साथ आराम कर रहे थे। वे हथियार उतारकर खेमा गाड़ रहे थे, पालम पर पीछे छूटे बरेली दस्ते का इंतज़ार कर रहे थे ताकि उनके आने पर नहर पार करके अंग्रेज़ी कैम्प पर हमला करें। दूसरी तरफ़ से अंग्रेज़ फ़ौज 32 किलोमीटर गीली मिट्टी में हथियार लादकर चलते आए थे। निकलसन ने उनको बिना किसी आराम के हमला करने का आदेश दिया क्योंकि दुश्मन गाफ़िल था। वह फ़ौज के बीच में घूम कर फुसफुसाता रहा कि दबे पाँव चलें और गोली न चलाएँ। दुश्मन बेख़बर है उनके बिलकुल नज़दीक पहुँच कर संगीन से अचानक हमला करें, गोलियाँ बचा कर चलें। हरेक सिपाही को 200 राउंड गोलियाँ देकर किफ़ायत से ख़र्च करने की

हिदायत दी गईं थी। बाग़ी फ़ौज के सिपाहियों ने दूर से ही गोलियाँ चलाना शुरू कर दिया। निकलसन ने सैनिकों को झुककर गीली मिट्टी में घुटनों के बल चलने का आदेश दिया। सामने से आती गोलियाँ ऊपर से बेकार निकलतीं गईं। निकलसन और बाईबॉर्ट सबसे आगे थे। बिलकुल नज़दीक पहुँच कर उनकी फ़ौज ने संगीन से एकदम हमला बोला तो बाग़ी सिपाही हक्का-बक्का हो हथियार तोप गोला बारूद सामान छोड़कर भागने लगे, उसी समय निकलसन ने पेड़ों की आड़ में छुपाकर लगाई हुई तोपों के मुँह दुश्मन की फ़ौज पर खुलवा दिए। नीमच की फ़ौज बुरी तरह घिर गई। एक तरफ़ तोपों के गोले, सामने की तरफ़ संगीनें, नीचे दलदल और कीचड़, ऊपर से मूसलाधार पानी की बौछार कहीं भाग भी न सके। वहीं ढेर हो गए। जब बख़्त खान को नीमच की बर्बादी की ख़बर लगी तो उसने बरेली टुकड़ी की बढ़त को रुकवा दिया। दो दिन पहले ही उसकी नीमच के सरदारों से बहस हुई थी। उसका बदला उसने इस प्रकार नीमच टुकड़ी को दलदल में फँसाकर लिया।

अंग्रेज़ों के हाथ मिली एक और हार से बख़्त खान की हैसियत को पलीता लग गया। उसकी बची खुची इज़्ज़त में दग़ाबाज़ी का दाग़ भी उस समय लग गया जब उसने नीमच के सिपाहियों के साथ धोखा किया था। उसने कुछ लोगों को मिलाकर ज़फ़र की बेगम जीनत महल पर अंग्रेज़ों से मिलकर साज़िश का इल्ज़ाम लगाया जो आधारहीन भी नहीं था। जीनत अपने पिताजी के माध्यम से निकलसन के जासूसों के मार्फ़त अपनी, अपने बेटे जवाँ बख़्त, अपने पिता और शौहर ज़फ़र की ज़िंदगी बख़्शने की गुज़ारिश की माँग कर रही थी। उस हार के बाद हर किसी को लग रहा था कि अब दिल्ली की बर्बादी के लिए आख़िरी निर्णायक हमला दूर नहीं है।

उस लड़ाई के एक हफ़्ते बाद 4 सितम्बर को दस किलोमीटर लम्बा क़ाफ़िला अंग्रेज़ी कैम्प की ओर एक भारी भरकम अजगर की तरह खिसक रहा था। जिसमें हाथी और 653 बैलगाड़ियों पर भारी हेविट्ज़र, मोर्टार, गोला, बारूद, कारतूस, शैल के टुकड़े और छर्रे के डिब्बे लद कर पंजाब से दिल्ली आ रहे थे। उनके साथ 400 बलूच हैवानियत के सिरमौर राक्षसी अन्दाज़ से दिल्ली में दाख़िल हो रहे थे। पंजाब के राजाओं ने दिल खोलकर अंग्रेज़ों का साथ तन मन धन से दिया था क्योंकि उन्हें पिछले तीन सौ सालों में मुग़लों ने बहुत परेशान किया था। राजपूताना बिलकुल ख़ामोशी से अंग्रेज़ों के साथ थे क्योंकि उन्हें अंग्रेज़ों ने मराठा अत्याचारों से मुक्ति दिलाई थी। उस समय आज की तरह भारतीय राष्ट्रीयता की भावना नहीं जन्मी थी। पिछले सौ सालों से अराजकता के जीवन से रियाया भयानक रूप से त्रस्त थी। पहले मुग़ल सूबेदारों के अन्याय, फिर मराठों की जबरा चौथ वसूली और अब अंग्रेज़ों की हड़प नीति से जीवन जीना मुहाल था।

8 सितम्बर को अंग्रेज़ों की 60 बड़ी तोपें दिल्ली शहर की दीवार और दरवाज़ों पर लग गईं। उन्होंने अल सुबह से ही एक सिरे से चक्रीय व्यूह से गोले फेंकने शुरू

कर दिए। बमबारी दीवार के उत्तरी छोर से शुरू होतीं और एक के बाद एक गोले छूटते हुए दक्षिणी छोर तक पहुँच जाते। चार दिन याने 12 सितम्बर तक चौबीस घंटों तोपें आग उगलती रहीं। तोप के गोलों ने शहर की दीवार और बाग़ियों के हौंसले ढीले कर दिए। 13 सितम्बर को सुबह ग्यारह बजे एक मीटिंग में जनरल विल्सन ने ऐलान किया कि निकलसन हमले का नेतृत्व करेगा। हमले के लिए कुल पाँच दस्ते बनाए गए। उन्हें क्या और कब करना हैं पूरी तफ़सील से समझाया गया। चार दस्ते उत्तरी कोने में बमबारी से टूटी दीवार से शहर में दाख़िल होंगे। पाँचवा दस्ता रिज़र्व में रखा गया था। शहर में की जाने वाली लूट का क़ानूनी क़ब्ज़ा किसके पास रहेगा। इस पर वोट से निर्णय किया गया। सबसे ज़्यादा वोट एडवर्ड कैम्पवेल को मिले। शाम को सब अपनी वसीयत लिखने में व्यस्त रहे। कोई किसी से बात नहीं कर रहा था। अजीब सी ख़ामोशी सभी खेमों में छाई हुई थी।

एडवर्ड कैम्पवेल पादरी राटन के पास गया। उसने कैम्पवेल को संत पॉल का तिमोथी को लिखा पत्र पढ़कर सुनाया जिसका सार था कि "हाँ, मैं अपनी बलि देने को तैयार हूँ।" पादरी ने आँख मूँदकर नेहम की किताब से पन्ना निकाला जिस पर लिखा था कि "घेराबंदी के लिए हौसला जुटाओ और अपने क़िले को मज़बूत करो। आग तुमको घेरेगी। तलवार तुमको काटेगी, तुम्हें घुन की तरह चाट जाएगी। वहाँ मकतुलो का एक ढेर है और बड़ी संख्या में लाशें हैं। वह अपने मुर्दों पर खुद ही ठोकर खाकर गिरेंगे।"

मिर्ज़ा मुग़ल ने भी हमला झेलने की पूरी तैयारी कर ली थी। उसने दीवारों के पल्ली तरफ़ मोर्चाबंदी और सड़कों पर रुकावटें बना लीं थीं। शहर में डिंदौरा पिटवा दिया था कि सब लड़ाई के लिए तैयार हो जाएँ। बख़्त खान को काबुल दरवाज़े पर तैनात किया गया था उसने भी मोर्चाबंदी की पूरी तैयारी कर ली थी।

ज़फ़र अपनी रोज़मर्रा की ज़िंदगी की रस्म पूरी कर रहे थे। जब उनको पता चला कि तोपें ख़ामोश हो गईं हैं तो वे बेहद डर गए। उन्होंने क़ुरान शरीफ़ उठाकर फाल देखी जहाँ नज़र पड़ी वहाँ लिखा थाः-

न तुम, न तुम्हारी फ़ौज। बस वही जो पहले यहाँ थे। बादशाह ख़ौफ़ज़दा हो गए। जीनत महल अगस्त की शुरुआत से ही अंग्रेज़ों से सम्पर्क क़ायम करके सुलह के पैग़ाम भिजवा रहीं थीं। वे होड़सन के मार्फ़त लॉरेन्स को सुलहनामा के लिए राज़ी करने के भरसक प्रयास कर रहीं थीं। आख़िर में वे अपने पिता, पुत्र और पति की जान बख़्शनेवाली सुलह का वचन होड़सन से लेने में कामयाब हो गईं थीं।

13 सितम्बर की आधी रात को अंग्रेज़ी खेमे के सब सिपाही जाग कर अपने-अपने दस्तों में जमा हो गए। उन्हें लालटेन की रोशनी में विल्सन के आदेश पढ़कर सुनाए गए।

हर सिपाही को 200 राउंड गोलियाँ लेकर चलना है।

हर दस्ते का एक मक़सद उन्हें बताया गया।

कोई लूटमार नहीं की जाएगी।

जो ज़ख़्मी हों उन्हें वहीं छोड़ना है।

कोई क़ैदी नहीं लिए जाएँगे।

इंसानियत और मुल्क की इज़्ज़त की ख़ातिर औरतों और बच्चों को कोई नुक़सान नहीं पहुँचाया जाएगा।

शहर की सारी दौलत एडवर्ड कैम्पवेल की निगरानी में सरकारी ख़ज़ाने में जमा की जाएगी।

14 सितम्बर 1857 को सुबह तीन बजे चारों हमलावर दस्ते ख़ामोशी के साथ पहले फ़्लैगस्टाफ़ टावर फिर मुग़ल बाग़ में ज़फ़र के लगाए फलों के पेड़ों की आड़ लेते हुए नीचे शहर की तरफ़ उतरे।

निकलसन ने पहले दस्ते को आदेश दिया और कुमुक दिल्ली की दीवारों पर चढ़ाई करने आगे बढ़ी। रिज की तलहटी और दीवार के बीच क़रीब साठ मीटर का मैदान था। वहाँ अंग्रेज़ी सैनिकों के पहुँचते ही बाग़ी सिपाहियों ने उन पर ताबडतोड़ गोलियाँ चलाईं शुरू कर दीं। जानलेवा गोलीबारी से सैनिक धड़ाधड़ गिरने लगे। लेकिन निकलसन उनका हौसला बढ़ाकर सबसे आगे चलता रहा। उनके सामने पहली रुकावट 20 फ़ुट गहरी और 25 फ़ुट चौड़ी खाई थी। ऊपर से गोलियों का सामना करते हुए भी सैनिक आख़िर क़िले के परकोटे पर चढ़ गए। तोप के गोलों ने दीवार में सुराख़ कर दिए थे। वहाँ से अंदर पहुँचते ही अंग्रेज़ सैनिक ख़ुशी से झूम उठे कि उन्होंने पहली मंज़िल पा ली है।

दूसरा दस्ता कश्मीरी गेट को भारी मात्रा में बारूद लगा कर उसे उड़ाने वाला था। क्योंकि दिन ख़ूब निकल आया था इसलिए वह इतना आसान नहीं रहा जितना कि योजना बनाते समय लग रहा था। जैसे ही सिपाहियों ने दरवाज़े पर विस्फोटक लगाना शुरू किया बाग़ी सिपाहियों ने कश्मीरी गेट में ही बने एक छोटे से गेट को खोलकर गोलियाँ चलानी शुरू कर दीं। विस्फोटक लगाने के फेर में पहला दूसरा तीसरा एक के बाद एक अंग्रेज़ी फ़ौज के सिपाही गोली खाकर मरने लगे। तीन सिपाहियों को छोड़कर बाक़ी सब मारे गए या ज़ख़्मी हो गए। सॉकेल्ड, स्मिथ और हॉथार्न बचे। सॉकेल्ड विस्फोटक लगाते हुए बुरी तरफ़ घायल हो गया। स्मिथ ने बारूद लगते ही पलीता जलाकर आग लगाते ही अपने आप को दीवार से ही पुल के ऊपर से नीचे फेंक दिया। कश्मीरी गेट एक कोने से उड़ गया। हॉथार्न जो कि गड्ढे में छुपा था, ने हॉर्न बजाकर सिपाहियों को सूचना दे दी कि वे आकर हमला कर सकते हैं।

तीसरे दस्ते के सिपाही क़ुदसिया बाग़ में गोलियों से बचते हुए चित लेटे हुए उसी बिगुल का इंतज़ार कर रहे थे। गोलियों की बौछार में तीसरी बार में बिगुल की आवाज़ बेरहम लेफ़्टिनेंट कोगहिल ने सुनी। उसने कूच का हुक्म दिया। दस मिनट तक तलवारों और संगीन से ख़ून की फुहारें फूटतीं रहीं। पैरों तक डूबे ख़ून के बहाव के साथ लाशों के ढेर लग गए। अंग्रेज़ी सैनिकों ने कश्मीरी गेट पर क़ब्ज़ा करके उसकी मेहराब पर यूनीयन जैक लहरा दिया। हिंदुस्तान की गुलामी का प्रतीक कश्मीरी गेट पर फहराने लगा। इस दौरान अंग्रेज़ी फ़ौज के तीन-चार सौ सैनिक मारे जा चुके थे। निकलसन के दस्ते के सिपाही दीवारों के पास आगे बढ़ चुके थे उसने तीनो दस्तों के बचे सिपाहियों को एक मैदान में इकट्ठा किया और तेज़ी से खोए हुए बाक़ी सिपाहियों से मिलकर काबुल और लाहोरी दरवाज़े पर पहुँच कर क़ब्ज़ा करने की सोची।

लाहोरी दरवाज़े पर बख़्त खान की बरेली फ़ौज तोपों से गोले बरसा रही थी। निकलसन ने वापस भागते सैनिकों को रोककर आगे बढ़ने का आदेश दिया और खुद तलवार घुमाता हुआ सबसे आगे बढ़ा, तभी बुर्ज से एक निशानेबाज़ ने उस पर गोली चलाई जो कि उसे बाई तरफ़ बग़ल के नीचे सीने में लगी। उसे पता ही नहीं चला कि उसे गोली लगी है। याद दिलाने पर पता चला कि उसे गोली लग गई है। वह गिर गया उसे उठाकर काबुली दरवाज़े पर ले जाया गया। वहाँ से रिज पर पहुँचाने के लिए डोलीबरदारों को लगाया गया। गोलीबारी इतनी तेज़ हो रही थी कि दोनों क़ुली उसे एक सुनसान जगह पर छोड़कर भाग गए। वहाँ से राबर्ट्स निकला उसने डोली में निकलसन को घायल अवस्था में देखा। निकलसन बोला :

*मैं मर रहा हूँ मेरे बचने की उम्मीद नहीं है।*

थियो को चौथे दस्ते के साथ जामा मस्जिद पर क़ब्ज़ा करना था। वह शहर के कूचों से मस्जिद के सामने पहुँचा ही था, तभी मस्जिद का दरवाज़ा खुला और सैकड़ों जिहादी उन पर टूट पड़े। उनसे लड़कर बचते हुए वह कश्मीरी गेट की तरफ़ भागा। अंग्रेज़ी फ़ौज बेतरतीबी से बिखर गई। दोपहर तक अंग्रेज़ों की हिम्मत टूटने लगी थी। बाग़ी सिपाही एक-एक फ़ुट के लिए जान लेने देने पर आमादा थे। अंग्रेज़ों के 1100 सिपाही और सात अफ़सर मारे जा चुके थे। रिज पर अस्पताल पूरी क्षमताओं से काम कर रहा था। ज़मीन पर उँगलियाँ, हाथ, टाँगें कटी हुई बेतरतीबी से पड़ीं थीं। जिन्हें न काटा जाता तो उन सिपाहियों की मौत हो सकती थी।

जनरल विल्सन चिंता और थकान से बिलकुल टूटने लगा था। फ़ौज का मनोबल टूटते देखकर होड्सन परेशान और दंग रह गया था। बख़्त खान के नेतृत्व में नीमच और बरेली के बाग़ी सिपाहियों ने जिहादियों के साथ मिलकर मोरी बुर्ज पर

भारी हमला किया और अंग्रेज़ी फ़ौज को पीछे धकेल दिया। विल्सन फ़ौज को शहर से वापस बुलाने पर तुल गया था लेकिन उसे उसके अफ़सरों ने रोक रखा था। विल्सन की फ़ौज को वापस बुलाने की मंशा की ख़बर जब निकलसन को मरणासन्न अवस्था में मिली तो वह बोला :

> *"शुक्र है कि मुझमें इतनी ताक़त है कि ज़रूरी हो तो मैं विल्सन को गोली मार दूँगा।"*

14 सितम्बर को शुरू हुआ हमला 15 और 16 को रुका सा रहा। अंग्रेज़ी सिपाही चाँदनी चौक के इलाक़ों में घर-घर लूटमार करने लगे शराब दुकानों को लूटकर नशे में डूब गए। सारा अनुशासन और स्थिति की गम्भीरता को भूलकर बेलगाम हो गए। विल्सन भी हताश होकर करनाल वापस जाने के बारे में सोचने लगा था। इस बीच अंग्रेज़ी तोपों ने बमबारी निरंतर जारी रखी थी।

बाग़ी सिपाहियों के लिए वह वक़्त माक़ूल था जब वे जवाबी हमला करके रिज घेरकर सारे अंग्रेज़ी सिपाहियों का सफ़ाया कर सकते थे। उनमें रणनीतिक सोच और कल्पनाशीलता से स्थिति का फ़ायदा उठाने वाला कोई सेना प्रमुख नहीं था। न उनका अंग्रेज़ों जैसा पेशेवर प्रशिक्षण हुआ था। बाग़ी सिपाहियों को सूबेदार से ऊपर काम करने का अनुभव नहीं था। जबकि नीतिगत निर्णय प्रक्रिया का हिस्सा कैप्टन से ऊपर के पदों के अफ़सर ही हुआ करते थे। मुग़लों ने विगत 108 सालों से न कोई लड़ाई लड़ी और न लड़ाई के हिस्से रहे थे। उनमें पेशेवर योग्यता होने की कल्पना करना ज्येष्ठ माह की दोपहर में सूर्य की किरणों से बर्फ़बारी की आशा लगाना जैसा था। शहर में हालात बदतर होने के कारण खाने पीने का सामान आना बिलकुल बंद हो गया था। अंग्रेज़ों के यमुना नहर खोल देने से नदी में गटर का पानी मिलने से पानी पीने योग्य नहीं रह गया था। सिपाही शहज़ादे और सलातींन के भूखों मरने की नौबत आ गई थी। लड़ाई रुकी होने से सिपाही भी अजीब सी निष्क्रिय मानसिकता में जी रहे थे। वे मुग़ल साम्राज्य के सिपाही बनने आए थे लेकिन यहाँ तो पीने को पानी तक नसीब नहीं हो रहा था।

16 सितम्बर की दोपहर को जिहादी नेता सरफ़राज़ के नेतृत्व में बाग़ी फ़ौज के अफ़सर क़िले के अंदर ज़फ़र के पास जाकर उनसे तलवार हाथ में लेकर नेतृत्व करने की ज़िद करने लगे। ज़फ़र अजीब मुश्किल में पड़ गए। वे बाग़ियों के हाथ के अनमने से खिलौने बने हुए थे। न हाँ करते थे और न ना करते थे। अब तटस्थ बने रहना नामुमकिन था। यदि मना करते हैं तो बाग़ी उन पर अंग्रेज़ों से मिले होने का इल्ज़ाम लगा कर उन्हें तुरंत निपटा देते और यदि हाँ करते हैं तो बाद में अंग्रेज़ों के बग़ावत का नेतृत्व के आरोप से नहीं बच सकते थे। उगलत-निगलत पीर घनेरी।

उन्होंने फ़ैसला सुनाया कि वे कल 12 बजे ख़ुद फ़ौज का नेतृत्व करेंगे। अगले दिन 70000 लोगों की भीड़ इकट्ठा हो गई।

ज़फ़र की पालकी निकली और तकरीबन 200-250 मीटर चलकर रुक गई क्योंकि अंग्रेज़ों की गोलीबारी शुरू हो गई थी। वे अभी तक तोपों की ज़द में नहीं आए थे। तभी अहसानुल्लाह खान भीड़ में से जगह बनाकर दौड़ते हुए उनके कान में आकर बोले :

> *"अगर आप फ़ौज के साथ लड़ने जाएँगे तो कल आपके इस फ़ैसले का अंग्रेज़ों के सामने क्या सफ़ाई दूँगा। वो तो छोड़िए, अभी आप एक भी क़दम आगे बढ़े तो गोलियों से छलनी कर दिए जाएँगे।"*

यह सुनते ही बादशाह जुलूस छोड़कर शाम की नमाज़ का बहाना करके क़िले वापस चले गए। सब हैरान रह गए। बाग़ी फ़ौज और भीड़ बिखर गई। लोग सिर नीचा करके जहाँ थे वहीं बैठ गए। उनका उत्साह ठंडा पड़ गया। बाग़ी अंग्रेज़ों के हमले से डरे हुए थे। वे ज़फ़र के पलायन से सकते में आ गए। उनके लिए ही तो वे अपना घर बार छोड़कर जान की बाज़ी लगाने आए थे। अब क्या करें। वे दिल्ली छोड़कर भागने लगे।

पिछले दो सौ सालों में 16 सितम्बर 1857 की रात आख़िरी रात थी जब मुग़ल बादशाह ने क़िले में गुज़ारी थी। सुबह चार बजे के लगभग ज़फ़र जीनत और अहसानुल्लाह को बताए बग़ैर चुनी हुई ख़ानदानी चीज़ें, शाही ज़ेवरात, मिल्कियत के काग़ज़ात मय सामान की पूरी फ़ेहरिस्त और पैग़म्बर साहब की दाढ़ी के तीन बाल लेकर कुछ ख़िदमतगार के साथ निकल गए। वे सीधे निज़ामुद्दीन दरगाह पहुँचे। पैग़म्बर साहब के तीन बाल जिन्हें बे गुलाब जल से ख़ुद धोते थे जो मुग़ल तैमूरिया ख़ानदान के वारिस को चौदहवीं सदी से विरासत में मिलते रहे थे, जिनसे मुग़लिया ख़ानदान की बरकत थी, दरगाह के मुजावीरों को सुपुर्द किए। उन्होंने दरगाह पर दुआ माँगी, नाश्ता किया और फूट-फूट कर रोने लगे और बोले :

> *"बेकार का ख़ून ख़राबा रोकने के लिए मैंने क़िला छोड़ दिया, यह मुल्क ख़ुदा के हवाले और उसकी मिल्कियत है। वह जिसे चाहे सौंपे।"*

वे वहाँ से महारौली की तरफ़ गरमियों के महल की ओर चलने को मुख़ातिब ही हुए थे तभी होड़सन का जासूस इलाही बख़्श आ गया उसने गूज़रों की लूटमार से बचने के लिए शहर के बाहर न जाने की हिदायत की। होड़सन का लक्ष्य शुरू से ही स्पष्ट था कि वह इतिहास में अमर होने के लिए बादशाह को मारने की जगह गिरफ़्तार करके नाम कामना चाहता था कि तीन सौ साल के मुग़ल साम्राज्य के बादशाह को

उसने गिरफ़्तार करके साम्राज्य का ख़ात्मा करने का सबब हासिल किया। इसके लिए उसने बहुत पापड़ बेले थे। अपने अफ़सरों से अनुमति लिए बग़ैर उसने जीनत, उसके पिता, लड़के जवाँ बख़्त और ज़फ़र को ज़िंदा रखने की गारण्टी का अहसास दिया था। इलाही बख़्श उनको मनाने में कामयाब हो गया। ज़फ़र वहीं जीनत का इंतज़ार करते रहे उनके आने पर हुमायूँ के मक़बरे में जाकर पनाह ली जिसे सोलहवीं सदी में अकबर ने बनवाया था।

17 सितम्बर की सुबह ज़फ़र का क़िले से पलायन की ख़बर जंगल में आग की तरह पूरे शहर में फैल गई। दोपहर तक लोगों का हुजूम अजमेरी दरवाज़े से निकलना शुरू हो गया। लेकिन इस बात की ख़बर भी फैल गई कि उन्हें अंग्रेज़ों से ज़्यादा गूज़रों से ख़तरा है इसलिए वे कश्मीरी दरवाज़े तरफ़ जाने लगे जिस पर अंग्रेज़ों का क़ब्ज़ा हो चुका था। वहाँ सारे मर्द और नौजवानों को गोली मार दी गई। औरतों और बच्चों को उनकी तलाशी और सारे ज़ेवरात सामान और पैसे छीन कर उन्हें निकलने दिया।

दोपहर बाद बख़्त खान ने किशनगढ़ वाला मोर्चा छोड़ दिया। अंग्रेज़ जैसे जैसे आगे बढ़ते गए घरों को लूटते और क़ब्ज़ा करते गए। शहर सन्नाटों में डूबा हुआ था। उर्दू अख़बार के मालिक मौलवी मुहम्मद बाकर के शायर बेटे मोहम्मद हुसैन आज़ाद खुद अच्छे शायर और ज़ौक़ के शागिर्द थे। अंग्रेज़ फ़ौज के सिपाही उनके घर में घुस गए। बोले फ़ौरन बाहर निकलो। उनके सामने अंधेरा छा गया। भरा पूरा घर उनके सामने था। उन्होंने सारे ज़ेवरात और जवाहरात एक संदूक में बंद करके पहले ही कुएँ में फेंक दिए थे। अचानक उनकी नज़र ज़ौक़ के उस पैकेट पर पड़ी जिसे लेकर सोते थे, जो उन्हें ज़ौक़ ने 1854 में अपने इंतक़ाल के वक़्त सौंपा था। वे ज़ौक़ के एक समर्पित चेले थे। उस्ताद के इंतक़ाल के बाद उनकी शायरी का एक संकलन तैयार कर रहे थे। उन्होंने सोचा ये घर माल ओ असबाब तो बाद में भी कमाया जा सकता है लेकिन उस्ताद की बेहतरीन शायरी अगर नष्ट हो गईं तो कोई उनका नाम लेने वाला भी ना रहेगा। उन्होंने चुपचाप वह पैकेट दबाया और परिवार के 22 अधमरे सदस्यों के साथ मरे हुए क़दमों से घर और शहर दोनों छोड़ दिया। पलट-पलट कर अपने सामान और घर को गीली आँखो और डूबते अरमानों से देखते जाते थे कि सिपाही कैसे उन पर हाथ साफ़ करने लगे थे।

रात उन्होंने बर्फ़खाने याने आज के कनाट सर्कल में गुज़ारी। अगले दिन सोनीपत पहुँच गए। वहाँ उन्होंने अपने पिता के एक सिक्ख दोस्त को ढूँढ निकाला जिसने उन्हें अंग्रेज़ी फ़ौज से बचकर निकालने में मदद का वचन दिया था। वह सिक्ख उन्हें अपना साइस बताकर मैदान में ले गया, यदि छुपाते तो अंग्रेज़ उन्हें गोली मार देते। उसी मैदान में उनके सामने उनके पिता मुहम्मद बाकर को फाँसी दी गई। बाप बेटे ने एक दूसरे को देखा मगर पहचान ज़ाहिर न होने दी क्योंकि इनका भी

फाँसी वारेंट निकला हुआ था। वे भाग कर मद्रास के पास नीलगिरी पहाड़ों में जाकर रुके और लखनऊ होते हुए लाहौर पहुँचे। वहाँ पोस्ट मास्टर जनरल के ऑफ़िस में चपरासी की नौकरी कर ली और अपने उस्ताद के ख़्वाबों की ताबीर ज़ौक़ की शायरी का प्रकाशन लाहौर में किया। दुनिया मुहम्मद हुसैन आज़ाद के प्रयासों से ही ज़ौक़ को जान पाई। वे न होते तो शायरी में ग़ालिब के दुश्मन नम्बर एक और ज़फ़र के उस्ताद की शायरी लुप्त हो गई होती। देखिए बानगी। यह ग़ज़ल भी उसी पैकेट में थी जिसे आज़ाद अपने सीने से लगाकर चले थे।

*लायी हयात[1], आये, क़ज़ा[2] ले चली, चले*
*अपनी ख़ुशी न आये न अपनी ख़ुशी चले*

*बेहतर तो है यही कि न दुनिया से दिल लगे*
*पर क्या करें जो काम न बे-दिल्लगी चले*

*कम होंगे इस बिसात[3] पे हम जैसे बद-क़िमार[4]*
*जो चाल हम चले सो निहायत बुरी चले*

*हो उम्रे-ख़िज़्र[5] भी तो भी कहेंगे ब-वक़्ते-मर्ग[6]*
*हम क्या रहे यहाँ अभी आये अभी चले*

*दुनिया ने किसका राहे-फ़ना में दिया है साथ*
*तुम भी चले चलो युँ ही जब तक चली चले*

*नाज़ाँ[7] न हो ख़िरद[8] पे जो होना है वो ही हो*
*दानिश[9] तेरी न कुछ मेरी दानिशवरी चले*

*जा कि हवा-ए-शौक़[10] में हैं इस चमन से 'ज़ौक़'*
*अपनी बला से बादे-सबा[11] अब कहीं चले*

ग़दर के दौरान ग़ालिब की जान बचना एक पहेली थी क्योंकि अंग्रेज़ों ने सारे दरबारी और सभ्रांत मुसलमानों को चुन-चुन कर मारा था। उनके वफ़ादार और जासूस मुसलमानो ने अंग्रेज़ों को ग़दर की तरफ़दारी करने वालों की फ़ेहरिस्त दी थी। उनके

**शब्दार्थ**

---

1. ज़िन्दगी, 2. मौत, 3. जुए के खेल में, 4. कच्चे जुआरी, 5. अमरता, 6. मृत्यु के समय, 7. घमंडी, 8. बुद्धि, 9. समझदार, 10. प्रेम की हवा, 11. सुबह की शीतल वायु

गिरफ़्तारी वॉरंट निकले हुए थे। उनके घरों पर धावा बोला जाता उन्हें खींच कर सड़कों पर लाया जाता फिर बिना किसी जाँच पड़ताल के उन्हें गोली से उड़ा दिया जाता।

ग़ालिब क़ासिम जाँन की बल्लीमारां गली में रहते थे। जहाँ अभी उनकी हवेली को संग्रहालय बना कर रखा गया है। पुरानी दिल्ली मेट्रो स्टेशन से उतरकर शीशगंज गुरुद्वारा से बाँयी तरफ़ जाओ तो चाँदनी चौक पहुँचते हैं और दायीं तरफ़ जाओ तो दो सौ क़दम पर बल्लीमारां गली है वहाँ से बाँयी तरफ़ मुड़ते है। पचास क़दम जाकर दायीं ओर मुड़ते ही बीस क़दम पर ग़ालिब की हवेली है। जिसे गुलज़ार ने आबाद करवा कर ग़ालिब का संग्रहालय बनवाया है। उसी हवेली के नज़दीक अंग्रेज़ों के वफ़ादार महाराजा पटियाला के दरबारी भी रहते थे। महाराजा पटियाला ने अंग्रेज़ों की काफ़ी मदद की थी और रिज पर सिपाही व हाथी भी भेजे थे। उन्होंने ग़ालिब की गली में पहरेदारों की व्यवस्था की थी। वे दिल्ली के अकेले दरबारी थे जिनके घर पर हमला नहीं हुआ। उनकी जायदाद सुरक्षित रही।

उन्होंने अपने दस्तंबू में लिखा था कि धोबी नाई मेहतर भंगी दुकानदार कोई नहीं बचा। पानी की क़िल्लत कही नहीं जाती, बहुत किफ़ायत से उपयोग किया लेकिन अब एक बूँद पानी नहीं बचा है। दोनों गोद लिए बच्चे दूध मलाई मिठाई माँगते हैं। उनकी कोई ख़्वाहिश पूरी नहीं की जा सकती है। वे रोते रहते हैं पहले तो उनकी आँखों में पानी देख लेते थे लेकिन अब वो भी रेगिस्तान हुई जाती हैं। बाहर क़त्लेआम जारी है। सड़कें भयानक मंज़रों से भरी पड़ीं हैं। एक दिन बादल आए, रिमझिम शुरू हो गई मानो सहरा में सोता खुल गया हो, सेहन में चादर कपड़ा बाँधकर उसके नीचे घड़े रखकर पानी इकट्ठा कर लिया। उन्होंने मौज़ूँ ग़ज़ल लिखी थी।

*इशरत-ए-क़तरा[1] है दरिया में फ़ना हो जाना*
*दर्द का हद से गुज़रना है दवा हो जाना*

(बूँद को जब नदी में मिल कर मिटना ही है तो क्यों न मिटने का मज़ा लिया जाए जब दर्द सहने की हद से पार हो जाएँगे तो उसे सहने की आदत पड़ जाती है)

*दिल हुआ कशमकश-ए-चारा-ए-ज़हमत[2] में तमाम*
*मिट गया घिसने में इस उक़दे[3] का वा हो जाना*

(मुश्किलों का इलाज ढूँढने में दिल डूबा जाता है। जो गाँठ खोलने बैठे थे वो घिसने में ही ख़त्म हो गई, खुल न सकी)

---

1. मिटने की ख़ुशी, 2. पहेली, 3. गाँठ

*अब जफ़ा से भी हैं महरूम हम अल्लाह अल्लाह*
*इस क़दर दुश्मन-ए-अरबाब-ए-वफ़ा[4] हो जाना*

(हे भगवान! हम बेवफ़ाई से भी बेदख़ल हैं दुश्मनी इस हद तक बढ़ गई है)

*दिल से मिटना तिरी अंगुश्त-ए-हिनाई का ख़याल*
*हो गोया गोश्त से नाख़ुन का जुदा हो जाना*

(तेरे हाथों में रची हुई मेंहदी का ख़याल भी दिल से उतर गया है जैसे नाख़ून माँस से जुदा हो गया हो)

*है मुझे अब्र-ए-बहारी का बरस कर खुलना*
*रोते रोते ग़म-ए-फ़ुर्क़त में फ़ना हो जाना*

(जुदाई के ग़म में रोते रोते ऐसी बारिश हुई कि तूफ़ान में सब बह गया)

*बख़्शे है जल्वा-ए-गुल ज़ौक़-ए-तमाशा[5] 'ग़ालिब'*
*चश्म को चाहिए हर रंग में वा हो जाना*

(देखने वालों को खिले फूल का मज़ा लेने की प्रशंसा करने दो। आँखों को हर हालत में खुले ही रखना होगा)

ग़ालिब का एक मानसिक रोगी भाई था वह सड़क पर भागा तो अंग्रेज़ों ने उसे गोली मार दी। उसे दफ़नाया न जा सका। उसकी लाश सड़ गई थी। 5 अक्टूबर को कश्मीरी दरवाज़े के रास्ते से सिपाही उनके घर में आ धमके और ग़ालिब को पकड़कर पूछताछ के लिए कर्नल बर्न के सामने पेश किया गया। ग़ालिब अपने ही अन्दाज़ में तुर्की टोपी पहनकर शाही अन्दाज़ में हाज़िर हुए।

कर्नल बर्न ने उर्दू में पूछा

"अच्छा! मुसलमान हो।"

ग़ालिब ने जबाव दिया जनाब "आधा"

इसका क्या मतलब, बर्न ने पूछा।

ग़ालिब बोले "शराब पीता हूँ लेकिन सुअर नहीं खाता।"

---

4. सतत दुश्मनियों, 5. देखने वाले की प्रशंसा

ग़ालिब ने मालिका विक्टोरिया की शान में लिखे कशीदा की मिली पावती बर्न को दिखाई।

बर्न ने पूछा "हमारी फ़तह की जश्न पर तुम रिज पर क्यों नहीं आए।"

ग़ालिब बोले "हमारे रुतबे के मुताबिक़ मेरे लिए चार पालकीबरदार होने चाहिए लेकिन वो चारों हमें छोड़कर भाग गए इसलिए हम नहीं आ सके।" आगे बोले "बूढ़ा हूँ अपाहिज हूँ लड़ नहीं सकता। आपकी फ़तह की दुआ कर सकता हूँ।"

कर्नल बर्न ने उन्हें जाने दिया।

*जान बची तो लाखों पाए*
*लौट के ग़ालिब घर को आए।*

ये ज़िंदगी भी बड़ी अजीब प्यारी चीज़ है। ग़ालिब उस समय 60 पार कर चुके थे और ज़फ़र 80 साल के हो गए थे लेकिन ज़िंदगी हर हाल में बचाने की भरसक कोशिश कर रहे थे। ज़िंदगी जितनी पुरानी होती जाती है उतनी कस के मोह में लपेटती जाती है।

उनके साथ के कोई नहीं बचे थे। शहर में कोई एक हज़ार मुसलमान ही बचे होंगे जो अंग्रेज़ों के सेवक थे, लेकिन कोई उनकी बात और शायरी को समझने वाले न थे। वे अपने मन की बात किसी से न कह सकते थे। कोई उनकी शायरी के दाद देने वाले न रहे और न कोई उनका मज़ाक़ उड़ाने वाले। वे अपना दुःख दर्द नहीं बाँट सकते थे। न दोस्त यारी को रहे न दुश्मन बैर को बचे, सब फ़ौत हो गए। मुहल्ले के मुहल्ले मौत हो गए।

ग़ालिब ने रामपुर के एक दोस्त को लिखे ख़त में इन शेरों में अहवाल-ए-दिल बयान किया था।

*बसिक्का हफ़ाले मायरीद है आज*
*हर सल्ह शोर इंग्लैंड का*
*घर से बाज़ार में निकलते हुए*
*जहरा होता है आब इंसान का*
*चौक जिसको कहें वो मक्तल है।*

*घर बना है नमूना ज़िंदां का*
*शहरे-दिल्ली का ज़र्रा ज़र्रा-ए-ख़ाक*
*तिश्ना-ए-ख़ून है हर मुसलमां का*
*मैंने माना कि मिल गए फिर क्या*
*वही रोना तनों-दिलों-जाँ का।*

उन्होंने आगे लिखा मैं इस ख़ून के समुन्दर का तैराक हूँ। मेरे ग़म लाइलाज हैं, मेरे ज़ख़्म कभी नहीं भर सकते, लगता है मैं पहले ही मर चुका हूँ। इतने यार मरे कि जब मैं मरूँगा तो मेरा कोई रोने वाला ही न होगा। जो चार कंधे वास्ते जनाजा सोच में थे वो तवारीख़ों में गुम हो गए, उनकी लावारिस लाशें जनाजों की मुँहताज रह गईं।

*जो इतने अज़ीज़ों का मातमदार हो*
*उसको जीस्त क्यों व दुश्वार हो।*

मुग़ल बादशाह ज़फ़र के एक भाई मिर्ज़ा बाबर के मँझले बेटे थे ज़फ़र सुल्तान। वे अपने बाँकपन, अंग्रेज़ी लिबास और अंग्रेज़ीयत रहन सहन के लिए मशहूर थे। उन्होंने अपने लिए लालक़िले में अंग्रेज़ी तर्ज़ का एक बंगला भी बना रखा था। जब उनका बंगला अंग्रेज़ों की बमबारी की हद में आने लगा तो वे अपनी अंधी माँ को एक बैलगाड़ी में बिठाकर अजमेरी गेट से निकलकर करनाल की तरफ़ चल दिए। अंग्रेज़ और गूज़रों के हमलों से बचकर एक गाँव के बाहर खुले में सो गए। सुबह उठे तो देखा कि गाड़ीवॉन दोनों बैलों को लेकर चंपत हो चुका है।

उन्होंने कुछ दूर आगे जाकर जाटों के एक गाँव में शरण ली। जाटों ने उन्हें कुछ खाने को दिया और फिर थोड़ी देर बाद हमला करके ज़ेवरात वग़ैरह सब लूट लिए। पिटाई में परिवार के सब मारे गए और सुल्तान ज़फ़र बेहोश हो गए, जब होश आया तो अपने आप को जंगल में पड़ा पाया। उनकी माँ के सिर पर लाठी की चोट से ख़ून बह रहा था। वो बोलीं बेटा मैं हिंदुस्तान के बादशाह की भाभी हूँ मेरा नसीब देखो कि मैं एक जंगल में मर रही हूँ। मुझे एक कफ़न तक नहीं मिलेगा। कहते-कहते ही उनकी जान निकल गई। ज़फ़र सुल्तान ने लकड़ियों की नौक से गड्ढा खोदकर किसी तरह बादशाह की भाभी और अपनी माँ को ज़मींदोज़ किया।

ज़फ़र सुल्तान फ़क़ीर हो गए, भीख माँगकर खाते थे और मज़ारों के पास पड़े रहते थे। दर-दर भटकते हुए वहाँ से बम्बई चले गए। हाजियों की ख़ैरात पर मक्का चले गए। दस साल वहाँ गुज़ारे फिर उनके साथ करांची आ गए। दिल्ली तो दिल में बसी थी उसे न भुला पाए और एक दिन वापस दिल्ली आ गए। दिल्ली में रेल स्टेशन बन रहा था उस पर ईंटें गारे का काम किया। कुछ पैसे जोड़कर एक ठेला ख़रीद लिया। हाथठेला पर सामान रखकर रोज़ी से जीवन यापन करते थे।

उसी समय के एक शायर ख्वाजा हसन निज़ामी चाँदनी चौक से दरियागंज की तरफ़ तफ़री पर निकले तो उन्होंने देखा कि शराब के नशे में धुत्त एक सिक्ख दाढ़ी वाला एक मुसलमान बुज़ुर्ग को कोड़ों से बुरी तरह पीट रहा है। जब बर्दाश्त की हद हो गई तो उस बुज़ुर्ग ने सरदार चेहरे पर इतनी ज़ोर का एक मुक्का मारा कि उसकी नाक टूट गई। मामला अदालत पहुँचा। वहाँ हसन निज़ामी की गवाही थी। जब उस

बुज़ुर्ग से सूरतेहाल पूछा तो उसने कहा उस सिक्ख की कार मेरे हाथठेले से टकरा गई थी। जिसमें मेरी कोई ग़लती नहीं थी। वह नशे में गाड़ी तेज़ी से चलाता आया और मेरा ठेला तोड़ दिया। अमीरों को ग़रीबों का कुछ लिहाज़ नहीं होता। लेकिन साठ साल पहले इस आदमी के बाप दादा हमारे गुलाम हुआ करते थे। पूरा हिंदुस्तान हमारा आदेश मानता था। मैं अपनी नस्ल को भूला नहीं हूँ बेइज़्ज़ती बर्दाश्त की भी एक हद होती है। जब मैंने उसे मारा तो बुज़दिल किस तरह भाग खड़ा हुआ। एक तैमूरी का थप्पड़ बर्दाश्त करना आसान नहीं है।

हसन निज़ामी उस शख़्स को पहचान तो गया, फिर भी उसने पेशकार से उसकी शख़्सियत दरयाफ़्त की तो वह ज़फ़र सुल्तान निकला। शाही परिवार के बचे खुचे लोगों की अनगिनत कहानियाँ हैं जो मज़दूर, कारीगर, कर्मचारी बनकर वापस दिल्ली में आए और ज़िंदगी गुज़ारी। बादशाहत कभी किसी की हमेशा नहीं रहती, देर सवेर वक़्त बदलता है और जब वक़्त करवट लेता है तो महसूल सहित सारा मूलधन बड़ी बेरहमी से वसूलता है।

20 सितम्बर तक अंग्रेज़ी फ़ौज दिल्ली के चप्पे-चप्पे पर छा गई थी। बाग़ी सिपाही, मुग़ल साम्राज्य के हाकिम, शाही परिवार के सदस्य और दरबारी शहर छोड़कर जा चुके थे या बड़ी बेरहमी से मार दिए गए थे। तीन सौ साल पुरानी दिल्ली पूरी तरह से बदलने की देहरी पर खड़ी थी। मध्ययुगीन किरदार चुन-चुन कर गोलियों से छलनी किए जा चुके थे या रस्सियों पर टंगे उनके शव गिद्ध की चोंच में बोटियों के रूप में मौजूद थे। कुछ कुत्तों के पेट से होकर लेंडियों की शक्ल अख़्तियार कर चुके थे।

अंग्रेज़ सिपाहसालारों में अब होड़ लगी थी कि तीन सौ साल पुराने दुनिया के सबसे शक्तिशाली और अमीर मुग़ल साम्राज्य का सांकेतिक अंत का सेहरा किसके सिर बँधता है। वैसे तो दिल्ली छोड़कर पूरे हिंदुस्तान में अंग्रेज़ों की प्रशासनिक पकड़ मज़बूत हो गई थी। बैरकपूर, मेरठ, कानपुर, झाँसी से होती हुई दिल्ली पहुँची इस नई आफ़त पर उन्होंने लगभग नियंत्रण पा लिया था। बहादुरशाह ज़फ़र उस नई ताक़त के प्रतिनिधि बनकर उभरे थे। उन्हें गिरफ़्तार करके इस ग़दर और तीन सौ साल पुराने मुग़ल साम्राज्य का ख़ात्मा, ज़फ़र की बादशाहत का अंत करके किया जा सकता था।

दिल्ली बैंक की इमारत अंग्रेज़ों के क़ब्ज़े में आकर मुहिम चलाने का केंद्र बन गई थी। यह वही इमारत है जिसमें आजकल स्टेट बैंक की चाँदनी चौक शाखा है। एडवर्ड कैम्पवेल को लालक़िले में घुसकर ज़फ़र को गिरफ़्तार करने की कमान सौंपी गई थी। उसके साथ लेफ़्टिनेंट मेसी और टुकड़ी का अफ़ग़ान सरदार मीर खान था, जो कि बादशाह को क़ैद करने के जुनून से बड़े जोश में था। दो लोग रास्ते में मिले उन्हें मीर खान ने तीतर की तरह एक ही झटके में उड़ा दिया। किसी ने बताया कि

बादशाह उधर बायीं तरफ़ हैं। सब वहाँ दौड़े, सामने एक सख़्त दरवाज़े पर बड़ा भरकम ताला लटक रहा था जिसे गोली से उड़ा दिया। वहाँ से दीवाने आम की तरफ़ गए। वहाँ एक घबराया हुआ मुसलमान युवक मिला। उसने जान बचाने के लिए कहा कि बादशाह नीचे सहन में हैं। सब तेज़ी से वहाँ दौड़े मीर खान सबसे पहले बादशाह तक पहुँचना चाहता था। वह पगलों की तरह भागा। वहाँ कुछ नहीं था। सारा सामान लूटा जा चुका था। उन्हें अस्त व्यस्त उजाड़ दीवाने आम मिला जहाँ कभी शाहजहाँ औरंगज़ेब के दरबार लगते थे वहाँ कुछ कुत्ते और सुअर बमबारी से टूटी दीवारों से घुस आए थे। वे वहाँ आराम तलबगीर थे। ज़फ़र नहीं मिले तो मीर खान गुस्से में आकर कुत्तों पर तलवार लेकर टूट पड़ा।

होडसन अंग्रेज़ों की जासूसी संस्था का मुखिया था। मुग़ल दरबार के अधिकांश दरबारी जिन्हें उसने जासूस बना लिया था, उसे सारी जानकारी पूरी तफ़सील से देते रहते थे। उसकी महत्वाकांक्षा शहंशाह बहादुरशाह ज़फ़र को गिरफ़्तार करके इतिहास में अमर होने की थी। मुग़ल साम्राज्य को अकबर ने 1556 में पानीपत की दूसरी लड़ाई में हेमु की आँख में तीर मार के स्थाई रूप से स्थापित किया था। पूरे तीन सौ साल किसी ख़ानदान के साम्राज्य की मिसाल दुनिया में नहीं मिलती। होडसन को पता था कि शाही ख़ानदान के लोग कहाँ हैं। मिर्ज़ा इलाही बख़्श से वह उनकी हर हरकत की जानकारी ले रहा था।

उस रात अंग्रेज़ी फ़ौज के सिपाहियों ने जामा मस्जिद में नाचना शुरू कर दिया। विल्सन ने मलिका विक्टोरिया के नाम पर जाम पेश किया "मलिका सलामत के नाम, खुदा उन पर अपनी रहमत अता करें।"

उसने लाहौर तार भेजा "हमारी यहाँ की जद्दोजहद ख़त्म हो गई है। बंगाल फ़ौज की विशाल बग़ावत को कुचल दिया गया है। क्लाइव और लेक के दिन लौट आए हैं।"

इस प्रकार हिंदुस्तान की गुलामी की सितम्बर 1857 से अगस्त 1947 तक के नब्बे साल शुरू हुए।

इस लड़ाई के नायक निकलसन को जब जीत की ख़बर दी गई उस समय वह ज़िंदगी की आख़िरी सांसें गिन रहा था। नेविल चेंबरलेंन ने उसे ख़बर दी तो उसने धीमी आवाज़ में कहा "मेरी ज़िंदगी की सबसे बड़ी ख़्वाहिश यही थी कि दिल्ली मेरे मरने के पहले फ़तह हो जाए और अब यह पूरी हो गई है।"

इतना बोल कर उसने कमज़ोर पड़े हाथों से पिस्तौल उठाकर एक गोली खेमे के बाहर चला दी मानो जीत को सलामी दे रहा हो। तत्क्षण उसके प्राण पखेरू उड़ गए, मानो इसी क्षण के लिए रुके हुए थे।

उस रात दीवाने ख़ास में अंग्रेज़ अफ़सर दावत उड़ा रहे थे पूरी दिल्ली में नृशंस क़त्लेआम जारी था। अकेले कूचा चेलान में 1400 आदमियों का क़त्ल किया गया।

आप कल्पना कर सकते हैं कि उस वक़्त शहर का हुलिया कितना भयानक होगा जब चारों तरफ़ लाशों के ढेर लग गए थे। मई और जून में बहा अंग्रेज़ों का ख़ून अगस्त की मूसलाधार बारिश से धुल गया था। अब हिंदुस्तानियों का ख़ून सड़कों पर इतना बह रहा था कि 22 सितम्बर की सुबह वे काली नज़र आ रहीं थीं। कुत्तों की फ़ौज आसपास के इलाक़ों से दिल्ली में आ गई थी। माँस ख़त्म होने के बाद ख़ून को जीभ से चाट रही थी। मुग़ल ख़ानदान और उनके दरबारियों से दिल्ली ख़ाली हो गई थी, वे या तो भाग गए या मारे गए। सिर्फ़ वे बच सके जो जाहिरा तौर पर लड़ाई में अंग्रेज़ों के साथ थे। दिल्ली उस दिन मुर्दों का बरबाद शहर था। 1739 में नादिर शाह ने दिल्ली में कुछ घंटे क़त्लेआम किया था। 1857 में चार दिन तक लगातार अंग्रेज़ों द्वारा ख़ूनी होली खेली गई। नादिरशाह ने जिस शेर को सुनकर हत्याओं का सिलसिला रोका था वह यहाँ नहीं चला, सभ्य कहलाने वाले अंग्रेज़ अत्याचारी कहीं बहुत आगे निकल गए थे।

*अब कोई नहीं बचा है तेरी सितमगर तलवार के लिए,*
*सिवाय इसके कि उनको फिरसे ज़िंदा करें और मारें।*

20 सितम्बर की उसी भयानक रात को जब हिंदुस्तानियों की चीखें अंग्रेज़ों की गोलियों के साथ दिल्ली के आसमान में गूँज रहीं थीं। बारूद और ख़ून से मिली अजीब सी गंध शहर में फैली हुई थी, जनरल बख़्त खान हुमायूँ के मक़बरे गया और ज़फ़र को उसके साथ लखनऊ भाग चलने के लिए तैयार करने लगा परंतु अहसानुल्लाह ने उन्हें समझाया कि आप बादशाह हैं आपको इस तरह भागना शोभा नहीं देता। अंग्रेज़ों की बंगाल फ़ौज ने बग़ावत की थी वे अब हार चुके हैं। आपका इससे क्या लेना देना। आपको अंग्रेज़ ख़ताबार नहीं मानेंगे। मिर्ज़ा इलाही बख़्स ने उसकी हाँ में हाँ मिलाकर मिर्ज़ा मुग़ल सहित उनको बातें बनाकर रोक लिया।

होडसन को अपना ख़्वाब अब साकार करने का वक़्त नज़दीक आते दिखा। उसने जनरल विल्सन से ज़फ़र को गिरफ़्तार करने की इजाज़त चाही जिसे पहले विल्सन ने झिड़क दिया। तब होडसन ने दलील दी कि उन्हें गिरफ़्तार किए बग़ैर यह जीत मुकम्मल न मानी जाएगी। तब विल्सन ने कहा तुम अपने आदमी लेकर जाओ कोई और मदद नहीं मिलेगी। मुझे इसके बारे में परेशान मत करना। इसमें ख़तरा है तुम खुद ही इस मामले को निपटाओ।

21 सितम्बर 1857 को होडसन नाश्ता करके मौलवी रज्जब अली और मिर्ज़ा इलाही बख़्स के साथ पचास चुनिंदा घुड़सवारों को लेकर हुमायूँ के मक़बरे पहुँचा। उसने पहले उन दोनों को प्रतिनिधि बनाकर ज़फ़र को मनाकर बाहर लाने के लिए आगे भेजा। वे दोनों कुछ घुड़सवारों के साथ मक़बरे पहुँचने वाले थे तो कुछ जिहादियों

ने उन पर आक्रमण कर दिया। चार घुड़सवार घायल हो गए। वे वापस दिल्ली तरफ़ भागे। रास्ते में होडसन सामने से आ रहा था। उसने सरदार मानसिंह को साथ भेजा और कहा कि सीधे ज़फ़र के पास जाएँ और कहें कि अगर वे ख़ामोशी से बाहर आ गए तो उनकी सुरक्षा की ज़िम्मेदारी होडसन की है वरना मक़बरे के दरवाज़े पर पूरी तरह उनका क़ब्ज़ा है। उनको और उनके साथियों को गोली मार दी जाएगी।

बहुत देर हो गई तो होडसन को लगने लगा था कि शायद उनके आदमियों को मार दिया है। तभी रिसालदार, इलाही बख़्श और मौलवी बादशाह की पालकी के साथ बाहर आए और होडसन से बोले बादशाह आपके मुँह से सुनना चाहते हैं कि उनकी जान बख़्श दी जाएगी। होडसन ने कहा यदि किसी ने आपको छुड़ाने की कोशिश न की तो आपकी जान को कोई ख़तरा नहीं है। आपकी कोई बेइज़्ज़ती भी नहीं की जाएगी। बादशाह अपनी बेगम जीनत, बेटा जवाँबख़्त और ससुर मिर्ज़ा कुली खान के साथ चल दिए। वे चाँदनी चौक होते हुए क़िले में दाख़िल होकर शाहजहाँ के बनवाए महल में वापस आ गए एक क़ैदी की तरह न कि बादशाह की हैसियत से।

होडसन ने ज़फ़र को दिल्ली के नए नियुक्त प्रशासक चार्ल्ज़ सैंडर्स को सौंपा और ख़ुद विल्सन को इस गिरफ़्तारी की ख़बर देने गया। विल्सन ज़फ़र के गिरफ़्तारी की ख़बर सुनकर ख़ुश नहीं हुआ। उसे आशा थी कि ज़फ़र को निपटा दिया जाएगा। उसने बाद में अपनी रिपोर्ट में कहा भी था कि मैंने किसी की जान बख़्शने की गैरंटी नहीं दी थी। शाम को ज़फ़र को जीनत महल की लाल कुएँ वाली हवेली में ले जाकर अक्खड और अड़ियल केंडल कागहिल के पहरे में दे दिया गया। उसने ज़फ़र को कई गालियों से नवाज़ा और पहरेदारों को हुकुम दिया कि यह वहशी ज़रा भी हिले तो उसे फ़ौरन मार गिराया जाए।

22 सितम्बर 1857, अंग्रेज़ों के सितम की एक और ख़ौफ़नाक तारीख़ थी। मिर्ज़ा मुग़ल, खिज़र सुल्तान और अबूबक्र, ये तीनो शाहज़ादा दिल्ली में बग़ावत की लड़ाई के रहनुमा थे। इन्होंने लड़ाईयों का नेतृत्व किया था। मिर्ज़ा मुग़ल उस समय ज़फ़र का सबसे बड़ा ज़िंदा बेटा था। खिज़र सुल्तान ज़फ़र का एक रखैल से पैदा हुआ शाहज़ादा था। अबूबक्र ज़फ़र के लड़के मिर्ज़ा फखरू का बेटा था। उसकी माँ अंग्रेज़ों के पक्के जासूस इलाही बख़्श की लड़की थी। इलाही बक्श उसके नाना थे।

राजनीति ख़ून का लिहाज़ नहीं करती। अंग्रेज़ी में कहावत है Kingship knows no kinship। मुग़ल बादशाह जहांगीर से लगाकर औरंगज़ेब तक अपने भाइयों को मारकर हिंदुस्तान के तखतोताज पर बैठे थे। अशोक ने भी अपने 99 भाइयों को पाटलिपुत्र में बनाए नरक में झौंका था तब अशोक महान बना था। दुनिया के इतिहास में ऐसे उदाहरण भरे पड़े हैं। इलाही बख़्श ने होडसन को बताया कि वे तीनों हुमायूँ के मक़बरे में छिपे हैं, उसने अपने नाती के क़त्ल का खुद इंतज़ाम कर दिया।

होडसन ने एक बार फिर विल्सन से अनुमति माँगी। विल्सन ने बेरुख़ी से कहा कि उसे अब क़ैदियों के मामले में परेशान न किया जाए। होडसन 100 घुड़सवारों और मौलवी रज्जब अली व इलाही बख़्श के साथ हुमायूँ के मक़बरे पर जा धमका। मेजर मैकडोवल उसके साथ था। दोनों हिंदुस्तानियों को शाहजादों को बुलाने अंदर भेजा। आधा घंटे बाद एक व्यक्ति बाहर आया और पूछा कि क्या उनकी भी जान बख़्श दी जाएगी। होडसन ने कहा बिना शर्त समर्पण। उस समय वहाँ 3000 जिहादी और 3000 लोग निज़ामुद्दीन बस्ती में हथियारों से लैस थे। यदि वे चाहते तो 100 अंग्रेज़ सैनिकों का कचूमर बना देते लेकिन डर बड़ी भयानक चीज़ है। होडसन ज़बरदस्ती नहीं कर सकता था। शाहज़ादो ने सोचा कि आज नहीं तो कल पकड़े ही जाएँगे। जैसे अंग्रेज़ों ने बादशाह को नहीं मारा उन्हें भी बख़्श दिया जाएगा।

थोड़ी देर में तीनों शाहज़ादा बाहर निकले। उनके पीछे जिहादियों का हुजूम भी था। होडसन ने सिपाहियों से कहा तीनों को आगे लेकर चलें। वह और मैकडोवल कुछ सिपाहियों के साथ शाहज़ादा और हुजूम के बीच में आ गए। शाहज़ादा जब कुछ दूर निकल गए तो होडसन ने हुजूम से मुख़ातिब होकर कहा कि सब अपने हथियार डाल दें। पहले कुछ सुगबुगाहट हुई फिर सबने हथियार डालना शुरू कर दिया।

निज़ामुद्दीन से दिल्ली तक चार किलोमीटर चलने के बाद होडसन ने शाहजादों को रोका। उनको पूरे कपड़े उतार कर नंगा होने का हुक्म दिया। वे एक सम्मोहन में हुक्म का पालन बिना हिचक के करते हुए माँदरजात नंगे हो गए। होडसन उनके बिलकुल नज़दीक पहुँचा और रिवाल्वर से उनके सीने में गोलियाँ उतार दीं। गोलियाँ सीधे दिल पर लगीं थीं वे तीनों पल भर में ढेर हो गए। जहाँ यह घटना हुई थी वह ख़ूनी दरवाज़ा कहलाता है। उसने खुद उन तीनों की अँगूठियाँ बाजुबंद और ज़ेवरात उतारकर अपनी जेब में रख लिए। उनकी जड़ाऊ तलवारों पर भी क़ब्ज़ा कर किया। वे सब चीज़ें लंदन के संग्रहालय में प्रदर्शित हैं। उनकी लाशों को अभी जहाँ चाँदनी चौक कोतवाली है उसके सामने फ़िकवा दिया। लाशें अकड़ गईं। तीन दिन तक कुत्ते और गिद्ध उनके लोथड़े लोंचते रहे। तीन दिन बाद जो बचा उसे गढ्ढा करके वहीं गाड़ दिया। अकबर जहांगीर शाहजहाँ और औरंगज़ेब के अंतिम वारिसों का यह हश्र हुआ। ये दुनिया फ़ानी, सबने जानी पर किसी ने न मानी।

बाद में होडसन ने कहा था कि "मैं क्रूर नहीं हूँ मगर उन कमीनों को दुनिया से मिटा देने में बहुत लुत्फ़ आया।" होडसन के बर्ताव पर जाँच बैठी थी। इस पर नहीं कि उसने शाहजादों को मारा बल्कि इस पर कि उसने ज़फ़र की ज़िंदगी की गारंटी लेने की जुर्रत कैसे की थी। होडसन ने कहा था कि उसे हर्वी ग्रेटहेड ने ज़फ़र की जान न लेने की गारंटी देने की अनुमति दी थी, जो कि लड़ाई में मारा जा चुका था। इस बात की तस्दीक़ करने वह स्वर्ग से वापस आ नहीं सकता था इसलिए

होडसन दोषी नहीं ठहराया जा सकता। यह था ब्रिटिश साम्राज्यवाद का दिखावटी चेहरा, असल से बिलकुल अलग।

जब ख़ूनी दरवाज़े पर तीन शाहजादों को गोली मारी जा रही थी उस समय अंग्रेज़ सैनिकों द्वारा क़ैदी बादशाह बहादुरशाह ज़फ़र को देखने की नुमाइश चल रही थी। उनमें दिल्ली के नए कमिशनर चार्ल्ज़ सॉनडर्स और उसकी पत्नी मैटिल्डा भी शामिल थे। ज़फ़र बड़ी दयनीय हालत में अपनी बीबी की हवेली में क़ैद थे। उनसे थोड़ी दूर पर एक पालतू शेर भी पिंजरे में था। अंग्रेज़ सर्कस के जानवरों की तरह उनको देखने लाइन लगाकर आ रहे थे। एक बरामदे में एक मामूली खटिया पर बिछे गद्दे पर सफ़ेद कपड़े और तिकोनी टोपी पहने पालती मार कर मुग़ल नस्ल का आख़िरी प्रतिनिधि बैठा हुआ था। उनके मुँह से एक भी शब्द नहीं निकलता था। चुपचाप आँखे झुकाए माहौल और अहसास से बेख़बर ज़मीन की तरफ़ देखते रहते थे। मानो आँखों से ज़मीन कुरेद रहें हों। उनसे तीन फ़ुट दूर एक पलंग पर अंग्रेज़ फ़ौजी अफ़सर बैठा था और दरवाज़े के दोनों ओर दो अंग्रेज़ सिपाही संगीन लगी बंदूक़ लिए पहरा दे रहे थे। जिन्हें हुक्म था कि क़ैदी को छुड़ाने की कोशिश हो या वह भागने की कोशिश करे तो उसे गोली मार दी जाए।

ज़फ़र को गुज़ारे के लिए प्रतिदिन दो आने मिलते थे। हकीम या हज़्ज़ाम को ज़रूरत पर भी नहीं बुलाया जाता था। ख़ास अंग्रेज़ ज़फ़र की दाढ़ी के बाल पकड़कर खींचते थे चेहरा ठुड्डी से पकड़कर ऊपर उठाकर देखते थे। टोपी उठाकर टकला सिर देखकर ठठाकर हँसते और टोपी ऊपर से ही सिर पर फेंक देते। कुछ अंग्रेज़ अफ़सरों ने ज़फ़र के साथ होती बदतमीज़ी का मसला लंदन तक उठाया तो नवम्बर में ज़फ़र के विरुद्ध मामले की जल्दी सुनवाई के लिए कलकत्ता से मेजर जे.एफ.हैरियट को मिलिटरी कमीशन का जज बनाकर दिल्ली भेज दिया गया, लेकिन बदतमीज़ी मे कोई कमी न आई।

कमीशन के सामने सबसे पहले यह मसला आया कि उसे ज़फ़र पर मुकदमा चलाने का हक़ है या नहीं। कम्पनी के वक़ील का तर्क था कि ज़फ़र उनसे वज़ीफ़ा पाते थे इसलिए उनकी रियाया हुए। उन पर बग़ावत, क़त्ल और ग़द्दारी का इल्ज़ाम लगाया गया। असली क़ानूनी मसला बहुत पेचीदा था क्योंकि कम्पनी को कारोबारी अधिकार इंग्लैंड की संसद ने 1599 में चार्टर के ज़रिए दिया था लेकिन 1615 में भारत में कारोबारी अधिकार ज़फ़र के पूर्वज मुग़ल बादशाह जहांगीर ने दिए थे। बंगाल की दीवानी का हक़ प्लासी और बक्सर की लड़ाई के बाद 2 अगस्त 1765 को शाहआलम ने कम्पनी को दिया था। 1832 तक कम्पनी ख़ुद अपने आपको मुग़ल बादशाह का ताबेदार मानती थी। धीरे-धीरे उन्होंने बादशाह के अधिकार हथिया लिए। ज़फ़र के ख़िलाफ़ लगाए गए इल्ज़ाम जायज़ होने में शक था। ज़फ़र कैसे कम्पनी की

रियाया हो सकते थे। अतः इस बिंदु पर जज द्वारा कोई बहस की अनुमति नहीं दी गई। इस पर ज़फ़र का मजबूर बयान था कि :

*भरी है दिल में जो हसरत, कहूँ तो किस से कहूँ*
*सुने है कौन मुसीबत, कहूँ तो किस से कहूँ।*

*जो तू हो साफ़ तो, कुछ मैं भी साफ़ तुझ से कहूँ*
*तेरे है दिल में कुदूरत, कहूँ तो किस से कहूँ।*

*न कोह-कन है न मजनूँ के से थे मेरे हम-दर्द*
*मैं अपना दर्द-ए-मुहब्बत कहूँ तो किस से कहूँ।*

*दिल उस को आप दिया आप ही पशेमाँ हूँ*
*के सच है अपनी नदामत, कहूँ तो किस से कहूँ।*

*कहूँ मैं जिस से उसे होवे सुनते ही वहशत*
*फिर अपना क़िस्सा-ए-वहशत, कहूँ तो किस से कहूँ।*

*रहा है तू ही तो ग़म-ख़्वार ऐ दिल-ए-ग़म-गीं*
*तेरे सिवा ग़म-ए-फ़ुर्क़त, कहूँ तो किस से कहूँ।*

*जो दोस्त हो तो, कहूँ तुझ से दोस्ती की बात*
*तुझे तो मुझ से अदावत, कहूँ तो किस से कहूँ।*

*न मुझ को कहने की ताक़त, कहूँ तो क्या अहवाल*
*न उस को सुनने की फ़ुर्सत, कहूँ तो किस से कहूँ।*

*किसी को देखता इतना नहीं हक़ीक़त में ज़फ़र'*
*मैं अपनी हक़ीक़त, कहूँ तो किस से कहूँ।*

दूसरा मसला ज़फ़र को न मारने की ज़मानत का उठा जिसे होडसन की गवाही के बाद मंज़ूर कर लिया गया। पेशी की तारीख़ 27 जनवरी 1858 तय हुई। पाँच जजों की समिति के सामने मुक़दमा की सुनवाई होनी थी जिसमें से चार को उर्दू या हिंदी नहीं आती थी सिर्फ़ अध्यक्ष हैरियट आरोपी की ज़ुबान से वाक़िफ़ था। ज़फ़र बीमार टूटे हुए और जर्जर हालत में थे। उनसे चलते नहीं बन रहा था। उन्हें जवाँबख़्त और एक अर्दली के कंधों पर लाद कर फ़ौजी अदालत में लाया गया। उन पर इल्ज़ामात लगाए गए कि उन्होंने हिंदुस्तान से तुर्की तक के मुसलमानों को अंग्रेज़ी हुकूमत के विरुद्ध साज़िश करके भड़काया और सशस्त्र विद्रोह के सरगना बनकर अंग्रेज़ी

नागरिकों औरतों और बच्चों के क़त्लेआम में हिस्सा लिया। अंतिम सुनवाई 9 मार्च 1858 को तय पाई गई। जिसमें ज़फ़र ने सारे इल्ज़ाम से इंकार करते हुई सच्चाई बयान की थी कि उन्हें खुद बाग़ियों से ख़ौफ़ था। उन्होंने कभी भी बाग़ियों को नहीं भड़काया। न खुद कभी हथियार उठाया। वे खुद उनके क़ैद में थे। फ़ौजी कोर्ट की पीठ के अध्यक्ष ने निर्णय सुनाया वैसे तो बग़ावत के अपराधी को मौत की सज़ा दी जाती है परंतु होडसन की गवाही की बदौलत ऐसी सज़ा नामुमकिन है अतः ज़फ़र को अपनी ज़िंदगी के बाक़ी दिनों के लिए अंडमान द्वीप या किसी ऐसी जगह भेज दिया जाएगा जिसका निर्णय काउन्सिल में गवर्नर जनरल करेंगे।

ज़फ़र को जब सज़ा सुनाई गई उस समय झाँसी ग्वालियर लखनऊ बुंदेलखंड में विद्रोह की आग धधक रही थी। अंग्रेज़ों ने पूरा ध्यान उस तरफ़ लगाया। जून 1858 में ग्वालियर के फूलबाग़ में रानी लक्ष्मी बाई की शहादत से हिंदुस्तान की आज़ादी का सूर्य नब्बे सालों के लिए अस्त हो गया। उसके बाद अंग्रेज़ों ने ज़फ़र को कहाँ ले जाकर क़ैद में रखना है, इस पर ध्यान दिया। उनका पूरा प्रयास था कि कोई प्रसिद्ध व्यक्ति विद्रोह का केंद्र न बन पाए। उस समय ऐसे चार व्यक्ति थे। नाना, लक्ष्मी बाई, तात्या टोपे और ज़फ़र। नाना नेपाल के जंगलों में लापता हो गए थे जिनका आज तक पता नहीं चला कि उनका हुआ क्या। लक्ष्मी बाई को ग्वालियर में मारकर और तात्याटोपे को पकड़कर शिवपुरी में आज के कलेक्टर ऑफ़िस के सामने फाँसी पर लटका दिया था। अब विद्रोह का एकमात्र केंद्रीय पात्र बचा था ज़फ़र।

उन्हें अण्डमान, दक्षिण अफ़्रीका की केप कालोनी और बर्मा में से कहाँ रखा जाए। इस पर निर्णय नहीं हो पाया था। जो भी हो इन जगहों में से किसी भी स्थान पर ले जाने के लिए उन्हें कलकत्ता से समुद्री जहाज़ से यात्रा करना था।

बाबर ने 21 अप्रेल 1526 को पानीपत के मैदान में 12,000 की बंदूकधारी फ़ौज और 21 तोपों से अफ़ग़ान सुल्तान इब्राहिम लोधी की 2,00,000 सेना का एक घंटे में काम तमाम करके हिंदुस्तान में मुग़ल साम्राज्य की नीव रखी थी। उसने पहली बार तोप बंदूक़ और बारूद का उपयोग किया था। बाबर में माँ की तरफ़ से मंगोल तैमूरलंग का ख़ून था और पिता की तरफ़ से ईरानी शाही ख़ून। मंगोल युद्ध कौशल में और ईरानी प्रशासन में उस समय सिरमौर थे। मंगोलों ने चीन में घुसकर बारूद बनाना सीख लिया था जिस समय यूरोप या हिंदुस्तान ने बारूद बनाना शुरू नहीं किया था। बाबर के हिंदुस्तान में मुग़ल साम्राज्य की स्थापना के 332 साल बाद उसके आख़िरी वंशज बहादुरशाह ज़फ़र को उसकी दो बीबियाँ, दो पुत्र एक जायज़ दूसरा नाजायज़, कुछ रखेलें और नौकर चाकर कुल मिलाकर 31 लोगों का क़ाफ़िला 7 अक्टूबर 1858 को सुबह 4 बजे लालक़िले से निकलकर यमुना पार करके इलाहाबाद की तरफ़ चल दिया। सुबह 3 बजे तक किसी को कुछ नहीं पता था। एक बजे सैंडर्स

लालक़िले आया उसने नौंवी लैंसर के कमांडर ओमैनी को क़ैदी सुपुर्द कर मुग़लों से निश्चिन्त हो पाँच बजे सुबह अपने घर पहुँच अपनी बीबी मटिल्डा के साथ मिलकर मुग़ल साम्राज्य के विधिवत ख़ात्मे का जाम पिया।

सफ़र के नाटक के मुख्य किरदार थे। ज़फ़र, उनकी प्रिय बेगम जीनत, दूसरी बेगम ताज महल, बेटा जवाँ बख़्त, नाजायज़ बेटा मिर्ज़ा शाह अब्बास, जवाँ बख़्त की बीबी जमानी बेगम, रखेलें, ख्वाजासरा और नौकर चाकर, कुल मिलाकर 31 लोग। ज़फ़र सहित इनमे से कोई भी दिल्ली से बाहर कभी नहीं गए थे। यात्रा की शुरुआत में ताज़ी हवा उमदा फ़िज़ा और चारों तरफ़ फैली हरियाली से सबके हृदय पुलकित हो उठे। लेकिन ये पुलकन ज़्यादा दिन न रही। वो गोपनीय यात्रा रात को एक बजे शुरू होती थी और आठ बजे खेमा गाड़ दिए जाते थे। बेगमों और रखेलों को झगड़े करने के लिए पूरा दिन मिलता था और जब सौंते साथ हों तो झगड़ा तो बनता है। सफ़र के शुरुआत में ही जीनत अपनी पुरानी रक़ीब ताज से उलझ गईं। जीनत ने ताज को याद दिलाया कि वो ज़फ़र के भतीजे कामरान से नाजायज़ सम्बंध बनाए रखने के इल्ज़ाम में तीन साल क़ैद काट चुकीं हैं। ताज कहाँ चुप रहने वालीं थीं। उन्होंने बहस में बिलकुल ताज़ा मसला परोस दिया कि जीनत का लड़का जवाँबख़्त तो ज़फ़र के हरम की रखेल की गिरफ़्त में इस सफ़र में गुलछर्रे उड़ाता चल रहा है। जहाँ खेमा गड़ता है वह दौड़कर शराब ले आता है और उस रखैल को लेकर जंगल में भाग जाता है। कारवाँ कानपुर भी नहीं पहुँचा था और यह निश्चित हो गया कि ताज बेगम, ज़फ़र की रखैल और कुछ नौकर आगे नहीं जाएँगे वे दिल्ली लौट जाएँगे। 31 में से 15 लोगों ने आगे जाने का फ़ैसला किया।

कानपुर में ज़फ़र ने भाप के ऐंजिन से खींची जाने वाली रेलगाड़ी बड़ी हैरत से देखी। जिसमें सवारियाँ चढ़-उतर रहीं थीं। ज़फ़र ने ओमैनी से कहा था कि उन्होंने समुन्दर नहीं देखा है न कभी जहाज़ में सफ़र किया है उन्हें कहाँ पता था कि दोनों से बहुत जल्दी साबका पड़ने वाला है। समुन्दर तो सब उन्हें ताज़िंदगी देखना पड़ेगा। ओमैनी हल्का सा मुस्करा दिया।

इस बीच लॉर्ड कैनिंग यह फ़ैसला करके कि शासन के क़ैदी को कहाँ रखना है, इलाहाबाद आया हुआ था। वह ओमैनी से मिला लेकिन ज़फ़र से नहीं मिला। उसने कहा क़ैदी दक्षिण अफ़्रीका के केप कालोनी में नहीं अपितु बर्मा में रखे जाएँगे। उन्होंने पंजाब और अफ़ग़ानिस्तान के बाद बर्मा को 1852 में आक्रमण करके अपने अधीन किया था। बर्मा में दो जगह थीं, टौंगू के कैरेंन पहाड़ी इलाक़े या रंगून में। बर्मा पहुँचने तक यह निश्चित नहीं किया गया था कि उन्हें कहाँ रखा जाएगा।

16 नवम्बर को क़ाफ़िला इलाहाबाद पहुँच गया। वहाँ से थेम्स नामक स्टीमर में सवार होकर बनारस से होता हुआ रामपुर पहुँचा। वहाँ स्टीमर ख़राब हो गया

तो क़ायल नामक जहाज़ में कलकत्ता के डायमंड हार्बर पर पहुँचे। जहाँ पर वाज़िद अली शाह और टीपूँ सुल्तान के बच्चों को समुन्दर के बीच में टीपू पर बसाया हुआ था। वहाँ से एम एच एस मागरा नामक जहाज़ से हिंदुस्तान की सरज़मीं पर कभी न लौटने के लिए बहादुरशाह ज़फ़र के क़ाफ़िले को रवाना कर दिया गया। लंगर खुलते वक़्त ज़फ़र के जज़्बात खुद ब खुद बोल उठे।

*लगता नहीं है जी मेरा उजड़े दयार में*
*किस की बनी है आलम-ए-नापायेदार में।*

*बुलबुल को बागबां से न सैय्याद से गिला*
*किस्मत में कैद थी लिखी फ़स्ले बहार में।*

हिमालय के पूर्वी किनारे से चीन में एक नदी निकलती है इरावरडी, वह बर्मा में उत्तर से उतरकर दक्षिण में जाकर बंगाल की खाड़ी से लगी इरावरडी मुहाने पर समुन्दर में समा जाती है। 8 दिसम्बर को मागरा संकरी घाटियों और मिट्टी मिले भूरे पानी से गुज़रता हुआ नदी के मुहाने पर रंगून पहुँच गया। वहाँ के कमिशनर मेजर फ़ेयर को शासन के क़ैदी के बारे में कलकत्ता से मालूमात हो चुका था। जैसे-जैसे शहर नज़दीक आता गया ज़फ़र चीनी ढंग से बनी इमारतें, सुनहरी मीनारों दानवों वाले बौद्ध मठ और स्तूप देखकर दंग रह गए। रास्तों पर बौद्ध भिक्षु लकड़ी के पात्र में भिक्षा माँगते दिखाई दिए। फ़िज़ा में शान्त गम्भीर स्वर गूँज रहे थे।

*बुद्धम शरणम गच्छामी,*
*संघम शरणम गच्छामी,*
*धम्मम शरणम गच्छामी*

ओमैनी एक अप्रेल 1859 को अपनी रेजिमेंट के साथ वापस दिल्ली की तरफ़ रवाना हुआ उसके साथ चार नौकर भी चले गए जिन्हें अपने रिश्तेदारों और दिल्ली की याद सता रही थी। अब बचे कुल ग्यारह इंसान, जिनके लिए 16 फ़ुट लम्बाई और 16 फ़ुट चौड़ाई के चार कमरे 1000 वर्गफ़ुट के प्लॉट में बने थे चारों तरफ़ दस फ़ुट ऊँची दीवार उठी थी। चार कमरों में से एक में ज़फ़र, दूसरे में जीनत ने क़ब्ज़ा कर लिया, तीसरे में जवाँबख़्त और उसकी बीबी और चौथे में शाह अब्बास और उसकी माँ रहने लगीं। पाँच नौकर बरामदे में पड़े रहते थे।

ज़फ़र को किताब काग़ज़-पेन देने की मनाही थी। वे माचिस की जली तीलियों से दीवारों या फ़र्श पर शेर लिखते रहते थे। अक्सर समुन्दर की मचलती लहरों का किनारों से टकराना, उछलना और बूँद-बूँद होकर बिखर जाना देखते रहते थे। अक्टूबर

1862 में आख़िरी हफ़्ते में उनकी हालत अचानक बिगड़ गई। खाना पीना छोड़ दिया। 7 नवम्बर 1862 को ज़फ़र ने आख़िरी साँस ली। 350 साल पुरानी महान शाही नस्ल का अंत हो गया। उनके वंशज समय के समुन्दर में पता नहीं कहाँ गुम हो गए। हिंदुस्तान वास्तव में और प्रतीक दोनों रूप में गुलाम हो गया। उनकी क़ब्र से सदा उठती है।

*कह दो इन हसरतों से कहीं और जा बसें*
*इतनी जगह कहाँ है दिल-ए-दाग़दार में।*

*इक शाख़-ए-गुल पे बैठ के बुलबुल है शादमां*
*कांटे बिछा दिए हैं दिल-ए-लालाज़ार में।*

1882 में जीनत महल की मृत्यु हुई तब तक ज़फ़र को दफ़नाने की जगह को जान बूझकर बिसूरने की कोशिश अंग्रेज़ सरकार द्वारा की गईं थी ताकि कोई वहाँ चादर चढ़ाने न आए और उनकी याद लोगों के दिल से बिलकुल उतर जाए। जीनत को अन्दाज़ से आसपास दफ़ना दिया गया। 1903 में भारत का एक प्रतिनिधि मंडल ज़फ़र की क़ब्र पर चादर चढ़ाने पहुँचा तब तक जीनत की क़ब्र भी गुम हो चुकी थी। 1905 में रंगून के मुसलमानों ने ज़फ़र की क़ब्र की निशानदेही की माँग की। जिसे पहले तो नकार दिया। लगातार लेखों और आंदोलन से 1907 में एक जगह पर क़ब्र की निशान देही करके एक खुत्वा लगवा दिया गया। 1926 तक वह क़ब्र एक सूफ़ी संत के रूप में मशहूर हो गई थी।

दूसरे विश्वयुद्ध में जापान ने बर्मा पर क़ब्ज़ा करके अंग्रेज़ों को खदेड़ा तो उस क़ब्र के चारों तरफ़ बने कमरों में सुभाष चंद्र बोस की इण्डियन आर्मी की रानी लक्ष्मीबाई ब्रिगेड को रुकवाया गया था। एक अजीब इत्तफ़ाक़ है 1857 के दो सेनानी ज़फ़र और लक्ष्मी बाई उस समय न मिल सके जब भारत के माथे पर गुलामी लिखी जा रही थी परंतु उनकी रूहें 1943 जाकर मिल गईं, अंग्रेज़ों का डर निर्मूल नहीं था।

ज़फ़र की मज़ार को रंगून में सूफ़ियाना दर्जा प्राप्त है। लोग चादर फूल चढ़ाकर और अगरबत्ती लोभांन का धुआँ करके मन्नत माँगते हैं। मज़ार से रात की तन्हाई में धीमी-धीमी आवाज़ ठंडी समुन्दरी हवाओं के साथ उभरती है।

*उम्र-ए-दराज़ माँग कर लाये थे चार दिन*
*दो आरज़ू में कट गये दो इन्तज़ार में।*

*दिन जिंदगी के ख़त्म हुए शाम हो गई*
*फैला के पाँव सोयेंगे कुंजे मज़ार में।*

*कितना है बदनसीब ज़फ़र दफ़्न के लिये*
*दो गज़ ज़मीन भी न मिली कू-ए-यार में।*

## स्वामी विवेकानंद का सिंहनाद

भारतीयता के प्रखर प्रवक्ता स्वामी विवेकानंद ने भारतीय राष्ट्रवाद की भगवा पताका पश्चिमी दुनिया के गढ़ अमेरिका में उस समय लहराई थी, जब सम्पूर्ण पृथ्वी पर ईसाईयत का परचम सातवें आसमान पर फहरा रहा था। उनके दृष्टिकोण से भारतीय राष्ट्रवाद को समझने का प्रयास करते हैं। सोलहवीं सदी के आख़िरी दिन इंग्लैंड की महारानी एलिज़ाबेथ ने एक चार्टर द्वारा ईस्ट इंडिया कम्पनी को भारत में कारोबार करने की अनुमति प्रदान की। कम्पनी 150 सालों तक भारत में कारोबार करती रही। 1757 में प्लासी की लड़ाई के बाद कम्पनी एक राजनीतिक शक्ति में तब्दील हो गई। 1764 में बक्सर की लड़ाई के बाद कम्पनी को बंगाल, बिहार और उड़ीसा की दीवानी हासिल हो गई। उस समय तक पुर्तगाल अधिकृत गोवा में हिंदुओं को ईसाई बनाने के अत्याचार पूर्ण रवैयों से पुर्तगालियों का ना सिर्फ़ व्यापार चौपट हुआ बल्कि वे राजनीतिक रूप से गोवा ड्यु और दमन से आगे नहीं बढ़ पाये।

इंग्लैंड की संसद और कम्पनी के डायरेक्टर ईसाईयत के प्रचार-प्रसार द्वारा कारोबारी और राजनीतिक खेल नहीं बिगाड़ना चाहते थे। उन्होंने ईसाइयों के चर्च को भारत में ईसाईयत अत्याचार की अनुमति 1813 तक नहीं दी थी। ईसाई मशीनरियों और उनके राजनीतिक समर्थक मौक़े की तलाश में थे। कम्पनी का चार्टर प्रत्येक दस साल में नवीनीकृत किया जाता था। ईसाई मिशनरियों ने 1813 में ईस्ट इंडिया कम्पनी को चार्टर नवीनीकरण के समय पूरी ताक़त से भारत में ईसाई धर्म प्रचार-प्रसार हेतु ब्रिटिश संसद में प्रस्ताव प्रस्तुत कर पूरा ज़ोर लगवाया। ब्रिटिश संसद के हाउस ओफ़ कामंस में ईसाईयत के प्रसार के पक्ष में विलवर फ़ोर्स ने अपने सम्बोधन में जो तर्क प्रस्तुत किए, वे बहुत महत्वपूर्ण हैं, क्योंकि अगले सौ सालों तक ईसाई मिशनरियाँ उन्ही तर्कों से भारतीय संस्कृति को चौपट करने का खेल खेलने वाली थीं।

1. भारत की जनता अंध विश्वासों एवं मूर्खताओं के शैतानी जुएँ के नीचे कराह रही है। यह जुआँ है हिंदू धर्म और ये पतित अंधविश्वास हिंदू धर्म में चिरकाल से ही है।
2. जो लोग मूर्तिपूजक होते हैं, वे वैसे ही हो जाते हैं जैसी उनकी मूर्तियाँ होती हैं, उनके देवी-देवता होते हैं, और दुनिया में ऐसा कौन सा अपराध है जो हिंदुओं के देवी-देवताओं ने नहीं किया। ये देवी-देवता क्रूरता, दुष्टता और अन्याय के मूर्तिमान रूप हैं। संक्षिप्त में हिंदू धर्म एक अत्यंत

घृणित चीज़ है। हिंदुओं को इस नैतिक पतन से बचाने का एकमात्र रास्ता ईसाईयत है।

3. धर्म परिवर्तित भारतीय ईसाई प्रजा हिंदुओं की तुलना में ब्रिटिश साम्राज्य के प्रति कहीं अधिक स्वामिभक्त होगी। भारत में पहले भी बौद्ध और मुसलमान धर्म परिवर्तन का काम कर चुके है इसलिए धर्म परिवर्तन के विरुद्ध आक्रामक उत्तेजना फैलाने का माद्दा हिंदुओं में है ही नहीं।

भारत में ईसाईयत प्रसार-प्रचार का प्रस्ताव ब्रिटिश संसद में 36 के विरुद्ध 89 मतों से पारित हो गया। ईसाई मिशनरियाँ बोरा-बिस्तर बांध कर हिंदू धर्म पर टूट पड़ीं। उन्होंने ईसाईयत प्रचार-प्रसार हेतु तुरंत दो काम किए -

1. हिंदू देवी-देवताओं के विरुद्ध अत्यंत ज़हरीला प्रचार और
2. मिशनरी स्कूलों की स्थापना द्वारा ईसाईयत का प्रसार।

भारत को ईसाई राष्ट्र बनाने के उद्देश्य से 1830 में एक अंग्रेज़ मिशनरी ऐलेग्ज़ैंड्रर डफ़ भारत आया। उसने कलकत्ता में स्कॉटिश चर्च कॉलेज की स्थापना की। उसकी मान्यता थी कि भारत पृथ्वी पर शैतानी साम्राज्य का प्रधान केंद्र है। पश्चिमी शिक्षा हिंदुओं को अपने धर्म से विमुख करके उन्हें पक्का ईसाई बना देगी। पश्चिमी साहित्य और विज्ञान की शिक्षा हिंदू धर्म के विशाल और दूषित ताने-बाने को छिन्न-भिन्न कर देगी और इस अंधविश्वासी क़िले की दिवार ढहा देगी।

मिशनरियों द्वारा स्कूल खोलने के साथ-साथ हिंदुओं के मंदिरों को बदनाम करने का कार्य आरम्भ किया गया। पुरी का जगन्नाथ मंदिर अंग्रेजों के बंगाल सूबे के अधीन था। मंदिर को मुग़ल काल से ग्रांट मिल रही थी और ज़मीन प्रदान की गई थी ताकि मंदिर का रखरखाव हो और खर्चा चलता रहे। बंगाल की मिशनरियों ने कम्पनी के कोर्ट ओफ़ डायरेक्टर को एक लिखित प्रतिवेदन इस प्रकार दिया। जगन्नाथ रथयात्रा में रथ के साथ-साथ औरतें नाचती हैं। जो अश्लील हरकतें करती तथा अश्लील गीत गाती हैं। हज़ारों तीर्थ यात्री रथों के सामने लेट जाने से कुचल कर मर जाते हैं। पूरा शहर लाशों से पट जाता है। लाशों के सड़ने से महामारी फैल जाती है।

इस कुतर्क का अंग्रेज मिशनरियों ने भारत और ब्रिटेन में खूब प्रचार किया। अंग्रेज़ी भाषा में एक शब्द गढ़ लिया गया- "juggernaut" जिसका अर्थ "oxford dictionary" में "large powerful destructive force or institution i-e-Juggernaut of bureaucracy I" इस तरह भगवान जगन्नाथ एक विध्वंसक शक्ति में बदल दिए गए। मिशनरियों ने मंदिर के अनुदान बंद करने और ज़मीन जप्त करने हेतु कम्पनी सरकार को कहा।

सभी अंग्रेज मिशनरियों की तरह भारत के प्रति पूर्वाग्रह से ग्रसित नहीं थे। कुछ ईमानदार प्रशासक भारत की महान संस्कृति को सही परिप्रेक्ष्य में समझते थे। जिनमे उस समय के एक कमिश्नर चार्ल्ज़ बुलर थे। उन्होंने हिंदुओं के प्रति मिशनरियों के दुष्प्रचार से दुखी होकर कोर्ट ओफ़ डायरेक्टर्स को पत्र लिखा मैं क़रीब दस साल कटक और उसके आसपास कमिश्नर रहा हूँ। प्रत्येक वर्ष रथयात्रा के समय जगन्नाथ पुरी जाया करता था। दस वर्षों में मैंने सिर्फ़ तीन तीर्थयात्रियों को थकान और बीमारी से मरते देखा है। दस सालों में सिर्फ़ एक व्यक्ति कुचलकर मरा था। बीस करोड़ हिंदुओं में एक या दो ऐसी घटनायें होना कोई आश्चर्य की बात नहीं है।

हिंदू धर्म के विनाश को तत्पर सिर्फ़ मिशनरियाँ नहीं थीं। 1834 के आसपास कलकत्ता के सत्ताधीश उच्च वर्ग में शिक्षा प्रणाली को लेकर एक विवाद चल रहा था। एक तरफ़ भारतीय प्राच्य विद्या (Orientalist) विशारद कह रहे थे कि शिक्षा का माध्यम संस्कृत होना चाहिए। उनका तर्क था कि यदि भारतियों को अंग्रेज़ी भाषा के माध्यम से आधुनिक शिक्षा दी गई तो वे आगे चलकर समानता के आधार पर प्रशासन में लोकतंत्रीकरण की माँग करेंगे। जबकि पश्चिमी विचारधारा (Anglicisms) वालों का तर्क था कि "यूरोपियन तरीक़ों की शिक्षा भारतियों को पूर्वजों के अन्धविश्वास से मुक्त करके धार्मिक तथा सांस्कृतिक रूप से शासक वर्ग के नज़दीक ला देगी। दोनों समूहों को भारत में अंग्रेज़ी राज्य की चिंता थी। किसी को भारतीय संस्कृति की चिंता नहीं थी। सभी का दावा था कि पश्चिमी शिक्षा से तीस या पचास सालों में भारत से भारतीय राष्ट्रीय विचार और राष्ट्रीयता का उन्मूलन किया जा सकता है। परंतु नियति को कुछ और ही मंज़ूर था।

विधि की विडम्बना देखिए, कलकत्ता के जिस स्कॉटिश चर्च कॉलेज की स्थापना अलेक्ज़ेंडर डफ़ ने इस उद्देश्य से की थी कि वहाँ से निकलने वाले भारतीय विद्यार्थी भारत से मूर्तिपूजा वाले हिंदू धर्म का नाश करके ईसाईयत के पैरोकार बन जाएँगे। उसी स्कॉटिश चर्च कॉलेज में एक प्रतिभाशाली लड़का पढ़ता था, उसका नाम था-नरेंद्र नाथ दत्त।

विवेकानंद ने मिशनरी स्कूल में शिक्षा पाई थी। वे ईसाईयत के सिद्धांत, उनकी भाषा और इतिहास एवं योजनाओं से से अच्छी तरह परिचित थे। उन्होंने अंग्रेज़ी साहित्य और संस्कृति के साथ संस्कृत भाषा और भारतीय दर्शन का भी गम्भीर अध्ययन किया था। उन्होंने अमेरिका स्थित शिकागो में सन् 1893 में आयोजित विश्व धर्म महासभा में भारत की ओर से सनातन धर्म का प्रतिनिधित्व किया था। भारत का आध्यात्मिकता से परिपूर्ण वेदान्त दर्शन अमेरिका और यूरोप के हर एक देश में स्वामी विवेकानन्द की वक्तृता के कारण ही पहुँचा। उन्होंने न सिर्फ़ वेदान्त दर्शन की व्याख्या ईसाईयत के गढ़ में की बल्कि ईसाईयत को उनके ही मैदान में चुनौती

दी थी। नरेंद्र नाथ दत्त अर्थात प्रसिद्ध नाम स्वामी विवेकानंद ने अलेक्ज़ेंडर डफ़, मैंकाले, रिचर्ड टेम्पल आदि द्वारा बनाए जा रहे सपनों के महल को ताश के पत्तों की तरह ढहा दिया। वे विश्व धर्म संसद को सम्बोधित करने अमेरिका गए। उन्होंने 11 सितम्बर 1893 को विश्व धर्म सम्मेलन, शिकागो में प्रथम व्याख्यान दिया। इस समय तक दयानंद सरस्वती या राजा राम मोहन रॉय हिंदी धर्म के सुधार की बातें किया करते थे। विवेकानंद ने ईसाईयत पर आक्रमण का रुख़ अपनाया।

उन्होंने वेदांत के सिद्धांतों के परिप्रेक्ष्य में ईसाईयत के जन्मगत पापी सिद्धांत पर प्रहार किया। ईसाईयत का मूल सिद्धांत है कि सभी नर-नारी जन्म से ही पापी हैं तथा पापी पैदा होने के कारण सभी को मरने के बाद अनंत काल तक नरक की आग में जलना होगा। मनुष्य की इस दयनीय हालत पर दया करके ईश्वर ने अपने एकमेव पुत्र ईसा मसीह को पृथ्वी पर भेजा। ईसा ने क्रॉस पर अपना बलिदान देकर अपने खून से सारी मानव जाति के पाप का प्रायश्चित किया और अनंत काल तक करता रहेगा। जो ईसा मसीह पर विश्वास लाएगा, इस कहानी को सच्चा मानेगा और स्वीकार करेगा कि मानव जाति जन्म से ही पापी है, और ईसा मसीह ईश्वर का पुत्र है, उसने अपने खून से सारी मानव जाति के पाप का प्रायश्चित कर दिया वह मुक्ति को प्राप्त होगा अर्थात मरने के बाद नरक की आग में नहीं जलेगा। वह स्वर्ग का आनंद भोगेगा। विवेकानंद जी ने ईसाईयत की इसी मान्यता (मनुष्य जन्म से ही पापी है) पर कड़ा प्रहार किया।

ईसाईयत के गढ़ माने जाने वाले शिकागो शहर में विवेकानंद जी ने हुंकार भरी हे अमृत पुत्रों, निश्चय ही हिंदू आपको पापी कहना अस्वीकार करता है। आप तो ईश्वर की संतान हैं। अमर आनंद के भागी हैं। पवित्र और पूर्ण आत्मा हैं। आप इस मर्त्य भूमि पर देवता हैं। आप भला पापी? मनुष्य को पापी कहना ही पाप है। यह मानव स्वरुप पर घिनौना लांछन है। हे सिंहों, आप उठें, आगे बढ़ें और इस मिथ्या भ्रम को दूर फेंक दें। आप अमर आत्मा, मुक्त आत्मा, आनंदमय और शाश्वत हैं। ईसाईयत पर यह प्रहार बहुत छुपा और बारीक था। जिससे ईसाईयत के ठेकेदार तिलमिला गये।

ईसाईयत का एक अन्य सिद्धांत है कि मनुष्य का एकमात्र उद्धारक और मुक्ति दाता ईसा मसीह है। मनुष्य को सभी अन्य ईश्वर को दरकिनार करके सिर्फ़ ईसा पर विश्वास लाना है। उसकी मुक्ति पक्की है। विवेकानंद जी ने ईसाईयत के इसी सिद्धांत की धज्जियाँ उड़ा दीं। ईसाई लोग विश्वास करते हैं कि ईसा में मनुष्य के परित्राण के लिए अपने प्राण दिए। उनके लिए इस सिद्धांत पर भरोसा करना ही मुक्ति है। हिंदुओं को मुक्ति का मतलब किसी सिद्धांत पर भरोसा करना नहीं है अपितु प्रत्येक व्यक्ति अपने मतानुसार कोई भी सिद्धांत मान सकता है या नकार सकता है। वह

खुद अपनी मुक्ति की राह चुनता और चलता है, सनातन पद्धति होते हुए भी महावीर स्वामी और बुद्ध ने खुद मुक्ति की राह तलाशी थी। यह आज़ादी सिर्फ़ सनातन धर्म आपको दे सकता है।

उन्होंने आगे कहा कि ईसाई लोग ईसा मसीह के माध्यम से मुक्ति प्राप्त करना चाहते हैं। हिंदू धर्म के अनुसार हर व्यक्ति को यह अधिकार है कि वह अपना इष्ट देव खुद चुने। मुक्ति सिर्फ़ ईसा की शरण में जाने या ईसाई बन जाने से नहीं मिलेगी। ईसाईयत की सबसे बड़ी कमजोरी यही है कि वे ईसा के अतिरिक्त किसी अन्य पैग़म्बर पर श्रद्धा नहीं रखते। ईसा जैसे बुद्ध भी अवतार थे, और भी कई अवतार हुए। इन अवतारों को सीमा में नहीं बांधा जा सकता। स्वामी जी गीता का उद्धरण देते हैं कि जहाँ कहीं असाधारण शक्ति सम्पन्न एवं पवित्र आत्मा को मानव जाति के उत्थान के लिए यत्नशील देखो तो यह मान लो कि वह मेरे ही तेज से उत्पन्न हुआ है। मैं उसके माध्यम से कार्य कर रहा हूँ।

इसीलिए हमें केवल ईसा मसीह को मुक्ति दाता न मानते हुए उन सभी को मुक्ति दाता समझना चाहिए जो ईसा के पहले हुए, जैसे मूसा और इब्राहिम हुए या उसके बाद मुहम्मद हुए, और भी हुए या होंगे। उनकी शिक्षाओं का पालन मुक्ति द्वार खोलेंगे, विश्वास का चमत्कार भर नहीं।

बप्तिस्मा का चमत्कार ईसाईयत का सिद्धांत है।

जब किसी व्यक्ति को ईसाई धर्म में दीक्षित किया जाता है तो उसके ऊपर पानी छिड़ककर ईसा मसीह का नाम लिया जाता है। उस समय यह माना जाता है कि पवित्र आत्मा उस व्यक्ति के अंदर प्रवेश कर गई है। स्वामी विवेकानंद ने सैनफ्रांसिस्को मैं दिए गए भाषण मैं कहा कि बप्तिस्मा का क्या अर्थ है? क्या इसका मतलब यह नहीं है की एक व्यक्ति को पानी में डुबो कर या उस पर पानी छिड़ककर उसे आध्यात्मिक जीवन में सीधा प्रवेश कराया जा रहा है। बप्तिस्मा मिलते ही तुम्हारे जीवन में कोई आध्यात्मिक परिवर्तन नहीं होता है, सिवाय इसके कि तुम पादरी की बातें मानना शुरू कर दो। आध्यात्मिक विकास हेतु तुम्हें और कुछ करने की ज़रूरत नहीं है। बप्तिस्मा पाए व्यक्ति को दुनिया में बुद्धिमान समझने की बात पर स्वामी जी ने केनोपनिषद का एक वाक्यांश उद्धृत किया सदा अज्ञान के अंधकार में लिपटे हुए, फिर भी अपने को बुद्धिमान और विद्वान समझते हुए मूर्ख इधर-उधर लड़खड़ाते अंधे द्वारा मार्गदर्शित अंधे के समान बार-बार चक्कर काटते हैं।

ईसाईयत ज्ञान विज्ञान की शत्रु रही है। स्वामी जी को ईसा मसीह एक आध्यात्मिक गुरु के रूप में पसंद थे। उन्हें ईसा के हृदय की शुद्धता, करुणा और त्यागमय स्वरुप पसंद था। उन्होंने ईसाइयों को सम्बोधित किया था कि यदि तुम सच्चे अर्थों में ईसाई होना चाहते हो तो यह जानना आवश्यक नहीं है कि ईसा कहाँ पैदा

हुए, येरुसलम में या बेथलेहम में या उन्होंने शैलोपदेश किस तारीख़ को सुनाया था। तुम्हें तो उस उपदेश को हृदयंगम करने की ज़रूरत है कि-

*धन्य हैं वे जो नम्र हैं*
*धन्य हैं वे जो दयालु हैं*
*धन्य हैं वे जो धार्मिकता के भूखे और प्यासे हैं*
*धन्य हैं वे जिनका हृदय निर्मल है*

स्वामी ने पूछा कि चर्च के सम्पूर्ण इतिहास में ईसाइयों का ऐसा आचरण दिखा क्या? और कौन सा चर्च है जो शैलोपदेश का पालन करता दिखता है? सभी चर्च असहिष्णु व्यवहार में लिप्त रहे। चर्च के लिए ईसा की शिक्षाएँ नहीं बल्कि खुद ईसा महत्वपूर्ण होकर ईश्वर का एकमात्र मुक्तिदायक रूप में धर्मांतरण का प्रतिनिधि हैं। चर्च एक राजनीतिक प्रभाव रखने वाला संस्थागत धार्मिक संगठन बन कर उभरा। चर्च ने धर्मांतरण हेतु मिशनरियों को सम्पूर्ण पृथ्वी पर ईसाईयत के प्रचार-प्रसार हेतु नियोजित प्रयास किए। जब ईसा की प्रेम व करुणा मूर्ति से कामयाबी मिलती नहीं दिखी तो उन्होंने वीभत्स तरीक़ों को अपनाया।

स्वामी विवेकानंद ने कहा "ग्रीक सभ्यता ईसाईयत के उदय के पहले अपने शिखर पर थी। ग्रीक को यूरोपीय सभ्यता का गुरु माना जाता है। यूनान की यूरोपीय सभ्यता का पलना कहा जाता है। परंतु जैसे-जैसे ईसाईयत वहाँ पसरते गई, यूनानी सभ्यता और ज्ञान नष्ट होता गया। यूनानी सभ्यता मुरझा गई।"

अमेरिका और अधिकांश विश्व में ईसाईयत तलवार की दम पर फैली है। चर्च ने वैज्ञानिक सोच और स्वतंत्र विचार का हमेशा दमन किया है। स्वामी जी ने उन्हें याद दिलाया "यूरोप में जो कुछ भी उन्नति हुई है वह ईसाई धर्म से विद्रोह करके ज्ञान-विज्ञान के प्रकाश से हुई है। ईसाइयों ने वैज्ञानिक सोच को दबाने के लिए पाश्चर और कॉक को पशुओं की तरह ज़िंदा भूना और डारविन के शिष्यों को सरेआम फाँसी कर लटकाया। वर्तमान यूरोप में ईसाई धर्म और ईसाई सभ्यता अलग-अलग चीजें हैं। ईसाई धर्म ने यूरोप के मनीषियों वाल्टेयर, ह्युगो, डारविन, आदि चिंतकों को अभिशाप दिया और उनकी घोर निंदा की थी।

तब यूरोपीय सभ्यता अब पादरियों को मार भगाने और उनके हाथों से स्कूल अस्पताल छीनने पर कटिबद्ध हो गई।"

मिशनरियों ने भारत में धर्मांतरण चक्र चलाने हेतु दुष्प्रचार किया है कि यूरोप आर्थिक रूप से समृद्ध है, क्योंकि वह ईसाई है और भारत गरीब है क्योंकि वह हिंदू धर्म से चिपका रहा है। स्वामी जी ने उनके कुतर्क का उत्तर देते हुए एक समाचार

पत्र को साक्षात्कार देते हुए कहा था "हम पूर्व से आने वाले लोग इतने दिन यहाँ बैठे और हमको बताया गया हमें ईसाई धर्म स्वीकार कर लेना चाहिए क्योंकि ईसाई राष्ट्र सर्वाधिक संपन्न हैं। हम अपने चारों तरफ़ देखते हैं तो पाते हैं कि इंग्लैंड दुनिया का सबसे सम्पन्न देश है। जिसका पैर 25 करोड़ भारतियों की गर्दन रखा है। उनके शोषण से ही इंग्लैंड सम्पन्न हुआ है। जब हम यूरोप की सम्पन्नता के इतिहास पर नज़र दौड़ाते हैं तो पाते हैं कि स्पेन की समृद्धि की शुरुआत दक्षिण अमेरिका के शोषण से हुई थी, यही कहानी फ़्रांस और पुर्तगाल की रही है। हिंदू दूसरों की बर्बादी कर कभी भी अपनी उन्नति नहीं चाहेगा।" अख़बार ने उनके साक्षात्कार को ईसाई राष्ट्रों पर भीषण प्रहार हेडिंग से छापा था।

स्वामी जी ने दार्जिलिंग में रह रही अपनी एक शिष्या मैरी को 28 अप्रेल 1897 को एक पत्र में लिखा था "अध्यात्म विद्या के सम्बंध में पृथ्वी का कोई भी राष्ट्र हिंदुओं का मार्गदर्शन नहीं कर सकता और विचित्र बात तो यह है कि ईसाई देशों से जितने लोग भारत आते हैं वे एक ही घिसा पिटा तर्क देते हैं कि ईसाई धनवान और शक्तिशाली हैं। इसलिए ईसाई धर्म श्रेष्ठ है। हिंदू इसका उचित ही उत्तर देते हैं कि यही कारण है कि हिंदू धर्म कहलाता है और ईसाई मत। इस पाशविक संसार में अधर्म और धूर्तता तेज़ी से फैलते हैं। गुणवानो को आरम्भ में ईसा की तरह दुःख ही झेलने होते हैं ताकि उनके धर्म की परीक्षा हो सके।"

स्वामी जी ने धर्मान्तरण कुचक्र पर 20 सितम्बर 1893 को धर्म संसद में ईसाई मिशनरियों की आलोचना करते हुए कहा आप ईसाई लोग मूर्तिपूजकों की आत्मा का उद्धार करने के निमित्त अपने धर्म प्रचारकों को भारत भेजने जितने उत्सुक रहते हैं उतने उत्सुक उनके भूख से बिलखते और तिल-तिल मरते शरीरों को बचाने के लिए नहीं रहते हैं। भारत में धर्म पर्याप्त है, पश्चिम ने भारतियों का भोजन छीन लिया है। अकाल ग्रस्त भूखे गलों में रोटी माँगने की ताक़त नहीं बची है। भूखों को धर्म परोसना मानवता का अपमान है, जिसका आप दम्भ भरते नहीं अघाते। मैं यहाँ दरिद्र भाईयों के निमित्त सहायता माँगने आया था परंतु यह पूरी तरफ़ समझ गया हूँ कि मूर्तिपूजकों के लिए ईसाइयों से उन्हीं के देश में सहायता प्राप्त करना कितना कठिन है। मुझसे कहा गया कि ईसाई देश हिंदुओं की मदद करने को तैयार हैं यदि हिंदू पूर्वजों का धर्म छोड़कर मसीही धर्म अपना लें, क्या यही मानवता का मापदंड है?

स्वामी जी ने 21 फ़रवरी 1894 को डेट्राईट में कहा एक बात मैं तुमसे कहूँगा और मेरा आशय अप्रिय आलोचना नहीं है। तुम मेरे देश में क्या यह सोच कर वस्त्र, शिक्षा, धन देते हो कि आपके लोग मेरे पूर्वजों उनके धर्म और सभी बातों की कोसें, गालियाँ दें। मंदिर के निकट जाकर कहें- हे मूर्तिपूजकों तुम नरक में गिरोगे। परंतु वे भारत के मुसलमानों के साथ ऐसा साहस नहीं दिखा पाते, क्योंकि वहाँ तलवार

निकल आएगी, हिंदू नरम और सज्जन है, इसलिए ना। चर्च द्वारा भारत में हिंदुओं को धर्मांतरण हेतु आक्रामक तरीक़े की भद्दी-भद्दी गालियाँ तक सिखा कर मिशनरियों को भेजा जाता है। मैं मिशनरियों के काले कारनामों का कच्चा चिट्ठा खोल रहा हूँ तो आप सिहर उठते हो। आपकी अभिव्यक्ति की आज़ादी का यही स्तर है क्या? या अभिव्यक्ति के मायने मालिकों के लिए अलग और गुलामों के किए अलग हैं। आप चिल्लाने लगते हैं, हमें न छुओ हम अमेरिकन हैं, हम संसार के सब लोगों की आलोचना कर सकते हैं, उन्हें कोस सकते हैं, उन्हें गालियों से नवाज़ सकते हैं, पर हमें न छुओ, हम छुईमुई हैं। जब कभी भी तुम्हारे पादरी मिशनरी हिंदुओं पर कीचड़ उछालें तो आप याद रखें कि यदि सम्पूर्ण भारत उठ खड़ा हुआ और तीनों तरफ़ के समुद्रों की कीचड़ तुम लोगों के चेहरों पर फेंके तो वह भी इस कीचड़ से कम होगी जो आपकी मिशनरियाँ भारतियों के हिंदू धर्म पर उछाल रही हैं। आप सोचिए, हमने कभी भी एक भी धर्म प्रचारक संस्था संसार के किसी भी हिस्से में धर्म परिवर्तन हेतु नहीं भेजी है। हमारा इतना कहना है कि तुमको अपना धर्म कल्याणकारी हो, परंतु हमें अपना धर्म रखने दो।

क्या तुम जानते हो कि तुम्हारे पूर्वजों का किस तरह धर्म परिवर्तन किया गया था। उनके सामने दो विकल्प थे, ईसाई बनें या मर जाएँ। चर्च ने आरम्भ में इस्लाम की तरह सर कलम या कलमा मंज़ूर से अलग किस विकल्प को दुनिया में ईसाईयत फैलाने के लिए अपनाया था। अपने दम्भ और आत्मश्लाघा के बावजूद तलवार के बिना ईसाईयत कहाँ सफल हुई है, तुम एक भी स्थान नहीं बता सकते हो।

ईसाई मिशनरियाँ अमेरिका में जिस तरीक़े से भारत में धर्मांतरण हेतु चंदा एकत्र करते हैं, उसका मैं प्रतिवाद करता हूँ। किताबों में इस तरह के विषय छापने का क्या मतलब है जिसमें हिंदू माता अपने बच्चे को गंगा नदी में मगर के मुँह में धकेल रही है। चित्र में माता काली और बच्चे का रंग गोरा चित्रित किया गया है। जिसके कारण सहानुभूति अर्जित कर आप लोगों से अधिक धन उगाहा जा सके। उस चित्र का क्या अर्थ है जिसमें एक मनुष्य अपनी पत्नी को खम्भे से बांधकर ज़िंदा जला रहा है। ताकि वह भूत बनकर पति के शत्रुओं को सताए। एक पुस्तक में एक सज्जन अपनी कलकत्ता यात्रा का वर्णन कर रहे हैं कि कलकत्ता की सड़कों पर कई धर्मोन्मत मनुष्यों को रथ से कुचलते हुए दिखाया जा रहा है। मेम्फ़िस शहर में मैंने एक पादरी को यह प्रचार करते हुए खुद सुना कि भारत के प्रत्येक गाँव में एक ऐसा तालाब है जो बच्चों की हड्डियों से भरा रहता है।

मिशनरियाँ धर्मांतरण के सैनिक तैयार करने के लिए आपके बच्चों को सिखाते हैं कि हिंदू दुष्ट हैं, अभागे हैं और पृथ्वी पर अत्यंत भयानक दानव हैं। यहाँ के बालकों को रविवार की पाठशाला में बताया जाता है कि हिंदुओं से घृणा करो ताकि बचपन से ही वे चंदे के साधन बनना आरम्भ हो जाएँ। स्वामी जी चेतावनी देते हैं

कि सत्य के लिए न सही तो कम से कम अपने बच्चों के सदाचार के निमित्त ईसाई पादरियों को चाहिए कि ऐसी बात न होने दें, अन्यथा उनके बच्चे आगे चलकर निर्दयी और अत्याचारी नागरिक बनेंगे।

स्वामी विवेकानंद द्वारा ईसाईयत पर किए गए चौतरफ़ा हमलों से अमेरिका सहित समूचे ईसाई जगत में हलचल मच गई। उन्होंने स्वामी जी के विरुद्ध अनर्गल प्रचार शुरू कर दिया। दूसरी तरफ़ हिंदू जनता में हर्ष की लहर दौड़ गई कि हज़ारों सालों से उनकी दवाई गई भावनाओं को सशक्त आवाज़ मिली है।

भारत की मिशनरियों ने दुष्प्रचार करना शुरू किया कि स्वामी जी और उनके गुरु शूद्र हैं। उन्हें वेदांत की शिक्षा देने का अधिकार नहीं है। उनके साथ स्वामी शब्द लगाना ग़लत है। वे इस पद के अधिकारी नहीं हैं। परंतु स्वामी जी के उद्बोधनों से हिंदुओं में स्वाभिमान जागृत हुआ। उसी पृष्ठभूमि में बंकिम चंद द्वारा हिंदू धर्म के पुनरुत्थान का कार्य आरम्भ किया गया जो काम मंद पड़ने लगा था, उसमें नई जान आ गई। स्वामी जी ने 1901 में अपने व्याख्यानों में बंकिम चंद को बार-बार पढ़ने को कहा था। उनके कृतित्व से हिंदू समाज हीन भावना से मुक्त होकर एक अद्भुत जागृति का अनुभव करने लगा। वह जागृति उनकी मृत्यु के तीन साल के बाद एक राजनीतिक आंदोलन में मुखरित हुई।

तीस वर्ष की आयु में स्वामी विवेकानन्द ने शिकागो, अमेरिका के विश्व धर्म सम्मेलन में हिंदू धर्म का प्रतिनिधित्व किया और उसे सार्वभौमिक पहचान दिलवायी। गुरुदेव रवीन्द्रनाथ ठाकुर ने एक बार कहा था – "यदि आप भारत को जानना चाहते हैं तो विवेकानन्द को पढ़िये। उनमें आप सब कुछ सकारात्मक ही पायेंगे, नकारात्मक कुछ भी नहीं।"

रोमां रोलां ने उनके बारे में कहा था – "उनके द्वितीय होने की कल्पना करना भी असम्भव है, वे जहाँ भी गये, सर्वप्रथम ही रहे। हर कोई उनमें अपने नेता का दिग्दर्शन करता था। वे ईश्वर के प्रतिनिधि थे और सब पर प्रभुत्व प्राप्त कर लेना ही उनकी विशिष्टता थी। हिमालय प्रदेश में एक बार एक अनजान यात्री उन्हें देख ठिठक कर रुक गया और आश्चर्यपूर्वक चिल्ला उठा – 'शिव!' यह ऐसा हुआ मानो उस व्यक्ति के आराध्य देव ने अपना नाम उनके माथे पर लिख दिया हो।"

वे केवल सन्त ही नहीं, एक महान देशभक्त, वक्ता, विचारक, लेखक और मानव-प्रेमी भी थे। अमेरिका से लौटकर उन्होंने देशवासियों का आह्वान करते हुए कहा था – "नया भारत निकल पड़े मोची की दुकान से, भड़भूँजे के भाड़ से, कारखाने से, हाट से, बाजार से; निकल पडे झाड़ियों, जंगलों, पहाड़ों, पर्वतों से।" और जनता ने स्वामी की पुकार का उत्तर दिया। वह गर्व के साथ निकल पड़ी। महात्मा गान्धी को आजादी की लड़ाई में जो जन-समर्थन मिला, वह विवेकानन्द के आह्वान का ही

फल था। इस प्रकार वे भारतीय स्वतन्त्रता संग्राम के भी एक प्रमुख प्रेरणा के स्रोत बने। उनका विश्वास था कि पवित्र भारतवर्ष धर्म एवं दर्शन की पुण्यभूमि है। यहीं बड़े-बड़े महात्माओं व षियों का जन्म हुआ, यही संन्यास एवं त्याग की भूमि है तथा यहीं-केवल यहीं-आदिकाल से लेकर आज तक मनुष्य के लिये जीवन के सर्वोच्च आदर्श एवं मुक्ति का द्वार खुला हुआ है। उनके कथन - "उठो, जागो, स्वयं जागकर औरों को जगाओ। अपने नर-जन्म को सफल करो और तब तक नहीं रुको जब तक लक्ष्य प्राप्त न हो जाये।"

स्वामी विवेकानंद की हुंकार भारतीय राष्ट्रवाद के इतिहास की एक महत्वपूर्ण घटना सिद्ध हुई। मुस्लिम आतताइयों और ईसाई साम्राज्य वादियों द्वारा सतत विध्वंस की जा रही भारतीय राष्ट्रीयता अवधारणा वैचारिक स्तर पर पुनः उठ खड़ी हुई। जिसे महात्मा गांधी जी ने देश के जन-जन तक पहुँचाया।

अंग्रेजों ने स्वामी विवेकानन्द के भारतीय शंखनाद का सामना एक बिल्कुल अजीब तरीक़े से किया। उनके एंडोलोजिस्टों ने भारतियों को आध्यात्मिक टैग लगाना शुरू किया कि भारतीय आध्यात्मिक लोग हैं उन्हें दुनियादारी और शासन से क्या लेना देना। हम दुनिया पर शासन करना जानते हैं। हम अर्थ की सत्ता को सम्भालेंगे। भारतीय ध्यान, आत्मा-परमात्मा, मोक्ष-निर्वाण में व्यस्त रहें।

भारतविदों (इंडोलोजिस्ट) ने भारतीय सभ्यता के आध्यात्मिक पहलू पर जोर दिया और बड़े पैमाने पर भौतिक संस्कृति के अध्ययन की अनदेखी की। इसलिए वे हिंदू धर्म की अधिक रोमाचंक परिभाषा पर पहुंचे जिसके कई निहितार्थ थे। सबसे पहले इसने ब्राह्मणों की केंद्रीयता और भारतीय समाज में उनकी प्रमुख स्थिति को भी अलग-अलग प्रमाणों के साथ सामने रखा जिसमें कुछ ब्राह्मण राजवंश और राजनीतिक और सैन्य शक्ति अन्य समूहां के हाथों में भी दिखाई दी।

दूसरे इसने भारतीय समाज के एक सीमित दृष्टिकोण को जन्म दिया जिसमें समय के साथ हुये ऐतिहासिक बदलाव की बात करना तो दूर काई क्षेत्रीय भिन्नता सम्मिलित ही नहीं की। जिसके परिणामस्वरूप लोगों द्वारा नित्यप्रति जीवन में किए जाने वाले वास्तविक व्यवहार और रीति रिवाजों के बजाय ग्रंथों द्वारा वर्णित और पूर्व निर्धारित व्यवहार की निर्विवाद स्वीकृति दी गई। इसलिए भारतीय समाज को नियमों और सामाजिक व्यवस्था की एक प्रणाली के रूप में समझा जाने लगा जोकि गतिशील न होकर अधिक जड़वत थी।

18वी शताब्दी में कइ लोग थे जिन्हानें भारत क इस इडालॉजिकल या प्राच्यविद्यावादी दृष्टिकोण का समर्थन किया। तत्पश्चात भारत संबंधी लेखन पर मैक्स मुलर, विलियम जोन्स, हेनरी मेन और बाद में हेनरी थॉमस, कोलब्रक, अलेक्जेंडर डॉव, अलक्जेंडर कनिंघम का प्रभाव था।

इंडोलॉजिकल लेखन जिसमें भारतीय दर्शन, कला और संस्कृति प्रतिबिंबित करने वाले भारतीय विद्वान में ए. के. कुमारस्वामी, राधाकमल मुखर्जी, डी.पी.मुकर्जी, जी. एस. घुरिये, लुई ड्यूमॉन्ट प्रमुख हैं। समाजशास्त्र के भीतर भी भारतीय समाजशास्त्र के कई संस्थापक पिता भी इंडोलॉजी से प्रभावित थे जैसे कि बी.एन. सील, एस. वी.केतकर, बी.के. सरकार, जी एसघुरिये और लुइस ड्यूमॉन्ट और अन्य। घुरिये हालांकि डब्ल्यूएच आर के द्वारा एक प्रशिक्षित मानव विज्ञानी थे किंतु समकालीन परिघटनाओं, वेषभूशा, वास्तुकला, लैंगिकता, नगरीकरण, परिवार और रिश्तेदारी, भारतीय आदिवासी संस्कृतियों, जाति व्यवस्था, अनुष्ठान और धर्म में वास्तविक स्वरुप को समझने के लिए शास्त्रीय ग्रंथों की ओर मुखातिब हुए।

उनके सहयोगियों और छात्रों जैसे इरावती कर्वे और के.एम. कपाड़िया ने भी ऐसा किया। घुर्ये की पद्धति को बाद में सर विलियम जोन्स या मैक्स मुलर द्वारा स्थापित ब्रिटिश लेखन के बजाय भडारकर ओरिएंटल रिसर्च इंस्टीट्यूट (मुंबई के इंडोलॉजिस्ट के लेखन से प्रभावित स्वदेशी इंडोलॉजी के रूप में संदर्भित किया गया है। ड्यूमॉट के भारतवादी पूर्वाग्रह वर्ण और जाति के बारे में उनके शोध अधिक स्पष्ट दिखते हैं, जहाँ वे भारतीय सभ्यता की एकता को नही मानते हैं। डूमांटे का कार्य होमा हिअरार्किस जाति के चार वर्ण सिद्धांत के सीमित दृष्टिकोण पर आधारित है जो इसे एक सर्व समावेषी श्रेणी के रूप में देखता है और इसलिए भारतीय समाज मूल रूप से पदानुक्रम के सिद्धांत पर आधारित है जहां सभी को उनके जन्म आधार पर स्थान दिया गया है। उन्हांने आगे यह माना कि जाति की संरचना पवित्रता और प्रदूषण के सिद्धांत की विचारधारा और विचारों और मूल्यों के एक निश्चित और एकीकृत विचारधारा का परिणाम है जो बदलती नही हैं। लुई ड्यूमॉन्ट ने एक आधुनिक पश्चिमी समाज की कल्पना की जो भारत के विपरीत तर्कसंगतता की आकांक्षा रखता है और भारत में सामूहिकतावादी या समूह समुदाय आधारित पहचान की तुलना में अनिवार्य रूप से व्यक्तिवादी था (ड्यूमॉन्ट 1972)। अतः कई मायनों में उन्हांने यूरोपीय भारतीय विभाजन पश्चिम और पर्वू को एक दूसरे के विपरीत मानते हुए इंडोलॉजिस्ट का अनुसरण किया।

समाजशास्त्री ए.आर. देसाई भारतीय समाज को संस्कृति के नजरिये से देखने वालों की आलोचना करते हैं जोकि अपनी असमानताओं, विविधताओं, बोलियों और शोषणयुक्त वास्तविक भारत से कोसों दूर हैं मात्र एक पाठवादी दृष्टिकोण प्रदान करता है। वे कहते हैं कि अध्यात्मवाद के सामने भौतिकवाद को खड़ा करके एंडोलोजिस्टों ने भारतियों के बौद्धिक वर्ग को बरगला दिया। ध्यान से देखा जाए तो वैदिक सभ्यता परम भौतिकवादी थी। पशुबलि के बाद प्रसाद ग्रहण करने की प्रथा भारतीय शाक्त सम्प्रदाय में अभी भी प्रचलित है। भारतीय अपने देवों को प्रथम भोग लगाकर फिर भोजन करते हैं। सनातन धर्म में भोग प्रदान करने वाली एक पृथक देवी अन्नपूर्णा हैं।

भारत में भोग और अध्यात्म पृथक नहीं है और न कभी रहा। अंग्रेजों ने भारतियों को अध्यात्मवाद का झुनझुना पकड़ा कर भारतीय अर्थ व्यवस्था को इस तरफ़ निचोड़ा कि भारत में उनके शासनकाल में सम्पूर्ण इतिहास के सर्वाधिक अकाल पड़े जिसमें करोड़ों लोग भूख से तिलमिला कर मृत्यु के ग्रास बने।

भारत में ब्रिटिश शासन के युग (1765-1947) के दौरान, 12 प्रमुख अकाल पड़े, जो प्राकृतिक प्रकोप न होकर अंग्रेजों के राजनीतिक प्रकोप थे। कृषि को उनकी औद्योगिक क्रांति के लिए कच्चा माल उत्पादन हेतु उपयोग किए जाने से वह भयावह स्थिति उपस्थित हुई थी। अध्यात्मवाद का ईनाम था। प्रमुख 12 अकाल इन सालों में पड़े थे। 1769-1770, 1783-1784, 1791-1792, 1837-1838, 1860-1861, 1865-1867, 1868-1870, 1873-1874, 1876-1878, 1896-1897, 1899-1900, और 1943-1944। इन अकालों के कारण करोड़ों लोगों की मृत्यु हुई। यह है अंग्रेजों का भारतियों को अध्यात्मवाद का वरदान। इसी अवधि में ब्रिटिश सकल घरेलू उत्पाद जो 1757 में विश्व के सकल घरेलू उत्पाद का 3 के लगभग था वह 1943 में 34 हो गया था। ख़ैर, भारतीय भी कम उस्ताद नहीं थे। वे बरास्ते अध्यात्मवाद क्रांतिकारी रास्ते पर पहुँचे।

## अरविंद घोष का हिंदुत्व

स्वामी विवेकानंद जी के विचारों का प्रभाव उस समय के लेखक, चिंतक, विचारक और नेता सभी के ऊपर पड़ा। सबसे मुखर व्यक्तित्व महर्षि अरविंद के रूप में सामने आया। अरविन्द घोष या श्री अरविन्द या महर्षि अरविन्द (1872-1950) एक योगी एवं दार्शनिक थे। वे 16 अगस्त 1872 को कलकत्ता में जन्मे थे। इनके पिता एक डाक्टर थे। इन्होंने युवा अवस्था में स्वतन्त्रता संग्राम में क्रान्तिकारी के रूप में भाग लिया, किन्तु बाद में यह एक योगी बन गये और इन्होंने पांडिचेरी में एक आश्रम स्थापित किया। वेद, उपनिषद ग्रन्थों आदि पर टीका लिखी। योग साधना पर मौलिक ग्रन्थ लिखे। उनका भारतीय दर्शन शास्त्र पर बहुत प्रभाव रहा है और उनकी साधना पद्धति के अनुयायी सब देशों में पाये जाते हैं। वे क्रांतिकारी थे, कवि भी थे और गुरु भी।

अरविन्द के पिता डॉक्टर कृष्णधन घोष उन्हें उच्च शिक्षा दिला कर उच्च सरकारी पद दिलाना चाहते थे, अतएव मात्र 7 वर्ष की उम्र में ही उन्हें इंग्लैण्ड भेज दिया। उन्होंने केवल 18 वर्ष की आयु में ही आई. सी. एस. की परीक्षा उत्तीर्ण कर ली थी। इसके साथ ही उन्होंने अंग्रेजी, जर्मन, फ्रेंच, ग्रीक एवं इटैलियन भाषाओँ में भी निपुणता प्राप्त की थी।

देशभक्ति से प्रेरित इस युवा ने आई. सी. एस. चयन हेतु ज़रूरी घुड़सवारी की परीक्षा जानबूझ कर देने से इनकार कर दिया और राष्ट्र-सेवा करने की ठान

ली। इनकी प्रतिभा से बड़ौवा नरेश अत्यधिक प्रभावित थे अतः उन्होंने इन्हें अपनी रियासत में शिक्षा शास्त्री के रूप में नियुक्त कर लिया। बडौदा में ये प्राध्यापक, वाइस प्रिंसिपल, निजी सचिव आदि कार्य योग्यता पूर्वक करते रहे और इस दौरान हजारों छात्रों को चरित्रवान देशभक्त बनाया। 1896 से 1905 तक उन्होंने बड़ौदा रियासत में राजस्व अधिकारी से लेकर बड़ौदा कालेज के फ्रेंच अध्यापक और उपाचार्य रहने तक रियासत की सेना में क्रान्तिकारियों को प्रशिक्षण भी दिलाया था। हजारों युवकों को उन्होंने क्रान्ति की दीक्षा दी थी।

वे निजी रुपये-पैसे का हिसाब नहीं रखते थे परन्तु राजस्व विभाग में कार्य करते समय उन्होंने जो विश्व की प्रथम आर्थिक विकास योजना बनायी उसका कार्यान्वयन करके बड़ौदा राज्य देशी रियासतों में अन्यतम बन गया था। बड़ौदा महाराजा मुम्बई की वार्षिक औद्योगिक प्रदर्शनी के उद्घाटन हेतु आमन्त्रित किये जाने लगे थे।

लार्ड कर्जन द्वारा हिंदू-मुस्लिम द्वेष से प्रेरित बंग-भंग की योजना रखने पर सारा देश तिलमिला उठा। बंगाल में इसके विरोध के लिये जब उग्र आन्दोलन हुआ तो अरविन्द घोष ने इसमे सक्रिय रूप से भाग लिया। नेशनल लॉ कॉलेज की स्थापना में भी इनका महत्वपूर्ण योगदान रहा। मात्र 75 रुपये मासिक पर इन्होंने वहाँ अध्यापन-कार्य किया। पैसे की जरूरत होने के बावजूद उन्होंने कठिनाई का मार्ग चुना। अरविन्द कलकत्ता आये तो राजा सुबोध मलिक की अट्टालिका में ठहराये गये। वहाँ जन-साधारण को मिलने में संकोच होता था। अतः वे सभी को विस्मित करते हुए 19/8 छक्कू खानसामा गली में आ गये। उन्होंने किशोरगंज (वर्तमान में बंगलादेश में) में स्वदेशी आन्दोलन प्रारम्भ कर दिया। अब वे केवल धोती, कुर्ता और चादर ही पहनते थे। उसके बाद उन्होंने नेशनल लॉ कॉलेज से भी अलग होकर अग्निवर्षी पत्रिका बन्दे मातरम् का प्रकाशन प्रारम्भ किया।

क्रांतिकारी हिंसक घटनाओं का आरंभ 1906 में हुआ था। जब धन की व्यवस्था के लिए क्रांतिकारियों ने डकैती की योजना बनाई। क्रांतिकारियों ने बंगाल के पूर्व लेफ्टिनेंट गवर्नर फुलर को मारने का प्रयत्न किया लेकिन वह सफल नहीं हो सके। बिहार के मुजफ्फरपुर जिले के न्यायाधीश डीएचकिंग्सफोर्ड ने मुख्य प्रेज़िडेंसी दंडनायक के रूप में युवकों को छोटे-छोटे अपराधों के लिए बड़ी-बड़ी सजाएं दी थीं। पर 30 अप्रैल 1908 को मुजफ्फरपुर में खुदीराम किंग्सफोर्ड पर बोस ओर प्रफुल्ल चाकी ने बम फेंका, किंग्सफोर्ड तो बच गया लेकिन दुर्भाग्य से उस गाड़ी में राष्ट्रीय आंदोलन से हमदर्दी रखने वाले मिस्टर कैनेडी की पत्नी और पुत्री मारी गई थी। प्रफुल्ल चाकी ने आत्महत्या कर ली, लेकिन खुदीराम बोस को गिरफ्तार कर लिया गया था और 1908 में 15 वर्ष की आयु में फांसी दे दी गई थी। खुदीराम बोस सबसे कम उम्र में फांसी पाने वाले क्रांतिकारी व्यक्ति थे।

उसी तारतम्य में सरकार ने अवैध हथियारों की तलाश के संबंध में मानिकटोला उद्यान और कोलकाता में अवैध हथियारों की तलाशियां प्रारंभ की। ब्रिटिश सरकार अरविंद के क्रन्तिकारी विचारों और कार्यों से अत्यधिक आतंकित थी अतः 2 मई 1908 को चालीस युवकों के साथ उन्हें गिरफ्तार कर लिया गया। 18 मई 1908 को 34 व्यक्तियों को अवैध हथियार रखने के कारण बंदी बनाकर कलकत्ता के अलीपुर अदालत में में पेश किया गया था। गिरफ्तार किए गए व्यक्तियों में दो घोष बंधु थे अरविंद और वीरेंद्र शामिल थे। इन सभी पर अलीपुर षड्यंत्र कांड का मुक़दमा चलाया गया और यह मुकदमा अलीपुर षड्यंत्र केस के नाम से प्रसिद्ध हुआ।

इतिहास में इसे *'अलीपुर षडयन्त्र केस'* के नाम से जानते है। उन्हें एक वर्ष तक अलीपुर जेल में कैद रखा गया। अलीपुर जेल में ही उन्हें हिन्दू धर्म एवं हिन्दू-राष्ट्र विषयक अद्भुत आध्यात्मिक अनुभूति हुई। इस षड़यन्त्र में अरविन्द को शामिल करने के लिये सरकार की ओर से जो गवाह तैयार किया था, उस सरकारी गवाह नरेंद्र गोसाई की अलीपुर जेल में सत्येंद्र नाथ घोष ने हत्या कर दी। इसके अतिरिक्त फरवरी 1909 में कलकत्ता में सरकारी वकील की हत्या कर दी गई। अरविन्द घोष के पक्ष में प्रसिद्ध बैरिस्टर चितरंजन दास ने मुकदमे की पैरवी की थी। उन्होने अपने प्रबल तर्कों के आधार पर अरविन्द को सारे अभियोगों से मुक्त घोषित करा दिया। इससे सम्बन्धित अदालती फैसले 6 मई 1909 को जनता के सामने आये। जेल मुक्ति के दिन 30 मई 1909 को उत्तरपाड़ा में एक संवर्धन सभा की गयी वहाँ अरविन्द का एक प्रभावशाली व्याख्यान हुआ जो इतिहास में *"उत्तरपाड़ा अभिभाषण"* के नाम से प्रसिद्ध हुआ। उन्होंने अपने उस अभिभाषण में धर्म एवं राष्ट्र विषयक कारावास-अनुभूति का विशद विवेचन करते हुए कहा था।

जब मुझे सभा के इस वार्षिक अधिवेशन में बोलने के लिये कहा गया, तो मैंने यही सोचा था कि आज के लिये जो विषय चुना गया है उसी पर, अर्थात् हिंदू धर्म पर कुछ कहूंगा। मैं नहीं जानता कि उस इच्छा को मैं पूरा कर सकूंगा या नहीं, क्योंकि जैसे ही मैं यहां आकर बैठा, मेरे मन में एक संदेश आया और यह संदेश आपको और सारे भारत राष्ट्र को सुनाना है। यह वाणी मुझे पहले-पहल जेल में सुनायी दी थी और उसे अपने देशवासियों को सुनाने के लिये मैं जेल से बाहर आया हूँ।

पिछली बार जब यहां आया था उसे एक वर्ष से ऊपर हो चुका है। उस बार मैं अकेला न था, तब मेरे साथ ही बैठे थे राष्ट्रीयता के एक परम शक्तिमान् दूत। उन दिनों वे उस एकांतवास से लौटकर आये थे जहां उन्हें भगवान् ने इसलिये भेजा था कि वे अपनी कालकोठरी की शांति और निर्जनता में उस वाणी को सुन सकें जो उन्हें सुनानी थी। उस समय आप सैंकड़ों की संख्या में उन्हीं का स्वागत करने आये थे। आज वे हमसे बहुत दूर हैं, वे हमसे हजारों मील के फासले पर हैं। दूसरे

लोग भी, जिन्हें मैं अपने साथ काम करते हुए पाता था, आज अनुपस्थित हैं। देश पर जो तूफान आया था उसने उन्हें दूर-दूर बिखेर दिया है। इस बार एक वर्ष का समय निर्जनवास में बिताकर आया हूँ। अब बाहर आकर देखता हूँ कि सब कुछ बदल गया है। जो सदा मेरे साथ बैठते थे, जो सदा मेरे काम में सहयोग दिया करते थे, आज बर्मा में कैद हैं, दूसरे उत्तर में नजरबंद होकर सड़ रहे हैं। जब मैं बाहर आया तो मैंने अपने चारों ओर देखा, जिनसे सलाह और प्रेरणा पाने का अभ्यास था उन्हें खोजा। वे मुझे नहीं मिले। इतना ही नहीं, जब मैं जेल गया था तो सारा देश वंदेमातरम् की ध्वनि से गूंज रहा था, वह एक राष्ट्र बनने की आशा से जीवंत था। यह उन करोड़ों मनुष्यों की आशा थी जो गिरी हुई दशा से अभी-अभी ऊपर उठे थे। जब मैं जेल से बाहर आया तो मैंने इस ध्वनि को सुनने की कोशिश की, किंतु इसके स्थान पर निस्तब्धता थी। देश में सन्नाटा था और लोग हक्के-बक्के से दिखायी दिये, क्योंकि जहां पहले हमारे सामने भविष्य की कल्पना से भरा ईश्वर का उज्ज्वल स्वर्ग था वहां हमारे सिर पर धूसर आकाश दिखायी दिया जिससे मानवीय वज्र और बिजली की वर्षा हो रही थी। किसी को यह न दिखायी देता था कि किस ओर चलना चाहिये, चारों ओर से यही प्रश्न उठ रहा था "अब क्या करें? हम क्या कर सकते हैं?" मुझे भी पता न था कि अब क्या किया जा सकता है। लेकिन एक बात मैं जानता था, ईश्वर की जिस महान् शक्ति ने उस ध्वनि को जगाया था, उस आशा का संचार किया था उसी शक्ति ने यह सन्नाटा भेजा है। जो ईश्वर उस कोलाहल और आंदोलन में थे, वे ही इस विश्राम और निस्तब्धता में भी हैं। ईश्वर ने इसे भेजा है ताकि राष्ट्र क्षणभर के लिये रुककर अपने अंदर खोजे और जाने कि उनकी इच्छा क्या है। इस निस्तब्धता से मैं निरुत्साहित नहीं हुआ हूँ, क्योंकि कारागार में इस निस्तब्धता के साथ मेरा परिचय हो चुका है और मैं जानता हूँ कि मैंने एक वर्ष की लंबी कैद के विश्राम और निस्तब्धता में ही यह पाठ पढ़ा है। जब विपिनचंद्र पाल जेल से बाहर आये तो वह एक संदेश लेकर आये थे और वह प्रेरणा से मिला हुआ संदेश था। उन्होंने यहां जो वक्तृता दी थी वह मुझे याद है। उस वक्तृता का मर्म और अभिप्राय उतना राजनीतिक नहीं था जितना धार्मिक था। उन्होंने उस समय जेल के अंदर मिली हुई अनुभूति की, हम सबके अंदर जो भगवान् हैं, राष्ट्र के अंदर जो परमेश्वर हैं उनकी बात की थी। अपने बाद के व्याख्यानों में भी उन्होंने कहा था कि इस आंदोलन में जो शक्ति काम कर रही है वह सामान्य शक्ति की अपेक्षा महान् है और इसका हेतु भी साधारण हेतु से कहीं बढ़ कर है। आज मैं भी आपसे फिर मिल रहा हूँ, मैं भी जेल से बाहर आया हूँ और इस बार भी आप ही, इस उत्तरपाड़ा के निवासी ही, मेरा सबसे पहले स्वागत कर रहे हैं। किसी राजनीतिक सभा में नहीं, बल्कि उस समिति की सभा में जिसका उद्देश्य है धर्म की रक्षा। जो संदेश विपिनचंद्र पाल ने बक्सर जेल में पाया था, वही भगवान् ने मुझे अलीपुर में दिया। वह ज्ञान

भगवान् ने मुझे बारह महीने के कारावास में दिन-प्रतिदिन दिया और आदेश दिया है कि अब जब मैं जेल से बाहर आ गया हूं तो आपसे उसकी बात करूं।

मैं जानता था कि मैं जेल से बाहर निकल आऊंगा। यह वर्षभर की नजरबंदी केवल एक वर्ष के एकांतवास और प्रशिक्षण के लिये थी। भला किसी के लिये यह कैसे संभव होता कि वह मुझे जेल में उतने दिनों से अधिक रोक रखता जितने दिन भगवान् का हेतु सिद्ध करने के लिये आवश्यक थे? भगवान् ने कहने के लिये एक संदेश दिया है और करने के लिये एक काम। मैं यह जानता था कि जब तक यह संदेश सुना नहीं दिया जाता तब तक कोई मानव शक्ति मुझे चुप नहीं कर सकती, जब तक वह काम नहीं हो जाता तब तक कोई मानव शक्ति भगवान् के यंत्र को रोक नहीं सकती, फिर वह यंत्र चाहे कितना ही दुर्बल, कितना ही कमजोर क्यों न हो। अब जब कि मैं बाहर आ गया हूँ, इन चंद मिनटों में ही मुझे एक ऐसी वाणी सुनाई गयी है जिसे व्यक्त करने की मेरी कोई इच्छा न थी। मेरे मन में जो कुछ था उसे भगवान् ने निकालकर फेंक दिया है और मैं जो कुछ बोल रहा हूँ वह एक प्रेरणा के वश होकर, बाध्य होकर बोल रहा हूँ।

जब मुझे गिरफ्तार करके जल्दी-जल्दी लालबाजार की हवालात में पहुंचाया गया तो मेरी श्रद्धा क्षणभर के लिये डिग गयी थी, क्योंकि उस समय मैं भगवान् की इच्छा के मर्म को नहीं जान पाया था। इसलिये मैं क्षणभर के लिये विचलित हो गया और अपने हृदय में भगवान् को पुकारकर कहने लगा, “यह क्या हुआ? मेरा यह विश्वास था कि मुझे अपने देशवासियों के लिये कोई विशेष काम करना है और जब तक वह काम पूरा नहीं हो जाता तबतक तुम मेरी रक्षा करोगे। तब फिर मैं यहां क्यों हूँ और वह भी इस प्रकार के अभियोग में? एक दिन बीता, दो दिन बीते, तीन दिन बीत गये, तब मेरे अंदर से एक आवाज आयी,” ठहरो और देखो कि क्या होता है। तब मैं शांत हो गया और प्रतीक्षा करने लगा। मैं लाल बाजार थाने से अलीपुर जेल में ले जाया गया और वहां मुझे एक महीने के लिये मनुष्यों से दूर एक निर्जन कालकोठरी में रखा गया। वहां मैं अपने अंदर विद्यमान भगवान् की वाणी सुनने के लिये, यह जानने के लिये कि वे मुझसे क्या कहना चाहते हैं और यह सीखने के लिये कि मुझे क्या करना होगा, रात-दिन प्रतीक्षा करने लगा।

इस एकांतवास में मुझे सबसे पहली अनुभूति हुई, पहली शिक्षा मिली। उस समय मुझे याद आया कि गिरफ्तारी से एक महीना या उससे भी कुछ अधिक पहले मुझे यह आदेश मिला था कि मैं अपने सारे कर्म छोड़कर एकांत में चला जाऊं और अपने अंदर खोज करूं ताकि भगवान् के साथ अधिक संपर्क में आ सकूं। मैं दुर्बल था और उस आदेश को स्वीकार न कर सका। मुझे अपना कार्य बहुत प्रिय था और हृदय में इस बात का अभिमान था कि यदि मैं न रहूं तो इस काम को धक्का पहुंचेगा,

इतना ही नहीं शायद असफल और बंद भी हो जायेगा, इसलिये मुझे काम नहीं छोडना चाहिये। लेकिन मुझे ऐसा बोध हुआ कि वे मुझसे फिर बोले और उन्होंने कहा कि, जिन बंधनों को तोडने की शक्ति तुममें नहीं थी उन्हें तुम्हारे लिये मैंने तोड़ दिया है क्योंकि मेरी यह इच्छा नहीं है और न थी ही कि वे कार्य जारी रहें। तुम्हारे करने के लिये मैंने दूसरा काम चुना है और उसी के लिये मैं तुम्हें यहां लाया हूँ ताकि मैं तुम्हें वह बात सिखा दूं जिसे तुम स्वयं नहीं सीख सके और तुम्हें अपने काम के लिये तैयार कर लूं। इसके बाद भगवान् ने मेरे हाथों में गीता रख दी। मेरे अंदर उनकी शक्ति प्रवेश कर गयी और मैं गीता की साधना करने में समर्थ हुआ। मुझे केवल बुद्धि द्वारा ही नहीं, बल्कि अनुभूति द्वारा यह जानना पड़ा कि श्री कृष्ण की अर्जुन से क्या मांग थी और वे उन लोगों से क्या मांगते हैं जो उनका कार्य करने की इच्छा रखते हैं, अर्थात् घृणा और कामना-वासना से मुक्त होना होगा, फल की इच्छा न रखकर भगवान् के लिये कर्म करना होगा, अपनी इच्छा का त्याग करना होगा और निश्चेष्ट तथा सच्चा यंत्र बनकर भगवान् के हाथों में रहना होगा, ऊंच और नीच, मित्र और शत्रु, सफलता और विफलता के प्रति समदृष्टि रखनी होगी और यह सब होते हुए भी कार्य में कोई अवहेलना न आने पाये।

मैंने यह जाना कि हिंदू धर्म का मतलब क्या है। बहुधा हम हिंदू धर्म, सनातन धर्म की बातें करते हैं, किंतु वास्तव में हममें से कम ही लोग यह जानते हैं कि यह धर्म क्या है। दूसरे धर्म मुख्य रूप से विश्वास, व्रत, दीक्षा और मान्यता को महत्त्व देते हैं, किंतु सनातन धर्म तो स्वयं जीवन है, यह इतनी विश्वास करने की चीज नहीं है जितनी जीवन में उतारने की चीज है। यही वह धर्म है जिसका लालन-पालन मानव-जाति के कल्याण के लिये प्राचीन काल से इस प्रायद्वीप के एकांतवास में होता आ रहा है। यही धर्म देने के लिये भारत उठ रहा है। भारतवर्ष, दूसरे देशों की तरह, अपने लिये ही या मजबूत होकर दूसरों को कुचलने के लिये नहीं उठ रहा। वह उठ रहा है सारे संसार पर वह सनातन ज्योति डालने के लिये जो उसे सौंपी गयी है। भारत का जीवन सदा ही मानव-जाति के लिये रहा है, उसे अपने लिये नहीं बल्कि मानव जाति के लिये महान् होना है।

अतः भगवान् ने मुझे दूसरी वस्तु दिखायी - उन्होंने मुझे हिंदू धर्म के मूल सत्य का साक्षात्कार करा दिया। उन्होंने मेरे जेलरों के दिल को मेरी ओर मोड़ दिया, उन्होंने जेल के प्रधान अंग्रेज अधिकारी से कहा कि ये कालकोठरी में बहुत कष्ट पा रहे हैं, इन्हें कम-से-कम सुबह-शाम आध-आध घंटा कोठरी के बाहर टहलने की आज्ञा दे दी जाये। यह आज्ञा मिल गयी और जब मैं टहल रहा था तो भगवान् की शक्ति ने फिर मेरे अंदर प्रवेश किया। मैंने उस जेल की ओर दृष्टि डाली तो ऊंची दीवारों के अंदर मुझे घेरे हुए थे वासुदेव। मैं अपनी कालकोठरी के सामने के पेड़ की शाखाओं

के नीचे टहल रखा था, परंतु वहां पेड़ न था, मुझे प्रतीत हुआ कि वह वासुदेव हैं, मैंने देखा कि स्वयं श्री कृष्ण खड़े हैं और मेरे ऊपर अपनी छाया किये हुए हैं।

मैंने अपनी कालकोठरी के सीखचों की ओर देखा, उस जाली की ओर देखा जो दरवाजे का काम कर रही थी, वहाँ भी वासुदेव दिखायी दिये। स्वयं नारायण संतरी बनकर पहरा दे रहे थे। जब मैं उन मोटे कंबलों पर लेटा जो मुझे पलंग की जगह मिले थे तो मैंने यह अनुभव किया कि मेरे सखा और प्रेमी श्री कृष्ण मुझे अपनी बाहों में लिये हुए हैं। मुझे उन्होंने जो गहरी दृष्टि दी थी उसका यह पहला प्रयोग था। मैंने जेल के कैदियों-चोरों, हत्यारों और बदमाशों को देखा और मुझे वासुदेव दिखायी पड़े, उन अंधेरे में पड़ी आत्माओं और बुरी तरह काम में लाये गये शरीरों में मुझे नारायण मिले। उन चोरों और डाकुओं में बहुत से ऐसे थे जिन्होंने अपनी सहानुभूति और दया के द्वारा मुझे लज्जित कर दिया, इस विपरीत परिस्थिति में मानवता विजयी हुई थी। इनमें से एक आदमी को मैंने विशेष रूप से देखा जो मुझे एक संत मालूम हुआ। वह हमारे देश का एक किसान था जो लिखना-पढ़ना नहीं जानता था, जिसे डकैती के अभियोग में दस वर्ष का कठोर दंड मिला था। यह उनमें से एक व्यक्ति था जिन्हें हम वर्ग के मिथ्याभिमान में आकर 'छोटो लोक' (नीच) कहा करते हैं। फिर एक बार भगवान् मुझसे बोले, उन्होंने कहा 'अपना कुछ थोड़ा-सा काम करने के लिये मैंने तुम्हें जिनके बीच भेजा है उन लोगों को देखो। जिस जाति को मैं ऊपर उठा रहा हूँ उसका स्वरूप यही है और इसी कारण मैं उसे ऊपर उठा रहा हूँ।'

जब छोटी अदालत में मुकदमा शुरू हुआ और हम लोग मजिस्ट्रेट के सामने खड़े किये गये तो वहाँ भी मेरी अंतदृष्टि मेरे साथ थी। भगवान् ने मुझसे कहा, 'जब तुम जेल में डाले गये थे तो क्या तुम्हारे हृदय हताश नहीं हुआ था, क्या तुमने मुझे पुकारकर यह नहीं कहा था, कहाँ, तुम्हारी रक्षा कहां है? लो, अब मजिस्ट्रेट की ओर देखो, सरकारी वकील की ओर देखो। मैंने देखा कि अदालत की कुर्सी पर मजिस्ट्रेट नहीं, स्वयं वासुदेव नारायण बैठ थे। अब मैंने सरकारी वकील की ओर देखा पर वहां कोई सरकारी वकील नहीं दिखायी दिया, वहाँ तो श्री कृष्ण बैठे थे, मेरे सखा, मेरे प्रेमी वहाँ बैठे मुस्करा रहे थे।' उन्होंने कहा, अब डरते हो? मैं सभी मनुष्यों में विद्यमान हूँ और उनके सभी कर्मों और शब्दों पर राज करता हूँ। मेरा संरक्षण अब भी तुम्हारे साथ है और तुम्हें डरना नहीं चाहिये। तुम्हारे विरुद्ध जो यह मुकदमा चलाया गया है उसे मेरे हाथों में सौंप दो। यह तुम्हारे लिये नहीं है। मैं तुम्हें यहाँ मुकदमें के लिये नहीं बल्कि किसी और काम के लिये लाया हूँ। यह तो मेरे काम का साधनमात्र है, इससे अधिक कुछ नहीं। इसके बाद जब सेशन जज की अदालत में विचार आरंभ हुआ तो मैं अपने वकील के लिये ऐसी बहुत-सी हिदायतें लिखने लगा कि गवाही में मेरे विरुद्ध कही गयी बातों में से कौन-सी बातें गलत हैं और किन-किन पर गवाहों से जिरह की जा सकती है। तब एक ऐसी घटना घटी जिसकी

मैं आशा नहीं करता था। मेरे मुकदमें की पैरवी के लिये जो प्रबंध किया गया था वह एकाएक बदल गया और मेरी सफाई के लिये एक दूसरे ही वकील खड़े हुए। वे अप्रत्याशित रूप से आ गये - वे मेरे एक मित्र थे, किन्तु मैं नहीं जानता था कि वे आयेंगे। आप सभी ने उनका नाम सुना है, जिन्होंने मन से सभी विचार निकाल बाहर किये और इस मुकदमें के सिवा सारी वकालत बंद कर दी, जिन्होंने महीनों लगातार आधी-आधी रात तक जगकर मुझे बचाने के लिये अपना स्वास्थ्य बिगाड़ लिया - वे हैं श्री चित्तरंजन दास। जब मैंने उन्हें देखा तो मुझे संतोष हुआ, फिर भी मैं समझता था कि हिदायत लिखना जरूरी है। इसके बाद यह विचार हटा दिया गया और मेरे अंदर से आवाज आयी, 'यही आदमी है जो तुम्हारे पैरों के चारों ओर फैले जाल से तुम्हें बाहर निकालेगा। तुम इन कागजों को अलग धर दो। इन्हें तुम हिदायतें नहीं दोगे, मैं दूंगा। उस समय से इस मुकदमें के संबंध में मैंने अपनी ओर से अपने वकील से एक शब्द भी नहीं कहा, कोई हिदायत नहीं दी और यदि कभी मुझसे कोई सवाल पूछा गया तो मैंने सदा यही देखा कि मेरे उत्तर से मुकदमें को कोई मदद नहीं मिली। मैंने मुकदमा उन्हें सौंप दिया और उन्होंने पूरी तरह उसे अपने हाथों में ले लिया, और उसका परिणाम आप जानते ही हैं। मैं सदा यह जानता था कि मेरे संबंध में भगवान् की क्या इच्छा है, क्योंकि मुझे बार-बार यह वाणी सुनायी पड़ती थी, मेरे अंदर से सदा यह आवाज आया करती थी, 'मैं रास्ता दिखा रहा हूँ, इसलिये डरो मत।'

'मैं तुम्हें जिस काम के लिये जेल में लाया हूँ अपने उस काम की ओर मुड़ो और जब तुम जेल से बाहर निकलो तो यह याद रखना-कभी डरना मत, कभी हिचकिचाना मत। याद रखो, यह सब मैं कर रहा हूँ, तुम या और कोई नहीं। अतः चाहे जितने बादल घिरें, चाहे जितने खतरे और दुःख-कष्ट आयें, कठिनाइयाँ हों, चाहे जितनी असंभवताएं आयें, कुछ भी असंभव नहीं है, कुछ भी कठिन नहीं है। मैं इस देश और इसके उत्थान में हूँ, मैं वासुदेव हूँ, मैं नारायण हूँ। जो कुछ मेरी इच्छा होगी वही होगा, दूसरों की इच्छा से नहीं। मैं जिस चीज को लाना चाहता हूँ उसे कोई मानव-शक्ति नहीं रोक सकती।

इस बीच वे मुझे उस एकांत कालकोठरी से बाहर ले आये और मुझे उन लोगों के साथ रख दिया जिन पर मेरे साथ ही अभियोग चल रहा था। आज आपने मेरे आत्म-त्याग और देशप्रेम के बारे में बहुत कुछ कहा है। मैं जब से जेल से निकला हूँ तब से इसी प्रकार की बातें सुनता आ रहा हूँ, किन्तु ऐसी बातें सुनने से मुझे लज्जा आती है, मेरे अंदर एक तरह की वेदना होती है। क्योंकि मैं अपनी दुर्बलता जानता हूँ, मैं अपने दोष और त्रुटियों का शिकार हूँ। मैं इन बातों के बारे में पहले भी अंधा न था और जब मेरे एकांतवास में, ये सब-की-सब मेरे विरुद्ध खड़ी हो गयीं तो मैंने इनका पूरी तरह अनुभव किया। तब मुझे मालूम हुआ कि मनुष्य के

नाते मैं दुर्बलताओं का एक ढेर हूँ, एक दोषभरा अपूर्ण यंत्र हूँ, मुझमें ताकत तभी आती है जब कोई उच्चतर शक्ति मेरे अंदर आ जाये। अब मैं उन युवकों के बीच में आया और मैंने देखा कि उनमें से बहुतों में एक प्रचण्ड साहस और अपने को मिटा देने की शक्ति है और उनकी तुलना में मैं कुछ भी नहीं हूँ। इनमें से एक-दो ऐसे थे जो केवल बल और चरित्र में ही मुझसे बढ़कर नहीं थे- ऐसे तो बहुत थे- बल्कि मैं जिस बुद्धि की योग्यता का अभिमान रखता था, उसमें भी बढ़े हुए थे। भगवान् ने मुझसे फिर कहा, यहीं वह युवक-दल, वह नवीन और बलवान जाति है जो मेरे आदेश से ऊपर उठ रही है। ये तुमसे अधिक बड़े हैं। तुम्हें भय किस बात का है? यदि तुम इस काम से हट जाओ या सो जाओ तो भी काम पूरा होगा। कल तुम इस काम से हटा दिये जाओ तो ये युवक तुम्हारे काम को उठा लेंगे और उसे इतने प्रभावशाली ढंग से करेंगे जैसे तुमने भी नहीं किया। तुम्हें इस देश को एक वाणी सुनाने के लिये मुझसे कुछ बल मिला है, यह वाणी इस जाति को ऊपर उठाने में सहायता देगी। यह वह दूसरी बात थी जो भगवान् ने मुझसे कही।

इसके बाद अचानक कुछ हुआ और क्षणभर में मुझे एक कालकोठरी के एकांतवास में पहुँचा दिया गया। इस एकांतवास में मेरे अंदर क्या हुआ यह कहने की प्रेरणा नहीं हो रही, बस इतना काफी है कि वहाँ दिन-प्रतिदिन भगवान् ने अपने चमत्कार दिखाये और मुझे हिन्दू धर्म के वास्तविक सत्य का साक्षात्कार कराया। पहले मेरे अंदर अनेक प्रकार के संदेह थे। मेरा लालन-पालन इंग्लैण्ड में विदेशी भावों और सर्वथा विदेशी वातावरण में हुआ था। एक समय मैं हिन्दू धर्म की बहुत-सी बातों को मात्र कल्पना समझता था, यह समझता था कि इसमें बहुत कुछ केवल स्वप्न, भ्रम या माया है। परन्तु अब दिन-प्रतिदिन मैंने हिन्दू धर्म के सत्य को, अपने मन में, अपने प्राण में और अपने शरीर में अनुभव किया। वे मेरे लिये जीवित अनुभव हो गये और मेरे सामने ऐसी सब बातें प्रकट होने लगीं जिनके बारे में भौतिक विज्ञान कोई व्याख्या नहीं दे सकता। जब मैं पहले-पहल भगवान् के पास गया तो पूरी तरह भक्ति-भाव के साथ नहीं गया था, पूरी तरह ज्ञानी के भाव से भी नहीं गया था। बहुत दिन हुए, स्वदेशी-आंदोलन शुरू होने से पहले और मेरे सार्वजनिक काम में घुसने से कुछ वर्ष पहले बड़ौदा में मैं उनकी ओर बढ़ा था।

उन दिनों जब मैं भगवान् की ओर बढ़ा तो मुझे उनपर जीवंत श्रद्धा न थी। उस समय मेरे अंदर अज्ञेयवादी था, नास्तिक था, संदेहवादी था और मुझे पूरी तरह विश्वास न था कि भगवान् हैं भी। मैं उनकी उपस्थिति का अनुभव नहीं करता था। फिर भी कोई चीज थी जिसने मुझे वेद के सत्य की ओर, गीता के सत्य की ओर, हिन्दूधर्म के सत्य की ओर आकर्षित किया। मुझे लगा कि इस योग में कहीं पर कोई महाशक्तिशाली सत्य अवश्य है, वेदांत पर आधारित इस धर्म में कोई परम बलशाली सत्य अवश्य है। इसलिये जब मैं योग की ओर मुड़ा और योगाभ्यास करके यह

जानने का संकल्प किया कि मेरी बात सच्ची है या नहीं तो मैंने उसे इस भाव और इस प्रार्थना से शुरू किया। मैंने कहा, 'हे भगवान्, यदि तुम हो तो तुम मेरे हृदय की बात जानते हो। तुम जानते हो कि मैं मुक्ति नहीं मांगता, मैं ऐसी कोई चीज नहीं मांगता जो दूसरे मांगा करते हैं। मैं केवल इस जाति को ऊपर उठाने की शक्ति मांगता हूँ, मैं केवल यह मांगता हूँ कि मुझे इस देश के लोगों के लिये, जिनसे मैं प्यार करता हूँ, जीने और कर्म करने की आज्ञा मिले और यह प्रार्थना करता हूँ कि मैं अपना जीवन उनके लिये लगा सकूं। मैंने योगसिद्धि पाने के लिये बहुत दिनों तक प्रयास किया और अंत में किसी हद तक मुझे मिली भी, पर जिस बात के लिये मेरी बहुत अधिक इच्छा थी उसके संबंध में मुझे संतोष नहीं हुआ। तब उस जेल के, उस कालकोठरी के एकांतवास में मैंने उसके लिये फिर से प्रार्थना की।' मैंने कहा, 'मुझे अपना आदेश दो, मैं नहीं जानता कि कौन-सा काम करूं और कैसे करूं। मुझे एक संदेश दो।'

इस योगयुक्त अवस्था में मुझे दो संदेश मिले। पहला यह था, 'मैंने तुम्हें एक काम सौंपा है और वह है इस जाति के उत्थान में सहायता देना। शीघ्र ही वह समय आयेगा जब तुम्हें जेल के बाहर जाना होगा, क्योंकि मैं नहीं चाहता कि इस बार तुम्हें सजा हो या तुम अपना समय, औरों की तरह अपने देश के लिये कष्ट सहते हुए बिताओ। मैंने तुम्हें काम के लिये बुलाया है और यही वह आदेश है जो तुमने मांगा था। मैं तुम्हें आदेश देता हूँ कि जाओ और काम करो। दूसरा संदेश आया, वह इस प्रकार था, 'इस एक वर्ष के एकांतवास में तुम्हें कुछ दिखाया गया है, वह चीज दिखायी गयी है जिसके बारे में तुम्हें संदेह था, वह है हिन्दुधर्म का सत्य। इसी धर्म को मैं संसार के सामने उठा रहा हूँ, यही वह धर्म है जिसे मैंने षि-मुनियों और अवतारों के द्वारा विकसित किया और पूर्ण बनाया है और अब यह धर्म अन्य जातियों में मेरा काम करने के लिये बढ़ रहा है। मैं अपनी वाणी का प्रसार करने के लिये इस जाति को उठा रहा हूँ। यही वह सनातन धर्म है जिसे तुम पहले सचमुच नहीं जानते थे, किन्तु जिसे अब मैंने तुम्हारे सामने प्रकट कर दिया है। तुम्हारे अंदर जो नास्तिकता थी, जो संदेह था उनका उत्तर दे दिया गया है, क्योंकि मैंने अंदर और बाहर स्थूल और सूक्ष्म, सभी प्रमाण दे दिये हैं और उनसे तुम्हें संतोष हो गया है। जब तुम बाहर निकलो तो सदा अपनी जाति को यही वाणी सुनाना कि वे सनातन धर्म के लिये उठ रहे हैं, वे अपने लिये नहीं बल्कि संसार के लिये उठ रहे हैं। मैं उन्हें संसार की सेवा के लिये स्वतंत्रता दे रहा हूँ। अतएव जब यह कहा जाता है कि भारतवर्ष ऊपर उठेगा तो उसका अर्थ होता है सनातन धर्म ऊपर उठेगा जब कहा जाता है कि भारतवर्ष महान् होगा तो उसका अर्थ होता है सनातन धर्म महान् होगा। जब कहा जाता है कि भारतवर्ष बढ़ेगा और फैलेगा तो इसका अर्थ होता है सनातन धर्म बढ़ेगा और संसार पर छा जायेगा। धर्म के लिये और धर्म के द्वारा ही

भारत का अस्तित्व है। धर्म की महिमा बढ़ाने का अर्थ है देश की महिमा बढ़ाना। मैंने तुम्हें दिखा दिया है कि मैं सब जगह हूँ, सभी मनुष्यों और सभी वस्तुओं में, हूँ, मैं इस आंदोलन में हूँ और केवल उन्हीं के अंदर कार्य नहीं कर रहा जो देश के लिये मेहनत कर रहे हैं बल्कि उनके अंदर भी जो उनका विरोध करते और मार्ग में रोड़े अटकाते हैं। मैं प्रत्येक व्यक्ति के अंदर काम कर रहा हूँ और मनुष्य चाहे जो कुछ सोचें या करें, पर वे मेरे हेतु की सहायता करने के अतिरिक्त और कुछ नहीं कर सकते। वे भी मेरा ही काम कर रहे हैं, वे मेरे शत्रु नहीं बल्कि मेरे यंत्र हैं। तुम यह जाने बिना भी कि तुम किस ओर जा रहे हो, अपनी सारी क्रियाओं के द्वारा आगे बढ़ रहे हो। तुम करना चाहते हो कुछ और पर कर बैठते हो कुछ और। तुम एक परिणाम को लक्ष्य बनाते हो और तुम्हारे प्रयास ऐसे हो जाते हैं जो उससे भिन्न या उल्टे परिणाम लाते हैं। शक्ति का आविर्भाव हुआ है और उसने लोगों में प्रवेश किया है। मैं एक जमाने से इस उत्थान की तैयारी करता आ रहा हूँ और अब वह समय आ गया है अब मैं ही इसे पूर्णता की ओर ले जाऊंगा।

यही वह वाणी है जो मुझे आपको सुनानी है। आपकी सभा का नाम है 'धर्मरक्षिणी सभा' अस्तु, धर्म का संरक्षण, दुनिया के सामने हिन्दुधर्म का संरक्षण और उत्थान- यही कार्य हमारे सामने है। परन्तु हिन्दुधर्म क्या है? वह धर्म क्या है जिसे हम सनातन धर्म कहते हैं? वह हिन्दुधर्म इसी नाते है कि हिन्दुजाति ने इसको रखा है, क्योंकि समुद्र और हिमालय से घिरे हुए इस प्रायद्वीप के एकांतवास में यह फला-फूला है, क्योंकि इस पवित्र और प्राचीन भूमि पर इसकी युगों तक रक्षा करने का भार आर्यजाति को सौंपा गया था। परन्तु यह धर्म किसी एक देश की सीमा से घिरा नहीं है, यह संसार के किसी सीमित भाग के साथ विशेष रूप से और सदा के लिये बंधा नहीं है। जिसे हम हिन्दूधर्म कहते हैं वह वास्तव में सनातन धर्म है, क्योंकि यही वह विश्वव्यापी धर्म है जो दूसरे सभी धर्मों का आलिंगन करता है। यदि कोई धर्म विश्वव्यापी न हो तो वह सनातन भी नहीं हो सकता। कोई संकुचित धर्म, सांप्रदायिक धर्म, अनुदार धर्म कुछ काल और किसी मर्यादित हेतु के लिये ही रह सकता है। यही एक ऐसा धर्म है जो अपने अंदर विज्ञान के आविष्कारों और दर्शनशास्त्र के चिंतनों का पूर्वाभास देकर और उन्हें अपने अंदर मिलाकर जड़वाद पर विजय प्राप्त कर सकता है। यही एक धर्म है जो मानवजाति के दिल में यह बात बैठा देता है कि भगवान् हमारे निकट हैं, यह उन सभी साधनों को अपने अंदर ले लेता है जिनके द्वारा मनुष्य भगवान् के पास पहुँच सकते हैं। यही एक ऐसा धर्म है जो प्रत्येक क्षण, सभी धर्मों के माने हुए इस सत्य पर जोर देता है कि भगवान् हर आदमी और हर चीज में हैं तथा हम उन्हीं में चलते-फिरते हैं और उन्हीं में हम निवास करते हैं। यही एक ऐसा धर्म है जो इस सत्य को केवल समझने और उसपर विश्वास करने में ही हमारा सहायक नहीं होता बल्कि अपनी सत्ता के अंग-अलंग में इसका अनुभव

करने में भी हमारी मदद करता है। यही एक धर्म है जो संसार को दिखा देता है कि संसार क्या है- वासुदेव की लीला। यही एक ऐसा धर्म है जो हमें यह बताता है कि इस लीला में हम अपनी भूमिका अच्छी-से-अच्छी तरह कैसे निभा सकते हैं, जो हमें यह दिखाता है कि इसके सूक्ष्म-से-सूक्ष्म नियम क्या हैं, इसके महान्-से-महान् विधान कौन-से हैं। यही एक ऐसा धर्म है जो जीवन की छोटी-से-छोटी बात को भी धर्म से अलग नहीं करता, जो यह जानता है कि अमरता क्या है और जिसने मृत्यु की वास्तविकता को हमारे अंदर से एकदम निकाल दिया है।

यही वह वाणी है जो आपको सुनाने के लिये आज मेरी जबान पर रख दी गयी थी। मैं जो कुछ कहना चाहता था वह तो मुझसे अलग कर दिया गया है और जो मुझे कहने के लिये दिया गया है उससे अधिक मेरे पास कहने के लिये कुछ नहीं है। जो वाणी मेरे अंदर रख दी गयी थी केवल वही आपको सुना सकता हूँ। अब वह समाप्त हो चुकी है। पहले भी एक बार जब मेरे अंदर यही शक्ति काम कर रही थी तो मैंने आपसे कहा था कि यह आंदोलन राजनीतिक आंदोलन नहीं है और राष्ट्रीयता राजनीति नहीं, बल्कि एक धर्म है, एक विश्वास है, एक निष्ठा है। उसी बात को आज फिर मैं दोहराता हूँ, किन्तु आज मैं उसे दूसरे ही रूप में उपस्थित कर रहा हूँ। आज मैं यह नहीं कहता कि राष्ट्रीयता एक विश्वास है, एक धर्म है, एक निष्ठा हे, बल्कि मैं यह कहता हूँ कि सनातन धर्म ही हमारे लिये राष्ट्रीयता है। यह हिन्दुजाति सनातन धर्म को लेकर ही पैदा हुई है, उसी को लेकर चलती है और उसी को लेकर पनपती है। जब सनातन धर्म की हानि होती है तब इस जाति की भी अवनति होती है और यदि सनातन धर्म का विनाश संभव होता तो सनातन धर्म के साथ ही-साथ इस जाति का विनाश हो जाता। सनातन धर्म ही है राष्ट्रीयता। यही वह संदेश है जो मुझे आपको सुनाना है

भारतीय राष्ट्रवाद का अर्थ भारतीय उपमहाद्वीप की देशज आध्यात्मिक और सांस्कृतिक परम्पराओं पर आधारित, सामाजिक और राजनीतिक अभिव्यक्तियों से हैं। कुछ अध्येताओं का यह वाद हैं कि हिन्दू राष्ट्रवाद एक सरलीकृत अनुवाद है, और इसका बेहतर वर्णन “भारतीय जो देश के लिए समर्पित है” शब्द से होता हैं।

भारतीय मूल संस्कृति के प्रति जागरूकता और उसका विचार भारतीय इतिहास में अत्यधिक प्रासंगिक बन गया जब उसकी वजह से भारतीय राजनीति को एक विशिष्ट पहचान मिली तथा उपनिवेशवाद के विरुद्ध प्रश्न उठाने में आधार प्रदान किया। मूल संस्कृति की भावना ने ब्रिटिश शासन के विरुद्ध स्वतंत्रता आंदोलनों को प्रेरित किया जिस में सशस्त्र संघर्ष, प्रतिरोधी राजनीति और गैर-हिंसक विरोध प्रदर्शन शामिल थे। इसने भारत में सामाजिक सुधार आंदोलनों और आर्थिक सोच को प्रभावित किया।

## हिंदुवाद और हिंदुत्व

हिंदू होने का तात्पर्य है कि जीव मात्र के प्रति दया भाव, प्रेमभाव, सत्य पर अड़िग आचरण की शुद्धता, अहिंसा के रास्ते पर चलना और विविधता को महत्व देना। ये विविधता कृत्रिम नहीं, हिंदू के अंतरमन में बैठी एकात्मवादी चेतना है। विविधता के बिना हिंदू शब्द की कल्पना करना अर्थहीन है। हिंदू अस्तित्व की पहचान है कि आप अपनी आस्था से, आचरण से, मन से लोक कल्याणी हैं।

हिंदुवाद सनातन धर्म की उत्पत्ति से अस्तित्व में है जबकि हिंदुत्व बीसवीं सदी का विचार है। जब हिंदुओं को वैचारिक और वास्तविक धरातल पर एकेश्वरवादी धर्मों से निपटना पड़ा, तब हिंदुत्व का विचार जन्मा। एकेश्वरवादी आक्रामक थे इसलिए हिंदुओं को भी आक्रामक रुख़ अख़्तियार करना पड़ा।

अपनी पहचान के प्रति सजग होना, उसके प्रति चेतना का विकास होना और चेतना को अमिट बनाए रखने हेतु संघर्ष और हिंदू होने की इन विशेषताओं के प्रति सजग होना, इनका क्षरण ना होने देना हिंदुत्व है। भले ही हिंदुत्व शब्द विनायक दामोदर सावरकर जी की पुस्तक से प्रचलित हुआ है लेकिन सावरकर जी हिंदुत्व के पहले या अंतिम विचारक नहीं है। वो विचारकों की श्रृंखला में एक विशिष्ट समय के प्रतिनिधि हैं।

हिंदुत्व का दूसरा तात्पर्य होता है कि अपने अस्तित्व के प्रति भीतरी और बाहरी चुनौतियों से लड़ना। जैसे जातिवाद या छुआछूत की समस्या भीतरी चुनौती है। इनका निदान करना हिंदुत्व है। इसी तरह धर्म परिवर्तन, बाहरी आक्रमण जैसी बाहरी चुनौतियों से भी हिंदुत्व अलग-अलग समय में अलग-अलग तरह से निपटता है और अलग-अलग तरह से इनका निदान ढूंढता है। हिंदुत्व की कोई एक स्थिर परिभाषा नहीं हैं। समय, परिस्थिति और चुनौतियों के हिसाब से हिंदुत्व का स्वरूप बदलता रहता है। इसी तरह से समर्थ गुरु रामदास एक हिंदुत्ववादी इसलिए थे क्योंकि उन्होंने धर्म और अध्यात्म के माध्यम से उस समय की चुनौतियों का हल खोजने और लोगों की चेतना को जागृत करने का काम किया। उन्होंने लोगों को बताया कि तुम हिंदू हो, नहीं रहोगे तो तुम्हारा अस्तित्व मिट जाएगा। रविदास, जिन्होंने हिंदुओं को अपनी आंतरिक चुनौतियों का सामना करने का संदेश दिया, उसी तरह से बिपिन चंद्र पाल, बाल गंगाधर तिलक और लाला लाजपत राय जैसे समाज सुधारक, ये सभी हिंदुत्व को ही आगे बढ़ा रहे थे। बिपिन चंद्र पाल ने सोल ऑफ़ इंडिया नाम की पुस्तक लिखी तब उनका मक़सद हिंदुओं की चेतना को जागृत करना ही था। उन्होंने कहा था कि भारत एक हिंदू राष्ट्र है। लेकिन उनके कहने का मतलब यह था कि भारत अपने चरित्र और विशेषताओं से हिंदू राष्ट्र है ना कि संविधान के द्वारा बना हिंदू राष्ट्र है।

हम गांधी जी और सावरकर जी के माध्यम से हिंदुवादी और हिंदुत्ववादी के तत्वों को समझने की कोशिश करेंगे। हिंदुवादी में सत्य के साथ अहिंसा परमो धर्मः कहा गया है। गांधी जी ने सत्य और अहिंसा को संघर्ष का अस्त्र बनाया था। पहले सत्य का परीक्षण कर लेते हैं कि व्यावहारिक जीवन में सत्य क्या है जिसे गांधी जी ने आज़ादी की लड़ाई का अस्त्र बनाया था।

**सत्य**

हिंदू धर्म में, सत्य को "अपरिवर्तनीय", "जिसमें कोई विकृति नहीं है", "जो समय, स्थान और व्यक्ति निरपेक्ष है", "जो ब्रह्मांड में अपनी सभी निरंतरता में व्याप्त है" के रूप में परिभाषित किया गया है। आरम्भिक मान्यताओं के अनुसार मानव शरीर पूरी तरह से सच नहीं है क्योंकि यह समय के साथ बदलता है।

भारतीय विचारकों की यह विशेषता रही कि उन्होंने जो भी सत्य का उद्घाटन किया उसे सूत्रों में अभिव्यक्त किया - जैसे "ब्रह्म सत्य जगत मिथ्या", अर्थात् सभी प्राणियों में ब्रह्म चेतना स्वरूप मौजूद है। वही सर्वव्यापी और अपरिवर्तनीय है। वही सत्य है। परिवर्तनीय जगत में वस्तुओं का स्वरूप बदलते रहता है, वे सत्य नहीं हैं।

उन्होंने आगे चिंतन किया कि चेतना को अभिव्यक्त होने के लिए भौतिक शरीर भी चाहिए, इसलिए शरीर भी असत्य नहीं है। शरीर अपने पोषण और विकास हेतु वस्तुओं पर ही निर्भर रहता है। यदि जगत अनुपयोगी है तो परमात्मा ने इसे बनाने की झंझट क्यों मोल ली। जगत का उपयोग किए बग़ैर जीवित रहना भी सम्भव नहीं होगा, तब चेतना का क्या होगा। तब एक ब्रह्म वाक्य आया "सर्व खिल्विदं ब्रह्म" अर्थात् सभी दृश्यमान वस्तुओं में ब्रह्म है। अर्थात् इंद्रिय अनुभूत अनुभव भी सत्य है। यहीं से "सापेक्ष सत्य और निरपेक्ष सत्य" की दो परिभाषाएँ विकसित हुईं। निरपेक्ष सत्य यानि परब्रह्म और सापेक्ष सत्य का अर्थ दृश्यमान जगत की अनुभूति जन्य वास्तविकताएँ।

ब्रह्म सत्य है की अनुभूति तब तक नहीं हो सकती जब तक जीव विषय भोगों में लिप्त है। तब उन्होंने देखा कि जीवन का अस्तित्व कर्म पर टिका है। हरेक वस्तु कर्मलीन है। ब्रह्म को शरीर में धारण करने हेतु भोजन भी एक कर्म है। जीवन मुक्त भी लोक मंगल हेतु सत्कर्मों में लिप्त रहते हैं। ईशावाश्योपनिषद में संदेश है कि -

*कुर्वन्नेवेह कर्माणि जिजीविषेत् शतं समाः।*
*एवं त्वयि नान्यथेतोऽस्ति न कर्म लिप्यते नरे।।*

अर्थात् जीव को श्रेष्ठ कर्म करते हुए सौ वर्ष तक जीवित रहने की इच्छा रहनी चाहिए। ऐसा करते रहने से मनुष्य कर्म बंधन से मुक्त हो जाता है।

निष्काम भाव से किया हुआ कर्म न तो आत्मा को बाँधता है और न उसे मलिन करता है। जब दृश्य संसार में कर्म ही मुक्ति का मार्ग है तो जगत को मिथ्या मानकर चलना स्वयं में मिथ्या होगा। अस्तु ब्रह्म सत्य है, तो उस तक पहुँचने के लिए जगत को भी सत्य मानना महत्वपूर्ण है।

गांधी जी पर शैशव काल में सुनाई हैं पौराणिक कहानी सत्यवादी हरीशचंद्र तारामती का प्रभाव था। जब वे जीवन संघर्ष के मैदान में उतरे तो उन्होंने सत्य को पहला अस्त्र बनाया। उन्होंने हिंदुवादी सिद्धांत सत्य, अहिंसा, ब्रह्मचर्य और अपरिग्रह को व्यक्तिगत जीवन में उतारने का प्रयास किया। गांधी जी जीते जागते "हिंदू-धर्म" थे। वे चारों सिद्धांतों को व्यावहारिकता की कसौटी पर कसते रहते थे। उन्होंने आत्मकथा का नाम भी "सत्य के साथ मेरे प्रयोग" (My experiment with truth) रखा। वे आज़ादी के संघर्ष का नेतृत्व धारण करने के बाद पक्के हिंदुवादी व्यक्तित्व ढल चुके थे। मुस्लिम नेता उन्हें हिंदुवादी कहते थे और हिंदुत्व के झंडाबरदार उन्हें मुसलमानों की तरफ़दारी करने वाला नेता बताते थे। वे सही मायनों में पक्के हिंदू होते हुए भी भारतीय थे। उन्होंने आज़ादी के संग्राम का अस्त्र अहिंसा की बनाया।

## अहिंसा

गांधी जयंती को अंतर्राष्ट्रीय अहिंसा दिवस के रूप में मनाया जाता है। गांधी जी की जीवनियाँ पढ़ते समय अहिंसा की महिमा को समझने की बहुत कोशिश की, लेकिन कहीं छोर नहीं मिलता था। बुद्ध धर्म के अध्ययन के दौरान भी अहिंसा दृष्टिकोण से सामना हुआ। बुद्ध अहिंसा सिद्धांत पर अपना दर्शन खड़ा करते हैं। परंतु उनकी अश्वघोष रचित जीवनी से ज्ञात हुआ कि अस्सी वर्ष की उम्र में उनकी मृत्यु सुअर का दूषित माँस खाने से हुई थी। अहिंसा और भी उलझ गया। जैन धर्म के अध्ययन के समय फिर अहिंसा आ गया। सोचा इस विषय पर विस्तृत अध्ययन कर इसे ठीक से समझ लिया जाय। अहिंसा सिद्धांत का पालन करते हुई आदमी दिगम्बर की वस्त्रहीन दशा को क्यों प्राप्त हुआ, कुछ अजीब सा लगा। क्या इसके बाद भी वह देह में नित चलते जीवन-मृत्यु के चक्र को अहिंसा सिद्धांत से रोक पाया क्या? हमारी देह में हिंसा नित्य जारी रहती है। रक्त के कुछ कण जन्मते और कुछ मरते हैं। मरे रक्त कणों का निस्तार नाखूनों और केशों से होता है। हिंसा देह में निरंतर जारी है।

अंतर्राष्ट्रीय अहिंसा दिवस के मायने और उपयोग समझते की कोशिश करते हैं। अहिंसा का सामान्य अर्थ है 'हिंसा न करना'। इसका व्यापक अर्थ है - किसी भी प्राणी को तन, मन, कर्म, वचन और वाणी से कोई नुकसान न पहुँचाना। मन में किसी का अहित न सोचना, किसी को कटुवाणी आदि के द्वारा भी नुकसान न

पहुँचाना तथा कर्म से भी किसी भी अवस्था में, किसी भी प्राणी के प्रति हिंसा न करना अहिंसा है।

हिन्दू धर्म, जैन धर्म एवं बौद्ध धर्म में अहिंसा का बहुत महत्त्व है। जैन धर्म के मूलमंत्र में ही अहिंसा परमो धर्मः कहा गया है। हिंदू शास्त्रों की दृष्टि से "अहिंसा" का अर्थ है सर्वदा (मनसा, वाचा और कर्मणा) सब प्राणियों के साथ द्रोह याने हिंसा का अभाव।

अंहिसा सर्वथा सर्वदा सर्वभूतानामनभिद्रोहः - व्यासभाष्य, (योगसूत्र 2। 30)।

अहिंसा के भीतर इस प्रकार सर्वकाल में केवल कर्म या वचन से ही सब जीवों के साथ हिंसा न करने की बात समाविष्ट नहीं होती, प्रत्युत मन के द्वारा भी हिंसा के अभाव का संबंध रहता है।

योगशास्त्र में निर्दिष्ट यम तथा नियम अहिंसामूलक ही माने जाते हैं। यदि उनके द्वारा किसी प्रकार की हिंसावृत्ति का उदय होता है तो वे साधना की सिद्धि में उपादेय तथा उपकार नहीं माने जाते। सत्य की महिमा तथा श्रेष्ठता सर्वत्र प्रतिपादित की गई है, परंतु यदि कहीं अहिंसा के साथ सत्य का संघर्ष घटित हाता है तो वहाँ सत्य वस्तुतः सत्य न होकर सत्याभास ही माना जाता है। कोई वस्तु जैसी देखी गई हो तथा जैसी भाषित हो उसका उसी रूप में वचन के द्वारा प्रकट करना तथा मन के द्वारा संकल्प करना सत्य कहलाता है, परंतु यह वाणी भी सब भूतों के उपकार के लिए प्रवृत्त होती है, भूतों के उपघात के लिए नहीं। इस प्रकार सत्य की भी कसौटी अहिंसा ही है।

हिंदू शास्त्रों में अहिंसा, सत्य, अस्तेय (न चुराना), ब्रह्मचर्य तथा अपरिग्रह, इन पाँचों यमों को जाति, देश, काल तथा समय से अनवच्छिन्न होने के कारण समभावेन सार्वभौम तथा महाव्रत कहा गया है (योगवूत्र 2। 31) और इनमें भी अहिंसा सबका आधार होने से अहिंसा ही सबसे अधिक महाव्रत कहलाने की योग्यता रखती है।

जैन धर्म में सब जीवों के प्रति संयमपूर्ण व्यवहार अहिंसा है। अहिंसा का शब्दानुसारी अर्थ है, हिंसा न करना। जैन ग्रंथ आचारांगसूत्र में, जिसका समय संभवतः तीसरी चौथी शताब्दी ई. पू. है, अहिंसा का उपदेश इस प्रकार दिया गया है : भूत, भावी और वर्तमान के अर्हत् यही कहते हैं-किसी भी जीवित प्राणी को, किसी भी जंतु को, किसी भी वस्तु को जिसमें आत्मा है, न मारो, न (उससे) अनुचित व्यवहार करो, न अपमानित करो, न कष्ट दो और न सताओ।

आत्मा की अशुद्ध परिणति मात्र हिंसा है; रागद्वेष का अप्रादुर्भाव अहिंसा और उनका प्रादुर्भाव हिंसा है। रागद्वेष रहित प्रवृत्ति से अशक्य कोटि का प्राणवध हो जाए तो भी नैश्चयिक हिंसा नहीं होती, रागद्वेष रहित प्रवृत्ति से, प्राणवध न होने पर भी, हिंसा होती है। जो रागद्वेष की प्रवृत्ति करता है वह अपनी आत्मा का ही घात करता

है, फिर चाहे दूसरे जीवों का घात करे या न करे। हिंसा से विरत न होना भी हिंसा है और हिंसा में परिणत होना भी हिंसा है। इसलिए जहाँ रागद्वेष की प्रवृत्ति है वहाँ निरंतर प्राणवध होता है।

आज हिंसा और अहिंसा पर एक जैन मुनि सादृश्य विनोद जैन जी से वार्ता हुई। उन्होंने बताया संसारी हिंसा से बच नहीं सकते हैं। उन्होंने हिंसा के चार प्रकार बताए। आरंभी-हिंसा, उद्योगी-हिंसा, विरोधी-हिंसा, संकल्पी-हिंसा।

आरंभी हिंसा - गृहस्थ खाने के लिए भोजन पकाते है, पानी पीते हैं, रहने के लिए मकान बनवाते हैं, पहिनने-ओढने के लिए कपड़े बनवाते हैं, 'आरंभी हिंसा' है।

उद्योगी हिंसा - लोग खेती करते हैं, कल कारखाने चलाते हैं, व्यापार करते हैं - 'उद्योगी हिंसा' है।

विरोधी हिंसा - राष्ट्र, जनता एवं कुटुम्ब की रक्षा करते हैं, आततायियों से लड़ते हैं, अपने आश्रितों को आपत्तियों से बचाते हैं, छल-बल आदि संभव उपायों का प्रयोग करते हैं, यह 'विरोधी हिंसा' हैं।

संकल्पी-हिंसा - द्वेषवश या लोभवश दूसरों पर आक्रमण करते हैं, बिना प्रयोजन किसी को सताते हैं, अपने तुच्छ स्वार्थों के लिए मनमाना प्राणवध करते हैं, वृत्तियों को उच्छृंखल करते है, यह 'संकल्पी हिंसा' है।

आचार्य श्री महाप्रज्ञजी की पुस्तक अहिंसा तत्व-दर्शन में आज के परिवेश अनुसार इस प्रकार हिंसा के चार वर्ग किये गए हैं।

आम तौर पर जैन धर्म की ही भांति बुद्ध धर्म को भी अहिंसा का घोरतम समर्थक मन जाता है, पर ये पूरी तरह सच नहीं हैं इस विषय पर भी बुद्ध धर्म ने माध्यम मार्ग अपनाते हुए न ही पूरी तरह समर्थन किया न पूरी तरह नाकारा। अहिंसा परमो धर्मं असल में एक जैन सिद्धांत है बौध नहीं। इस विषय पर पहला परिस्थिति जन्य साक्ष्य ये है की भिक्षा के रूप में यदि मांस भी दिया जाए तो भगवान् बुद्ध को मांस ग्रहण करने में कोई आपत्ति न होगी, यदि भिक्षु किसी प्रकार से भी जीव हत्या से सम्बंधित नहीं है तो वह भिक्षा में प्राप्त मांस ग्रहण कर सकता है भगवान् बुद्ध ने देवदत्त के प्रस्ताव को ठुकरा दिया जो चाहता था की भिक्षा में दिए जाने पर भी भिक्षु मांसाहार ग्रहण न करे। भगवान् बुद्ध असल में हिंसा करने की इच्छा के विरोधी थे, जैसे धर्म या बलि के नाम पर की जाने वाली हत्या का उन्होंने घोर विरोध किया। यद्यपि बुद्ध माँसभक्षी थे। दूषित माँस सेवन से ही उनकी मृत्यु हुई थी।

अहिंसा से भगवान् बुद्ध का अभिप्राय ये नहीं है की किसी को कभी मारो ही नहीं अपितु ये है कि सभी प्राणीयों से मैत्री रखो। इस बात को बेहतर तरह से समझने के लिए हमें भगवन बुद्ध द्वारा बताये "जीव हत्या की इच्छा" और "जीव हत्या की आवश्यकता" के सिद्धांतों में भेद करके समझना पड़ेगा उन्होंने जहाँ "जीव

हत्या की जरूरत है" वहां जीव हत्या को मना नहीं किया अपितु जहाँ "जीव हत्या की इच्छा के अतिरिक्त" कुछ नहीं, चाहे वो किसी धर्म या देवी शक्ति के ही नाम पर क्यों न हो सर्वथा वर्जित और निंदनीय है। उन्होंने इस बात का निर्णय व्यक्ति पर छोड़ा है ताकि वह परिस्थिति के हिसाब से निर्णय ले सके।

इसी बात को दूसरे शब्दों में कहा जाए तो भगवान् बुद्ध ने शील या आदर्श और नियम में भेद किया है। जैसा की हम सभी जानते हैं की एक शील या आदर्श आपको कार्य करने के लिए स्वतंत्र छोड़ता है और जबकि नियम स्वतंत्र नहीं छोड़ता, यदि आप एक नियम तोड़ते हैं तो दूसरा नियम आपको तोड़ता है।

तथागत बुद्ध हिंसा के खिलाफ थे, लेकिन न्याय के पक्ष में थे। जब क़भी न्याय के लिए, हिंसा आवश्यक है वहाँ तथागत बुद्ध ने अनुमति दी थी।

तथागत बुद्ध और सिंह सेनापति (वैशाली कमांडर) की बातचीत के अंश इस प्रकार हैं।

सिंह सेनापति ने तथागत बुद्ध से पूछा :

*"भगवंत, अहिंसा के विचारों का प्रचार और प्रसार करते है, इसका मतलब भगवंत यह चाहते हैं कि अपराधियों को दंडित नहीं किया जाए ? हमारे बच्चों की रक्षा, पत्नी के सम्मान, प्रतिष्ठा की रक्षा और संपत्ति की रक्षा के लिए हम युद्ध पर नहीं जाए?"*

अहिंसा के नाम पर हम अपराधी से हानि और नुक़सान भुगते? अगर युद्ध सत्य और न्याय के लिए है तो भी भगवंत सभी प्रकार के युद्ध को मना करते है?

तथागत बुद्ध ने सिंह सेनापति को उत्तर दिया

तुम ने मेरी सलाह का गलत अर्थ लगाया है, अपराधी को दंडित करना होगा लेकिन निर्दोष को मुक्त करना होगा। एक आपराधिक सज़ा देना हिंसा करना नहीं हैं, सज़ा के लिए अपराधी के अपराध जिम्मेदार है। न्यायाधीश हिंसा के लिए के जिम्मेदार नहीं है, केवल न्यायाधीश कानून लागू करता है।

अब हम अहिंसा के व्यक्तिगत जीवन में उपयोग पर आते हैं। आध्यात्मिक विकास हेतु सनातन, जैन और बौद्ध धर्म के अनुयायियों द्वारा अहिंसा का प्रयोग शुद्ध व्यक्तिगत मामला है। व्यक्तिगत जीवन में एक व्यक्ति का अहिंसा पर अडिग रहना दूसरे व्यक्तियों पर निर्भर करता है। आज स्थिति यह है कि आप एक गाल पर चाँटा खाने के बाद दूसरा गाल आगे करेंगे तो सामने वाला दूसरे पर भी चाँटा रसीद कर देगा। मतलब आपकी अहिंसा अन्य लोगों की हिंसा पर सम्भव है।

महाभारत को ही ले लीजिए जिसमें अहिंसा की महिमा शांति पर्व में गाई गई है। उसी महाभारत का हिस्सा रही गीता का ज्ञान श्रीकृष्ण अर्जुन को युद्ध के लिए तैयार करने हेतु दे रहे हैं जबकि अर्जुन अहिंसा पर अडिग दिखता है। बात वहीं आकर टिक जाती है कि श्रीकृष्ण और पांडव अहिंसा की ख़ातिर पाँच गाँव पर भी समझौता पर सहमत हैं, परंतु दुर्योधन की हिंसक वृत्ति से हिंसा अनिवार्य हो जाती है। लोक जीवन में अहिंसा का सिद्धांत इसलिए असफल होता है कि कोई एक पक्ष अहिंसा के लिए तैयार नहीं है।

राष्ट्र के रूप में अहिंसा को मार्गदर्शी सिद्धांत अपनाने की नीति में भारत आधा कश्मीर, तिहाई लद्धाख गवाँ चुका है। श्रीलंका में शांति सेना भेज कर एक प्रधानमंत्री की जान गँवा और बदनामी झेल चुका है। आख़िर में श्रीलंका सरकार ने हिंसक कार्यवाही से ही लिट्टे की हिंसा का उत्तर देकर शांति स्थापित की। फ़्रांस के शासक नेपोलियन ने कहा था कि यदि आप शांति चाहते हैं तो हिंसक युद्ध के लिए तैयार रहें।

चारों तरफ़ पाकिस्तान, अफ़ग़ानिस्तान, चीन, बंगला देश और श्रीलंका से घिरे भारत ने यदि 1965, 1971 और 1999 में हिंसक प्रतिक्रिया नहीं की होती और कश्मीर में आतंकवादियों को हिंसा का जवाब हिंसा से न दिया होता तो भारत कई टुकड़ों में विभाजित हो चुका होता।

अहिंसा एवरेस्ट पर्वत सा बहुत ऊँचा आदर्श है। वैचारिक रूप से इस पर्वत पर पहुँच कर नीचे आना ही पड़ता है। आप इतनी ऊँचाई पर मकान बना कर रह नहीं सकते। व्यवहारिक जीवन में आप अहिंसक तब ही हो सकते हैं जब दूसरे सभी अहिंसा की महत्ता को समझ कर उपयोग में लाएँ। भारत बहुत दिनों तक आदर्श वाद की गुफा में बंद रहा। अब वास्तविक धरातल पर उतर रहा है उसे दुनियावी तरीक़ों से हिंसक राष्ट्रों और आतंकवादियों से निपटना पड़ता है। वह अहिंसक कैसे हो सकता है।

अहिंसा आज के समय में एक अव्यवहारिक भाव है। आध्यात्मिक साधक इस भाव का प्रयोग साधना में करें परंतु व्यक्तिगत जीवन में और राष्ट्रीय नीति के रूप में इसका पालन सम्भव नहीं है। हिंसक व्यक्ति अहिंसा को कमजोरी समझता है। वह और भी अधिक आक्रामक होता जाता है। तब प्रतिहिंसा के अतिरिक्त क्या उत्तर हो सकता है।

जो मनुष्य न्याय, नैतिकता, सुरक्षा और आजादी के लिए संघर्ष करता है वह हिंसा के लिए जिम्मेदार नहीं है, शांति के सभी तरीके जब असफल होते है तब जो युद्ध शुरू करते हैं, वह हिंसा के लिए जिम्मेदार नहीं है, किसी भी स्थिति में दुष्ट विचारों के लोगों के सामने आत्मसमर्पण करके घुटने नहीं टेकना है। अहिंसा के

सिद्धांतों को समझने के बाद अब हम सार्वजनिक जीवन में अहिंसा व्रत के पालन पर चर्चा करेंगे।

अहिंसा पालन के दो पहलू हैं - व्यक्तिगत और सार्वजनिक। व्यक्तिगत अहिंसा का पालन आत्मिक विकास के लिए आवश्यक माना गया है। वह व्यक्तिगत मामला है। उसके पालन करने या न करने से लोक जीवन पर सीधा प्रभाव नहीं पड़ता।

आधुनिक काल में महात्मा गांधी ने भारत की आजादी के लिये जो आन्दोलन चलाया वह काफी सीमा तक अहिंसात्मक था। गांधी जी के अहिंसा के प्रयोग समझने हेतु हमें 1915-1918 के प्रथम विश्वयुद्ध के बाद की दो तारीख़ें ध्यान में रखनी होंगी-पहली 13 अप्रेल 1919 और दूसरी 04 फ़रवरी 1922, पहली को जालियाँवाला बाग़ कांड और दूसरी को चौरी-चौरा हिंसक कांड घटित हुआ था।

पहली घटना का उन्होंने ब्रिटिश नृशंसता को दुनिया में फैलाने में उपयोग किया और दूसरी हिंसा होने पर शबाब पर पहुँचे असहयोग आंदोलन को वापस के लिया।

प्रथम विश्वयुद्ध से पीड़ित ब्रिटिश साम्राज्य ने अमेरिका से गुहार लगाई तो अमेरिका ने उसे कहा कि तुम जर्मनी की हिंसक विस्तारवादी हरकतों से परेशान हो लेकिन भारतियों पर हिंसक दबाव से शासन करते हो। दोहरी नीति नहीं चलेगी। प्रथम विश्वयुद्ध में हुए विध्वंस से हताश अंग्रेजों ने अमृतसर में निहत्थी भीड़ पर हिंसक कार्यवाही करके प्रतिक्रिया में भारतियों को हिंसक कार्यवाही के लिए भड़काया। वहीं से गांधी जी को अहिंसा अस्त्र मिल गया। गांधी जानते थे कि ब्रिटिश साम्राज्य की संगठित हिंसा को क्रांतिकारियों की बिखरी हिंसा से नहीं जीता हाँ सकता। अंग्रेज चाहते थे कि भारतीय आंदोलन हिंसक हो जाए। कांग्रेस को हिंसक दल घोषित करके ख़त्म किया जा सकता था। इसीलिए चौरी-चौरा हिंसक घटना के विरोध में गांधी जी ने असहयोग आंदोलन वापिस ले लिया था।

असहयोग आन्दोलन के स्थगन पर मोतीलाल नेहरू ने कहा कि, यदि कन्याकुमारी के एक गाँव ने अहिंसा का पालन नहीं किया, तो इसकी सज़ा हिमालय के एक गाँव को क्यों मिलनी चाहिए। अपनी प्रतिक्रिया में सुभाषचन्द्र बोस ने कहा, ठीक इस समय, जबकि जनता का उत्साह चरमोत्कर्ष पर था, वापस लौटने का आदेश देना राष्ट्रीय दुर्भाग्य से कम नहीं। आन्दोलन के स्थगित करने का प्रभाव गांधी जी की लोकप्रियता पर पड़ा। 10 मार्च 1922 को गांधी जी को गिरफ़्तार किया गया तथा न्यायाधीश ब्रूम फ़ील्ड ने गांधी जी को असंतोष भड़काने के अपराध में 6 वर्ष की कैद की सज़ा सुनाई। स्वास्थ्य सम्बन्धी कारणों से उन्हें 5 फ़रवरी 1924 को रिहा कर दिया गया।

जब गांधी जी का व्यक्तित्व गठित हो रहा था। वे 1915 से 1919 तक हिंदुवादी गहन चिंतन में डूबे थे। तब उनका पत्राचार लेव तोलस्टोय से हुआ जो उस समय

युद्ध और शांति उपन्यास लिख चुके थे। जिसमें उन्होंने गीता के अहिंसा सिद्धांत को ईसा के अहिंसा सिद्धांत से जोड़ते हुए गांधी जी को पत्र लिखा। गांधी जी गीता तो रोज़ पढ़ते थे। उन्होंने ईसाईयत के अहिंसा सिद्धांत को परखा तो पाया कि केवल ईसाई धर्म ही नहीं अपितु सभी एकेश्वरवादी धर्म हिंसा सिद्धांत पर विकसित हुए हैं। इस्लामिक और ईसाई शासक की निर्दय हिंसा से हिंसक तरीक़ों से नहीं निपटा जा सकता। इसीलिए उन्होंने अहिंसा को अस्त्र बनाया। जिसका सबसे उपयुक्त प्रयोग दांडी मार्च के समय देखने को मिला। प्रदर्शनकारी अनुशासन बद्ध क़तार में आगे बढ़ते थे, ब्रिटिश पुलिसकर्मी उन्हें बड़ी बेरहमी से पीट कर लहुलहान कर देते थे। वे अपने सिर को बचाने के लिए हाथ तक नहीं उठाते थे। तब उस मार्मिक दृश्य को देखकर अमेरिका के प्रसिद्ध रिपोर्टर पत्रकार लुई फ़िशर ने टेलेफ़ोन के खम्भे पर चढ़कर उनके अख़बार को संदेश दिया था गांधी के अहिंसक सिपाही ब्रिटेन के हिंसक सैनिकों का बड़ी बहादुरी से सामना कर रहे हैं, वे खुद को बचाने के लिए हाथ भी नहीं उठाते। भारत आज आज़ाद हो गया।

ज़रा सोचिए, बिना किसी हिंसा या हिंसक प्रचार के गांधी जी को गिरफ़्तार किया गया। यदि वे हिंसक कार्यवाही का विरोध न करते तो अंग्रेजों की कूटनीति में फँस चुके होते। गांधी जी की अहिंसा नीति एक रणनीतिक चाल थी। अंग्रेजों के पास जिसका तोड़ नहीं था। जिसके कारण अंग्रेज निरस्त्र होते थे। इसी अहिंसक नीति के कारण गांधी जी ने भगत सिंह को बचाने हेतु अंग्रेजों से पैरवी नहीं की, लेकिन भगत सिंह की फाँसी से भारतियों में उपजी आक्रामक राष्ट्रवादी भावना का राष्ट्रीय आंदोलन में उपयोग ज़रूर किया था।

गांधीजी की स्वराज के प्रति धारणा, हिंदू संस्कृति के प्रति धारणा उन्हें संघ की विचारधारा के क़रीब लाती थी। हिंदुत्व शब्द का प्रयोग उन्होंने किया हो या ना किया हो लेकिन उनके भाव संघ से मिलते थे। गांधीजी में स्वदेशी, स्वराज और सत्याग्रह की भावना थी, वही संघ की भी भावना है। राष्ट्रीय स्वयंसेवक संघ 1925 से लेकर अब तक स्वदेशी और स्वराज का आग्रह करता रहा है। अपने वतन की जड़ों से जुड़े रहने की वकालत संघ करता रहा है। गांधी जी और संघ में हिंदुवादी और हिंदुत्व का भेद है। इसे गांधी जी और सावरकर के व्यक्तित्वों से समझना समीचीन होगा। हिंदू एक पहचान है जो हमें दी गई है, हिंदुवाद समाज का, धर्म का प्रतीक है और हिंदुत्व उस समाज और धर्म का राजनीतीकरण करने का एक व्यावहारिक यंत्र है।

आजकल महात्मा गांधी और विनायक दामोदर राव सावरकर के एक दूसरे के प्रतिद्वंद्वी विचार आमने-सामने खड़े किए जाते हैं। इस परिपेक्ष्य में उन मुलाक़ातों की चर्चा और इस बहाने महात्मा गांधी और विनायक दामोदर राव सावरकर के बीच वैचारिक आदान-प्रदान से कुछ विवादित सूत्रों की तलाश कर इन दोनों महापुरुषों के बीच मतभेद को समझना ज्याद सार्थक होगा।

महात्मा गांधी और सावरकर की पहली मुलाकात अक्टूबर 1906 में लंदन में हुई थी, तब महात्मा गांधी दक्षिण अफ्रीका में रह रहे थे, भारतीय समुदाय की बढ़ती मुसीबतों से राहत की उम्मीद से ब्रिटिश हुकूमत से बातचीत के लिए लंदन गए थे। इस यात्रा के दौरान वे भारतीय समुदाय के लोगों से समर्थन जुटाने के मकसद से 'इंडिया हाउस' में रहकर कानून की पढ़ाई कर रहे विनायक दामोदर सावरकर मिले। सावरकर 1906 में श्याम कृष्ण वर्मा की छात्रवृति पर कानून की पढ़ाई करने लंदन गए थे।

यह छात्रवृत्ति उन्हें बाल गंगाधर तिलक की संस्तुति पर मिली थी, तब श्याम कृष्ण वर्मा 'इंडिया हाउस' की देखरेख कर रहे थे। नीलांजन मुखोपाध्याय ने अपनी किताब 'द आरएसएस–आइकॉन्स ऑफ द इंडियन राइट' में बताया है कि उस शाम जब महात्मा गांधी जी सावरकर के कमरे में पहुंचे तो सावरकर झींगे तल रहे थे। गांधी और सावरकर के बीच दशहरा के दिन हुई मुलाकात में दोनों के बीच रामराज्य पर हुई चर्चा का जिक्र वीरेन्द्र कुमार बरनवाल की राजकमल प्रकाशन से छपीं पुस्तक "हिन्द स्वराज और नव सभ्यता विमर्श" में भी दर्ज है।

बातचीत की शुरुआत में गांधी जी ने कहा कि अंग्रेजों के विरुद्ध आपकी रणनीति जरूरत से ज्यादा आक्रमक है। सावरकर ने गांधी जी से खाना खाने का आग्रह किया। गांधी ने यह कहकर खाने से मना कर दिया कि वे मांस-मछली नहीं खाते। इस पहली मुलाकात में महात्मा गांधी सावरकर के कमरे से बिना खाना खाए और समर्थन हासिल किए खाली हाथ लौटे, पर इस मुलाकात में गांधी को वहां पढ़ने वाले छात्रों पर सावरकर के हिंसक विचारों के असर को नजदीक से देखने का मौका मिला।

दोनों महारथियों की दूसरी मुलाकात फिर 'इंडिया हाउस' में 24 अक्टूबर 1909 को दशहरा के दिन हुई। उस दिन भारतीय समुदाय के लंदन में पढ़ रहे छात्रों ने एक भोज का आयोजन किया। इस भोज में महात्मा गांधी को भी बुलाया गया। गांधी ने अपनी ओर से यह शर्त रखी कि भोजन शाकाहारी होना चाहिए और उस अवसर पर कोई राजनीतिक बातचीत नहीं होगी।

इस आयोजन में बातचीत राजनीति पर सीधे नहीं हुई। पहले गांधी जी को बोलने के लिए कहा गया गया। गांधी जी ने 'रामराज्य' पर चर्चा शुरू की। इस चर्चा से एक सूत्र यह मिला कि भारत की आज़ादी के सवाल पर गांधी और सावरकर के दृष्टिकोण में कितना फर्क है? गांधी जी भारत की आजादी के लिए राम का आदर्श प्रस्तुत करते हुए बताते हैं कि राम का निःस्वार्थ और मर्यादित चरित्र मानव कल्याण के लिए जरूरी हैं। गांधी जी रावण के अधीन रहते हुए सीता जी के अदभुत संयम और त्याग की भी चर्चा करते हैं। राम के छोटे भाई लक्ष्मण के वनवास के दौरान

भातृत्व प्रेम और त्याग के आदर्श को भी सामने रखते हैं। बताते है कि इस त्याग -संयम और आदर्श की राह चलकर, भारत अपनी आजादी हासिल कर सकता है।

सावरकर इसके विपरीत कहते है कि रामराज्य की स्थापना के लिए रावण का वध जरूरी है। बिना उसके बध रामराज्य की स्थापना नहीं हो सकती। देवी दुर्गा के संहारक रूप की चर्चा करते हुए वे बताते है कि शक्ति की देवी ही बुराइयों का अंत कर सकती है।

महात्मा गांधी और वीर सावरकर के बीच इस चर्चा की पृष्ठभूमि में एक घटना भी ताजा थी। 1 जुलाई 1909 को मदन लाल धींगरा ने कर्नल विलियम हट वायली की हत्या कर दी थी। कर्नल वायली भारत सरकार के सचिव के सलाहकार और ऐसा कहा जाता है कि अंग्रेजों के लिए भारतियों को भारतियों की गुप्तचरी के रूप में इस्तेमाल करने वाले शख्स रहे थे।

17 अगस्त 1909 को 26 साल से कम उम्र के मदन लाल धींगरा को फांसी दी गई। फांसी दिए जाने के पहले 23 जुलाई 1909 को मदनलाल ने अदालत में यह बयान दिया कि "मुझे गर्व है कि मैं अपना जीवन समर्पित कर रहा हूं।" दामोदर सावरकर ने मदन लाल धींगरा की फांसी के लिए अंग्रेजों को कोसते हुए इसे देश के लिए एक देश भक्त का बलिदान करार दिया। कहा यह जाता है कि कर्नल वायली के हत्या का 'टारगेट' सावरकर ने मदन लाल को दिया था। इस हिदायत के साथ कि अगर 'टारगेट' में कहीं चूक हुई, तो फिर मुझे मुंह मत दिखाना।

गांधी जी ने इस पृष्ठभूमि में लंदन में यह बयान दिया कि नशा केवल शराब और भांग का ही नहीं होती। उतेजक विचारों का भी वैसा ही नशा होता है। मेरे विचार से धींगरा ने उन्माद में ही, यह हत्या की है। वे अपने देश में घट रहीं ऐसी घटनाओं से उद्वेलित थे। सावरकर को लग रहा था कि इसके लिए जिम्मेदार कुछ चुनिंदा व्यक्तियों की हत्या कर देश को आजाद कराने के लक्ष्य को हासिल कर लेंगें। ऐसे माहौल के बीच गांधी और सावरकर 'रामराज्य' की चर्चा करते हैं। देश की आजादी के लिए अलग-अलग राह पर चल देते हैं।

गांधी जी की यह विशेषता रही है कि वे भारतीय सभ्यता की मूल मान्यताओं और पश्चिमी सभ्यता की खामियों को अपने समय में सबसे बेहतरीन तरीके से समझते थे। उनकी मान्यता थी कि जिस सता को जिन तरीकों से हासिल किया जाता है, उसे वैसे ही बहाल रखा जा सकता है, किसी और तरीके से नहीं। विचारक आशीष नंदी बताते है कि गांधी जी की नज़र में हिंसक प्रतिरोध और हिंसा पश्चिमी सभ्यता और समाज का हिस्सा है। इसके बरक्स गांधी ब्रिटिश साम्राज्य से प्रतिरोध के लिए गैर-परंपरागत तरीके स्वदेशी, सत्याग्रह और सविनय अवज्ञा की नजीर पेश करते हैं। क्योंकि अंग्रेजों को आयरलैंड में ऐसी हिंसक गतिविधियों को सैन्य और

प्रशानिक तरीके से निपटने का तरीका मालूम था। ब्रिटिश साम्राज्य की संगठित हिंसा से व्यक्तिगत हिंसा द्वारा नहीं निपटा जा सकता था।

गांधी जी दरअसल 'रामराज्य' की कल्पना के जरिए पश्चिमी 'राज्य की अवधारणा' का विकल्प प्रस्तुत कर रहे थे। जो भारत के साम्यवादियों, और अम्बेडकरवादियों को इसलिए नापसंद हैं, कि इसमें हिन्दू प्रतीकों का इस्तेमाल किया गया है।

संघी दक्षिण पंथियों की स्थिति यहाँ असहज हो जाती है। वे हिंदुवादी तरीक़ों का विरोध कैसे करें। इसीलिए उन्होंने शुरू में तो गांधी जी को भी कांग्रेसियों के साथ समेटना चाहा लेकिन वे जल्दी समझ गए कि गांधी की कितनी गहरी पैठ भारतीय समाज में है। उन्होंने गांधी की आलोचना बंद की, वल्लभ भाई पटेल को हिंदुत्व के नाम पर अपनी तरफ़ खींचा और नेहरू को कांग्रेस सहित निशाने पर लिया। आज का हिंदुत्व यहीं ठहरा हुआ है।

यहां समझने की जरूरत है कि गांधी के 'राम' न दशरथ पुत्र राम है, न ही उनका 'रामराज्य' आज के हिंदूवादियों द्वारा घोषित-पोषित 'रामराज्य' है। गांधी की यह खूबी रही है कि अपने हर आंदोलन में ऐसे प्रतीकों को आगे करते रहे है - जो लोकमानस में आसानी से उतर जाए। 'रामराज्य' उनके कल्पना का ऐसा ही राज्य है। लोक मर्यादा और लोकलाज से चालित, नैतिक मूल्यों पर अधारित, ऐसे धर्म पर आधारित लोकराज जिसकी व्याख्या करते हुए वेदव्यास बताते है कि -

*नमो धर्माय महते धर्मो धारयति प्रजाः।*
*यत् स्यात धारण संयुक्तम स धर्मइत्युदाहृतः।।*

(उस महान धर्म को प्रणाम है, जो सब मनुष्यों को धारण करता है। सबको धारण करने वाला जो नियम हैं, वही धर्म है।)

महाभारत के शांतिपर्व में व्यास जी कहते है कि "सर्वे लोका राजधर्मे प्रवृष्टाः।"

(राज्य धर्म पर और धर्म राज्य पर आधारित है।)

भारतीय इतिहास के मनस्वी विचारक वासुदेव शरण अग्रवाल ने महात्मा गांधी को भारतीय राष्ट्रीयता को सत्य और धर्म से जोड़ने के प्रयास को भारतीय राजनीति के लिए महत्वपूर्ण योगदान बताया है। वाल्मीकि रामायण के प्रारम्भ में वाल्मिकी ने यह सवाल उठाया है कि जीवन में 'चरित्र से युक्त कौन है?' वासुदेव शरण अग्रवाल बताते है कि इस चरित्रवान व्यक्ति को ढूंढ़ने के लिए आदिकाव्य रामायण का जन्म हुआ। वाल्मिकी के लिए चरित्र और धर्म पर्यायवाची शब्द है, इसलिए उनकी नजर में राम धर्म की प्रकट मूर्ति है -

*'रामो विग्रहवान धर्मः' राम शरीरधारी धर्म है।*

वनवास से वापस अयोध्या आने पर वे क्षत्रिय धर्म धारण करते है। सीता को समझाते है कि हे देवि तुम समझती हो क्षत्रिय लोग इस लिए धनुष धारण करते है कि राष्ट्र में आर्त-शब्द सुनाई न पड़े। (क्षत्रियै धारयते चापोनार्त्त शब्दो भवेदिति।)

व्यास-वाल्मिकी के राजधर्म-रामराज की व्याख्या के जरिये यह समझने-समझाने की कोशिश की जाए तो शायद यह ज्यादा समीचीन होगा कि रामराज्य की युगानुकूल व्याख्या महात्मा गांधी की सटीक है कि दामोदर विनायक राव सावरकर की?

सच्चाई यह है कि इतिहास का भी कोई अंतिम सच नहीं हो सकता। हालांकि, ज्यादा दिन नहीं हुए पश्चिम के एक विचारक ने इतिहास के अंत की घोषणा कर ही दी थी। पर भारत के स्वाधीनता संग्राम से आज भी बहुत कुछ सीखने-समझने और सबक लेने की जरूरत है। खासकर जब देश आजादी का अमृत महोत्सव मना रहा है। इतिहास की एक सच्चाई यह भी है कि "जो पीढ़ी इतिहास से सबक नहीं लेती, इतिहास उसे अपने तरह से सजा भी देता है" - इस अर्थ में कि "लम्हों ने ख़ता की है सदियों ने सज़ा पाई।"

महात्मा गांधी हमारे स्वाधीनता आंदोलन के निराले 'मिथक' रहें हैं। एक बार फिर विनायक दामोदर सावरकर के अंग्रेजों से माफीनामा से पैदा हुए विवाद की वजह से चर्चा में है। एक और प्रबल विवाद गांधी जी के हत्यारे नाथूराम गोडसे पर बनने जा रहीं फ़िल्म के बहाने हमारी बाट जोह रहा है। इस साल गांधी जी की 152वीं जयंती पर फ़िल्म निदेशक महेश मांजरेकर ने नाथूराम गोडसे पर फ़िल्म बनाने की घोषणा की है। इस फ़िल्म की शुरुआत गांधी जी के प्रिय भजन 'रघुपति राघव राजा राम से' और नाथूराम गोडसे द्वारा गांधी को शुभकामनाएं देते हुए होती है। इसके पहले भी 'मी नाथूराम बोलतोय' नाटक के बहाने महात्मा गांधी और नाथूराम गोडसे पर अच्छी खास बहस हो चुकी है।

इन बहसों से अपने देश मे एक तबका गांधी जी की हत्या को जायज ठहराने पर तुला है। दूसरे तबके को यह शिकायत है कि गांधी जी की आज़ाद भारत की कोर्ट में दुबारा हत्या की गई। इस बहस को बड़े करीने से अमरीकी लेखक जेम्स डब्लू डगलस ने अपनी पुस्तक "अन स्पिकेबुल : गांधी लास्ट एक्सपेरिमेंट विथ ट्रुथ" में उठाया है।

पिछले साल राजकमल से छपीं इस पुस्तक का बेहतरीन अनुवाद मदन सोनी ने किया है। इस पुस्तक में दुनिया के उन चार अन्य राजनीतिक हत्याओं की चर्चा तथ्यों के साथ पेश किया गया हैं, जिनकी हत्या और महात्मा गांधी की हत्या एक समानता हैं। वे शख्सियतें हैं - अमरीका के पूर्व राष्ट्रपति जॉन एफ केनेडी, मार्टिन लूथर किंग (जूनियर), मेलक्म और रोबर्ट एफ केनेडी। सन 1963 के अंत से 1968

के बीच इनकी हत्याएं की गई थी। इन हत्याओं के पीछे असली मंशा की गुत्थी आज भी वैसे ही उलझी हैं, जैसे अपने देश में महात्मा गांधी की हत्या की।

गांधी जी यह ठीक से जानते थे कि जिस हिंसक राजनीति और चुनिंदा राजनीतिक हत्याओं में दामोदर सावरकर और उनके अनुयायियों का भरोसा है, उससे उन्हें अलग नहीं किया जा सकता। इस हिंसक राजनीति के प्रतिरोध स्वरूप ही गांधी जी ने लंदन से दक्षिण अफ्रीका लौटते हुए जहाज में 13 नवम्बर से 23 नवम्बर के बीच 1909 में 'हिन्द स्वराज' की रचना की। इस दौरान 21 दिसंबर 1909 को महाराष्ट्र के नासिक जिले में अंग्रेज मजिस्ट्रेट एम टी जैक्सन की हत्या, एक सोलह साल के नौजवान अनंत कन्हारे ने कर दी। इस हत्या में प्रयुक्त ब्राउनिंग रिवाल्वर लंदन से विनायक सावरकर ने भेजी थी।

अनन्त कन्हारे ने अदालत में स्वीकार किया कि उसने सावरकर के बड़े भाई की सजा का बदला लेने के लिए जैक्सन की हत्या की है। सावरकर के बड़े भाई बारबरा राव पर जैक्सन ने देशद्रोह का अभियोग लगाया था। उन्हें आजीवन कारावास की सज़ा सुनायी गई थी। इस अभियोग में ही दामोदर सावरकर को लंदन से पकड़ कर भारत लाया जा रहा था। पेरिस में अपनी गुप्त योजना के मुताबिक सावरकर ने समुद्र में कूद कर भागने का भी प्रयत्न किया। पर उनकी योजना इसलिए असफल हुई कि उनके बुलाये मित्र समय पर पोर्ट नहीं पहुंच सके।

सावरकर को फिर गिरफ्तार किया गया। भारत में उन्हें कालापानी की सजा के लिए कुख्यात पोर्ट ब्लेयर के सेलुलर जेल में जून 1911 से सन 1921 के बीच दस साल तक रहना पड़ा। सावरकर को पचास साल की सजा सुनायी गई थी। इस जेल में सावरकर ने एक साल की सजा पूरा होने के बाद सन 1913 में एक याचिका दायर की जिसमें कहा गया कि –

> *"मेरे संवैधानिक रास्ते पर आने पर भारत और भारत के बाहर सारे भटके हुए नवयुवक सही रास्ते पर आ जाएंगे, जो मुझे मार्ग दर्शक समझकर मेरी ओर देखते हैं। मुझे जेल में रखकर कुछ भी प्राप्त नहीं हो सकता, जो मुझे मुक्त कर के प्राप्त किया जा सकता है। जो शक्तिशाली होता है, वहीं दयावान होने का सामर्थ्य रखता है।*
>
> *इसलिए एक भटका हुआ बेटा माई-बाप सरकार के अभिभावकीय द्वार के अलावा और कहां लौट सकता है। यहां यह याद दिलाना जरूरी है जब सावरकर की ओर से दया याचिका दायर की गई उस वक्त उनसे उम्र में चौदह साल बड़े महात्मा गांधी दक्षिण अफ्रीका में भारतीय और एशियाई समुदायों पर बरती जा रही तमाम तरह की जुल्म-ज्यादतियों*

*के विरुद्ध दक्षिण अफ्रीका में हाल ही में प्रयुक्त सत्याग्रह अस्त्र के बूते निर्णायक लड़ाई लड़ रहे थे।"*

सन 1915 में भारत लौटने के बाद देश की आजादी में भी वे इसी आजमाए अस्त्र का इस्तेमाल करने वाले थे। सावरकर और उनके अनुयायियों को ऐसे सत्याग्रही अस्त्रों का प्रयोग कतई रास आने वाला नहीं था। ऐसा भी नहीं है कि गांधी जी यह काम लुक-छिपकर गोपनीय तरीके से करने वाले थे। उन्होंने कहा -

*"भारत में राजनीतिक हत्याएं पूरी तरह विजातीय है। जो लोग ऐसा कर रहें हैं, उन्हें समझ लेना चाहिए कि मैं उनके खिलाफ खड़ा होऊँगा। अगर राजनीतिक हत्या के पैरोकारों के सामने देश के लिए कोई योजना है, तो उसे जनता के सामने रखना चाहिए। राजद्रोह के पक्ष में खुलकर बोलना चाहिए और उसके नतीजों के लिए तैयार रहना चाहिए।"*

10 मार्च 1922 को गांधी जी गिरफ्तारी बतौर पत्रकार 'यंग इंडिया' में लिखें गए उनके तीन लेखों की वजह से होती है। जज ब्रुम्फील्ड ने गांधी जी को छह साल की सजा सुनाई। वहीं सज़ा, जो उनके पहले बाल गंगाधर तिलक को 'केसरी' अखबार में लिखें तीन लेखों के लिए दी गई थी। उस वक्त गांधी जी को यरवदा जेल में रखा गया।

संयोग देखिये कि सेलुलर जेल से रिहा होने के बाद सावरकर को पहले कुछ समय के लिए रत्नागिरी जेल में रखा गया। फिर सन 1923 में उन्हें यरवदा जेल भेजा दिया गया। उसी जेल में जहां गांधी देश द्रोह की सज़ा भुगत रहे थे। सावरकर अपने संस्मरण में लिखते है कि -

*मैंने गांधी के तमाम अनुयायियों की तीखी आलोचना की ताकि उनके आँखों पर पड़ा पर्दा हट जाये। यह कि चरखा कातकर, स्वराज हासिल करना, हिंदुओं द्वारा कर्तब्य के रूप में मुसलमानों के ख़िलाफ़त आंदोलन का समर्थन करना और अहिंसा की हास्यास्पद परिभाषाएं, इन सबकी अकाट्य तर्कों से (मैनें) धज्जियां उड़ा दी।*

सावरकर को 6 जनवरी 1924 को यरवदा जेल से रिहा किया गया। अपनी इस रिहाई की तुलना सावरकर ने भगवान कृष्ण से की, जो इस बात पर राजी हो गए थे कि वे पूरे युद्ध के दौरान अस्त्र नहीं उठाएंगे और उनके इस समझौते को अपमानजनक नहीं माना गया है। सावरकर की रिहाई की तुलना उनके अनुयायियों ने राम के वनवास से की है। यह बताते हुए कि राम ने रावण का वध अपने वनवास के के दौरान किया।

इसके जवाब में सावरकर अपने संस्मरण में लिखते है कि मुझे भी देश निकाला दिया गया। अनेक पीड़ाओं को झेला। लेकिन रावण अभी भी जिंदा है। एक दिन वह काम भी हो जाएगा। तब आप इस फर्क को समझ जाएंगे और वह घटना आपको बहुत पीड़ा पहुँचायेगी। गांधी की हत्या के दो वर्ष बाद सावरकर का यह संस्मरण प्रकाशित हुआ।

गांधी जी फिर भी 1927 में रत्नागिरी में दामोदर राव सावरकर से दोस्ताना मुलाकात करने गये। इस मुलाकात में गांधी जी कहते हैं कि- मैं जानता हूं कि कई मामलों में आपके और मेरे विचारों में काफी अंतर हैं। आपके और हमारे रास्ते अलग-अलग हैं, फिर भी देश के लिए मैं एक प्रयोग कर रहा हूँ।

जवाब में सावरकर कहते हैं कि-

*"देश के साथ यह प्रयोग करने की छूट आपको बहुत दिनों तक नहीं दी जा सकती।"*

मुलाकात के बाद जब गांधी वहां से निकल रहें थे, तो उन्होंने सावरकर से कहा-

*"आप जो भी प्रयोग कर रहें है, उसकी कीमत राष्ट्र को चुकानी पड़ेगी।"*

महात्मा गांधी और विनायक दामोदर राव सावरकर की यह अंतिम मुलाकात थी। हरिजनों के मंदिरों में प्रवेश के अलावा इन दोनों महापुरुषों के बीच सहमति का कोई ठोस आधार नहीं है। फिर भी दोनों देश की आजादी के 75वें साल में हमारे राष्ट्रीय विमर्श में अपने-अपने ढंग से हमारे बीच जिंदा हैं। तो यही कहा जा सकता है - चर्चे हमेशा कामयाबी के हों, हमेशा ये जरूरी तो नहीं, बरबादियाँ भी वक़्त को मशहूर किया करती हैं।

जो लोग हिंदू समाज के तौर-तरीकों को मानते हैं और उन्हें बढ़ावा देते हैं और उनका समर्थन करते हैं उन्हें हिंदूवादी कहा जा सकता है। लेकिन इसमें कोई लिखित रश्म-ओ-रिवाज़ नहीं है। यहां सब कुछ पारंपरिक है। जो लोग सदियों से चल आ रही इन परंपराओं को मानते हैं उन्हें भी हिंदूवादी कहा जा सकता है। जहां तक हिंदू और हिंदुत्व में अंतर का सवाल है तो गांधी हिंदू थे और नाथूराम गोडसे हिंदुत्ववादी थे। इससे बेहतर फ़र्क़ हिंदू और हिंदुत्व के बीच नहीं हो सकता है। हिंदू, हिंदुत्व और हिंदूवाद में एक दूसरे के अंश हैं। लेकिन लगता है कि हिंदुत्व को हिंदू या हिंदूवाद से कोई लेना देना नहीं है, क्योंकि वो सिर्फ़ राजनीति का एक औजार है, सत्ता पाने का ज़रिया है। अगर हम हिंदू इंसानों की बात करें या हिंदूवादी इंसानों की बात करें तो उनसे भी हिंदुत्व का कोई लेना-देना नहीं है। हिंदुत्व महज़ एक राजनीतिक समूह का सत्ता पाने का हथियार है।

लेकिन कड़वा सत्य ये है कि हमारे आज के दौर में हिंदुत्व सबसे मज़बूत है। आज हिंदू धर्म भी मज़बूत है और हिंदूवाद तो है ही नहीं। अभी हम ऐसे दौर में हैं जहां हिंदुत्व सबसे ताक़तवर है और अगर हिंदुत्व ऐसे ही मज़बूत होता रहा तो हिंदू और भारत का भविष्य अंधेरे में पड़ जाएगा। आज हिंदुत्ववादी ये दावा करते हैं कि वो धर्म का पुनर्जागरण कर रहे हैं और हिंदू धर्म के गौरव को बढ़ा रहे हैं लेकिन वो नहीं जानते कि हिंदू धर्म की उदारता ही उसका असली गौरव है। अगर हम हिंदू धर्म की बात करें तो वो इतनी सदियों से टिका रहा है और प्रखर रहा है। ये लोग जो हिंदू धर्म के पुनर्निर्माण की बात करते हैं, ये अपने आप को हिंदू धर्म से भी बड़ा समझते हैं। इन लोगों में घमंड है कि वो हिंदू धर्म से भी बड़े हैं। ये घमंड ही सबसे बड़ा पाप है। जब इंसान में ये भाव आ जाता है कि वो धर्म से भी बड़ा है तो इसके मूल में घमंड ही होता है और ये घमंड ही उसके विनाश का कारण भी बन जाता है।

गांधीवाद की ख़ूबी ये है कि जो लोग गांधी को मानते हैं वो सभी के विचारों का सम्मान करते हैं, भले ही हम उन विचारों के ख़िलाफ़ ही क्यों ना हों। एक हिंदू की असली पहचान ये है कि वो उन विचारों को भी जगह देता है, जिन्हें वो नहीं मानता। हर किसी की मान्यता का सम्मान करना ही हिंदू होना है।

हम जब किसी का विरोध भी करते हैं तो सम्मानपूर्वक करते हैं। हम हिंदू किसी को छोटा नहीं दिखाते हैं। हम सिर्फ़ सत्य और असत्य के बीच का फ़र्क़ करते हैं। झूठ को संख्या की ज़रूरत होती है, सत्य को संख्या की ज़रूरत नहीं होती है। यदि एक व्यक्ति भी सत्य बोले तो वो सत्य ही रहता है, लेकिन झूठ को मनवाने के लिए लाखों लोगों से गवाही दिलवानी पड़ती है। हिंदू सत्य का प्रतीक है और सत्याग्रह करता है।

आरएसएस का हिंदुत्व और गांधीवादियों का हिंदुवाद को लेकर नज़रिया बिल्कुल अलग है और विपरीत है। आसएसएस का हिंदुत्व संकुचित है, वो चुनिंदा लोगों के लिए ही है, वो किसी और को उसमें शामिल नहीं करता है जबकि बापू का जो हिंदूवाद था वो वैश्विक था, वो सभी को अपने दिल में स्थान देता था, सबका सम्मान करता था, हर विविध जीवनशैली का सम्मान करता था, लोगों और उनके मज़हब का सम्मान करता था। एक तरह से सभी को अपने में शामिल करने की वो शक्ति रखता था। लेकिन आरएसएस सिर्फ उन्हीं लोगों को शामिल करता है जो उसके हिंदुत्व को अपनाते हैं। जो लोग उसके हिंदुत्व की धारणा को मानते हैं वह उनमें भी फ़र्क़ करता है। आख़िर में ऊंच-नीच को बढ़ावा देने वाली परंपराओं को ही वो आगे रखता है। गांधी के हिंदूवाद और आरएसएस के हिंदुत्व में कोई समानता ही नहीं है। आरएसएस की मजबूरी ये है कि वो जो मानते हैं उसके लिए उन्हें प्रमाणपत्र खोजने पड़ते हैं और गांधी से बड़ा प्रमाण पत्र उन्हें मिल नहीं सकता है।

ऐसे में वो हमेशा लोगों का उपयोग करके अपने तत्वों को सही साबित करने की कोशिश करते हैं। गांधी का भी वो अपने हितों के लिए उपयोग करते हैं।

गांधी के हिंदूवाद और आरएसएस के हिंदुत्व में सबसे बड़ा फ़र्क़ यही है कि गांधी के हिंदूवाद में किसी को भी अलग नहीं किया जाता था, आरएसएस का जो हिंदुत्व है उसमें किसी को भी शामिल करने पर ही झिझक है।

आज हम जिस दौर में हैं उसमें ना हमें हिंदू की ज़रूरत है, ना हिंदुत्व की ज़रूरत है और ना ही हिंदूवाद की ज़रूरत है। हमारी सबसे बड़ी ज़रूरत है कि हम सभी को अपनाएं, एक साथ रहने के लिए धर्म-निरपेक्ष विचारधारा को अपनाने की ज़रूरत है। आज हमें किसी भी धार्मिक पहचान की ज़रूरत नहीं है। आज भारत के सीने पर जो घृणा और हिंसा के ज़ख्म लगे हैं, अगर इनके घावों को भरना है तो हमें धर्म से परे जाकर सर्वधर्म समभाव की जो हमारी विचारधारा थी हमें फिर से उसे अपनाना पड़ेगा। इसके लिए हमें समाज से धार्मिक पहचान के लेबल हटाने होंगे।

भारतीय मूल संस्कृति के प्रति जागरूकता और उसका विचार भारतीय इतिहास में अत्यधिक प्रासंगिक बन गया जब उसकी वजह से भारतीय राजनीति को एक विशिष्ट पहचान मिली तथा उपनिवेशवाद के विरुद्ध प्रश्न उठाने में आधार प्रदान किया। मूल संस्कृति की भावना ने ब्रिटिश शासन के विरुद्ध स्वतंत्रता आंदोलनों को प्रेरित किया जिस में सशस्त्र संघर्ष, प्रतिरोधी राजनीति और गैर-हिंसक विरोध प्रदर्शन शामिल थे। इसने भारत में सामाजिक सुधार आंदोलनों और आर्थिक सोच को प्रभावित किया।

हिंदू धर्म भारतीय उपमहाद्वीप में सबसे प्राचीन और सनातन धर्म को दिया गया नाम है। हिंदुत्व वह नाम है जिसके द्वारा हिंदू दक्षिणपंथ विचारधारा का प्रतिनिधित्व किया जाता है। यह राष्ट्रीय स्वयंसेवक संघ (आरएसएस) के रूप में जानी जाने वाली सांस्कृतिक संस्था की विचारधारा भी है, जिसकी स्थापना 1925 में हुई थी। 1990 के बाद से भारतीय राजनीतिक परिदृश्य पर भाजपा के उदय के बाद से, और 2014 और 2019 में भारत में राष्ट्रीय चुनावों में इसकी हालिया सफलताओं के बाद से, एक धर्म के रूप में हिंदू धर्म और एक राजनीतिक विचारधारा के रूप में हिंदुत्व के बीच संबंधों का सवाल सामने आया है, क्योंकि "हिन्दू" शब्द दोनों के लिए समान है।

एक धर्म के रूप में हिंदू धर्म और एक राजनीतिक दर्शन के रूप में हिंदुत्व के बीच संबंधों की खोज एक आभासी शैक्षणिक अभ्यास बन गया है। इस विषय पर लोकप्रिय लेखन में, हिंदुत्व को स्टेरॉयड पर हिंदू धर्म के रूप में वर्णित किया गया है। हिंदू धर्म और हिंदुत्व के बीच के अंतर को समझने का एक प्रारंभिक तरीका यह होगा कि हिंदू धर्म एक धर्म है, जबकि हिंदू राष्ट्रवाद, या हिंदुत्व, एक राजनीतिक विचारधारा है, जिसका हिंदू धर्म का संबंध ईसाई और इस्लामी कट्टरवाद के बीच के

संबंध रूप में रेखांकित किया जाता है। हिंदू धर्म और हिंदुत्व के बीच के अंतरों का विश्लेषण करने का प्रयास उन बिंदुओं की पहचान करके किया जाता है जो उन्हें अलग या विभाजित करते हैं।

इस बहस में कई भेद हैं। इन भेदों और उनकी ऐतिहासिक पृष्ठभूमि की समझ हमें इसमें शामिल मुद्दों पर पकड़ हासिल करने और बनाए रखने में मदद करने की दिशा में एक लंबा रास्ता तय करेगी। हम धर्म और संस्कृति के बीच के अंतर को पहचानते हुए पहले विभाजन की पहचान कर सकते हैं क्योंकि यह इस बहस में संचालित होता है, खासकर जब यह वीडी सावरकर द्वारा हिंदुत्व (1923) के हिंदुत्व के मौलिक पाठ को समझने की कुंजी रखता है।

हिंदू धर्म को भारतीय धर्म के रूप में मानने के इच्छुक है, एक प्राचीन परंपरा जो धर्म और संस्कृति के बीच अंतर नहीं करती है। भारत में पाए जाने वाले धर्मों में से एक है, जो जैन धर्म, बौद्ध धर्म, सिख धर्म जैसे कई अन्य लोगों के साथ सह-अस्तित्व में सदियों से मौजूद है। एक महत्वपूर्ण कदम जो हिंदुत्व के विचारक करते हैं, उन धर्मों के बीच अंतर करना है जिनकी उत्पत्ति भारत में हुई है - जैसे कि जैन धर्म, हिंदू धर्म, बौद्ध धर्म और सिख धर्म। ईसाई धर्म और इस्लाम, जिनके वास्तव में भारत में अनुयायी हैं, लेकिन उनकी उत्पत्ति भारत में नहीं हुई थी। ऊपर वर्णित पहले चार धर्मों को अब से भारतीय धर्मों के रूप में संदर्भित किया जाएगा ताकि उन्हें ईसाई धर्म और इस्लाम से अलग किया जा सके। भारत में अन्य धर्मों से भारतीय धर्मों को अलग करने की आवश्यकता, विशेष रूप से 1871 के बाद से, भारत में अंग्रेजों द्वारा किए गए जनगणना कार्यों में पश्चिमी शब्द धर्म की शुरूआत के प्रभाव में निहित है।

इन दशवार्षिक या दशकीय जनगणनाओं में, आबादी को अपनी धार्मिक संबद्धता को इंगित करने के लिए कहा गया था कि कोई एक समय में केवल एक ही धर्म से संबंधित हो सकता है। कुछ भारतियों ने वर्षों से यह महसूस करना शुरू कर दिया कि यह भारतीय धार्मिक परंपरा को चार अलग-अलग "धर्मों" में विभाजित करने का कार्य किया जा रहा है। यहां ध्यान रखने योग्य महत्वपूर्ण तथ्य यह है कि भारतीय धार्मिक परंपरा के इन चार भारतीय धर्मों के भारतीय अनुयायियों ने ब्रिटिश हस्तक्षेप से पहले इन परंपराओं के साथ अपने स्वयं के संबंधों को अनिवार्य रूप से पृथक नहीं माना था। धर्म की पश्चिमी अवधारणा में, एक यहूदी, एक ईसाई और एक मुसलमान को अलग-अलग धर्मों का सदस्य माना जाना था (इस तथ्य के बावजूद कि वे एक और एक ही ईश्वर की पूजा करते हैं), जबकि धार्मिक जीवन की भारतीय अवधारणा में, एक ही समय में एक से अधिक परंपराओं का सदस्य हो सकता उदाहरण के लिए, स्वतंत्र रूप से खुद को हिंदू और बौद्ध या हिंदू और जैन या हिंदू और सिक्ख दोनों के रूप में वर्णित करते हैं।

यह दोहरी या बहु-धार्मिक पहचान, जो समग्र रूप से भारतीय धार्मिक परंपरा के भीतर प्रचलित थी, जनगणना के संचालन के परिणामस्वरूप विकृत होने लगी। ब्रिटिश सत्ता अलग-अलग महसूस करने वाले भारतीय इस घातक प्रवृत्ति को सीधे चुनौती देने की स्थिति में नहीं थे। इसलिए उन्होंने अपने लाभ के लिए पश्चिम में खींचे गए धर्म और संस्कृति के बीच के अंतर का उपयोग करके वैचारिक रूप से इसका मुकाबला करने की कोशिश की।

इसी अभ्यास को "हिंदुत्व" शब्द "हिंदू धर्म" को एक धर्म के रूप में नहीं बल्कि एक संस्कृति के रूप में संदर्भित करने के लिए गढ़ा गया था। इस प्रकार, हिंदुत्व के प्रवक्ताओं ने दावा किया कि हालांकि हिंदू, सिक्ख, बौद्ध, जैन ब्रिटिश जनगणना के अनुसार चार अलग-अलग धर्म थे, लेकिन इन चारों में एक समान संस्कृति है। "धर्म" शब्द ने जो विभाजित किया, "संस्कृति" शब्द से वह एकजुट हो गया। चार धर्मों ने कर्म और धर्म, गाय की पूजा, और इसी तरह के विचारों को साझा किया, और उनके पवित्र पूजा स्थल भारत के भीतर थे। ईसाई धर्म और इस्लाम के आरम्भिक पूजा स्थल भारतीय उपमहाद्वीप के बाहर थे। इस संयुक्त संस्कृति को "हिंदुत्व" नाम दिया गया जिनके लिए उनके जन्म और उनके धर्म के जन्म दोनों की पितृभूमि भारत थी।

यह विभाजन दो सभ्यताओं के बीच अंतर का एक दिलचस्प उदाहरण प्रस्तुत करता है। पश्चिम में प्रचलित धर्म की अवधारणा एक बिल्कुल पृथक धार्मिक पहचान से जुड़ी हुई थी, जबकि भारत में दोहरी या बहु पहचान आदर्श थी। भारत में अंग्रेजों द्वारा धर्म शब्द की शुरूआत धार्मिक पहचान के अर्थ के साथ - भारत में विभाजित धार्मिक जीवन की रूपरेखा को बदलने के लिए शुरू हुई। हिंदुत्व शब्द को यकीनन एक केंद्रीय संस्कृति के रूप में गढ़ा गया था।

हिंदू धर्म और हिंदुत्व की इन दो अवधारणाओं का घनिष्ठ संबंध हमें इस विरोधाभास को समझने में मदद कर सकता है कि वे उदारवादी भारतीय, जो हिंदू धर्म के साथ खड़े होते हैं, हिंदुत्व या राजनीतिक हिंदू धर्म को एक ताक़त के रूप में मानते हैं जो हिंदू धर्म के बड़े समूह के भीतर आता है। दूसरी ओर, हिंदुत्व के अनुयायी, हिंदू धर्म को हिंदुत्व के उप-समूह के रूप में देखना पसंद करते हैं। संक्षेप में, उदारवादियों के लिए, हिंदू धर्म पहले आता है और फिर हिंदुत्व। हिंदू राष्ट्रवादियों के लिए हिंदुत्व पहले आता है और फिर हिंदू धर्म।

इस संदर्भ में ध्यान में रखने वाला एक और अंतर भारतीय इतिहास के दो संस्करणों के बीच है, धर्मनिरपेक्ष और धार्मिक। भारतीय इतिहास की धर्मनिरपेक्ष व्याख्या के अनुसार, भारत का विचार अनिवार्य रूप से देशज है। भारत नामक एक भौगोलिक क्षेत्र है, और उस क्षेत्र में रहने वाले सभी भारतीय हैं। वास्तव में, वे भारतीय नागरिक हैं क्योंकि नागरिकता की अवधारणा क्षेत्रीय है। भारत के क्षेत्र में पैदा हुआ

कोई भी व्यक्ति भारतीय है। यह इस दृष्टिकोण का प्राथमिक निर्माण खंड है। इससे यह निष्कर्ष निकलता है कि सभी भारतीय - चाहे वे किसी भी धर्म के हों - भारतीय हैं जो गुणात्मक रूप से भारत के धार्मिक जीवन में समान रूप से योगदान करते हैं। तथ्य यह है कि कुछ धर्मों की पवित्र भूमि, जिनका वे पालन करते हैं, भारत से बाहर हैं, इस तथ्य से प्रभावित है कि वे स्वयं भारत में पैदा हुए हैं और इसके नागरिक हैं। इसका तात्पर्य यह है कि आधुनिक भारत जैसा कि हम जानते हैं, उसके सभी नागरिकों द्वारा समान रूप से बनाया गया है, और इसका भविष्य उन सभी का समान भविष्य है।

यह भारतीय संविधान में निहित भारत की आधुनिक, धर्मनिरपेक्ष, उदार दृष्टि है, जिसे मूल रूप से इसकी आधुनिकता के लिए तैयार किया गया था। इस दृष्टि को भारत में स्वतंत्रता आंदोलन के नेताओं द्वारा भी साझा किया गया था, जो इसे और अधिक विश्वसनीयता प्रदान करता है। यह भारतीय इतिहास का वह संस्करण है जिसे उन अधिकांश भारतियों ने स्वीकार किया है जो हिंदू धर्म (हिंदुत्व के बजाय) के साथ खड़े हैं।

भारत की वैकल्पिक दृष्टि बताती है कि भारतीय स्वतंत्रता का क्षण भी भारत और पाकिस्तान में ब्रिटिश भारत के विभाजन का क्षण था। पाकिस्तान को स्पष्ट रूप से भारत के मुसलमानों की मातृभूमि के रूप में बनाया गया था। इसका अर्थ यह प्रतीत होता है कि उपमहाद्वीप का विभाजन एक मुस्लिम पाकिस्तान और एक हिंदू भारत के बीच था। लेकिन भारतीय हिंदुवादी पक्ष ने इस निहितार्थ को खारिज कर दिया गया था। इस निहितार्थ के प्रति उदारवादी पक्ष की सामान्य प्रतिक्रिया यह है कि भारत और पाकिस्तान के बीच अंतर मुस्लिम पाकिस्तान और हिंदू भारत के बीच नहीं था, बल्कि एक धार्मिक पाकिस्तान और एक धर्मनिरपेक्ष भारत के बीच था। पूरे देश को धार्मिक आधार पर समानांतर विभाजन रोकने हेतु यह अनिवार्यता थी। अंग्रेजों की नीति भारत के बीच कई पाकिस्तान बनाने की थी, जिसे गांधी जी से भाँप लिया और भारत के निर्माण में धर्म के विभाजन को न मानते हुए धर्म निरपेक्षता का सिद्धांत अपनाया।

लंबे समय तक, यह तर्क कायम रहा, लेकिन आधुनिक भारत के बाद के इतिहास में एक ऐसी नीति का अनुसरण किया गया, जिसे केवल छद्म धर्म निरपेक्षता के रूप में वर्णित किया जा सकता है, जिसके दौरान हिंदू बहुसंख्यक को लगा कि उनके हितों से समझौता किया गया था। यह भारतीय राजनीति का धर्मनिरपेक्ष क्षरण है जिसे अक्सर हिंदुत्व या हिंदू राष्ट्रवाद के उदय के लिए जिम्मेदार ठहराया जाता है।

हिंदुत्व विचारधारा के अनुसार हिंदू इस भूमि के मूल निवासी हैं, जहां उन्होंने अतीत में एक महान सभ्यता विकसित की थी। वे बाद में लगभग 1200 से 1947 तक पहले मुस्लिम और फिर ईसाई विदेशी शासन के अधीन आ गए। ये दो शासन हिंदू धर्म के प्रति शत्रुतापूर्ण थे।

भारत की स्वतंत्रता की उपलब्धि एक गेम चेंजर थी। शायद भारतीय इतिहास में पहली बार, सभी हिंदुओं भारत में एक ही केंद्र सरकार के अधीन रहते हैं। लेकिन बड़ी संख्या में अल्पसंख्यकों की मौजूदगी से स्थिति जटिल है। यह ध्यान देने योग्य है कि पश्चिम का इतिहास आमतौर पर अल्पसंख्यकों पर हावी बहुसंख्यकों में से एक है, जबकि भारत का इतिहास एक ऐसा है जिसमें अल्पसंख्यकों (पहले मुस्लिम और फिर ईसाई) ने सदियों से बहुसंख्यक (हिंदू) का प्रभुत्व किया है।

भारतीय इतिहास में इस हिंदुत्व संस्करण का अर्थ है कि सदियों पहले इस्लामी और ईसाई, और अब धर्मनिरपेक्ष, उत्पीड़न के बाद हिंदुओं को राजनीतिक रूप से खुद को मुखर करने का समय आ गया है। यह आत्मकथन स्वाभाविक रूप से राजनीतिक होगा क्योंकि उनकी अधीनता भी राजनीतिक थी। भारत में अन्य धर्मों के अनुयायियों का भी भारत में उचित स्थान है क्योंकि हिंदू धर्म एक सहिष्णु धर्म है जो उन्हें हिंदू धर्म के साथ-साथ शांतिपूर्वक फलने-फूलने की पर्याप्त गुंजाइश प्रदान करता है, हालांकि मुसलमानों और ईसाइयों द्वारा ऐतिहासिक गलतियों की सुधारने का काम होना चाहिए। भारतीय राष्ट्रीय कांग्रेस ने भारत को अल्पसंख्यक की तरफ़ झुकी धर्मनिरपेक्षता की पेशकश की; हिंदुत्व भारत को हिंदू धर्म की तरफ़ झुकी धर्मनिरपेक्षता प्रदान करता है।

भारतीय इतिहास के धर्मनिरपेक्ष और हिंदू राष्ट्रवादी संस्करण अपनी समझ में भिन्न हैं, हिंदुवादी धर्मनिरपेक्ष संस्करण की ओर झुकते हैं और हिंदुत्व के अनुयायी हिंदू राष्ट्रवादी संस्करण को पेश करते हैं।

हिंदू धर्म और हिंदुत्व के अनुयायियों के बीच एक और अंतर भी भारतीय इतिहास की व्याख्या से संबंधित है। हिंदू उदारवादी भारत पर शासन करने वाले मुसलमानों और अंग्रेजों को मानते हैं। उनका तर्क है कि भारत में मुसलमानों की लंबी उपस्थिति के दौरान, वे अपने निवास के आधार पर भारतीय बन गए थे, और इसलिए अंग्रेजों के खिलाफ स्वतंत्रता संग्राम एक ऐसा संघर्ष था जिसमें वे दोनों एक साथ लगे हुए थे।

भारतीय इतिहास के आर्थिक व सामाजिक उत्पीड़न काल में भारत पर एक सौ नब्बे सालों का ब्रिटिश शासन शामिल है, जिसके दौरान हिंदुओं और मुसलमानों दोनों का बेरहमी से शोषण किया गया था। हिंदुत्व विचारधारा के इतिहासकार, हालांकि, स्थिति को अलग तरह से देखते हैं। उनके अनुसार, भारतीय उपमहाद्वीप पर वास्तविक संघर्ष उपमहाद्वीप पर कब्जा करने के लिए हिंदू धर्म और इस्लाम के बीच संघर्ष था और जारी है। उनके द्वारा भारत पर 200 साल के ब्रिटिश शासन को इस 1,000 साल पुराने संघर्ष में केवल एक अंतराल के रूप में देखा जाता है। वास्तव में हिंदुत्व विचारधारा का झुकाव भारत पर ब्रिटिश शासन को मुस्लिम शासन की तुलना

में कुछ हद तक अनुकूल रूप से देखने की है। दूसरे शब्दों में, हिंदू उदारवादी भारत पर ब्रिटिश शासन की अवधि के बारे में अधिक गंभीर दृष्टिकोण रखते हैं, जबकि हिंदुत्व इतिहासकार भारत पर मुस्लिम शासन और ब्रिटिश शासन दोनों के बारे में अधिक गंभीर दृष्टिकोण रखते हैं।

एक अन्य बिंदु जिस पर हिंदू उदारवादी और हिंदू राष्ट्रवादी भिन्न हैं, वह इतिहास में महात्मा गांधी के (1869-1948) स्थान के आकलन पर है। हिंदू उदारवादी, साथ ही साथ भारतीय उदारवादी, आम तौर पर, गांधी के नेतृत्व में भारत द्वारा स्वतंत्रता की उपलब्धि को अहिंसक तरीकों से मानव इतिहास में एक अनूठी घटना के रूप में महिमामंडित करते हैं और इसलिए गांधी को भारत में कई लोगों द्वारा साझा किया गया सम्मान उच्च सम्मान देते हैं। कई हिंदुत्व राष्ट्रवादी भारत की स्वतंत्रता पर नहीं बल्कि भारत के विभाजन पर ध्यान केंद्रित करते हैं, और वे भारत के मुसलमानों के प्रति गांधी के रवैये को ठीक नहीं मानते हैं, जिसे वे तुष्टिकरण के रूप में जिम्मेदार मानते हैं। वे विशेष रूप से कड़वाहट से मानते हैं कि गांधी ने देश के विभाजन के बाद भी इस रवैये को जारी रखा और भारत की अब-स्वतंत्र सरकार को पाकिस्तान को धन जारी करने के लिए मजबूर करने के लिए उपवास पर चले गए, तब भी जब दोनों देश कश्मीर युद्ध में सम्बद्ध थे। गांधी के हत्यारे, नाथूराम गोडसे (1910-1949) ने विशेष रूप से इसका उल्लेख उस कारक के रूप में किया जिसने उन्हें गांधी को मारने के लिए प्रेरित किया। कई हिंदू राष्ट्रवादी उसे उसके अपराध से बरी कर देते हैं, और कुछ उसका सम्मान भी करते हैं। भारतीय उदारवादी नियमित रूप से इस तथ्य को उजागर करते हैं, कि हिंदू दक्षिणपंथियों की सहानुभूति गांधी के बजाय गोडसे के साथ है।

तथ्य यह है कि भारत की राजनीतिक स्वतंत्रता का श्रेय कई लोगों द्वारा गांधी के नेतृत्व में 1920-1947 के आसपास के अहिंसक आंदोलनों को दिया जाता है, जिससे यह धारणा बन सकती है कि हिंदू धर्म अनिवार्य रूप से एक शांतिवादी परंपरा है। यह इस तथ्य से भी समर्थित है कि हिंदू धर्म आमतौर पर सत्ता से अधिक धर्मपरायणता से संबंधित धर्म के रूप में सामने आता है। घटनाओं के इस संस्करण पर हिंदुत्व स्कूल दो तरह से सवाल उठाता है। सबसे पहले, वे इतिहास लेखन पर भारत में क्रांतिकारी आंदोलन की भूमिका को कम करने का आरोप लगाते हैं, जिसने 1920 के आसपास गांधी के उदय से पहले अंग्रेजों को हटाने के लिए सशस्त्र प्रतिरोध की वकालत की थी। इसके अलावा, वे भारतीय स्वतंत्रता की उपलब्धि में सुभाष चंद्र बोस (1897-1945) की भूमिका को कम आँकने के लिए उदार इतिहास लेखन पर भी आरोप लगाते हैं। बोस एक उल्लेखनीय नेता थे जिन्हें भारतीय राष्ट्रीय कांग्रेस के अध्यक्ष के रूप में भी चुना गया था, जिसका नेतृत्व गांधी ने किया था। बोस ने अंग्रेजों को हराने के लिए जर्मनी और जापान के साथ मिलकर काम किया। द्वितीय विश्व युद्ध के दौरान,

उन्होंने ब्रिटिश सेना के भारतीय सैनिकों से भारतीय राष्ट्रीय सेना (INA) का गठन किया, जिन्होंने जापान के साथ मिलकर युद्ध किया था। हिंदुत्व इतिहासकार 1947 में भारत से अंग्रेजों के पीछे हटने को बोस द्वारा आईएनए के गठन से उत्पन्न खतरे को मानते हैं। आईएनए के गठन के बाद, सिपाही विद्रोह का भूत एक बार फिर से भारतीय साम्राज्य के ब्रिटिश सपने का पीछा करने लगा। इसके गठन के बाद, अंग्रेज ब्रिटिश सेना में भारतीय सैनिकों की वफादारी पर भरोसा नहीं कर सके, जिस पर अंततः भारत का ब्रिटिश नियंत्रण निर्भर था। हिंदुत्व इतिहासकार इस विचार को नहीं मानते हैं कि गांधी की अहिंसक रणनीति के कारण अंग्रेजों ने छोड़ दिया।

हिंदुत्व इतिहासकारों द्वारा इस जुझारू परंपरा को पूर्व समय में हिंदू धर्म में पाई जाने वाली उग्रवादी परंपरा की निरंतरता के रूप में भी देखा जाता है। हिंदुत्व इतिहासकार भारत पर मुसलमानों के पूरे शासन को मुस्लिम शासन के लगातार हिंदू प्रतिरोध की अवधि के रूप में देखना पसंद करते हैं। उदारवादी इतिहासकार 1526 से 1858 तक भारत पर मुगल शासन की अवधि के दौरान अकबर (1542-1605) से औरंगजेब (1618-1707) के आंकड़ों पर ध्यान केंद्रित करते हैं, जबकि हिंदुत्व इतिहासकार महाराणा प्रताप (1540-1597) और शिवाजी (1630-1680)। द्वारा इन मुगल सम्राटों के शासन के विरुद्ध प्रतिरोध पर ज़ोर देते हैं। उनका मानना है कि दिल्ली सल्तनत (लगभग 1206 से 1526) की अवधि के बारे में भी यही सच है, जिसके दौरान भारत पर मुस्लिम शासन की स्थापना के लिए भयंकर राजपूत प्रतिरोध हुआ था।

भारत की जाति व्यवस्था एक जटिल विषय है, लेकिन यह हिंदू धर्म और हिंदुत्व के बीच के अंतर पर चर्चा में भी शामिल है। उदार इतिहासकार जाति के भेदभावपूर्ण पहलुओं पर जोर देते हैं और इसे आर्थिक विकास के संदर्भ में एक नकारात्मक कारक के रूप में भी देखते हैं। हिंदुत्व इतिहासकार, अक्सर जाति व्यवस्था के भेदभावपूर्ण पहलुओं की निंदा करते हुए, इसे मुस्लिम शासन द्वारा पेश की गई सभ्यतागत चुनौती के खिलाफ सामाजिक रक्षा के रूप में भी देखते हैं, जिसे उदारवादी इतिहासकार बड़े पैमाने पर राजनीतिक और आर्थिक दृष्टि से देखते हैं। उदारवादी इतिहासकार आमतौर पर स्थिति के मार्क्सवादी विश्लेषण का समर्थन करते हैं, जो धार्मिक मतभेदों को कम करता है। हिंदुत्व के विचारक आर्थिक विकास के संदर्भ में एक दिलचस्प लेकिन अलग दक्षिणपंथी सवाल उठाते हैं।

आर्थिक इतिहासकार एंगस मैडिसन (1926-2010) के काम ने स्थापित किया है कि भारत ने ईसाई युग की शुरुआत से 1500 तक वैश्विक उत्पादन के हिस्से में दुनिया का नेतृत्व किया, यह 1600 में चीन से पिछड़ गया लेकिन 1700 में अपनी स्थिति फिर से हासिल कर ली। उसके बाद, अंग्रेजों ने भारत पर नियंत्रण हासिल

कर लिया, और 1947 में अंग्रेजों के जाने के समय तक, वैश्विक उत्पादन में भारत का हिस्सा सबसे कम था। भारत में ईसाई युग की शुरुआत से लेकर आज तक जाति व्यवस्था को सामाजिक संगठन का प्रमुख रूप मानता है और तर्क देता है कि यह ब्रिटिश शासन के अधीन था कि ब्रिटिश सरकार की नीतियों के कारण इसकी पकड़ शायद कमजोर हो गई थी।

इस संदर्भ में, जाति व्यवस्था की राजनीतिक भूमिका की भी जांच करने की आवश्यकता है। जब हिंदुत्व आंदोलन अपने शुरुआती दौर में था, तो इसके नेतृत्व के अक्सर ब्राह्मणों, विशेषकर महाराष्ट्र से प्रभुत्व रखने के लिए आलोचना की जाती थी। वर्षों से, हालांकि, इसका नेतृत्व बदल गया है, और वर्तमान में राजनीति में इसके दो प्राथमिक आंकड़े, अर्थात् प्रधान मंत्री नरेंद्र मोदी और पार्टी अध्यक्ष अमित शाह, दोनों गैर-ब्राह्मण हैं: मोदी वास्तव में पूर्व अछूतों के ऊपर वर्गीकृत जाति से आते हैं।

एक और मुद्दा जिस पर हिंदू उदारवादी और हिंदुत्व के अनुयायी भिन्न हैं, वह है गाय का मुद्दा। यह मुद्दा हिंदू उदारवादियों को शर्मिंदा करता है, जो गोमांस खाने पर प्रतिबंध के रूप में इस तरह के सांप्रदायिक मुद्दे को उठाना काफी अनुदार मानते हैं। हिंदुत्व के अनुयायी, हालांकि, इस मामले को बहुत गंभीरता से लेते हैं, विशेष रूप से भारत के उन हिस्सों में जिन्हें गाय बेल्ट के रूप में जाना जाता है: उत्तर प्रदेश, बिहार, मध्य प्रदेश और राजस्थान, और शायद हरियाणा भी। यह हिंदुत्व के लिए एक गहरा भावनात्मक मुद्दा बना हुआ है, जो हिंदू उदारवादियों को ठंडा कर देता है।

फिर भाषा का मुद्दा है। भारत में अंग्रेजी अभी भी प्रमुख भाषा बनी हुई है, हालांकि लगभग 12 प्रतिशत आबादी ही इसका इस्तेमाल करती है। लेकिन इसके प्रति हिन्दू उदारवादियों और हिंदू राष्ट्रवादियों का रवैया अलग है। हिंदू उदारवादी इसे राष्ट्रीय जीवन का एक सकारात्मक कारक मानते हैं। वे इसे एक ऐसी भाषा के रूप में देखते हैं जो भारत को एकजुट रखती है और एक तेजी से वैश्वीकरण की दुनिया में एक विशेष गुण के रूप में जिसमें विज्ञान, प्रौद्योगिकी और अंतर्राष्ट्रीय वाणिज्य में महत्वपूर्ण भूमिका निभाते हैं। हिंदू राष्ट्रवादी इनमें से कुछ तर्कों को स्वीकार कर सकते हैं लेकिन मूल रूप से महसूस करते हैं कि सार्वजनिक जीवन में अंग्रेजी का प्रभुत्व अनुचित है, और कम से कम सार्वजनिक जीवन में इसकी भूमिका को भारतीय भाषाओं द्वारा प्रतिस्थापित किया जाना चाहिए। स्थिति इस तथ्य से जटिल है कि भारत में बाईस मान्यता प्राप्त क्षेत्रीय भाषाएँ हैं, और हालाँकि हिंदी केवल आधे से कम देश में बोली जाती है और बाकी हिस्सों में व्यापक रूप से समझी जाती है, भारत के दक्षिण में इसके लागू का घोर विरोध हुआ है। इसलिए यथास्थिति, जैसा कि आजादी के समय थी, अभी भी बरक़रार है। भारतीय उदारवादियों के लिए, यह मोटे तौर पर उत्सव का विषय है, जबकि हिंदू राष्ट्रवादियों के लिए, यह कष्ट का विषय है। उनके दृष्टिकोण में अंतर को इस प्रकार वर्णित किया जा सकता है:

भारतीय उदारवादी किसी ऐसे व्यक्ति को मानते हैं जो भारत में अंग्रेजी नहीं जानता है, जबकि हिंदू राष्ट्रवादी भारत में एक भारतीय को मानते हैं जो केवल अंग्रेजी जानने वाले को अशिक्षित मानता है।

मतभेदों की यह सूची संपूर्ण नहीं है, बल्कि उदाहरणात्मक है। विचार की दो धाराएं भारत के पहले प्रधान मंत्री, जवाहरलाल नेहरू के आकलन पर भी भिन्न हैं; भारत के संविधान के कुछ पहलुओं पर; भारतीय धर्मनिरपेक्षता की प्रकृति पर; भारत के लिए उपयुक्त आर्थिक नीति पर; और धर्म परिवर्तन।

व्यापक संदर्भ जिसमें ये मतभेद होते हैं, वह पश्चिम के साथ भारत की बातचीत का है, जो सोलहवीं शताब्दी से विश्व स्तर पर प्रमुख आधुनिक सभ्यता है। जब दो असमान रूप से मेल खाने वाली सभ्यताएं परस्पर क्रिया करती हैं, तो प्राप्त होने वाली सभ्यता (इस मामले में, प्रमुख पश्चिम के विपरीत भारतीय) के पास मूल रूप से तीन विकल्प होते हैं: एकमुश्त अस्वीकृति, चयनात्मक सम्मिलन, और एकमुश्त स्वीकृति। भारतीय उदारवादी और हिंदू राष्ट्रवादी दोनों ही एकमुश्त अस्वीकृति और एकमुश्त स्वीकृति को व्यवहार्य विकल्पों के रूप में खारिज करते हैं, और चयनात्मक सम्मिलन में विश्वास करते हैं।

उनके बीच का अंतर उस मिश्रण की प्रकृति के संबंध में है जिसमें हिंदू राष्ट्रवादी भारतीय उदारवादियों की तुलना में हिंदू तत्व का अधिक हिस्सा चाहते हैं। हिंदू राष्ट्रवादियों के अनुसार, ऐसा इसलिए होना चाहिए क्योंकि हिंदू सभ्यता एक रही है एक स्थायी, और हिंदू धर्म को भारत की आबादी का करीब 80 प्रतिशत हिस्सा मानता है। हिंदू और भारतीय उदारवादियों को डर है कि भारत में हिंदू पदचिह्न को बढ़ाने का यह प्रयास भारत जैसे बहुसांस्कृतिक, बहु-धार्मिक और बहुभाषी देश में प्रचलित नाजुक संतुलन को गंभीर रूप से परेशान कर सकता है।

हिंदुत्व पर बुद्धिजीवियों और न्यायालयों ने समय-समय पर विचार व्यक्त किए हैं। उनका आकलन महत्वपूर्ण है। हिंदुत्व भारत में हिंदू राष्ट्रवाद का प्रमुख रूप है। हिंदुत्व शब्द पहली बार 1870 के मध्य में बंकिम चंद्र चट्टोपाध्याय के उपन्यास आनंदमठ में आया था। बंगाल में चंद्रनाथ बसु द्वारा 1890 के दशक के उत्तरार्ध से हिंदुत्व शब्द का उपयोग किया जा रहा था। राष्ट्रीय व्यक्ति बाल गंगाधर तिलक ने उपयोग किया। इस शब्द को 1923 में दक्षिणपंथी राष्ट्रवादी और भारतीय स्वतंत्रता आंदोलन के कार्यकर्ता विनायक दामोदर सावरकर ने अपनाया, जबकि उन्हें ब्रिटिश राज के खिलाफ युद्ध उकसाने के आरोप में कैद किया गया था। उन्होंने इस शब्द का इस्तेमाल अपनी विचारधारा और "एक सार्वभौमिक और आवश्यक हिंदू पहचान के विचार" करने के लिए किया, जहां हिंदू पहचान वाक्यांश को व्यापक रूप से "दूसरों के जीवन और मूल्यों के तरीकों" से व्याख्यायित और प्रतिष्ठित किया गया है।

यह हिंदू राष्ट्रवादी स्वयंसेवी संगठन राष्ट्रीय स्वयंसेवक संघ (रास्वसं), विश्व हिंदू परिषद (विहिंप), भारतीय जनता पार्टी (भाजपा) और अन्य संगठनों द्वारा संयुक्त रूप से संघ परिवार कहा जाता है, का नीति वाक्य है। हिंदुत्व आंदोलन को दक्षिणपन्थी राजनीति के रूप में और "शास्त्रीय अर्थों में लगभग फासीवादी" के रूप में वर्णित किया गया है, जो समरूप बहुसंख्यक और सांस्कृतिक आधिपत्य की एक विवादित अवधारणा का पालन करता है। कुछ लोग फासीवादी लेबल पर विवाद करते हैं, और सुझाव देते हैं कि हिंदुत्व "रूढ़िवाद" या "नैतिक निरपेक्षता" का एक चरम रूप है, पर फासीवाद नहीं है।

सावरकर की हिंदुत्व विचारधारा 1925 में नागपुर (महाराष्ट्र) में केशव बलिराम हेडगेवार के पास पहुंची और उन्होंने सावरकर के हिंदुत्व को प्रेरणादायक पाया। उन्होंने कुछ ही समय बाद रत्नागिरी का दौरा किया और सावरकर के साथ 'हिंदू राष्ट्र' आंदोलन के आयोजन के तरीकों पर चर्चा की। सावरकर और हेडगेवार ने उस मिशन के साथ राष्ट्रीय स्वयंसेवक संघ की शुरुआत करते हुए नेतृत्व किया। यह संगठन तेजी से विकसित होकर सबसे बड़ा हिंदू राष्ट्रवादी आंदोलन बन गया।

क्या हिन्दुत्व को सच्चे अर्थों में धर्म कहना सही है? इस प्रश्न पर उच्चतम न्यायालय ने - शास्त्री यज्ञपुरष दास जी और अन्य विरुद्ध मूलदास भूरदास वैश्य और अन्य (1966(3) एस.सी.आर. 242) के प्रकरण के सन्दर्भ में विचार किया। इस प्रकरण में प्रश्न उठा था कि स्वामी नारायण सम्प्रदाय हिन्दुत्व का भाग है अथवा नहीं? इस प्रकरण में उच्चतम न्यायालय के मुख्य न्यायाधीश श्री गजेन्द्र गडकर ने अपने निर्णय में लिखा -

"जब हम हिन्दू धर्म के संबंध में सोचते हैं तो हमें हिन्दू धर्म को परिभाषित करने में कठिनाई अनुभव होती है। विश्व के अन्य मजहबों के विपरीत हिन्दू धर्म किसी एक दूत को नहीं मानता, किसी एक भगवान की पूजा नहीं करता, किसी एक मत का अनुयायी नहीं है, वह किसी एक दार्शनिक विचारधारा को नहीं मानता, यह किसी एक प्रकार की मजहबी पूजा पद्धति या रीति नीति को नहीं मानता, वह किसी मजहब या सम्प्रदाय की संतुष्टि नहीं करता है। बृहद रूप में हम इसे एक जीवन पद्धति के रूप में ही परिभाषित कर सकते हैं - इसके अतिरिक्त और कुछ नहीं।"

रमेश यशवंत प्रभु विरुद्ध प्रभाकर कुन्टे (ए.आई.आर. 1996 एस.सी. 1113) के प्रकरण में उच्चतम न्यायालय को विचार करना था कि विधानसभा के चुनावों के दौरान मतदाताओं से हिन्दुत्व के नाम पर वोट माँगना क्या मजहबी भ्रष्ट आचरण है। उच्चतम न्यायालय ने इस प्रश्न का नकारात्मक उत्तर देते हुए अपने निर्णय में कहा-

"हिन्दू, हिन्दुत्व, हिन्दुइज्म को संक्षिप्त अर्थों में परिभाषित कर किन्हीं मजहबी संकीर्ण सीमाओं में नहीं बाँधा जा सकता है। इसे भारतीय संस्कृति और परंपरा से

अलग नहीं किया जा सकता। यह दर्शाता है कि हिन्दुत्व शब्द इस उपमहाद्वीप के लोगों की जीवन पद्धति से संबंधित है। इसे कट्टरपंथी मजहबी संकीर्णता के समान नहीं कहा जा सकता। साधारणतया हिन्दुत्व को एक जीवन पद्धति और मानव मन की दशा से ही समझा जा सकता है।"

अंतरराष्ट्रीय शब्दकोष और केरीब्राउन के अनुसार वेबस्टर के अँग्रेजी भाषा के तृतीय अन्तर्राष्ट्रीय शब्दकोष के विस्तृत संकलन में हिन्दुत्व का अर्थ इस प्रकार दिया गया है :

> *"यह सामाजिक, सांस्कृतिक एवं धार्मिक विश्वास और दृष्टिकोण का जटिल मिश्रण है। यह भारतीय उप महाद्वीप में विकसित हुआ। यह जातीयता पर आधारित, मानवता पर विश्वास करता है। यह एक विचार है जो कि हर प्रकार के विश्वासों पर आस्था रखता है तथा धर्म, कर्म, अहिंसा, संस्कार व मोक्ष को मानता है और उनका पालन करता है। यह ज्ञान का रास्ता है स्नेह का रास्ता है। जो पुनर्जन्म पर विश्वास करता है। यह एक जीवन पद्धति है जो हिन्दू की विचारधारा है।"*

अँग्रेजी लेखक केरीब्राउन ने अपनी प्रसिद्ध पुस्तक 'द इसेन्शियल टीचिंग्स ऑफ हिन्दुइज्म' में अपने विचार इन शब्दों में व्यक्त किये हैं –

> *"आज हम जिस संस्कृति को हिन्दू संस्कृति के रूप में जानते हैं और जिसे भारतीय सनातन धर्म या शाश्वत नियम कहते हैं वह उस मजहब से बड़ा सिद्धान्त है जिस मजहब को पश्चिम के लोग समझते हैं। कोई किसी भगवान में विश्वास करे या किसी ईश्वर में विश्वास नहीं करे फिर भी वह हिन्दू है। यह एक जीवन पद्धति, है यह मस्तिष्क की एक दशा है।"*

भारत के उच्चतम न्यायालय की ओर से विचार व्यक्त करते हुये न्यायमूर्ति जे. रामास्वामी ने निम्न बात कही।

'धर्म जिसे ऐतिहासिक कारणों से 'हिन्दू धर्म' कहा जाता है वह जीवन के सभी नियमों को शामिल करता है। जो जीवन के सुख के लिए आवश्यक है। (ए.आई. आर. 1996 एल.सी. 1765) –

'धर्म या हिन्दू धर्म' सामाजिक सुरक्षा और मानवता के उत्थान के लिए किए गए कार्यों का समन्वय करता है। उन सभी प्रयासों का इसमें समावेश है जो कि उपर्युक्त उद्देश्य की पूर्ति में तथा मानव मात्र की प्रगति में सहायक होते हैं। यही धर्म है, यही हिन्दू धर्म है और अन्ततः यही सर्वधर्म समभाव है।

इसके विपरीत भारत के एकीकरण हेतु धर्म वह है जो कि स्वयं ही अच्छी चेतना या किसी की प्रसन्नता के वांछित प्रयासों से प्रस्फुटित एवं सभी के कल्याण हेतु, भय, इच्छा, रोग से मुक्त, अच्छी भावनाओं एवं बंधुत्व भाव, एकता एवं मित्रता को स्वीकृति प्रदान करता है। यही वह मूल 'रिलीजन' है जिसे संविधान सुरक्षा प्रदान करता है।'

हिंदू राष्ट्रवादी स्वयंसेवक संघ और उसके संघ परिवार के संबद्ध संगठनों की मार्गदर्शक विचारधारा हिंदुत्व है। सामान्य तौर पर, हिंदुत्ववादियों का मानना है कि वे भारत में हिंदू धर्म, सिख धर्म, बौद्ध धर्म, जैन धर्म और अन्य सभी पंथों की भलाई का प्रतिनिधित्व करते हैं।

आरएसएस जैसे संगठनों की हिंदुत्व विचारधारा की तुलना "फासीवाद" या "नाजीवाद" से की गई है। उदाहरण के लिए, 4 फरवरी 1948 को प्रकाशित एक संपादकीय, नेशनल हेराल्ड में, भारतीय राष्ट्रीय कांग्रेस पार्टी से जुड़ा एक भारतीय समाचार पत्र, ने कहा कि "यह आरएसएस हिंदू धर्म को नाज़ी रूप में मूर्त रूप देता है" इसी तरह, 1956 में, एक अन्य कांग्रेस पार्टी के नेता ने हिंदुत्व-विचारधारा पर आधारित जनसंघ की तुलना जर्मनी में नाजियों से की।

## छद्म विज्ञान में विश्वास

हिंदुत्व संगठनों की बयानों या प्रथाओं के बारे में उनके विश्वास के लिए आलोचना की गई है कि वे अंध विश्वासी प्रथाओं का वैज्ञानिक और तथ्यात्मक दोनों होने का दावा करते हैं लेकिन वैज्ञानिक विधि के साथ असंगत हैं, और इसलिए उन्हें छद्म विज्ञान के रूप में वर्गीकृत किया गया है। गोमूत्र और गोबर से रोगों और कैंसर के इलाज के बारे में में उनके दावों का कोई वैज्ञानिक आधार या समर्थन नहीं है। वास्तव में, पंचगव्य के व्यक्तिगत घटकों, जैसे कि गोमूत्र के अंतर्ग्रहण से संबंधित अध्ययनों का कोई सकारात्मक लाभ नहीं हुआ है, और ऐंठन, उदास श्वसन और मृत्यु सहित महत्वपूर्ण दुष्प्रभाव हैं। अन्य धार्मिक समूहों की तरह, हिंदू संगठनों का दावा है कि प्राचीन हिंदू धर्मग्रंथों में कई सच्चे वैज्ञानिक तथ्य हैं और इसलिए उन्हें वैज्ञानिक ग्रंथों के रूप में माना जा सकता है। उनमें से कई हिंदू पौराणिक कथाओं को इतिहास के रूप में मानते हैं।

भाजपा शासित गुजरात राज्य का स्कूल पाठ्य पुस्तकों में उल्लेख किया है, कि हिंदू भगवान राम ने पहला हवाई जहाज उड़ाया था और यह स्टेम सेल तकनीक प्राचीन भारत में जानी जाती थी। 2014 में, मुंबई में रिलायंस अस्पताल के खुलने पर बोलते हुए, नरेंद्र मोदी ने दावा किया कि हिंदू भगवान गणेश का सिर कुछ प्लास्टिक सर्जन द्वारा जोड़ा गया होगा और कर्ण एक परखनली (टेस्ट ट्यूब) शिशु

था। 2017 में, भारत के शिक्षा मंत्री, सत्यपाल सिंह ने कहा कि केंद्रीय विद्यालय छात्रों को प्राचीन भारतीय वैज्ञानिक शिक्षा के बारे में पढ़ाया जाना चाहिए, जिसमें इस तथ्य का भी उल्लेख है कि विमान का उल्लेख सबसे पहले प्राचीन हिंदू महाकाव्य रामायण में किया गया था। 19 जनवरी 2018 को, सत्यपाल सिंह ने सार्वजनिक रूप से चार्ल्स डार्विन की क्रम-विकास (थ्योरी ऑफ एवोल्यूशन) को ललकारा और उन्होंने दावा किया कि "डार्विन का सिद्धांत वैज्ञानिक रूप से गलत है। उन्होंने जोर देते हुए कहा कि डार्विन विकास के बारे में गलत थे और विकास के विचार को स्कूल और कॉलेज के पाठ्यक्रम से हटा दिया जाना चाहिए। कई वैज्ञानिकों ने बाद में सत्यपाल सिंह की उनके अवैज्ञानिक बयान के लिए आलोचना की। 2018 में, केंद्रीय विज्ञान और प्रौद्योगिकी मंत्री हर्षवर्धन ने भारतीय विज्ञान कांग्रेस के दर्शकों और आयोजकों को झटका दिया जब उन्होंने कहा कि स्टीफन हॉकिंग ने भी कहा था कि "वेदों में आइंस्टीन की तुलना में बेहतर सिद्धांत हैं।" 2014 में, रमेश पोखरियाल विवाद का कारण बने जब संसद में उन्होंने कहा "ज्योतिष सबसे बड़ा विज्ञान है। यह वास्तव में विज्ञान से ऊपर है। हमें इसे बढ़ावा देना चाहिए।" भगवान गणेश के बारे में बात करते हुए, उन्होंने कहा कि प्राचीन भारतियों को एक सिर को धड़ पर प्रत्यारोपण करने का ज्ञान था। उन्होंने यह भी दावा किया है कि ऋषि कणाद ने लाखों साल पहले परमाणु परीक्षण किया था (भले ही ऐतिहासिक साक्ष्यों के अनुसार, ऋषि के लगभग दो हजार साल पहले ही जीवित होने की संभावना है)।

मार्च 2020 में, अखिल भारतीय हिंदू महासभा के प्रमुख स्वामी चक्रपाणि महाराज ने "गौमूत्र पार्टी" आयोजित की और दावा किया कि गोमूत्र 2019 नोवेल कोरोनावायरस के लिए "एकमात्र इलाज" है। 2019 में, भाजपा नेता प्रज्ञा सिंह ठाकुर की यह कहने के लिए आलोचना की गई थी कि गोमूत्र और पंचगव्य का उपयोग करने के कारण उनका स्तन कैंसर ठीक हो गया था। गोहत्या के कारण भूकंप आते हैं और गोबर विकिरण को कम करता है। वैज्ञानिकों ने कहा कि ये सभी दावे बिना किसी वैज्ञानिक समर्थन के हैं। जेफरलॉट के अनुसार, हिंदुत्व विचारधारा की जड़ें एक ऐसे युग में हैं जहां प्राचीन भारतीय पौराणिक कथाओं और वैदिक पुरातनता में कथा को मान्य माना जाता था।

हिंदुवाद से हिंदुत्व पर जाने सें देश में वैमनस्य फैलने की सम्भावना अधिक है। भारत का भविष्य हिंदुवाद से भारतीयता पर जाने में है। समान नागरिक संहिता में है। देश के नागरिक पहले भारतीय फिर हिंदू मुस्लिम सिक्ख ईसाई होंगे तब ही आधुनिक भारत का निर्माण सम्भव है।

# 5

# भारतीय राष्ट्रवाद का विकास

भारतीय स्वतंत्रता संग्राम दुनिया का अनूठा आंदोलन था। जिसके कई आयाम थे। 1857 के प्रथम स्वतंत्रता संग्राम के बाद अंग्रेजों ने भारतियों पर शिकंजा कसना शुरू किया। जिसके लिए उन्होंने सबसे पहले पश्चिमी शिक्षा का प्रसार किया। भारतियों ने शिक्षित होकर आज़ादी का अर्थ समझा। भारतीय नेताओं ने कुछ सज्जन अंग्रेजों के साथ मिलकर 1889 में कांग्रेस की स्थापना की। यह चल ही रहा था तभी लॉर्ड कर्ज़न ने 1905 में बंगाल का विभाजन करके भारतियों में फूट डालने की चाल चली। उनके निर्णय का इतना सख़्त विरोध हुआ कि अंग्रेजों को 1911 में बंगाल का विभाजन वापस लेना पड़ा। लाला लाजपत लाल, बिपिन्न चंद्र पाल और बाल गंगाधर तिलक ने कांग्रेस के झंडा तले आंदोलन को आगे बढ़ाया। उसी समय तिलक जी और ऐनी बेसेंट ने होमरूल आंदोलन चलाया।

अंग्रेजों ने 1919 में सीमित चुनाव प्रणाली द्वारा काउन्सिल गठन का क़ानून पास किया। वह भी भारतियों में फूट डालने का एक अस्त्र था। उसके बाद महात्मा गांधी का दक्षिण अफ़्रीका से आगमन हुआ। खिलाफत आन्दोलन, जलियांवाला बाग़ हत्याकांड और रौलट ऐक्ट के विरोध ने स्वतंत्रता आंदोलन को गति प्रदान की। गांधी जी ने 1920 में असहयोग आंदोलन का बिगुल फूंक दिया परंतु आंदोलन के चौरी चौरा में हिंसक होने से उन्होंने आंदोलन स्थगित कर दिया।

1928 में साइमन कमीशन आया जिसका सख़्त विरोध किया गया। गांधी जी ने 1929 में सविनय अवज्ञा आंदोलन छेड़ दिया। गोलमेज़ सम्मेलन सफल न होने से 1931 में गांधी-इरविन समझौता समझौता हुआ। 1939 में दूसरा विश्वयुद्ध छिड़ने से आंदोलन स्थगित रहा। युद्ध के दौरान ही 1942 भारत छोड़ो आंदोलन आरम्भ कर दिया गया। अंततः 1947 में भारत को आज़ादी मिली। यह एक बहुत लम्बी

प्रक्रिया थी। जिसका सिलसिलेवार विवरण एक स्पष्ट नज़रिया विकसित करने हेतु अत्यावश्यक है।

## राष्ट्रवाद का उदय

1857 के प्रथम स्वतंत्रता संग्राम के बाद भारत का प्रशासन ब्रिटिश सरकार ने ईस्ट इंडिया कम्पनी से अपने हाथ में ले लिया था। उन्होंने शैक्षणिक, सामाजिक, राजनीतिक और धार्मिक सुधारों की शुरुआत की। जिससे भारत में शिक्षित मध्यम वर्ग का उदय हुआ। उनमें भारतीय राष्ट्रवाद की भावना प्रबल हुई। वे गुलामी और आज़ादी में अंतर करने लगे। इसी मध्यम वर्ग ने समाज में राजनीतिक आज़ादी की अलख जगाई।

पूर्व-ब्रिटिश भारत में अधिकतर शिक्षा धार्मिक शिक्षा थी जो संस्कृत पाठशालाओं तथा मुस्लिम मदरसों के माध्यम से दी जाती थी। अंग्रेजों ने देश में एक ऐसे वर्ग के निर्माण के लिए अंग्रेजी शिक्षा का प्रचार किया जो कि उन्हें शासन में सहायता दे सकें। ईसाईयों ने देश में आधुनिक शिक्षा का प्रचार किया, यद्यपि उनकी शिक्षा का एक उद्देश्य देश में ईसाईयों की संख्या बढ़ाना भी था, किन्तु उससे पश्चिमी आधुनिकीकरण की प्रक्रियाओं को भी प्रोत्साहन मिला। अंग्रेजों ने सामान्य शिक्षा के अतिरिक्त व्यावसायिक शिक्षा देने के लिए भी विद्यालय खोले। पाश्चात्य शिक्षा के प्रभाव से देश मे एक ऐसे विशिष्ट वर्ग का निर्माण हुआ जिसने राष्ट्रीय शिक्षा की ओर ध्यान दिया। यह वर्ग शिक्षा के महत्त्व को भलीभाँति जानता था। ब्रह्म समाज, आर्य समाज, रामकृष्ण मिशन, अलीगढ़ आंदोलन ने भी शिक्षा को प्रोत्साहित किया। काशी हिन्दू विश्वविद्यालय और अलीगढ़ में मुस्लिम विश्वविद्यालय की स्थापना हुई। देश में अनेक जगह दयानन्द ऐंग्लो-वैदिक विद्यालयों और कालेजों की स्थापना हुई। अंग्रेजी शिक्षा के प्रसार से जहाँ एक ओर काले अंग्रेजों का वर्ग बढ़ा जो कि केवल जन्म से भारतीय और सब प्रकार से अंग्रेज थे, वहीं दूसरी ओर ऐसे पढ़े-लिखे वर्ग का भी निर्माण हुआ जो कि देश की प्राचीन परम्पराओं पर गर्व करते थे। इन्हीं लोगों ने देश में राष्ट्रीय आन्दोलन का सूत्रपात किया। भारत में अंग्रेजी शिक्षा प्रणाली की चाहे जो भी आलोचना की जाए यह निश्चित है कि उससे देश मे राष्ट्रीय आन्दोलन का सूत्रपात हुआ। उससे राष्ट्रीयता, जनतन्त्रवाद और समाजवाद की लहर उत्पन्न हुई।

अंग्रेजों से पहले भारत में मौलिक, राजनैतिक और प्रशासनिक एकता का सर्वथा अभाव था। अंग्रेजों ने समस्त देश में राजनैतिक और प्रशासनिक दृष्टि से राज्य में कानून के राज्य की स्थापना की। ये कानून राज्य के प्रत्येक नागरिक पर लागू किए गए और इनको लागू करने के लिए देश में एक जटिल न्याय व्यवस्था का निमार्ण हुआ। राज्य द्वारा नियुक्त न्यायाधीश कानूनों की व्याख्या करते थे। और राज्य

के अधिनियमों को नागरिकों पर लागू करते थे। सम्पूर्ण देश में निचली अदालतों, उच्च न्यायालयों तथा संघीय न्यायालयों तथा काउंसिल की स्थापना हुई। जिसकी अपील प्रिवी काउंसिल में की जा सकती थी। इस प्रकार कानून रीति-रिवाजों पर आधारित न होकर अधिक एकरूप व निश्चित बन गए। कानून का राज्य स्थापित होने से स्थानीय पंचायतों के अधिकार कम हो गए तथा न्याय-व्यवस्था में एकरूपता की स्थापना हुई। अंग्रेजों के आने के पहले के भारत में और अंग्रेजी राज्य कानूनी व्यवस्था में भारी अन्तर दिखलाई पड़ता है जबकि पूर्व ब्रिटिश कानून अधिकतर धार्मिक स्ववृत्तियों पर आधारित था, ब्रिटिश कानून जनतन्त्रीय मूल्यों पर आधारित था उसमें जाति वर्ग, प्रजाति वर्ग, लिंग के भेदभाव के बिना राज्य के प्रत्येक नागरिक को समान अधिकार प्राप्त थे। इस प्रकार ब्रिटिश शासन काल में भारतीय इतिहास में पहली बार देश की जनता में जनतन्त्रीय आधार पर एकता स्थापित हुई। कानूनी एकता के अतिरिक्त ब्रिटिश शासन में प्रशासनिक एकता की भी स्थापना हुई, नगरीय प्रशासनिक व्यवस्था समस्त देश में एक प्रकार की थी। लगान की व्यवस्था में व्यापक परिवर्तन होने से देश में भूमि सम्बन्धी कानून व्यवस्था की स्थापना हुई, जिसमें भूमि क्रय-विक्रय और रहन-सहन के सम्बन्ध में समस्त देश में एक से कानूनों का प्रसार हुआ। आर्थिक क्षेत्र में ब्रिटिश सरकार ने समस्त देश में एक से सिक्के का प्रचलन किया जिसमें व्यापार और क्रय-विक्रय मे अभूतपूर्व वृद्धि हुई।

अंग्रेजों के शासनकाल में नवीन सामाजिक और आर्थिक व्यवस्था तथा नवीन प्रशासनिक प्रणाली और नई शिक्षा के विस्तार से नए वर्गों का उदय हुआ। ये वर्ग प्राचीन भारतीय समाज में नहीं पाए जाते थे। ये अंग्रेजी शासनकाल में पूंजीवादी व्यवस्था से उत्पन्न हुए। किन्तु देश के विभिन्न भागों में इन नए वर्गों का एक ही प्रकार से उदय नहीं हुआ। इसका कारण यह था कि देश के विभिन्न भागों में एक ही साथ अंग्रेजी शासन की स्थापना नहीं हुई और न उनमें एक ही साथ सुधार लागू किए गए। सबसे पहले उन्नीसवीं सदी के आरम्भ में बंगाल मे अंग्रेजी शासन की ठीक से स्थापना हुई और वहीं से पहले जमींदार वर्ग उत्पन्न हुआ। इसी प्रकार बंगाल तथा बम्बई में सबसे पहले बड़े उद्योगों की स्थापना की गई और वहाँ पर उद्योगपतियों और श्रमिकों के वर्गों का निर्माण हुआ। उन्नीसवीं सदी के अन्त तक सम्पूर्ण देश मे अंग्रेजी शासन की स्थापना हुई तो सब जगह राष्ट्रीय स्तर पर नए सामाजिक वर्ग दिखलाई पड़ने लगे। इन नए वर्गों के निर्माण मे पूर्व ब्रिटिश सामाजिक व आर्थिक संरचना का महत्त्वपूर्ण योगदान था। उदाहरण के लिए अंग्रेजों के आने के पहले बनियों में व्यापार और उद्योग अधिक था और अंग्रेजी शासनकाल में भी इन्हीं लोगों ने सबसे पहले पूँजीपति वर्ग का निर्माण किया, हिन्दुओं की तुलना में मुस्लिम जनसंख्या मे शिक्षा का प्रसार कम होने के कारण उनमे बुद्धिजीवी, मध्यमवर्ग और बुर्जुआ वर्ग हिन्दू समुदायों की तुलना में बहुत बाद में दिखलाई दिया। इस प्रकार अंग्रेजी शासनकाल

में जमींदार वर्ग, भूमि जोतने वाले, भूस्वामी वर्ग, कृषि श्रमिक, व्यापारी वर्ग, साहूकार वर्ग, पूँजीपति वर्ग, मध्यम वर्ग, छोटे व्यापारी और दुकानदार वर्ग, डाक्टर, वकील, प्रोफेसर, मैनेजर, क्लर्क, आदि व्यवसायी वर्ग और विभिन्न कारखानों और बगीचों में काम करनेवाले श्रमिक वर्ग का उदय हुआ। इनमें से अनेक वर्गों के हित परस्पर टकराते थे इसलिए उन्होंने अपने-अपने हितों की रक्षा करने के लिए अनेक नवीन आन्दोलन छेड़े।

भारत मे राष्ट्रीय जागृति पैदा करने मे 19 वीं शताब्दी में हुए सामाजिक तथा धार्मिक आन्दोलनों का बहुत बड़ा हाथ रहा है। देश की सामाजिक तथा धार्मिक परिस्थितियाँ दिन-प्रतिदिन बिगड़ती जा रही थी और धर्म के नाम पर समाज मे अन्धविश्वास और कुप्रथाएँ पैदा हो गई थी। इन आन्दोलनों ने एक और धर्म तथा समाज में व्याप्त बुराईयों को दूर करने का प्रयास किया तो दूसरी ओर भारत में राष्ट्रीयता की भाव भूमि तैयार करने में महत्त्वपूर्ण भूमिका निभाई। इस प्रकार के आन्दोलनों मे ब्रह्म समाज, आर्य समाज, रामकृष्ण मिशन एवं थियोसोफिकल सोसायटी आदि विशेषरूप से उल्लेखनीय हैं, जिसके प्रवर्तक क्रमशः राजा राममोहन राय, स्वामी दयानन्द, स्वामी विवेकानन्द, एवं श्रीमती एनी बेसेन्टआदि थे। इन सुधारकों ने भारतियों में आत्मविश्वास जागृत किया तथा उन्हें भारतीय संस्कृति की गौरव गरिमा का ज्ञान कराया, उन्हें अपनी संस्कृति की श्रेष्ठता के बारे में पता चला। ये सुधारक आधुनिक भारत में हिंदू चेतना के प्रतिनिधि बनकर उभरे।

इन महान व्यक्तियों में राजा राम मोहन राय को भारतीय राष्ट्रीयता का अग्रदूत कहा जा सकता है। उन्होंने समाज तथा धर्म मे व्याप्त बुराईयों को दूर करने हेतु अगस्त 1828 ईस्वी मे ब्रह्म समाज की स्थापना की। राजा राम मोहन राय ने सती प्रथा, छुआ-छूत जातिगत भेदभाव एवं मूर्ति पूजा आदि बुराईयों को दूर करने का प्रयास किया। उनके प्रयासों के कारण आधुनिक भारत का निर्माण सम्भव हो सका। इसलिए उन्हें आधुनिक भारत का निर्माता कहा जाता है। डॉ आर. सी. मजुमदार ने लिखा है कि राजा राम मोहन राय को बेकन तथा मार्टिन लुकर जैसे प्रसिद्ध सुधारकों की श्रेणी में गिना जा सकता है। ए.सी. सरकार तथा के.के. दत्त का मानना है कि राजा राम मोहन राय के आधुनिक भारतवर्ष में राजनीति जागृति एवं धर्म सुधार का आध्यात्मिक युग प्रारम्भ किया, वे एक युग प्रवर्तक थे। इसलिए डॉ जकारिया ने उन्हें सुधारकों का आध्यात्मिक पिता कहा है। बहुत से विद्वान उन्हें आधुनिक 'भारत का पिता' तथा 'नये युग का अग्रदूत' मानते हैं। राजा राममोहन राय ने भारतियों के लिए राजनीतिक अधिकारों की माँग की। 1823 ईस्वी में प्रेस आर्डिनेन्स के द्वारा समाचार पत्रों पर प्रतिबन्ध लगा दिया था। इस पर राजा राम मोहन राय ने इस आर्डिनेन्स का प्रबल विरोध किया और उसे रद्द करवाने का हर सम्भव प्रयास किया इसके पश्चात् उन्होंने ज्यूरी एक्ट आन्दोलन प्रारम्भ कर दिया। डॉ आर.सी. मजुमदार के शब्दों में

राजा राम मोहन राय पहले भारतीय थे जिन्होंने अपने देशवासियों की कठिनाई तथा शिकायतों को ब्रिटिश सरकार के सम्मुख प्रस्तुत किया और भारतियों को संगठित होकर राजनीतिक आन्दोलन चलाने का मार्ग प्रशस्त किया। उन्हें आधुनिक आन्दोलन का अग्रदूत होने का भी श्रेय दिया जा सकता है।

राजा राममोहन राय के बाद स्वामी दयानन्द सरस्वती एक महान सुधारक हुए। जिन्होंने 1875 ईस्वी में बम्बई में 'आर्य समाज' की नींव रखी। आर्य समाज एक साथ ही धार्मिक और राष्ट्रीय नवजागरण का आन्दोलन था। इसने भारत और हिन्दू जाति को नवजीवन प्रदान किया। स्वामी दयानन्द ने न केवल हिन्दू धर्म तथा समाज मे व्याप्त बुराईयों का विरोध किया अपितु अपने देशवासियों में राष्ट्रीय चेतना का संचार भी किया। उन्होंने ईसाई धर्म की कमियों पर प्रकाश डाला और हिन्दू धर्म के महत्व का बखान कर भारतियों का ध्यान अपनी सभ्यता व संस्कृति की ओर आकृष्ट किया। उन्होंने वैदिक धर्म की श्रेष्ठता को फिर से स्थापित किया और यह बताया कि हमारी संस्कृति विश्व की प्राचीन एवं महत्त्वपूर्ण संस्कृति है। उनका मानना है कि वेद ज्ञान के भण्डार है और संसार मे हिन्दू धर्म सच्चा धर्म है, जिसके बल पर भारत विश्व में अपनी प्रतिष्ठा फिर से स्थापित कर सकता है। स्वामी दयानन्द सरस्वती ने अपने ग्रन्थ 'सत्यार्थ प्रकाश' में निर्भीकतापूर्वक लिखा है विदेशी राज्य चाहे वह कितना ही अच्छा क्यों न हो, स्वदेशी राज्य की तुलना मे कभी भी अच्छा नहीं हो सकता।

एच. बी. शारदा ने लिखा है कि -

> *"राजनीतिक स्वतन्त्रता की प्राप्ति स्वामी दयानन्द का मुख्य उद्देश्य था। वे पहले व्यक्ति थे जिन्होंने 'स्वराज' शब्द का प्रयोग किया और अपने देशवासियों को विदेशी माल के प्रयोग के स्थान पर स्वदेशी माल के प्रयोग की प्रेरणा दी। उन्होंने सबसे पहले हिन्दी को राष्ट्रीय भाषा स्वीकार किया।"*

श्रीमती एनी बेसेन्ट ने कहा -

> *"स्वामी दयानन्द सरस्वती पहले व्यक्ति थे, जिन्होंने सबसे पहले यह नारा लगाया था, कि भारत भारतियों के लिए है।"*

स्वामी विवेकानन्द ने यूरोप और अमेरिका में भारतीय संस्कृति का प्रचार किया। उन्होंने अंग्रेजों को यह बता दिया कि भारतीय संस्कृति पश्चिमी संस्कृति से महान है और वे बहुत कुछ भारतीय संस्कृति से सीख सकते हैं। इस प्रकार उन्होंने भारत में सांस्कृतिक चेतना जागृत कर लोगों को सांस्कृतिक विजय प्राप्त करने की प्रेरणा दी। इस प्रकार उन्होंने भारतियों की राजनीतिक स्वाधीनता का समर्थन किया जिससे

राष्ट्रीय भावनाओं को असाधारण बल मिला। भगिनी निवेदिता के अनुसार "स्वामी विवेकानन्द भारत का नाम लेकर जीते थे। वे मातृभूमि के अनन्य भक्त थे और उन्होंने भारतीय युवकों को उसकी पूजा करना सिखाया।"

सारांश यह है कि 19वीं शताब्दी के सुधारकों ने भारतीय जनता में राष्ट्रीय जागृति उत्पन्न की। उन्होंने ऐसा वातावरण तैयार किया जिसके कारण भारत स्वतन्त्रता के लक्ष्य को प्राप्त करने उन्मुख हो सका। ए. आर. देसाई ने इस सम्बन्ध मे लिखा है कि ये आन्दोलन कमाधिक मात्रा मे व्यक्तिगत स्वतन्त्रता और सामाजिक समानता के लिए संघर्ष थे और उनका चरम लक्ष्य राष्ट्रवाद था।

अंग्रेजों के समय लगभग सम्पूर्ण भारत का प्रशासन एक केन्द्रीय सत्ता के अधीन आ गया था। समस्त साम्राज्य में एक जैसे कानून एवं नियम लागू किए गए। समस्त भारत पर ब्रिटिश सरकार का शासन होने से भारत एकता के सूत्र मे बँध गया। इस प्रकार देश में राजनीतिक एकता स्थापित हुई। यातायात के साधनों तथा अंग्रेजी शिक्षा ने इस एकता की नींव को और अधिक ठोस बना दिया जिससे राष्ट्रीय आन्दोलन को बल मिला। इस प्रकार राजनीतिक दृष्टि से भारत एक रूप हो गया। डॉ के.वी. पुन्निया के शब्दों में "हिमालय से कन्याकुमारी तक सम्पूर्ण भारत एक सरकार के अधीन था और इसने जनता में राजनीतिक एकता को जन्म दिया।"

ब्रिटिश शासन के स्वरूप ने यदि राष्ट्रवाद के जन्म के लिए अप्रत्यक्षरूप से योगदान किया तो उसके प्रतिक्रियावादी स्वरूप ने इस प्रक्रिया को तेज किया। ब्रिटिश शासन द्वारा भारत का आर्थिक शोषण, भारतियों के साथ भेद-भाव, उन्हें सरकारी नौकरियों में स्थान न मिलना, प्रेस का गला घोटना, हथियार रखने या लेकर चलने पर रोक लगाना। साम्राज्यवाद के विस्तार के लिए युद्ध लड़ना जैसे कामों ने यह स्पष्ट कर दिया कि ब्रिटिश शासन भारत के हित में नहीं है। अधिकांश राष्ट्रीय नेताओं का मत था कि भारत की आर्थिक दुर्दशा का मूल कारण भारत में अंग्रेजी शासन है।

विदेशी विद्वानों की खोजों ने भी भारतियों की राष्ट्रीय भावनाओं को बल प्रदान किया। सर विलियम जोन्स, मैक्समूलर, जैकोवी, कोलब्रुक, एबी कीथ, बुनर्फ आदि विदेशी विद्वानों ने संस्कृत भाषा में लिपिबद्ध दार्शनिक-धार्मिक ग्रन्थों का अध्ययन किया और उनका अंग्रेजी भाषा में अनुवाद किया। अंग्रेजों द्वारा संस्कृत साहित्य को प्रोत्साहन देने से संस्कृत भाषा का पुनरुद्धार हुआ। इसके अतिरिक्त, पाश्चात्य विद्वानों ने भारतीय ग्रन्थों का अनुवाद करने के पाश्चात् यह बताया कि ये ग्रन्थ संसार की सभ्यता की अमूल्य निधियाँ हैं। पश्चिमी विद्वानों ने प्राचीन भातीय कलाकृतियों की खोज करने के पश्चात् यह मत व्यक्त किया है कि भारत की सभ्यता और संस्कृति विश्व की प्राचीन और श्रेष्ठ संस्कृति है। इससे विश्व के सम्मुख प्राचीन भारतीय गौरव उपस्थित हुआ। जब भारतियों को यह पता चला कि पश्चिम के

विद्वान भारतीय संस्कृति को इतना श्रेष्ठ बताते हैं, तो उनके मन में आत्महीनता के स्थान पर आत्मविश्वास की भावनाएँ जागृत हुई। और उन्होंने उसकी श्रेष्ठता स्थापित करने का प्रयत्न किया। राजा राममोहन राय, स्वामी दयानन्द सरस्वती तथा स्वामी विवेकानन्द ने भी भारतियों को उनकी संस्कृति की महानता के ज्ञान से अवगत करा उन्हें आज़ादी के लिए प्रेरित किया।

इन अनुसंधानों ने भारतियों के मन में एक नया ज्ञान और उत्साह जागृत किया। इससे उनके मन मे यह प्रश्न उत्पन्न हुआ कि फिर हम पराधीन क्यों हैं? डॉ आरसी मजूमदार के कथनानुसार "यह खोज भारतियों के मन में राष्ट्रीय चेतना उत्पन्न करने मे असफल नहीं हो सकती थी, जिसके परिणामस्वरूप उसके हृदय राष्ट्रीयता की भावना व देश भक्ति से भर गए।" श्री के एम पाणिक्कर लिखते है कि इन ऐतिहासिक अनुसंधान ने भारतियों में आत्मविश्वास जागृत किया और उन्हें अपनी सभ्यता और संस्कृति पर गर्व करना सिखलाया। इन खोजों से अपने भविष्य के सम्बन्ध मे भारतीय आशावादी बन गए।

भारतीय राष्ट्रीयधारा में पश्चिमी शिक्षा ने सराहनीय योगदान दिया। 1835 ईस्वी मे लार्ड मैकाले के सुझाव पर भारत मे शिक्षा का माध्यम अंग्रेजी भाषा को निश्चित किया। इसका मुख्य उद्देश्य भारत की राष्ट्रीय चेतना को जड़ से नष्ट करना था। रजनी पाम दत्त ने सही लिखा है, "भारत में ब्रिटिश शासन द्वारा पाश्चात्य शिक्षा प्रारम्भ किए जाने का उद्देश्य यह था कि भारतीय सभ्यता और संस्कृति का पूर्णरूप से लोप हो जाए और एक ऐसे वर्ग का निर्माण हो जो रक्त और वर्ण से तो भारतीय हों, किन्तु रुचि विचार शब्द और बुद्धि से अंग्रेज हो जाए।" इस उद्देश्य में अंग्रेजों को काफी सीमा तक सफलता भी प्राप्त हुई, क्योकि शिक्षित भारतीय लोग अपनी संस्कृति को भूलकर पाश्चात्य संस्कृति का गुणगान करने लगे। परन्तु पाश्चात्य शिक्षा से भारत को हानि की अपेक्षा लाभ अधिक हुआ। इससे भारत में राष्ट्रीय चेतना जागृत हुई अतः एक दृष्टि से पाश्चात्य शिक्षा भारत के लिए एक वरदान सिद्ध हुई।

अंग्रेजी भाषा के ज्ञान के कारण भारतीय विद्वानों ने पश्चिमी देशों के साहित्य का अध्ययन किया। जब उन्हे मिल्टन, बर्क, हरबर्ट स्पेन्सर, जॉन स्टुअर्ड मिल आदि विचारकों की कृतियों का ज्ञान प्राप्त हुआ, तो उनमे स्वतन्त्रता की भावना जागृत हुई। भारतियों पर पश्चिमी शिक्षा के प्रभाव का वर्णन करते हुए ए.आर. देसाई लिखते हैं कि "शिक्षित भारतियों ने अमेरिका, फ्रांस, इटली और आयरलैण्ड के स्वतन्त्रता संग्रामों के सम्बन्ध में पढ़ा। उन्होंने ऐसे लेखकों की रचनाओं का अनुशीलन किया, जिन्होंने व्यक्तिगत और राष्ट्रीय स्वाधीनता के सिद्धान्तों का प्रचार किया है। ये शिक्षित भारतीय भारत के राष्ट्रीय आन्दोलन के राजनीतिक और बौद्धिक नेता हो गए।"

इस सम्बन्ध में यह स्मरणीय है कि राजा राम मोहन राय, दादा भाई नौरोजी, फिरोज शाह मेहता, गोपाल कृष्ण गोखले, उमेश चन्द्र बनर्जी आदि नेता अंग्रेजी शिक्षा की ही देन थे। अंग्रेजी शिक्षा के कारण भारतीय नेताओं के दृष्टिकोण का विकास हुआ। उच्च शिक्षा प्राप्त करने के लिए अनेक भारतीय इग्लैण्ड गए और वहाँ के स्वतन्त्र वातावरण से बहुत प्रभावित हुए। भारत लौटने के पश्चात् उन्होंने राष्ट्रीय आन्दोलन को प्रोत्साहन दिया क्योंकि वे यूरोपीय देशों की भाँति अपने देश में भी स्वतन्त्रता चाहते थे।

श्री गुरमुख निहालसिंह लिखते है कि इग्लैण्ड में रहने से उन्हें स्वतन्त्र राजनीतिक संस्थाओं की कार्यविधि का विशिष्ट ज्ञान प्राप्त हो जाता था, वे स्वतन्त्रता और स्वाधीनता का मूल्य समझ जाते थे तथा उनके मन मे जमी हुई दासता की मनोवृत्ति उन्हें उद्वेलित कर जाती थी।

अंग्रेजी भाषा लागू होने से पहले भारत के विभिन्न प्रान्तों में भिन्न-भिन्न भाषाएँ बोली जाती थी। इसलिए वे एक-दूसरे के विचारों को नहीं समझ सकते थे। सम्पूर्ण भारत के लिए एक सम्पर्क भाषा की आवश्यकता थी, जिसे अंग्रेज सरकार ने अंग्रेजी भाषा लागू कर अनजाने में ही पूरा कर दिया। अब विभिन्न प्रान्तों के निवासी आपस में विचार विनियम करने लगे और इसने उन्हें राष्ट्र के लिए मिलकर कार्य करने की प्रेरणा दी। परिणामस्वरूप राष्ट्रीय आन्दोलन को बल मिला।

सर हेनरी काटन के अनुसार "अंग्रेजी माध्यम से और पाश्चात्य सभ्यता के ढंग पर शिक्षा ने ही भारतीय लोगों की विभिन्नताओं के होते हुए भी एकता के सूत्र में आबद्ध करने का कार्य किया। एकता पैदा करनेवाला अन्य कोई तत्त्व सम्भव नहीं था, क्योंकि बोली का भ्रम एक अविछिन्न बाधा थी।"

श्री के.एम. पणिक्कर लिखते हैं, "सारे देश की शिक्षा पद्धति और शिक्षा का माध्यम एक होने से भारतियों की मनोदशा पर ऐसा प्रभाव पड़ा कि उनके विचारों, भावनाओं और अनुभूतियों की एकरसता होनी कठिन न रही। परिणामस्वरूप भारतीय राष्ट्रीयता की भावना दिन प्रतिदिन प्रबल होती गई।"

सारांश यह है कि पाश्चात्य शिक्षा भारत के लिए वरदान सिद्ध हुई। डॉ जकारिया ने ठीक ही लिखा है, "अंग्रेजों ने वर्षों पूर्व भारत में शिक्षा का जो कार्य आरम्भ किया था, उससे अधिक हितकर और कोई कार्य उन्होंने भारतवर्ष में नहीं किया है।" इसलिए प्रायः यह कहा जाता है कि भारतीय राष्ट्रीयता की भावना पश्चिमी शिक्षा का पोषण शिशु था।

इस प्रकार पश्चिमी शिक्षा ने भारतीय राष्ट्रीय चेतना में नवजीवन का संचार किया। लार्ड मैकाले ने 1833 ईस्वी में कहा, "अंग्रेजी इतिहास मे वह गर्व का दिन होगा जब पाश्चात्य ज्ञान से शिक्षित भारतीय पाश्चात्य संस्थाओं की माँग करेंगे।"

उसका यह स्वप्न इतनी जल्दी साकार हो जाएगा इसकी कल्पना उसने भी न की थी। भारतियों के शिक्षित होने के बाद अंग्रेजों के सामने एक नई समस्या आ खड़ी हुई। भारतियों की अभिव्यक्ति के आज़ादी से उनका सामना होने लगा।

मुनरो ने लिखा है, एक स्वतन्त्र प्रेस और विदेशी राज एक दूसरे के विरुद्ध हैं और ये दोनों एक साथ नहीं चल सकते। भारतीय समाचार पत्रों पर यह बात खरी उतरती है। राष्ट्रीय आन्दोलन की प्रगति तथा विकास में भारतीय साहित्य तथा समाचार पत्रों का भी काफी हाथ था। इनके माध्यम से राष्ट्रवादी तत्त्वों को प्रेरणा और प्रोत्साहन मिलता रहा। उन दिनों भारत में विभिन्न भाषाओं में समाचार पत्र प्रकाशित होते थे, जिनमें राजनीतिक अधिकारों की माँग की जाती थी। इसके अतिरिक्त उनमें ब्रिटिश सरकार की दमनकारी नीति की भी कड़ी आलोचना की जाती थी। उस समय प्रसिद्ध समाचार पत्रों में संवाद् कौमुदी, बाम्बे समाचार (1882), बंगदूत (1831), गस्तगुफ्तार (1851), अमृतबाज़ार पत्रिका (1868), ट्रिब्यून (1877), इण्डियन मिरर, हिन्दू, पैट्रियाट, बंगलौर, सोमप्रकाश, कामरेड, न्यु इण्डियन केसरी, आर्य दर्शन एवं बन्धवा आदि के नाम विशेष रूप से उल्लेखनीय हैं।

इन पत्रों के बढ़ते हुए प्रभाव को रोकने के लिए ब्रिटिश सरकार ने 1878 ईस्वी में 'वर्नाक्यूलर प्रेस एक्ट' पास किया, जिसके द्वारा भारतीय समाचार पत्रों को नष्ट किया जाने लग। इस एक्ट के विरोध ने भी राष्ट्रीय आन्दोलन की लहर को तेज कर दिया।

भारतीय साहित्यकारों ने भी देश की भावना को जागृत करने में महत्त्वपूर्ण योगदान दिया। बंकिमचन्द्र चटर्जी ने 'वन्देमातरम' के रूप मे देशवासियों को राष्ट्रीय गान दिया। साहित्य से भारतियों में देश-प्रेम की भावना जागृत हुई। मराठी साहित्य में शिवाजी का मुगलों के विरुद्ध संघर्ष विदेशी सत्ता के विरुद्ध संघर्ष निरूपित किया गया। श्री हेमचन्द्र बैनर्जी ने अपने राष्ट्रीय गीतों द्वारा स्वाधीनता की भावना को प्रोत्साहन दिया। श्री बिपिन चन्द्र पाल लिखते है, "राष्ट्रीय प्रेम तथा जातीय स्वाभिमान को जागृत करने में श्री हेमचन्द्र द्वारा रचित कविताएँ अन्य कवियों की ऐसी कविताओं से कहीं अधिक प्रभावोत्पादक थी।" इसी प्रकार केशव चन्द्र सेन, रवीन्द्र नाथ टैगोर, आर सी दत्त, महादेव गोविंद रानाडे, दादा भाई नौरोजी आदि ने अपने विद्वतापूर्ण साहित्य के माध्यम से भारत में राष्ट्रीय भावना को जागृत किया। इन्द्र विद्या वाचस्पति के अनुसार, इसी समय माइकल मधुसुदन दत्त ने बंगाल में, भारतेन्दु हरिश्चन्द्र ने हिन्दी में, नर्मद ने गुजराती में, चिपलुणकर ने मराठी में, सुब्रमणियम भारती ने तमिल में तथा अन्य अनेक साहित्यकारों ने विभिन्न भाषाओं में राष्ट्रीयता की भावना से परिपूर्ण उत्कृष्ट साहित्य का सजृन किया। इन साहित्यिक कृतियों ने भारतवासियों के हृदयों में सुधार एवं जागृति की अपूर्व उमंग उत्पन्न कर दी।

ब्रिटिश सरकार की आर्थिक शोषण की नीति ने भारतीय उद्योगों को बिल्कुल नष्ट कर दिया था। यहाँ के व्यापार पर अंग्रेजों का पूर्ण अधिकार हो गया था। भारतीय वस्तुओं पर जो बाहर जाती थी, भारी कर लगा दिया गया और भारत में आनेवाले माल पर ब्रिटिश सरकार ने आयात पर बहुत छूट दे दी। इसके अतिरिक्त अंग्रेज भारत से कच्चा माल ले जाते थे, इंग्लैण्ड से मशीनों द्वारा निर्मित माल भारत में भेजते थे, जो लघु एवं कुटीर उद्योग धन्धों के निर्मित माल से बहुत सस्ता होता था। परिणामस्वरूप भारतीय बाजार यूरोपियन माल से भर गए एवं कुटीर उद्योग धन्धों का पतन हो जाने से करोड़ों की संख्या में लोग बेरोजगार हो गए। भारत का धन विदेशों में जा रहा था अतः भारत दिन-प्रतिदिन निर्धन होता गया। इसलिए 1880 ईस्वी में सर विलियम डिग्वी ने लिखा था कि "करीब दस करोड़ मनुष्य ब्रिटिश भारत में ऐसे है, जिन्हें किसी समय भी भर पेट अन्न नही मिलता, इस अधःपतन की दूसरी मिसाल इस समय किसी और उन्नतिशील देश में कहीं पर भी दिखाई नहीं दे सकती है। भारतियों की आर्थिक दशा के बारे में आगलि के ड्यूक ने जो 1875-76 में भारत सचिव थे, लिखा है, भारत की जनता में जितनी दरिद्रता है तथा उसके रहन-सहन का स्तर जिस तेजी से गिरता जा रहा है। इसका उदाहरण पश्चिमी जगत में कहीं नहीं मिलता है।"

उद्योगों एवं दस्तकारी के पतन के कारण इनमें कार्यरत व्यक्ति कृषि की ओर उन्मुख हुए, जिससे भूमि पर दबाव बहुत अधिक बढ़ गया। परन्तु सरकार ने कृषि के वैज्ञानिक ढंग की ओर कोई ध्यान नहीं दिया जिसके कारण किसानों की दशा इतनी खराब हो गई कि 75% व्यक्तियों को पेटभर खाना भी नसीब नहीं होता था। अचानक फूट पड़नेवाले अकालों ने उनकी स्थिति को और अधिक दयनीय बना दिया। विलियम हण्टर ने लिखा है, "ब्रिटिश साम्राज्य में रैयत ही सबसे अधिक दयनीय है, क्योंकि उनके मालिक ही उनके प्रति अन्यायी है।" फिशर के शब्दों में लाखों भारतीय आधा पेट भोजन पर जीवन बसर कर रहे हैं। भारतियों के शोषण के बारे में डी. ई. वाचा ने लिखा है, "भारतियों की आर्थिक स्थिति ब्रिटिश शासन काल में अधिक बिगड़ी थी। चार करोड़ भारतियों को केवल दिन में एक बार खाना खाकर सन्तुष्ट रहना पड़ता था। इसका एक मात्र कारण यह था कि इंग्लैण्ड भूखे किसानों से भी कर वसूलता था तथा यहाँ पर अपना माल बेचकर लाभ कमाता था।" सारांश यह है कि अंग्रेजों के आर्थिक शोषण के विरुद्ध भारतीय जनता में असन्तोष था। वह इस शोषण से मुक्त होना चाहती थी। इसलिए भारतियों ने राष्ट्रीय आन्दोलन में सक्रिय रूप से भाग लेना प्रारम्भ कर दिया। गुरमुख निहाल सिंह के शब्दों मे "इस तथ्य को अस्वीकृत नहीं किया जा सकता कि बिगड़ती आर्थिक दशा तथा सरकार की राष्ट्र विरोधी आर्थिक नीति का अंग्रेज विरोधी विचारधारा तथा राष्ट्रीय भावना को जगाने में काफी हाथ था।"

1857 के विद्रोह के बाद ब्रिटिश शासकों ने जाति विभेद गोरे-काले की नीति अपनाई। इस नीति के अनुसार वे भारतियों को घृणा की दृष्टि से देखने लगे। गुरुमुख निहाल सिंह के अनुसार, "विद्रोह के बाद भारत में आनेवाले अंग्रेजों के मस्तिष्क में भारतियों के बारे में विभिन्न धारणाएँ होती थी। वे तत्कालीन दास्य चित्रों के अनुसार भारतियों को ऐसा जन्तु समझते थे जो आधा वनमानुष और आधा नीग्रो था, जिसे केवल भय द्वारा ही समझाया जा सकता था और जिसके लिए जरनल नील तथा उसके साथियों का घृणा और आतंक का व्यवहार ही उपयुक्त था।"

वे भारतियों को काले लोग कहकर घृणा करते थे। होटल, क्लब, पार्क आदि स्थानों पर अंग्रेज भारतियों के साथ दुर्व्यवहार करते थे। इस कारण अंग्रेजों ने रंग भेद की नीति के आधार पर भारतियों पर अनेक अत्याचार किए। गैरेट ने इस सम्बन्ध में लिखा है, यूरोपियनों की जाति विभेद नीति तीन महत्त्वपूर्ण सिद्धान्तों पर आधारित थी।

- प्रथम एक यूरोपियन का जीवन अनेक भारतियों के बराबर है,
- द्वितीय, भारतीय केवल भय एवं दण्ड की भाषा को ही समझ सकते हैं एवं
- तृतीय, युरोपीयन भारत में लोक हित के दृष्टिकोण से ही नहीं बल्कि निजी स्वार्थ सिद्धि हेतु आए थे।

न्याय के मामले मे भी जाति विभेद को स्थान दिया जाता था एक ही अपराध के लिए भारतियों व अंग्रेजों के लिए अलग-अलग दण्ड निर्धारित थे। अंग्रेजों ने अनेक भारतियों की हत्याएँ कर डाली, किन्तु उन्हें कोई दण्ड नहीं दिया गया। इस सम्बन्ध में मॉरीसन ने लिखा है, "यह एक महासत्य है जिसे छिपाया नहीं जा सकता कि अंग्रेजों द्वारा भारतियों की हत्या की जाने की घटना एक-दो नहीं है। अमृत बाजार पत्रिका के एक अंक (11 अगस्त 1882) में तीन घटनाओं का जिक्र है, जिनमें हत्यारों को पूरी कानूनी सजा नहीं मिली। यूरोपियनों के मुकद्मों में शहरों से ज्यूरी बुलाए जाते थे। उनमें विजेता जाति का अहंकार सबसे ज्यादा है, उनकी जातिभेद भावना इस बात की अनुमति नहीं देती कि एक अंग्रेज को किसी भारतीय की हत्या के अपराध में अपनी जान देनी पड़े।"

1833 के चार्टर अधिनियम और 1858 की महारानी विक्टोरिया की घोषणा में कहा गया था कि सरकारी नौकरियों में नियुक्ति केवल योग्यता के आधार पर ही की जाएगी। भारतीय तथा यूरोपियनों के बीच किसी प्रकार का भेदभाव नहीं बरता जाएगा, लेकिन व्यवहार में इस नीति का पालन करने के स्थान पर इसे भुला दिया जाता था।

अंग्रेजी शिक्षा के कारण, वकील, डाक्टर और अध्यापक तथा नौकरी करनेवालों का एक वर्ग उत्पन्न हुआ। 1857 के विद्रोह के बाद ब्रिटिश सरकार का भारतियों पर

से विश्वास समाप्त हो गया था। अतः वे पढ़े लिखे भारतियों को सरकारी नौकरी नहीं देना चाहती थी, इसलिए उनमें असन्तोष बढा। भारतियों को उच्च पदों विशेष यथा 'इंडियन सिविल सर्विस' (ICS) से अलग रखने के लिए विधिवत् प्रयास किए गए। इस सेवा मे प्रवेश की आयु 21 वर्ष थी। इसकी परीक्षा इंग्लैण्ड में अंग्रेजी भाषा में होती थी। किसी भी भारतीय द्वारा ऐसी परीक्षा को पास करना अत्यन्त कठिन था। इसके बावजूद भी अगर कोई भारतीय सफल हो जाता था, तो उसे किसी-न-किसी बहाने से नौकरी में नहीं लिया जाता था। उदाहरणस्वरूप 1869 में श्री सुरेन्द्र नाथ बैनर्जी ने ICS की परीक्षा पास कर ली परन्तु ब्रिटिश सरकार ने सेवा में प्रवेश करने के बाद भी मामूली-सी गलती पर उन्हें नौकरी से हटा दिया था। इसी प्रकार 1871 मे अरविन्द घोष ने इस परीक्षा को पास कर लिया। परन्तु उनकी नियुक्ति नहीं की गई, क्योंकि वे घोड़े की सवारी में प्रवीण नहीं थे। ब्रिटिश अधिकारी भारतियों को उच्च पदों से वंचित रखने के लिए नए-नए बहाने ढूंढ़ते थे।

यातायात तथा संचार के साधनों के विकास ने भी राष्ट्रीय आन्दोलन के विकास में महत्त्वपूर्ण योगदान दिया। ब्रिटिश सरकार ने देश में रेलों तथा सड़कों का जाल बिछाया। डाक, तार, टेलीफोन आदि की व्यवस्था हुई। इसके पीछे अंग्रेज सरकार का मुख्य उद्देश्य यह था कि विद्रोह को दबाने के लिए अंग्रेजी सेनाएँ शीघ्रता से भेजी जा सकेगी, एवं दूर-दूर के प्रान्तों की सूचना शीघ्र प्राप्त हो जाएगी। इस विकास से भारतियों को काफी लाभ हुआ। अब उनको एक स्थान से दूसरे स्थान पर जाना सुलभ हो गया। देश के भिन्न-भिन्न भागों मे रहनेवाले लोगों के बीच दूरी कम हो गई, वे एक दूसरे के निकट आने लगे। उनका सम्पर्क बढा और दृष्टिकोण व्यापक हुआ। समाचार पत्र देश के दूर-दूर के भागों में पहुँचने लगे। राष्ट्रवादियों का मिलना तथा पत्र व्यवहार करना भी आसान हो गया। अब वे एक स्थान से दूसरे स्थान का भ्रमण कर आन्दोलन को और अधिक उग्र बनाने लगे, जिनसे जन साधारण में जागृति आई। परिणामस्वरूप एकता की भावना अधिक प्रबल हो गई और राष्ट्रीय आन्दोलन को बल प्राप्त हो गया। गुरुमुख निहाल सिंह के शब्दों में "संचार के इन साधनों ने सारे देश को एक कर दिया और भौगोलिक एकता को एक मूर्तरूप वास्तविकता में बदल दिया।"

डॉ आर.सी. मजूमदार ने लिखा है कि 19वीं शताब्दी मे यूरोप में जो स्वाधीनता संग्राम लड़े गए, उन्होंने भी भारतीय राष्ट्रीय आन्दोलन को काफी प्रभावित किया। फ्रांस की 1789, 1830 एवं 1848 की क्रान्ति ने भारतियों में बलिदान की भावना जागृत की। इटली तथा यूनान की स्वाधीनता ने उनके उत्साह में असाधारण वृद्धि की। आयरलैण्ड भी अंग्रेजों की पराधीनता से मुक्त होने का प्रयास कर रहा था, इससे भी भारतीय जनता काफी प्रभावित हुई। इटली, जर्मनी, रुमानिया और सर्विया के राजनीतिक आन्दोलन, इंग्लैण्ड मे सुधार कानूनों का पारित होना एवं अमेरिका का स्वतन्त्रता संग्राम आदि ने भी भारतियों को उत्साहित किया तथा उनमें साहस

पैदा किया। परिणामस्वरूप वे स्वाधीनता प्राप्त करने के संघर्ष में जुट गए। सारांश यह है कि विदेशी आन्दोलनों ने भारतियों मे देश भक्ति और देश प्रेम की भावना को विकसित करने मे महत्त्वपूर्ण योगदान दिया।

लार्ड लिटन (1876-1880) की प्रतिक्रियावादी नीति के कारण राष्ट्रीय असन्तोष आरम्भ हुआ। परिणामस्वरूप भारत में राष्ट्रीयता की भावना का जन्म हुआ। इस तथ्य की पुष्टि सुरेन्द्र नाथ बैनर्जी के इस कथन से होती है - "कभी-कभी बुरे शासक भी राजनीतिक प्रगति के विकास में सहायक सिद्ध होते हैं। लार्ड लिटन ने शिक्षित समुदाय में उस सीमा तक नए जीवन की लहर फूँक दी। जो कि कई वर्षों के आन्दोलन से सम्भव नहीं थी।" लार्ड लिटन ने भारत में निम्न अत्याचार किए।

- भारतीय लोकसेवा की आयु में कमी - 1876 में ब्रिटिश सरकार ने इण्डियन सिविल सर्विस मे सम्मिलित होने की आयु 21 वर्ष से घटाकर 19 वर्ष कर दी, ताकि भारतीय इस परीक्षा में सम्मिलित नहीं हो सकें।
- दक्षिण में अकाल और शाही दरबार (1877) लार्ड लिटन ने जिस समय दिल्ली में एक विशाल दरबार का आयोजन किया, उस समय दक्षिण भारत में भयानक अकाल पड़ जाने से हजारों मनुष्य मौत के मुँह में जा रहे थे। सुरेन्द्र नाथ बैनर्जी ने एक प्रतिनिधि की हैसियत से इस समारोह में भाग लिया था। उसी समय उसके मस्तिष्क में यह भावना जागृत हुई, "यदि एक स्वेच्छाचारी वायसराय की प्रशंसा के लिए देश के राजा तथा अमीर-उमराओं को एकत्र किया जा सकता है, तो देशवासियों को न्यायसंगत ढंग से, स्वेच्छाचारिता को रोकने के लिए क्यों नहीं संगठित किया जा सकता।" इस समय भारतीय लोग अन्न के अभाव में मृत्यु के ग्रास बन रहे थे और ब्रिटिश सरकार ने भारत से 80 लाख पौण्ड गेहूँ इंग्लैण्ड को निर्यात किया। इससे अधिक भारतियों की पीड़ा पहुँचाने के लिए और कर भी क्या सकते थे।
- अफगानिस्तान पर आक्रमण
- शस्त्र अधिनियम (1878) : लॉर्ड लिटन ने 1878 ईस्वी में एक शस्त्र अधिनियम (Arms Act) पारित किया, जिसके अनुसार भारतियों को हथियार रखने के लिए लाईसेन्स रखना पड़ता था।
- वर्नाक्यूलर प्रेस एक्ट (1878 ई0) : लॉर्ड लिटन की अन्यायपूर्ण नीति का समाचार पत्रों ने कड़ा विरोध किया। इससे परेशान होकर उसने 1878 ईस्वी में वर्नाक्यूलर प्रेस एक्ट पारित कर दिया, जिससे भारतीय भाषाओं के समाचार पत्रों पर कठोर नियन्त्रण स्थापित हो गया।

- आर्थिक नीति – लॉर्ड लिटन की आर्थिक नीति, असन्तोष उत्पन्न करनेवाली थी। उसने लंकाशायर के उद्योगपतियों को प्रसन्न एवं सन्तुष्ट करने के लिए विदेशी सूती कपड़े के आयात कर हटा दिया, जिससे भारतीय सूती वस्त्र उद्योग को बहुत हानि पहुँची।

लॉर्ड लिटन के इन कार्यों के परिणामस्वरूप भारतीय जनता में ब्रिटिश शासन के प्रति असन्तोष बहुत उग्र हो गया। सर विलियम बैडरबर्न ने ब्लंट से कहा था "लॉर्ड लिटन के शासनकाल के अन्त में स्थिति विद्रोह की सीमा तक पहुँच गई थी।"

1880 में लॉर्ड लिटन के स्थान पर लॉर्ड रिपन गवर्नर जनरल बनकर आए। उन्होंने प्रशासन के विभिन्न क्षेत्रों में अनेक सुधार किए। इसके पश्चात् न्याय व्यवस्था में सुधार करने का निश्चय किया। इस समय न्याय के क्षेत्र में जाति विभेद विद्यमान था। भारतीय न्यायधीशों को यूरोपियन अपराधियों के अभियोग की सुनवाई का अधिकार प्राप्त नहीं था, जबकि अंग्रेज न्यायधीशों को यह अधिकार प्राप्त था। इसलिए रिपन ने अपनी कौंसिल के विधि सदस्य सी.पी. इल्बर्ट को इस सम्बन्ध में एक विशेष विधेयक प्रस्तुत करने का कहा, इस पर 1883 में इल्बर्ट ने एक बिल पेश किया, इसे ईलबर्ट बिल कहते हैं। इसमें भारतीय मजिस्ट्रेटों को युरोपियनों के विरुद्ध अभियोग की सुनवाई करने और दण्डित करने के अधिकार देने की व्यवस्था थी। लेकिन यह विधेयक एक भीषण विवाद का कारण बन गया।

भारत में रहनेवाले अंग्रेजों ने इल्बर्ट विधयेक को अपना जातीय अपमान समझा। परिणामस्वरूप सम्पूर्ण भारत और इंग्लैण्ड में अंग्रेजों ने संगठित होकर इसका विरोध किया तथा इसके विरुद्ध आन्दोलन चलाया। उन्होंने कहा, "काले लोग गोरों को लम्बी-लम्बी सजाएँ देंगे तथा उनकी स्त्रियों को अपने घर में रखेंगे।" यूरोपियनों ने इस विधेयक के खिलाफ संगठित रूप से आन्दोलन चलाने के लिए 'यूरोपियन रक्षा संघ' की स्थापना की और लगभग एक लाख पचास हजार रुपये चन्दा इकट्ठा किया। विधेयक की निन्दा करने हेतु विविध स्थानों पर सभाएँ आयोजित की गई। विधेयक का विरोध चरम सीमा पर पहुंच गया।

सर हेनरी वाटन ने इस सम्बन्ध में लिखा है कि "कलकत्ते के कुछ अंग्रेजों ने सरकारी भवन के सन्तरियों को वश में करके लॉर्ड रिपन को बाँध कर वापिस इंग्लैण्ड भेजने का षड्यन्त्र रचा और यह सब बंगाल के गवर्नर तथा पुलिस कमिश्नर की जानकारी में हुआ।" अंग्रेजों के संगठित आन्दोलन के समक्ष रिपन को झुकना पड़ा और उसे इस विधेयक में संशोधन करना पड़ा।

इस घटना ने भारतीय जनता को बहुत अधिक प्रभावित किया। सुरेन्द्रनाथ बैनर्जी के शब्दों में "कोई भी स्वाभिमानी भारतीय अब आँख मूँदकर सुस्त नहीं बैठा रह सकता था। जो ईल्बर्ट विवाद के महत्त्व को समझते थे, उनके लिए यह देश

भक्ति की महान पुकार थी।" वास्तव में ईल्बर्ट बिल के विरोधी आन्दोलन ने भारत को संगठित करने के लिए प्रेरित किया। सर हेनरी काटन के शब्दों में "इस विधेयक के विरोध में किए गए यूरोपियन आन्दोलन ने भारत की राष्ट्रीय विचारधारा को जितनी एकता प्रदान की उतनी तो विधेयक पारित होकर भी नहीं कर सकता था।" यूरोपियनों के आन्दोलन से प्रभावित होकर भारतियों ने भी राष्ट्रीय संस्था के गठन का निश्चय किया। परिणामस्वरूप कांग्रेस की स्थापना का मार्ग प्रशस्त हुआ। भारतियों ने महसूस किया कि यदि हम भी अंग्रेजों की भाँति संगठित होकर ब्रिटिश सरकार का विरोध करें, तो हमे स्वाधीनता प्राप्त हो सकती है। इससे राष्ट्रीय आन्दोलन को बल मिला। श्री ए सी मजूमदार लिखते हैं, "इस आन्दोलन ने भारतियों को यह भी अनुभव करा दिया कि यदि राजनीतिक प्रगति वांछनीय है, तो केवल एक राष्ट्रीय सभा द्वारा ही सम्भव है। इस सभा का सम्बन्ध विभिन्न प्रान्तों की स्वतन्त्र राजनीति से न होकर देश की एक व्यापक राजनीति से ही होना चाहिए।"

ब्रिटिश शासन के विकासशील स्वरूप ने यदि राष्ट्रवाद के जन्म के लिए अप्रत्यक्षरूप से योगदान किया तो उसके प्रतिक्रियावादी स्वरूप ने इस प्रक्रिया को तेज किया। ब्रिटिश शासन द्वारा भारत का आर्थिक शोषण, भारतियों के साथ भेद-भाव, उन्हें सरकारी नौकरियों में स्थान न मिलना, प्रेस का गला घोटना, हथियार रखने या लेकर चलने पर रोक लगाना। साम्राज्यवाद के विस्तार के लिए युद्ध लड़ना जैसे कामों ने यह स्पष्ट कर दिया कि ब्रिटिश शासन भारत के हित में नहीं है। अधिकांश राष्ट्रीय नेताओं का मत था कि भारत की आर्थिक दुर्दशा का मूल कारण भारत में अंग्रेजी शासन है। इसके साथ ही भारतीय राष्ट्रीय कांग्रेस के गठन की सुगबुगाहट होने लगी।

भारतीय राष्ट्रीय काँग्रेस की स्थापना 72 प्रतिनिधियों की उपस्थिति के साथ 28 दिसम्बर 1885 को बंबई (मुंबई) के गोकुल दास तेजपाल संस्कृत महाविद्यालय में हुई थी। इसके संस्थापक महासचिव (जनरल सेक्रेटरी) ए. ओ. ह्यूम थे, जिन्होंने कलकत्ते के व्योमेश चन्द्र बनर्जी को अध्यक्ष नियुक्त किया था। अपने शुरुआती दिनों में काँग्रेस का दृष्टिकोण एक कुलीन वर्ग की संस्था का था। इसके शुरुआती सदस्य मुख्य रूप से बॉम्बे और मद्रास प्रेसीडेंसी से लिये गये थे। काँग्रेस में स्वराज का लक्ष्य सबसे पहले बाल गंगाधर तिलक ने सुझाया था।

1907 में काँग्रेस में दो दल बन चुके थे - गरम दल एवं नरम दल। गरम दल का नेतृत्व बाल गंगाधर तिलक, लाला लाजपत राय एवं बिपिन चंद्र पाल (जिन्हें लाल-बाल-पाल भी कहा जाता है) कर रहे थे। नरम दल का नेतृत्व गोपाल कृष्ण गोखले, फिरोजशाह मेहता एवं दादा भाई नौरोजी कर रहे थे। गरम दल पूर्ण स्वराज की माँग कर रहा था परन्तु नरम दल ब्रिटिश राज में स्वशासन चाहता था। प्रथम विश्व युद्ध के छिड़ने के बाद सन् 1916 की लखनऊ बैठक में दोनों दल फिर एक

हो गये और होम रूल आंदोलन की शुरुआत हुई जिसके तहत ब्रिटिश राज में भारत के लिये अधिराजकिय पद (अर्थात डोमिनियन स्टेट्स) की माँग की गयी।

परन्तु 1915 में गांधी जी के भारत आगमन के साथ काँग्रेस में बहुत बड़ा बदलाव आया। चम्पारन एवं खेड़ा में भारतीय स्वतंत्रता संग्राम को जन समर्थन से अपनी पहली सफलता मिली। 1919 में जालियाँवाला बाग हत्याकांड के पश्चात गांधी जी काँग्रेस के महासचिव बने। उनके मार्गदर्शन में काँग्रेस कुलीन वर्गीय संस्था से बदलकर एक जनसमुदाय की जनअभिमुख संस्था बन गयी। तत्पश्चात् राष्ट्रीय नेताओं की एक नयी पीढ़ी आयी जिसमें सरदार वल्लभभाई पटेल, जवाहरलाल नेहरू, डॉक्टर राजेन्द्र प्रसाद, महादेव देसाई एवं सुभाष चंद्र बोस आदि शामिल थे। गांधी के नेतृत्व में प्रदेश काँग्रेस कमेटियों का गठन हुआ, काँग्रेस में सभी पदों के लिये चुनाव की शुरुआत हुई एवं कार्यवाहियों के लिये भारतीय भाषाओं का प्रयोग शुरू हुआ। काँग्रेस ने कई प्रान्तों में सामाजिक समस्याओं को हटाने के प्रयत्न किये जिनमें छुआछूत, पर्दाप्रथा एवं मद्यपान आदि शामिल थे।

राष्ट्रव्यापी आंदोलन शुरू करने के लिए काँग्रेस को धन की कमी का सामना करना पड़ता था। गांधीजी ने एक करोड़ रुपये से अधिक का धन जमा किया और इसे बाल गंगाधर तिलक के स्मरणार्थ “तिलक स्वराज कोष” का नाम दिया। 4 आना का नाममात्र सदस्यता शुल्क भी शुरू किया गया। भारतीय आज़ादी हेतु संघर्ष की दास्तान अब शुरू होती है। भारतीयता की भावना हिलोरें लेने लगी थी। क्षेत्रीयता कहीं नज़र नहीं आती थी। हिंदू-मुसलमानों में भेद नहीं था।

## 1905 : बंगाल का विभाजन

भारत में राष्ट्रवादी आंदोलन की आग सर्वाधिक बंगाल में सुलग रही थी। अंग्रेज़ी शिक्षित भारतीय बंगाल में मुखर हो रहे थे। उनमें हिंदू-मुसलमान का भेद नहीं था। लॉर्ड कर्ज़न ने ढाका पहुँच कर हिंदू-मुसलमानों में फूट डालने के उद्देश्य से मुस्लिम बहुल पूर्वी बंगाल को संयुक्त बंगाल से अलग करके पूर्व नवाब के वंशजों को नया राज्य देने की पेशकश कर दी।

सर्वप्रथम 1903 में बंगाल के विभाजन के बारे में सोचा गया। चटगाँव, ढाका और मैमनसिंह के जिलों को बंगाल से अलग कर आसाम प्रान्त में मिलाने के प्रस्ताव भी रखे गए थे। इसी प्रकार छोटा नागपुर को भी केन्द्रीय प्रान्त में मिलाया जाना था। सन् 1903 में ही कांग्रेस का 19वाँ अधिवेशन मद्रास में हुआ था। उसी अवसर पर उसके सभापति श्री लाल मोहन घोष ने अपने अभिभाषण में सरकार की प्रतिक्रियावादी नीति की आलोचना करते हुए आसन्न बंगभंग की सूचना दी। उन्होंने कहा कि इस प्रकार का एक षड्यंत्र चल रहा है।

सरकार ने आधिकारिक तौर पर 1904 की जनवरी में यह विचार प्रकाशित किया और फरवरी में लॉर्ड कर्ज़न बंगाल के पूर्वी जिलों में विभाजन पर जनता की राय का आकलन करने के लिए आधिकारिक दौरे पर गये। उन्होंने प्रमुख हस्तियों के साथ परामर्श किया और ढाका, चटगांव तथा मैमनसिंह में भाषण देकर विभाजन पर सरकार के रुख को समझाने का प्रयास किया। हेनरी जॉन स्टेडमेन कॉटन, जो कि 1896 से 1902 के बीच आसाम के मुख्य आयुक्त (चीफ कमिश्नर) थे, ने इस विचार का विरोध किया।

काँग्रेस के अगले अधिवेशन में सभापति पद से बोलते हुए सर हेनरी कॉटन ने यह कहा था कि यदि इतने बड़े प्रान्त को एक राज्यपाल सँभाल नहीं सकता तो या तो बंबई और मद्रास की तरह बंगाल का शासन सूत्र सपरिषद् राज्यपाल के सुपुर्द हो या बँगला भाषियों को अलग करके एक प्रान्त बनाया जाए। जो बिल्कुल सही राय थी।

उन दिनों बंगाल प्रांत में विहार और उड़ीसा भी शामिल थे। पर ब्रिटिश सरकार ने न तो कांग्रेस की परवाह की, न अपने चीफ कमिश्नर और न जनमत की। उस समय के गवर्नर जनरल लार्ड कर्जन ने लैंड होल्डर्स एसोसिएशन (जमींदार) सभा में लोगों को यह समझाने की चेष्टा की, कि बंगभंग से लाभ ही होगा। वह स्वयं पूर्व बंगाल में भी गए, पर मुट्ठी भर मुसलमानों के अतिरिक्त किसी ने इस प्रस्ताव का समर्थन नहीं किया। मुसलमानों में प्रतिष्ठित ढाका के तत्कालीन नवाब ने भी प्रथम आवेश में इसका विरोध किया था। बंगाल विभाजन के निर्णय की घोषणा 19 जुलाई 1905 को की गई थी। एक मुस्लिम बहुल प्रान्त का सृजन करने के उद्देश्य से ही बंगाल को दो भागों में बाँट दिये जाने का निर्णय लिया गया था। बंगाल-विभाजन 16 अक्टूबर 1905 से प्रभावी हुआ।

बंगाली हिंदू, शासन में अधिक से अधिक भागीदारी के लिए राजनैतिक आंदोलन में अग्रणी थे, अतः अब पूर्व में मुस्लिमों का वर्चस्व बढ़ने से उनकी स्थिति कमजोर हो रही थी। हिंदू और मुस्लिम दोनो ही ने विभाजन का विरोध किया। विभाजन के बाद, हालाँकि, लगभग राष्ट्रीय स्तर पर ब्रिटिश विरोधी आंदोलन प्रबल हुआ जिसमें कि अहिंसक और हिंसक विरोध प्रदर्शन, बहिष्कार और यहाँ तक कि पश्चिम बंगाल के नए प्रांत के राज्यपाल की हत्या का प्रयास भी शामिल था।

प्रबल सार्वजनिक विरोध के बावजूद 20 जुलाई 1905 को बंगभंग के प्रस्ताव पर भारत सचिव का ठप्पा लग गया। राजशाही, ढाका तथा चटगाँव कमिशनरियों को आसाम के साथ मिलाकर एक प्रांत बनाया गया, जिसका नाम पूर्वबंग और आसाम रखा गया और बाकी हिस्सा यानी प्रेसीडेन्सी और वर्धमान कमिश्नरियाँ बिहार, उड़ीसा और पश्चिमी बंगाल को स्थिर रखा गया। इसका कोई आधार नहीं था।

इस अवसर पर हिंदुओं और मुसलमानों को यह कहकर लड़ाने की चेष्टा की गई कि इस विभाजन से मुसलमानों को फायदा है क्योंकि पूर्वबंग और आसाम में उन्हीं का बहुमत रहेगा। ढाका के नवाब ने पहले विरोध किया था, पर जब बंगभंग हो गया तो वह उसके पक्ष में हो गए। सर जोजेफ बैमफील्ड फुलर (Joseph Bamfylde Fuller) पूर्ववंग और आसाम के नए लेफ्टिनैंट गवर्नर बने। कहा जाता है, उन्होंने कई जगह खुल्लमखुल्ला कहा कि हिंदू और मुसलमान उनकी दो बीबियाँ हैं, इनमें से मुसलमान उनकी चहेती हैं। इस कथन का आशय स्पष्ट था।

नए प्रान्त में पहाड़ी राज्य त्रिपुरा, चिट्टागांग मंडल, ढाका और राजशाही (दार्जिलिंग को छोड़ कर) शामिल हुए और मालदा जिले को आसाम प्रान्त में मिला दिया गया। बंगाल के पास 1,41,580 वर्ग मील (366,700 किमी.) क्षेत्रफल और पाँच करोड़ चालीस लाख की जनसंख्या ही बची थी, जिसमें चार करोड़ बीस लाख हिंदू और नब्बे लाख मुस्लिम थे।

नए प्रान्त का नाम क्रमशः पूर्वी बंगाल और आसाम था जिसमें पूर्वी बंगाल की राजधानी ढाका और आसाम का अधीनस्थ मुख्यालय चिट्टागांग था। इसका क्षेत्रफल 106,540 वर्ग मील (275,940 किमी.) था और जनसंख्या तीन करोड़ दस लाख थी, जिसमे एक करोड़ अस्सी लाख मुस्लिम और एक करोड़ बीस लाख हिन्दू थे। प्रशासन के लिए वहाँ एक विधान परिषद् तथा एक द्वि-सदस्यीय राजस्व बोर्ड था और कलकत्ता उच्च न्यायलय के अधिकार-क्षेत्र को बदला नहीं गया था। भारत सरकार ने अपना अंतिम निर्णय 19 जुलाई 1905 के स्वीकृत प्रस्ताव से प्रचारित किया और बंगाल का विभाजन उसी वर्ष 16 अक्टूबर से लागू हो गया।

## स्वदेशी आंदोलन

कांग्रेस ने स्वदेशी आंदोलन शुरू कर दिया। स्वदेशी आंदोलन भारतीय स्वतंत्रता आन्दोलन का एक महत्वपूर्ण आन्दोलन, सफल रणनीति व स्वदेशी दर्शन का सुंदर उदाहरण था। 'स्वदेशी' का अर्थ है - 'अपने देश का'। इस रणनीति का लक्ष्य ब्रिटेन में बने माल का बहिष्कार करना तथा भारत में बने माल का अधिकाधिक प्रयोग करके साम्राज्यवादी ब्रिटेन को आर्थिक हानि पहुँचाना व भारत के लोगों के लिये रोजगार सृजन करना था। यह ब्रितानी शासन को उखाड़ फेंकने और भारत की समग्र आर्थिक व्यवस्था के विकास के लिए अपनाया गया था।

बंगभंग विरोधी जनजागरण से स्वदेशी आन्दोलन को बहुत बल मिला। यह 1911 तक चला और गान्धी जी के भारत में पदार्पण के पूर्व सभी सफल आन्दोलनों में से एक था। अरविन्द घोष, रवीन्द्रनाथ ठाकुर, लोकमान्य बाल गंगाधर तिलक और लाला लाजपत राय स्वदेशी आन्दोलन के मुख्य उद्घोषक थे। आगे चलकर यही

स्वदेशी आन्दोलन महात्मा गांधी के स्वतन्त्रता आन्दोलन का भी केन्द्र-बिन्दु बन गया। उन्होने इसे "स्वराज की आत्मा" कहा था।

यह स्वदेशी आन्दोलन जो बंग-भंग के विरोध में न केवल बंगाल अपितु पूरे ब्रिटिश भारत में चला। इसका मुख्य उद्देश्य अपने देश की वस्तु अपनाना और दूसरे देश की वस्तु का बहिष्कार करना था। यद्यपि स्वदेशी का यह विचार बंगभंग से बहुत पुराना है। भारत में स्वदेशी का पहले-पहल नारा बंकिमचन्द्र चट्टोपाध्याय ने "वंगदर्शन" में 1872 में ही विज्ञानसभा का प्रस्ताव रखते हुए दिया था। उन्होंने कहा था – "जो विज्ञान स्वदेशी होने पर हमारा दास होता, वह विदेशी होने के कारण हमारा प्रभु बन बैठा है, हम लोग दिन ब दिन साधनहीन होते जा रहे हैं। अतिथिशाला में आजीवन रहनेवाले अतिथि की तरह हम लोग प्रभु के आश्रम में पड़े हैं, यह भारतभूमि भारतियों के लिए भी एक विराट अतिथिशाला बन गई है।"

इसके बाद भोलानाथ चन्द्र ने 1874 में शम्भुचन्द्र मुखोपाध्याय द्वारा प्रवर्तित मुखर्जीज़ मैग्जीन में स्वदेशी का नारा दिया था। उन्होंने लिखा था –

> *"किसी प्रकार का शारीरिक बलप्रयोग न करके राजानुगत्य अस्वीकार न करते हुए तथा किसी नए कानून के लिए प्रार्थना न करते हुए भी हम अपनी पूर्वसम्पदा लौटा सकते हैं। जहाँ स्थिति चरम में पहुँच जाए, वहाँ एकमात्र नहीं तो सबसे अधिक कारगर अस्त्र नैतिक शत्रुता होगी। इस अस्त्र को अपनाना कोई अपराध नहीं है। आइए हम सब लोग यह संकल्प करें कि विदेशी वस्तु नहीं खरीदेंगे। हमें हर समय यह स्मरण रखना चाहिए कि भारत की उन्नति भारतियों के द्वारा ही सम्भव है।"*

जुलाई, सन 1903 की सरस्वती पत्रिका में 'स्वदेशी वस्त्र का स्वीकार' शीर्षक से एक कविता छपी। रचनाकार का नाम नहीं था किन्तु वर्ष भर के अंकों की सूची से ज्ञात होता है कि वह पत्रिका के सम्पादक महावीर प्रसाद द्विवेदी की रचना थी। कविता का कुछ अंश उद्धृत है–

*विदेशी वस्त्र हम क्यों ले रहे हैं?*
*वृथा धन देश का क्यों दे रहे हैं?*

*न सूझै है अरे भारत भिखारी!*
*गई है हाय तेरी बुद्धि मारी!*
*हजारों लोग भूखों मर रहे हैं;*
*पड़े वे आज या कल कर रहे हैं।*

*इधर तू मंजु मलमल ढूढता है!*
*न इससे और बढ़कर मूढ़ता है।*
*महा अन्याय हाहा हो रहा है;*
*कहैं क्या नहीं जाता कुछ कहा है।*

*मरैं असग़ार बिसेसर और काली;*
*भरैं घर ग्राण्ट ग्राहम और राली।*
*स्वदेशी वस्त्र की हमको बड़ाई,*
*विदेशी लाट ने भी है सुनाई।*

*न तिस पर भी हमे जो लाज आवै,*
*किया क्या हाय रे जगदीश जावै।*
*न काशी और चन्देरी हमारी;*
*न ढाका, नागपुर नगरी बिचारी।*

*गयी है नष्ट हो; जो देश भाई!*
*दया उनकी तुम्हें कुछ भी न आई।*
*अकेला एक लुधियाना हमारा;*
*चला सकता अभी है काम सारा।*

*फिरैं, तिस पर, भला, जो और के द्वार;*
*हमें, फिर, क्यों नहीं सौ बार धिक्कार?*
*स्वदेशी वस्त्र का स्वीकार कीजै,*
*विनय इतना हमारा मान लीजै।*

*शपथ करके विदेशी वस्त्रा त्यागो;*
*न जावो पास, उससे दूर भागो।*
*अरे भाई! अरे प्यारे! सुनो बात,*
*स्वदेशी वस्त्र से शोभित करो गात।*
*वृथा क्यों फूंकते हो देश का दाम,*
*करो मत और अपना नाम बदनाम!*

'स्वदेशी' का विचार कांग्रेस के जन्म से पहले ही दे दिया गया था। जब 1905 ई. में बंग-भंग हुआ, तब स्वदेशी का नारा जोरों से अपनाया गया। उसी वर्ष कांग्रेस ने भी

इसके पक्ष में मत प्रकट किया। देशी पूँजीपति उस समय मिलें खोल रहे थे, इसलिए स्वदेशी आन्दोलन उनके लिए बड़ा ही लाभदायक सिद्ध हुआ।

इन्हीं दिनों जापान ने रूस पर विजय प्राप्त की। उसका असर सारे पूर्वी देशों पर हुआ। भारत में बंगभंग के विरोध में सभाएँ तो हो ही रही थीं। अब विदेशी वस्तु बहिष्कार आन्दोलन ने भी बल पकड़ा। वंदे मातरम् इस युग का महामन्त्र बना। 1906 के 14 और 15 अप्रैल को स्वदेशी आन्दोलन के गढ़ वारीसाल में बंगीय प्रादेशिक सम्मेलन होने का निश्चय हुआ। यद्यपि इस समय वारीसाल में बहुत कुछ दुर्भिक्ष की हालत थी, फिर भी जनता ने अपने नेता अश्विनी कुमार दत्त आदि को धन जन से इस सम्मेलन के लिए सहायता दी। उन दिनों सार्वजनिक रूप से "वन्दे मातरम्" का नारा लगाना गैर-कानूनी बन चुका था और कई युवकों को नारा लगाने पर बेंत लगाने के अलावा अन्य सजाएँ भी मिली थीं। जिला प्रशासन ने स्वागत समिति पर यह शर्त लगाई कि प्रतिनिधियों का स्वागत करते समय किसी हालत में "वन्दे मातरम्" का नारा नहीं लगाया जायेगा। स्वागत समिति ने इसे मान लिया। किन्तु उग्र दल ने इसे स्वीकार नहीं किया। जो लोग "वन्दे मातरम्" का नारा नहीं लगा रहे थे, वे भी उसका बैज लगाए हुए थे। ज्यों ही प्रतिनिधि सभास्थल में जाने को निकले त्यों ही उन पर पुलिस टूट पड़ी और लाठियों की वर्षा होने लगी। सुरेन्द्र नाथ बनर्जी गिरफ्तार कर लिए गए। उन पर 200 रुपया जुर्माना हुआ। वह जुर्माना देकर सभास्थल पहुँचे। सभा में पहले ही पुलिस के अत्याचारों की कहानी सुनाई गई। पहले दिन किसी तरह अधिवेशन हुआ, पर अगले दिन पुलिस कप्तान ने आकर कहा कि यदि "वन्दे मातरम्" का नारा लगाया गया तो सभा बन्द कर दी जायेगी। लोग इस पर राजी नहीं हुए, इसलिए अधिवेशन यहीं समाप्त हो गया। पर उससे जनता में और जोश बढ़ा।

लोकमान्य तिलक और गणेश श्रीकृष्ण खापर्डे भी इस सम्बन्ध में कलकत्ता पहुँचे और बंगाल में भी शिवाजी उत्सव का प्रवर्तन किया गया। रवीन्द्र नाथ ठाकुर ने इसी अवसर पर 'शिवाजी' शीर्षक से प्रसिद्ध कविता लिखी। 10 जून को तीस हजार कलकत्ता वासियों ने लोकमान्य तिलक का विराट जुलूस निकाला। इन्हीं दिनों बंगाल में बहुत से नये समाचार पत्र निकले, जिनमें "वन्दे मातरम्" और "युगान्तर" प्रसिद्ध हैं।

इसी आन्दोलन के दौरान विदेशी वस्त्रों की दुकानों पर पिकेटिंग शुरू हुई। अनुशीलन समितियाँ बनीं जो दबाये जाने के कारण क्रान्तिकारी समितियों में परिणत हो गयीं। अरविन्द के छोटे भाई वारींद्र कुमार घोष ने बंगाल में क्रांतिकारी दल स्थापित किया। इसी दल की ओर से खुदीराम बोस ने जज किंग्सफोर्ड के धोखे में कैनेडी परिवार को मार डाला, कन्हाईलाल ने जेल के अन्दर मुखबिर नरेन्द्र गोसाई को मारा और अन्त में वारींद्र स्वयं अलीपुर षड्यन्त्र में गिरफ्तार हुए। उनको तथा

तथा उनके साथियों को लम्बी सजाएँ हुईं। दिल्ली दरबार (1911) में बंग-भंग रद्द कर दिया गया, पर स्वदेशी आन्दोलन नहीं रुका। अपितु वह स्वतन्त्रता आन्दोलन में परिणत हो गया।

भारतीय राष्ट्रीय कांग्रेस द्वारा किये गए विरोध का नेतृत्व सर हेनरी जॉन स्टेडमैन कॉटन ने किया जो पूर्व में आसाम के मुख्य आयुक्त (चीफ कमिश्नर) थे, परन्तु कर्ज़न अडिग रहे। बाद में कॉटन ने, जो अब पूर्वी नाटिंघम के उदारवादी सांसद बन गए थे, सर बेम्पफील्ड फुलर, जो पूर्वी बंगाल के पहले लेफ्टिनेंट-गवर्नर थे, को हटाने के अभियान का सफलता पूर्वक संचालन किया।

हालाँकि, मुस्लिमों और हिंदुओं के बीच का टकराव नए कानूनों की उत्पत्ति के रूप में परिणित हुआ। जिससे दोनों वर्गों की राजनैतिक आवश्यकताएं संतुष्ट की जा सकें। बंगभंग के विरुद्ध बंगाल के बाहर बहुत भारी आंदोलन हुआ। इस आंदोलन में देश के प्रसिद्ध कवियों और साहित्यकारों ने महत्वपूर्ण भूमिका निभाई। इस आंदोलन ने बंकिम चंद्र चट्टोपाध्याय ने वन्दे मातरम् गीत को नई बुलंदियाँ प्रदान की। उस समय बंगाल को बाँट देने का अंग्रेजी कुचक्र तो टूटा ही, सारे देश में और विदेशों में इसे असाधारण ख्याति मिली। जर्मन और कनाडा जैसे देश भी इससे प्रभावित हुए। कामागाटामारू नामक जहाज के झंडे पर 'वन्दे मातरम्' अंकित किया गया था। भारत वासियों की अन्तर्भावना इसे नैतिक आधार पर भली प्रकार स्वीकार कर चुकी थी। यह अंग्रेजों की "फूट डालो - राज करो" वाली नीति का ही एक अंग था। अतः इसके विरोध में 1908 में सम्पूर्ण देश में 'ऋबंग-भंग' आन्दोलन शुरु हो गया। इस विभाजन के कारण उत्पन्न उच्च स्तरीय राजनीतिक अशांति के कारण 1911 में दोनो तरफ की भारतीय जनता के दबाव की वजह से बंगाल के पूर्वी एवं पश्चिमी हिस्से पुनः एक हो गए।

सन् 1911 के 12 दिसम्बर को दिल्ली में एक दरबार हुआ, जिसमें सम्राट् पंचम जार्ज, सम्राज्ञी मेरी तथा भारत सचिव लार्ड क्रू आए थे। इस दरबार के अवसर पर एक राजकीय घोषणा-द्वारा पश्चिम और पूर्व वंग के बँगला भाषी इलाकों को एक प्रांत में लाने का आदेश किया गया। राजधानी कलकत्ते से हटा कर दिल्ली कर दी गई। मुस्लिम लीग का 1912 का वार्षिक अधिवेशन नवाब सलीमुल्ला खाँ के सभापतित्व में ढाके में हुआ। इसमें नवाब ने अपने अभिभाषण में हिंदुओं की कोशिशों और सरकार की बेमुरव्वतियों का बड़ा जोरदार चित्र खींचा और वंगभंग रद्द करने हेतु विरोध प्रकट किया। 1906 में रवींद्र नाथ टैगोर ने आमार शोनार बांग्ला की रचना की जो बंटवारे का विरोध करने वालों का रैली नारा था, वह काफी बाद, 1972 में बांग्ला देश का राष्ट्रगान बन गया।

## मुस्लिम लीग का जन्म

अंग्रेजों ने बंगभंग रद्द होने को मुस्लिमों के विरुद्ध प्रचारित किया। लॉर्ड कर्ज़न की फूट डालने की नीति आख़िर कामयाब हुई। 1 अक्टूबर, 1906 ई. को एच.एच. आगा ख़ाँ के नेतृत्व में मुस्लिमों का एक दल वायसराय लॉर्ड मिण्टो से शिमला में मिला। अलीगढ़ कॉलेज के प्रिंसपल आर्चबोल्ड इस प्रतिनिधिमण्डल के जनक थे। इस प्रतिनिधिमण्डल ने वायसराय से अनुरोध किया कि प्रान्तीय, केन्द्रीय व स्थानीय निर्वाचन हेतु मुस्लिमों के लिए पृथक् साम्प्रादायिक निर्वाचन की व्यवस्था की जाय। इस शिष्टमण्डल को भेजने के पीछे अंग्रेज़ उच्च अधिकारियों का हाथ था। मिण्टो ने इनकी मांगो का पूर्ण समर्थन किया। जिसके फलस्वरूप मुस्लिम नेताओं ने ढाका के नवाब सलीमुल्ला के नेतृत्व में 30 दिसम्बर, 1906 ई. को ढाका में 'मुस्लिम लीग' की स्थापना की। यही अंग्रेजों का मुख्य उद्देश्य था कि कांग्रेस को हिंदुओं की पार्टी सिद्ध करके उनके सामने सत्ता का एक नया दावेदार मुस्लिम लीग के रूप में खड़ा कर दिया जाये।

बंगभंग का उद्देश्य प्रशासन की सुविधा उत्पन्न करना नहीं था, जैसा दावा किया गया था, बल्कि इसके दो स्पष्ट उद्देश्य थे, एक हिंदू मुसलमान को लड़ाना और दूसरे नवजाग्रत बंगाल को चोट पहुंचाना। यदि गहराई से देखा जाए तो यहीं से पाकिस्तान का बीजारोपण हुआ। मुस्लिम लीग के 1906 के अधिवेशन में जो प्रस्ताव पास हुए, उनमें से एक यह भी था कि बंगभंग मुसलमानों के लिए अच्छा है और जो लोग इसके विरुद्ध आंदोलन करते हैं, वे गलत काम करते हैं और वे मुसलमानों को नुक़सान पहुंचाते हैं। बाद को चलकर लीग के 1908 के अधिवेशन में भी यह प्रस्ताव पारित हुआ कि कांग्रेस ने बंगभंग के विरोध का जो प्रस्ताव रखा है, वह स्वीकृति के योग्य नहीं।

सलीमुल्ला ख़ाँ 'मुस्लिम लीग' के संस्थापक व अध्यक्ष थे, जबकि प्रथम अधिवेशन की अध्यक्षता मुश्ताक हुसैन ने की। इस संस्था का प्रमुख उद्देश्य था - 'भारतीय मुस्लिमों में ब्रिटिश सरकार के प्रति भक्ति उत्पत्र करना व भारतीय मुस्लिमों के राजनीतिक व अन्य अधिकारो की रक्षा करना।' 'मुस्लिम लीग' ने अपने अमृतसर के अधिवेशन में मुस्लिमों के पृथक् निर्वाचक मण्डल की मांग की, जो 1909 ई. में मार्ले-मिण्टो सुधारों के द्वारा प्रदान कर दिया गया। लीग ने 1916 के 'लखनऊ समझौते' के आधार पर भारतीय राष्ट्रीय कांग्रेस का समर्थन करने के अतिरिक्त कभी भी भारतियों के राजनीतिक अधिकारों की मांग नहीं की। बंगाल विभाजन का उद्देश्य सुशासन नहीं अपितु हिंदू-मुसलमानों में फूट डालना था। अंग्रेजों ने उद्देश्य पूरा होते ही बंगभंग रद्द कर दिया।

## 1915 : होम रूल आंदोलन

जब ब्रिटिश सरकार ने बंगाल के लोगों द्वारा किये जा रहे जन प्रदर्शनों के बावजूद बंगाल के विभाजन को रद्द करने से मना कर दिया तो अनेक युवा नेताओं का सरकार से मोहभंग हो गया, इन्हें ही नव-राष्ट्रवादी या उग्रपंथी कहा गया। उग्रपंथियों का राजनीतिक उदय कांग्रेस के अन्दर ही बंगाल विभाजन विरोधी प्रदर्शनों से हुआ था। लाला लाजपत राय, बाल गंगाधर तिलक, बिपिन चंद्र पाल और अरविन्द घोष प्रमुख उग्रपंथी नेता थे। उन्हें उग्रपंथी कहा गया क्योकि उनका मानना था कि सफलता केवल उग्र माध्यमों से ही प्राप्त की जा सकती है।

जिसमें एक खेमें के समर्थक बाल गंगाधर तिलक थे और दूसरे खेमें के मोतीलाल नेहरू थे। इनमें सरकार बनाने को लेकर मतभेद था। मोतीलाल नेहरू चाहते थे कि अंग्रेज़ो के साथ संयोजक भारत सरकार बने जबकि गंगाधर तिलक कहते थे कि अंग्रेज़ों के साथ मिलकर सरकार बनाना तो भारत की जनता को धोखा देना होगा। इस मतभेद के कारण लोकमान्य तिलक कांग्रेस से निकल गए और उन्होंने गरम दल बनाया।

शुरुआती दौर में नरमदल ने बड़े ही सीधे और सुलझे तरीके से अपने कार्यक्रम को आगे बढ़ाया। पहला और सबसे महत्वपूर्ण कार्य था जनता को राजनीतिक तौर पर प्रशिक्षित करना साथ ही राष्ट्रीय स्तर के प्रश्नों पर जनजागृति फैलाना। यह कार्य एक संगठन और देश के स्तर पर उन्होंने बखूबी किया। राष्ट्र निर्माण की लम्बी प्रक्रिया के प्रति वे सचेत रहे। परंतु नरमदल पंथी अपने समय में कोई ठोस उपलब्धि प्राप्त नहीं कर पाए। उन्होंने ब्रिटिश राज के विरुद्ध गुस्सा तो ज़रूर जगाया लेकिन अपनी कमजोरियों के कारण राष्ट्रीय स्तर पर एक प्रभावी आंदोलन खड़ा करने में असफल रहे।

नरमदल की असफलता का कारण उनका आपसी अंतर्विरोध भी था, जिसने उनके आधार को फैलने से रोकास वास्तव में ये उच्च सामाजिक पृष्ठभूमि के अभिजात्य वर्ग के अंग्रेजीभाषी लोग थे। जिसमें वकील, उद्योगपति, भूस्वामी, चिकित्सक, पत्रकार, शिक्षार्थी और सुधारक शामिल थे। भूस्वामी वर्ग के लोग कभी भी किसानों के मुद्दे पर अपनी स्पष्ट राय नहीं रख पाते थे। प्रतिनिधियों और औद्योगिक वर्ग से सम्बन्ध होने के कारण नरमपंथी स्त्रियों और बच्चों के काम की दशाओं, फैक्ट्री मजदूर की स्थिति और उनके अधिकार आदि विषयों पर तथा खदान मजदूर और मजदूर समर्थक नीतियों का खुलकर समर्थन करने से कतराते थे। अनुपातिक दृष्टि से भी स्वर्ण हिंदुओं का कांग्रेस पर प्रभुत्व बना रहास मुसलमानो का प्रतिनिधित्व ना के बराबर था जिसका ख़मयाज़ा नरमदल को भुगतना पड़ा। यही कारण था कि 1888 में इस नियम की घोषणा करनी पड़ी कि अगर हिन्दू या मुसलमान प्रतिनिधियों का भारी बहुमत किसी प्रस्ताव पर आपत्ति करेगा तो वह प्रस्ताव पारित नहीं होगा।

आम जनता को भी इन नरमपंथियों का कम ही भरोसा था, इसका कारण एक तो नरमपंथी आम जनता के बीच के लोग नहीं थे और दूसरा तकनीकी, आर्थिक या संवेधानिक मामलों की समझ आम जानता को नहीं थी। नरमपंथियों ने केवल सामाजिक, आर्थिक और राजनैतिक पिछड़ेपन को ही देखा, उनके अंदर छिपी ताकत, शौर्य तथा बलिदान की क्षमता को नहीं पहचाना, जिसकी काफ़ी ज़रूरत थी। लेकिन इसके बावजूद नरमपंथियों की उपलब्धियों को भी उपेक्षित नहीं किया जा सकता है। उन्होंने भारतीय समाज को नेतृत्व प्रदान किया। सामान्य हित के सिद्धांतों पर आम सहमति बनाने से लेकर इसकी जागृति फैलाने तक का श्रेय नरमपंथियों को ही जाता है। उन्होंने इस बात का सफल प्रचार किया कि सारे लोग भारत के ही नागरिक है और हमारा एक ही शत्रु है, अंग्रेज़ी शासन। इन्हीं उदारवादी नेताओं ने 1885 से 1905 तक कांग्रेस का मार्गदर्शन किया। इसलिए भारत के राष्ट्रीय आंदोलन के इतिहास में इस काल को उदारवादी युग कहा जाता है।

होम रूल आन्दोलन चलाने वाली अखिल भारतीय होम रूल लीग, एक राष्ट्रीय राजनीतिक संगठन थी। जिसकी स्थापना 1916 में बाल गंगाधर तिलक द्वारा भारत में स्वशासन के लिए "होम रूल" के नाम से गई थी। भारत को ब्रिटिश राज में एक डोमिनियन (औपनिवेशिक राज्य) का दर्जा प्राप्त करने के लिए ऐसा किया गया था। उस समय ब्रिटिश साम्राज्य के भीतर ऑस्ट्रेलिया, कनाडा, दक्षिण- अफ्रीका, न्यूजीलैंड और न्यूफ़ाउंडलैंड डोमिनियन के रूप में स्थापित थे।

तिलक ने सोचा कि सबसे पहले तो बाकी गरमपंथियों को भी इसमें शामिल करवाया जाए। तिलक को यह विश्वास हो चला था कि भारतीय राष्ट्रीय कांग्रेस आन्दोलन का पर्याय बन चुकी है और बिना इसकी इजाजत के कोई भी राष्ट्रीय आन्दोलन सफल नहीं हो सकता। नरमपंथियों को समझाने-बुझाने, उनका विश्वास जीतने तथा भविष्य में अंग्रेजी हुकूमत दमन का रास्ता न अख्तियार करे, इस उद्देश्य से उन्होंने घोषणा की "मैं साफ-साफ कहता हूँ कि हम लोग हिन्दुस्तान में प्रशासन व्यवस्था का सुधार चाहते हैं जैसा कि आयरलैंड में वहाँ के आन्दोलनकारी मांग कर रहे हैं। अंग्रेजी हुकूमत को उखाड़ फेंकने का हमारा कोई इरादा नहीं है। इस बात को कहने में मुझे कोई हिचक नहीं कि भारत के विभिन्न भागों में जो हिंसात्मक घटनाएँ हुई हैं, न केवल मेरी विचारधारा के विपरीत है, बल्कि उनके कारण हमारे राजनीतिक विकास की प्रक्रिया भी धीमी हुई है।" उन्होंने अंग्रेजी हुकूमत के प्रति अपनी निष्ठा दोहराई और भारतीय जनता से अपील की कि वह संकट की घड़ी में अंग्रेजी हुकूमत का साथ दे।

नरमपंथी खेमे के तमाम नेता अब महसूस करने लगे थे कि 1907 में सूरत में जो कुछ उन्होंने किया (गरमपंथियों का कांग्रेस छोड़ना), वह गलत था। ये कांग्रेस की अकर्मण्यता से भी क्षुब्ध थे। इन्हें तिलक की अपील बहुत भायी। इसके अलावा

इन पर ऐनी बेसेन्ट का लगातार दबाव पड़ रहा था कि देश में राष्ट्रवादी राजनीतिक आन्दोलन को फिर से तेज करो। ऐनी बेसेन्ट अभी हाल ही में कांग्रेस में शामिल हुई थी। 1914 में वह 66 वर्ष की थी, उनके राजनीतिक जीवन की शुरुआत इंग्लैण्ड में हुई थी जहाँ उन्होंने स्वतंत्र चिन्तन (फ्री थॉट) उग्र सुधारवाद (रेडिकलिज्म) फैबियनवाद और ब्रह्मविद्या (थियोसॉफी) के प्रचार में हिस्सा लिया। 1893 में वे भारत आई, उद्देश्य था थियोसाफीकल सोसाइटी के लिए काम करना। उन्होंने मद्रास के एक उपनगर आडियार में अपना दफ्तर खोला और 1907 में थियोसाफी का प्रचार करने लगी। थोड़े समय में ही उन्होंने समर्थकों की एक बड़ी संख्या इकट्ठी कर ली। जिनमें ज्यादातर उन समुदायों के शिक्षित व्यक्ति शामिल हुए थे, जिनमें अभी तक सांस्कृतिक पुनर्जागरण नहीं हुआ था।

1914 में ऐनी बेसेन्ट ने अपनी गतिविधियों का दायरा बढ़ाने का निर्णय किया और आयरलैंड की होमरूल लीग की तरह भारत में भी स्वशासन की माँग को लेकर आन्दोलन चलाने की योजना बनाई। उन्हें लगा कि इसके लिए कांग्रेस की अनुमति और गरमपंथी आन्दोलनकारियों का सहयोग लेना जरूरी है। गरमपंथियों का सहयोग पाने के लिए उन्हें कांग्रेस में शामिल करना जरूरी था। ऐनी बेसेन्ट कांग्रेस के नरमपंथी नेताओं को समझाने लगीं कि वे तिलक व उसके गरमपंथी सहयोगियों को कांग्रेस में शामिल होने की इजाजत दे दें। लेकिन 1914 के कांग्रेस अधिवेशन ने उसकी कोशिशों पर पानी फेर दिया। फिरोजशाह मेहता और बम्बई के उनके नरमपंथी समर्थकों ने गोखले और बंगाल के नरमपंथियों को इस बात के लिए मना किया कि गरमपंथियों को बाहर रखना है। इसके बाद तिलक और ऐनी बेसेन्ट खुद ने अपने बूते पर राजनीतिक आन्दोलन चलाने का फैसला किया और साथ-ही-साथ वे कांग्रेस पर दबाव भी डालती रही कि गरमपंथियों को पुनः अपना सदस्य बना ले।

1915 के शुरू में ऐनी बेसेन्ट ने दो अखबारों 'न्यू इंडिया' और 'कामन वील' के माध्यम से आन्दोलन छेड़ दिया। जनसभाएँ तथा सम्मेलन आयोजित किए। उनकी माँग थी कि जिस तरह से गोरे उपनिवेशों में वहाँ की जनता को अपनी सरकार बनाने का अधिकार दिया गया है, भारतीय जनता को भी स्वशासन का अधिकार मिले। अप्रैल 1915 के बाद ऐनी बेसेन्ट ने और भी कड़ा और जुझारू रुख अख्तियार किया।

इसी बीच लोकमान्य तिलक ने अपनी राजनीतिक गतिविधियाँ शुरू कर दी। लेकिन वे काफी सतर्क थे कि कांग्रेस का नरमपंथी खेमा नाराज न हो या कांग्रेस को यह न लगे कि तिलक की गतिविधियाँ कांग्रेस की नीति से मेल नहीं खाती। नरमपंथी कांग्रेस के कुछ रूढ़िवादियों पर दबाव डालने के लिए तिलक ने कभी-कभी धमकी का भी सहारा लिया, पर उन्हें विश्वास था कि अधिकतर नरमपंथी नेताओं को वह समझा-बुझाकर मना लेंगे।

दिसम्बर 1915 में कांग्रेस का वार्षिक अधिवेशन हुआ और तिलक तथा ऐनी बेसेन्ट के प्रयासों को सफलता मिली। गरमपंथियों को कांग्रेस में वापस लेने का फैसला किया गया। फिरोजशाह मेहता के निधन के बाद बम्बई के नरमपंथियों का विरोध बेअसर साबित हुआ। गोखले का निधन हो चुका था। गरमपंथियों को कांग्रेस में लाने में तो ऐनी बेसेन्ट सफल रही पर होमरूल लीग के गठन के अपने प्रस्ताव पर कांग्रेस और मुस्लिम लीग की संयुक्त मंजूरी नहीं ले सकी। लेकिन स्थानीय स्तर पर कांग्रेस समितियों को पुनर्जीवित करने के लिए प्रचार कार्यों के उनके प्रस्तावों को कांग्रेस ने मान लिया। उन्हें उस समय की कांग्रेस का चरित्र और उसकी ताकत का पता था। वे जानती थी कि कांग्रेस ने इन कार्यक्रमों को मंजूरी तो दे दी है, लेकिन वह इस पर अमल नहीं करेगी। इसलिए उन्होंने अपने प्रस्ताव के साथ यह शर्त भी रखी थी कि यदि सितम्बर 1916 तक कांग्रेस इन कार्यक्रमों पर अमल नहीं करेगी तो वह खुद अपना संगठन बना लेगी।

तिलक को कांग्रेस में वापस आने का अधिकार मिल गया था और उन्होनें कांग्रेस से किसी तरह का वादा भी नहीं किया था, इसलिए उन्होनें अप्रैल 1916 में बेलगाव में हुए प्रान्तीय सम्मेलन में 'होमरूल लीग' के गठन की घोषणा की। एनी बेसेन्ट के समर्थक भी अब कसमसाने लगे। वे सितम्बर तक इन्तजार करने को तैयार नहीं थे। उन्होंने एनी बेसेन्ट पर दबाव डालकर होमरूल ग्रुप की स्थापना करने की इजाजत ले ली। जमनादास द्वारकादास, शंकरलाल बेकर और इन्दुलाल याज्ञनिक ने बम्बई में एक अखबार 'यंग इन्डिया' का प्रचलन शुरू किया और अंग्रेजी तथा क्षेत्रीय भाषा में परचे निकालने के लिए देश के कोने-कोने से चन्दा इकट्ठा करने लगे। एनी बेसेन्ट ने सितम्बर तक इन्तजार किया। कांग्रेस पूरी तरह निष्क्रिय थी। उन्होनें भी होमरूल लीग की स्थापना की घोषणा कर दी और अपने समर्थक जार्ज अरुंडेल को संगठन सचिव नियुक्त किया। तिलक और एनी बेसेन्ट ने अपनी-अपनी लीग के लिए कार्यक्षेत्रों का बँटवारा भी कर दिया, जिससे कहीं कोई गड़बडी न हो। तिलक की लीग कर्नाटक, महाराष्ट्र, मध्यप्रान्त और बरार की जिम्मेवारी थी। देश के बाकी हिस्से एनी बेसेन्ट की लीग के जिम्मे थी। इन दोनों ने अपना विलय नहीं किया। कारण था, एनी बेसेन्ट के कुछ समर्थक तिलक को पसंद नहीं करते थे तथा तिलक के कुछ समर्थक एनी बेसेन्ट को, लेकिन उन दोनों के बीच किसी प्रकार का झगड़ा नहीं था।

होमरूल आन्दोलन ने जैसे-जैसे जोर पकड़ना शुरू किया सरकार ने दमनात्मक कार्यवाही तेज कर दी। इस आन्दोलन पर वार करने के लिए सरकार ने एक विशेष दिन चुना। 23 जुलाई 1916 तिलक का 60 वॉ जन्मदिन था। एक बड़ी सभा का आयोजन किया गया और तिलक को एक लाख रुपए की थैली भेंट की गई। सरकार ने इस अवसर पर उन्हें दूसरा इनाम दिया। उन्हें एक कारण बताओ नोटिस दिया गया। जिसमें लिखा था कि आपकी गतिविधियों के चलते आप पर प्रतिबन्ध क्यों न

लगा दिया जाए। उन्हें साठ हजार रुपए का मुचलका भरने को कहा गया। तिलक के लिए शायद सबसे महत्त्वपूर्ण उपहार था। उन्होनें कहा, "अब होमरूल आन्दोलन जंगल में आग की तरह फैलेगा। सरकारी दमन विद्रोह की आग को और भड़काएगा।"

तिलक की ओर से मुहम्मद अली जिन्ना के नेतृत्व में वकीलों की एक पूरी टीम ने मुकद्दमा लड़ा। मजिस्ट्रेट की अदालत में तो तिलक मुकद्दमा हार गए पर नवम्बर में उन्हें हाईकोर्ट ने निर्दाष करार दिय। इस जीत की सभी ओर सराहना हुई। गांधी ने 'यंग-इंडिया' अखबार में लिखा, "यह अभिव्यक्ति की आजादी की बहुत बड़ी जीत है। होमरूल आन्दोलन के लिए एक बहुत बड़ी सफलता है।" इस अवसर का तिलक ने फायदा उठाया और अपने सार्वजनिक भाषणों में कहने लगे कि होमरूल या स्वशासन की माँग व्यक्त करने के लिए सरकार ने अनुमति दे दी है। तिलक और उनके सहयोगियों ने प्रचार कार्य तेज कर दिया और अप्रैल 1917 तक उन्होनें 14 हजार सदस्य बना लिए।

ऐनी बेसेन्ट की लीग ने भी सितम्बर 1916 से काम करना शुरू कर दिया पर उनका संगठन बहुत ढीला था। कोई भी तीन व्यक्ति मिलकर कहीं भी शाखा खोल सकते थे जबकि तिलक की लीग का संगठन बहुत मजबूत था। एनी बेसेन्ट की लीग की दो सौ शाखाएँ थीं। बहुत शाखाएँ कस्बे और नगरों में थीं, बाकी गाँवों में, एक शाखा के तहत कुछेक गाँव आते थे। हालांकि कार्यकारी परिषद् का चुनाव किया जाता था लेकिन सारा काम ऐनी बेसेन्ट और उनके सहयोगी अरुडेल, सी. डी. रामास्वामी अय्यर तथा बी.पी.वाडिया देखते थे। सदस्यों को निर्देश देने का कोई संगठित तरीका नहीं था। या तो व्यक्तिगत रूप से सदस्यों को निर्देश दिए जाते थे या फिर न्यू इण्डिया में अरुडेल के लेखों का पढ़कर लोग जानते थे कि उन्हें क्या करना है। एनी बेसेन्ट की लीग तिलक की लीग की तुलना में सदस्य बनाने में पीछे रही। मार्च 1917 तक उनकी लीग के सदस्यों की संख्या केवल 7000 थी। जवाहर लाल नेहरू, बी.चक्रवर्ती तथा जे. बनर्जी भी इससे शामिल हो गए।

होमरूल का प्रचार कितना तेज हुआ इसका अंदाज इसी तथ्य से लगा सकते हैं कि सितम्बर 1916 तक प्रचार फण्ड से छापे जानेवाले तीन लाख पर्चे बाँटे जा चुके थे। यह प्रचार फण्ड कुछ महीने पहले ही स्थापित किया था। इन परचों में तत्कालीन सरकार का कच्चा चिट्ठा होता था और स्वराज के समर्थन में तर्क दिए जाते थे। एनी बेसेन्ट की लीग की स्थापना के बाद इन पर्चो को फिर छापा गया। कई क्षेत्रीय भाषाओं में भी इनका प्रकाशन हुआ। साथ-साथ जनसभाओं का आयोजन और भाषणों का क्रम भी जारी रहा। जब भी किसी मुद्दे को लेकर देशव्यापी प्रतिरोध का आह्वान किया जाता था, लीग की सारी शाखाएँ इसका समर्थन करती। नवम्बर 1916 में, जब एनी बेसेन्ट पर बरार व मध्य प्रान्त में जाने पर प्रतिबन्ध लगाया गया, तो अरुडेल की

अपील पर लीग की तमाम शाखाओं ने विरोध बैठकें आयोजित की और वायसराय तथा गृह सचिव को विरोध प्रस्ताव भेजे। इसी तरह 1917 में जब तिलक पर पंजाब और दिल्ली जाने पर प्रतिबन्ध लगाया गया तो पूरे देश में विरोध बैठकें हुईं। लीग की तमाम शाखाओं ने इसका डटकर विरोध किया। कांग्रेस की अकर्मण्यता से क्षुब्ध अनेक नरमपंथी कांग्रेसी भी होमरूल आन्दोलन में शामिल हो गए। गोखले की 'सर्वें ऑफ इण्डिया सोसायटी' को लीग का सदस्य बनने की इजाजत नहीं थी, लेकिन उन्होंने जनता के बीच भाषण देकर और परचे बाँटकर 'होमरूल आन्दोलन' का समर्थन किया। उत्तरप्रदेश में अनेक नरमपंथी राष्ट्रवादियों ने कांग्रेस सम्मेलन की तैयारी के सिलसिले में होमरूल लीग के कार्यकर्त्ताओं के साथ गाँवो-कस्बों का दौरा किया। इनकी ज्यादातर बैठक स्थानीय अदालतों के पुस्तकालयों में होती, जहाँ छात्रा, व्यवसायी तथा अन्य पेशो से जुड़े हुए लोग इकट्ठा होते। और अगर बैठक किसी बाजार के दिन होती तो इसमें गाँवों से आए किसान भी शरीक होते। इन बैठकों में हिन्दुस्तान की गरीबी और बेहाली का मुद्दा उठाया जाता। अतीत की समृद्धि की याद दिलाई जाती और यूरोप के स्वतंत्राता आन्दोलन पर प्रकाश डाला जाता, उससे प्रेरणा लेने की अपील की जाती। इन बैठकों में हिन्दी भाषा का इस्तेमाल किया जाता था। नरमपंथियों का होम रूल लीग को समर्थन देना कोई अचरज की बात नहीं थीं क्योंकि लीग नरमपंथियों के राजनीतिक प्रचार व शैक्षणिक कार्यक्रमों को ही अमली जामा पहना रही थी।

1916 में कांग्रेस का लखनऊ अधिवेशन होमरूल लीग के सदस्यों के लिए अपनी ताकत दिखाने का अच्छा मौका था। तिलक के समर्थकों ने तो एक परम्परा ही बना दी जिस पर कांग्रेस बहुत साल तक टिकी रही। उनके समर्थको ने लखनऊ पहुँचने के लिए एक ट्रेन आरक्षित की जिसे कुछ लोगों ने 'काग्रेंस स्पेशल' का नाम दिया, तो कुछ ने 'होमरूल स्पेशल' कहा। अरुडेल ने लीग के हर सदस्य से कहा था कि वह लखनऊ अधिवेशन का सदस्य बनने की हर सम्भव कोशिश करें। लखनऊ कांग्रेस अधिवेशन में तिलक को पुनः कांग्रेस में शामिल कर लिया गया। अध्यक्ष अंबिकाचरण मजूमदार ने कहा- "10 वर्षों के सुखद अलगाव तथा गलतफहमी के कारण बेवजह के विवादों में भटकने के बाद भारतीय राष्ट्रीय दल के दोनों खेमों ने अब यह महसूस किया है कि अलगाव उनकी पराजय है और एकता उनकी जीत। अब भाई-भाई फिर मिल गए हैं।"

इसी अधिवेशन में महत्त्वपूर्ण 'कांग्रेस लीग' समझौता भी हुआ, जो "लखनऊ पैक्ट" के नाम से जाना जाता है। इस समझौते में एनी बेसेन्ट और तिलक ने महत्त्वपूर्ण भूमिका निभाई। मदनमोहन मालवीय समेत कई वरिष्ठ नेता इसके बिल्कुल खिलाफ थे। उनका आरोप था कि यह समझौता मुस्लिम लीग को बहुत तवज्जो देता है। तिलक ने इस आरोप पर कहा, "कुछ महानुभावों का यह आरोप है कि हिन्दू अपने मुसलमान भाईयों को ज्यादा तवज्जो दे रहे हैं। मैं कहता हूँ कि यदि स्वशासन

का अधिकार केवल मुस्लिम समुदाय को दिया जाए तो मुझे कोई एतराज नहीं होगा, राजदूतों को यह अधिकार मिले तो परवाह नहीं, हिन्दुस्तान ने किसी भी समुदाय को यह अधिकार दे दिया जाए हमें कोई ऐतराज नही। मेरा यह बयान समूची भारतीय राष्ट्रीय भावना का प्रतिनिधित्व करता है। जब भी आप किसी तीसरी पार्टी से लड़ रहे होते हैं, तो सबसे जरूरी होती है, आपसी एकता, जातीय एकता, धार्मिक एकता और विभिन्न राजनीतिक विचारधाराओं की एकता।"

लखनऊ अधिवेशन में संवैधानिक सुधारों की माँग फिर उठाई। सदस्यों का मानना था कि स्वराज्य के लक्ष्य की प्राप्ति में यह माँग सहायक होगी। हालांकि इस माँग में वे सारी चीजें शामिल नहीं थी, जैसा कि होमरूल लीग के सदस्य चाहते थे, लेकिन उन्होनें इस पर कोई विवाद खड़ा नहीं किया। वे हर हाल में कांग्रेस में एकता बनाए रखना चाहते थे। तिलक ने एक और प्रस्ताव रखा कि कांग्रेस अधिवेशन के निर्णयों तथा कार्यक्रमों को अमली रूप देने के लिए एक कार्यकारिणी का गठन किया जाए। पर नरमपंथियों के विरोध के कारण यह प्रस्ताव मंजूर न हो सका। वास्तव में तिलक चाहते थे कि कांग्रेस अकर्मण्य न रहे, थोड़ा और आगे बढ़कर काम करें।

होमरूल आन्दोलन के बढ़ते प्रभाव को देखकर सरकार का चिंतित होना स्वाभाविक था। मद्रास सरकार जरा ज्यादा ही कठोर हो गई। उसने छात्रों के राजनीतिक बैठकों में भाग लेने पर प्रतिबन्ध लगा दिया। पूरे प्रदेश में इसका विरोध हुआ। तिलक ने कहा, "सरकार को मालूम है कि देशप्रेम की भावना छात्रों को ज्यादा उत्तेजित करती है। वैसे भी कोई भी देश युवा वर्ग की ताकत से ही उन्नति कर सकता है।"

मद्रास सरकार ने जून 1917 में एनी बेसेन्ट, जार्ज अरुडेल तथा वी.पी. वाडिया को गिरफतार कर लिया। इसके खिलाफ देशव्यापी प्रदर्शन हुए। सर सुब्रहमण्यम अय्यर ने सरकारी उपाधि (नाईटहुड) अस्वीकार कर दी। मदनमोहन मालवीय, सुरेन्द्रनाथ बनर्जी और मुहम्मद अली जिन्ना जैसे तमाम नरमपंथी नेता, जो अब तक लीग में शामिल नहीं थे, इसमें शामिल हो गए और उन्होने एनी बेसेन्ट तथा अन्य नेताओं की गिरफ्तारी के खिलाफ आवाज उठाई। 26 जुलाई 1917 को काग्रेंस की एक बैठक में तिलक ने कहा कि यदि सरकार इन लोगों को तुरन्त रिहा नहीं करती है, तो शान्तिपूर्ण असहयोग आन्दोलन चलाया जाए। इस प्रस्ताव को सभी प्रान्तीय कांग्रेस समितियों के पास मंजूरी के लिए भेजा गया। बरार व मद्रास की कांग्रेस समितियाँ तो इस पर तुरन्त कार्यवाही के पक्ष में थीं, लेकिन बाकी समितियाँ कोई निर्णय करने से पहले थोड़ा इन्तजार करने के पक्ष में थीं। गांधीजी के कहने पर शंकरलाल बैकर और जमनादास द्वारकाप्रसाद ने ऐसे एक हजार लोगों के दस्तखत इकट्ठे किए जो सरकारी आदेशों की अवहेलना करके जुलूस की शक्ल में जाकर एनी बेसेन्ट से मिलना चाहते

थे। इन लोगों ने स्वराज के समर्थन में किसानों और मजदूरों के हस्ताक्षर कराना शुरू किया। गुजरात के कस्बों और गावों का दौरा किया और वहाँ लीग की शाखाएँ स्थापित करने में मदद की। होमरूल लीग के सदस्यों की संख्या में अप्रत्याशित वृद्धि हुई। इस प्रकार सरकारी दमन ने आन्दोलन को और बढ़ावा दिया, आन्दोलनकारियों को और जुझारू बनाया।

प्रथम विश्वयुद्ध आरम्भ होने पर भारतीय राष्ट्रीय कांग्रेस के नरमपंथियों ने ब्रिटेन की सहायता करने का निश्चय किया। भारतीय राष्ट्रीय कांग्रेस के इस निर्णय के पीछे संभवतः यह भावना थी कि यदि भारत ब्रिटेन की सहायता करेगा तो युद्ध के पश्चात ब्रिटेन भारत को स्वतंत्र कर देगा। परन्तु शीघ्र ही भारतीय राष्ट्रीय कांग्रेस को ये अनुमान हो गया कि ब्रिटेन ऐसा कदापि नहीं करेगा और इसलिए भारतीय नेता असंतुष्ट होकर कोई दूसरा मार्ग खोजने लगे। यही असंतुष्टता ही होम रूल आन्दोलन के जन्म का कारण बनी थी। होम रूल आन्दोलन के दौरान बाल गंगाधर तिलक और ऐनी बेसेंट ने 1917 में एक ध्वज बनाया। इस ध्वज पर पांच लाल और चार हरी तिरक्षी पट्टियाँ बनीं थी। सात तारों को भी इस पर अंकित किया गया था, किन्तु यह ध्वज लोगों के बीच ज्यादा प्रसिद्ध नहीं हुआ।

इन घटनाओं के बाद इंग्लैण्ड की सरकार ने अपनी नीतियाँ बदली। अब उसका रूख समझौतावादी हो गया। नये गृह सचिव माण्टेग्यू ने हाउस ऑफ कॉमन्स में ऐतिहासिक घोषणा की, "ब्रिटिश शासन की नीति है कि भारत के प्रशासन में भारतीय जनता को भागीदार बनाया जाए और स्वशासन के लिए विभिन्न संस्थानों का क्रमिक विकास किया जाए जिससे भारत में ब्रिटिश साम्राज्य से जुड़ी कोई उत्तरदायी सरकार स्थापित की जा सके।" यह बयान मार्ले के बयान से एकदम विपरीत था। 1909 में संवैधानिक सुधारों को पार्लियामेन्ट में रखते समय मार्ले ने साफ-साफ कहा था कि इन सुधारों का उद्देश्य देश में स्वराज्य की स्थापना कतई नहीं है। माण्टेग्यू की घोषणा का सबसे बड़ा फायदा यह हुआ कि अब होमरूल या स्वराज की माँग को देशद्रोही नहीं कहा जा सकता था। लेकिन इसका अर्थ यह भी नहीं था कि ब्रिटिश हुकूमत स्वराज की माँग मानने जा रही थी। माण्टेग्यू की घोषणा में यह बात भी थी कि स्वशासन की स्थापना तभी होगी, जब उसका उचित समय आएगा और समय आया है या नहीं इसका फैसला हुकूमत करेगी। अंग्रेजी हुकूमत के लिए इतनी छूट काफी थी। इससे साफ जाहिर था कि वह भारतियों के हाथ निकट भविष्य में सत्ता सौंपने नहीं जा रही थी।

फिलहाल माण्टेग्यू की घोषणा के चलते सितम्बर 1917 में ऐनी बेसेन्ट को रिहा कर दिया गया। इस समय एनी बेसेन्ट की लोकप्रियता चरम सीमा पर थी। दिसम्बर 1917 में कांग्रेस के वार्षिक अधिवेशन में तिलक के प्रस्ताव पर उन्हें अध्यक्ष चुन

लिया गया। लेकिन 1918 में अनेक कारणों से होमरूल कमजोर पड़ गया, 1917 में भारी सफलता मिलने के बावजूद यह आन्दोलन मृतप्राय हो गया। एनी बेसेन्ट की गिरफ्तारी से उत्तेजित होकर नरमपंथी इस आन्दोलन में शामिल हुए थे, उनकी रिहाई के बाद निष्क्रिय हो गए। सरकार ने सुधारों का आश्वासन दिया था। इन नेताओं को लगा कि इस आन्दोलन की जरूरत नहीं है। इसके अलावा कानून निषेध आन्दोलन चलाने की चर्चा से भी वे नाराज थे। इसलिए उन्हें सितम्बर 1918 के बाद से कांग्रेस की बैठकों में हिस्सा लेना छोड़ दिया। 1918 में सुधार योजनाओं की घोषणा से राष्ट्रव्यापी खेमे में एक और दरार पड़ गई। कुछ लोग इसे ज्यों-का-त्यों स्वीकार करने के पक्ष में थे तो कुछ इसे पूरी तरह नामंजूर करना चाहते थे। कुछ लोगों का मानना था कि इसमें कई कमियाँ तो हैं पर इन्हें आजमाना चाहिए। इन सुधारों और शान्तिप्रिय असहयोग आन्दोलन के मुद्दे पर खुद एनी बेसेन्ट दुविधा में थी। कभी तो वह इसे गलत कहती और कभी अपने समर्थकों के दबाव के कारण ठीक कहती। शुरू में तिलक के साथ एनी बेसेन्ट ने कहा कि इन सुधार योजनाओं को भारतीय जनता मंजूर न करे, यह उसका अपमान है, पर बाद में उन्होंने इसे मान लेने की अपील की। तिलक काफी समय तक अपने निर्णय पर अडिग रहे। लेकिन एनी बेसेन्ट की ढुलमुल नीतियों और नरमपंथियों के रुख में बदलाव के कारण तिलक अकेले अपने बूते पर सुधारों का विरोध करते हुए आन्दोलन की गाड़ी को आगे खींचने में असमर्थ हो गए और साल के अन्त में इंग्लैण्ड चले गए। वहाँ उन्होंने इण्डियन अनरेस्ट के लेखक चिराव पर मानहानि का मुकदमा दायर कर रखा था। इस मुकदमे की पैरवी के चक्कर में वह कई महीनों तक इंग्लैण्ड में रहे। एनी बेसेन्ट एक सशक्त नेतृत्व देने में असमर्थ थी और तिलक विदेश में थे। नतीजन होमरूल आन्दोलन नेतृत्व विहीन हो गया। 1920 में, अखिल भारतीय होम रूल लीग ने महात्मा गांधी को इसके अध्यक्ष के रूप में निर्वाचित किया। एक वर्ष में ये संगठन एक संयुक्त भारतीय राजनीतिक मोर्चे के लिए भारतीय राष्ट्रीय कांग्रेस में विलय हो गया और इसका स्वयं का अस्तित्व खत्म हो गया।

होमरूल की सबसे बड़ी उपलब्धि यह रही कि इसने भावी राष्ट्रीय आन्दोलन के लिए जुझारू योद्धा तैयार किए। महात्मा गांधी के नेतृत्व में ये जुझारू आन्दोलनकारी आजादी की मशाल लेकर आगे बढ़े। होमरूल आन्दोलन ने, उत्तरप्रदेश, गुजरात, सिन्ध, मद्रास, मध्यप्रान्त तथा बरार जैसे अनेक नए क्षेत्रों को राष्ट्रीय आन्दोलन में शामिल किया। इस प्रकार होमरूल आन्दोलन व्यर्थ नहीं गया। उसका भारतीय स्वतंत्रता संग्राम पर गहरा प्रभाव पड़ा। इस आन्दोलन ने सोते हुए भारतियों को जगाया और उनमें पूर्ण जागृति का संचार किया। इसने राष्ट्रीय आन्दोलन को नई गति प्रदान की और सरकार को नई सुधार योजना लागू करने के लिए विवश किया।

## महात्मा गांधी का योगदान

भारत के राष्ट्रीय आंदोलन में गांधी जी की भूमिका 1919 से 1947 की अवधि में निस्संदेह सबसे उल्लेखनीय थी। राष्ट्रपिता महात्मा गांधी उन महापुरुषों में से एक थे जिन्होंने अपना पूरा जीवन आज़ादी के संग्राम में समर्पित कर दिया।

गांधी जी पक्के हिंदुवादी व्यक्ति से हिंदुवादी संत की प्रकृति में परिवर्तित होते रहे। महाभारत ग्रंथ की आधारशिला पुरुषार्थ चतुष्टय अर्थात् धर्म-अर्थ-काम-मोक्ष हैं। ग्रंथ का आरम्भ आदिपर्व में मुक्त काम से उत्पन्न होते वेद व्यास, भीष्म, धृतराष्ट्र-पांडु-विदुर और पांडव-कौरव से होती है। उसके बाद सभापर्व में कौरव-पांडव में अर्थ के लिए संघर्ष आरम्भ होता है। कुरुक्षेत्र के मैदान में धर्म की भूमिका में कृष्ण आ जाते हैं। अंत में पांडव सशरीर मोक्ष प्राप्ति हेतु स्वर्ग गमन के प्रयास में मृत्यु को गले लगाते जाते हैं। युधिष्ठिर अपने स्वामिभक्त धर्म के साथ स्वर्ग पहुँचते हैं।

मनुष्य का सम्पूर्ण जीवन अर्थ और काम में ही उलझा रह कर व्यतीत होता है। गांधी जी के जीवन पर निगाह डाली जाय तो पाते हैं कि वे भारत आने तक अर्थ और काम से मुक्त होने का मन बना चुके थे। 1917-18 तक इन दोनों से मुक्ति के द्वार पर खड़े नज़र आते हैं। भारत की आज़ादी के संग्राम में कूदते समय 1919 तक भारतीय आज़ादी उनका धर्म बन चुकी थी। वही उनका मोक्ष थी। उन्होंने अपनी सम्पूर्ण ऊर्जा स्वतंत्रता आंदोलन में झोंक दी थी। गांधी ने अपनी तकनीकों को विकसित करने के लिए अपना समय लिया ताकि यह सुनिश्चित हो सके कि सफलता प्राप्ति में कोई गुंजाइश न रहे। विभिन्न धर्मों में उनकी आस्था थी। उन्होंने ईसाई धर्म की शिक्षाओं को उसी विश्वास के साथ सुना समझा, जिस आस्था से उन्होंने हिंदू धर्मग्रंथों को पढ़ा और स्वभाव में उतारा।

गांधी 9 जनवरी, 1915 को दक्षिण अफ़्रीका से भारत पहुंचे। प्रारंभ में, उन्होंने स्थिति को समझने के लिए भारत के विभिन्न स्थानों पर यात्रा करने में एक वर्ष बिताया। उनका राजनीतिक जुड़ाव 1917-18 की अवधि में शुरू हुआ जब उन्होंने चंपारण के नील किसानों, अहमदाबाद के कपड़ा श्रमिकों और खेड़ा किसानों के मुद्दों को उठाया।

इन संघर्षों ने उनके आंदोलन के विशिष्ट तरीके को देखा, जिसे सत्याग्रह के रूप में जाना जाता है, जो पहले दक्षिण अफ़्रीकी संदर्भ में विकसित हुआ था और जिसके माध्यम से वह अपने लक्ष्यों को प्राप्त करने में आंशिक रूप से सफल रहा था।

चंपारण में, जो उत्तरी बिहार में था, किसानों को अंग्रेज नील उगाने के लिए मजबूर कर रहे थे, जबकि किसानों के लिए ऐसा करना लाभदायक नहीं था। वास्तव में, किसानों को उनकी सबसे उपजाऊ भूमि में नील की खेती करके नुकसान उठाना पड़ रहा था। गांधी को किसानों द्वारा नील बोने वालों के खिलाफ अपने संघर्ष का

नेतृत्व करने के लिए आमंत्रित किया गया था, जिन्हें औपनिवेशिक राज्य का समर्थन प्राप्त था। गांधी वहां किसानों के संघर्ष का नेतृत्व करने गए और उन्हें राहत दिलाने में सफल रहे।

गुजरात के खेड़ा जिले में अत्यधिक बारिश के कारण अधिकांश फसलों को नुकसान पहुंचा है। खेड़ा के किसानों ने सरकार से मांग की कि उन्हें उस विशेष वर्ष के लिए राजस्व का भुगतान न करने की छूट दी जाए। सरकार ने इनकार कर दिया। गांधी ने 22 मार्च, 1918 को सत्याग्रह आंदोलन शुरू किया और किसानों को राजस्व का भुगतान न करने की सलाह दी। आंदोलन में कई किसानों ने भाग लिया। लेकिन सरकार ने झुकने से इंकार कर दिया। यह आंदोलन के उस नए तरीके की परीक्षा थी जिसे गांधी भारत में आजमा रहे थे। कुछ समय तक आंदोलन चलता रहा। लेकिन गांधी ने महसूस किया कि किसानों के लिए लंबे समय तक बने रहना संभव नहीं था। इस बीच, सरकार ने गरीब किसानों को कुछ रियायत दी। इसके बाद आंदोलन वापस ले लिया गया। अहमदाबाद में गांधी ने युद्ध के दौरान बढ़ती कीमतों के कारण मजदूरी में वृद्धि के लिए मजदूरों के संघर्ष का नेतृत्व किया। एक लंबे संघर्ष के बाद, श्रमिक अपने वेतन में 35% वृद्धि प्राप्त करने में सफल रहे।

इन तरह के कांग्रेसी आंदोलन के चलते भारतियों को शासन में प्रतिनिधित्व देने पर विचार हुआ। वायसराय चेम्सफोर्ड ने एक सम्मिलित रिपोर्ट ब्रिटिश संसद को भेजी और उसी आधार पर संसद में 1919 का अधिनियम पारित किया, जिसे मांटेग्यू चेम्सफोर्ड सुधार या मांटफोर्ड सुधार कहते हैं। 1919 के अधिनियम अनुसार केंद्रीय व्यवस्थापिका में दो सदन कर दिए गए। उच्च सदन को "कौन्सिल ऑफ स्टेट" और निम्न सदन को "लेजिस्लेटिव एसेंबली" कहा जाता था। उच्च सदन का कार्यकाल 5 वर्ष रखा गया और निम्न सदन का कार्यकाल 3 वर्ष निर्धारित किया गया। उच्च सदन में सदस्यों की संख्या 60 रखी गयी जिसमें 33 सदस्य निर्वाचित होंगे और 27 सदस्यों को गवर्नर जनरल द्वारा मनोनीत किया जाना था। संविधान में परिवर्तन या संशोधन का अधिकार इंग्लैंड की संसद को था। दोनों सदनों की बैठक बुलाने निलंबित करने और भंग करने का अधिकार गवर्नर जनरल को था। निम्न सदन के सदस्यों की संख्या 145 रखी गई। इसमें 103 निर्वाचित और 42 मनोनीत होने थे।

1919 के अधिनियम से भारतियों को घोर निराशा हुई। यह अधिनियम भारतियों की आशाओं और आकांक्षाओं को संतुष्ट करने में असफल रहा। भारतियों की स्वशासन की मांग को पूरी तरह से अस्वीकार कर दिया। भारतियों को राजनीतिक शक्ति देने का एक बहाना भर था लेकिन वास्तविक शक्ति अभी भी अंग्रेजों के ही हाथों में रह गई। यह अधिनियम ब्रिटिश शासन के निरंकुश स्वरूप को नहीं बदल पाया। कांग्रेस और मुस्लिम लीग दोनों ने इसका विरोध किया। इस अधिनियम के

बारे में मोतीलाल नेहरू ने कहा, 'ऐसा लगता है जैसे जो कुछ एक हाथ से दिया गया उसे दूसरे हाथ से ले लिया गया।' अतः भारतियों का असंतोष चरम सीमा पर पहुंच गया। इस प्रकार के असंतोष को देखकर ब्रिटिश सरकार ने उनके आंदोलनों का दमन करने के लिए एक नए हथियार का प्रयोग किया। जिसे रॉलेट एक्ट कहते हैं।

## रॉलेट एक्ट

26 जनवरी, 1919 को रॉलेट समिति की स्थापना हुई थी। इस समिति के द्वारा लगभग 4 महीनों तक "खोज" की गई और रॉलेट समिति की एक रिपोर्ट में भारत के जाबाज देशभक्तों द्वारा स्वतंत्रता के लिए किये गए बड़े-बड़े और छोटे आतंकपूर्ण कार्यों को बढ़ा-चढ़ाकर, बड़े उग्र रूप में प्रस्तुत किया गया था।

नौकरशाही के दमन चक्र, अध्यादेश राज्य, युद्धकाल में धन एकत्र करने और सिपाहियों की भर्ती में सरकार द्वारा कठोरता बरते जाने के कारण अंग्रेजी शासन के खिलाफ भारतीय जनता में तीव्र असंतोष पनप रहा था। देश भर में उग्रवादी घटनाएं घट रही थीं। इस असंतोष को कुचलने के लिए अंग्रेजी सरकार रौलट एक्ट लेकर आई।

'रॉलेट एक्ट' को काला कानून भी कहा जाता है। यह 19 मार्च 1919 को भारत की ब्रिटिश सरकार द्वारा भारत में उभर रहे राष्ट्रीय आंदोलन को कुचलने के उद्देश्य से निर्मित कानून था। यह कानून सर सिडनी रॉलेट की अध्यक्षता वाली सेडिशन समिति की सिफारिशों के आधार पर बनाया गया था। प्रथम विश्वयुद्ध में इंग्लैंड की विजय हुई थी। इस समय ब्रिटिश सरकार ने रॉलेट एक्ट की घोषणा की। रॉलेट एक्ट का सरकारी नाम अराजक और क्रांतिकारी अपराध अधिनियम, 1919 (The Anarchical and Revolutionary Crime Act of 1919) था। इस कानून की मुख्य बातें निम्नलिखित थीं

1. ब्रिटिश सरकार को यह अधिकार प्राप्त हो गया था कि वह किसी भी भारतीय पर अदालत में बिना मुकद्दमा चलाए उसे जेल में बंद कर सके। इस क़ानून के तहत अपराधी को उसके खिलाफ मुकदमा दर्ज करने वाले का नाम जानने का अधिकार भी समाप्त कर दिया गया।
2. राजद्रोह के मुकद्दमे की सुनवाई के लिए एक अलग न्यायालय स्थापित किया गया।
3. मुकद्दमे के फैसले के बाद किसी उच्च्च न्यायालय में अपील करने का अधिकार नहीं था।
4. राजद्रोह के मुकद्दमे में जजों को बिना जूरी की सहायता से सुनवाई करने का अधिकार प्राप्त हो गया।

5. सरकार को यह अधिकार मिल गया कि वह बलपूर्वक प्रेस की स्वतंत्रता का अधिकार छीन ले और अपनी इच्छा अनुसार किसी व्यक्ति को कारावास दे दे या देश से निष्कासित कर दे।

रौलट एक्ट के विरोध में पूरे देश में विरोध प्रारंभ हो गया। मदन मोहन मालवीय और मुहम्मद अली जिन्ना ने इसके प्रतिवाद में केंद्रीय व्यवस्थापिका की सदस्यता से त्यागपत्र दे दिया। इस कानून को भारतियों ने काला कानून कहा। इस कानून के विरोध में देशव्यापी हड़तालें, जूलूस और प्रदर्शन होने लगे।

महात्मा गांधी जो अब भारतीय राजनीति के एक प्रमुख व्यक्तित्व बन गए थे वे इस आंदोलन में सक्रिय रूप से भाग लिया। चंपारण, खेड़ा और अहमदाबाद में अपनाए गए सत्याग्रह रूपी हथियार का प्रयोग एक बार फिर उन्होंने रौलट एक्ट के विरोध में करने का निश्चय किया।

महात्मा गांधीजी ने व्यापक हड़ताल का आह्वान किया। रॉलेट एक्ट के विरोध में गांधीजी के द्वारा किया गया राष्ट्रीय स्तर का प्रथम आंदोलन था। 24 फरवरी 1919 के दिन गांधीजीने मुंबई में एक "सत्याग्रह सभा" का आयोजन किया था और इसी सभा में तय किया गया और कसम ली गई थी की रोलेट एक्ट का विरोध 'सत्य' और 'अहिंसा' के मार्ग पर चलकर किया जायेगा। गांधीजी के इस सत्य और अहिंसा के मार्ग का विरोध भी कुछ सुधारवादी नेताओं की ओर से किया गया था, जिसमें सर डि.इ.वादी, सुरेंद्रनाथ बनर्जी, तेज बहादुर सप्रू, श्रीनिवास शास्त्री जैसे नेता शामिल थे। किन्तु गांधीजी को बड़े पैमाने पर होमरूल लीग के सदस्यों का समर्थन मिला था। हड़ताल के दौरान दिल्ली आदि कुछ स्थानों पर भारी हिंसा हुई। इस पर गांधी जी ने सत्याग्रह को वापस ले लिया और कहा कि भारत के लोग अभी भी अहिंसा के विषय में दृढ रहने के लिए तैयार नहीं हैं।

13 अप्रैल को सैफुद्दीन किचलू और सत्यपाल की गिरफ्तारी के विरोध में जलियाँवाला बाग में लोगों की भीड़ इकट्ठा हुई। अमृतसर में तैनात फौजी कमांडर जनरल डायर ने उस भीड़ पर अंधाधुंध गोलियाँ चलवाईं। हजारों लोग मारे गए। भीड़ में महिलाएँ और बच्चे भी थे। यह घटना ब्रिटिश हुकूमत के काले अध्यायों में से एक है जिसे जलियाँवाला बाग हत्याकांड के नाम से जाना जाता है।

## जलियाँवाला बाग नृशंसता

जालियाँवाला बाग हत्याकांड अमृतसर में स्वर्ण मंदिर के निकट जालियाँवाला बाग में 13 अप्रेल 1919 बैशाखी के दिन घटित हुआ था। रॉलेट एक्ट का विरोध करने के लिए एक सभा हो रही थी जिसमें जनरल डायर नामक एक अँग्रेज ऑफिसर ने अकारण

सभा में उपस्थित लोगों पर गोलियाँ चलवा दीं। जिसमें 400 से अधिक व्यक्ति मरे और 2000 से अधिक घायल हुए। अमृतसर के डिप्टी कमिश्नर कार्यालय में 484 शहीदों की सूची है, जबकि जलियांवाला बाग में कुल 388 शहीदों की सूची है। ब्रिटिश राज के अभिलेख इस घटना में 200 लोगों के घायल होने और 379 लोगों के शहीद होने की बात स्वीकार करते है जिनमें से 337 पुरुष, 41 नाबालिग लड़के और एक 6-सप्ताह का बच्चा था। अनाधिकारिक आँकड़ों के अनुसार 1000 से अधिक लोग मारे गए और 2000 से अधिक घायल हुए। यदि किसी एक घटना ने भारतीय स्वतंत्रता संग्राम पर सबसे अधिक प्रभाव डाला था तो वह घटना यह जघन्य हत्याकाण्ड ही था। माना जाता है कि यह घटना ही भारत में ब्रिटिश शासन के अंत की शुरुआत बनी। 1997 में महारानी एलिज़ाबेथ ने इस स्मारक पर मृतकों को श्रद्धांजलि दी थी। 2013 में ब्रिटिश प्रधानमंत्री डेविड कैमरॉन भी इस स्मारक पर आए थे। विजिटर्स बुक में उन्होंनें लिखा कि ब्रिटिश इतिहास की यह एक शर्मनाक घटना थी।

अंग्रेजों ने बंगभंग के माध्यम से हिंदू-मुसलमानों में फूट के बीज अंकुरित कर दिए थे। साम्प्रदायिक खाई को चौड़ा करने हेतु अंग्रेजों ने एक और चाल मुसलमानों हेतु "पृथक-निर्वाचन" प्रणाली की चली। भारतीय परिषदों में भारतीयों के प्रतिनिधित्व की व्यवस्था पहली बार मार्ले-मिन्टो सुधार के बाद बनी। वर्ष 1909 में भारत परिषद अधिनियम बना और केन्द्रीय और प्रांतीय परिषद का विस्तार हुआ। इन परिषदों में चुने हुए सदस्यों की संख्या आधी से भी कम थी। उल्लेखनीय है कि इस अधिनियम (1909) में परिषद के सदस्य भारतीयों द्वारा नहीं चुने जाते थे बल्कि उनका चुनाव विशेष प्रभावशाली वर्गों, जैसे जमींदारों-भू स्वामियों, उद्योग संगठनों, विश्वविद्यालयों और निकायों-बोर्ड आदि द्वारा किया जाता था। *इसी अधिनियम में "मुस्लिम समुदाय" को पृथक निर्वाचिका (सेपरेट इलेक्टोरेट) के तहत अपने प्रतिनिधि चुनने का अधिकार दिया गया।* इस नीति में परिषद के कुछ स्थान मुस्लिम समुदाय के प्रतिनिधियों के लिए तय किए गए, इन स्थानों पर केवल मुस्लिम मतदाता ही मतदान कर सकते थे। इससे भारत में साम्प्रदायिक विभाजन का राजनीतिकरण हुआ। इस तरह के प्रतिनिधित्व की व्यवस्था से भारतीयों को कोई लाभ अथवा स्वायत्तता नहीं मिली। कांग्रेस ने सख़्त विरोध किया तो मुस्लिम नेता नाराज़ हो गए। अब उन्हें साधना मजबूरी थी। गांधी जी ने उसे ख़िलाफ़त आंदोलन के ज़रिए समेटना चाहा।

## 1919 : ख़िलाफ़त आंदोलन

पृथ्वी पर मुसलमानों की मान्य नेतृत्व संस्था ख़लीफ़ा मदीना, दमिश्क, बग़दाद से होता हुआ तुर्की की राजधानी कुस्तुनयूनिया में स्थापित थी। वहाँ का ओटोमन सुल्तान ख़लीफ़ा अब्दुल हमीद द्वितीय (1842-1918) ने ओटोमन साम्राज्य को पश्चिमी

हमले और विघटन से बचाने और तुर्की में लोकतान्त्रिक विरोध को कुचलने के लिए पैन-इस्लामिक कार्यक्रम की शुरुआत की। उन्होंने एक दूत, जमालुद्दीन अफ़गानी को भारत भेजा। जिसने भारतीय मुसलमानों में पान्थिक जुनून और सहानुभूति पैदा की। खलीफ़ा होने के नाते, तुर्क सुल्तान दुनिया भर के सभी सुन्नी मुसलमानों के सर्वोच्च धार्मिक और राजनीतिक नेता माने जाते थे।

प्रमुख इस्लामी शक्ति जिसका सुल्तान, खलीफा के रूप में, पैन-इस्लामवादियों द्वारा विश्वव्यापी मुस्लिम समुदाय के नेता के रूप में देखा जाता था। ओटोमन साम्राज्य के पतन से मुस्लिम फूट का डर पैदा हुआ था। खिलाफत पहले इतालवी हमलों (1911) और बाल्कन युद्धों (1912-13) और बाद में प्रथम विश्व युद्ध (1914-18) में हार से खतरे में थी। प्रथम विश्वयुद्ध के बाद थीसेवर्स की संधि (अगस्त 1920), जिसने साम्राज्य को टुकड़ों में बाँट दिया, न केवल सभी गैर-तुर्की क्षेत्रों को साम्राज्य से अलग कर दिया, बल्कि तुर्की मातृभूमि के कुछ हिस्सों को ग्रीस और अन्य गैर-मुस्लिम शक्तियों को दे दिया।

खिलाफत की रक्षा में एक अभियान शुरू किया गया था, जिसका नेतृत्व भारत में शौकत और मुहम्मद अली और अबुल कलाम आजाद ने किया था। मुस्लिम नेता खिलाफत आंदोलन के समर्थन के बदले में महात्मा गांधी से अहिंसा का वादा करते हुए, असहयोग आंदोलन में शामिल हो गए।

उन्होंने मुसलमानों के मध्य राजनीतिक एकता बनाने और खिलाफ़त / खलीफ़ा की रक्षा के लिए अपने प्रभाव का उपयोग करने का लक्ष्य रखा। 1920 में, उन्होंने खिलाफ़त घोषणापत्र प्रकाशित किया, बंगाल में खिलाफ़त समिति में मुहम्मद अकरम खान, मनीरुज्जमाँ इस्लामाबादी, मुजीबुर रहमान खान और चित्तरंजन दास शामिल थे। कांग्रेस नेता महात्मा गांधी और खिलाफ़त नेताओं ने खिलाफ़त / खलीफ़ा और स्वराज के लिए औपनिवेशिक सरकार पर दबाव बढ़ाने का प्रयास करते हुए एक साथ काम करने और लड़ने का वादा किया। यह आंदोलन 1919 में लखनऊ से शुरू हुआ था। मार्च 1919 में बम्बई में एक खिलाफत समिति का गठन किया गया था। मोहम्मद अली और शौकत अली बन्धुओ के साथ-साथ अनेक मुस्लिम नेताओं ने इस मुद्दे पर संयुक्त जनकार्यवाही की सम्भावना तलाशने के लिए महात्मा गांधी के साथ चर्चा शुरू कर दी। सितम्बर 1920 में कांग्रेस के कोलकाता अधिवेशन में महात्मा गांधी ने भी भाग लिया।

कुछ लोग अमानुल्लाह खान के तहत उत्तर-पश्चिम सीमा प्रान्त से अफ़गानिस्तान तक एक विरोध प्रदर्शन में भी शामिल हुए। डॉ अंसारी, मौलाना आज़ाद और हकीम अजमल खान जैसे खिलाफ़त नेता भी व्यक्तिगत रूप से गांधी के करीब बढ़ते गए। इन नेताओं ने 1920 में मुसलमानों के लिए स्वतन्त्र शिक्षा और सामाजिक कायाकल्प को बढ़ावा देने के लिए जामिया मिलिया इस्लामिया की स्थापना की।

प्रथम महायुद्ध में तुर्की पर ब्रिटेन के आक्रमण ने असन्तोष को प्रज्वलित किया। सरकार की दमननीति ने इसे और भी उत्तेजित किया। राष्ट्रीय भावना तथा मुस्लिम धार्मिक असन्तोष का समन्वय आरम्भ हुआ। महायुद्ध की समाप्ति के बाद राजनीतिक स्वत्वों के बदले भारत को रौलट बिल, दमनचक्र, तथा जालियाँवाला बाग़ मिले, जिसने राष्ट्रीय भावना भड़काने में आग में घी का काम किया। अखिल भारतीय ख़िलाफ़त कमेटी ने जमियतउल्-उलेमा के सहयोग से ख़िलाफ़त आन्दोलन का संगठन किया। मोहम्मद अली ने 1920 में ख़िलाफ़त घोषणापत्र प्रसारित किया। राष्ट्रीय आंदोलन का नेतृत्व गांधी जी ने ग्रहण किया। गांधी जी के प्रभाव से ख़िलाफ़त आन्दोलन तथा असहयोग आंदोलन एकरूप हो गए। मई, 1920 तक ख़िलाफ़त कमेटी ने महात्मा गांधी की अहिंसात्मक असहयोग योजना का समर्थन किया। सितम्बर में कांग्रेस के विशेष अधिवेशन ने असहयोग आन्दोलन के दो ध्येय घोषित किए - स्वराज्य तथा ख़िलाफ़त की माँगों की स्वीकृति।

मार्च 1922 में गांधी के अपने आंदोलन को स्थगित करने और उनकी गिरफ्तारी ने खिलाफत आंदोलन को और कमजोर कर दिया। जब नवम्बर, 1922 में तुर्की में मुस्तफ़ा कमालपाशा ने सुल्तान ख़लीफ़ा महमूद षष्ठम् को पदच्युत कर अब्दुल मजीद आफ़ंदी को पदासीन किया और उसके समस्त राजनीतिक अधिकार अपहृत कर लिए तब ख़िलाफ़त कमेटी ने 1924 में विरोध प्रदर्शन के लिए एक प्रतिनिधि मंडल तुर्की भेजा। राष्ट्रीयतावादी मुस्तफ़ा कमाल ने उसकी सर्वथा उपेक्षा की और 3 मार्च 1924 को उन्होंने ख़लीफ़ा का पद समाप्त कर ख़िलाफ़त का अन्त कर दिया। इस प्रकार, भारत का खिलाफ़त आन्दोलन भी अपने आप समाप्त हो गया।

## 1920 : असहयोग आंदोलन

असहयोग आंदोलन महात्मा गांधी के देखरेख में चलाया जाने वाला प्रथम जन आंदोलन था। इस आंदोलन का व्यापक जन आधार था। शहरी क्षेत्र में मध्यम वर्ग तथा ग्रामीण क्षेत्र में किसानो और आदीवासियों का इसे व्यापक समर्थन मिला। इसमें श्रमिक वर्ग की भी भागीदारी थी। इस प्रकार यह प्रथम जन आंदोलन बन गया। 1914-1918 के प्रथम विश्वयुद्ध के दौरान अंग्रेजों ने प्रेस पर प्रतिबंध लगा दिया था और बिना जाँच के कारावास की अनुमति दे दी थी। सर सिडनी रॉलेट की अध्यक्षता वाली एक समिति की संस्तुतियों के आधार पर इन कठोर उपायों को जारी रखा गया। इसके जवाब में गांधी जी ने देशभर में इस अधिनियम (रॉलेट एक्ट) के खिलाफ़ एक अभियान चलाया। उत्तरी और पश्चिमी भारत के कस्बों में चारों तरफ़ आंदोलन के समर्थन में दुकानों और स्कूलों के बंद होने के कारण जीवन लगभग ठहर सा गया था। पंजाब में, विशेष रूप से कड़ा विरोध हुआ, जहाँ के बहुत से लोगों ने युद्ध में

अंग्रेजों के पक्ष में सेवा की थी और अब अपनी सेवा के बदले वे ईनाम की अपेक्षा कर रहे थे। लेकिन इसकी जगह उन्हें रॉलेट एक्ट दिया गया। पंजाब जाते समय गांधी जी को कैद कर लिया गया। स्थानीय कांग्रेसजनों को गिरफ़तार कर लिया गया था। प्रांत की यह स्थिति धीरे-धीरे और तनावपूर्ण हो गई तथा 13, अप्रैल 1919 में अमृतसर में यह खूनखराबे के चरमोत्कर्ष पर ही पहुँच गई जब एक अंग्रेज ब्रिगेडियर (रेजिनाल्ड डायर) ने एक राष्ट्रवादी सभा पर गोली चलाने का हुक्म दिया।

असहयोग आंदोलन 1 अगस्त 1920 में औपचारिक रूप से शुरू हुआ था और बाद में आंदोलन का प्रस्ताव कांग्रेस के कलकत्ता अधिवेशन में 4 सितंबर 1920 को पारित हुआ जिसके बाद कांग्रेस कार्यकारिणी ने इसे अपना औपचारिक आंदोलन स्वीकृत कर लिया। जो लोग भारत से उपनिवेशवाद को समाप्त करना चाहते थे उनसे आग्रह किया गया कि वे स्कूलो, कॉलेजो और न्यायालय न जाएँ। अंग्रेजों का कर न चुकाएँ। संक्षेप में सभी को अंग्रेजी सरकार के साथ, सभी ऐच्छिक संबंधो के परित्याग करने को कहा गया। गांधी जी ने कहा कि यदि असहयोग का ठीक ढंग से पालन किया जाए तो भारत एक वर्ष के भीतर स्वराज प्राप्त कर लेगा। अपने संघर्ष का और विस्तार करते हुए उन्होंने खिलाफत आन्दोलन के साथ हाथ मिला लिए जो हाल ही में तुर्की शासक कमाल अतातुर्क द्वारा समाप्त किए गए सर्व-इस्लामवाद के प्रतीक खलीफ़ा की पुनर्स्थापना की माँग कर रहा था।

सरकारी आँकड़ों के मुताबिक 1921 में 396 हड़तालें हुई जिनमें 6 लाख श्रमिक शामिल थे और इससे 70 लाख रुपयों का नुकसान हुआ था। ग्रामीण क्षेत्र भी असंतोष से आंदोलित हो रहा था। पहाड़ी जनजातियों ने वन्य कानूनों की अवहेलना कर दी। अवध के किसानों ने कर नहीं चुकाए। कुमाउँ के किसानों ने औपनिवेशिक अधिकारियों का सामान ढोने से मना कर दिया। इन विरोधी आंदोलनों को कभी-कभी स्थानीय राष्ट्रवादी नेतृत्व की अवज्ञा करते हुए कार्यान्वित किया गया। किसानों, श्रमिकों और अन्य ने इसकी अपने ढंग से व्याख्या की तथा औपनिवेशिक शासन के साथ 'असहयोग' के लिए उन्होंने ऊपर से प्राप्त निर्देशों पर टिके रहने के बजाय अपने हितों से मेल खाते तरीकों का इस्तेमाल कर कार्यवाही की।

महात्मा गांधी के अमरीकी जीवनी-लेखक लुई फ़िशर ने लिखा है कि 'असहयोग भारत और गांधी जी के जीवन के एक युग का ही नाम हो गया। असहयोग शांति की दृष्टि से नकारात्मक किन्तु प्रभाव की दृष्टि से बहुत सकारात्मक था। इसके लिए प्रतिवाद, परित्याग और स्व-अनुशासन आवश्यक थे। यह स्वशासन के लिए एक प्रशिक्षण था।' 1857 के स्वतंत्रता संग्राम की क्रांति के बाद पहली बार असहयोग आन्दोलन से अंग्रेजी राज की नींव हिल गई।

## 1922 : चौरीचौरा कांड

चौरी-चौरा कांड 5 फरवरी 1922 को यूनाइटेड प्राविन्स के गोरखपुर जिले के चौरीचौरा में घटित हुआ था। जब असहयोग आंदोलन में भाग लेने वाले प्रदर्शनकारियों का एक बड़ा समूह पुलिस के साथ भिड़ गया था। पुलिस ने गोली चलाई। जवाबी कार्रवाई में प्रदर्शनकारियों ने हमला किया और एक पुलिस स्टेशन में आग लगा दी थी, जिससे उनके सभी पुलिसकर्मी मारे गए। इस घटना के कारण तीन नागरिकों और 22 पुलिसकर्मियों की मृत्यु हुई थी। महात्मा गांधी, जो हिंसा के घोर विरोधी थे, ने इस घटना के कारण 12 फरवरी 1922 को राष्ट्रीय स्तर पर असहयोग आंदोलन को रोक दिया था। गांधी जी सच मायने में अहिंसा का पालन चाहते थे।

इस घटना के तुरन्त बाद गांधीजी ने असहयोग आन्दोलन को समाप्त करने की घोषणा कर दी। बहुत से लोगों को गांधीजी का यह निर्णय उचित नहीं लगा। विशेषकर क्रांतिकारियों ने इसका प्रत्यक्ष या परोक्ष विरोध किया। 1922 की गया कांग्रेस में प्रेमकृष्ण खन्ना व उनके साथियों ने रामप्रसाद विस्मिल के साथ कन्धे से कन्धा भिड़ाकर गांधीजी का विरोध किया।

चौरीचौरा कांड के अभियुक्तों का मुकदमा पंडित मदनमोहन मालवीय ने लड़ा और अधिकांश को बचा ले जाना उनकी एक बड़ी सफलता थी। इनमें से 151 लोग फांसी की सजा से बच गये। बाकी 19 लोगों को 2 से 11 जुलाई 1923 के दौरान फांसी दे दी गई। इस घटना में 14 लोगों को आजीवन कैद और 10 लोगों को आठ वर्ष सश्रम कारावास की सजा हुई। गांधी जी समझते थे कि क्रांतिकारियों की फुटकर हिंसा से ब्रिटिश साम्राज्य की संगठित हिंसा से निपटा नहीं जा सकता है। सत्य और अहिंसा ही कारगर अस्त्र हैं। अंग्रेजों के पास इन अस्त्रों की कोई काट नहीं थी। वे हिंदुवादी सत्य अहिंसा सिद्धांतों को समझ भी नहीं पाते थे, और गांधी जी आंदोलनकारियों से उनका पालन करवाना जानते थे। नमक सत्याग्रह इसका सबसे बड़ा उदाहरण था। गांधी जी की अगली टक्कर साइमन कमीशन से हुई।

## 1928 : साइमन कमीशन

साइमन आयोग सात ब्रिटिश सांसदो का समूह था, जिसका गठन 8 नवम्बर 1927 में भारत में संविधान सुधारों के अध्ययन के लिये किया गया था। इसका मुख्य कार्य मानटेंगयु चेम्स्फ़ोर्द सुधार कि जॉच करना था। 3 फरवरी 1928 में साइमन कमीशन भारत आया। भारतीय आंदोलनकारियों ने साइमन कमीशन वापस जाओ के नारे लगाए और जमकर विरोध किया। साइमन कमीशन के विरुद्ध होने वाले इस आंदोलन में कांग्रेस के साथ मुस्लिम लीग ने भी भाग लिया। इसका नाम इसके अध्यक्ष सर जॉन साइमन नाम पर रखा गया था।

साइमन आयोग के मुख्य सुझाव निम्नलिखित थे :

1. भारत में एक संघ की स्थापना हो जिसमें ब्रिटिश भारतीय प्रांत और देशी रियासत शामिल हों।
2. केन्द्र में उत्तरदायी शासन की व्यवस्था हो।
3. वायसराय और प्रांतीय गवर्नर को विशेष शक्तियाँ दी जाए।
4. एक लचीले संविधान का निर्माण हो।

कमीशन के सभी सदस्य अंग्रेज थे जो भारतियों का बहुत बड़ा अपमान था। चौरीचौरा की घटना के बाद असहयोग आंदोलन वापस लिए जाने के बाद आज़ादी की लड़ाई में जो ठहराव आ गया था वह साइमन कमीशन के गठन की घोषणा से टूट गया। 1927 में मद्रास में कांग्रेस का अधिवेशन हुआ जिसमें सर्वसम्मति से साइमन कमीशन के बहिष्कार का फैसला लिया गया। मुस्लिम लीग ने भी साइमन के बहिष्कार का फैसला किया।

3 फरवरी 1928 को कमीशन भारत पहुंचा। साइमन कोलकाता लाहौर, लखनऊ, विजयवाडा, और पुणे सहित जहाँ-जहाँ भी पहुंचा उसे जबर्दस्त विरोध का सामना करना पड़ा। लोगों ने उसे काले झंडे दिखाए। पूरे देश में साइमन गो बैक (साइमन वापस जाओ) के नारे गूंजने लगे। लखनऊ में हुए लाठीचार्ज में पंडित जवाहर लाल नेहरू घायल और गोविंद वल्लभ पंत अपंग हो गए।

लाहौर में साइमन कमीशन के विरोध में प्रदर्शन का नेतृत्व शेर-ए-पंजाब लाला लाजपत राय ने किया। नौजवान भारत सभा के क्रांतिकारियों ने साइमन विरोधी सभा एवं प्रदर्शन का प्रबंध संभाला। जहां से कमीशन के सदस्यों को निकलना था, वहां भीड़ ज्यादा थी। लाहौर के पुलिस अधीक्षक स्कॉट ने लाठीचार्ज का आदेश दिया और उप-अधीक्षक सांडर्स जनता पर टूट पड़ा। भगत सिंह और उनके साथियों ने यह अत्याचार देखा, किन्तु लाला जी ने शांत रहने को कहा। लाहौर का आकाश ब्रिटिश सरकार विरोधी नारों से गूंज रहा था और प्रदर्शनकारियों के सिर फूट रहे थे। इतने में स्कॉट स्वयं लाठी से लाला लाजपत राय को निर्दयता से पीटने लगा।

30 अक्तूबर 1928 को लाला लाजपत राय के नेतृत्व में साइमन का विरोध कर रहे युवाओं को बेरहमी से पीटा गया। पुलिस ने लाला लाजपत राय की छाती पर निर्ममता से लाठियां बरसाईं। वह बुरी तरह घायल हो गए और मरने से पहले उन्होंने बोला था कि "आज मेरे उपर बरसी हर एक लाठी कि चोट अंग्रेजों की ताबूत की कील बनेगी" अंततः 18 दिन बाद 17 नवम्बर 1928 को यही लाठियां लाला लाजपत राय की शहादत का कारण बनीं।

भगत सिंह और उनके मित्र क्रांतिकारियों की दृष्टि में यह राष्ट्र का अपमान था, जिसका प्रतिशोध केवल "खून के बदले खून" के सिद्धांत से लिया जा सकता था। 10 दिसम्बर 1928 की रात को निर्णायक फैसले हुए। भगत सिंह, चंद्रशेखर आजाद, राजगुरु, सुखदेव, जय गोपाल, दुर्गा भाभी आदि एकत्रित हुए। भगत सिंह ने कहा कि उसे मेरे हाथों से मरना चाहिए। आजाद, राजगुरु, सुखदेव और जयगोपाल सहित भगत सिंह को यह काम सौंपा गया।

17 दिसम्बर 1928 को उप-अधीक्षक सांडर्स दफ्तर से बाहर निकला। उसे ही स्कॉट समझकर राजगुरु ने उस पर गोली चलाई, भगत सिंह ने भी उसके सिर पर गोलियां मारीं। अंग्रेज सत्ता कांप उठी। अगले दिन एक इश्तिहार भी बाँटा गया, और लाहौर की दीवारों पर चिपका दिया गया। जिस पर लिखा था- हिन्दुस्थान सोशलिस्ट रिपब्लिकन एसोसिएशन ने लाला लाजपत राय की हत्या का प्रतिशोध ले लिया है और फिर लाट साहिब बने भगत सिंह गोद में बच्चा उठाए वीरांगना दुर्गा भाभी के साथ कोलकाता मेल में जा बैठे। राजगुरु नौकरों के डिब्बे में तथा साधु बने आजाद किसी अन्य डिब्बे में जा बैठे। स्वतंत्रता संग्राम के नायक नया इतिहास लिखने लाहौर से निकल गए। कोलकाता में भगत सिंह अनेक क्रांतिकारियों से मिले। भगवती चरण वहां पहले ही पहुंच गए थे। सेंट्रल असेंबली में बम फेंकने का विचार भी कोलकाता में ही बना था। इसके लिए अवसर भी शीघ्र ही मिल गया। केन्द्रीय असेंबली में दो बिल पेश होने वाले थे- जन सुरक्षा बिल और औद्योगिक विवाद बिल जिनका उद्देश्य देश में उठते युवक आंदोलन को कुचलना और मजदूरों को हड़ताल के अधिकार से वंचित रखना था।

भगत सिंह और आजाद के नेतृत्व में क्रांतिकारियों की बैठक में यह फैसला किया गया कि 08 अप्रैल 1929 को जिस समय वायसराय असेंबली में इन दोनों प्रस्तावों को कानून बनाने की घोषणा करें, तभी बम धमाका किया जाए। इसके लिए शुरू में बटुकेश्वर दत्त और विजय कुमार सिन्हा को चुना गया, किन्तु बाद में भगत सिंह ने यह कार्य दत्त के साथ स्वयं ही करने का निर्णय लिया।

ठीक उसी समय जब वायसराय जनविरोधी प्रस्तावों को कानून बनाने की घोषणा करने के लिए उठे, बटुकेश्वर दत्त और भगत सिंह भी खड़े हो गए। पहला बम भगत सिंह ने और दूसरा दत्त ने फेंका और "इंकलाब जिंदाबाद" का नारा लगाया। एकदम खलबली मच गई, जॉर्ज शुस्टर अपनी मेज के नीचे छिप गया। सार्जेन्ट टेरी इतना भयभीत था कि वह इन दोनों को गिरफ्तार नहीं कर पाया। बटुकेश्वर दत्त और भगत सिंह आसानी से भाग सकते थे, लेकिन वे स्वेच्छा से बंदी बने। उन्हें दिल्ली जेल में रखा गया और वहीं मुकदमा भी चला।

इसके बाद दोनों को लाहौर ले जाया गया, पर भगत सिंह को मियांवाली जेल में रखा गया। लाहौर में सांडर्स की हत्या, असेंबली में बम धमाका आदि मामले

चले और 07 अक्टूबर 1930 को ट्रिब्यूनल का फैसला जेल में पहुंचा। जो इस प्रकार था - भगत सिंह, सुखदेव और राजगुरु को फांसी, कमलनाथ तिवारी, विजय कुमार सिन्हा, जयदेव कपूर, शिव वर्मा, गया प्रसाद, किशोर लाल और महावीर सिंह को आजीवन कारावास, कुंदनलाल को सात तथा प्रेमदत्त को तीन साल का कठोर कारावास। बटुकेश्वर दत्त को असेंबली बम कांड के लिए उम्रकैद का दंड सुनाया गया था। शहीदों को फाँसी से देश में रोष की लहर व्याप्त गई। गांधी जी ने इस अवसर का आज़ादी के आंदोलन में सामयिक उपयोग किया।

## 1929 : सविनय अवज्ञा आन्दोलन

सविनय अवज्ञा आन्दोलन, ब्रिटिश साम्राज्यवाद के विरुद्ध भारतीय राष्ट्रीय कांग्रेस द्वारा चलाये गए जन आन्दोलन में से एक था। 31 दिसंबर 1929 की आधी रात को, भारतीय राष्ट्रीय कांग्रेस ने लाहौर में रावी के तट पर भारत का तिरंगा झंडा फहराया। गांधी और जवाहरलाल नेहरू के नेतृत्व में भारतीय राष्ट्रीय कांग्रेस ने 26 जनवरी 1930 को सार्वजनिक रूप से संप्रभुता और स्व-शासन, या पूर्ण स्वराज की घोषणा जारी की।

कांग्रेस कार्य समिति ने गांधी को सविनय अवज्ञा के पहले कार्यक्रम के आयोजन की जिम्मेदारी दी। गांधी जी की योजना ब्रिटिश नमक कर की अवहेलना द्वारा सविनय अवज्ञा शुरू करने की थी। 1882 के नमक अधिनियम ने अंग्रेजों को नमक के संग्रह और निर्माण पर एकाधिकार दिया हुआ था। इसके संचालन को सरकारी नमक डिपो तक सीमित कर दिया और नमक कर लगा दिया। नमक अधिनियम का उल्लंघन एक आपराधिक मामला था। भारतियों को इसे औपनिवेशिक सरकार से खरीदने के लिए मजबूर किया गया था। भले ही तट पर रहने वालों के लिए नमक स्वतंत्र रूप से उपलब्ध था।

दांडी यात्रा या नमक सत्याग्रह, महात्मा गांधी के नेतृत्व में औपनिवेशिक भारत में अहिंसक सविनय अवज्ञा का एक महत्वपूर्ण कार्य था। अत्याचार के खिलाफ कर प्रतिरोध और अहिंसक विरोध मार्च 12 मार्च 1930 से 6 अप्रैल 1930 तक चौबीस दिवसीय प्रत्यक्ष कार्रवाई अभियान के रूप में चला। इस मार्च का एक अन्य कारण यह था कि सविनय अवज्ञा आंदोलन को एक मजबूत शुरुआत की आवश्यकता थी। जो लोगों को गांधी जी के उदाहरण का अनुसरण करने के लिए प्रेरित करे। गांधी जी ने इस मार्च की शुरुआत अपने 78 भरोसेमंद स्वयंसेवकों के साथ की थी। 12 मार्च को 240 मील (390 किमी), साबरमती आश्रम से दांडी तक पैदल यात्रा करना थी। जिसे उस समय (अब गुजरात राज्य में) नवसारी कहा जाता था। रास्ते में भारतियों की बढ़ती संख्या उनके साथ जुड़ती गई। जब गांधी ने 6 अप्रैल 1930 को सुबह

8:30 बजे नमक कानूनों को तोड़ा, तो इसने लाखों भारतियों द्वारा नमक कानूनों के खिलाफ बड़े पैमाने पर सविनय अवज्ञा के कृत्यों को जन्म दिया।

दांडी में वाष्पीकरण द्वारा नमक बनाने के बाद, गांधी तट के साथ दक्षिण की ओर बढ़ते रहे, नमक बनाते रहे और रास्ते में सभाओं को संबोधित करते रहे। दांडी से 40 किमी दक्षिण में धरसाना साल्ट वर्क्स में सत्याग्रह करने की योजना बनाई। हालाँकि, गांधी को धरसाना में नियोजित कार्रवाई से कुछ दिन पहले 4-5 मई 1930 की मध्यरात्रि को गिरफ्तार कर लिया गया था। दांडी मार्च और आगामी धरसाना सत्याग्रह ने समाचार पत्रों और न्यूज़रील कवरेज के माध्यम से भारतीय स्वतंत्रता आंदोलन की ओर दुनिया भर का ध्यान आकर्षित किया। नमक कर के खिलाफ सत्याग्रह लगभग एक साल तक जारी रहा, गांधी की जेल से रिहाई और दूसरे गोलमेज सम्मेलन में वायसराय लॉर्ड इर्विन के साथ बातचीत के साथ समाप्त हुआ। हालांकि नमक सत्याग्रह के परिणामस्वरूप 60,000 से अधिक भारतियों को जेल में डाल दिया गया, अंग्रेजों ने तत्काल बड़ी रियायतें नहीं दीं।

महात्मा गांधी ने कहा "भारत में ब्रिटिश सरकार ने न केवल भारतीय लोगों को उनकी स्वतंत्रता से वंचित किया है, बल्कि जनता के शोषण पर आधारित नीति से आर्थिक, राजनीतिक, सांस्कृतिक और आध्यात्मिक रूप से भारत को बर्बाद कर दिया है। इसलिए, हम मानते हैं कि भारत को ब्रिटिश कनेक्शन को तोड़ देना चाहिए और 'पूर्ण स्वराज' या पूर्ण संप्रभुता और स्व-शासन प्राप्त करना चाहिए।" इसने दुनिया भर में ध्यान आकर्षित किया। जिसने स्वतंत्रता आंदोलन को गति दी और राष्ट्रव्यापी सविनय अवज्ञा आंदोलन तेज हो गया। ब्रिटिश सरकार ने बातचीत की पेशकश की। प्रथम गोलमेज सम्मेलन 12 दिसम्बर 1930 से 10 जनवरी 1931 तक लंदन में आयोजित किया गया था। यह कांग्रेस के बहिष्कार के फलस्वरूप असफल हो गया था।

## 1931 : गांधी-इरविन समझौता

5 मार्च सन् 1931 को द्विवतीय गोलमेज़ सम्मेलन के पूर्व महात्मा गांधी और तत्कालीन वाइसराय लॉर्ड इरविन के बीच एक राजनैतिक समझौता हुआ, जिसे गांधी-इरविन समझौता (Gandhi-Irwin Pact) कहते हैं। इसे दिल्ली पेक्ट भी कहते हैं।

ब्रिटिश सरकार प्रथम गोलमेज सम्मेलन से समझ गई कि बिना कांग्रेस के सहयोग के कोई फैसला संभव नहीं है। वायसराय लार्ड इरविन एवं महात्मा गांधी के बीच 5 मार्च 1931 को गांधी-इरविन समझौता सम्पन्न हुआ। इस समझौते में लार्ड इरविन ने स्वीकार किया कि -

- हिंसा के आरोपियों को छोड़कर बाकी सभी राजनीतिक बन्दियों को रिहा कर दिया जाएगा।
- भारतियों को समुद्र किनारे नमक बनाने का अधिकार दिया जाएगा।
- भारतीय शराब एवं विदेशी कपड़ों की दुकानों के सामने धरना दे सकते हैं।
- आन्दोलन के दौरान त्यागपत्र देने वालों को उनके पदों पर पुनः बहाल किया जायेगा।
- आन्दोलन के दौरान जब्त सम्पत्ति वापस की जाएगी।

कांग्रेस की ओर से गांधीजी ने निम्न शर्तें स्वीकार की -

- अविनय अविज्ञा आंदोलन स्थगित कर दिया जाएगा।
- कांग्रेस द्विवतीय गोलमेज़ सम्मेलन में भाग लेगी।
- कांग्रेस ब्रिटिश सामान का बहिष्कार नहीं करेगी।
- गांधीजी पुलिस की ज्यादतियों की जाँच की माँग छोड़ देंगे।
- यह समझौता इसलिए महत्वपूर्ण था क्योंकि पहली बार ब्रिटिश सरकार ने भारतियों के साथ समानता के स्तर पर समझौता किया।

द्वितीय गोलमेज सम्मेलन 7 सितम्बर 1931 को शुरू हुआ था, जिसमें कांग्रेस ने भी भाग लिया था और 1 दिसम्बर 1931 को समाप्त हुआ था। यह सम्मेलन भी लंदन में ही था। यह साम्प्रदायिक समस्या पर विवाद के कारण असफल रहा। लंदन से वापस आकर गांधी जी ने पुनः सविनय अवज्ञा आंदोलन प्रारम्भ किया।

1. इस सम्मेलन में कांग्रेस ने भाग लिया था जिसमें कांग्रेस की ओर से नेतृत्व महात्मा गांधी ने किया था।
2. इस सम्मेलन में सरोजनी नायडू और एनी बेसेंट ने भाग लिया था जिसमें महिलाओं का नेतृत्व एनी बेसेंट ने किया था।
3. यह सम्मेलन सांप्रदायिकता के कारण ऐसा असफल रहा था जिससे गांधी जी ने वापस भारत आकर 1932 में सविनय अवज्ञा आंदोलन फिर से प्रारंभ किया था।
4. गांधीजी दूसरे गोलमेज सम्मेलन में भाग लेने के लिए लंदन राज राजपूताना जहाज से गए थे!
5. इसी समय फ्रैंक मोरेस ने गांधी जी के बारे में कहा, अर्द्ध नंगे फकीर की ब्रिटिश प्रधानमंत्री से वार्ता हेतु सेंट जेम्स पैलेस की सीढ़िया चढ़ने का दृश्य अपने आप में अनोखा एवं दिव्य प्रभाव उत्पन्न करने वाला था।

असहयोग आंदोलन का मूल उद्देश्य भारतियों को इस तथ्य से अवगत कराना था कि ब्रिटिश सरकार का विरोध किया जा सकता है और यदि सक्रिय रूप से किया जाता है, तो यह उन पर नियंत्रण रखेगा। इस प्रकार, शैक्षणिक संस्थानों का बहिष्कार किया गया, विदेशी वस्तुओं का बहिष्कार किया गया, और लोगों ने सरकारी संस्थानों में अपनी मनोनीत सीटों को छोड़ दिया। हालांकि यह आंदोलन विफल रहा, भारतियों में अंग्रेजों के खिलाफ जाने की अवधारणा जागृत हुई। इस संघर्ष में गाँधीजी का हिन्दुवादी व्यक्तित्व नजर आता है।

## हिंदूवादी गांधी और दलित आंबेडकर टकराव

महात्मा गांधी और डॉ. आंबेडकर दो भिन्न-भिन्न विचारधाराओं के प्रतिनिधि हैं। वैश्विक संदर्भ में आंबेडकर पाश्चात्य दर्शन (तर्क) के पक्ष में खड़े हैं तो गांधी हिंदू दर्शन (आस्था) के पक्ष में खड़े नज़र आते थे। भारतीय संदर्भ में गांधी वैदिक दर्शन तो डॉ. आंबेडकर बौद्ध दर्शन का प्रतिनिधित्व करते थे।

महात्मा गांधी और डॉ. आंबेडकर बीसवीं सदी की प्रभुत्वशाली व महान भारतीय विभूतियों में गिने जाते हैं। दोनों की उम्र में एक पीढ़ी का अंतर था। गांधी 2 अक्टूबर, 1869 को पैदा हुए थे और आंबेडकर का जन्म 14 अप्रैल, 1891 को हुआ था। इस प्रकार आंबेडकर, गांधी से उम्र में 22 वर्ष छोटे थे। लेकिन भारत की राजनीति में प्रत्यक्ष प्रवेश दोनों विभूतियों ने एक ही समय किया। जनवरी, 1915 में गांधी दक्षिण अफ्रीका से भारत लौटे। फरवरी, 1916 में काशी हिंदू विश्वविद्यालय, वाराणसी के समारोह में सार्वजनिक तौर पर भारत के राष्ट्रवादियों एवं रजवाड़ों के समक्ष गांधी ने विचार व्यक्त किए। इस भाषण में गांधी ने भारत की राजनीति में सक्रिय होने के स्पष्ट संकेत दिए। वहीं डॉ. आंबेडकर ने 9 मई, 1916 को अमेरिका के कोलंबिया विश्वविद्यालय में मानव विज्ञान के सेमिनार में एक शोधपत्र पढ़ा। आंबेडकर के इस भाषण की विषय-वस्तु और उनके तेवर से स्पष्ट था कि वे भारतीय राजनीति में सक्रिय भूमिका की उद्घोषणा कर रहे हैं।

दोनों महापुरुषों के भाषण से श्रोता आश्चर्यचकित थे। गांधी ने अपने भाषण में स्वराज के लिए चल रहे आंदोलन की कड़ी आलोचनात्मक समीक्षा प्रस्तुत की तो आंबेडकर ने भारत में जाति की कड़वी एवं वीभत्स सच्चाई से विश्व के महानतम बुद्धिजीवियों को अवगत कराया। भारत के नवनिर्माण की दृष्टि से दोनों भिन्न-भिन्न विश्व दृष्टियों के प्रतिनिधि हैं। दोनों विश्वदृष्टियां एक दूसरे की विरोधी हैं। गांधी की दृष्टि में भारत के नवनिर्माण का अर्थ था भारत में वैदिक संस्कृति के मूल्यों की स्थापना और डॉ. आंबेडकर पाश्चात्य आधुनिक मूल्यों के आधार पर भारत का नवनिर्माण करना चाहते थे।

अपनी पुस्तक 'हिंद स्वराज' में गांधी अंग्रेजों से स्पष्ट कहते हैं कि "हम मानते हैं कि आपके कायम किए हुए स्कूल और अदालतें हमारे काम की नहीं हैं। हम चाहते हैं कि उनके बदले हमारी पुरानी पाठशालाएं और पंचायती अदालतें फिर स्थापित हो जाए।"

गांधी के दर्शन को भारतीय बुद्धिजीवियों ने 'गांधीवाद के रूप में' देश और विदेश में प्रचारित किया। गांधीवाद को एक नया दर्शन कहा गया। जबकि वास्तविकता यह है कि गांधी वैदिक संस्कृति के मूल्यों को ही नवीन शब्दों और अलग समय में प्रस्तुत कर रहे थे। इन मूल्यों को गांधी भारतीय सभ्यता का मूल्य कह रहे थे जबकि ये सभी सिद्धांत वैदिक संस्कृति के मूल्य थे।

रामराज्य सनातन संस्कृति की अवधारणा है। गांधी के अनुसार 'रामराज्य' ईश्वर का राज्य है। अहिंसा और सत्याग्रह, अपने विचारों को जनता और सरकार के समक्ष प्रस्तुत करने की विधि है।

लोकतांत्रिक आंदोलन को अहिंसा और सत्याग्रह कहने के पीछे गांधी की क्या मंशा थी। वे चाहते तो अपने आंदोलन को लोकतांत्रिक आंदोलन भी कह सकते थे। कारण स्पष्ट है। उनकी घोर आस्था वैदिक संस्कृति के मूल्यों में थी। ईसाई धर्म में शुद्धता-अशुद्धता का मूल्य नहीं है। इसलिए वे गाय और सूअर दोनों खाते थे। मुसलमानों द्वारा गाय का मांस खाना वैदिक संस्कृति के सामने बहुत बड़ी चुनौती थी, अछूतों और आदिवासियों में भी वैदिक मूल्यों के प्रति कोई आसक्ति नहीं थी।

ग़ैर-हिंदुओं को सम्मिलित करने के लिए गांधी स्वयं कहते हैं कि रामराज्य का अर्थ हिंदू राज नहीं है, ईश्वर का राज्य है। तो गांधी रामराज्य क्यों कहते हैं सीधे ईश्वर का राज्य क्यों नहीं कहते हैं। इसी प्रकार स्वराज्य का उस समय सामान्य और प्रचलित अर्थ था ब्रिटिश राजसत्ता से भारत की आजादी। लेकिन गांधी कहते हैं कि स्वराज्य का अर्थ है - अपने मन पर राज्य करना। यह एक नैतिक अवधारणा है। गांधी सत्य की खोज करते हैं और कहते हैं कि ईश्वर ही सत्य है। तो फिर गांधी यह क्यों नहीं कहते कि मैं ईश्वर की खोज कर रहा हूँ। गांधी ने अपने मौलिक दर्शन के नाम पर जिन शब्दों को गढ़ा, उन सभी के प्रचलित अर्थ के विपरीत एक नया अर्थ दिया। यह दार्शनिक का कार्य नहीं है यह राजनीतिज्ञ का कार्य है। इसलिए गांधी दार्शनिक नहीं हैं। गांधी मूलतः सनातन संस्कृति की रक्षा करना चाहते थे चूंकि परिस्थितियां विपरीत थी इसलिए अपने विचारों को अस्पष्टता के साथ प्रस्तुत करते थे। जिससे समय अनुकूल होने पर रामराज्य को हिंदू राज, अहिंसा को हिंसा, सत्याग्रह को दुराग्रह, स्वराज्य को 'अंग्रेजों को भारत से निकालने' जैसे शब्दयुग्मों से आसानी से प्रतिस्थापित किया जा सके।

वैदिक धर्म और सनातन संस्कृति के रक्षक के रूप में गांधी का चेहरा उस समय सामने आता है जब वे वर्ण-व्यवस्था और जाति-व्यवस्था के पक्ष में खड़े हो

जाते हैं। वे कहते हैं कि 'जाति प्रथा एक सामाजिक विधान है। भारत में उसे धार्मिक जामा पहना दिया गया है। अन्य देशों में जहां जाति व्यवस्था की उपयोगिता नहीं समझी गयी, वहां यह ढीले-ढाले रूप में मौजूद रही और इसी वजह से वे लोग इस व्यवस्था से उतना लाभान्वित नहीं हो सके जितना भारत हुआ।' गांधी कहते हैं कि 'मैं विश्वास करता हूं कि वर्णों का विभाजन जन्म पर आधारित है। वर्ण-व्यवस्था में ऐसी कोई बात नहीं है, जो शूद्रों को विद्याध्ययन अथवा आक्रमण या प्रत्याक्रमण करने वाली सैनिक युद्ध कला सीखने से वंचित करती हो।

राजनीतिक और सामाजिक विचारों की तरह ही गांधी का आर्थिक विचार तो और विचित्र और विरोधाभासी हैं। आंबेडकर ट्रस्टीशिप के सिद्धांत पर टिप्पणी करते हुए कहते हैं कि 'ट्रस्टीशिप सबसे ज्यादा हास्यास्पद है, जिसे गांधीवाद सभी विकारों का दूर करने का रामबाण नुस्खे के तौर पर पेश करता है और जिसके द्वारा धनी वर्गों के लोग अपनी संपत्ति को गरीबों के न्यास की संपत्ति मानेंगे और स्वयं को उसका मालिक की बजाय न्यासी मानेंगे। इस विषय में यही कहा जा सकता है कि यदि किसी अन्य ने इस सिद्धांत का प्रतिपादन किया होता तो लेखक उसे मूर्ख अज्ञानी समझ कर हंस देता कि उस सिद्धांतकार को जीवन की कठोर वास्तविकता का कुछ अता-पता नहीं है और दास वर्गों को यह कहकर धोखा दे रहा है कि नैतिकता एवं सदाचार के उपदेश मात्र से संपत्ति के मालिक, जो अपनी असीम तृष्णा की तृप्ति के लिए सदा से मेहनतकशों की दुनिया को आंसुओं की सौगात देते हैं, उपदेश द्वारा स्वेच्छा से वर्गीय व्यवस्था से मिली हुई अपनी बेहिसाब ताकत का दास-वर्गों पर इस्तेमाल की लालसा छोड़ देंगे और परोपकारी और त्यागी बन जाएंगे।'

वास्तव में मजदूरों का शोषण और पूंजी से अधिक से अधिक मुनाफा कमाना पूंजीवाद का मौलिक सिद्धांत है। पूंजीपति चाहकर भी उदार और परोपकारी नहीं बन सकते हैं, यह उनके वश में नहीं है। पूंजीवादी समाज में पूंजीपतियों में प्रतियोगिता होती ही है और इस प्रतियोगिता में बने रहना है तो मजदूरों का शोषण करना ही पड़ेगा। मजदूरों का शोषण केवल एक शर्त पर नहीं हो सकता है जब राज्य अर्थव्यवस्था पर अपना नियंत्रण स्थापित कर ले, तो फिर पूंजीपति नहीं रह जाएंगे। इसलिए गांधी का ट्रस्टीशिप का सिद्धांत पूर्णतः धोखा है। इसका सबसे बड़ा प्रमाण यह है कि दुनिया के किसी भी देश की अर्थव्यवस्था में कोई भी पूंजीपति अपने आप को ट्रस्टी नहीं मानता है। अब प्रश्न उठता है कि गांधी ने इस तरह के सिद्धांत क्यों गढ़ा। डा. आंबेडकर उत्तर देते हैं कि 'गांधीवाद का प्रथम खास लक्षण है कि इसका दर्शन संपन्न लोगों की इस मामले में सहायता करता है कि जो कुछ उनके पास है वह उनके पास बना रहे और जो वंचित लोग हैं, जो कुछ पाना उनका हक है, उन्हें वह हक उनकी कृपा से हासिल हो।

गांधी के विपरीत डॉ. आंबेडकर पाश्चात्य दार्शनिक मूल्यों के आधार पर भारत का नवनिर्माण करना चाहते थे। पाश्चात्य दर्शन का अर्थ है तर्क आधारित दर्शन जबकि गैर पाश्चात्य दर्शन को आस्था आधारित दर्शन कहा जाता है। भारत में दर्शन की दोनों परंपराएं रही हैं। चार्वाक और बौद्ध दर्शन तर्क पर आधारित है जबकि वेदांत दर्शन आस्था पर आधारित है। गांधी सहित सभी सवर्ण लेखक, बुद्धिजीवी दर्शन की वैदिक परंपरा को ही भारतीय परंपरा घोषित कर चुके है। आर्यों के विदेशी आगमन के सिद्धांत को यदि माने तो चार्वाक और बौद्ध दर्शन भी भारतीय दर्शन है।

डॉ. आंबेडकर आधुनिक मूल्यों जिसके केंद्र में ईश्वर के स्थान पर मनुष्य है, आस्था के स्थान पर तर्क है, धर्म के स्थान पर विज्ञान है, और लोक-कल्याण है, के आधार पर भारत का नवनिर्माण करना चाहते थे। इसलिए गांधी के विपरीत डॉ. आंबेडकर अपनी बात तार्किक ढंग और स्पष्ट तरीके से कहते हैं। गांधी वर्ण-व्यवस्था के आधार पर हिंदू समाज का नवनिर्माण करना चाहते थे। जबकि डॉ. आंबेडकर के विचार से वर्ण व्यवस्था के आधार पर समाज का नवनिर्माण नहीं हो सकता है। उन्होंने अपनी पुस्तक 'जाति का विनाश' में अपने विचारों को रखा है। आंबेडकर का मत है कि जाति ने हिंदुओं को बर्बाद कर दिया है। चातुर्वर्ण के आधार पर हिंदू समाज का पुनर्गठन असंभव है, क्योंकि वर्ण व्यवस्था एक ऐसे बर्तन की तरह है, जिसमें छेद है। यह सिर्फ अपने गुण के आधार पर अपने को बनाए नहीं रख सकती और इसके जाति व्यवस्था के रूप में पतित होने की अंतर्जात क्षमता है, जब तक इसके साथ कानूनी शक्ति न जोड़ी जाए, जिसे वर्ण का नियम तोड़ने वाले हर आदमी पर लागू किया जा सकता हो। वर्ण-व्यवस्था के आधार पर हिंदू समाज का पुनर्गठन नुकसानदेह है, क्योंकि वर्ण व्यवस्था का परिणाम होता है, जनसाधारण को शिक्षा के अवसरों से वंचित कर उसका निम्नीकरण करना और शस्त्र धारण करने के अधिकार से वंचित कर उसे कायर बनाना। हिंदू समाज का पुनर्गठन ऐसे धार्मिक आधार पर होना चाहिए, जिसमें स्वतंत्रता, समानता और भातृत्व के सिद्धांतों की स्वीकृति हो। इस उद्देश्य को पाने के लिए जाति और वर्ण को जो धार्मिक मान्यता मिली हुई है, उसे नष्ट करना होगा। वर्ण व्यवस्था के मूल में असमानता है और यह असमानता धर्मशास्त्रों एवं ईश्वर द्वारा समर्थित है।

विश्व की सभी सभ्यताओं ने सामाजिक विकास के विभिन्न चरणों में असमानताओं ने जन्म लिया लेकिन किसी भी सभ्यता में किसी भी तरह की असमानता को धर्म और ईश्वर का समर्थन नहीं मिला। वैदिक धर्म ही ऐसा धर्म है जिसके धर्मशास्त्र जाति के आधार पर असमानता का समर्थन देते हैं। काले-गोरे के भेद को बाइबिल और ईश्वर का समर्थन नहीं हासिल है। इसलिए डॉ. आंबेडकर वर्ण व्यवस्था को ध्वस्त करने के लिए हिंदू धर्मशास्त्रों को भी डाइनामाइट लगाकर उड़ाने की आवश्यकता को रेखांकित करते हैं। 1927 में उन्होंने स्वयं मनुस्मृति जलाई थी। डॉ. आंबेडकर अपने

आदर्श समाज के विषय में कहते हैं कि 'मेरा आदर्श एक ऐसा समाज होगा, जो स्वतंत्रता, समता और भ्रातृत्व पर आधारित हो।' इसकी विस्तृत व्याख्या भी वे करते हैं। यहां यह ध्यान देना भी उचित होगा कि डॉ. आंबेडकर जब भी बात करते हैं तो वे भारतीय समाज के पुनर्गठन की बात करते हैं, जिसमें हिंदू, मुस्लिम, सिक्ख, ईसाई, अस्पृश्य एवं आदिवासी सभी सामाजिक तबके शामिल हैं। गांधी जब भी बात करते हैं तो केवल हिंदू समाज के पुनर्गठन की बात करते हैं। कॉम्युनल एवार्ड भारत को कई टुकड़ों में बाँटने की चाल थी। अंग्रेज भारत के लोगों को धर्म और जाति के आधार पर विभाजित करके बने रहना चाहते थे। गांधी जी ने आमरण अनशन से उनका लक्ष्य सिद्ध नहीं होने दिया। व्रत भी एक हिंदुवादी कार्य है कि यदि तुम हमारी बात नहीं मानते तो हम भूखे रहकर आत्मत्याग तो कर ही सकते हैं।

द्वितीय गोलमेज सम्मेलन में हुए विचार विमर्श के फल स्वरूप कम्युनल अवार्ड की घोषणा की गई। जिसके तहत भीमराव आंबेडकर द्वारा उठाई गयी राजनीतिक प्रतिनिधित्व की माँग को मानते हुए दलित वर्ग को दो वोटों का अधिकार मिला। एक वोट से दलित अपना प्रतिनिधि चुनेंगे तथा दूसरी वोट से सामान्य वर्ग का प्रतिनिधि चुनेंगे। इस प्रकार दलित प्रतिनिधि केवल दलितों की ही वोट से चुना जाना था। दूसरे शब्दों में उम्मीदवार भी दलित वर्ग का तथा मतदाता भी केवल दलित वर्ग के ही। 16 अगस्त 1932 को ब्रिटिश प्रधानमंत्री रेम्मजे मैक्डोनल्ड ने साम्प्रदायिक पंचाट की घोषणा की जिसमें दलितो सहित 11 समुदायों को पृथक निर्वाचक मंडल प्रदान किया गया। दलित प्रतिनिधि को चुनने में गैर दलित वर्ग अर्थात सामान्य वर्ग का कोई दखल ना रहा। परन्तु दूसरो ओर दलित वर्ग अपनी दूसरी वोट के माध्यम से सामान्य वर्ग के प्रतिनिधि को चुनने से अपनी भूमिका निभा सकता था। गांधी इस समय पूना की येरवडा जेल में थे। कम्युनल एवार्ड की घोषणा होते ही पहले तो उन्होंने ब्रिटिश प्रधानमन्त्री को पत्र लिखकर इसे बदलवाने का प्रयास किया, परंतु जब उन्होंने देखा के यह निर्णय बदला नहीं जा रहा, तो उन्होंने आमरण व्रत रखने की घोषणा कर दी।

अंग्रेजों की मंशा हिंदुओं और मुसलमानों में फूट के बीज बोने के बाद सवर्ण और दलितों में संघर्ष करवाना था। जो काम उन्होंने हिंदू मुसलमानों के बीच किया था। सत्ता की मलाई बाँट कर वही काम हिंदू सवर्ण और दलितों में करना चाह रहे थे। दलितों के लिए की गई पृथक निर्वाचक मंडल की व्यवस्था का गांधीजी ने विरोध किया, 20 सितंबर 1932 को गांधी जी ने अनशन प्रारंभ कर दिया।

पूना पैक्ट अथवा पूना समझौता भीमराव आम्बेडकर एवं महात्मा गांधी के मध्य पुणे की यरवदा सेंट्रल जेल में 24 सितम्बर, 1932 को हुआ था। अंग्रेज सरकार ने इस समझौते को सांप्रदायिक अधिनिर्णय (कॉम्युनल एवार्ड) में संशोधन के रूप में अनुमति प्रदान की। समझौते में दलित वर्ग के लिए पृथक निर्वाचक मंडल को त्याग

दिया गया लेकिन दलित वर्ग के लिए आरक्षित सीटों की संख्या प्रांतीय विधानमंडलों में 71 से बढ़ाकर 148 और केन्द्रीय विधायिका में कुल सीटों की 18% कर दीं गयीं।

26 सितंबर 1932 को राजेंद्र प्रसाद व मदन मोहन मालवीय के प्रयासों से गांधी जी और अंबेडकर के मध्य पूना समझौता हुआ जिसमें संयुक्त हिंदू निर्वाचन व्यवस्था के अंतर्गत दलितों के लिए स्थान आरक्षित रखने पर सहमति बनी। इस समझौते को पूना पैक्ट भी कहा जाता है। इस समझौते में डॉ आम्बेडकर को कम्युनल अवॉर्ड में मिले पृथक निर्वाचन के अधिकार को छोड़ना पड़ा तथा संयुक्त निर्वाचन (जैसा कि आजकल है) पद्धति को स्वीकार करना पडा। साथ ही अछूत लोगो के लिए प्रत्येक प्रांत में शिक्षा अनुदान में पर्याप्त राशि नियत करवाईं और सरकारी नौकरियों से बिना किसी भेदभाव के दलित वर्ग के लोगों की भर्ती को सुनिश्चित किया।

## 1942 : भारत छोड़ो आन्दोलन

ब्रिटिश सरकार द्वारा 22 मार्च 1942 को क्रिप्स मिशन भारत भेजा गया। जिसका उद्देश्य द्वितीय विश्वयुद्ध के दौरान भारत का पूर्ण सहयोग प्राप्त करना था। सर स्टैफोर्ड क्रिप्स इसके अध्यक्ष थे जो विंस्टन चर्चिल के मंत्रिमंडल के साम्यवादी झुकाव वाले एक राजनेता थे।

भारत आने पर क्रिप्स ने भारतीय नेताओं के साथ बातचीत की। क्रिप्स ने अपने प्रस्तावों के माध्यम से सभी समुदायों को संतुष्ट करने का प्रयास किया। वह नेहरू के मित्र थे, और उन्होंने एक समझौते की व्यवस्था करने की पूरी कोशिश की। हालांकि, अविश्वास बहुत अधिक था और कई लोग नहीं चाहते थे कि कोई समझौता हो। चर्चिल और लियो एमरी (भारत के राज्य सचिव) द्वारा क्रिप्स को भारत के राष्ट्रवादी राजनेताओं को कुछ पेशकश करने के लिए अधिकृत किया गया था। उन्हें वाइसराय, लिनलिथगो से शत्रुता का भी सामना करना पड़ा। उन्होंने युद्ध की समाप्ति पर भारत को पूर्ण प्रभुत्व का दर्जा का प्रस्ताव देकर शुरुआत की। निजी तौर पर, क्रिप्स ने भी लिनलिथगो से छुटकारा पाने और तत्काल प्रभाव से भारत को डोमिनियन का दर्जा देने का वादा किया, केवल इस बात पर जोर दिया कि भारतीय रक्षा मंत्रालय अंग्रेजों के पास रहेगा।

इस स्तर तक अंग्रेजों और कांग्रेस के बीच थोड़ा अविश्वास था, और दोनों पक्षों को लगा कि दूसरा अपनी सच्ची योजनाओं को छुपा रहा है। कांग्रेस ने क्रिप्स के साथ बातचीत बंद कर दी और गांधी द्वारा निर्देशित, राष्ट्रीय नेतृत्व ने युद्ध समर्थन के बदले में तत्काल स्वशासन की मांग की। गांधी ने कहा कि युद्ध के बाद डोमिनियन स्टेटस की क्रिप्स की पेशकश "एक दिवालिया बैंक पर आहरित पोस्ट-डेटेड चेक" है।

जिन्ना ने तर्क दिया कि प्रस्ताव केवल एक मसौदा घोषणा हैं और भारतियों की मांगों को पूरा नहीं करते थे। संयुक्त भारत की एक ब्रिटिश योजना को प्राथमिकता

देते हैं। एक संवाददाता सम्मेलन में उन्होंने तर्क दिया कि प्रस्तावों में पाकिस्तान के लिए कोई स्पष्ट रियायत नहीं है। उन्होंने आगे चिंता व्यक्त की कि आत्मनिर्णय के मुस्लिम अधिकार की अनदेखी की गई है। उन्होंने बाद के चरण में मुस्लिम लीग को वार्ता से बाहर करने के लिए भी आलोचना की।

जब ब्रिटिश अनुत्तरदायी बने रहे, गांधी और भारतीय राष्ट्रीय कांग्रेस ने एक प्रमुख सार्वजनिक विरोध, भारत छोड़ो आंदोलन की योजना बनाना शुरू कर दिया, जिसने भारत से तत्काल ब्रिटिश वापसी की मांग की। जैसे-जैसे इंपीरियल जापानी सेना बर्मा की विजय के साथ भारत के करीब पहुँची, भारतियों को भारतीय धरती की रक्षा करने में अंग्रेजों की अक्षमता का एहसास हुआ। आक्रमण बल में भारत के ब्रिटिश नियंत्रण को समाप्त करने के लिए सुभाष चंद्र बोस के नेतृत्व में आज़ाद हिंद फ़ौज के तत्व शामिल थे। यह भारतियों से बना था, ज्यादातर 1942 की शुरुआत में सिंगापुर के पतन के साथ पकड़े गए भारतीय कैदी भी उनकी सेना में थे।

जिन्ना की मुस्लिम लीग ने भारत छोड़ो आंदोलन की निंदा की और प्रांतीय सरकारों के साथ-साथ राज की विधान परिषदों में भाग लिया। इसने मुसलमानों को युद्ध में भाग लेने के लिए प्रोत्साहित किया। ब्रिटिश उनके इस सहयोग से अधिकारियों और सैन्य कर्मियों का उपयोग करके युद्ध की अवधि के दौरान भारत का प्रशासन जारी रखने में सक्षम रहे। क्रिप्स मिशन की विफलता के कारणों के पीछे तीन मुख्य कारण हैं :

- एक तो दी जाने वाली सभी रियायतें युद्ध के बाद पूरी होनी थीं। तत्काल प्रभाव के कोई प्रावधान नहीं थे।
- दूसरे मिशन को विफल करने के लिए वायसराय और भारत के राज्य सचिव और नेहरू पर्दे के पीछे से प्रयास करते रहे थे।
- 1970 में जारी दस्तावेज से वायसराय लिनलिथगो और राज्य सचिव एल.एस.एस. अमेरी के बीच संदेशों से पता चलता है कि दोनों ने क्रिप्स मिशन का विरोध किया और उन्होंने जानबूझकर क्रिप्स को सफल नहीं होने दिया।

क्रिप्स मिशन की विफलता के बाद महात्मा गांधी ने ब्रिटिश शासन के खिलाफ़ अपना तीसरा बड़ा आंदोलन छेड़ने का फ़ैसला लिया। जिसे 8 अगस्त 1942 की शाम को अखिल भारतीय कांग्रेस कमेटी के बम्बई सत्र में 'अंग्रेजों भारत छोड़ो' का नाम दिया गया था। हालांकि गांधी जी को फ़ौरन गिरफ़्तार कर लिया गया लेकिन देश भर के युवा कार्यकर्ता हड़तालों और तोड़फ़ोड़ की कार्यवाहियों के जरिए आंदोलन चलाते रहे। कांग्रेस में जयप्रकाश नारायण जैसे समाजवादी सदस्य भूमिगत गतिविधियों में सबसे ज्यादा सक्रिय थे। पश्चिम में सतारा और पूर्व में मेदिनीपुर जैसे कई जिलों में स्वतंत्र

सरकार, प्रतिसरकार की स्थापना कर दी गई थी। अंग्रेजों ने आंदोलन के प्रति काफ़ी सख्त रवैया अपनाया फ़िर भी इस विरोध को सम्भालने में सरकार को साल भर से ज्यादा समय लग गया।

इंग्लैण्ड को विश्व युद्ध में बुरी तरह उलझता देख जैसे ही नेताजी ने आजाद हिन्द फौज को दिल्ली चलो का नारा दिया, गांधी जी ने मौके की नजाकत को भाँपते हुए 08 अगस्त 1942 की रात में ही बम्बई से अँग्रेजों को "भारत छोड़ो" और भारतियों को "करो या मरो" का संदेश जारी किया और सरकारी सुरक्षा में यरवदा पुणे स्थित आगा खान पैलेस में चले गये। 09 अगस्त 1942 के दिन लालबहादुर शास्त्री सरीखे एक छोटे से व्यक्ति ने इस आन्दोलन को प्रचण्ड रूप दे दिया। 19 अगस्त, 1942 को शास्त्री जी गिरफ्तार हो गये। 09 अगस्त 1925 को ब्रिटिश सरकार का तख्ता पलटने के उद्देश्य से 'बिस्मिल' के नेतृत्व में हिन्दुस्तान प्रजातन्त्र संघ के दस जुझारू कार्यकर्ताओं ने काकोरी काण्ड किया था जिसकी यादगार ताजा रखने के लिये पूरे देश में प्रतिवर्ष 09 अगस्त को काकोरी काण्ड स्मृति-दिवस मनाने की परम्परा भगत सिंह ने प्रारम्भ कर दी थी और इस दिन बहुत बड़ी संख्या में नौजवान एकत्र होते थे। गांधी जी ने एक सोची-समझी रणनीति के तहत 09 अगस्त 1942 का दिन चुना था।

09 अगस्त 1942 को दिन निकलने से पहले ही काँग्रेस वर्किंग कमेटी के सभी सदस्य गिरफ्तार हो चुके थे और काँग्रेस को गैरकानूनी संस्था घोषित कर दिया गया। गांधी जी के साथ भारत कोकिला सरोजिनी नायडू को यरवदा पुणे के आगा खान पैलेस में, डॉ राजेन्द्र प्रसाद को पटना जेल व अन्य सभी सदस्यों को अहमदनगर के किले में नजरबन्द कर गया था। सरकारी आँकड़ों के अनुसार इस जनान्दोलन में 940 लोग मारे गये, 1630 घायल हुए, 18,000 नजरबन्द हुए तथा 60,229 गिरफ्तार हुए। आन्दोलन को कुचलने के ये आँकड़े दिल्ली की सेण्ट्रल असेम्बली में ऑनरेबुल होम मेम्बर ने पेश किये थे।

भारत छोड़ो आंदोलन सही मायने में एक जन आंदोलन था, जिसमें लाखों आम हिंदुस्तानी शामिल थे। इस आंदोलन ने युवाओं को बड़ी संख्या में अपनी ओर आकर्षित किया। उन्होंने अपने कॉलेज छोड़कर जेल का रास्ता अपनाया। जिस दौरान कांग्रेस के नेता जेल में थे उसी समय जिन्ना तथा मुस्लिम लीग के साथी अपना प्रभाव क्षेत्र फ़ैलाने में लगे थे। इन्हीं सालों में लीग को पंजाब और सिंध में अपनी पहचान बनाने का मौका मिला जहाँ अभी तक उसका कोई खास वजूद नहीं था।

## 1947 : आज़ादी का बँटवारा

जून 1944 में जब विश्व युद्ध समाप्ति की ओर था तो गांधी जी को रिहा कर दिया गया। जेल से निकलने के बाद उन्होंने कांग्रेस और लीग के बीच फ़ासले को पाटने

के लिए जिन्ना के साथ कई बार बात की। 1945 में ब्रिटेन में लेबर पार्टी की सरकार बनी। यह सरकार भारतीय स्वतंत्रता के पक्ष में थी। उसी समय वायसराय लॉर्ड वावेल ने कांग्रेस और मुस्लिम लीग के प्रतिनिधियों के बीच कई बैठकों का आयोजन किया।

1946 की शुरुआत में प्रांतीय विधान मंडलों के लिए नए सिरे से चुनाव कराए गए। सामान्य श्रेणी में कांग्रेस को भारी सफ़लता मिली। मुसलमानों के लिए आरक्षित सीटों पर मुस्लिम लीग को भारी बहुमत प्राप्त हुआ। राजनीतिक ध्रुवीकरण पूरा हो चुका था। 1946 की गर्मियों में कैबिनेट मिशन भारत आया। इस मिशन ने कांग्रेस और मुस्लिम लीग को एक ऐसी संघीय व्यवस्था पर राज़ी करने का प्रयास किया जिसमें भारत के भीतर विभिन्न प्रांतों को सीमित स्वायत्तता दी जा सकती थी। कैबिनेट मिशन का यह प्रयास भी विफ़ल रहा। वार्ता टूट जाने के बाद जिन्ना ने पाकिस्तान की स्थापना के लिए लीग की माँग के समर्थन में एक प्रत्यक्ष कार्यवाही (direct action) दिवस का आह्वान किया। इसके लिए 16 अगस्त 1946 का दिन तय किया गया था। उसी दिन कलकत्ता में खूनी संघर्ष शुरू हो गया। यह हिंसा कलकत्ता से शुरू होकर ग्रामीण बंगाल, बिहार और संयुक्त प्रांत व पंजाब तक फ़ैल गई। कुछ स्थानों पर मुसलमानों को तो कुछ अन्य स्थानों पर हिंदुओं को निशाना बनाया गया।

मुसलमानों और हिंदुओं के लिए अलग-अलग चुनाव व्यवस्था स्थापित की गयी। इस से पहले, दोनों समुदायों के कई सदस्यों ने सभी बंगालियों के लिए राष्ट्रीय एकता की वकालत की थी। अब, अलग-अलग समुदायों ने अपने-अपने राजनैतिक मुद्दे विकसित कर लिए। मुस्लिमों ने भी अपनी समग्र संख्यात्मक शक्ति के बल पर, जो कि मोटे तौर पर दो करोड़ बीस लाख से दो करोड़ अस्सी लाख के बीच थी, विधानमंडल में वर्चस्व हासिल किया। राष्ट्रीय स्तर पर हिंदुओं और मुसलमानों के लिए दो स्वतंत्र राज्यों के निर्माण की माँग उठने लगी, अधिकांश बंगाली हिन्दू अब हिंदू बहुमत क्षेत्र और मुस्लिम बहुमत क्षेत्र के आधार पर होने वाले बंगाल के बंटवारे का पक्ष लेने लगे। मुस्लिम अब पूरे प्रान्त को मुस्लिम राज्य, पाकिस्तान का हिस्सा बनाना चाहते थे। 1947 में बंगाल दूसरी बार, इस बार धार्मिक आधार पर, विभाजित हुआ। यह पूर्वी पाकिस्तान बन गया।

फ़रवरी 1947 में वावेल की जगह लॉर्ड माउंटबेटन को वायसराय नियुक्त किया गया। उन्होंने वार्ताओं के एक अंतिम दौर का आह्वान किया। जब सुलह के लिए उनका यह प्रयास भी विफ़ल हो गया तो उन्होंने ऐलान कर दिया कि ब्रिटिश भारत को स्वतंत्रता दे दी जाएगी लेकिन उसका विभाजन भी होगा। औपचारिक सत्ता हस्तांतरण के लिए 15 अगस्त का दिन नियत किया गया। उस दिन भारत के विभिन्न भागों में लोगों ने जमकर खुशियाँ मनायीं। दिल्ली में जब संविधान सभा के अध्यक्ष ने मोहनदास करमचंद गांधी को राष्ट्रपिता की उपाधि से सम्बोधित करते हुए संविधान

सभा की बैठक शुरू की तो बहुत देर तक करतल ध्वनि होती रही। असेम्बली के बाहर भीड़ महात्मा गांधी की जय के नारे लगा रही थी।

सामाजिक सुधार के क्षेत्र में उनकी सबसे बड़ी उपलब्धि अस्पृश्यता की अमानवीय संस्था के खिलाफ अभियान था जिसने लाखों भारतियों को स्वाभिमान के साथ जीना सिखाया था। उनकी अन्य उपलब्धि कुटीर उद्योग के क्षेत्र में थी। उन्होंने चरखे में देखा, चरखा, गाँव के लोगों का उद्धार और उसका प्रचार कांग्रेस के कार्यक्रम का हिस्सा बन गया। लोगों को राष्ट्रवाद की भावना से भरने के अलावा इसने लाखों लोगों को रोजगार प्रदान किया और लोगों का एक बड़ा समूह बनाया, जो थे संघर्ष और अदालती कारावास में खुद को झोंकने के लिए तैयार थे। चरखा इतना महत्वपूर्ण हो गया कि यह अंततः भारतीय राष्ट्रीय कांग्रेस के झंडे का एक हिस्सा बन गया।

गांधीजी ने खुद को हिंदू-मुस्लिम एकता के लिए समर्पित कर दिया। उन्होंने सांप्रदायिकता को राष्ट्र-विरोधी और अमानवीय माना। उनके नेतृत्व में राष्ट्रवादी आंदोलन की एकता सुरक्षित हुई और लोगों ने स्वतंत्रता के लिए कड़ी मेहनत की। हालाँकि, धार्मिक बहुलवाद पर आधारित एक स्वतंत्र भारत के गांधी के दृष्टिकोण को 1940 के दशक की शुरुआत में एक नए मुस्लिम राष्ट्रवाद ने चुनौती दी थी, जो भारत से अलग एक अलग मुस्लिम राष्ट्र की मांग कर रहा था।

मुस्लिम अवधारणा में राष्ट्रवाद यानि वतनियत जैसा कोई विचार नहीं होता। यह बात कोई छोटा आदमी नहीं बल्कि अल्लामा (महापंडित) इक़बाल ने पूरे होशोहवास में कही थी, जो भारत के बँटवारे की नीति का नीव का पत्थर बनी। इकबाल पश्चिम में उच्च्य शिक्षा प्राप्त करने के लिए सरकारी कॉलेज लाहौर में उनके दर्शन शिक्षक सर थॉमस अर्नोल्ड की शिक्षाओं से प्रभावित थे। 1905 में, उन्होंने उस उद्देश्य के लिए इंग्लैंड की यात्रा की। वे पहले से ही फ्रेडरिक नीत्शे और हेनरी बर्गसन से परिचित थे। इकबाल ने इंग्लैंड जाने से थोड़ा पहले रूमी को पढ़ा। स्वामी विवेकानंद के शिष्य स्वामी राम तीर्थ को मसनवी सिखाई, जिन्होंने बदले में उन्हें संस्कृत और भारतीयता सिखाई।

उनके द्वारा लिखित तराना-ए-हिन्द "सारे जहाँ से अच्छा" उर्दू भाषा में लिखी गई देशप्रेम की एक ग़ज़ल है जो भारतीय स्वतंत्रता संग्राम के दौरान ब्रिटिश राज के विरोध का प्रतीक बनी और जिसे आज भी देश-भक्ति के गीत के रूप में भारत में गाया जाता है। इसे अनौपचारिक रूप से भारत के राष्ट्रीय गीत का दर्जा प्राप्त है। इस गीत को प्रसिद्ध शायर मुहम्मद इक़बाल ने 1905 में लिखा था और सबसे पहले सरकारी कालेज, लाहौर में पढ़कर सुनाया था। यह इक़बाल की रचना बंग-ए-दारा में शामिल है। उस समय इक़बाल लाहौर के सरकारी कालेज में व्याख्याता थे। उन्हें

लाला हरदयाल ने एक सम्मेलन की अध्यक्षता करने का निमंत्रण दिया। इक़बाल ने भाषण देने के बजाय यह ग़ज़ल पूरी उमंग से गाकर सुनाई। यह ग़ज़ल हिन्दुस्तान की तारीफ़ में लिखी गई है और अलग-अलग सम्प्रदायों के लोगों के बीच भाई-चारे की भावना बढ़ाने को प्रोत्साहित करती है।

*सारे जहाँ से अच्छा, हिन्दोस्ताँ हमारा,*
*हम बुलबुलें हैं इसकी, यह गुलिसताँ हमारा।*

*गुरबत में हों अगर हम, रहता है दिल वतन में,*
*समझो वहीं हमें भी, दिल हो जहाँ हमारा।*

*परबत वो सबसे ऊँचा, हमसाया आसमाँ का,*
*वो संतरी हमारा, वो पासबाँ हमारा।*

*गोदी में खेलती हैं, उसकी हज़ारों नदियाँ,*
*गुलशन है जिनके दम से, रश्क-ए-जिनाँ हमारा।*

*ऐ आब-ए-रूद-ए-गंगा! वो दिन है याद तुझको,*
*उतरा तेरे किनारे, जब कारवाँ हमारा।*

*मज़हब नहीं सिखाता, आपस में बैर रखना,*
*हिन्दी हैं हम वतन हैं, हिन्दोस्ताँ हमारा।*

*यूनान-ओ-मिस्र-ओ-रूमा, सब मिट गए जहाँ से,*
*अब तक मगर है बाक़ी, नाम-ओ-निशाँ हमारा।*

*कुछ बात है कि हस्ती, मिटती नहीं हमारी,*
*सदियों रहा है दुश्मन, दौर-ए-ज़माँ हमारा।*

*'इक़बाल' कोई महरम, अपना नहीं जहाँ में,*
*मालूम क्या किसी को, दर्द-ए-निहाँ हमारा।*

इक़बाल ने यह तराना ए हिंद तब लिखा था, जब वे इस्लाम को सही तरीक़े से जानते नहीं थे। वे उच्च शिक्षा के लिए 1905 में इंग्लैंड और जर्मनी गए। इकबाल ने कैम्ब्रिज विश्वविद्यालय के ट्रिनिटी कॉलेज से छात्रवृत्ति के लिए अर्हता प्राप्त की, और 1906 में कला स्नातक की उपाधि प्राप्त की। लंदन में डिग्री ने उन्हें एक वकील के

रूप में अभ्यास करने के योग्य बना दिया। उसी वर्ष उन्हें लिंकन इन में बैरिस्टर के रूप में बार में बुलाया गया। 1907 में, इकबाल अपनी डॉक्टरेट की पढ़ाई करने के लिए जर्मनी चले गए। म्यूनिख के लुडविग मैक्सिमिलियन विश्वविद्यालय से 1908 में डॉक्टर ऑफ फिलॉसफी की डिग्री हासिल की। फ्रेडरिक होमेल के मार्गदर्शन में काम करते हुए, इकबाल की डॉक्टरेट थीसिस का शीर्षक "द डेवलपमेंट ऑफ मेटाफिजिक्स इन फारस" था। जब 1908 में तुर्की रुकते हुए वापस भारत आए तो सच्चे मुसलमान थे। वे भारतीयता का चोला उतार इस्लामिक रंग में सराबोर हो चुके थे। मिल्लत के पैरोकार हो चुके थे। उन्होंने तराना ए मिल्लत लिखा।

*चीन ओ अरब हमारा, हिन्दोसताँ हमारा,*
*मुस्लिम हैं हम, वतन है सारा जहाँ हमारा।*
*तौहीद की अमानत, सीनों में है हमारे,*
*आसाँ नहीं मिटाना, नाम ओ निशाँ हमारा।*

(चीन हमारा है, अरब हमारा है, भारत हमारा है। हम मुसलमान हैं और पूरी दुनिया हमारा वतन है। हमारा नामोनिशान मिटाना आसान नहीं होगा। एकेश्वरवाद (अल्ला) का ख़ज़ाना हमारे दिलों में है।)

*दुनिया के बुतकदों में, पहले वह घर ख़ुदा का,*
*हम इस के पासबाँ हैं, वो पासबाँ हमारा।*
*तेग़ों के साये में हम, पल कर जवाँ हुए हैं,*
*ख़ंजर हिलाल का है, क़ौमी निशाँ हमारा।*

(काबा सबसे पहला स्थान है जिसे हमने मूर्तिपूजकों से मुक्त किया। हम इसके रक्षक हैं और ये हमारा रक्षक है। हिलाल कटार हमारा राष्ट्रीय चिह्न है।)

*मग़रिब की वादियों में, गूँजी अज़ाँ हमारी,*
*थमता न था किसी से, सैल-ए-रवाँ हमारा।*
*बातिल से दबने वाले, ऐ आसमाँ नहीं हम,*
*सौ बार कर चुका है, तू इम्तिहाँ हमारा।*

(हमारी उपासना की पुकार पश्चिमी दुनिया की घाटियों में गूँजती है। हमारी शक्ति किसी को नहीं रोक पाएंगे। हे आकाश! यह असत्यता हमें नहीं रोकेंगे। सौ बार के लिए तू ने हमारी परीक्षण ली है।)

*ऐ गुलिस्ताँ-ए-अंदलुस! वो दिन हैं याद तुझको,*
*था तेरी डालियों में, जब आशियाँ हमारा।*

*ऐ मौज-ए-दजला, तू भी पहचानती है हमको,*
*अब तक है तेरा दरिया, अफ़सानाख़्वाँ हमारा।*

(हे आन्दलुसिया (स्पैन) का बग़ीचा! तुझको वह दिन याद है? जब हम तेरी डालियों पर बसे हुए थे। हे दजला की लहरें, तू भी हमें पहचानती है। तू आज तक हमारी कहानियों को सुनाती है।)

*ऐ अर्ज़-ए-पाक तेरी, हुर्मत पे कट मरे हम है,*
*ख़ूँ तरी रगों में, अब तक रवाँ हमारा।*
*सालार-ए-कारवाँ है, मीर-ए-हिजाज़ अपना,*
*इस नाम से है बाक़ी, आराम-ए-जाँ हमारा।*

(हे पवित्र भूमि! हम तुम्हारे लिए खून बहाने के लिए तैयार है। यह खून अभी भी हमारे रगों में है। हमारा इस आंदोलन के अगुआ हमारा अपना मुहम्मद है।)

*इक़बाल का तराना, बाँग-ए-दरा है गोया,*
*होता है जादा पैमा, फिर कारवाँ हमारा।*

(उनके नाम से हमारे दिलों को सुख शान्ति मिलते है। इक़बाल का यह गीत एक स्पष्ट पुकार है।)

यही वह "इस्लामिक स्टेट" की अवधारणा है जिसके कारण भारत की आज़ादी के दौर में विभाजन का "दो राष्ट्र" का सिद्धांत जिन्ना साहब और मुस्लिम बुद्धिजीवियों ने प्रतिपादित किया क्योंकि वे मुसलमान थे और मुसलमान कभी भी जिहाद द्वारा दारुल-ए-हरब को दारुल-ए-इस्लाम में तब्दील करने के कुरान सम्मत नज़रिए से हटता नहीं है। किसी इंसान के मुसलमान बनते ही उसका दुनिया को देखने का नज़रिया बदल जाता है। वह इस्लामिक नियमों याने कुरान, सुन्ना, हदीस और शरीयत से संचालित स्टेट में रहना चाहता है। यदि उन्हें इस्लामिक स्टेट से अलग किसी लोकतांत्रिक राज्य में रहना ही पड़े तो वे निरंतर प्रयासरत रहते हैं कि उस राज्य को इस्लामिक स्टेट में बदला जाए। उसके लिए काफ़िरों को धर्म परिवर्तन से मुसलमान बनाया जाए, उनकी लड़कियों से चार शादियाँ करके मुसलमानों की जनसंख्या बढ़ाई जाए, और जब उनकी संख्या संघर्ष करने योग्य हो जाए तो खुलेआम जिहाद से काफ़िरों के सर क़लम किए जाएँ। मस्जिद, मक़तब और मदरसों से कमसिन दिमाग़ों में यही बात बिठाई जाती रहती है। हर मुसलमान बच्चा हाथ में एक मिल्लत संविधान "कुरान" लेकर पैदा होता है। उसके देश का संविधान यदि शरिया से टकराता है तो देश का संविधान काग़ज़ का पुलिंदा है और शरिया ही संविधान हो जाता है।

इस अवधारणा ने पृथ्वी पर सबसे ज़्यादा मानव रक्त बहाया है और अभी भी बहाया जा रहा है। इसी अवधारणा से आत्मघाती आतंकवादी पैदा होते हैं। कश्मीर न सिर्फ़ भारत-पाकिस्तान के बीच की समस्या है, बल्कि यह पृथ्वी की अति संवेदनशील समस्या है, दोनों देशों के परमाणु सम्पन्न होने से यह मानव सभ्यता की ज्वलंत व अत्यंत ख़तरनाक समस्या है।

हमें एक बात बहुत ठीक तरह से समझ लेनी चाहिए कि इस्लाम खुद में एक स्टेट है और मिल्लत का उद्देश्य पूरी पृथ्वी पर इस्लाम का राज्य क़ायम करके इस्लामिक क़ानून लागु करना है। उनके सिद्धांतों में देश या वतन जैसी धारणा नहीं होती। यही बात कम्युनिस्टों पर भी लागु होती है कि उन्हें कम्यूनिस्म पूरी पृथ्वी पर फैलाना है। उनका भी कोई देश या वतन नहीं होता। दोनों मिलकर भारतीय राष्ट्रवाद को पलीता लगाते रहे।

3 जून 1947 को, वाइसकाउंट लुइस माउंटबैटन, जो आख़िरी ब्रिटिश गवर्नर-जनरल ऑफ़ इण्डिया थे, ने ब्रिटिश भारत का भारत और पाकिस्तान में विभाजन घोषित किया। ब्रिटिश संसद के भारतीय स्वतंत्रता अधिनियम 1947 के त्वरित पारित होने के साथ, 14 अगस्त 1947 को 11:57 बजे, पाकिस्तान एक भिन्न राष्ट्र घोषित हुआ, और मध्यरात्रि के तुरन्त बाद 15 अगस्त 1947 को 12:02 बजे भारत भी एक सम्प्रभु और लोकतान्त्रिक राष्ट्र बन गया। भारत पर ब्रिटिश शासन के अन्त के कारण, अन्ततः 15 अगस्त 1947 भारत का स्वतन्त्रता दिवस बन गया।

आखिरकार, अगस्त 1947 में, ब्रिटेन ने स्वतंत्रता प्रदान की, लेकिन ब्रिटिश भारतीय साम्राज्य को दो प्रभुत्वों में विभाजित किया गया, एक हिंदू-बहुल भारत और मुस्लिम पाकिस्तान। जैसे ही कई विस्थापित हिंदुओं, मुसलमानों और सिखों ने अपनी नई भूमि पर अपना रास्ता बनाया, धार्मिक हिंसा शुरू हो गई, खासकर पंजाब और बंगाल में। दिल्ली में स्वतंत्रता के आधिकारिक उत्सव को छोड़कर, गांधी ने प्रभावित क्षेत्रों का दौरा किया, सांत्वना प्रदान करने का प्रयास किया। बाद के महीनों में, उन्होंने धार्मिक सद्भाव को बढ़ावा देने के लिए कई आमरण अनशन किए। इनमें से अंतिम, 12 जनवरी 1948 को 78 वर्ष की आयु में किया गया था, जिसमें भारत पर पाकिस्तान को कुछ नकद संपत्ति का भुगतान करने के लिए दबाव डालने का अप्रत्यक्ष लक्ष्य भी था। कुछ भारतियों ने सोचा कि गांधी मुसलमानों के प्रति बहुत रियायती थे। हिंदुत्व के एक राष्ट्रवादी नाथूराम गोडसे ने 30 जनवरी 1948 को गांधी के सीने में तीन गोलियां दागकर उनकी हत्या कर दी।

आज़ादी के बाद, हिन्दुओं, सिखों और मुसलमानों के बीच हिंसक मुठभेड़े हुई। प्रधान मंत्री नेहरू और उप प्रधान मंत्री सरदार वल्लभभाई पटेल ने माउंटबैटन को

गवर्नर-जनरल ऑफ़ इण्डिया क़ायम रहने का न्योता दिया। जून 1948 में, चक्रवर्ती राजगोपालाचारी ने उन्हें प्रतिस्थापित किया।

संविधान सभा ने संविधान के प्रारूपीकरण का कार्य 26 नवम्बर 1949 को पूरा किया; 26 जनवरी 1950 को भारत गणतन्त्र आधिकारिक रूप से उद्घोषित हुआ। संविधान सभा ने, गवर्नर-जनरल राजगोपालाचारी से कार्यभार लेकर, डॉ राजेन्द्र प्रसाद को भारत का प्रथम राष्ट्रपति निर्वाचित किया। तत्पश्चात्, फ्रान्स ने 1951 में चन्दननगर और 1954 में पॉण्डिचेरी के अपने भारतीय उपनिवेश सुपुर्द कर दिए। भारत ने 1961 में गोवा पुर्तगाल के भारतीय एन्क्लेवों पर जनता के व्दारा आंदोलन करने के बाद गोवा पर अधिकार कर लिया। 1975 में, सिक्किम ने भारतीय संघ में सम्मिलित होने का निवेदन किया। उसे मिला लिया गया। इस तरह भारतीय गणराज्य का स्वप्न साकार हुआ।

जो बात इस पुस्तक के शुरुआत में कही गई है। उसे एक बार और स्मरण करना होगा। भारतीय सभ्यता वैदिक युग, उपनिषद काल, महाकाव्य और पौराणिक शास्त्रों में निहित सिद्धांतों से अस्तित्व में आई है। वे सिद्धांत हैं –

- सहिष्णुता (Tolerance),
- अभिव्यक्ति की स्वतंत्रता (Liberty of Expression),
- बहुसंख्यक वाद (Pluralism) और
- स्वतंत्र विधि सम्मत न्याय व्यवस्था (Independent Judiciary)

सबसे चौंकाने वाली बात यह है कि ये चारों सिद्धांत आधुनिक लोकतांत्रिक शासन व्यवस्था के आधारभूत स्तम्भ हैं। भारतीय मेधा ने सदियों पूर्व जान लिया था कि मानव समाज द्वारा इन चारों सिद्धांतों पर चलने से "विश्व-बंधुत्व" का एक और परम सिद्धांत लक्षित होगा। यही "विश्व-बंधुत्व" भावना पृथ्वी पर एकमात्र आशा है। इसका अर्थ यह हुआ कि भारतीय तात्त्विक चिंतन लोकतांत्रिक व्यवस्था के अनुकूल है। इसीलिए भारत में लोकतांत्रिक व्यवस्था सफल हो रही है। कभी पाकिस्तान और बंगला देश भी भारतीय दार्शनिक परम्परा के हिस्से थे। उन्होंने भारतीय चिंतन को अलविदा कहा तो वहाँ लोकतंत्र लड़खड़ाता दिखता है। भारतीय चिंतन में हिंदू सनातन बहुसंख्यक आबादी दर्शन है। जो भारतीय परम्परा निर्धारित करता है। जिसे बदलने की कोशिश एक हज़ार साल तक होती रही। वही संघर्ष भारतीय राष्ट्रीयता को बचाने का प्रयास रहा है। भारतीय प्रभुसत्ता और अस्मिता को बचाने की कोशिश रही है। भारत में गणराज्य परम्परा ईसा से छै सौ साल पहले दे विकसित हुई है। भारतीयों के रक्त में स्वतंत्र अभिव्यक्ति और लोकतन्त्रात्मक रुझान स्वाभाविक है।

भारत में गणराज्य की परम्परा अत्यंत प्राचीन समय से रही है। ऐसा नहीं है कि अंग्रेज़ों के आने के बाद से ही लोकतांत्रिक गणराज्य की पद्धति भारत में आई।

आईए हमारे देश के गौरवमयी गणराज्यों की परम्परा को जानने समझने का प्रयास करते हैं।

भारतीय वांग्मय साहित्य में प्राचीन काल में दो प्रकार के राज्य कहे गए हैं। एक राजाधीन और दूसरे गणाधीन। राजाधीन को एकाधीन भी कहते थे। जहाँ गण या अनेक व्यक्तियों का शासन होता था, वे ही गणाधीन राज्य कहलाते थे। इस विशेष अर्थ में पाणिनि की व्याख्या स्पष्ट और सुनिश्चित है। उन्होंने गण को संघ का पर्याय कहा है-

*संघोद्धौ गणप्रशंसयोः अष्टाध्यायी (3:3:86)।*

संस्कृत और पाली साहित्य से ज्ञात होता है कि पाणिनि और बुद्ध के काल में अनेक गणराज्य थे। गंगा के मैदान तिरहुत से लेकर हिमालय की तराई कपिलवस्तु तक गणराज्यों का एक छोटा सा समूह फैला हुआ था। बुद्ध शाक्यगण में उत्पन्न हुए थे। लिच्छवियों का गणराज्य इनमें सबसे शक्तिशाली था, उसकी राजधानी वैशाली थी।

गणराज्यों का दूसरा सबसे अधिक विस्तार वाहीक (आधुनिक पंजाब) प्रदेश में हुआ था। उत्तर पश्चिम के इन गणराज्यों को पाणिनि ने आयुधजीवी संघ कहा है। वे ही अर्थशास्त्र के वार्ताशस्त्रोपजीवी संघ ज्ञात होते हैं। ये लोग शान्तिकाल में वार्ता या कृषि आदि पर निर्भर रहते थे किंतु युद्धकाल में अपने संविधान के अनुसार योद्धा बनकर संग्राम करते थे। इनका राजनीतिक संघटन बहुत दृढ़ था और ये अपेक्षाकृत विकसित थे। इनमें क्षुद्रक और मालव दो गणराज्यों का विशेष उल्लेख आता है। उन्होंने यवन आक्रांता से घोर युद्ध किया था। मालवों के बाण से तो सिकंदर घायल भी हो गया था। इन दोनों की संयुक्त सेना के लिये पाणिनि ने गणपाठ में क्षौद्रकमालवी संज्ञा का उल्लेख किया है। पंजाब के उत्तरपश्चिम और उत्तरपूर्व में भी अनेक छोटे मोटे गणराज्य थे, उनका एक श्रृंखला त्रिगर्त (वर्तमान काँगड़ा) के पहाड़ी प्रदेश में विस्तारित था, जिन्हें पर्वतीय संघ कहते थे।

तीसरी श्रृंखला सिंधु नदी के दोनों तटों पर गिरीगव्हरों में बसने वाले महाबलशाली जातियों का था, जिन्हें प्राचीनकाल में ग्रामणीय संघ कहते थे। वे ही वर्तमान के कबायली हैं। इनके संविधान का उतना अधिक विकास नहीं हुआ। जितना अन्य गणराज्यों का। वे प्रायः उत्सेधजीवी या लूटमार कर जीविका चलाने वाले थे। इनमें भी जो कुछ विकसित थे उन्हें पूग और जो पिछड़े हुए थे उन्हें ब्रात कहा जाता था।

संघ या गणों का एक चौथा समूह सौराष्ट्र में विस्तारित हुआ था। उनमें अंधकवृष्णियों का संघ या गणराज्य बहुत प्रसिद्ध था। कृष्ण इसी संघ के सदस्य थे अतएव शांतिपर्व में उन्हें अर्धभोक्ता राजन्य कहा गया है। ज्ञात होता है कि सिंधु

नदी के दोनों तटों पर गणराज्यों की यह श्रृंखला ऊपर से नीचे को उतरती सौराष्ट्र तक फैल गई थी क्योंकि सिंध नामक प्रदेश में भी इस प्रकर के कई गणों का वर्णन मिलता है। इनमें मुचकर्ण, ब्राह्मणक और शूद्रक मुख्य थे।

भारतीय गणशासन के संबंध में भी पर्याप्त सामग्री उपलब्ध है। गण के निर्माण की इकाई कुल थी। प्रत्येक कुल का एक एक व्यक्ति गणसभा का सदस्य होता था। उसे कुलवृद्ध या पाणिनि के अनुसार गोत्र कहते थे। उसी की संज्ञा वंश्य भी थी। प्रायः ये राजन्य या क्षत्रिय जाति के ही व्यक्ति होते थे। ऐसे कुलों की संख्या प्रत्येक गण में परंपरा से नियत थी, जैसे लिच्छविगण के संगठन में 7707 कुटुंब या कुल सम्मिलित थे। उनके प्रत्येक कुलवृद्ध की संघीय उपाधि राजा होती थी।

महाभारत के सभापर्व में गणाधीन और राजाधीन शासन का विवेचन करते हुए स्पष्ट कहा है कि साम्राज्य शासन में सत्ता एक व्यक्ति के हाथ में रहती है। किंतु गण शासन में प्रत्येक परिवार में एक-एक राजा होता है।

*गृहे गृहेहि राजानः स्वस्य स्वस्य प्रियंकराः, सभापर्व, 14:2)।*

इसके अतिरिक्त दो बातें और कही गई हैं। एक यह कि गणशासन में प्रजा का कल्याण दूर दूर तक व्याप्त होता है। दूसरे यह कि युद्ध से गण की स्थिति सकुशल नहीं रहती। गणों के लिए शम या शांति की नीति ही थी। यह भी कहा है कि गण में परानुभाव या दूसरे की व्यक्तित्व गरिमा की भी प्रशंसा होती है और गण में सबको साथ लेकर चलनेवाला ही प्रशंसनीय होता है। गण शासन के लिए ही परामेष्ठ्य यह पारिभाषिक संज्ञा भी प्रयुक्त होती थी। संभवतः यह आवश्यक माना जाता था कि गण के भीतर दलों का संगठन हो। दल के सदस्यों को वग्र्य, पक्ष्य, गृह्य भी कहते थे। दल का नेता परमवग्र्य कहा जाता था।

गणसभा में गण के समस्त प्रतिनिधियों को सम्मिलित होने का अधिकार था किंतु सदस्यों की संख्या कई सहस्र तक होती थी अतएव विशेष अवसरों को छोड़कर प्रायः उपस्थिति परिमित ही रहती थी। शासन के लिये अंतरंग अधिकारी नियुक्त किए जाते थे। किंतु नियम बनाने का पूरा दायित्व गणसभा पर ही था। गणसभा में नियमानुसार प्रस्ताव (ज्ञप्ति) रखा जाता था। उसकी तीन वाचना होती थी और शलाकाओं द्वारा मतदान किया जाता था। इस सभा में राजनीतिक प्रश्नों के अतिरिक्त और भी अनेक प्रकार के सामाजिक, व्यावहारिक और धार्मिक प्रश्न भी विचारार्थ आते रहते थे। उस समय की राज्य सभाओं की प्रायः ऐसे ही लचीली पद्धति थी।

भारतवर्ष में लगभग एक सहस्र वर्षों से अधिक तक (छठी सदी ई. पू. से 4 थी सदी ई.) गणराज्यों के उतार चढ़ाव का इतिहास मिलता है। उनकी अंतिम झलक गुप्त साम्राज्य के उदय काल तक दिखाई पड़ती है। समुद्रगुप्त द्वारा धरणिबंध

के उद्देश्य से किए हुए सैनिक अभियान से गणराज्यों का विलय हो गया। अर्वाचीन पुरातत्व के उत्खनन में गणराज्यों के कुछ लेख, सिक्के और मिट्टी की मुहरें प्राप्त हुई हैं। विशेषतः विजयशाली यौधेय गणराज्य के संबंध की कुछ प्रमाणिक सामग्री मिली है।

भारतीय इतिहास के वैदिक युग में जनों अथवा गणों की प्रतिनिधि संस्थाएँ थीं विदथ, सभा और समिति। आगे उन्हीं का स्वरूपवर्ग, श्रेणी, पूग और जनपद आदि में बदल गया। गणतंत्रात्मक और राजतंत्रात्मक परंपराओं का संघर्ष जारी रहा। गणराज्य नृपराज्य और नृपराज्य गणराज्य में बदलते रहे। ऐतरेय ब्राह्मण के उत्तरकुल और उत्तरमद्र नामक वे राज्य - जो हिमालय के पार चले गए थे - पंजाब में कुरु और मद्र नामक राजतंत्रवादियों के रूप में रहते थे। बाद में ये ही मद्र और कुरु तथा उन्हीं की तरह शिवि, पांचाल, मल्ल और विदेह गणतंत्रात्मक हो गए।

महाभारत युग में अंधकवृष्णियों का संघ गणतंत्रात्मक था। साम्राज्यों की प्रतिद्वंद्विता में भाग लेने में समर्थ उसके प्रधान कृष्ण महाभारत की राजनीति को मोड़ देने लगे। पाणिनि (ईसा पूर्व पाँचवीं-सातवीं सदी) के समय सारा वाहीक देश (पंजाब और सिंध) गणराज्यों से भरा था। महावीर और बुद्ध ने न केवल ज्ञात्रिकों और शाक्यों को अमर कर दिया वरन् भारतीय इतिहास की काया पलट दी। उनके समय में उत्तर पूर्वी भारत गणराज्यों का प्रधान क्षेत्र था और लिच्छवि, विदेह, शाक्य, मल्ल, कोलिय, मोरिय, बुली और भग्ग उनके मुख्य प्रतिनिधि थे। लिच्छवि अपनी शक्ति और प्रतिष्ठा से मगध के उदीयमान राज्य के शूल बने। पर वे अपनी रक्षा में पीछे न रहे और कभी तो मल्लों के साथ तथा कभी आसपास के अन्यान्य गणों के साथ उन्होंने संघ बनाया जो बज्जिसंघ के नाम से विख्यात हुआ।

अजातशत्रु ने अपने मंत्री वर्षकार को भेजकर उन्हें जीतने का उपाय बुद्ध से जानना चाहा। बुद्ध ने आनंद को संबोधित कर मंत्री को अप्रत्यक्ष उत्तर दिया - आनंद! जब तक वज्जियों के अधिवेशन एक पर एक और सदस्यों की प्रचुर उपस्थिति में होते हैं; जब तक वे अधिवेशनों में एक मन से बैठते, एक मन से उठते और एक मन से संघकार्य संपन्न करते हैं; जब तक वे पूर्वप्रतिष्ठित व्यवस्था के विरोध में नियमनिर्माण नहीं करते, पूर्वनियमित नियमों के विरोध में नवनियमों की अभिसृष्टि नहीं करते और जब तक वे अतीत काल में प्रस्थापित वज्जियों की संस्थाओं और उनके सिद्धांतों के अनुसार कार्य करते हैं।

जब तक वे वज्जि अर्हतों और गुरु जनों का सम्मान करते हैं, उनकी मंत्रणा को भक्तिपूर्वक सुनते हैं; जब तक उनकी नारियाँ और कन्याएँ शक्ति और अपचार से व्यवस्था विरुद्ध व्यसन का साधन नहीं बनाई जातीं, जब तक वे वज्जिचैत्यों के प्रति श्रद्धा और भक्ति रखते हैं, जब तक वे अपने अर्हतों की रक्षा करते हैं, उस समय तक हे आनंद, वज्जियों का उत्कर्ष निश्चित है, अपकर्ष संभव नहीं। गणों

अथवा संघों के ही आदर्श पर स्थापित अपने बौद्ध संघ के लिए भी बुद्ध ने इसी प्रकार के नियम बनाए।

जब तक गणराज्यों ने उन नियमों का पालन किया, वे बने रहे, पर धीरे-धीरे उन्होंने भी राज की उपाधि अपनानी शरू कर दी और उनकी आपसी फूट, किसी की ज्येष्ठता, मध्यता तथा शिष्यत्व न स्वीकार करना, उनके दोष हो गए। संघ आपस में ही लड़ने लगे और राजतंत्रवादयों की बन आई। तथापि गणतंत्रों की परंपरा का अभी नाश नहीं हुआ। पंजाब और सिंध से लेकर पूर्वी उत्तर प्रदेश और बिहार तक के सारे प्रदेश में उनकी स्थिति बनी रही।

चौथी सदी ईसवी पूर्व में मक्दूनियाँ के साम्राज्यवादी आक्रमणकार सिकंदर को, अपने विजय में एक-एक इंच जमीन के लिए केवल लड़ना ही नहीं पड़ा, कभी -कभी छद्म और विश्वासघात का भी आश्रय लेना पड़ा। पंजाबी गणों की वीरता, सैन्यकुशलता, राज्यभक्ति, देशप्रेम तथा आत्माहुति के उत्साह का वर्णन करने में यूनानी इतिहासकार भी न चूके। अपने देश के गणराज्यों से उनकी तुलना और उनके शासनतंत्रों के भेदोपभेद उन्होंने समझ बूझकर किए। कठ, अस्सक, यौधेय, मालव, क्षुद्रक, अग्रश्रेणी क्षत्रिय, सौभूति, मुचुकर्ण और अंबष्ठ आदि अनेक गणों के नरनारियों ने सिकंदर के दाँत खट्टे कर दिए और मातृभूमि की रक्षा में अपने लहू से पृथ्वी लाल कर दी। कठों और सौभूतियों का सौंदयप्रेम अतिवादी था और स्वस्थ तथा सुदंर बच्चे ही जीने दिए जाते थे। बालक राज्य का होता, माता पिता का नहीं। सभी नागरिक सिपाही होते और अनेकानेक गणराज्य आयुधजीवी। पर सब व्यर्थ था, उनकी अकेलेपन की नीति के कारण। उनमें मतैक्य का अभाव और उनके छोटे-छोटे प्रदेश उनके विनाश के कारण बने।

सिकंदर ने तो उन्हें जीता था, उन्हीं गणराज्यों में से एक के (मोरियों के) प्रतिनिधि चंद्रगुप्त तथा उसके मंत्री चाणक्य ने उनके उन्मूलन की नीति अपनाई। परंतु साम्राज्यवाद की धारा में समाहित हो जाने की बारी केवल उन्हीं गणराज्यों की थी जो छोटे और कमजोर थे। कुलसंघ तो चंद्रगुप्त और चाणक्य को भी दुर्जय जान पड़े। यह गणराज्यों के संघात्मक स्वरूप की विजय थी। परंतु ये संघ अपवाद मात्र थे। अजातशत्रु और वर्षकार ने जो नीति अपनाई थी, वहीं चंद्रगुप्त और चाणक्य का आदर्श बनी। साम्राज्यवादी शक्तियों का सर्वात्मसाती स्वरूप सामने आया और अधिकांश गणतंत्र मौर्यों के विशाल एकात्मक शासन में विलीन हो गए।

इस संबके बावजूद गणराज्यों की आत्मा नहीं दबी। सिकंदर की तलवार, मौर्यों की मार अथवा बाख्त्री यवनों और शक कुषाणों की आक्रमणकारी बाढ़ उनमें से कमजोरों को ही बहा सकी। अपनी स्वतंत्रता का हर मूल्य चुकाने को तैयार मल्लोई (मालवा), यौधेय, मद्र और शिवि पंजाब से नीचे उतरकर राजपूताना में प्रवेश कर

गए और शताब्दियों तक आगे भी उनके गणराज्य बने रहे। उन्होंने शाकल आदि अपने प्राचीन नगरों का मोह छोड़ माध्यमिका तथा उज्जयिनी जैसे नए नगर बसाए, अपने सिक्के चलाए और अपने गणों की विजयकामना की। मालव गणतंत्र के प्रमुख विक्रमादित्य ने शकों से मोर्चा लिया, उनपर विजय प्राप्त की, शकारि उपाधि धारण की और स्मृतिस्वरूप 57-56 ई.पू. में एक नया संवत् चलाया जो क्रमशः कृतमालव और विक्रम संवत् के नाम से प्रसिद्ध हुआ और जो आज भी भारतीय गणनापद्धति में मुख्य स्थान रखता है। तथापि स्वातंत्र्यभावना की यह अंतिम लौ मात्र थी। गुप्तों के साम्राज्यवाद ने उन सबको समाप्त कर डाला। भारतीय गणों के सिरमौरों में से एक-लिच्छवियों-के ही दौहित्र समुद्रगुप्त ने उनका नामोनिशान मिटा दिया और मालव, आर्जुनायन, यौधेय, काक, खरपरिक, आभीर, प्रार्जुन एवं सनकानीक आदि को प्रणाम, आगमन और आज्ञाकरण के लिये बाध्य किया। उन्होंने स्वयं अपने को महाराज कहना शुरू कर दिया और विक्रमादित्य उपाधिधारी चंद्रगुप्त ने उन सबको अपने विशाल साम्राज्य का शासित प्रदेश बना लिया। भारतीय गणराज्यों के भाग्यचक्र की यह विडंबना ही थीं कि उन्हीं के संबंधियों ने उनपर सबसे बड़े प्रहार किए - वे थे वैदेहीपुत्र अजातशुत्र मौरिय राजकुमार चंद्रगुप्त मौर्य, लिच्छविदौहित्र समुद्रगुप्त। पर पंचायती भावनाएँ नहीं मरीं और अहीर तथा गूजर जैसी अनेक जातियों में वे कई शताब्दियों आगे तक पलती रहीं।

भारत में निवासरत सभी निवासियों की पुण्य भूमि भारत है। हिंदू को मुसलमान ग़ैर-ज़रूरी है, मुसलमान को हिंदू ग़ैर-ज़रूरी है, हिंदू को ईसाई ग़ैर-ज़रूरी है, ईसाई को हिंदू ग़ैर-ज़रूरी है। इस तरह की भावनाएँ भारत को अनगिनत टुकड़ों में विभक्त कर सकती हैं। हिंदू बहुसंख्यक होने से भारत की मूल चेतना हिंदू सनातन रहेगी, जो समावेशी अवधारणा है। एकेश्वरवाद धर्मों की मूल धारणा समावेशी नहीं है। वे समय के साथ बदलते नहीं हैं। हिंदू संस्कृति पुरातन को साथ लेकर नवीनता ग्रहण करने को भी लालायित रहती है। इसलिए जब तक हिंदू संस्कृति के समावेती मूल्य जीवित हैं, भारत अक्षुण्य रहेगा।

**समाप्त**